# 总　序

吴承学　彭玉平

　　中山大学建校将近百年了。1924 年，孙中山先生在万方多难之际，手创国立广东大学。先生逝世后，学校于 1926 年定名为国立中山大学。虽然中山大学并不是国内建校历史最长的大学，且僻于岭南一地，但是，她的建立与中国现代政治、文化、教育关系之密切，却罕有其匹。缘于此，也成就了独具一格的中山大学人文学科。

　　人文学科传承着人类的精神与文化，其重要性已超越学术本身。在中国大学的人文学科中，中国语言文学学科的设置更具普遍性。一所没有中文系的综合性大学是不完整的，也几乎是不可想象的。在文、理、医、工诸多学科中，中文学科特色显著，它集中表现了中国本土语言文化、文学艺术之精神。著名学者饶宗颐先生曾认为，语言、文学是所有学术研究的重要基础，"一切之学必以文学植基，否则难以致弘深而通要眇"。文学当然强调思维的逻辑性，但更强调感受力、想象力、创造力和语言表达能力。有了文学基础，才可能做好其他学问，并达到"致弘深而通要眇"之境界。而中文学科更是中国人治学的基础，它既是中国文化根基的重要组成部分，也是中国文明与世界文明的一个关键交集点。

　　中文系与中山大学同时诞生，是中山大学历史最悠久的学科之一。近百年中，中文系随中山大学走过艰辛困顿、辗转迁徙之途。始驻广州文明路，不久即迁广州石牌地区；抗日战争中历经三迁，初迁云南澄江，再迁粤北坪石，又迁粤东梅州等地；1952 年全国高校院系调整，始定址于珠江之畔的康乐园。古人说："艰难困苦，玉汝于成。"对于中山大学中文系来说，亦是如此。百年来，中文系多番流播迁徙。其间，历经学科的离合、人物的散聚，中文系之发展跌宕起伏、曲折逶迤，终如珠江之水，浩浩荡荡，奔流入海。

　　康乐园与康乐村相邻。南朝大诗人谢灵运，世称"康乐公"，曾流寓广州，并终于此。有人认为，康乐园、康乐村或与谢灵运（康乐）有关。这也许只是一个美丽的传说。不过，康乐园的确洋溢着浓郁的人文气息与诗情画意。但对于人文学科而言，光有诗情是远远不够的，更重要的是必须具有严谨的学术研究精神与深厚的学术积淀。一个好的学科当然应该有优秀的学术传统。那么，中山大学中文系的学术传统是什么？一两句话显然难以概括。若勉强要一言以蔽之，则非中山大学校训莫属。1924年，孙中山先生在国立广东大学成立典礼上亲笔题写"博学、审问、慎思、明辨、笃行"十字校训。该校训至今不但巍然矗立在中山大学校园，而且深深镌刻于中山大学师生的心中。"博学、审问、慎思、明辨、笃行"是孙中山先生对中山大学师生的期许，也是中文系百年来孜孜以求、代代传承的学术传统。

　　一个传承百年的中文学科，必有其深厚的学术积淀，有学殖深厚、个性突出的著名教授令人仰望，有数不清的名人逸事口耳相传。百年来，中山大学中文学科名师荟萃，他们的优秀品格和学术造诣熏陶了无数学者与学子。先后在此任教的杰出学者，早年有傅斯年、鲁迅、郭沫若、郁达夫、顾颉刚、钟敬文、赵元任、罗常培、黄际遇、俞平伯、陆侃如、冯沅君、王力、岑麒祥等，晚近有容庚、商承祚、詹安泰、方孝岳、董每戡、王季思、冼玉清、黄海章、楼栖、高华年、叶启芳、潘允中、黄家教、卢叔度、邱世友、陈则光、吴宏聪、陆一帆、李新魁等。此外，还有一批仍然健在的著名学者。每当我们提到中山大学中文学科，首先想到的就是这些著名学者的精神风采及其学术成就。他们既给我们带来光荣，也是一座座令人仰止的高山。

　　学者的精神风采与生命价值，主要是通过其著述来体现的。正如司马迁在《史记·孔子世家》中谈到孔子时所说的："余读孔氏书，想见其为人。"真正的学者都有名山事业的追求。曹丕《典论·论文》说："盖文章，经国之大业，不朽之盛事。年寿有时而尽，荣乐止乎其身，二者必至之常期，未若文章之无穷。是以古之作者，寄身于翰墨，见意于篇籍，不假良史之辞，不托飞驰之势，而声名自传于后。"真正的学者所追求的是不朽之事业，而非一时之功名利禄。一个优秀学者的学术生命远远超越其自然生命，而一个优秀学科学术传统的积聚传承更具有"声名自传于后"的强大生命力。

　　为了传承和弘扬本学科的优秀学术传统，从2017年开始，中文系便组织编纂中山大学"中国语言文学文库"。本文库共分三个系列，即"中国语言文学文库·典藏文库""中国语言文学文库·学人文库"和"中国语言文学文库·荣休文库"。其中，"典藏文库"（含已故学者著作）主要重版或者重新选编整理出版有较高学术水平并已产生较大影响的著作，"学人文库"主要出版有较高学术水平的原创性著作，"荣休文库"则出版近年退休教师的自选集。在这三个系列中，"学人文库""荣休文库"的撰述，均遵现行的学术规范与出版规范；而"典藏文库"以尊重历史和作者为原则，对已故作者的著作，除了改正错误之外，尽量保持原貌。

　　一年四季满目苍翠的康乐园，芳草迷离，群木竞秀。其中，尤以百年樟树最为引人注目。放眼望去，巨大树干褐黑纵裂，长满绿茸茸的附生植物。树冠蔽日，浓荫满地。冬去春来，墨绿色的叶子飘落了，又代之以郁葱青翠的新叶。铁黑树干衬托着嫩绿枝叶，古老沧桑与蓬勃生机兼容一体。在我们的心目中，这似乎也是中山大学这所百年老校和中文这个百年学科的象征。

　　我们希望以这套文库致敬前辈。

　　我们希望以这套文库激励当下。

　　我们希望以这套文库寄望未来。

2018 年 10 月 18 日

吴承学：中山大学中文系学术委员会主任、教授，长江学者特聘教授
彭玉平：中山大学中文系系主任、教授，长江学者特聘教授

# 目　录

## 上编　词学研究

## 下编　宋词研究

词学研究

上编

# 绪　言

　　词，造端于唐，繁衍于五代，极盛于两宋，而复兴于有清，绵历千年，代有作者。其在元明，虽若为杂剧传奇所掩，然当时士夫，对于词籍之选辑，词学之讲求，卷帙犹繁，不容偏废。故居今日而治词，以言数量，已甚可观，绝非小道，正不独其质素之艰深庞杂，遽难董理而已。近百年来，词道日昌，论词之书，云涌风起，如方成培之《词麈》，刘熙载之《词概》，周济之《论词杂著》，吴衡照之《莲子居词话》，陈廷焯之《白雨斋词话》，张德瀛之《词征》，况周颐之《蕙风词话》，王国维之《人间词话》，或考音律，或事品藻，或立宗派，或示楷梯，类能独抒伟见，方驾前贤。盖作词固难，知词亦不易也。兹所论列，殆同草创，略具规模，兼论学词，非尽词学。诚以苟未学词，侈谈词学；纵能信口雌黄，哗众取宠，只是沿袭，必无创获，譬犹"赤子随母笑啼，乡人缘剧喜怒"，又乌能穷其奥窔，得其旨归耶？

　　声韵、音律，剖析綦严，首当细讲。此而不明，则虽穷极繁富，于斯道犹门外也。谱调为体制所系，必知谱调，方得填倚。章句、意格、修辞，俱关作法，稍示途径，庶易命笔。至夫境界、寄托，则精神命脉所攸寄，必明乎此，而词用乃广，词道乃尊，尤不容稍加忽视。凡此种种，皆为学词所有事。毕此数事，于是乃进而窥古今作者之林，求其源流正变之迹。以广其学，以博其趣，以判其高下而品其得失；复参究古今人之批评、词说，以相发明，以相印证：是者是之，非者非之，其有各是其所是而非其所非者，为之衡量之，纠核之，俾折中于至当，以成其为一家言。夫如是则研究词学之能事，至矣，尽矣。若其有成与否与夫大成与小成，抑又有关乎禀赋之不齐，殆又未易一二论也。"梓匠轮舆能与人规矩，不能与人巧"，余所能言者，盖不外是云尔。

# 第一章 论声韵

张炎《词源》下云："先人晓畅音律①，……每作一词，必使歌者按之，稍有不协，随即改正。曾赋《瑞鹤仙》一词云：'卷帘人睡起，放燕子归来，商量春事。芳菲又无几！减风光、都在卖花声里。吟边眼底，被嫩绿移红换紫。甚等闲、半委东风，半委小桥流水。还是、苔痕湔雨，竹影留云，做晴犹未。繁华迤逦，西湖上、多少歌吹。粉蝶儿、扑定花心不去，闲了寻香两翅。那知人、一点新愁，寸心万里！'此词按之歌谱，声字皆协，唯'扑'字稍不协，遂改为'守'字乃协②。始知雅词协音，虽一字亦不放过，信乎协音之不易也。又作《惜花春起早》云：'琐窗深。''深'字不协，改为'幽'字；又不协，改为'明'字，歌之始协。此三字皆平声，胡为如是？盖五音有唇、齿、喉、舌、鼻，所以有轻清重浊之分③。故平声字可为上入者此也。"此言古人填词，一字不苟，平仄以外，犹有清浊之分也。杨缵《作词五要》第四要随律押韵云："如越调《水龙吟》、商调《二郎神》，皆合用平入声韵。古词俱押去声，所以转折怪异，成不祥之音。"此言某调应用某韵，均须讲求，不可随意取押也。然则言词之必不可不明辨声韵也审矣。

兹先论声。声者，平、上、去、入四声也。《乐记》曰："人心之动，物使之然也；感于物而动，故形于声；声相应，故生变；变成方，谓之音。"是声之与音，固微有别，声较音为单简，凡发乎口而达于外者皆声也。古有长、短、抗、坠、疾、徐、粗、细之分，实无四声之辨。四声之说，盖起于晋。其在于诗，则于平仄之外，上、去、入三声，虽亦有其运用之妙，顾无成式可按，故多仅守平仄。其在于词，区别较严，甚或剖及

---

① 炎父名枢，有《寄闲集》，已失传。

② "扑"字入声，"守"字上声，"扑"不协而"守"协，是应用上声字不能以入代也。

③ "深""幽"为阴平，属清；"明"为阳平，属浊；"深"为闭口音，"幽"为敛唇音，"明"为穿鼻音。

阴、阳、清、浊，匪直上、去、入三声不可逾越而已。观白石自注鬲指之声：

> 予度此曲，即《念奴娇》之鬲指声也。

守斋审订工尺之谱：

> 《宋稗类钞》："紫霞翁精于琴律，有画鱼周大夫善歌，暗令写谱参订。虽一字之误，必随证其非。或叩之云：'五、凡、工、尺，有何义理，而能默诵如流？'翁笑曰：'君特未究此事耳，其间义理，更有甚于文章。不然，安能记之！'"

则其中微妙之理，诚有不容浅视者。于是词之应守四声、阴阳、清浊之说，乃班秩以起。万树云："平仄固有定律矣，然平止一途，仄兼上、去、入三种，不可遇仄而以三声概填。"（《词律·发凡》）周济《宋四家词选·序论》："红友极辨上去，是已。上入亦宜辨，入可代去，上不可代去，入之作平者无论矣，其作上者可代平，作去者断不可以代平。平去是两端，上由平而之去，入由去而之平。上声韵，韵上应用仄字者，去为妙；去入韵则上为妙。平声韵，韵上应用仄字者，去为妙，入次之。叠则聱牙，邻则无力。"此以上、去、入须加明辨，其说一。俞彦云："词全以调为主，调全以字之音为主，音有平仄，多必不可移者，间有可移者。仄有上去入，多可移者，间有必不可移者。傥必不可移者，任意出入，则歌时有棘喉涩舌之病。"（《爰园词话》）焦循释《词源》所举"扑""深""守""明"等字云："'扑''深'二字何以不协？'守''明'二字何以协？盖'粉'为羽音，'蝶'为徵音，'儿'为变徵，由外而入；若用'扑'字羽音，突然而出，则不协矣，故用'守'字，仍复内转接，直至'不'字则出为羽音。'琐''窗'二字皆商音，又用'深'字商音，则专一，故用'明'字羽音，自商而出乃协。"（《雕菰楼词话》）此以七音调四声，以明声字之不苟，其说二。张德瀛云："词之用字，凡同在一纽一弄者，忌相连用之，宋人于此，最为矜慎。如柳耆卿《雨霖铃》词'今（见母牙音角属纯清）宵（心母齿头音商属次清）酒（照母正齿音商属次清）醒（心母齿头音商属次清）何（匣母喉音羽属半浊）处（清母齿头音商属次清）？杨（喻母喉音羽属平）柳（来母半舌音徵属半浊）岸（疑母牙音角属平）、晓（匣母喉音羽属纯清）风（非母轻唇音宫属纯清）残（从母齿头音商属半浊）月（疑母牙音角属平）'。其用字之法，洵可为轨范矣。"词必分清浊、轻重，李易安作《词论》亦云然。周德清撰《中原音韵》，判为阴阳二声。阴阳者清浊之谓也，贾子明以轻清为阴，重浊为阳，宋张世南已有其说（见《游宦纪闻》卷九）。阴阳四声俱备，它音易明，唯上声每难剖析："如'董'阴'动'阳，'子'阴'矣'阳，皆制词者所宜知。"（《词征》卷三）张世南以为"字声有清浊，非强为差别。夫轻清为阳，阳主生物，形用未著，故音常轻。重浊为阴，阴主成物，形用既著，故字音必重。"刘熙载亦云："词家既审平仄，当辨声之阴阳，又当辨收音之口法，取声取音，以能协为尚。"（《艺概·词概》）谢元淮《填词浅说》对阴阳清浊有较详细的说明。此以七音调四声而兼究阴阳清浊，其说三。蒋兆兰云："平仄已协，须辨上去；上去当矣，宜别阴阳；阴阳审矣，乃调九音。所以然者，音律虽已失传，而近世填词家，后起益精，不精即不得与于作者之列。况词贵宛转谐和，若一句聱牙，即全篇皆废。"（《词说》）又释《词源》所举"扑""守"二字云："盖'扑'字入声，其音哑，'守'字上声，其音紧，此其所以不同也。"此以词家必守四声，明阴阳，调九音，兼辨别哑、紧，其说四。总兹四说，虽粗细不同，其后出转严之迹，略可考见，盖至是而辨声之能事尽矣。（按：谢元淮谓"轻清上浮者为阳，重浊下凝者为阴"，与周德清说异。）

然则倚声之士，其必守此弗易乎？以余观之，盖亦有未尽然者。大抵唐、五代、宋初词人，多仅守平仄，不限四声；至柳永始辨去声，周邦彦乃分上、去。［友人夏瞿禅（承焘）云云］自时厥后，历白石、梦窗，以至守斋、草窗，声律之辨，弥益严密。彼等固皆能自制谱，自度曲，则其于声音微妙之理，洞究无遗，一字不苟，亦理势然也。白石《庆宫春》自序云："盖过旬涂稿乃定。"草窗《木兰花慢》自序云："冥搜六日而词成，……霞翁见之曰：'语丽矣，如律未协何？'遂相与订正，阅数月而后定。是知词不难作而难于改，语不难工而难于协。"其寻声逐字之情形可想。自来词人讲求声律之精细，殆莫有逾于此际者。虽然，此中甘苦，固不尽关四声阴阳也。杨缵《作词五要》第三要云："要填词按谱。自古作词，能依句者已少，能依谱用字者百无一二。词若歌韵不协，奚取焉！"是则昔人所悉心以求者，不唯四声阴阳而已。"能依句者已少，能依谱用字者百无一二。"所谓"句""谱"，其非仅指四声阴阳也明甚。且取当时诸家同调之词，或一家中同调之词对勘，四声亦有未悉合者。如周邦彦《渡江云》：

晴岚低楚甸，暖回雁翼，阵势起平沙。骤惊春在眼，借问何时，委曲到山家？涂香晕色，盛粉饰、争作妍华。千万丝、陌头杨柳，渐渐可藏鸦。　堪嗟，清江东注，画舸西流，指长安日下！愁宴阑，风翻旗尾，潮溅乌纱。今宵正对初弦月，傍水驿、深叙兼葭。沉恨处，时时自剔灯花。

与方千里和作：

长亭今古道，水流暗响，渺渺杂风沙。卷游惊岁晚，自叹相思，万里梦还家。愁凝望结，但掩泪、慵整铅华。更漏长，酒醒人语，睥睨有啼鸦。　伤嗟，回肠千缕，泪眼双垂，遏离情不下。还暗思、同翻香烬，深闭窗纱。依稀看遍江南画，记隐隐、烟霭兼葭。空健美，鸳鸯共宿丛花。

四声不同者凡十六字。（字下有着重号者，即其四声不同之字。）《四库提要》于方千里和美成词，称其四声不易一字者，犹参差若此，其他概可想见。又取柳永中吕宫《昼夜乐》二首比勘之：

洞房记得初相遇，便只合、长相聚。何期小会幽欢，变作离情别绪！况值阑珊春色暮，对满目、乱花狂絮。直恐好风光，尽随伊归去。　一场寂寞凭谁诉？算前言、总轻负。早知恁地难拚，悔不当初留住。其奈风流端正外，更别有、系人心处。一日不思量，也攒眉千度。

秀香家住桃花径，算神仙、才堪并。层波细剪明眸，腻玉圆搓素颈。爱把歌喉当筵逞，遏天边、乱云愁凝。言语似娇莺，一声声堪听。　洞房饮散帘帏静，拥香衾、欢心称。金炉麝袅青烟，凤帐烛摇红影。无限狂心乘酒兴，这欢娱、渐入嘉景。犹自怨邻鸡，道秋宵不永。

九十八字中，竟有三十三字四声不合。耆卿深通音律，其所作俱堪付诸歌喉，而前后四声乖异若此，则解人之不系乎四声可知。宋人考论律法之专书首推《词源》，然核玉田所自作，亦多不尽依守四声阴阳者。杨慎云："词人语意所到，间有参差，或两句作一句，或一句作两句。唯妙于歌者，上下纵横取协。"（《词品》）先著云："宋词宫调失传，决非四声所可尽。"（《词洁》）俞少卿云："郎仁宝谓有二句合作一句，一句分作两句者，字数不差，妙在歌者上下纵横所协。"（《蓉塘词话》引，见《词苑丛谈》卷一）方成培《词麈》云："大抵宋词工者，唯取韵之抑扬高下与协律者押之，而不拘拘于四声。"毛奇龄云："李于麟以填词法作乐府，谓乐府有声调，倘语句稍异，则于声调便不合尔。不知填词原有语句平仄正同，而声调反异者，如《玉楼春》与《木兰花》同，而以大石调歌之，则为《木兰花》类，然则声调何尝在语句耶？"（《西河词话》）刘体仁亦云："古词佳处，全在声律见之，今止作文字观，正所谓徐六担板。"（《七颂堂词绎》）诸家所论，诚圆通之说。然则时至今日，词已不得协乐，所谓四声者，亦正可守，可不必守。倘必刻舟记柱，非真善用赵卒者矣！

虽然，守声之说，不可不知也。自唱法失传，无预乐工，古人声情之美，舍此几无可按，苟并此亦废弃不讲，则倚声之义，更复将安附丽？故有特为精彩之词句，四声不能与古人尽合时，不妨仅守平仄；仅守平仄，亦不失为佳词；否则，与其放纵，毋宁固执。况周颐曰："守律诚至苦，然亦有至乐之一境。常有一词作成，自己亦既惬心，似乎不必再改。唯据律细勘，仅有某某数字，于四声未合，即姑置而过存之，亦孰为责备求全者。乃精益求精，不肯放松一字，循声以求，忽然得至隽之字。或因一字改一句，因此句改彼句，忽然得绝警之句。此时曼声微吟，拍案而起，其乐何如！虽剥珉出璞，选薏得珠不逮也。"（《蕙风词话》卷一）前辈甘苦有得之言，殆亦不容忽视也。

以守四声说求之于古人，既已不能尽合，于是乃有局部严守之说。

沈义父云：

但看句中用去声字，最为紧要……其次如平声，却得入声字替；上声字最不可用去声字替。（《乐府指迷》）

万树云：

夫一调有一调之声响，若上、去互易，则调不振起，自成落腔。（《词律·发凡》）

上声舒徐和软，其腔低，去声激厉劲远，其腔高，相配用之，方能抑扬有致。（同上。按：去声当高读，上声当低唱，说本沈璟。）

戈载云：

词中之宜用上，宜用去，宜用上去，宜用去上，有不可假借之处，关系匪浅，细心参考，自无混施之病。（《词林正韵·发凡》）

潘钟瑞云：

以入作平者，入声可以融化，上声即不尽然，而去声尤甚。作词固最重去声，最要留心。（《憩园词话》眉注）

此严论上、去二声，入声较可不拘也。

郭沨云：

　　词中仄字上去二声可用平声，唯入声不可用上三声，用之则不协律。近体如《好事近》《醉落魄》，只许押入声韵。（张侃《拣词词话》引，见周泳先《唐宋金元词钩沉》）

刘熙载云：

　　古人原词用入声韵，效其词者仍宜用入，余则否。至于句中用入，解人慎之。（《艺概·词曲概》）

陈锐云：

　　词调分上去入。用字则只知平仄，此大误也。一词中有少数入声字，如《高阳台》《扫花游》之类；有多数入声字，如《秋思耗》《浪淘沙慢》之类。又如《莺啼序》中有少数上声字，千万不可通融者。今人不知上去，况入声乎？（《袌碧斋词话》）

况周颐云：

　　入声字于填词最为适用，付之歌喉，上、去不可通作，唯入声可融入上、去声，凡句中去声字能遵用去声固佳，若误用上声，不如用入声之为得也。上声字亦然。入声字用得好，尤觉峭劲娟隽。（《蕙风词话》卷一）

丁绍仪亦云：

　　词家以入声作平，前人已详言之，其实不始于词。《穆天子传》云："白云在天，邱（山）陵自出，道里悠远，山川间之。"是"出"应读如"池"。（《听秋声馆词话》卷二）

此则兼论入声之重要性。

李渔云：

　　四声之内，平止得一，而仄居其三。人但知上、去、入三声皆严乎仄，而不知上之为声，虽与去、入无异，而实可介乎平仄之间。以其另有一种声音，杂之去、入之中，大有泾渭，且若平声未远者。古人造字审音，使居平仄之介，明明是一过文，由平至仄，从此始也。……词家当明是理。凡遇一句之中，当连用数仄者，须以上声字间之，则似可以代平，拗而不觉其拗矣。若连用数平字，虽不可以之代平，亦于此句仄声字内用一上声字间之，即与纯用去、入者有别，亦似可以代平。（《窥词管见》）

此则专言上声之重要性。观陈允平《绛都春》自注："旧上声韵，今改平声。"又《永遇乐》自注："旧上声韵，今移入平声。"可为上可作平之证。清真、梦窗诸作，于去上字甚谨；白石自度腔，用入声字特多，则上列诸说，实各有其独得之见。顾以证诸古人名作，则犹不可尽通也。兹即以上举柳词《昼夜乐》二首一加考校：如第一首"何期小会幽欢"之"小会"，上、去声也，而第二首作"细剪"为去、上声；第一首"对满目、乱花狂絮"之"对满目"，去、上、入声也，而第二首作"遏天边"为入、平、平声；第一首"一日不思量"之"一日不"俱入声字，而第二首作"犹自怨"为平、去、去。其互通之迹，殊难为定一界域。故谓依声音原理某处用某声较美妙则可，必用此为程式而诏人以固执，则似未免厚诬前贤而锢蔽后学。

更有以歌法、读法推定某字用某声者。

万树云：

> 名词转折跌宕处多用去声。何也？三声之中，上、入二者可以作平，去则独异。故余尝窃谓论声虽以一平对三仄，论歌则当以去对平、上、入也。当用去者，非去则激不起。（《词律·发凡》）

周济云：

> 阳声字多则沉顿，阴声字多则激昂，重阳间一阴，则柔而不靡，重阴间一阳，则高而不危。（《宋四家词选·目录序论》）

杜文澜云：

> 平、上、入三声间有可以互代，唯去声则独用。其声激厉劲远，转折跌宕，全系乎此，故领调亦必用之。（《憩园词话》）

谢元淮云：

> 四声平仄，呼吸抑扬，均有自然之妙。即平素不习工尺者，能于照谱填成之后，反复吟哦，自有会心惬意处。大略阴平宜搭上声，阳平宜搭去声，不必拘泥死法。昔人谓孟浩然诗，讽咏之久，有金石宫商之声。诗尚如此，词可忽乎哉！（《填词浅说》）

吴梅云：

> 三仄之中，入可作平，上界平仄之间，去则独异，且其声由低而高，最宜缓唱。凡牌名中应用高音者，皆宜用此。如姜尧章《扬州慢》"过春风十里"，"自胡马窥江去后"，"渐黄昏，清角吹寒"，凡协韵后转折处，皆用去声，此皆最为明显。他如《长亭怨慢》"树若有情时"，"望高城不见"，"第一是、早早归来"，"算空有并刀"；

《淡黄柳》之"看尽鹅黄嫩绿","怕梨花落尽成秋色",其领头处,无不用去声者。无他,以发调故也。(《词学通论》)

吴说盖本红友、筱舫,谢说略近止庵,其以歌唱或诵读之法而定声字则一也。说虽较拘,实具卓见,非深于此道者不及此。不过取证古词,仍多未合耳。

此外,有指出同声字不得叠用,不得倒用者:

李渔云:

最忌连用数去声或入声。并去、入亦不相间,则是期期艾艾之文,读其词者与听口吃之人说话无异矣。(《窥词管见》)

词则全为吟诵而设,止求便读而已。便读之法,首忌韵杂,次忌音连,三忌字涩。……音连者何?一句之中,连用音同之数字,如先、烟,人、文,呼、胡,高、豪之属,使读者粘牙带齿,读不分明,此二忌也。(同上)

谢元淮摘王伯良"曲禁"中语以用于词,以为上、去字须间用,不得连用两上、两去;两上字连用尤为棘喉。宜上、去不得用去、上;宜去、上不得用上、去。不得叠用三入声字。不论平、上、去、入,不得叠用四字。宜阴不得用阳字;宜阳不得用阴字。唯调有定格者例外。说见《填词浅说》。(按:《元和韵谱》云:"上声厉而举,去声清而远,相配用之,方能抑扬有致。"此为不得用叠声字说所本。)说虽甚徵,而亦不可执。如上举美成《渡江云》词中之"阵势",两去连用也;"在眼"两上连用也;"渐渐可"三叠上声字;"清江东"三叠平声字。耆卿《昼夜乐》第一首"一日不"三用入声字。至《寿楼春》之起句五用平声字之为"有定格"者,更无论矣。有指出某调某字有定声者:

万树注王沂孙《齐天乐》云:

"过雨""更苦",去上声妙,万万不可用平仄,而"万缕"尤为要紧。(《词律》)

杜文澜云:

韵上一字,亦有定律,如调中有应用去上处,自须协上声;而如《醉太平》《恋绣衾》《八六子》等平调韵上之仄声字,必须用去声,方是此调声响。(《憩园词话》)

又校《词律》吴文英《法曲献仙音》云:

按此调首句第二字,次句第四字,四句第二字,五句第四字,必

用入声。(《词律》注)

校《词律》王沂孙《花犯》云:

按词中应用去上声,唯此调最多。如"素靥""绀缕""岁晚""自倚""记我""浪里""卧稳""挂晓""凤冷""乍起""唤取""翠被"凡十二处,周美成、方千里等名作皆同,为此调定格,必宜恪守。(同上)

又评韩闻南(薰来)《如此江山》(即《齐天乐》)云:

按此调前段第六句,后段第七句,及后结三韵,皆应去上声。(《憩园词话》)

又评张应昌(仲甫)《烟波渔唱》词云:

如四字令韵上一字应仄者用去声,平调《满江红》前后结三字用平去声,《齐天乐》三用去上声,《八声甘州》后结上一句中二字相连,《忆旧游》结句第四字用入声,皆按律之细密者。(同上)

黄曾(菊人)《瓶隐山房词集·发凡》论去上字云:

《扫花游》六见,《一枝春》八见,《花犯》十二见。(《憩园词论》引)

郑文焯《"角""药"二字考音》云:

按此曲近人和者,多于两煞失其音节。当于入声字处为逗,旁谱可证。(校白石《扬州慢》)

按郑氏此说,夏承焘已有驳议,见夏著《白石道人歌曲斠律》。

陈锐云:

词中四声句最为着眼。如《扫花游》之起句,《渡江云》之第二句,《解连环》《暗香》之收句是也。又如《琐窗寒》之"小唇秀靥""冷薰沁骨",《月下笛》之"品高调侧",美成、君特无不用"上、平、去、入"。乃词中之玉律金科,今人随手乱填,何也!(《裒碧斋词话》)

一词中有少数入声字,如《高阳台》《扫花游》之类;有多数入声字,如《秋思耗》《浪淘沙慢》之类。又如《莺啼序》中有少数上声字,千万不可通融。今人不知上去,况入声乎?(同上)

清真《大酺》云"墙头青玉旆","玉"字以入代平。下文云,"邮亭无人处",皆四平一仄。梦窗此句第四字亦用入声,守律之严如此。今人则胡乱用之矣。(同上)

吴梅云：

清真词，如《瑞龙吟》之"归骑晚，纤纤池塘飞雨"，《忆旧游》之"东风竟日吹露桃"，《花犯》之"今年对花太匆匆"；梦窗词，如《莺啼序》之"快展旷眼""傍柳系马"，《西子妆》之"一箭流光，又趁寒食去"，《霜花腴》之"病怀强宽""更移画船"；白石词，如《满江红》之"正一望千顷翠澜"，《暗香》之"江国正寂寂"，《凄凉犯》之"怕匆匆，不肯寄与误后约"，《秋宵吟》之"今夕何夕恨未了"。此等句法，平仄拗口，读且不顺，而欲出辞尔雅，本非易易，顾不得轻易改顺也。（《词学通论》）

如《齐天乐》有四（三）处必须用去、上声。清真词"云窗静掩""凭高眺远""但愁斜照敛"是也。此四（三）句中，如"静掩""眺远""照敛"，万不可用他声。故此词切忌用入韵，虽入可作上，究不相宜。又《梦芙蓉》亦有五处必须用去、上声。梦窗词，"西风摇步绮""应红销翠冷，霜枕正慵起""仙云深路杳，城影蘸流水"，是也。"步绮""翠冷""正起""路杳""蘸水"，亦万不可用他声。……又《眉妩》亦有三处用去、上声。白石词"信马青楼去"，"翠尊共款"，"乱红万点"是也。中如"信马""共款""万点"，亦不可用他声。至于《兰陵王》之多仄声字，《寿楼春》之多平声字，又当一一遵守，不得混用上、去、入三声也。（同上）

词有必须用入之处，不得易用上、去者。如《法曲献仙音》首二句"虚阁笼寒，小帘通月"，"阁""月"宜入。《凄凉犯》首句"绿杨巷陌"，"绿""陌"宜入。《夜飞鹊》"斜月远堕余辉"，"兔葵燕麦"，"月""麦"宜入。《霜叶飞》换头"断阕经岁慵赋"，"阕"宜入。《瑞龙吟》"愔愔坊陌人家"，"侵晨浅约宫黄"，"吟笺赋笔"，"陌""约""笔"宜入。《忆旧游》末句"千山未必无杜鹃"，"必"字宜入。（同上）

考定词忌及某调中某字必用某声，其谨严之态度，殊足使疏于声律者知所矜慎。其取材大抵不出美成、白石、梦窗、碧山、玉田诸家，以此数家持律最严，较观数家同出一律者，即用悬为定式也。唯此数家外，以其定式，核之他作，则多不可通者。即玉田所作，亦时不守此。或宽或严，仍在作者之自择。非可范围一切，使人无可借口也。

姚华曰：

清初人词，一律不论四声，道咸而后，始论四声，此进一步之说也。近日以来。又过守四声，则鲁齐得失，未经论定。鄙意以为倚声者，以声为主者也。文情随声情为缓急，故四声之宽严，必先考声调；声调既亡，无已，姑考旧词而比较之，数从其多者，所以有依词为谱之例。然声调固无可考，而声依何器，其大别尚有可寻者。五代北宋词，歌者皆用弦索，以琵琶色为主器；南宋则多用新腔，以管色为主器。弦索以指出声，流利为美；管色以口出声，的皪为优。此段变迁，遂为南北宋词不同之一关键。……主器既因时而异色，歌者亦因地而异音。中州音与吴音之不同，尽人而知矣，南宋词既用管色，又多准吴音，故其律与北宋又不一例。如入声之于平仄，中原音可分配三声，吴音则否；故词家有入声尚可出入，而上、去不容假借之说，要其折中，亦无准据。皆由不依色以考声，但校词以为谱，重眼不重耳，故似是而非实非也。南北宋之间，最关重要者莫如清真，清真主大晟乐府，往往新腔出于其时，其所用色，尚耐人考校，故北宋旧调，亦有出于清真，而其声颇于秦黄异者，岂亦以用色不同故耶！因此而知倚声之考校，尚大有事在，不能一例只严四声，考校未定，暂参活用，亦唯于弦管两色审之。唐诗亦入乐，亦琵琶为主色，故词为诗余者，仅以至北宋为断，南宋新谱，则不得云诗余矣。（《与邵伯纲书》）

上列诸说，论守声者大略可见，而词之声字不得苟下，亦可推知。盖自南宋以降，为词者未必兼工乐律，能自度曲，俊特如仇山村（远）及与草窗、玉田等交游者，犹有四字《沁园春》之叹，下此更无足论。故历元、明以至有清中叶，倚声之士，类多不守四声；万红友《词律》虽能救弊起衰，杜筱舫虽持"名词四声，亦应极意摹仿"之说，究属声律家言，卓著词家，多不措意于此；其严声律而能卓然名家者，唯周之琦《心目斋词》与蒋春霖《水云楼词》而已，然亦不限四声也。百十年来，词学复兴，如王幼遐、陈伯弢、郑叔问、朱古薇、况夔笙等名手，始严四声之辨，和古人声韵之作，数见不鲜，朱、况二老，守之尤严，几使毫厘分寸，不容宽假。当代作家，受其影响者，守之唯恐或失；而新进后生，惮于用心，患其拘束，则又持反对之说，去之唯恐弗力。窃意既名填词，则受声律所限制，自不可免，必欲摧陷而廓清之，则亦不成其为词矣。唯四声无或出入，似亦过于死执；况古人名作正多，必以数家为准，门户似亦太隘；既不能施诸歌唱，协诸管弦，则除拗调拗句加以严守外，即仅依平仄填倚，亦不失其真美也。

上论声竟。

其次论韵。字以韵而得所归，句以韵而得所协；取同音之字，各以类聚，用以调节奏、定结声者，谓之韵书。词韵初无专书，唐、五代、北宋词，用韵殊泛，时入方音，取便歌唱，唯主谐适。洎东都朱希真作《应制词韵》十六条，始标词韵之名；鄱阳张辑为衍义以释之，冯取洽重为缮录增补。（见陶宗仪《韵记》）顾原书久佚，已无从窥见其旧。现存词韵，以陈铎《蔡斐轩词林要韵》为最古，戈载《词林正韵》为最精。中如胡文焕《会文堂词韵》，平、上、去三声用曲韵，入声用诗韵；沈谦《词韵略》，平、上、去三声同列一部，入声又依周氏曲韵例，两字连列（如"屋沃""觉药"之类）。许昂霄《词韵考略》，以今韵分编，而入声有古通、古转，今通、今转，借叶之条；吴烺、程名世之《学宋斋词韵》，字数太略，音切又无分合，两见之字，未能细辨：若斯之流，均未精审，不堪取则。戈书后出，为词韵之南董，近代名家，咸极重视，多所遵从。兹将戈书目录，条列下方：

| | 平 | 上 | 去 | 入 |
|---|---|---|---|---|
| 第一部 | 东冬钟 | 董肿 | 送宋用 | |
| 第二部 | 江阳唐 | 讲养荡 | 绛漾宕 | |
| 第三部 | 支脂之微齐灰 | 纸旨止尾荠贿 | 置至志未霁祭太（半）队废 | |
| 第四部 | 鱼虞模 | 语噳姥 | 御遇暮 | |
| 第五部 | 佳（半）皆咍 | 蟹骇海 | 太（半）卦怪夬代 | |
| 第六部 | 真谆臻文欣魂痕 | 轸准吻隐混很 | 震稕问焮慁恨 | |
| 第七部 | 元寒桓删山先仙 | 阮旱缓潸产铣狝 | 愿翰换谏裥霰线 | |
| 第八部 | 萧宵爻豪 | 筱小巧皓 | 啸笑效号 | |
| 第九部 | 歌戈 | 哿果 | 个过 | |
| 第十部 | 佳（半）麻 | 马 | 卦（半）祃 | |

续上表

| | 平 | 上 | 去 | 入 |
|---|---|---|---|---|
| 第十一部 | 庚耕清青蒸登 | 梗耿静迥拯等 | 映诤劲径证嶝 | |
| 第十二部 | 尤侯幽 | 有厚黝 | 宥候幼 | |
| 第十三部 | 侵 | 寝 | 沁 | |
| 第十四部 | 覃谈盐沾严咸衔凡 | 感敢跌忝俨豏槛范 | 勘阚艳桥验陷鉴梵 | |
| 第十五部 | | | | 屋沃烛 |
| 第十六部 | | | | 觉药铎 |
| 第十七部 | | | | 质术栉陌麦昔锡职德缉 |
| 第十八部 | | | | 勿迄月没曷末黠辖屑薛叶帖 |
| 第十九部 | | | | 合盍业洽狎乏 |

戈氏此编韵目，以《集韵》为主，而参以《广韵》。派平、上、去三声为十四部，入声为五部，共十九部。其入声可以作平、作上、作去者，均次于该部之后，用力最勤，取材殊谨。顾以有失之太严与太宽者。谢章铤曰："以宋词考之，宝士之说，亦不尽然。寒、山一部，覃、咸一部，刘改之《唐多令》则湾、帆、滩、间、衫、寒、安、南同押，是寒山可合覃咸矣。然辛、刘固浙派之所鄙夷者，吾请征之周草窗，先与盐不同部也，而《鹧鸪天》合之；庚、青与侵不同部也，而《恋绣衾》合之；庚、青与真、文不同部也，而《梅花引》《声声慢》《浣溪沙》合之；《江城子》且并合于蒸与侵矣。至莺在庚韵，而吴梦窗《木兰花慢》则押入江阳矣；草窗《眼儿媚》《浣溪沙》则押入真文侵矣。梦窗、草窗之词，宝士选入《七家》（指《七家词选》），即有误笔，断不至再至三。宝士自谓遍考名家词，亦知其出入不一律否耶？"（《赌棋山庄词话续编》卷五）张德瀛曰："戈氏于入声韵编分五部，核诸唐宋诸家词，独见精审。唯以第六部之真、谆等韵，第十一部之庚、耕等韵。第十三部之侵韵，判而为三，与宋人意旨，多不相合。其辨《学宋斋词韵》，谓所学皆宋人误处，而力诋其真、谆、臻、文、欣、魂、痕、庚、耕、清、青、蒸、登、侵十四部同

用之非（按：见《词林正韵·发凡》）。今考宋词用韵，如柳耆卿《少年游》以频、缨、真、云、人通叶，周美成《柳梢青》以人、盈、春、心、云、存通叶，李秋崖《高阳台》以尘、云、昏、凝、沈、琼、深、痕、情、阴通叶，洪叔玙《浪淘沙》以冥、晴、春、人、斟、情、鸣、清通叶，周公瑾《国香慢》以根、婷、春、凝、簪、兄、云、清通叶，奚秋崖《芳草》以薰、醒、云、昏、凝、心、林、听、人通叶，张叔夏《庆春宫》以晴、人、饧、迎、筝、裙、云、情、泠通叶，毛泽民《于飞乐》三阕，一以林、阴、深、心、尊、清、春、人通叶，一以云、惊、瓶、心、亭、声、清、謷通叶，一以轻、云、匀、神、颦、魂、人、情通叶。略举数家，可得概梗。至上去韵，如高竹屋、王碧山《齐天乐》，史邦卿《双双燕》亦然。此等处宋人自有律度，展转相通，强为迁就，固属不可；然概指为误，转无以处宋人。吴氏所辑，亦非无见也。"（《词征》）是以戈韵失之太严也。沈祥龙曰："元韵中袁、烦、暄、鸳，阮韵中远、蹇、晚、反之类，音既不谐，万难通叶。"（《论词随笔》）是以戈韵第七部所收之字，失之太宽也。吴梅曰："术、物二韵，与平、上、去之鱼、模、语、麌相等，未便与质、栉等同列，陌、麦，又隶属于皆、来，没、曷、末亦属于歌、罗，故陌、麦不能与昔、栉同叶，没、曷、末不能与黠、屑同叶，戈氏合之，未免过宽。"（《词学通论》）是又以戈韵入部区列不审矣。姚华曰："今人用词韵，以戈氏为则，鄙意亦不谓然。戈韵可资词学之考校，而不可为填词科律。守之太过，则自加桎梏，亦如四声当依声情时地而活用之。"（《与邵伯䌹书》）诸说虽咸对戈书不满，各具深心，予以纠正。以余观之，总以证诸古词可通者为是；吴氏以音学原理以相衡量，未必核诸古词而皆通也。词韵本后于词，盖归纳古词以成书者。若守后出之书而忘其依据，或只求理论上之确当，而违其事实，斯则太求苛细，反至师心自用矣。况词原为协乐之文字，其声韵，在歌唱者每可迁就以求谐协，在今日，词乐失传，词如何读法，已成为绝大问题。倘只于本读中以求合理，以测是非，郢书燕说，其何能当！故余以为今日填词，不妨仍以戈韵为归，而参以张氏之说。至若杜文澜所云："宋词用韵有三病：一则通转太宽，二则杂用方音，三则率意借协。故今之作词者，不可以宋词用韵为据。"（《憩园词话》）则未免聪明自作，厚诬古人。宋词既不足据，则将以歌法失传后明清之作为据耶？知其说之必不可通也。然如《西河词话》内标无韵之条，谓"词本无韵，故宋人不制韵，任意取押，虽与诗韵不远，然要是无限度"，则根本废弃词韵不讲，泛滥无归，亦非所宜。

言协韵之法者，始见于李清照《论词》云："且如近世所谓《声声慢》《雨中花》《喜迁莺》，既押平声韵，又押入声韵；《玉楼春》本押平声，又押上去声，又押入声。本押仄声韵，如押上声则协，如押入声，则不可歌矣。"（见《渔隐丛话》）其言上入不可通押，与杨守斋论越调《水龙吟》、商调《二郎神》合用平入声韵，不可押去声（《作词五要》中第四要），俱极严明。唯唐段安节言商、角同用（《乐府杂录》），是押上声者，入声亦可押也。可见押韵仍以宫律为准，专讲四声，犹未为尽。兹就文字上略加考求古人协韵之法。

协韵或宽或严，不能例视。自其宽者言，则匪直诸凡古韵可以通转者皆得互协，甚且有协以方音，似与本音相去甚远者。自其严者言，则不唯拘于本韵，即阴、阳、清、浊，亦须细加明辨。分述于后，以供考览。

## 一、严协

### （一）以发音限用韵

凌廷堪自序其词，谓用韵时，凡闭口者不敢阑入抵腭、鼻音；至于抵腭与鼻音亦然。此以发音严定用韵之区界也。侵、覃、盐、咸诸韵为闭口音，真、文、元、寒、删、先、仙等韵为抵腭音，东、冬、江、阳、庚、青、蒸诸韵为鼻音。各韵部以发音不同，故不容相协。

### （二）以四声宫调限用韵

此在上举李易安、杨守斋之说已开其端，至戈载更详其义。戈载谓凡词用韵，有可以押平韵，又可以押仄韵者，其仄韵必用入声。如越调之《霜天晓角》《庆宫春》，商调之《忆秦娥》，双调之《庆佳节》，高平调之《江城子》，中吕宫之《柳梢青》，仙吕宫之《望梅花》《声声慢》，大石调之《看花回》《两同心》，小石调之《南歌子》之类。又有仄韵而必须入声者，如越调之《丹凤吟》《大酺》，越调犯正宫之《兰陵王》，商调之《凤凰阁》《三部乐》《霓裳中序第一》《应天长慢》《西湖月》《解连环》，黄钟宫之《侍香金童》《曲江秋》，黄钟商之《琵琶仙》，双调之《雨霖铃》，仙吕宫之《好事近》《蕙兰芳引》《六么令》《暗香》《疏影》，仙吕犯商调之《凄凉犯》，正平调近之《淡黄柳》，无射宫之《惜红衣》，正宫中吕宫之《尾犯》，中吕商之《白苎》，夹钟羽之《玉京秋》，林钟商之《一寸金》，南吕商之《浪淘沙慢》，此皆宜用入声韵，不可用上去也。又有宜单押上声韵者，如黄钟商之《秋宵吟》，林钟商之《清商怨》，无射商之《鱼游春水》是。有宜单押去声者，如仙吕调之《玉楼春》，中吕调之《菊花新》，双调之《翠楼吟》是。（《词林正韵·发凡》）此以四声宫调严定用韵之区界也。大抵由比勘张先、柳永、周邦彦、姜夔、吴文英、周密、王沂孙、张炎诸家词集，取其用韵之彼此相符者，即援为准的，颇有归纳之功，不无固陋之嫌，试取两宋词籍较观，即可灼见。唯如《秋宵吟》《翠楼吟》等宋、元人词别无可校者，其协韵之声字，自不可轻易改用。

## 二、宽协

### （一）上去入通协

词韵本宽于诗，故古词上、去，例皆通协。入声可派三声，故亦可以协上、去。如晏几道《梁州令》"莫唱阳关曲"，以曲字协缕、处、绪、住、絮、去等；张炎《西子妆慢》"遥岑寸碧"，以碧字协意、泪、气、此等是。然此皆以入声字读作上、去以协上、去韵也。亦有通首入声韵，而以上、去字读作入声协者，如朱敦儒《柳梢青》，以也字叶别、发、客、说等字，是以上声读入声；无名氏《点绛唇》以麝字协贴、彻、歇、舌、啮、劣等字，是以去声读入声。唯此例甚少，不可悬为准则耳。

### （二）平入通协复自协

五代词人，用韵最为错综，有平入通协而复平协平、入协入者，如欧阳炯《西江月》词云："水上鸳鸯比翼，巧将绣作罗衣。镜中重画远山眉，春睡起来无力。　　钿雀稳篸云髻，含羞时想佳期。脸边红艳对花枝，独占凤楼春色。"此调他作起句与过片不用韵，又两阕末句均以同部之仄声字叶平。此作则句句用韵，且中间仄韵如翼、力、髻、色互协；平韵衣、眉、期、枝互协；以平入互通例言之，则全首句句同归一部。此为交错用韵中之最精细者。

### （三）句句用韵而以平上去三声通协

此句句用韵略同欧阳炯《西江月》，唯欧作以平入通协，此则用平、上、去三声。如贺铸之《水调歌头》："南国本潇洒，六代浸豪奢。台城游冶，襞笺能赋属宫娃。云观登临清夏，璧月留连长夜，吟醉送年华。回首飞鸳瓦，却羡井中蛙。　访乌衣，成白社，不容车。旧时王谢，堂前双燕过谁家？楼外河横斗挂，淮上潮平霜下，樯影落寒沙。商女篷窗罅，犹唱后庭花！"用第十部韵，"麻""马""祃"三声通叶，寓谨严于宽放中；贺作《六州歌头》亦近此，他家不见其例。

### （四）以方音协韵

古词用韵，有以方音协者，取便歌唱，不为本韵所限也。此例乐府诗最多，其在于词，则起于五代。如孙光宪《谒金门》词："留不得，留得也应无益。白纻春衫如雪色，扬州初去日。　轻别离，甘抛掷，江上满帆风疾。却羡鸳鸯三十六。孤鸾还一只。"通首用第十七部质、昔、职、德韵，而忽插入第十五部屋韵之"六"字。此"六"字在韵书无可读为第十七部音者，盖方音也。潮汕间方言，正以"六"字读与"木"同部。（无名氏论韵，谓："六无别读，何由得通？"盖不知其为方音协耳。）宋元人词，用方音协者，屡见不鲜。如林外《洞仙歌》，"老""我""过""锁""考"同协，闽、广方音也。（孝宗读林外词，知其为闽音。访之，林果闽人。）赵长卿《水龙吟》，以"少""了""峭""昼""秀"同协，江右方音也。陈允平《南歌子》，以"翘""销"与"楼""洲"同协，则"楼"读若"劳"，今之潮州方音尚然；"洲"读若"招"，今之广州方音尚然。李弥逊《清平乐》以"晓""酒""到""首"同协，今日以广州音读之，正在同部。凡此，皆以乡音协韵者也。他如戈氏所举曾觌《钗头凤》"照""透"同押，刘过《辘轳金井》"溜""倒"同押，吴文英《法曲献仙音》"冷""向"同押，陈允平《水龙吟》"草""骤"同押之类，莫不以方音协。大率用方音协者，与借协不同，借协或同组，或旁组，总有通转之理可寻；若方音则非另读一音不能协。凡读古词，遇无可通转之韵时，即须变读，亦即可认为以方音协也。

戈氏论韵谓有借音字，举柳永《鹊桥仙》之"负"字，叶方布切，辛弃疾《永遇乐》之"否"字，叶方古切，赵长卿《南乡子》之"浮"

字，叶房迪切，周邦彦《大酺》之"国"字，叶古六切，潘元质《倦寻芳》之"打"字，叶当雅切，姜夔《疏影》之"北"字，叶逋沃切，吴文英《端正好》之"陌"字，叶末各切，《烛影摇红》之"亩"字，叶忙补切，蒋捷《女冠子》之"要"字，叶霜马切。以为此皆古人借音字，相沿至今，已有音切，便可遵用，故为补入。（《词林正韵·发凡》）今考此等字，益即方音耳。中如"负""否""打""要"等字，今日客家方音，正如此读，"浮"字则潮音正如此读，"陌"字则粤音正如此读，"国"字则潮音正读与"屋"同部，至"北"字之读若"卜"，则宋人若周美成、张于湖、周公瑾、吴梦窗、姜尧章等读法均同，意者或亦为吴音读法如此。若此等类方音协者，似不可谓为借音。凡方音可考见者，均可补于每韵之末，又不必限此数字也。且如"否"字，在五代已多作"方古切"者，如韦端己《应天长》词，以"否"协"语"，冯正中《蝶恋花》词，以"否"协"去"，张泌《菩萨蛮》词，以"否"协"暮"，均其例，固不自柳永始。又如张先《庆春泽》，韩玉《贺新郎》《卜算子》，程垓《满庭芳》《减字木兰花》等均协方音，其例实繁。至黄庭坚《念奴娇》词，以"笛"叶"绿"，陆游谓"泸戎间谓笛曰独，故鲁直得借用"。则虽借用，仍是方音协也。（今日潮音读"笛""绿"正同部。）

词之转韵，与诗恰相反：诗之律、绝，无转韵者，唯古体有之；词则长调绝少转韵，其转韵者多属小令，尤以唐、五代之小令为多。仄转仄、平转平者甚少。顾宋梅曰："其不转韵者（按，指长调），以调长恐势散而气不贯也。"（《古今词论》引）邹祗谟曰："小调换韵，长调多不换韵。间如《小梅花》《江南春》诸调，凡换韵者多非正体，不足取法。"（《远志斋词衷》）小令如《清平乐》等二转韵，《调笑》等三转韵，《虞美人》《菩萨蛮》《更漏子》《减字木兰花》等四转韵，《相见欢》《定风波》《最高楼》等则中间插入短韵，《酒泉子》《河传》等则平仄韵错综转协。盖短调欲抒写复杂之情节，不得不用较复杂之韵协，韵协与情节，固有密切之关系也。若慢词之用转韵者，以贺东山之《小梅花》凡八换韵，韩南涧（元吉）之《六州歌头》凡五换韵为最著；次如《换巢鸾凤》之平转仄，《哨遍》之平仄交用，然实则用同部之平仄韵互协耳。他如《三犯渡江云》《浣溪沙慢》之类，仅于过变处一换平仄同部之仄韵而即归本韵，不可谓之换韵也。

小令平仄换韵词，其前后段所用之韵，原可不拘，然亦有前后段平仄韵可以自协者，如尹鹗《醉公子》词，"暮烟笼藓砌，戟门犹未闭。尽日醉寻春，归来月满身。　　离鞍偎绣袂，坠巾花乱缀。何处恼佳人？檀痕衣上新"。前段之"砌""闭"，与后段之"袂""缀"可协；前段之"春""身"，与后段之"人""新"可协。又如贺铸《更漏子》词："上东门，门外柳，赠别每烦纤手。一叶落，几番秋？江南独倚楼！　　曲阑干，凝伫久，薄暮更堪搔首。无际恨，见闲愁，侵寻天尽头。"前段之"柳""手"，与后段之"久""首"同韵；前段之"秋""楼"，与后段之"愁""头"同韵。此类前后互叶之词，虽无固定成式，音节极为谐美。

词有在句中用韵者谓之"句中韵"，或谓之"藏韵"。沈义父《乐府指迷》云："词中多有句中韵，人多不晓。不唯读之可听，而歌时最要叶韵应拍，不可以为闲字不押。如《木兰花》（按：指《木兰花慢》）云：'倾城，尽寻胜去。''城'字是韵；又如《满庭芳》过处，'年年，如社燕'，'年'字是韵，不可不察也。"杜文澜《憩园词话》云："宋词暗藏短韵，最易忽略，如《惜红衣》换头二字，《木兰花慢》前后段第六、七句平平二字，《霜叶飞》起句第四字，皆应藏暗韵。此外似此者尚不少，换头二字尤多。虽宋词未必尽同，然精律者所制，则必用暗韵。"谢章铤亦云："《诗》有句中韵法，如'龠舞笙鼓'，'舞'与'鼓'韵；'采荼薪樗'，'荼'与'樗'韵；'日居月诸'，'居'与'诸'韵；'有壬有林'，'壬'与'林'韵。顾其法诗家颇不讲，而时见于词。如《河传》《醉太平》等调，句中多有用韵者，填之应节，极可吟讽。"（《赌棋山庄词话》卷三）吴蘅照《莲子居词话》云："如《点绛唇》次句，东坡云'今年身健还高宴'，吴琚云'故人相遇情如故'，舒亶云'翠华风转花随辇'，本七字句，而中间'健'字、'遇'字、'转'字均用韵，亦句中韵。"今核名家《木兰花慢》第六句第二字均协，沈说不误。（有于此字不协者，疏不可从。）唯《点绛唇》在句中用韵者，除吴氏所举数词外殊罕觏，当是偶合，未可悬为定律。它如白石《暗香》"江国正寂寂"之"国"字，《惜红衣》"故国渺天北"之"国"字，《念奴娇》"日暮青盖亭亭"之"暮"字，美成《忆旧游》"迢迢问音信"之下"迢"字等等，就本词论，均可谓句中韵。因句中之韵，原非必押，故自名家精用音律者外，普通作家多不注意及此。如吴潜和白石《暗香》词，"国"字不用韵；《念奴娇》之"暮"字，则通常多不用韵；至《忆旧游》过片第二字，则虽精细用律如梦窗，亦不用韵。然谓美成、白石等原制不用韵，不可也。大抵慢词过变第二字用韵者甚多，其必须斫句，如《霓裳中序第一》之"幽寂"，《瑣窗寒》之"迟暮"等类，自属短句韵，余多与下文相连成辞。凡必连下成辞者，皆可目之为句中韵也。

更有无韵之句而亦用韵者。如《水调歌头》，前段第五、六句与后段第六、七句，各家均不用韵，（贺铸之句句用韵者，自属例外。）而苏轼中秋词前段云，"我欲乘风归去，又恐琼楼玉宇"，后段云，"人有悲欢离合，月有阴晴圆缺"，"去""宇"自协，"合""缺"自协。如《采桑子慢》，前段第五句与后段第六句，各家均不用韵，而吴礼之词，前段云，"去也难留，万重烟水一扁舟"，后段云，"先自悲秋，眼前景物只供愁"，"留""秋"均用韵。此类甚多，不能遍举。此种用韵法，或亦以归入"藏韵"。至夫贺铸之《六州歌头》《水调歌头》句句用韵者，则为慢词中所仅见。盖用韵愈多，则声情愈流美，故在声音不相触时，即添入句中韵或句末韵均无妨事。白石《淡黄柳》之第四句，似不用韵，以有人疑为借协，而讲求韵律之作家，遂多于此句用借协字。《八六子》调，陈梣碧疑有脱韵；《西平乐》调，郑大鹤疑有脱韵。若斯之类，均可证明用韵之不可太疏也。若柳耆卿之《破阵乐》，有七句一用韵、八句一用韵者，此则慢词中之特例，当于歌唱中求其疏隔之故，非斤斤于句调者所能悉其底蕴矣。

古人为词，间有用重韵者，其义解不同之重韵不论。义解全同者，如毛熙震《后庭花》第二首：

轻盈舞妓含芳艳，竞妆新脸。步摇珠翠修蛾敛，腻鬟云染。

歌声慢发开檀点，绣衫斜掩。时将纤手匀红脸，笑拈金靥。

两用"脸"字协；李清照《凤凰台上忆吹箫》：

香冷金猊，被翻红浪，起来慵自梳头。任宝奁尘满，日上帘钩。生怕离怀别苦，多少事、欲说还休。新来瘦，非干病酒，不是悲秋。

休休！这回去也，千万遍《阳关》，也则难留。念武陵人远，烟锁秦楼。唯有楼前流水，应念我、终日凝眸。凝眸处，从今又添，一段新愁！

两用"休"字协。唯清照词换头，《乐府雅词》作"明朝"，又他家填此调，于换头多不协，犹可勉为解说不用重韵；至熙震词之用重韵，则无能为之曲解也。

又有全首隔韵即同用一字协者，如黄庭坚《阮郎归》第二首：

> 烹茶留客驻金鞍，月斜窗外山。别郎容易见郎难，有人思远山。
> 归去后，忆前欢，画屏全博山。一杯春露莫留残，与郎扶玉山。

前后阕起结均用同字协者，如史浩《浪淘沙令》：

> 祝寿祝寿，筵开锦绣。拈起香来，玉也似手；拈起盏来，金也似酒。祝寿祝寿。　命比乾坤久，长寿长寿。松椿自此碧森森底茂，乌兔从他汩辘辘底走。长寿长寿。

全首韵均用同字而并非语尾字者，刘克庄《转调二郎神》凡五首，均押"省"字。全首韵均用同字者，如辛弃疾《柳梢青》：

> 莫炼丹难。黄河可塞，金可成难。休辟谷难。吸风饮露，长忍饥难。　劝君莫远游难。何处有、西王母难。休采药难。人沉下土，我上天难。

蒋捷《水龙吟》：

> 醉兮琼瀣浮觞些，招兮遣巫阳些。君毋去此，飓风将起，天微黄些。野马尘埃，污君楚楚，白霓裳些。驾空兮云浪，茫洋东下，流君往，他方些。　月满兮西厢些，叫云兮笛凄凉些。归来为我，重倚蛟背，寒鳞苍些。俯视春红，浩然一笑，吐山香些。翠禽兮弄晓，招君未至，我心伤些。

此等词，谓之"福唐体"，或称"独木桥体"。

以上两类——用重韵与用同字韵，均属词人偶一为之，不可视为典常也。

转韵词，仄转仄者，如陆游《钗头凤》：

> 红酥手，黄縢酒，满城春色宫墙柳。东风恶，欢情薄，一怀愁绪，几年离索。错，错，错！　春如旧，人空瘦，泪痕红浥鲛绡透。桃花落，闲池阁。山盟虽在，锦书难托。莫，莫，莫！

张翥《摘红英》词：

> 莺声寂，鸠声急，柳阴一片梨云湿。惊人困，教人恨，待到平明，海棠应尽。　青无力，红无迹，残香剩粉那禁得？天难准，晴难稳，晚风又起，倚栏争忍！

平韵转平者，如刘光祖《长相思》：

> 玉樽凉，玉人凉，若听离歌须断肠。休教鬓成霜！　画桥西，画桥东，有泪分明清涨同。如何留醉翁？

此类极少。刘词前段用阳韵，后段用东韵，韵近，尚疑非转韵也。起韵与未韵叶，而中间两转韵自叶者，此种叶韵法最杂错奇特，唯见孙光宪《上行杯》"草草离亭鞍马"首。

尚有用叠字韵者，亦自成体调。吕渭老《惜分钗》词：

> 春将半，莺声乱，柳丝拂马花迎面。小堂风，暮楼钟，草色连云，暝色连空。重，重。　　秋千畔，何人见？宝钗斜照春妆浅。酒霞红，与谁同？试问别来，近日情悰。怏，怏！

此二字叠韵也。其三字叠韵者，见上《钗头凤》，此不复引。

上论声韵竟。

古人云："规矩立而后天下有良工，衔勒齐而后天下无泛驾。"学者果能循是以为词，则虽未能遽臻美妙，去为词之道，庶乎不远矣。

# 第二章　论音律

　　古之乐经与乐书，久已失传，今可考见者，以《礼·乐记》与《周礼》大司乐之说为最古。然《乐记》所言，乃《乐》之传，非乐经也；《周礼》所言，乃乐之职，非乐书也。（说见《六经奥论》）音律之微，存乎心性，传之口耳，运用之妙，殆非笔墨所能究尽。故叶时曰："乐不可以书传。"（《礼经会元·诗乐篇》）张炎曰："律非易学，得之指授方可。"（《词源》）马端临曰："心之精微，口不能授；性所解悟，笔不能书。"（《通考·乐考》）虽然，"乐书虽亡，而人心之乐，未始不存也。"（《六经奥论》）乐固不易以书传，而乐则长流天地间而不容废弃而不讲，于是乎讲求音律之书乃更迭以起。越时愈远，探究弥难；器数既乖，辨别不易；故居今日而言古乐，则虽穷极精微，亦唯尽考据说明之能事而止，求其施诸弦管，畅美无碍，配之声歌，纤洪毕合，不可得也。秦汉以前靡论矣，魏晋以降，若杜夔、荀勖、阮咸、祖孝孙、张文收、万季常之徒，史称其于音律，最有宿悟神解，顾书多不传，传者又类皆片辞断义，不可贯通。即宋元以后乐律之书，如宋仁宗之《景祐乐髓新经》、蔡元定之《律吕新书》、陈旸之《乐书》、明朱载堉之《乐律全书》、清康熙之《律吕正义》等，说虽具存，而琐细繁重，羌难董理。其简要精明而可通于词乐者，自沈括《梦溪笔谈》、张炎《词源》外，当推江永之《律吕新论》、凌廷堪之《燕乐考原》、陈澧之《声律通考》与徐灏之《声律考》。江氏本琴弦以推论律度，凌氏主琵琶以配合燕乐，陈、徐二氏穷音律离合之迹，定乐调配置之数，均能独出心裁，凌驾前哲。方成培之《词麈》，杜文澜、吴蘅照、谢元淮之词话，张德瀛之《词征》，郑文焯、蔡桢等之斠证词律，夏承焘之考定白石旁谱，均具特识，足资参考。至其不能施诸实用，则情势使然，虽圣智复生，亦无可如何耳。今兹所论，虽以词之音律为主，其有在词籍无得考明者，则远溯诗乐，下及曲律，庶加详明，较易通晓。

## 一、五音十二律

音律起源，远在邃古，相传黄帝令伶伦取嶰溪之竹以作乐，已肇端倪。《书·舜典》："协时月正日，同律度量衡。"又"声依永，律和声"之"律"字，注家均以十二律当之。《礼·乐记》："凡音者，生人心者也。情动于中，故形于声，声成文谓之音。是故治世之音安以乐，其政和；乱世之音怨以怒，其政乖；亡国之音哀以思，其民困：声音之道，与政通矣。宫为君，商为臣，角为民，徵为事，羽为物，五者不乱，则无怗懘之音矣。"则明配五音之义。《周礼》大司乐："阳声曰：黄钟、太簇、姑洗、蕤宾、夷则、无射，此六律之序也；阴声曰：大吕、应钟、南吕、函钟、小吕、夹钟，此六同之序也。"则明标十二律之名。《尔雅·释乐》："宫谓之重，商谓之敏，角谓之经，徵谓之迭，羽谓之柳。"注："皆五音之别名也。"郝懿行义疏："唐徐景安《乐书》引刘歆云：'宫者，中也，君也，为四音之纲，其声重厚，如君之德而为重；商者，章也，臣也，其声敏疾，如臣之节而为敏；角者，触也，民也，其声圆长经贯清浊，如民之象而为经；徵者，祉也，事也，其声抑扬递续，其音如事之绪而为迭；羽者，宇也，物也，其声低平掩映，自高而下，五音备成，如物之聚而为柳。'"是五音复有别名，唯刘氏义解，则多不甚可通矣。（《汉志》解释，略同刘说。）十二律之义，则《国语》伶州鸠曾详加论列，而多模糊之辞，亦不可识。

古人以五音配五行，以宫属土，以商属金，以角属木，以徵属火，以羽属水；以十二律吕配十二月，六律配单月属阳，六吕配双月属阴，自十一月起，至十月止，挨次分配——

黄钟十一月　太簇正月　姑洗三月　蕤宾五月　夷则七月　无射九月

大吕十二月　夹钟二月　中吕四月　林钟六月　南吕八月　应钟十月

其以五行配五音，已不明其故；以十二月配十二律，则以某月奏乐，应奏某调，配合某律也。其必以某月配某律之故，亦不可考。历来解释，均以"声音之道与政通"之义为据而张皇其辞，实亦不知其故也。许之衡谓"宫、商、角、徵、羽，乃古人所定声音入乐之符号也"。又谓"黄钟、大吕等律吕者，乃古人所定声音高下清浊之符号，而又兼调名之记号也"（《音乐小史》）。其说近是。

十二律吕之次序，《周礼》与《乐纬》不同，《周礼》之函钟，即

《乐纬》之林钟，《周礼》之小吕，即《乐纬》之仲吕（亦作中吕）也。后人排列律吕之法从《乐纬》——

> 六律：黄钟、太簇、姑洗、蕤宾、夷则、无射。六吕：大吕、夹钟、仲吕、林钟、南吕、应钟也。阳为律，阴为吕，总谓之十二律。

## 二、五音演变及其读法

《朱子全书》论乐："问：'周礼祭不用商音，或以为是武王用厌胜之术；窃疑圣人恐无此意。'曰：'这个也难晓，须是问乐家如何不用商。尝见乐家言是杀伐之意，故祭不用。然也恐是无商调，不是无商音。'"是周时祭礼仅用宫、角、徵、羽四调而缺商。段安节《乐府杂录》："太宗朝，挑丝竹为胡部，用宫、商、角、羽，并分平、上、去、入四声，其徵音有其声无其调。"虞世南《琵琶赋》："声备商、角，韵包宫、羽。"《独异志》："唐承隋乱，乐虞散亡，独无徵音。"是唐时仅用宫、商、角、羽四调而缺徵。唯考元稹《五弦弹》诗云："赵璧五弦弹徵调，徵声巉绝何清峭。"《新唐书·礼乐志》："五弦如琵琶而小，北国所出。"则弹五弦实有徵声，其无徵声者，特指奏燕乐之四弦琵琶耳。词乐源于燕乐，故唐之词乐，独无徵调。宋代太常乐不特缺徵调，角调亦缺。（见《朱子全书》）顾五音则仍存在，盖起调毕曲不用徵、角而已，若其中所用之字，并非绝无徵、角之音也。

五音之外，益以变宫、变徵，则成七音。（变宫亦省称曰"闰"，变徵亦省曰"变"。更有称变宫曰"和"，变徵曰"缪"者。）沈括《补笔谈》："后世有变宫、变徵者，盖自羽声隔八相生再起宫，而宫生徵。虽谓之宫、徵，而实非宫、徵声也。变宫在宫、羽之间，变徵在角、徵之间，皆非正声。"按既名曰"变"，则其非正声明甚。唯其起源亦甚古，齐景公时，有徵招、角招（见《孟子》）；郢中曲有流徵（见《楚辞》）；高渐离击筑为变徵之音（见《国策》《史记》），不过古雅乐不用变调而已。戴埴曰："乐有正声，必有变声。夫子正诗于乐，岂独风雅有正声而无变声哉？故《国风》十五国之土歌，土歌之正为正风，土歌之变为变风。"（《鼠璞》）斯实探本之论。《左传》昭公二十年，晏子曰："五声、六律、七音、八风、九歌以相成也。"《国语》景王问伶州鸠七律者何？注云："周有七音，王问七音之律，谓宫、商、角、徵、羽、变宫、变徵也。"然则七音盖起于周以前矣。

管子曰：“凡听徵，如负猪豕，觉而骇；凡听羽，如鸣马在野（野，《通考》引作树，注：疑当作鸟。兹据郑文焯引。）；凡听宫，如牛鸣窌中；凡听商，如离群羊；凡听角，如雉登木。”（原文下有“以鸣音疾以清”六字，旧注疑衍，今从之。）此以物音喻五音之清浊高下也。段安节《乐府杂录》以平声为羽，上声为角，去声为宫，入声为商，上平声为徵；徐景安《乐书》以上平声为宫，下平声为商，上声为徵，去声为羽，入声为角。此以四声阴阳配入五音也。江永论五声曰：“天地之间，气而已矣；气动而声发焉。或两气相轧而声出于虚，或两形相轧而声出于实，或形轧气、气轧形而声出于虚实之间，大小高下，皆有数存焉。稽之于物，金石之属，小而薄者声浊，大而厚者声清；丝弦之属，粗而长，张之而缓者声浊，细而短，张之而急者声清；竹管之属，长而宽，吹之而缓者声浊，短而窄，吹之而急者声清。声皆禀于器，而器之大小短长粗细宽窄，莫不有数存焉。品其清浊高下之次第有五：最浊为宫，次浊为商，清浊间为角，次清为徵，最清为羽。”（《律吕新论》）此以器数与吹气辨五音之清浊也。凌廷堪曰：“盖琵琶四弦，故燕乐但有宫、商、角、羽四均，无徵声一均也。第一弦最大，其声最浊，故以为宫声之均，所谓大不逾宫也。第四弦最细，其声最清，故以为羽声之均，所谓细不过羽也。第二弦少细，其声亦少清，故以为商声之均。第三弦又细，其声又清。故以为角声之均。”（《燕乐考原》）此以琵琶定宫商角羽之清浊也。至司马光、刘鉴等更以喉、牙、舌、齿、唇以配五音。第一宫部为喉音，第二商部为牙音（即腭音），第三角部为舌音，第四徵部为齿音，第五羽部为唇音。以宫、商、角、徵、羽五字，恰从喉、牙、舌、齿、唇出音也。此说从之者甚众。然朱载堉已力辨其非，其说云：“人之五音有定，而乐之五音无定……善歌者随调宛转，变动不居，岂可以喉、牙、舌、齿、唇拘之哉？”此外，有以合口为宫，开口为商，卷舌为角，齐齿为徵，撮口为羽者，盖即依沙门神珙之旧说也。若夫以候气、干支、政事等解释音律者，载籍所传，不胜枚举，类皆荒渺模糊，不可理会，均在摈弃之列。统观以上诸说，虽立论不同，而五音之演变与其读法，略可知矣。

### 三、宫调及谱字

以七音乘十二律，得八十四调，别谓之“宫调”。或谓隋郑译推演龟兹人苏祇婆琵琶而成八十四调（《隋书》）；或谓唐太宗时用祖孝孙、张文收考正雅乐而旋宫八十四调见复于时（《通考》）；或谓始自梁武帝，万宝常以梁人入隋，参其法而与郑译商讨，以宫乘十二律名曰宫；以商、角、徵、羽、变宫、变徵乘十二律，名曰调。故宫有十二，而调有七十二。而其相生之理，则均中隔六律，并相生之二律合数为八，故曰"隔八相生"。兹列图如下而附以说明：

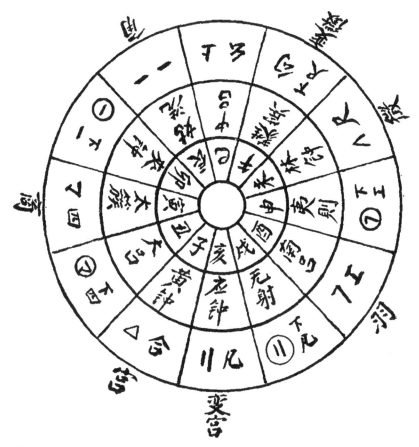

①以六律六吕配合十二时，以黄钟配子起，以下一吕一律，交错配入。

②以黄钟为宫，数八至林钟为徵，再数八至太簇为商，以后羽、角、变宫、变徵挨次隔八相生，谓之七调。

③外围所注为管色字谱，关系各调之起调毕声。

上律吕隔八相生图，其式正同下图：

合 盍 四 下 一 上 厌 尺 上 工 元 凡
△ ⑺ ⁊ ⼀ 一 幺 勾 ⼈ ⑺ ⁊ ‖ ‖
黄 大 太 夾 姑 中 蕤 林 夷 南 无 应
十月 十二月 正月 二月 三月 四月 五月 六月 七月 八月 九月 十月
宫 商 角 蕤 徴 羽 超
合 四 一 上 尺 工 凡

此配工尺，即燕乐法，《宋史·乐志》、姜书、张书并同。

十二均生八十四调如下图：

| 宫 | 黄 | 大 | 太 | 夹 | 姑 | 中 | 蕤 | 林 | 夷 | 南 | 无 | 应 |
|---|---|---|---|---|---|---|---|---|---|---|---|---|
| 徴 | 林 | 夷 | 南 | 无 | 应 | 黄 | 大 | 太 | 夹 | 姑 | 中 | 蕤 |
| 商 | 太 | 夹 | 姑 | 中 | 蕤 | 林 | 夷 | 南 | 无 | 应 | 黄 | 大 |
| 羽 | 南 | 无 | 应 | 黄 | 大 | 太 | 夹 | 姑 | 中 | 蕤 | 林 | 夷 |
| 角 | 姑 | 中 | 蕤 | 林 | 夷 | 南 | 无 | 应 | 黄 | 大 | 太 | 夹 |
| 变宫 | 应 | 黄 | 大 | 太 | 夹 | 姑 | 中 | 蕤 | 林 | 夷 | 南 | 无 |
| 变徴 | 蕤 | 林 | 夷 | 南 | 无 | 应 | 黄 | 大 | 太 | 夹 | 姑 | 中 |

①汉京房谓黄钟为宫，太簇为商，姑洗为角，林钟为徴，南吕为羽，应钟为变宫，蕤宾为变徴。《后汉书·律历志》，郑康成注《周礼》，韦昭注《国语》均同。

②杜佑《通典》："宫生徴，徴生商，商生羽，羽生角，此五声大小之次也。"

③沈括《梦溪笔谈》："五音宫商角为从声，徴羽为变声。从谓律从律，吕从吕；变谓以律从吕，以吕从律。"

④七调起字，依上图配定，以后从直看相次之序隔八，横看相次之序十二律吕顺列。

⑤直看则每律皆有"七音"，横看则每音皆有"十二律"。

⑥凡六律为宫，则商角以律应，徴羽以吕应。

⑦凡六吕为宫，则商角以吕应，徴羽以律应。

以上列谱字比勘八十四调图，以定煞声字，密合无间。（煞声又称"住字"，又称"毕曲"。）如黄钟宫调，则煞声即黄钟，用"合"字；黄钟徴调，则煞声为林钟，用"尺"字；夹钟商调，则煞声为中吕，用"上"字；夷则商调，则煞声为无射，用"凡"字（下凡）；黄钟羽调，则煞声为南吕，用"工"字。其他各调，均可依此表配合。今所传宋词注旁谱者，唯《白石道人歌曲》，以此表与姜词旁谱对照皆合；间有不合者，则旁谱传刻偶误也。

十二律谱字外，尚有四宫清声：

幺六字、黄钟清声，简称"黄清"。

㔫下五字、大吕清声，简称"大清"。

㔫五字、太簇清声，简称"太清"。

㔫高五字、夹钟清声，简称"夹清"。

## 四、律吕配谱字之异同

古雅乐谱字，多已失传。《楚辞》"四上竞气"，黄佐谓即大吕四字、中吕上字，唯说无他证。果尔，则谱字之来亦甚古也。今可考者，则除上列一说外，如朱载堉说、毛奇龄说、康熙说、徐灏说均甚著。兹并列于下，以资参照。

（1）朱载堉说。（见《乐律全书》）

| 上 | 上 | 尺 | 尺 | 工 | 工 | 凡 | 六 | 合 | 五 | 五 | 乙 |
|---|---|---|---|---|---|---|---|---|---|---|---|
| 黄 | 大 | 太 | 夹 | 姑 | 中 | 蕤 | 林 | 夷 | 南 | 无 | 应 |
| 上 | | 尺 | | 工 | | 凡 | 合 | | 四 | | 乙……（弦音） |
| 宫 | | 商 | | 角 | | 变 | 徵 | | 羽 | | 闰 |
| 四 | | 乙 | | 上 | | 尺 | 工 | | 凡 | | 合……（管音） |

①此以上配宫，比燕乐低二律。

②黄钟为最浊音，即最低音；应钟为最清音，即最高音。

③最低居首，最高居末，乐律书均如此书，俱用逆数。盖须先定最低音为标准也。

（2）毛奇龄说。（见《竟山乐录》）

| 四 | 下乙 | 上 | 勾 | 尺 | 下工 | 工 | 下凡 | 凡 | 六 | 五 |
|---|---|---|---|---|---|---|---|---|---|---|
| | 乙 | | | | 工 | | 凡 | | | |
| 黄 | 大 | 太 | 夹 | 姑 | 中 | 蕤 | 林 | 夷 | 南 | 无 | 应 |
| 四 | 乙 | 上 | | 尺 | | 工 | 凡 | | 六 | |
| 宫 | 闰 | 商 | | 角 | | 徵 | 变 | | 羽 | |

①此以四配宫，比燕乐低一律。

（3）康熙说。（见《律吕正义》）

| 下 | 高 | 下 | 高 | 下 | 高 | 下 | 高 | 下 | 高 | 下 | 高 | 下 | 高 |
|---|---|---|---|---|---|---|---|---|---|---|---|---|---|
| 工 | 工 | 凡 | 凡 | 六 | 六 | 五 | 五 | 乙 | 乙 | 上 | 上 | 尺 | 尺 |

黄　大　太　夹　姑　中　蕤　林　夷　南　无　应　黄　大
　　　　　　　　　　　　　　　　　　　　　　　　（半）（半）

工　　凡　　六　　五　　乙　　上　　尺
宫　　商　　角　　变　　徵　　羽　　闰

①此以上配宫，比燕乐低四律。

（4）徐灏说。（见《声律考》）

| 工 | 工 | 凡 | 合 | 合 | 四 | 四 | 乙 | 上 | 上 | 尺 | 尺 |
|---|---|---|---|---|---|---|---|---|---|---|---|

凡

黄　大　太　夹　姑　中　蕤　林　夷　南　无　应

工　凡　　合　　四　　乙　上　　尺
宫　闰　商　　角　　变　徵　　羽

①最低音与最高音均同康熙说，而配合各调之法不同。

上四说中，以朱载堉说附和者最多，若方成培《词麈》，陈澧《声律通考》，均附和朱说，近人吴梅《词学通论》谱字表，即依朱说弦音配入也。

吴梅中西律音对照表如下：

| 中　律　名 | 黄钟 | 大吕 | 太簇 | 夹钟 | 姑洗 | 中吕 | 蕤宾 | 林钟 | 夷则 | 南吕 | 无身 | 应钟 |
|---|---|---|---|---|---|---|---|---|---|---|---|---|
| 西　律　名 | C | $^\#_\flat$CD | D | $^\#_\flat$DE | E | F | $^\#_\flat$FG | G | $^\#_\flat$GA | A | $^\#_\flat$AB | B |
| 中　音　名 | 宫 | | 商 | | 角 | 变徵 | | 徵 | | 羽 | | 变宫 |
| 普通音名 | 1 | | 2 | | 3 | 4 | | 5 | | 6 | | 7 |
| 俗　音　名 | 上 | 尺 | | 工 | 凡 | | 六 | 五 | | 乙 | | |

### 五、雅俗调名之不同

张炎《词源》载八十四宫调谱，雅名、俗名并列，极便查检，今为过录于下。

| | 正　名 | 俗　　名 | 律字 | 谱字 | 俗字 |
|---|---|---|---|---|---|
| 幺（六）<br>△（合）<br>黄钟宫 | 黄钟宫 | 正黄钟宫 | 黄 | △ | 合 |
| | 黄钟商 | 大石调 | 太 | ▽ | 四 |
| | 黄钟角 | 正黄钟宫角 | 姑 | 一 | 乙 |
| | 黄钟变 | 正黄钟宫转徵 | 蕤 | 勾 | 下尺 |
| | 黄钟徵 | 正黄钟宫转徵 | 林 | 八 | 尺 |
| | 黄钟羽 | 般涉调 | 南 | 7 | 工 |
| | 黄钟闰 | 大石角 | 应 | 川 | 凡 |
| ⑤下五<br>⑦下四<br>大吕宫 | 大吕宫 | 高宫 | 大 | ▽ | 四 |
| | 大吕商 | 高大石调 | 夹 | ㊀ | 下乙 |
| | 大吕角 | 高宫角 | 中 | ㄅ | 上 |
| | 大吕变 | 高宫变徵 | 林 | 八 | 尺 |
| | 大吕徵 | 高宫正徵 | 夷 | ⑦ | 下工 |
| | 大吕羽 | 高般涉调 | 无 | ⑪ | 下凡 |
| | 大吕闰 | 高大石角 | 黄 | △ | 合 |
| ろ（五）<br>▽（四）<br>太簇宫 | 太簇宫 | 中管高宫 | 太 | ▽ | 四 |
| | 太簇商 | 中管高大石调 | 姑 | 一 | 乙 |
| | 太簇角 | 中管高宫角 | 蕤 | 勾 | 下尺 |
| | 太簇变 | 中管高宫变徵 | 夷 | ⑦ | 下工 |
| | 太簇徵 | 中管高宫正徵 | 南 | 7 | 工 |
| | 太簇羽 | 中管高般涉调 | 应 | 川 | 凡 |
| | 太簇闰 | 中管高大石调 | 大 | ⑦ | 下四 |
| ろ高五<br>㊀下一<br>夹钟宫 | 夹钟宫 | 中吕宫 | 夹 | ㊀ | 下乙 |
| | 夹钟商 | 双调 | 中 | ㄅ | 上 |
| | 夹钟角 | 中吕正角 | 林 | 八 | 尺 |
| | 夹钟变 | 中吕变徵 | 南 | 7 | 工 |
| | 夹钟徵 | 中吕正徵 | 无 | ⑪ | 下凡 |
| | 夹钟羽 | 中吕调 | 黄 | △ | 合 |
| | 夹钟闰 | 双角 | 太 | ▽ | 四 |

续上表

| | 正　名 | 俗　　名 | 律字 | 谱字 | 俗字 |
|---|---|---|---|---|---|
| 一（一）<br>乙<br>姑洗宫 | 姑洗宫 | 中管中吕宫 | 姑 | 一 | 乙 |
| | 姑洗商 | 中管双调 | 蕤 | 勾 | 下尺 |
| | 姑洗角 | 中管中吕角 | 夷 | ⑦ | 下工 |
| | 姑洗变 | 中管中吕变徵 | 无 | ⑪ | 下凡 |
| | 姑洗徵 | 中管中吕正徵 | 应 | 丨丨 | 凡 |
| | 姑洗羽 | 中管中吕调 | 大 | ⑦ | 下四 |
| | 姑洗闰 | 中管双角 | 夹 | ⊖ | 下乙 |
| 乡<br>乡（上）<br>中吕宫 | 中吕宫 | 道宫 | 中 | 勹 | 上 |
| | 中吕商 | 小石调 | 林 | 人 | 尺 |
| | 中吕角 | 道宫角 | 南 | 𠃌 | 工 |
| | 中吕变 | 道宫变徵 | 应 | 丨丨 | 凡 |
| | 中吕徵 | 道宫正徵 | 黄 | △ | 合 |
| | 中吕羽 | 正平调 | 太 | ▽ | 四 |
| | 中吕闰 | 小石角 | 姑 | 一 | 乙 |
| 勾<br>乚（下尺）<br>蕤宾宫 | 蕤农宫 | 中管道宫 | 蕤 | 勾 | 下尺 |
| | 蕤宾商 | 中管小石调 | 夷 | ⑦ | 下工 |
| | 蕤宾角 | 中管道宫角 | 无 | ⑪ | 下凡 |
| | 蕤宾变 | 中管道宫变徵 | 黄 | △ | 合 |
| | 蕤宾徵 | 中管道宫正徵 | 大 | ⑦ | 下四 |
| | 蕤宾羽 | 中管正平调 | 夹 | ⊖ | 下乙 |
| | 蕤宾闰 | 中管小石角 | 中 | 勹 | 上 |
| 人（尺）<br>林钟宫 | 林钟宫 | 南吕宫 | 林 | 人 | 尺 |
| | 林钟商 | 歇指调 | 南 | 𠃌 | 工 |
| | 林钟角 | 南吕角 | 应 | 丨丨 | 凡 |
| | 林钟变 | 南吕变徵 | 大 | ⑦ | 下四 |
| | 林钟徵 | 南吕正徵 | 太 | ▽ | 四 |
| | 林钟羽 | 高平调 | 姑 | 一 | 乙 |
| | 林钟闰 | 歇指角 | 蕤 | 勹 | 下尺 |

续上表

| | 正　名 | 俗　　名 | 律字 | 谱字 | 俗字 |
|---|---|---|---|---|---|
| ⑦（下工）<br>夷则宫 | 夷则宫 | 仙吕宫 | 夷 | ⑦ | 下工 |
| | 夷则商 | 商调 | 无 | ⑪ | 凡 |
| | 夷则角 | 仙吕角 | 黄 | △ | 合 |
| | 夷则变 | 仙吕变徵 | 太 | ▽ | 四 |
| | 夷则徵 | 仙吕正徵 | 夹 | ㊀ | 下乙 |
| | 夷则羽 | 仙吕调 | 中 | ク | 上 |
| | 夷则闰 | 商角 | 林 | 八 | 尺 |
| 刁（工）<br>南吕宫 | 南吕宫 | 中管双调 | 应 | 刁 | 工 |
| | 南吕商 | 中管双调 | 应 | 川 | 凡 |
| | 南吕角 | 中管仙吕角 | 大 | ⑦ | 下四 |
| | 南吕变 | 中管仙吕变徵 | 夹 | ㊀ | 下乙 |
| | 南吕徵 | 中管仙吕正徵 | 姑 | 一 | 乙 |
| | 南吕羽 | 中管仙吕调 | 蕤 | 勹 | 下尺 |
| | 南吕闰 | 中管商角 | 夷 | ⑦ | 下工 |
| ⑪（下凡）<br>无射宫 | 无射宫 | 黄钟宫 | 无 | ⑪ | 下凡 |
| | 无射商 | 越调 | 黄 | △ | 合 |
| | 无射角 | 黄钟角 | 太 | ▽ | 四 |
| | 无射变 | 黄钟变徵 | 姑 | 一 | 乙 |
| | 无射徵 | 黄钟正徵 | 中 | ク | 上 |
| | 无射羽 | 羽调 | 林 | 八 | 尺 |
| | 无射闰 | 越角 | 南 | 刁 | 工 |
| 川（凡）<br>应钟宫 | 应钟宫 | 中管黄钟宫 | 应 | 川 | 凡 |
| | 应钟商 | 中管越调 | 大 | ⑦ | 下四 |
| | 应钟角 | 中管黄钟角 | 夹 | ㊀ | 下乙 |
| | 应钟变 | 中管黄钟变徵 | 中 | ク | 上 |
| | 应钟徵 | 中管黄钟正徵 | 蕤 | 勹 | 下尺 |
| | 应钟羽 | 中管羽调 | 夷 | ⑦ | 下工 |
| | 应钟闰 | 中管越角 | 无 | ⑪ | 下凡 |

上每调下列律名谱字，查上列十二均生八十四调图，再按律名检查某律用某谱字即得，原可不必列出。以张氏原表有此，故并注出，以省翻阅。

张氏《词源》云："律吕之名，总八十四，分月律而属之，今雅俗只行七宫十二调而角不预焉。"七宫即黄钟宫、仙吕宫、正宫、高宫、南吕宫、中吕宫、道宫。十二调为大石调、小石调、般涉调、歇指调、越调、仙吕调、中吕调、正平调、高平调、双调、黄钟羽、商调。盖去角、徵及变闰（去徵与二变，说出姜白石《徵招》自序）等宫调也。

宋人词集，如张先《张子野词》、柳永《乐章集》、周邦彦《片玉集》、姜夔《白石道人歌曲》、吴文英《梦窗四稿》等，间有注明宫调者，知其属何宫调，即可检出其用何管色及其煞声字。《事林广记》所载律谱，并注明每调中所用律字，视张谱尤加详，检谱则某调所用之律字均悉，不特可知其管色煞声而已。以太繁，不过录。

宋词用律字，均有一定，不容混越。如黄钟商（俗呼大石角）用黄、太、姑、蕤、林、南、应、黄清、太清（合、四、乙、勾、尺、工、凡、六、五）九律字；夹钟宫（俗名中吕宫）用黄、太、夹、中、林、南、无、黄清、太清、夹清（合、四、$\frac{下}{乙}$、上、尺、工、$\frac{下}{凡}$、六、五、$\frac{高}{五}$）十律字。凡律字于本律七音之中，有黄钟、大吕、太簇、夹钟者，即可加用黄清、大清、太清、夹清等律字。现存姜夔《越九歌》，旁注律字，不用俗谱，最可覆按。如第二阕"王禹吴调"，标明夹钟宫，煞声用"$\frac{下}{乙}$"字，凡用林、南、中、夹、无、黄、太、黄清、太清（尺、工、上、$\frac{下}{乙}$、$\frac{下}{凡}$、合、四、六、五）九律字，持较上列夹钟宫律字，除少用一夹清（$\frac{高}{五}$）外，无不吻合；对于大、姑、蕤、夷、应、大清（$\frac{下}{四}$、一、勾、$\frac{下}{工}$、凡、$\frac{下}{五}$）等律字，均不运用，则其用律字之有限定可知。

## 六、犯声过腔

陈旸《乐书》："乐府诸曲，自昔不用犯声。唐自天后末年，剑器入浑脱，始为犯声；以剑器宫调，浑脱角调，以臣犯君也。明皇时，乐人孙处秀善吹笛，好作犯声，亦郑卫之变也。"观此，则犯声实始于唐。犯也者，破除各调音律之界域，彼此互相为用也。以宫犯宫为正犯，以宫犯商为侧犯，以宫犯羽为偏犯，以宫犯角为旁犯，以角犯宫为归，周而复始。（说见《词源》）姜夔《凄凉犯》序云："凡曲言犯者，谓以宫犯商，商犯宫之类。如道调宫上字住，双调亦上字住，所住字同，故道调曲中犯双调，或于双调曲中犯道调。其他准此。唐人乐书云：'犯有正、旁、偏、侧，宫犯宫为正，宫犯商为旁，宫犯角为偏，宫犯羽为侧。'此说非也。十二宫所住字各不同，不容相犯。十二宫特可犯商角羽耳。"是则诸言犯者，住字必同；住字不同，不容相犯也。

宫调之互犯，今已不能尽识。然有作者明言，今日犹得考见者。如周邦彦之《六丑》，凡六犯。其自述云："此调六犯，皆声之美者，然绝难歌。皆高阳氏有子六人，才而丑，故以比之。"（见《浩然斋雅谈》）今以之入夹钟羽，则其煞声必用"合"字，盖夹钟羽为黄钟律七调之一也。如姜夔《凄凉犯》，自注"仙吕调犯双调"（双调原作"商调"，按吴文英词注"仙吕调犯双调"，则姜词"商"字实"双"字传写之讹。双调正名夹钟商，仙吕调正名夷则羽，均从中吕律。），则其煞声必用"上"字，盖两调均属中吕律也。其他注明犯调之词，如吴文英《古香慢》注"夷则商犯无射宫"之类，均可以此类推。至若周邦彦之《玲珑四犯》入黄钟商（俗呼大石调），煞声用"四"字，与姜夔之《玲珑四犯》入夹钟商（俗呼双调），煞声用"上"字，则所用之宫律，本自不同，不能混为一谈；即其所犯者，亦必互异。词固有调名同而所用之律字不同，即所归之宫调不同者。如《小重山》调，韦庄作入夹钟商，煞声用"上"字；而张先所作，一入夹钟宫，煞声用"下一"字，一入中吕宫，煞声用"上"字。如《虞美人》调，崔令钦《教坊记》以入夷则闰（俗呼林钟角，又名商角。），煞声用"尺"字，李后主词即入此律（《尊前集》注），而周邦彦词入黄钟宫，煞声用"合"字。如《感皇恩》调，《宋志》以入夹钟商，煞声用"上"字，张先词入夹钟宫，煞声用"下乙"字（另一首标中吕宫，殆即夹钟宫俗名。）；周邦彦词又入黄钟商，煞声用"四"字。如《暗香疏影》调，吴文英词入夷则宫（整理者按：吴文英《暗香》注夷则宫，《暗香疏影》注夹钟宫），煞声用"下工"字；而张肯词入夹钟宫，煞声用"下一"字。诸如此类，不胜枚举。必因当时歌法不同，故宫调亦随之变易也。他如《三犯渡江云》《四犯令》《四犯翦梅花》《八犯玉交枝》之属，或为合调，或为合律，睹名知义，此不具述。

犯声之外，尚有所谓"过腔"者，亦转调类也。如张先之《转声虞美人》，自注"入高平调"。按《虞美人》调，依上举无入高平调者，此云高平调即林钟羽，煞声用"乙"字矣。晁无咎之《消息》，自注"自过腔，即越调《永遇乐》。"按《永遇乐》调，天基排当乐入夹钟宫，煞声用"下乙"字；柳永、吴文英词入林钟商，煞声用"工"字；此云"越调"，则为无射商，煞声用"合"字矣。凡此，皆过腔也。又姜夔《湘月》词自序云："即《念奴娇》之鬲指声也，于双调中吹之。鬲指今谓之过腔。"《念奴娇》本大石调，即黄钟商，煞声用"四"字；鬲指声入双调，则中吕高大石一宫，煞声用"上"字矣。故鬲指亦过腔也。方成培《词麈》云："盖《念奴娇》本大石调即太簇商，双调为仲吕商，律虽异而同是商音，故其腔可过。太簇当用'四'字，仲吕当用'上'字，今姜词不用'四'字住，而用'上'字住，箫管'四''上'字中间只隔一孔，笛'四''上'字两孔相连，只在鬲指之间。又此两调毕曲当用'一'字'尺'字，亦鬲指之间，故曰鬲指声也。吹竹便能过腔，正此之谓。"

至若一调之中，有平韵作仄韵或仄韵作平韵者，如《满庭芳》原是平韵，而张野有仄韵体；如《塞垣春》原是仄韵，而周密有平韵体；如《声声慢》有平韵、仄韵两体。凡此等类，苟非注明宫调者，均与宫调无关。词固有宫调同而平仄异体者，如《柳梢青》词，沈璟《古今词谱》云："中吕宫曲，有平仄二调。"则平仄韵之无关于宫调可见。

### 七、宫调与声情之关系

宫调与声情，关系至切。宋词今虽不能歌唱，然当时作者，实与歌唱结不解缘。声情不同，唱法从之而异，而其所用之宫调亦随时变动，所谓"移宫换羽"也。今取宋词有注宫调者细加比勘，犹可仿佛其崖略。如张先《天仙子》词，或入中吕宫即道宫，或入仙吕调即夷则羽；《醉桃源》词，或入仙吕调，或入大石调即黄钟商；必非无意为此，与声情有关也。又查柳永《乐章集》，同为《望远行》也，而入仙吕调者与般涉调者异；同为《倾杯乐》也，而仙吕宫、大石调、林钟商、黄钟羽、散水调俱各不同，亦必非无意为此，与声情有关也。各宫调之声情如何，在词中已无确切之实证，《雍熙乐府》有宫调声情之说云：

　　黄钟宫宜富贵缠绵，正宫宜惆怅雄壮，大石调宜风流蕴藉，小石调宜旖旎妩媚，仙吕宫宜清新绵邈，中吕宫宜高下闪赚，南吕宫宜感叹伤悼，双调宜健捷激枭，越调宜陶写冷笑，商调宜凄怆怨慕，林钟商调宜悲伤宛转，般涉羽调宜拾掇坑堑，歇指调宜急并虚揭，高平调宜涤荡滉漾，道宫宜飘逸清幽，宫调宜典雅沉重，角调宜呜咽悠扬。上说并见周德清《中原音韵》。然止六宫十一调，视张炎所列者，已损去一宫一调。盖元时以高宫归并于正宫，又以中吕、仙吕、黄钟三调与六宫复，故去之，妄易以宫调、角调、商角调。更缺一正平调，故存六宫十一调也。此虽为曲立论，与词不无出入。然取较现存曾注宫调之词，其声情所属，所差亦觉不远。

　　沈璟《古今词谱》将词归纳入十九调，与上举及张说又微有出入。十九调者：①黄钟，②正宫，③大石，④小石，⑤仙吕，⑥中吕，⑦南吕，⑧双调，⑨越调，⑩商调，⑪林钟，⑫般涉，⑬高平，⑭歇指，⑮道宫，⑯散水，⑰正平，⑱平调，⑲琴调也。其散水、平调、琴调，为张、周等书所不载；其所辑录者俱唐宋元音，果以其所录者，核以上列声情之说，则某调某词之声情如何，尤易考见。

　　宫调之有关于声情，固矣，然声情与词调亦有关系。一词调分入数宫者，自属常有（如《喜迁莺》词，据《古今词谱》，有以入黄钟宫者，有以入正宫者，有以入南吕者。又如徐昌图之《临江仙》为仙吕，而牛希济之《临江仙》为南吕之类。），然就其大致而言，究以某词调属某宫调为多。故吾人即词调亦可以考求宫调不同之声情。声情婉约者，其用调与豪放者不同；声情高朗清疏者，其用调与沉顿幽咽者不同。《花间》之小令，大都宜于婉约，故北宋初期以及喜婉约者多用之。《水调歌头》《六州歌头》《满江红》《百字令》《贺新郎》等调，大都宜于豪放，故喜豪放者多用之。《风流子》《摸鱼儿》《齐天乐》《汉宫春》等调，大都宜于高朗清疏，故笔调高朗清疏者多用之。《绕佛阁》《尉迟杯》《国香慢》《大酺》《兰陵王》《还京乐》《霓裳中序第一》《暗香》《疏影》《徵招》《角招》《凄凉犯》等，大都宜于沉顿幽咽，故欲表沉顿幽咽之情调者多用之。其他飘逸、艳绮、流美等等，都有其适切之词调，不能遍举。总之，声情之有关于律调，则可断言也。杨守斋《作词五要》论择腔、择律、按谱等，实有连带关系，不容偏废尔。

# 第三章　论调谱

词之初起，盖同乐府，无特定调名。调名果起于何时，历时久远，未易究诘。《朱子语类》论诗篇曰："古乐府只是诗，中间却添了许多泛声。后来怕失了泛声，逐一添个实字，遂成长短句，今曲子便是。"《全唐诗》词类小叙云："唐人乐府，元用律绝等诗，杂和声歌之。其并和声作实字，长短其句以就曲拍者为填词。"以歌唱之理推之，似长短句之发生在诗之后，而词之调名，亦从诗之题名渐渐脱变而出。故若《江南弄》《忆江南》《杨柳枝》《竹枝》等调名，殆与诗题无异；然谓词即承五、七言律绝诗来，则又不尽然也。词固有一部分由近体诗递变而成；其因乐歌关系，而别制新调者亦不少。据前人考定，词乐即燕乐，燕乐盖隋时由西域传入；迨传入中土后，与中乐融合而另成一种特异之音调，文人或乐工不得不再用一种特异之形式以相配叶也。观崔令钦《教坊记》所列曲名三百三十五调，其为新制者殊夥；即以现存最古之词籍《云谣集杂曲子》一加考核，亦决非由近体诗递变而成者，故以词为诗之余者固非。谓词之发生，其始必甚短者亦非确论。汪森谓"古诗之于乐府，近体之于词，分镳并驰，非有先后。谓诗降为词，以词为诗之余，殆非要论矣"，说较圆通。特词仍不无由近体诗推衍者耳。其纯是诗体如《瑞鹧鸪》《木兰花》《小秦王》之类靡论已。若无名氏之《回纥曲》：

> 阴山瀚海信难通，幽闺少妇罢裁缝。缅想边庭征战苦，谁能对镜治愁容？久戍人将老，须史变作白头翁。

冯延巳之《抛球乐》：

> 逐胜归来雨未晴，楼前风重草烟轻，谷莺语软花边过，水调声长醉里听。款举金觥劝，谁是当筵最有情。

纯用近体诗之句法。顾敻《杨柳枝》：

> 秋夜香闺思寂寥，漏迢迢。鸳帏罗幌麝烟销，烛光摇。　　正忆玉郎游荡去，无寻处。更闻帘外雨潇潇，滴芭蕉。

每句增三字，均随诗韵，第三句仄字煞脚者，亦以仄韵叶。此全用诗体添字作和声也。贺铸《太平时》：

> 秋尽江南叶未凋，晚云高。青山隐隐水迢迢，接亭皋。　　二十
> 四桥明月夜，弭兰桡。玉人何处教吹箫？可怜宵！

之类，全取杜牧诗以添字，唯第三句添字后用韵仍用平韵，以示全首一律，则与顾作纯为句末和声又稍变耳。诸如此类，则谓其与近体诗分镳并驰，虽百口莫辩也。因此，吾人探求词调来源，亦当作两面观：一为承袭；一为创制。其由诗来而未加变化，即用诗之题名或略加增减与诗之题名相类者，则属承袭；其因乐歌关系而另作新曲者，如唐明皇之《紫云回》《万岁乐》《夜半乐》《还京乐》《凌波神》《荔枝香》《阿滥堆》《雨淋铃》《春光好》（见《碧鸡漫志》）、《踏歌》（见《辇下岁时记》）、《秋风高》（见《开元轶事》）、《一斛珠》（见《梅妃传》），无名氏之《凤归云》（与柳永作不同）、《天仙子》（与皇甫松作不同）、《竹枝子》《破阵子》（与李煜作不同）之类，则属创制。

至词调命名之由来，则种类不一，其可考见者，约有下列各种。

## 一、以词中所咏之事物为调名

杨慎云："唐人《醉公子》词，'门外猧儿吠，知是萧郎至。刬袜下香阶，冤家今夜醉。　　扶得入罗帏，不肯脱罗衣。醉则从他醉，还胜独睡时'。唐词多缘题所赋，《临江仙》则言水仙，《女冠子》则述道情，《河渎神》则咏祠庙，《巫山一段云》则状巫峡，如此词题曰《醉公子》，即咏公子醉也。"（《词品》）《填词名解》云："和凝作望梅花词，即名《望梅花》。"按唐五代词，其词调之名称，每与词中所写之事物相应，非如后来之于调外更加标题，以著明所抒写之事物也。除杨氏所举者外，如张说之《舞马词》，皇甫松之《采莲子》《浪淘沙》，李景伯、沈佺期之《回波乐》，张松龄之《渔父》，张志和之《渔歌子》等皆是。

## 二、以词中之情意为调名

此类与前相似，亦以词中之内容命名，唯一则以事物，一则以情意而已。如《长相思》写久别之情，《谪仙怨》写迁谪之感，《更漏子》之写夜长难寐，《定西番》之写边塞穷愁，《梦江南》之写天涯离恨之类。唐五代词，莫不如此，虽不标题，而词旨自与调名切合。

### 三、以词中之字句为调名

此类复可分为三项：①以起句为调名者，如韩翃之《章台柳》，白居易之《花非花》，段成式之《闲中好》，后唐庄宗之《一叶落》之类是；②以末句为调名者，如唐玄宗之《好时光》、吕岩之《梧桐影》之类是；③摘句中之字为调名者，如后唐庄宗之《如梦令》（杨慎《词品》"如梦令"条云："唐庄宗词云……此庄宗自度曲也。乐府取词中'如梦'二字名曲。"按杨说盖本苏轼。《东坡词·如梦令》自序云："此曲本唐庄宗制，名《忆仙姿》，嫌其名不雅，故改为《如梦令》。庄宗作此词，卒章云'如梦，如梦，和泪出门相送'，因取以为名云。"）、毛文锡之《纱窗恨》是。（毛文锡词："月照纱窗恨依依。"调名本此。）

### 四、以句举词因而名调

此与以字句为调名者，取义微有不同，此例以宋词为多，唐五代词则罕觏。因有名之调，作者甚多，不易辨记其为谁氏之作，即以某人所作某调中之起结句或警句以另标调名也。如因苏轼之《念奴娇》而别名《大江东去》或《酹江月》，因苏轼之《贺新郎》而别名《乳燕飞》或《风敲竹》，因秦观之《水龙吟》而别名《小楼连苑》，因晁补之之《摸鱼儿》而别名《买陂塘》。其例实繁，不胜遍举。其初亦不过以记其为某人所作之词而已。相呼成习，则遂用以名调矣。至若贺铸、张宗瑞之集中多自改新名者，则与此用意不同，不当例视；然亦因此而调名愈益繁复。

### 五、以篇之字数为调名

如《十六字令》《百字令》是。

### 六、以句之字数为调名

如《三字令》通体皆三字句是。（《三字令》仿自后蜀欧阳炯。无名氏《词通·论名》谓"《四字令》实亦每句四字者，其后两句之六字、五字，殆有衬字耳"。说颇有理，然究未见通首皆四字句之词，未得实证，故不列入。）

### 七、以句法名调

如王丽真之《字字双》词，句句皆有双字，因即以为调名。

## 八、取古人诗语以为调名

杨慎曰:"词名多取诗句,如《蝶恋花》则取梁元帝'翻阶蛱蝶恋花情',《满庭芳》则取吴融'满庭芳草易黄昏',《点绛唇》则取江淹'白雪凝肤貌,明珠点绛唇',《鹧鸪天》则取郑嵎'春游鸡鹿塞,家在鹧鸪天',……《西江月》,卫万诗'只今唯有西江月,曾满吴王宫里人'之句也,《潇湘逢故人》,柳浑诗句也。《粉蝶儿》则取毛泽民词'粉蝶儿共花同活'句也。(整理者按:《全宋词》作"粉蝶儿,这回共花同活")余可类推,不能悉载。"又曰:"韩翃诗'踏莎行草过春溪',词名《踏莎行》本此。"(《词品》)都穆曰:"《满庭芳》取柳柳州'满庭芳草积',《玉楼春》取白乐天诗'玉楼宴罢醉和春',《丁香结》取古诗'丁香结恨新',《霜叶飞》取杜诗'清霜洞庭叶,故欲别时飞',《宴清都》取沈隐侯'朝上闻阖宴,夜宴清都阙'。"(《南濠诗话》)按两家所举,虽不尽确,胡应麟《少室山房笔丛》、邹祗谟《远志斋词衷》对此均有驳议,然有一部分词名取自诗语,则为不可掩饰之事实。特不可每调均剌取古人诗句中语,以其有偶合者即认为其调名所自出耳。

## 九、以非所咏事物为调名

杨慎曰:"'菩萨蛮',西域妇髻也;'苏幕遮',西域妇帽也;'尉迟杯',尉迟敬德饮酒必用大杯,故以名曲;'兰陵王',每入阵必先歌其勇也;'生查子',查古'槎'字,张骞乘槎事也。"(《词品》)都穆曰:"《荔枝香》出《唐书》,贵妃生日,命小部奏新曲。未有名,适进荔枝至,因名《荔枝香》;《解语花》出《天宝遗事》,亦明皇称贵妃语。"(《南濠诗话》)《中朝故事》:"骊山多飞鸟,名阿滥堆,明皇御玉笛采其声翻为曲子名,左右皆传唱之。"(按杨慎谓太白诗"羌笛横吹阿嚲回",番曲名,张祐集有阿滥堆即此。番人无字,止以声传,故随中国所书人各不同耳,难以意求也。又别出"阿滥堆"条,引张祐诗,贺方回词,《中朝故事》及《酉阳杂俎》。)《乐府杂录》:"明皇自潞州入平内难,半夜斩长乐门关领兵入宫,后撰《夜半乐》曲。"唐史:"民间以明皇自潞州还京师,夜半举兵诛韦皇后,制《夜半乐》《还京乐》二曲。"《嘉祐杂志》:"梅圣俞说,始教坊家人市盐,于纸角中得一曲谱,翻之,遂以名。今《双调盐角儿令》是也。"《南部新书》及《杜阳杂编》:"大中初,女蛮国入贡,危髻金冠,缨络被体，号'菩萨蛮队'，遂制此曲。"（《碧鸡漫志》引）如此等类，不可胜纪，盖皆就其时随所触发之事物以名调，而词之内容不必与调名相应也。

十、以地名作调名

《新唐书》称："天宝乐曲，皆以边地名，若凉州、伊州、甘州之类。"按：伊州，词调不传，甘州则有《甘州子》《甘州令》《甘州曲》与《八声甘州》；凉州则有《梁州令》，梁即"凉"也。又词调中之《六州歌头》，陆鋆《问花楼词话》谓系唐之西边伊州、梁州、甘州、石州、渭州、氐州也。《乐府衍义》引岑参诗注云："六州，伊、渭、梁、氐、甘、凉也，一作伊、梁、甘、石、胡渭、氐州。"他若《西河》《氐州第一》《石州慢》《西平乐》等，虽得名由来不易知，然顾名思义，其必与地名有关也。至《燕山亭》为宋徽宗在燕山时作，《扬州慢》为姜夔过维扬时作，《荆州亭》因自荆州亭柱间得名，其调名即取地名，尤显而易见。

十一、以人名作调名

如《念奴娇》，世传唐明皇时，念奴有色，善歌，宫伎中第一，因制《念奴娇》曲。（见《开元天宝遗事》，王灼曾疑之。）如《安公子》，《乐府杂录》载隋炀帝将幸江都，乐工王令言者妙达音律，其子弹胡琵琶，作《安公子》曲。如《何满子》，白居易谓何满子，沧州歌者，开元中，进此曲以赎死。如《谢秋娘》（即《忆江南》），《乐府杂录》谓始自朱崖李太尉镇浙日，为亡妓谢秋娘作，本名《谢秋娘》，后改此名（指《忆江南》），亦曰《梦江南》。如《师师令》，相传宋汴京有名妓李师师，此调是张先为李师师作。如《多丽》，明人卓珂月谓是张均妓名，普琵琶。《填词名解》："解红，石晋和凝歌童也。凝为制《解红》一曲，初为五句，后乃衍为《解红儿慢》。"此皆为某人作词，即以某人名调者。

调名原起，大略如此。毛先舒《填词名解》与汪伋《词名集解》两书，专言此事，可以参看。（二书均不随身，无从引入。）邹祗谟谓"大率古人由词而制调，故命名多属本意；后人因调而填词，故赋寄率离原辞"。沈赙祈云："唐词多述本意，故有调无题。以题缀调，深乖古则。"（《词衷》引）所论能见其大。词调至繁，佚词至夥，复时有演变，时易名目，一一推凿，何能尽符原指？孔子曰"多闻阙疑"，又曰"于其所不知，盖阙如也。"倘非确可征信者，尽可付诸缺如，不必逐调而求其原起也。（往阅《填词名解》与《词名集解》二书，觉穿凿附会处，不一而足。惜原书不在，不得一发其谬。有志之士，倘得取二书详加研讨，作一考信录，亦有功词学不浅也。）

词调日繁，名字多歧，而一调之中，又复体制不一，择调填词，深感纷舛，于是为之疏别加以条理之词谱出焉。词谱起自何时，已难考定。据明孙能传、张萱等《内阁藏书目录》"乐府混成集"条云："莫详编辑姓氏，皆词曲也。内有腔板谱，分五音十二律，类次之，原一百二十七册，今缺二十二册。"此书今虽不传，然可考见明以前已有词谱之巨著。今所传者，当推张南湖《诗余图谱》、程明善《啸余图谱》及赖以邠《填词图谱》。其书以白黑及半白半黑圈标明平仄及可平可仄，颇予填词者以便利。然舛误杂出，前人已多驳议。清初万红友（树）乃搜采唐、五代十国、宋、元名作，排比而求其格式谱律，成《词律》二十卷，凡六百六十调，一千一百八十余体。虽不免尚有遗漏疏误，而能于荆棘之内力辟康庄，实为词学中一最宏伟之贡献。康熙朝，王奕清等之《钦定词谱》列调八百二十有六，为体二千三百余（《钦定词谱》实多取万氏说，特讳言之耳。）；沈辰垣等《历代诗余》列调一千五百四十，视万书搜罗尤众，而颇泛滥，不若万书之精；自后若叶小庚（申芗）之《天籁轩词谱》，谢默卿（元淮）之《碎金词谱》，其考明音律，视万书尤精；注明旁谱处，尤为万书所未及。顾采取有限，故仍不若万书之流行。至同治时，徐诚庵（本立）作《词律拾遗》八卷，补调一百六十五，为体一百七十九，暨补体三百一十六，都凡四百九十五体，合之原书共八百二十五调，一千六百七十余体。杜筱舫（文澜）复作《校勘记》二册，分注于《词律》本调之下。并作"补遗"，增五十调。于是《词律》一书，遂为词家之南董，后有继作，大抵不出《词律》（合徐、杜言）之范围。唯可为其修正校订者则仍不乏。若凌廷堪之《燕乐考原》，吴蘅照之《莲子居词话》，方成培之《词尘》，谢章铤之《赌棋山庄词话》，谢元淮之《填词浅说》，江顺诒之《词学集成》，蒋敦复之《芬陀利室词话》，张德瀛之《词征》，其考究音律，讨论声韵，多足补《词律》之所未逮。

番禺徐荣（戟门）著《词通》及《词律笺榷》二书，于万氏书多所纠正。《词律笺榷》一书，尤为精审，足为万氏功臣。惜全书稿仅五卷，当非完璧。现藏武进赵氏（叔雍），龙榆生（沐勋）为录登《词学季刊》，别无传本。兹过录一则，以见一斑：

> 《乌夜啼》始于南唐李后主，凡二首。一为三十六字，又名《相见欢》者也。一为四十七字，欧词又名《圣无忧》，而宋调添一字，又名《锦堂春》者也。李后主自创之调，而不自嫌同名。词调同名者固甚多，本不可以尽避，万氏强欲避之，以三十六字者题为《相见欢》。《相见欢》之名，本亦见于五代，犹可说也，乃四十七字者，竟用四十八字宋词之名，题为《锦堂春》，并注云："《锦堂春》原别名《乌夜啼》。"是则以后掩前，且夺李词而不入体，仅辨其即是《锦堂春》，而不知其恰非《锦堂春》焉。杜氏《校勘记》以为未安；余则以为有心立异，遂致过于武断而不自觉。甚且谓："《相见欢》宋人名为《乌夜啼》，而《锦堂春》亦名《乌夜啼》，因致传讹不少。断从唐人为《相见欢》，而《锦堂春》亦仍其名，俱不以《乌夜啼》乱之。"殆颇沾沾自喜。不知三十六字之《乌夜啼》，实唐词本名，而《相见欢》之名，则已稍后。若宋词四十八字之《锦堂春》，又较唐词四十七字之《乌夜啼》已加一字，为体不同。况宋词亦多题作《乌夜啼》者，《锦堂春》实其别名。《词律》喧宾夺主，反谓不以《乌夜啼》乱之，实大误也。至声句之间，亦多误者。两遍结句皆九字，万氏注作六字、三字两句，乃又云："皆是九字句，亦可于第四字略断。"然则究当为九字句乎？为六字、三字句乎？抑亦为四字、五字乎？《南歌子》之九字句，则作六三；《江城子》之九字句，则作四五；此调九字句，则模棱两可，非作谱之道也。两结句第五字平仄通用，失注。又换头是短叶，非换韵。且诸家之作，有不叶者，有叠叶者，有次句叶平者，不名一格，万氏皆失之。（《词律笺榷》卷二）

其辨别之精卓，实足使万氏俯首！考究词律之精，以余所见，殆莫逾于徐氏戟门者矣。好学深思之士，倘能继是而作，则《词律》一书，庶几可无遗憾欤！

林大椿著《词式》一书，都十卷，采调八百四十，为体九百二十四，于僻调拗体，既未备录，而注平仄用韵，亦有率误。只取《图谱》《词律》《词谱》等书改换书名，略附源流、名解，无所发明，仅便携带及初学之参阅而已。任二北氏主重编词律，最有特识。其言曰：

> 如今重编，最好断代为序：唐词先于宋词，而金、元、明、清之

调，亦附于宋词之后；至于每一代中，又依创始人或始见之书之先后为序。(《词学研究法》)

复就唐调、宋调各举一例：

## 采桑子

(创始)

始见南唐中主李璟词。

(调略)

双叠，四十四字。前后各七四四七，四句，三平韵。

(宫调)

唐大曲，属太簇角；《尊前集》注"羽调"；《乐府雅词》注"中吕宫"；《九宫大成谱》属"南大石调"。

(名解)

唐教坊大曲有名《采桑》者，一名《杨下采桑》，一作《凉下采桑》，词名本此。

(别名)

有四：南唐李后主词名《丑奴儿令》；冯延巳词名《罗敷艳》；宋贺铸词名《丑奴儿》；陈师道词名《罗敷媚》。

(变格)

有《摊破丑奴儿》，列入宋调。至于黄庭坚之名《促拍丑奴儿》者，朱敦儒之名《促拍采桑子》者，乃《摊破南乡子》之误；及辛弃疾之《丑奴儿近》，潘元质之《丑奴儿慢》，均不过与本调别名有关，与本调其实无涉。

亭(可仄) 前春(可仄)逐 红 英 尽(句) 舞(可平)态徘 徊(韵) 细(可平) 雨霏霏(叶) 不(可平) 放双眉时(可仄) 暂开(叶) 绿(可平) 窗冷(可平) 静芳音断(句) 香(可仄) 印成灰(叶) 可(可平) 奈情怀(叶) 欲(可平) 睡朦胧入(可平) 梦来(叶) (录《尊前集》)

### 摊破丑奴儿 (唐调《采桑子》之变格。)

(创始)

宋赵长卿。

(调略)

就《采桑子》前后阕各加助语及和声之句。双叠六十字。前后各七四四九六，五句，四平韵。

（名解）

因宋人称《采桑子》为《丑奴儿》，故得此名。

（别名）

有二：赵氏《惜香乐府》题作《一剪梅》，注云："或刻《摊破丑奴儿》。"《一剪梅》一名，另有本调，故不用之，以免混淆。《钦定词谱》名《摊破采桑子》，盖改用《丑奴儿》本名也，宋人实未有之。

（律要）

助语必为"也罗"二字，和声之句，亦必前后阕相同。

树（可平）头红（可仄）叶飞尽（句）景（可平）物凄凉（韵）秀（可平）出群芳（叶）又见江梅浅（可平）淡妆（句中叶）也罗（句）真个是（读）可人香（叶）兰（可仄）魂蕙（可平）魄应羞死（句）独（可平）占风光（叶）梦（可平）断高唐（叶）月（可平）送疏枝过（可平）女墙（句中叶）也罗（句）真个是（读）可人香（叶）（录《惜春乐府》）

　　《钦定词谱》云："楚词押韵句或用助语词，汉赋亦多此，故此
　　词第四句，当于'也'字点句。坊本或于'妆'字点句，及'也
　　罗'二字相连点句者，皆非。金词高平调《唐多令》两结句，俱有
　　'也罗'字。南北曲《水红花》结句亦有'也'字、'罗'字。又
　　《广韵》七歌云：'罗，歌词也。'此词两结，'香'字重押，其为歌
　　时之和声无疑。"按："也罗"乃连声，若于"也"字点句，则
　　"罗"一字独立，恐非歌时情形，故仍将"也罗"二字相连点句。

任氏于列谱之外，更有"创始""调略""宫调""名解""别名""律要""别体""变体"八项（别体、变体，另见其《水调歌头》例，兹不引出），实发前人所未发。果能依此体例以重编词律，自足以凌驾前哲，沾溉后学。唯此举甚费工力，又有若干词调，不得兼明八项者，故除"创始""调略"两项外，余皆不必每调全具。（此层任氏固自言之矣。）至编纂之次第，任氏主断代为序，谓"一面既得为词谱，一面亦可当作词史观"，则愚见颇不敢苟同。盖词谱与词史之性质，根本不同。词史以明词学之源变，而词谱以便作者之倚声；词史可资平昔之诵习，而词谱以备用时之检查。世固未有日读词谱之人，则虽有词史之效亦奚以为？编纂词史固成为

专业，其于各时期转变之形迹，所以转变之原因，以及作家之事实等均须详加论述，又岂词谱之仅就谱调疏解者所能尽？即如词谱之体式，琐细至极，亦予研习者以不便；欲便于研习，又恐失之粗疏。故余意词谱与词史，均为词学上不可易视之伟著，不能于同书中两收其效。"目不两视而明，耳不两听而聪"，有志之士，毕一业而后事他业可耳。词谱之作，仍以字数多少，依次排列为宜。以一调为主名，其有别体，则附列其后。唯终以字数相近者方可并列，若《卜算子》之与《卜算子慢》，《浣溪沙》之与《浣溪沙慢》之类，则不得仍依万氏之例，列《卜算子慢》于《卜算子》之下，列《浣溪沙慢》于《浣溪沙》之下，须另以慢词字数列于他卷。其偷声、添字、捉拍、摊破之调亦然。如此，则编者以字数为准之体例既纯，于用者可依字检查，亦甚便利。

"二十字起至五十九字为小令，六十字起至九十二字为中调，九十三字起至百数十字俱为长调。不知何人画此界限？"此无锡顾彩《草堂嗣响·凡例》中语也。"五十八字为小令，五十九字至九十字为中调，九十一字以外为长调，古人定例也。"此钱塘毛先舒《词韵》中语也。古实无此分界，小令、中调、长调之名，亦始见顾刻《草堂诗余》。且果以多少一字即定为小令、中调或长调，说亦不可通。如《系裙腰》调，魏夫人作五十八字，而张先作六十一字，将定为小令乎，抑中调乎？又如《满江红》调，吕渭老作有八十九字、九十一字两体，程垓、张元幹、姜夔作又九十三字，柳永《乐章集》四首中，一首九十一字，两首九十三字，一首九十七字，将定为中调乎，抑长调乎？凡此，皆妄作聪明，不可为训者也。

词调以体制言，有令、近、引、慢、摘遍、序子等名目；以单篇言，有单调、双调、双拽头、三叠、四叠等名目。若摊破①、捉拍②、减字、添字等，则就本调加以变换者，既成新调，自不当与本调并列。更有联章者，分题联章，若四时、八景、十二月鼓子词之类；一题联章，若《九张机》之九首相联而只咏一题之类是。有成套者，同调每词各演一事，

---

① 毛滂《东堂词》，《摊破浣溪沙》作《摊声浣溪沙》。

② 现存"捉拍"见于《词律》者，仅《满路花捉拍》《捉拍丑奴儿》两调；而据杜筱舫《校勘记》，《捉拍丑奴儿》且当作《捉拍南乡子》；《满路花》之"捉拍"两字系后起别名，原调即作《满路花》。则"捉拍"之调，究以何者为准，殆不可考矣。

若《调笑转踏》之类；同调多词只演一事，若赵德麟《蝶恋花》之类是。诸如此类，则关乎作法，与谱调无涉，如欲采取入谱，则仍当以一首为据。此外若法曲、大曲、鼓吹之类，见于前人词集或为前人词话所并及者，当各举例，庶不疏漏。

明人制调，万氏《词律》不收，实具卓见。以词之谱法歌法，南宋末年已多失传，元曲代兴，词乐已成绝响，明人已不谙词之谱法歌法，何所据而能自制新调？故就严格论，此等创调，自应摈弃。唯时至今日，则词根本成为文人欣赏之具，已无协乐之可能，则虽非元人以上之词调，若明之杨升庵、清之纳兰容若等所制之新调，亦不妨兼收并蓄。均之不能协乐，则明清人之制作与唐、宋、金、元人之制作何择焉？只需注明来历，俾谨于择调之士，知所去取可耳。

# 第四章　论章句

积字成句，积句成章，故论词之格局之先，必讲求字、句与章法。

词之用字，于音义外，更有添、减、偷、衬之法。于调中本字，不足于意，而添字以助之者，谓之"添字"；减调中本字别成新调，而仍不失本调声情者，谓之"减字"；调中本字，于声觉有未足，而加字以衬声者，谓之"衬字"；约调中之虚声本字别成新调而仍保持本调声情者，谓之"偷声"。词之有"添字""减字""衬字""偷声"，推其始，殆皆以声为主，历时稍久，增其声者实以字，损其字者亦不存其声，于是除调中特加标明者外，仅得钩稽其字数增损之迹，以测其增损之状。声情之原，已无可按。倘以诗乐衡之，其初必有如"妃呼豨"之类徒有其声羌无实义可寻者，顾已不可得而考见矣。（万树谓词无衬字，殆亦以其难以考见耳。）

词属长短句，故其句法特为参差，少或一字，多至九字，而同字数之句，亦因所入之调不同而生乖异。如同为五字句，入《扬州慢》者与入《生查子》《千秋岁》者不同；同为七字句，入《唐多令》者与入《浣溪沙》《鹧鸪天》者不同；同为八字句，入《还京乐》（"中有万点相思清泪"）者与入《淡黄柳》（"怕梨花落尽成秋色"）、《侍香金童》（"念一瞬韶光堪重惜"）者不同；同为九字句，入《解蹀躞》（"泪珠都作秋宵枕前雨"）、《暗香疏影》（"凝寒又不与众芳同歇"）者与入《相见欢》《虞美人》者不同。更有同在一调中，同字数之句调连用而句法各自不同者，如《雨霖铃》之"念去去千里烟波，暮霭沉沉楚天阔"，《绮罗香》之"渐惊他秋老梧桐，萧萧金井断蛩暮"，《霜花腴》之"记年时旧宿凄凉，暮烟秋雨野桥寒"。上句句法为上三下四，下句句法为上四下三，绝不得以对偶法填入。此外，词中拗句尤多，如《大酺》"虫网吹粘帘竹"，《关河令》"秋阴时晴渐向暝"，《秋宵吟》"今夕何夕恨未了"，《凄凉犯》"怕匆匆不肯寄与误后约"等句，平仄拗口，不可改用顺适。诸如此类，学者均宜特加之意也。

词之章法，以言运用，自属变化无方，不易划成定式；即其有成式可按者，亦甚繁复，须加探讨。以名称言，有令、引、近、慢、犯、摘遍、序子等；以篇幅言，有单调、双叠、三叠、四叠、转踏等；复有不换头、换头、双拽头之别，有一题联章、分题联章之分。凡此诸体，各不相犯，著有成式，可得遵循。

兹编所述，于字则言其音、义、虚、实；于句则言其长短、平仄之异同；于章则言其组织离合之方式。俾学者可由字以造句，合句以成章。至遣辞谋篇之优劣美丑，属诸技巧问题者，则于后论格局、修辞时讨究。章句止于成章，成章而后可与言美富精妙也。

## 一、字

字有义异而音亦随之而异者，其在声律之文，关系至大。如思想之"思"为平声，而"芳思"之"思"当读仄；睡觉之"觉"为去声，而知觉之"觉"当读入。类此者，苟不细审，极易误用。略举数例，以资隅反：

"中兴"　此"中"字当读若"众"。毛公《烝民》诗序云："任贤使能，周室中兴。"杜预《左传》序云"祈天永命，绍开中兴"，陆德明并音丁仲反。杜甫诗："今朝汉社稷，新数中兴年。"又"万里伤心严遣日，百年垂死中兴时"。李商隐诗："路有论冤谪，言皆在中兴。"皆本陆音。与中外之"中"不同音。

"斤斤"　此"斤"字当读"仅"。《诗》："斤斤其明。"毛传："明察也，又重慎也。"《后汉书·吴汉传》："斤斤谨质，形于体貌。"皆读去声也。与斤两之"斤"不同音。

"大较""较然"　此"较"字并应读入声，音"角"。《左传》襄二十一年杜注"较然正直"。陆德明曰："较音角。"《史记·律书》："岂与世儒暗于大较。"《索隐》注："较音角。"与计较、比较之"较"不同音。

"无尽藏"　此"藏"字音"脏"，读去声。《易》："谩藏诲盗。"《诗》："亶侯多藏。"并音才浪反。洪迈《容斋随笔》载《玉津园喜晴诗》："上苑春光无尽藏，可须羯鼓更催花。"亦以"藏"作仄读，与"中心藏之"之"藏"不同音。

此皆常用之字而时至不自觉察者。他如吴梅《词学通论》中所举：

屈信（申）　　信义（迅）　　造作（早）　　造就（糙）

矛盾（忍）　甲盾（遁）　窒塞（色）

边塞（赛）　冯妇（逢）　冯河（平）　　女红（工）

红紫（洪）　戕害（祥）　牁戕（臧）

皆音义随所用而不同，为学词者所当留意。又有诗词中曾用之单字其音义易致忽略者，如：

"泥"　作软缠用时读乃计切。杜甫诗："忽忽穷愁泥杀人。"元稹诗："泥他沽酒拔金钗。"杜牧诗："为郡异乡徒泥酒。"杨乘诗："昼泥琴声夜泥书。"柳永词："泥欢邀宠最难禁。"邓文原词："银灯影里泥人娇。"均读去声，与泥涂之"泥"字不同音。

"凝"　作固结用时读牛孕切。白居易诗："落絮无风凝不飞。"又："舞繁红袖凝，歌切翠眉愁。"张先词："莲台香烛残痕凝。"柳永词："爱把歌喉当筵逞，遏天边乱云愁凝。"均读去声，与凝妆、凝眸之"凝"字不同音。

类此者多，能于读词时用心体会，自无失粘之病。有用叠字或一助字而义同一字者，如"人儿""人人""奴奴"之类，亦不可不知。（言奴奴者始自黄庭坚词"奴奴睡，奴奴睡也奴奴睡"。实鄙俚，不可为训。）

词中添、减、偷、衬之字，多不可考，减、偷尤为难知。其添衬字不别成新调犹得按索者，大率用虚字也。如周邦彦《浪淘沙慢》"正拂面垂杨堪揽结"句，陈允平和作云："恨入回肠千万结。"减少一字，则周词之"正"字，衬字也。如周邦彦《风流子》："羡金屋去来，旧时巢燕，土花缭绕，前度莓墙。"以"羡"字领四句；贺铸词作"彩笔赋诗，禁池芳草，香鞯调马，辇路垂杨"。去一领字，则周词之"羡"字，衬字也。《满江红》下阕两七字句，各家皆然。赵鼎作云："欲待忘忧除是酒，奈酒行欲尽愁无极。"则"奈"字是添衬字也。（《词学集成》曾拈出此例）《满庭芳》过阕第一句各家均用五字句，而张耒作"嗟吁人生随分足"，则"嗟吁"两字，添衬字也。《烛影摇红》第二句，各家皆作七字句，王诜词云"向夜阑乍酒醒心情懒"，则"向"字、"乍"字皆衬字也。尹鹗《拨棹子》第四句，第一首作"小槛细腰无力"六字句，而第二首作"将一朵琼花堪比"为七字句，则"将"字为衬字也。《青玉案》第二句，各家均作六字句，而史浩作三首均为七字句，是史作多一衬字也。又若《唐多令》第三句，各家均作七字句，而吴文英作"纵芭蕉不雨也飕飕"，为八字句，是吴作多一衬字也。（《词统》注"纵"字为衬字）《浪淘沙》后阕第三句原七字，吴遵岩作八字句，是吴作多一衬字也。《青玉案》过片第二句，各家用七字句，曹勋二首均用八字句——"咏好句须还风楼手"，"粲十里冰姿步时绕"，则曹作有一字为衬字也。比较宋元人名作（其不成家数者自不可信），凡同调或和作而字句互相出入者，均可视为添衬之例。沈际飞谓"文义偶不联贯，用一二字衬之，密按其音节虚实间，正文自在"是也。（见《古香岑草堂诗余·发凡》）其明标添字如《添字采桑子》之类，其为添字，更不待言。唯衬字与添字亦微有别，衬字无标作调名者，故仍以虚字为多；添字则已标明调名，故虚声均已填入实字，按调倚声，亦未有视为虚声者。观赵长卿《摊破丑奴儿》，于前后阕均增入"也罗，真个是可人香"八字，则当时于本调增损之例，犹得仿佛，特不易考索耳。

张炎云："词与诗不同，词之句语，有二字三字四字至六字七八字者，若推叠实字，读且不通，况付之雪儿乎？合用虚字呼唤。单字如'正''但''任''甚'之类。两字如'莫是''还又''那堪'之类。三字如'更能消''最无端''又却是'之类。此等虚字，却要用之得其所。若使尽用虚字，句语又俗，必不质实，恐不无掩卷之诮。"（《词源》）虽为运用立论，属诸技巧问题。然虚字之于词，其重要性可见。故张德瀛论用字之法，谓"虚字宜详，实义可略"。（《词征》）盖实字孔繁，势难列举；虚字有限，略可揭出；因之，历来论字法者，多详虚字，而研习之者，亦于虚字特别留意也。兹依张例，再举习见之虚字于下：

单字　"只""漫""纵""奈""便""算""况""更""想""料""怕""看""记""问""怎""莫""正""念""叹"。

两字　"那堪""那知""漫道""况值""好是""莫是""试问""记曾""纵把""争道""未许"。

三字　"更哪堪""怎知道""君不见""倩何人""空负了""最无端""君知否""莫不是""且消受""都忘却""况而今""待分付""都付与"。

此外，有词人所用生僻字，虽不尽可以效法，而亦不可不知者，并列于后：

暾　欧阳修词："今朝陡觉凋零暾。"暾，助辞也。东坡词："时与暾渔蓑。""暾"，同"晒"。

幰　黄庭坚词："画出西楼一幰秋。"（山谷词多怪字，兹举一例。）幰，

陟孟反，开张画缯也。（见《龙龛手鉴》）

　　挼　唐无名氏词："碎挼花打人。"冯延巳词："手挼红杏蕊。"黄简词："妆成挼镜问春风。"挼，奴讹切，又奴回切，两手相切摩也。（见《说文》）

　　挼　尹焕词："点点爱轻挼。"蒋捷词："漫细把寒花轻挼。""挼"与"绝"同，断也。（见《词征》）又即"捼"字。（见《雨村词话》）

　　耍　周邦彦词："贪耍不成妆。"蒋捷词："羞与闹蛾争耍。"耍，嬉也。

　　舀　秦观词："半缺椰瓢共舀。"舀音拗。（见《古今词话》）

　　矬　欧阳炯词："豆蔻花间矬晚日。"矬，昨和切，短也。（见《词征》）

　　抸　晏几道词："已抸长在别离中。"李甲词："抸则而今已抸了。"抸，判同。楚人挥弃物谓之抸。（见《方言》）

　　趯　高观国词："趯将花落。"趯，散走也。（见《玉篇》）

　　赚　欧阳修词："谁把佳期赚。"赚，稚陷切，诳骗也。

　　冎　温庭筠词："虽冎耐。"薛昭蕴词："叵耐无端处。""冎""叵"同，不可也。（见《说文》）

　　伭　许岷词："当初不合伭饶伊。"晏几道词："伭无端尽日东风恶。"此"伭"字犹"任"也，即忍切。（见《词征》）

　　絮　刘夷叔词："休絮，休絮。"方言以濡滞不决为絮。（见《通雅》）

　　划地　毛开词："划地春寒。"辛弃疾词："划地东风欺客梦。"又"绿窗划地调红妆"。划，平也。（见《集韵》）划地，言快便也。（见《古今词话》）

　　腠膜　杨炎正词："捧杯更著腠膜唱。"腠膜，江西土语，犹言随意也。（见《雨村词话》）

　　端的　高观国词："端的此心苦。"端的，犹的确也。

　　假饶　柳永《木兰花》："假饶花落未消愁。"杨无咎词："假饶薄命。"蒋捷词："假饶无分入雕阑。"假饶，犹纵令也。

　　不成　荣樵仲词："不成天也、不容我去乐清闲。"张翥词："不成便没相逢日。"不成，犹难道也。

## 二、句

　　词之句法，虽参差不齐，而字数相同之句，以所入之调不同，每生歧异，此中确有成规，不容混用。兹将一字句至九字句之平仄，先行剖析，然后论列各种句法之构造与变化。

一字句　此唯《十六字令》首句有之。平声，起韵。如周晴川《十六字令》"眠，月影穿窗白玉钱"是。

二字句　二字句，大率不出"平仄""仄平""平平""仄仄"四种。用于换头作"平仄"句者，如柳永《白苧》之"追惜，燕然画角"，姜夔《霓裳中序第一》之"幽寂，乱蛩吟壁"，王沂孙《无闷》之"清致，悄无似"是。用于换头作"平平"句者，如姚云文《紫萸香慢》之"凄清，浅醉还醒"，周邦彦《渡江云》之"堪嗟，清江东注，画舸西流，指长安日下"是。用于中间之短句作"平仄"者，如唐庄宗《如梦令》之"如梦，如梦，残月落花烟重"，欧阳炯《定风波》之"独凭绣床方寸乱，肠断，泪珠穿破脸边花"，吴文英《惜秋华》之"清浅，瞰沧波静衔秋痕一线"是。用于中间之短句作"平平"者，如冯延巳《南乡子》之"薄幸不来门半掩，斜阳，负你残春泪几行"，柳永《临江仙慢》之"心摇，奈寒漏永，孤帏悄，泪烛空烧"，苏轼《醉翁操》之"琅然，清圆，谁弹？响空山，无言"是。至若顾夐《河传》起句之"曲槛"，柳永《笛家弄》过片之"别久"，则为"仄仄"句。温庭筠《河传》之"少年，好花新满船"，"柳堤，不闻郎马嘶"；顾夐《河传》之"断肠，为花须尽狂"，则为"仄平"句。凡用"仄仄""仄平"之句，其上一字多可通平，故四种中，实以"平仄""平平"为正格。唯毛滂《忆秦娥》起句作"夜夜"，叠仄字，且用韵，不可用作"平仄"。

三字句　三字句平仄凡八种，"平仄仄""仄平平""平平仄""仄仄平""平仄平""仄平仄""平平平""仄仄仄"是也。"平仄仄"句，如《梦江南》之"兰烬落"，《归国谣》之"江水碧"，《破阵乐》之"云际寺，林下路"是。"仄平平"句如《更漏子》之"柳丝长"，《一萼红》之"古城阴"，《夏云峰》之"宴堂深"，《十二时慢》之"晚晴初"，《多丽》之"晚山青"，《春从天上来》之"酒微醒"，《如鱼水》之"劝琼瓯"是。"平平仄"句，如《谒金门》之"空相忆"，《鹤冲天》之"余花乱"，《大酺》之"春禽静"，《瑞龙吟》之"章台路"是。"仄仄平"句，如《喜迁莺》之"锦翼鲜"，《喜春来》之"问暮鸦"，《翠羽吟》之"绀露浓，映素空"是。"平仄平"句，如《河传》之"溪水西"，《更漏子》之"南浦情"，平韵《满江红》之"闻佩环""帘影间"

是。"仄平仄"句如《天仙子》之"泪珠滴",《角招》之"为春瘦",《兰陵王》之"柳阴直""恨堆积"是。"平平平"句,如平韵《忆秦娥》之"栖乌惊",《寿楼春》之"良宵长",《六州歌头》之"思悲翁"是。"仄仄仄"句,如《相见欢》之"剪不断",《一叶落》之"一叶落",《浪淘沙慢》之"弄夜色",《梅花引》之"缚虎手"是。

四字句 四字句平仄凡16种。兹各举一例并说明如下:①"平平仄仄",如《琐窗寒》"窗涵月影";②"仄仄平平",如《扬州慢》"十里扬州";③"平仄仄平",如《四园竹》"萤度破窗";④"仄平平仄",如《倾杯乐》"水横斜照";⑤"平平平仄",如《潇湘逢故人慢》"熏风初动";⑥"仄仄仄平",如《感皇恩》"往事旧欢";⑦"平仄平平",如《探春慢》"衰草愁烟";⑧"仄平仄仄",如《恋芳春慢》"燕泥破润";⑨"平平仄平",如《绮寮怨》"何须渭城";⑩"仄仄平仄",如《月中仙》"已醉离别";⑪"平仄平仄",如《索酒》"天地如绣";⑫"仄平仄平",如《醉太平》"小冠晋人";⑬"仄平平平",如《寿楼春》"照花斜阳";⑭"平仄仄仄",如《戚氏》"风露渐变";⑮"仄仄仄仄",如《吊严陵》"暝霭向敛";⑯"平平平平",如《歌头》"西园长宵"。

五字句 五字句平仄约有24种,分别举例于后:①"仄仄平平仄",如《醉妆词》"莫厌金杯酒";②"平平仄仄平",如《醉公子》"金铺向晚扃";③"平平平仄仄",如《梦芙蓉》"仙云深路杳";④"仄仄仄平平",如《诉衷情》"柳弱蝶交飞";⑤"仄仄平仄仄",如《惜秋华》"十载寄吴苑";⑥"平平平仄平",如《诉衷情》"辽阳音信稀";⑦"平仄平平仄",如《凄凉犯》"追念西湖上";⑧"仄平仄仄平",如《生查子》"那知本未眠";⑨"仄平平仄平",如《绮寮怨》"晓风吹未醒";⑩"平仄仄平平",如《南浦》"波暖绿粼粼";⑪"平平仄仄仄",如《扫地游》"春事能几许";⑫"仄平仄平平",如《兰陵王》"奈莺凤欢疏";⑬"仄平平平仄",如《尾犯》"想丹青难貌";⑭"仄平平仄仄",如《酒泉子》"洞房空寂寞";⑮"平仄仄平平",如《荷叶杯》"携手暗相期";⑯"平平仄平平"。如《四槛花》"疏菙晓风清";⑰"仄仄平仄仄",如《凤池吟》"几百年见此";⑱"仄仄平仄平",如《无闷》"放绣帘半钩";⑲"平平仄平仄",如《暗香》"香冷入瑶席";⑳"平平仄平仄",如《应天长》"沉沉暗寒食";㉑"仄仄仄仄平",如

《惜黄花慢》"衬落日坠红"；㉒"平平平平仄"，如《大酺》"邮亭无人处"；㉓"平平平平平"，如《寿楼春》"裁春衫寻芳"；㉔"仄仄仄仄仄"，如《浣溪沙慢》"水竹旧院落"。

六字句　六字句平仄约32种。①"平平仄仄平平"，例：《乌夜啼》"帘帏飒飒秋声"；②"仄仄平平仄仄"，例：《红窗听》"莫惜明珠百琲"；③"平平平仄平平"，例：《相思儿令》"谁教杨柳千丝"；④"仄仄仄平平仄"，例：《破阵子》"蜡烛到明垂泪"；⑤"仄仄平平平仄"，例：《解蹀躞》"候馆丹枫吹尽"；⑥"平平仄平平平"，例：《玉蝴蝶》"秋风凄切伤离"；⑦"平平仄平平仄"，例：《折红梅》"红梅数枝争发"；⑧"仄仄仄平平平"，例：《多丽》"皓色千里澄辉"；⑨"平平仄平平"，例：《河传》"遥见翠槛红墙"；⑩"仄仄平仄平仄"，例：《梦还京》"旅馆虚度残岁"；⑪"仄仄平平仄仄"，例：《鹤冲天》"未省展眉则个"；⑫"仄平仄仄平平"，例：《新荷叶》"放船且向前汀"；⑬"仄平仄平仄仄"，例：《瑶阶草》"那堪昼闲日永"；⑭"平平仄仄平平"，例：《散余霞》"春梦枉恼人肠"；⑮"平平平仄平仄"，例：《昭君怨》"春到南楼雪尽"；⑯"仄平平仄平平"，例：《华清引》"独留烟树苍苍"；⑰"平仄平平平仄"，例：《珠帘卷》"烟雨蒙蒙如画"；⑱"仄平仄平平仄"，例：《握金钗》"晚来红浅香尽"；⑲"平仄仄平平仄"，例：《风入松》"临镜舞鸾离照"；⑳"平仄仄平平平"，例：《过涧近》"千里火云烧空"；㉑"仄平仄平平仄"，例：《子夜歌》"酒醒不知何处"；㉒"平平平仄平仄"，例：《哨遍》"琴书中有真味"；㉓"仄平仄平平仄"，例：《夜半乐》"冻云黯淡天气"；㉔"平仄仄平仄仄"，例：《玉女摇仙佩》"须信画堂绣阁"；㉕"平平仄仄仄仄"，例：《临江仙引》"凝情望断泪眼"；㉖"仄仄仄仄平平"，例：《临江仙引》"尽日独立斜阳"；㉗"仄仄仄仄平仄"，例：《莺啼序》"泪墨惨淡尘土"；㉘"平平平仄仄仄"，例：《霓裳中序第一》"沉思年少浪迹"；㉙"平平仄仄平仄"，例：《莺啼序》"残寒正欺病酒"；㉚"平仄平平仄平"，例：《河传》"烟浦花桥路遥"；㉛"平仄平仄平平"，例：《一萼红》"云意还又沉沉"；㉜"平平平平平仄"，例：《瑞龙吟》"纤纤池塘飞雨"。（整理者按：⑥于③重出，⑭于⑨重出，实为30种。）

七字句　七字句平仄约43种。①"平平仄仄仄平平"，例：《木兰花慢》"情知雁杳与鸿冥"；②"仄仄平平仄仄平"，例：《偷声木兰花》

"柳外秋千出画墙"；③"仄仄平平平仄仄"，例：《安公子》"拾翠汀洲人寂静"；④"平平仄仄仄平平"，例：《西河》"山围故国绕清江"；⑤"平平仄仄平平仄"，例：《六丑》"钗钿坠处遗芳泽"；⑥"仄仄平平仄平仄"，例：《八归》"倚竹愁生步罗袜"；⑦"平仄平平仄平仄"，例：《兰陵王》"应折柔条过千尺"；⑧"仄平平仄平平仄"，例：《夜半乐》"断鸿声远长天暮"；⑨"仄平仄平平仄仄"，例：《多丽》"有翩若惊鸿体态"；⑩"平仄仄平平仄仄"，例：《吊严陵》"回首暮云千古碧"；⑪"仄平仄仄平平仄"，例：《接贤宾》"几回饮散良宵永"；⑫"仄仄仄平平仄仄"，例：《送征衣》"竟就日瞻云献寿"；⑬"仄仄平平平仄平"，例：《春风袅娜》"笑挽罗衫须少留"；⑭"平平仄仄仄平仄"，例：《期夜月》"香檀急扣转清切"；⑮"平平平仄仄平平"，例：《惜黄花慢》"牛山何必独沾衣"；⑯"平平仄平平平仄"，例：《醉公子》"相思暗惊清吟客"；⑰"平平平仄平平仄"，例：《归朝欢》"新春残腊相催迫"；⑱"平仄平平仄仄平"，例：《忆瑶姬》"千里沉沉障翠峰"；⑲"仄平平仄平仄仄"，例：《轮台子》"九疑山畔才雨遍"；⑳"仄平仄仄平平仄"，例：《秋霁》"爱渠入眼南山碧"；㉑"平仄平平仄平平"，例：《换巢鸾凤》"天念王昌忒多情"；㉒"仄仄平平仄平平"，例：《马家春慢》"命化工倾国风流"；㉓"平仄仄仄平平仄"，例：《阳春》"因甚自觉腰肢瘦"；㉔"仄平平仄平平仄"，例：《望江怨》"马嘶残雨春芜湿"；㉕"仄平平仄仄平平"，例：《翠羽吟》"冷光摇荡古青松"；㉖"仄仄仄仄平平仄"，例：《过涧歇近》"幸有散发披襟处"；㉗"仄平平平仄仄仄"，例：《三台》"见梨花初带夜月"；㉘"仄平仄仄仄平平"，例：《高山流水》"素弦一起秋风"；㉙"平平仄仄平仄仄"，例：《解红慢》"尘寰百岁能几许"；㉚"仄仄仄平平平仄"，例：《破阵乐》"望故苑楼台霏雾"；㉛"平仄平平平仄仄"，例：《宝鼎现》"浓焰烧空连锦砌"；㉜"仄平仄平平平仄"，例：《马家春慢》"渐庭馆帘栊春晓"；㉝"平平仄平仄平平"，例：《花犯》"今年对花太匆匆"；㉞"平仄平平仄平平仄"，例：《贺新郎》"吹尽残花无人见"；㉟"仄仄仄仄平平平"。例：《紫萸看慢》"又忆漉酒插花人"；㊱"仄平仄平平仄仄"，例：《瑶阶草》"照花独自怜瘦影"；㊲"仄仄平平平平仄"，例：《大圣乐》"画舫西湖浑如旧"；㊳"平仄仄平平平仄"，例：《花发状元红慢》"娇燕语雕梁留客"；㊴"仄平仄仄仄仄仄"，例：《西河》"酒旗戏鼓甚处市"；㊵"仄平平平平平仄"，例：《哨遍》"觉从前皆非今是"；㊶"仄仄平平平平平"，例：《寿楼春》"自少年消磨疏狂"；㊷"平平平平仄仄仄"，例：《关河令》"秋阴时晴渐向暝"；㊸"平平仄平平平平"，例：《醉翁操》"惟翁醉中知其天"。（整理者按：④于①重出，⑳于⑪重出，㉔于⑧重出，实为40种。）

以上七格，词句中平仄之法略尽矣。至八字句如《尉迟杯》之"算九衢红粉皆难比"，乃合"一七"句法而成；如《哨遍》之"但知临水登山啸咏"，乃合"二六"句法而成；如《金缕曲》之"枉教人梦断瑶台月"，乃合"三五"句法而成；九字句如《江神子慢》"金莲衬小小凌波罗袜"，乃合"三六"字句而成；如《虞美人》之"恰似一江春水向东流"，乃合"二七"字句而成；如《相见欢》之"寂寞梧桐深院锁清秋"，乃合"六三"字句而成。此外，八字句如《还京乐》之"中有万点相思清泪"，《换巢鸾凤》之"定知我今无魂可销"，《龙山会》之"待月向井梧梢上摇"，《惜花春起早慢》之"流莺海棠枝上弄舌"，《彩云归》之"唯有临歧一句难忘"，《西平乐》之"争知向此征途迢递"之类；九字句如《江城子慢》之"想伊不整啼妆影帘侧"，《留客住》之"怎生向主人未肯交去"，《暗香疏影》之"凝寒又不与众芳同歇"之类，非由字数较少之句合成者，其平仄均不得轻为移易。数量较少，不另分列句中之平仄。

句之平仄既明，可进而言句之组织与正变：

通常二字句，多为一字组，自无研讨之必要。三字句虽较可变化，然亦不过名词、形容词之组合，或名词、动词之组合而已。如"柳丝长，春雨细"，名词在前，形容词在后之句法也；如"花阴月，柳梢莺"，本名在后，而形容之者居前之句法也；又如"春日宴"，则成名词与动词组合之一完全句矣。亦有仅为极简单之一字组者，如"一叶叶，一声声"之类是。至若"莫无情"，"将奈何"之类，仍可视同一字组，表现之语气不同耳。大抵三字句至多不过两步（顿），其可分为三步者，除叠字外不可见，三叠字如"莫，莫，莫"之类，则又不得归入三字句也。

四字句之组织法约有三种：①"二、二"句，如《雨霖铃》"寒蝉凄切"是。②"一、三"句，如《迷神引》"引胡笳怨"是。③"一、二、一"句，如《八声甘州》"上琴台去"是。第一种最普通；第二、三两种，非有定格之调，不得乱用；第三种亦有认为"上三下一"句者，其例极少。

　　五字句之组织法约有四种：①"二、三"句，如《卜算子》"漏断人初静"是。此类最多，通常之五字句多如此。②"一、四"句，如《无闷》"放绣帘半钩"是。此类以一字领四字之句亦不少。③"三、二"句，如《秋蕊香》"浑未识清妍"是。此类最少，与上一下四者极易混同。④"二、二、一"句，如《菩萨蛮》"敛眉含笑惊"。此类与第一种相似，唯如牛峤此句，必分三步也。

　　六字句之组织法约有四种：①"二、四"句，如《红窗听》"莫惜明珠百琲"是。此类最多，间或用作对句，亦有以两字领四字而与下句四字对者。②"二、二、二"句，如《百宜娇》"灯火裁缝砧杵"。类此作三步者殊少。③"四、二"句，如《宴琼林》"皓雪肌肤相亚"。此类句法亦不多，易与作三步者混也。④"一、五"句，如《留春令》"便添起春怀抱"。此类以一字领五字者不多见。

　　七字句之组织法约有四种：①"四、三"句，例如《中兴乐》"池塘暖碧浸晴晖"。此类最多，与七言诗句同。②"三、四"句，例如《唐多令》"燕辞归客尚淹留"。此类较少，在第三字着逗者则甚多，然非纯属七字句，故不得并论。③"二、五"句，例如《柳含烟》"乐府吹为横笛曲"。此类与第一种除下五字须与下句五字对者外，与第一类可通，不甚拘执。④"一、六"句，例如《西平乐》"叹事与孤鸿尽去"。此类以一字领六字，每与下六字句作偶句。

　　八字句之组织，有"一、七"，"二、六"，"三、五"三种，例见前。九字句之组织，有"二、七"，"三、六"，"四、五"三种，例亦见前，兹不复出。

　　折腰句　词中有所谓"折腰句"者，实则六字句中在第三字可以点逗者。如《眉妩》之"乘一舸镇长见"，《夜游宫》之"看黄昏灯火市"，《凤衔杯》之"空目断遥山翠"等是。以句中间可以折断，故名"折腰"。

　　尖头句　陈锐《词比》中有"尖头句"之例，移录如下：尖头五言偶句，"对暮山横翠，衬梧叶飘黄"（《临江仙》）。"绣鸳鸯枕暖，画孔雀屏高。"（《献衷心》）"系长江舴艋，拂深院秋千。"（《行香子》）尖头七字偶句，"惊粉重蝶宿西园，喜泥润燕归南浦"（《绮罗香》）。"念双燕难凭远信，指暮天空识归艎。"（《玉蝴蝶》）"正依约冰丝射眼，更茸茸蟾玉西飞。"（《步月》）所谓尖头句，盖即五字句中用"一、四"法，与七字句中用"三、四"法者，以上轻下重，故名"尖头"。推之，则四字句中之用"一、三"句法，六字句中之用"一、五"或"二、四"句法，八字句中之用"一、七"，"二、六"，"三、五"句法者，均可谓之尖头句也。

偶句　三字偶句，如"柳丝长，春雨细"是。四字偶句，如"做冷欺花，将烟困柳"是。五字偶句，如"飘零疏酒盏，离别宽衣带"是。六字偶句，如"云度小钗浓鬓，雪透轻绡香臂"是。七字偶句，如"无可奈何花落去，似曾相识燕归来"是。

叠句　一字句叠，如《思帝乡》"花，花"是。二字句叠，如《如梦令》"如梦，如梦"是。三字句叠，如《潇湘神》"斑竹枝，斑竹枝"是。四字句叠，如《采桑子》"爱上层楼，爱上层楼"是。五字句叠，如《东坡引》"光阴如捻指，光阴如捻指"是。叠句最多不过五字，五字以上句叠者不经见。

复句　篇中复用句，如赵长卿《摊破丑奴儿》前阕结"也罗，真个是可人香"，后阕结复用此八字。苏轼《皂罗特髻》"采菱拾翠"四字，篇中凡七见。类此者无别首可覆按，殆有定格，不得随意入以不同之句调也。

## 三、章

词之句法，长短不一，章法亦然。唐宋人言词，多直呼本调调名，至明顾梧芳刻《草堂诗余》，始有小令、中调、长调之分，亦以篇幅之长短约为界划云尔。（说已见前）然前人于此，已多驳议，依仍其说，恐滋误会。兹以单调、双叠、三叠、四叠等分说。

单调　单调词以十六字令（张于湖作称《苍梧谣》）为最短（万树《词律》首列皇甫松《竹枝词》，仅为两句七言诗，犹未成词体也），以《寿山曲》为最长——60 字，30 字前后者为最多。随举一例如下：

> 路入南中，桃榔叶暗蓼花红。两岸人家微雨后，收红豆，树底纤纤抬素手。（欧阳炯《南乡子》）

双叠　前后两段者谓之双叠，以朱敦儒之《柳枝》——32 字为最短，他如《归自谣》《定西番》《长相思》《相见欢》《风光好》等，亦均在四十字内。以苏轼之《哨遍》——203 字为最长。他如《抛球乐》《穆护砂》等，均在 160 字以外。双叠在词调中占最多数。例如：

> 渐亭皋叶下，陇首云飞，素秋新霁。华阙中天，锁葱葱佳气。嫩

菊黄深，拒霜红浅，近宝阶香砌。玉宇无尘，金茎有露，碧天如水。

正值升平，万几多暇，夜色澄鲜，漏声迢递。南极星中，有老人呈瑞。此际宸游，凤辇何处，度管弦清脆。太液波翻，披香帘卷，月明风细。（柳永《醉蓬莱》）

此前后段字数句法不同者，慢词多如此。慢词之前后段同者，如：

缚虎手，悬河口，车如鸡栖马如狗。白纶巾，扑黄尘，不知我辈，可是蓬蒿人。衰兰送客咸阳道，天若有情天亦老。作雷颠，不论钱，谁问旗亭，美酒斗十千？　酌大斗，更为寿，青鬓长青古无有。笑嫣然，舞翩然，当垆秦女，十五语如弦。遗音能记秋风曲，事去千年犹恨促。揽流光，系扶桑，争奈愁来，一日却为长。（贺铸《梅花引》）

此则前后段字数句法完全吻合，其在慢词，殊不多见。短调则类此者多，殆双叠之名所由出也。例如：

情高意真，眉长鬓青。小楼明月调筝，写春风数声。　思君忆君，魂牵梦萦。翠绡香暖云屏，更哪堪酒醒！（刘过《醉太平》）

三叠　有双拽头与非双拽头之别。双拽头者，第一、二段之句法平仄均同也。如：

章台路，还见褪粉梅梢，试花桃树。愔愔坊陌人家，定巢燕子，归来旧处。　黯凝伫，因念个人痴小，乍窥门户。侵晨浅约宫黄，障风映袖，盈盈笑语。　前度刘郎重到，访邻寻里，同时歌舞，唯有旧家秋娘，声价如故。吟笺赋笔，犹记燕台句。知谁伴，名园露饮，东城闲步？事与孤鸿去，探春尽是，伤离意绪。官柳低金缕，归骑晚、纤纤池塘飞雨；断肠院落，一帘风絮。（周邦彦《瑞龙吟》）

自"章台路"至"归来旧处"，与"黯凝伫"至"盈盈笑语"，句法平仄全同，即属双拽头。此类甚少，非双拽头者则较多。非双拽头者亦称"三换头"。例如：

冻云黯淡天气，扁舟一叶，乘兴离江渚。渡万壑千岩，越溪深处。怒涛渐息，樵风乍起，更闻商旅相呼，片帆高举。泛画鹢，翩翩过南浦。　望中酒旆闪闪，一簇烟村，数行霜树。残日下、渔人鸣榔归去。败荷零落，衰柳掩映，岸边两两三三，浣纱游女，避行客、含羞笑相语。　到此因念，绣阁轻抛，浪萍难驻。叹后约、丁宁竟何据？惨离怀、空恨岁晚归期阻。凝泪眼、杳杳神京路。断鸿声远长

天暮。(柳永《夜半乐》)

三叠之调，现存者，据《词谱》，仅《西河》《十二时慢》《兰陵王》《瑞龙吟》《夜半乐》《宝鼎现》《三台》《戚氏》八调，未确。《剑器近》《绕佛阁》与《秋宵吟》均双拽头，应分三叠也。(《塞翁吟》依万氏注，亦当分三叠，为双拽头。)至王安石《甘露歌》，虽《乐府雅词》录入作三叠词，《词谱》从之，曹元忠跋《临川先生歌曲》已辨其非词，自难列入。

四叠　四叠又称"序子"。词调以四叠为最长，而四叠以吴文英之《莺啼序》三篇为最著，盖文英自度曲也。陈耀文《花草粹编》载郑意娘《胜州令》，亦四叠，今可考见者，仅此两调而已。兹录吴文英《莺啼序》(彭致中《鸣鹤余音》载吕洞宾《莺啼序》一首，与吴作律调不符，或是别调，或有阙失)之一于后：

> 残寒正欺病酒，掩沉香绣户。燕来晚、飞入西城，似说春事迟暮。画船载、清明过却，晴烟冉冉吴宫树。念羁情，游荡随风，化为轻絮。　　十载西湖，傍柳系马，趁娇尘软雾。溯红渐、招入仙溪，锦儿偷寄幽素。倚银屏、春宽梦窄，断红湿、歌纨金缕。暝堤空，轻把斜阳，总还鸥鹭。　　幽兰旋老，杜若还生，水乡尚寄旅。别后访、六桥无信，事往花萎，瘗玉埋香，几番风雨？长波妒盼，遥山羞黛，渔灯分影春江宿，记当时、短楫桃根渡。青楼仿佛，临分败壁题诗，泪墨惨淡尘土。　　危亭望极，草色天涯，叹鬓侵半苎。暗点检、离痕欢唾，尚染鲛绡；亸凤迷归，破鸾慵舞。殷勤待写，书中长恨，蓝霞辽海沉过雁，漫相思、弹入哀筝柱。伤心千里江南，怨曲重招，断魂在否？

摘遍　此体盖摘取大曲或法曲中之一遍而成。如《泛清波摘遍》，即摘《泛清波大曲》中之一遍而成；《薄媚摘遍》，即摘《薄媚大曲》中之一遍而成。亦犹《霓裳中序第一》之从《霓裳曲》十二叠中摘出第七叠成"中序第一"也。既已成为散词，则亦与慢词无甚分别。例如晏几道《泛清波摘遍》：

> 催花雨小，著柳风柔，都似去年时候好。露红烟绿，尽有狂情斗春早。长安道，秋千影里，丝管声中，谁放艳阳轻过了。倦客登临，暗惜光阴恨多少。　　楚天渺，归思正如乱云，短梦未成芳草。空把吴霜点鬓华，自悲清晓。帝城杳，双凤旧约渐虚，孤鸿后期难到。且趁朝花夜月，翠樽频倒。

《宋志》有林钟商《泛清波大曲》。沈括云："凡曲有数叠者，裁截用之，谓之'摘遍'，此盖摘《泛清波》曲之一遍也。"（《梦溪笔谈》）赵以夫之《薄媚摘遍》亦然，摘取《薄媚大曲》中"入破第一"之一遍为之，故句法全与《薄媚大曲》"入破第一"相合。他若《采莲令》《水调歌头》《法曲献仙音》《氐州第一》《八声甘州》《梁州令叠韵》《六么令》《大圣乐》《万年欢》《感皇恩》《石州慢》《六州歌头》《剑器近》等，诸凡大曲、法曲中所有之调名，均是就大曲、法曲中摘其一段而成，特其原有之大曲、法曲多不流传，又或经文人增润删易之后，不得一一据实考明耳。吴梦窗《梦行云》词，自注"一名六么花十八"，"六么"本大曲，此特其中之一叠，亦摘遍类也。

转踏　此属联章体，一称"缠达"，亦称"传踏"。或以多词咏一题，或各首分题，而互相联系。体式不一，类多于本词外，穿插诗文以当叙述，如曲之插入诗话及科、白然。兹举洪适《番禺调笑》如下：

**番禺调笑**

句队

盖闻五岭分疆，说番禺之大府；一尊属客，见南伯之高情。摭遗事于前闻，度新词而屡舞。宫商递奏，调笑入场。

羊仙

黄木湾头声哄然。碧云深处起非烟。骑羊执穗衣分锦，快睹浮空五列仙。腾空昔日持铜虎。嘉瑞能名灼前古。羽人叱石会重来，治行于今最南土。

南土。贤铜虎。黄木湾头腾好语。骑羊执穗神仙五。拭目摩肩争睹。无双治行今犹古，嘉瑞流传乐府。

药洲

传闻南汉学飞仙。炼药名洲雉堞边。炉寒灶毁无踪迹，古木闲花不计年。唯余九曜巉岩石。寸寸沦漪湛天碧。画桥彩舫列歌亭，长与邦人作寒食。

寒食。人如织。藉草临流罗饮席。阳春有脚森双戟。和气欢声洋溢。洲边药灶成陈迹。九曜摩挲奇石。

海山楼

高楼百尺迩严城。披拂雄风襟袂清。云气笼山朝雨急，海涛侵岸暮潮生。楼前箫鼓声相和。戢戢归樯排几柁。须信官廉蚌蛤回，望中山积皆奇货。

奇货。归帆过。击鼓吹箫相应和。楼前高浪风掀簸。渔唱一声山左。胡床邀月轻云破。玉麈飞谈惊座。

素馨巷

南国英华赋众芳。素馨声价独无双。未知蟾桂能相比，不是人间草木香。轻丝结蕊长盈穗。一片瑞云萦宝髻。水沉为骨麝为衣，剩馥三薰亦名世。

名世。花无二。高压阇提倾末利。素丝缕缕联芳蕊。一片云生宝髻。屑沉碎麝香肌细。剩馥薰成心字。

朝汉台

尉佗怒臂帝番禺。远屈王人陆大夫。只用一言回倔强，遂令魋结换襟裾。使归已实千金橐。朝汉心倾比葵藿。高台突兀切星辰，后代登临奏音乐。

音乐。传佳作。盖海旌幢开观阁。绮霞飞渡青油幕。好是登临行乐。当时朝汉心倾藿。望断长安城郭。

浴日亭

扶胥之口控南溟。谁凿山尖筑此亭。俯窥贝阙蛟龙跃，远见扶桑朝日升。蜃楼缥缈擎天际。鹏翼缤翻借风势。蓬莱可望不可亲，安得轻舟凌弱水。

弱水。天无际。相去扶胥知几里。高亭东望阳乌起。杲杲晨光初洗。蓬莱欲往宁无计。一展弥天鹏翅。

蒲涧

古涧清泉不歇声。菖蒲多节四时青。安期驾鹤丹霄去，万古相传此化城。依然丹灶留岩穴。桃竹连山仙境别。年年正月扫松关，飞盖倾城赏佳节。

佳节。初春月。飞盖倾城尊俎列。安期驾鹤朝金阙，丹灶分留岩穴。山中花笑秦皇拙。祠殿荒凉虚设。

贪泉

桄榔色暗芭蕉繁。中有贪泉涌石门，一杯便使人心改，属意金珠万事昏。晋时贤牧夷齐比。酌水题诗心转厉。只今方伯擅真清，日日取泉供饮器。

饮器。贪泉水。山乳涓涓甘似醴。怀金嗜宝随人意。枉受恶名难洗。真清方伯端无比。未使吴君专美。

沉香浦

炎区万国侈奇香。稇载归来有巨航。谁人不作芳馨观，巾箧宁无一片藏。饮泉太守回瓜戍。搜索越装舟未去。薏苡何从起谤言，沉香不惜投深浦。

深浦。停舟处。只恐越装相染污。奇香一见如泥土。投著水中归去。令公早晚回朝著。无物迟留鸣橹。

清远峡

腰肢尺六代难双。雾鬓风鬟巧作妆。人间不似山间乐，身在帝乡思故乡。南来万里舟初舣。三峡重过惊久别。玉环留著缀相思，归向青山啸明月。

明月。舟初舣。三峡重过惊久别。玉环留与人间说。诗罢离肠千结。相思朝暮流泉咽。雾锁青山愁绝！

破子

南海。繁华最。城郭山川雄岭外。遗踪嘉话垂千载。竹帛班班俱在。元戎好古新声改。调笑花前分队。

高会。尊罍对。笑眼茸茸回盼睐。蹁跹低唱眉弯黛。翔凤惊鸾多态。清风不用一钱买。醉客何妨倒载。

遣队

十眉争艳眼波横。霓袖回风曲已成。绛蜡飘花香卷穗。月林乌鹊两三声。歌舞既终，相将好去。

以"调笑词"分咏羊仙、药洲、海山楼、素馨巷、朝汉台、浴日亭、蒲涧、贪泉、沉香浦、清远峡十景，而总名曰《番禺调笑》，联章分咏法也，并"破子"两首，词凡十二首。开端先用"句队"，总叙缘起，以下每首用七言诗八句，四平韵，四仄韵，即以诗末两字为词首。大抵诗则徒诵，而词则歌唱也。末缀"破子"两首，然后以"遣队"收场。开端"句队"或名"掾，白语"，见毛滂《东堂词》。收场"遣队"，或名"放队"，见宋无名氏《调笑集句》及郑仅（彦能）《调笑转踏》。"遣队"多仅七绝一首，不缀"歌舞既终，相将好去"八字。又毛滂作每首所咏之题，均列于正文之后，余则多同此式。董解元《西厢》，先有诗句而后弹曲子，与此体绝类，殆同出一源也。

联章　此体不以"转踏"名，无"句队""破子"等名目。有数首相联而只咏一题者，如欧阳修之《采桑子》十一首，咏西湖之胜，而首冠以序引是。有多首相联以咏一种故事者，如赵德麟之《商调蝶恋花》十首，咏崔莺莺、张君瑞事是。（原词见德麟《侯鲭录》）亦有以一调而咏四时或十二月如鼓子词者，如欧阳修之《渔家傲》十二首是。兹举欧词为例：

### 采桑子

昔者王子猷之爱竹，造门不问于主人；陶渊明之卧舆，遇酒便留于道上。况西湖之胜概，擅东颖之佳名。虽美景良辰，固多于高会，而清风明月，幸属于闲人。并游或结于良朋，乘兴有时而独往。鸣蛙暂听，安问属官而属私；曲水临流，自可一觞而一咏。至欢然而会意，亦傍若于无人。乃知偶来常胜于特来，前言可信；所有虽非于己有，其得已多。因翻旧阕之词，写以新声之调。敢陈薄伎，聊佐清欢。

### 其一

轻舟短棹西湖好，绿水逶迤，芳草长堤，隐隐笙歌处处随。
无风水面琉璃滑，不觉船移，微动涟漪，惊起沙禽掠岸飞。

### 其二

春深雨过西湖好，百卉争妍，蝶乱蜂喧，晴日催花暖欲然。
兰桡画舸悠悠去，疑是神仙，返照波间，水阔风高扬管弦。

### 其三

画船载酒西湖好，急管繁弦，玉盏催传，稳泛平波任醉眠。
行云却在行舟下，空水澄鲜，俯仰流连，疑是湖中别有天。

### 其四

群芳过后西湖好，狼藉残红，飞絮蒙蒙，垂柳阑干尽日风。
笙歌散尽游人去，始觉春空，垂下帘栊，双燕归来细雨中。

### 其五

何人解赏西湖好，佳景无时，飞盖相追，贪向花间醉玉卮。
谁知闲凭栏干处，芳草斜晖，水远烟微，一点沧洲白鹭飞。

### 其六

清明上巳西湖好，满目繁华，争道谁家，绿柳朱轮走钿车。
游人日暮相将去，醒醉喧哗，路转堤斜，直到城头总是花。

### 其七

荷花开后西湖好，载酒来时，不用旌旗，前后红幢绿盖随。
画船撑入花深处。香泛金卮，烟雨微微，一片笙歌醉里归。

### 其八

天容水色西湖好，云物俱鲜，鸥鹭闲眠，应惯寻常听管弦。
风清月白偏宜夜，一片琼田，谁羡骖鸾？人在舟中便是仙。

### 其九

残霞夕照西湖好，花坞苹汀，十顷波平，野岸无人舟自横。
西南月上浮云散，轩槛凉生，莲芰香清，水面风来酒面醒。

### 其十

平生为爱西湖好，来拥朱轮，富贵浮云，俯仰流年二十春。
归来恰似辽东鹤，城郭人民，触目皆新，谁识当年旧主人。

### 其十一

画楼钟动君休唱，往事无踪，聚散匆匆，今日欢娱几客同。
去年绿鬓今年白，不觉衰容。明月清风，把酒何人忆谢公。

十一首中，唯末首首句无"西湖好"三字，殆亦有"收场"之意，与首"序引"遥相呼应，特联章体不着"句队""遣队"等名称耳。至若周密以《木兰花慢》十阕分咏十景，张龙荣以《应天长》十阕分咏西湖十景之类，则各自标调，不必联系，非联章体也。此外如宋无名氏之《九张机》，《乐府雅词》以之入"转踏"类，而九首相联，虽有小序及诗引起，七绝及"敛袂而归，相将好去"八字收场（另一首无小序及收场），而无"句队""遣队"等名称，体例介乎"转踏"与"联章"之间，不另立名目。

大曲　大曲原与散词不同，然宋人词集中亦有冠以大曲者，史浩《鄮峰真隐大曲》，尤其著者也。史氏大曲，有《采莲》《采莲舞》《太清舞》《柘枝舞》《花舞》《剑舞》《渔父舞》等，其著"舞"字诸首，均有叙白，唯《采莲》纯是词体。《采莲》凡八首相连，第一延遍，第二攧遍，第三入破，第四衮遍，第五实催，第六衮，第七歇拍，第八煞衮，盖徒歌无舞，纯乎其为词也。《乐府雅词》有专列大曲栏，内录董颖《道宫薄媚》，旁标"西子词"，子目为排遍第八、排遍第九，第十攧，入破第一，第二虚催，第三衮遍，第四催拍，第五衮遍，第六歇拍，第七煞衮。诸首中字数句法不同，且以第八居首，而以第七煞，不知何故。其各首用韵，亦以同部之平仄韵通协，法同作曲，特曾慥以之选入《乐府雅词》，则亦如史氏大曲类也。词之结构，至于大曲，最为完备矣。（篇幅过长，不引例，学者自览观焉。）

# 第五章　论意格

　　章句仅言成章，意格则畅论命意用笔之各种方法，已较章句做进一步之讨究。譬之绘理，章句言其点线体面之构造而已，意格则论其正侧俯仰疏密之态势也。譬之兵书，章句言其军旅营伍之组织而已，意格则论其进退攻守静动之阵容也。故章句只道其常，意格则兼求其变；章句易明，而意格莚知。有一成不变之章句，而无一成不变之意格。

　　然则兹编之论意格，不几犹"画脂镂冰"，劳而无当耶？是又不然。章学诚有言："古人文成法立，未尝有定格也。传人适如其人，述事适如其事，无定之中有一定焉。知其意者，旦暮遇之。不知其意，袭其形貌，神弗肖也。"（《古文十弊》）论文如此，论词亦何独不然。欲于无定之中求其一定，使人心知其意，得以"旦暮遇之"，此古今文学评论之书之所由作也。唐宋以来之词籍，其可传者，不下千数百家，论其意格，何种蔑有，要在学者能爬梳剔抉，细为归纳耳。况著论成说者，亦数在不少，倘能加以整比，尤足以资遵循。今兹所论，即本斯义。将前人所有之成式与前人所已论列者，综成若干条则，以便学者之考镜。至神而明之，存乎其人，非必斤斤于古人之成法也。

## 一、命意

　　一意而复笔者有之，未有无意而得成文者。周济讥张炎词"唯换笔，不换意"（《宋四家词选·序论》）。亦谓其意薄云尔，非有无意之笔也。况周颐曰："词贵意多，一句之中亦忌复。"又曰："作词不拘说何事物，但能句中有意即佳。"则命意之重要可见。故一篇局势之奇正，关乎用笔，而在用笔之先，实唯命意。刘勰所谓"意翻空而易奇"是也。固有意主故常，而辞务清新者，此盖所以济意之穷，以视辞浅而意深者自远不及，不可悬为准则。张炎云："作慢词看是其题目，先择曲名，然后命意；命意既了，思量头如何起，尾如何结，方始选韵，而后述曲。"（《词源》下"制曲"条）于命意、构格、用笔之次序，言之最为清晰。兹归纳前人讨论命意之法，可得下列诸说。

（一）清新

意由己出，不经前人道过，而又不涉晦涩暗昧者，谓之清新。然非不可运用古事或引用古人成语也，古事古语，能加以变化，或位置得宜，均不失其为清新。如苏轼之"破帽多情却恋头"（《南乡子》），翻用孟嘉落帽之事也。如李清照之"清露晨流，新桐初引"（《壶中天慢》），沿用《世说》成语也。王安国《清平乐》："小怜初上琵琶，晓来思绕天涯。不肯画堂朱户，春风自在杨花。"小怜为齐后主冯淑妃名。熟事熟语，一经运用，均成清新，殆与自出新意者无异。故命意清新与用事用语仍不相背，此亦学者不可不知也。

杨缵曰：

　　第五要立新意（按：江顺诒《词学集成》引此句注云："后人填词止此耳。务求尖新，不近自然，更俗。杨升庵、王弇州诸君正自不免。"），若用前人诗词意为之，则蹈袭无足奇者。须自作不经人道语，或翻前人意，便觉出奇。（《词源》附"作词五要"）

张炎曰：

　　词以意趣为主，不要蹈袭前人语意。（《词源》下）

沈谦曰：

　　立意贵新。（《填词杂说》）

沈义父曰：

　　作小词只要些新意，不可太高远。（《乐府指迷》）

李渔曰：

　　文字莫不贵新，而词为尤甚。不新可以不作。意新为上。……所谓意新者，非于寻常闻见之外，别有所闻所见，而后谓之新也；即在饮食居处之内，布帛菽粟之间，尽有事之极奇，情之极艳，询诸耳目，则为习见习闻，考诸诗词，实为罕听罕觏，以此为新，方是词内之新，非《齐谐》志怪，《南华》志诞之所谓新也。（《窥词管见》）

俞彦曰：

　　遇事命意，意忌庸，忌陋，忌袭。（《爰园词话》）

按：此从反面立论，意亦主清新也。

（二）高妙

高妙者，超脱凡俗之谓，在意不在貌。

黄山谷曰：

> 语意高妙，似非吃烟火人语，非胸中有万卷书，笔下无点尘俗气，孰能至此。（评苏轼《卜算子》"缺月挂疏桐"首。）

按：语意之应高妙，固矣，然须接近自然，不可流于狂怪，狂怪亦前人所忌。

沈义父曰：

> 发意不可太高，高则狂怪而失柔婉之意。（《乐府指迷》）

（三）幽远

不胶于现前迹象，而别有境界情思耐人寻绎者，谓之幽远。

况周颐云：

> 吾苍茫独立于寂寞无人之区。忽有匪夷所思之一念，自沉冥香霭中来，吾于是乎有词。洎吾词成，则于顷者之一念，若相属，若不相属也。而此一念方绵邈引演于吾词之外，而吾词不能殚陈，斯为不尽之妙。非有意为是不尽，如书家所云，"无垂不缩，无往不复"也。（《蕙风词话》卷一）

此最善论幽远之妙，特不标幽远为矩矱耳。

陆行直曰：

> 命意贵远。（《词旨》上）胡元仪释："曲则远也。"

许宗彦曰：

> 命意幽远，用情温厚，上也。（《莲子居词话序》）

（四）沉挚

思沉力厚，真切动人，谓之沉挚。轻浮则不沉，肤廓则不挚，看似平易而实甚深透者，斯足以当之，在运意不在措辞也。

陈人中曰；

> 以沉挚之思，而出之必浅近，使读者骤遇之如在耳目之前，久诵之而得隽永之趣：则用意难也。（《宋六十一家词选·叙论》引）

### （五）层深

此与沉挚不同，沉挚虽意主深透而变动无常，此则一层深一层，如剥蕉抽丝，层出不穷，所谓"山重水复疑无路，柳暗花明又一村"之境界似之。

毛先舒曰：

词家意欲层深。（《古今词论》引）

刘熙载曰：

一转一深，一深一妙。此骚人三昧，倚声家得之，便自超出常境。（《艺概》）

沈祥龙曰：

词贵愈转愈深。稼轩云："是他春带愁来，春归何处？却不解带将愁去。"玉田云："东风且伴蔷薇住；到蔷薇春已堪怜。"下句即从上句转出，而意更深远。（《论词随笔》）

贺裳曰：

词家用意极浅，然愈翻则愈妙。（《皱水轩词筌》）

按：意浅而愈翻愈妙，亦层深法也。然用意太深，亦是一弊。

庄棫曰：

又或用意太深，词为义掩，虽多比兴之旨，未发缥缈之音。（《复堂词序》）

### （六）超奇

超奇近高妙而未必高妙，近清新而不止清新。好处在不落常套，其病则每流于生险晦僻。

孙麟趾曰：

用意须出人意外。（《词径》）

仲雪亭曰：

作词用意，须出人想外。（《古今词论》引）

按：出人意想之外，即超奇也。能致力于此，自可有所创获而不至滑俗。

### （七）空灵

空灵对质实言。用意在离即之间，不拘拘于事物迹象也。

张炎曰：

> 词要清空，不要质实。清空则古雅峭拔；质实则凝涩晦昧。（《词源》下）

刘熙载曰：

> 空中荡漾，最是词家妙诀。上意本可接入下意，却偏不入，而于其间传神写照，乃愈使下意栩栩欲动。《楚辞》所谓"君不行兮夷犹，蹇谁留兮中洲"也。（《艺概》）

沈祥龙曰：

> 词当于空处起步，闲处着想。空则不占实位，而实意自笼住；闲则不犯正位，而正意自显出。若开口便实，便正，神味索然矣。（《论词随笔》）

## （八）婉曲

本意不明透说出，而于其上下四方委曲以达之者，谓之婉曲。用笔、修辞，均有婉曲之格，命意亦然。世称某家作品以婉曲著者，不唯其辞笔，用意亦有莫大之关系。

张绖曰：

> 少游多婉约，子瞻多豪放，当以婉约为主。（《词谱》）

蔡小石曰：

> 夫意以曲而善托，调以杳而弥深。（《拜石词序》）

况周颐曰：

> 词能直固大佳。顾所谓直，诚至不易。不能直，分也。当于无字处为曲折，切忌有字处为曲折。（《蕙风词话》卷一）

按："无字处为曲折"，即意曲也。

## （九）含蓄

含蓄与婉曲微有分别，含蓄者，正意约略表露于词句中，而使人在此若隐若现之辞句中可探索得深长之意味也。

江顺诒曰：

> 诗尚讽谕，词贵含蓄。（《词学集成》卷八"崇意"条。）

沈祥龙曰：

> 含蓄无穷，词之要诀。含蓄者，意不浅露，语不穷尽，句中有余

味，篇中有余意，其妙不外寄言而已。(《论词随笔》)

又曰：

词贵意藏于内，而迷离其言以出之，令读者郁伊怆快，于言外有所感触。(同上)

况周颐曰：

吾词中之意，唯恐人不知，于是乎勾勒。夫其人必待吾勾勒而后能知吾词之意，即亦何妨任其不知矣。曩余词成，于每句下注所用典。半塘辄曰："无庸。"余曰："奈人不知何？"半塘曰："傥注矣，而人仍不知，又将奈何？夫填词固以可解不可解，所谓烟水迷离之致，为无上乘耶？"(《蕙风词话》卷一)

按：况、王此说，不尚勾勒而重烟水迷离之致，义近含蓄，特未标明耳。

前人论命意之法，大略具是。虽说各不同，而各有其独到之处。此与题材有密切关系，殆不可一概论也。大抵抒情之什宜婉曲、层深；模山范水之什宜空灵、高妙；咏物之什宜清新；感怀之什宜沉挚；寄兴之什宜超奇、幽远；托讽之什宜含蓄。故命意在审题之后，苟题不宜于词者，直可不作，任用何种命意方法无当也。沈祥龙曰："作词须择题。题有不宜于词者，如陈腐也，庄重也，事繁而词不能叙也，意奥而词不能达也。几见论学问，述功德，而可施诸词乎？几见如少陵之赋《北征》，昌黎之咏《石鼓》，而可以词行之乎？"(《论词随笔》)诚深知此中甘苦之论。前人词题之运用，至苏、辛而极，过此则当出之以矜慎。

## 二、用笔

命意既定，须讲用笔。用笔之法，约而为言，不外提、顿、承、转、顺、逆、正、反诸种，而一经运用，变化无方，参错回互，不可究极。留、勒、放、流、扫、撇、擒、纵等名词，为前人已经取用者，尤足令人目眩。盖词体原极复杂，其本质最宜表现繁复之情意，在我国文字中，篇幅相等者，上自诗，下至曲，旁及其他各种文体，殆无一可与比拟。以故其笔法之繁复，亦迥出他种文字之上，一首百字左右之慢词，竟有可分为十余小段者，其用笔变换之繁复可想。浅尝辄止之士，每视为"文字之谜"，非无因也。(胡适之曾以南宋咏物词为"做谜"。)然果能细加寻绎，亦自有其不容紊乱之条理在。本斯条理以读前人之词，则可迎刃而解；以自运笔，则可易于成篇，不得以其不易讲求而扬弃之也。兹分全篇、起、结、过片各方面挨次列举前人成说于后：

（一）全篇

张炎曰：

> 一曲之中，安能句句高妙，只要拍搭衬副得去，于好发挥笔力处，极要用工，不可轻易放过，使人击节可也。（《词源》下）

按：张氏此文，虽入"句法"条，实则所谓"拍搭衬副"，均属用笔也。

沈义父曰：

> 作大词先须立间架，将事与意分定了。第一要起得好，中间只铺叙，过处要清新，最紧是末句，须是有一好出场方妙。作小词只要些新意，不可太高远；却易得古人句同，亦要练句。（《乐府指迷》）

陆行直曰：

> 对句好可得，起句好难得，收拾全藉出场。（《词旨》上）

又曰：

> 制词须布置停匀，血脉贯穿，过片不可断曲意，如常山之蛇，救首救尾。（同上。按陈继儒有说与此略同，不并引。）

按：布置兼命意、用笔而言；而"常山蛇"之喻，则纯乎言用笔矣。

李渔曰：

> 意之曲者词贵直，事之顺者语宜逆，此词家一定之理。（《窥词管见》）

又曰：

> 认定开首一句为主，二句之材料，不用别寻，即在开首一句中想出，如此相因而下，直至结尾，则不求一气而自成一气，且省却几许淘摸工夫。（同上）

按：此两则虽兼言词、语、气脉，而实与用笔有关。

又曰：

> 双调虽分二股，前后意思必须联属。若判然两截，则是两首单调，非一首双调矣。大约前段布景，后半说情者居多，即《毛诗》之兴、比二体；若首尾皆述情事，则赋体也。即使判然两事，亦必于头尾相属处，用一二语或一二字作过文，与作帖括中搭题文字，同是

一法。（同上）

又曰：

词内人我之分，切宜界得清楚。首尾一气之调易作，或全述己意，或全代人言，此犹戏场上一人独唱之曲，无烦顾此虑彼。常有前半幅言人，后半幅言我；或数句皆述己意，而收煞一二语忽作人言；甚至有数句之中，互相问答，彼此较筹，亦至数番者，此犹戏场上生、旦、净、丑数人迭唱之曲，抹去生、旦、净、丑字面，止以曲文示人，谁能辨其孰张孰李？词有难于曲者，此类是也。必使眉清目楚，部位井然。大都每句以开首一二字作过文，过到彼人身上，然后说情说事。此其浅而可言者也。至有不作过文，直讲情事，自然分出是人是我，此则所谓神而明之，存乎其人者矣。（同上）

李东琪曰：

小令叙事须简净，再着一二景物语，便觉笔有余闲。中调须骨肉停匀，语有尽而意无穷。长调切忌过于铺叙，其对仗处，须十分警策，方能动人。设色既穷，忽转出别境，方不窘于边幅。（《古今词论》引）

毛先舒曰：

李易安春情"清露晨流，新桐初引"，用《世说》，全句浑妙。尝论词贵开宕，不欲沾滞，忽悲忽喜，乍远乍近，所为妙耳。如游乐词须微有愁思，方不痴肥。李春情词，本闺怨，结云："多少游春意！日高烟敛，更看今日晴未？"（《壶中天慢》）忽尔开拓，不但不为题束，并不为本意所苦，直如行云舒卷自如，人不觉耳。（王又华《古今词论》引）

又曰：

前半泛写，后半专叙，盖宋词人多此法。如子瞻《贺新凉》，后段只说榴花，《卜算子》后段只说鸣雁，周清真"寒食"词，后段只说邂逅，乃更觉意长。（同上）

又曰：

长调如娇女步春，旁去扶持，独行芳径，徙倚而前，一步一态，一态一变，虽有强力健足，无所用之。（同上）

胡仔曰：

凡作诗词，要当如常山之蛇，救首救尾，不可偏也。如晁无咎作中秋《洞仙歌》辞，其首云："青烟幂处，碧海飞金镜，永夜闲阶卧桂影。"固已佳矣。其后云："待都将许多明，付与金尊，投晓共、流霞倾尽。更携取、胡床上南楼，看玉做人间，素秋千顷。"若此可谓善救首尾者也。（《苕溪渔隐丛话后集》卷三十九）

谢章铤曰：

长调要转折矫变，短调要词长意恓恍。（《赌棋山庄词话》卷二）

刘熙载曰：

词之章法，不外相摩相荡，如奇正、实空、抑扬、开合、工易、宽紧之类是也。（《艺概·词概》）

又曰：

词中承接转换，大抵不外纡徐斗健，交相为用，所贵融会章法，按脉理节拍而出之。（同上）

又曰：

词或前景后情，或前情后景，或情景齐到，相间相融，各有其妙。（同上）

又曰：

词要放得开，最忌步步相连；又要收得回，最忌行行愈远。必如天上人间，去来无迹，斯为入妙。（同上）

又曰：

小令难得变化，长调难得融贯。其实变化融贯，在在相须，不以长短别也。（同上）

又曰：

词之妙全在衬跌。如文文山《满江红·和王夫人》云："世态便如翻覆雨，妾身元是分明月。"《酹江月·和友人驿中言别》云："镜里朱颜都变尽，只有丹心难灭。"每二句若非上句，则下句之声情不出矣。（同上）

又曰：

昔人论词，要如娇女步春。余谓更当有以益之，曰：如异军特起；如天际真人。（同上）

沈祥龙曰：

词之妙在透过，在翻转，在折进。"自是春心撩乱，非关春梦无凭"，透过也。"若说愁随春至，可怜冤煞东风"，翻转也。"山映斜

阳天接水，芳草无情，更在斜阳外"，折进也。三者不外用意深而用笔曲。(《论词随笔》)

又曰：

长调须前后贯串，神来气来，而中有山重水复，柳暗花明之致。(同上)

贺裳曰：

词莫病于浅直。(《皱水轩词筌》)

况周颐曰：

词笔固不宜直率，尤切忌刻意为曲折。以曲折药直率，即已落下乘。昔贤朴厚醇至之作，由性情学养中出，何至蹈直率之失。若错认真率为直率，则尤大不可耳。(《蕙风词话》卷一)

又曰：

词能直固大佳，顾所谓直，诚至不易。不能直，分也。当于无字处为曲折，切忌有字处为曲折。(同上)

又曰：

作词须知暗字诀，凡暗转、暗接、暗提、暗顿，必须有大气真力斡运其间，非时流小惠之笔能胜任也。(同上)

又曰：

词中转折宜圆。笔圆下乘也；意圆中乘也；神圆上乘也。(同上)

又曰：

词不嫌方。能圆见学力，能方见天分。但须一落笔圆，通首皆圆；一落笔方，通首皆方。圆中不见方，易；方中不见，圆难。(同上)

按：上数则，虽不专言用笔，而间涉用笔之方，故并引入。

蒋兆兰曰：

词之为文，气局较小，篇不过百许字，然论用笔，直与古文一例。大抵有顺笔，有逆笔，有正笔，有侧笔，有垫笔，有补笔，有说而不说，有不说而说。起笔要挺拔，要新警；过片要不即不离；收笔要悠然不尽，余味盎然；中间转接叠用虚字，须一气贯注，无虚字处或用潜气内转法。蒙常谓作一词能布置完密，骨节灵通，无纤毫语病，斯真可谓通得虚字也。(《词说》)

上列诸说，细为归纳，则用笔之法：第一须有轻重，主要与衬副须分配得宜；第二须有转折，直泻而下，易犯单薄率浅，能暗转尤见工力；第三须能融贯，虽用笔变换或转出别境时，仍须一气贯串；第四须明虚实，有泛写，有专叙，虚实相生，自不呆滞；第五须有照应，前有伏笔，后有回顾，救首救尾，自然紧凑；第六须有开阖，要放得开，收得回，庶不拖沓，不散漫；第七小令须简净，中调须停匀，长调须顿宕。总之，贵变化，忌平直，则各家立论之所同，特各有侧重之点耳。

### （二）起

沈义父曰：

> 大抵起句便见所咏之意，不可泛入闲事，方入主意。咏物尤不可泛。（《乐府指迷》）

沈祥龙曰：

> 诗重发端，唯词亦然，长调尤重。有单起之调，贵突兀笼罩，如东坡"大江东去"是。有对起之调，贵从容整炼，如少游"山抹微云，天粘衰草"是。（《论词随笔》）

又曰：

> 词当于空处起步。（同上，引见前。）

况周颐曰：

> 近人作词，起处多用景语虚引，往往第二韵方约略到题。此非法也。起处不宜泛写景；宜实不宜虚，便当笼罩全阕，他题便挪移不得。唐李程作《日五色赋》，首云："德动天鉴，祥开日华。"虽篇幅较长于词，亦以二句櫽栝之，尤有弁冕端凝气象。此旨可通于词矣。（《蕙风词话》卷一）

以上论起笔，宜特加注意者，约有四端：①不可太过肤泛；②不可过于平质；③宜切定题旨；④当笼罩全篇大意。不平质每陷肤泛；切本意又易陷于平质；在若离若即之间，此层最需体会。要能情景交融，则既无泛写景物之病，亦自不落呆相。

### （三）结

沈义父曰：

> 结句须要放开，含有余不尽之意，以景结情最好。如清真之"断肠院落，一帘风絮"，又"掩重关遍城钟鼓"之类是也。或以情

结尾，亦好。往往轻而露，如清真之"天便教人，霎时廝见何妨"，又云"梦魂凝想鸳侣"之类，便无意思，亦是词家病，却不可学也。（《乐府指迷》）

按：况周颐云：

元人沈伯时作《乐府指迷》，于清真词推许甚至，唯以"天便教人，霎时廝见何妨""梦魂凝想鸳侣"等句为不可学，则非真能知词者也。清真又有句云："多少暗愁密意，唯有天知。""最苦梦魂，今宵不到伊行。""拚今生、对花对酒，为伊泪落。"此等语愈朴愈厚，愈厚愈雅，至真之情，由性灵肺腑中流出，不妨说尽，而愈无尽。南宋人词如姜白石云："酒醒波远，政凝想、明珰素袜。"庶几近似，然已微嫌刷色。诚如清真等句，唯有学之不能到耳。如曰不可学也，讵必颦眉搔首，作态几许，然后出之，乃为可学耶！明已来词，纤艳少骨，致斯道为之不尊，未始非伯时之言阶之厉矣。（《蕙风词话》卷二）

刘体仁曰：

词起结最难，而结尤难于起，盖不欲转入别调也。"呼翠袖为君舞"，"倩盈盈翠袖，揾英雄泪"，正是一法。然又须结得有"不愁明月尽，自有夜珠来"之妙乃得。美成"元宵"云："从舞休歌罢。"则何以称焉。（《七颂堂词绎》）

张砥中曰：

凡词前后两结，最为紧要：前结如奔马收缰，须勒得住，尚存后面地步，有住而不住之势；后结如众流归海，须收得尽，回环通首源流，有尽而不尽之意。（《古今词论》引）

泰按：《董解元西厢记》眉评论曲有云："曲有煞尾，有度尾，煞尾如战马收缰，度尾如水穷云起。"

沈谦曰：

填词结句，或以动荡见奇，或以迷离称隽，着一实语败矣。康伯可"正是销魂时候也，撩乱花飞"，晏叔原"紫骝认得旧游踪，嘶过画桥东畔路"，秦少游"放花无语对斜晖，此恨谁知？"深得此法。（《填词杂说》）

李渔曰：

有以淡语收浓词者，别是一法，内有一片深心，若草草看过，必视为强弩之末；又恐人不得其解，谬谓前人煞尾，原不知尽用全力，亦不必尽顾上文，尽可随拈随得，任我张弛。效而为之，必犯锐始懈终之病。亦为饶舌数语：大约此种结法，用之忧怨处居多，如怀人、送客、写忧、寄慨之词，自首至终，皆诉凄怨，其结句独不言情，而反述眼前所见者，皆自状无可奈何之情，谓思之无益，留之不得，不若且顾目前，而目前无人，只有此物。如"心事竟谁知，月明花满枝"，"曲终人不见，江上数峰青"之类是也。此等结法最难，非负雄才、具大力者不能，即前人亦偶一为之，学填词者，慎勿轻效。（《窥词管见》第十五则）

况周颐曰：

> 李方叔《虞美人》……歇拍云："碧芜千里思悠悠，唯有霎时凉梦到南州。"尤极淡远清疏之致。（《蕙风词话》卷二）

又曰：

> 王易简《谢草窗惠词卷·庆宫春》歇拍云："因君凝伫，依约吴山，半痕蛾绿。"易简《乐府补题》诸作，颇脍炙人口。余谓此十二字绝佳，能融景入情，秀极成韵，凝而不佻。（同上）

以上论结笔，须特加留意者约有四端：①须情景交融，即以景结情；②须用灵活句调；③须能含蓄有远致；④用质实句意时，须朴厚拙重。此四者以用质实句结最难，非有极为切挚之情味，不易取胜也。除上举况周颐所引周邦彦词句外，如柳永《定风波》之"镇相随，莫抛躲。针线闲拈伴伊坐，和我，免使年少光阴虚过"，陆淞《瑞鹤仙》之"待归来先指花梢教看，却把心期细问。问因循过了青春，怎生意稳"，均可谓之"愈朴愈厚，愈厚愈雅，至真之情，由性灵肺腑中流出，不妨说尽，而愈无尽"者。普通作法，以景结情者最多。盖以景结情，既易灵活含蓄，自不犯"死执"也。

（四）过片

张炎曰：

> 作慢词……最是过片不要断了曲意，须要承上接下，如姜白石词云："曲曲屏山，夜凉独自甚情绪。"于过片则云："西窗又吹暗雨。"此则曲之意脉不断矣。（《词源》下）

沈义父曰：

过处多是自叙，若才高方能发起别意。然不可太野，走了原意。
（《乐府指迷》）

刘体仁曰：

中调、长调转换处，不欲全脱，不欲明粘。如画家开阖之法，须
一气而成，则神味自足，以有意求之不得也。（《七颂堂词绎》）

刘熙载曰：

词有过变，隐本于诗。《宋书·谢灵运传论》云："前有浮声，
则后须切响。"盖言诗当前后变化也。而双调换头之消息，即此已
寓。（《艺概》）

沈祥龙曰：

词换头处谓之过变，须辞意断而仍续，合而仍分，前虚则后实，
前实则后虚，过变乃虚实转捩处。（《论词随笔》）

况周颐曰：

过拍只须结束上段，笔宜沉着。换头另意另起，笔宜挺劲。（《蕙
风词话》卷一）

以上论过片。一须结上，一须开下，故亦承亦转，不粘不脱。顾亦有例外
者，如清真之《应天长慢·寒食》，上半言寒食，下半专言邂逅；东坡之
《贺新凉》，上半写夏日景况，而过片以下专咏榴花；（毛先舒曾指出）稼轩
之《感皇恩·读〈庄子〉，闻朱晦庵即世》，上半写读《庄子》，而过片
以下专悼晦翁，此又别成一格，不能以常法拘也。谭复堂评东坡《贺新
凉》云："颇欲与少陵《佳人》一篇互证。后半阕别开异境，南宋唯稼轩
有之，变而近正。"虽曰"近正"，实是变格，自非高手，不可轻于尝
试也。

用笔之法，上述略具规模。尚有古人不加明言，可由揣摩而仿佛其一
二者：

（1）气直注，不加穿插，脱换虽多，主位不变者，如柳永《卜算子
慢》下阕：

脉脉人千里。念两处风情，万重烟水。雨歇天高，望断翠峰十
二。尽无言、谁会凭高意？纵写得离肠万种，奈归鸿谁寄！

自"脉脉"句一点后，逗出"念"字，以下均由"念"字生出，虽多层
折，而一气直贯到底。此种笔法，易陷薄弱，最需意足；意足则语不落

空，笔能振起。北宋大家乐章、东坡、淮海、东山诸人集中，用此笔法者随处可见。

（2）虚实相生，正反互用，一挑一刷，开阖灵快者，如晁补之《水龙吟·次韵林圣予惜春》：

> 问春何苦匆匆，带风伴雨如驰骤。幽葩细萼，小园低槛，壅培未就。吹尽繁红，占春长久，不如垂柳。算春常不老，人愁春老，愁只是、人间有。　　春恨十常八九，忍轻辜、芳醪经口。哪知自是，桃花结子，不因春瘦。世上功名，老来风味，春归时候。纵樽前痛饮，狂歌似旧，情难依旧。（《乐府雅词》卷上"纵樽前"三句作"最多情犹有，樽前青眼，相逢依旧"。）

开首两句一挑，下六句即实叙春况，"算春"数句，即以开阖笔作推断，而作意全出。意犹程正伯《水龙吟》之"算好春长在，好花长见，原只是、人憔悴"，而用笔不同。程用直滚，而此有开阖，故特为陡健。下阕"春恨"两句撇开，而"那知"三句，又以实笔直说。"世上"三句平叙，而"纵樽前"三句，又以开阖笔作推断。用笔虚实相生，开阖自如，最为生动，可药平钝。顾语语精力弥满，又非搔首弄姿，肤泛流滑者所得借口也。

（3）将明本旨，先自矜持，故作腾拿，层层跌入者，如冯延巳之《蝶恋花》：

> 六曲阑干偎碧树。杨柳风轻，展尽黄金缕。谁把钿筝移玉柱？穿帘燕子双飞去。　　满眼游丝兼落絮。红杏开时，一霎清明雨。浓睡觉来莺乱语，惊残好梦无寻处。

主旨在结韵，而惝恍迷离，层层生脱，万户千门，令人目眩，郁伊善感，寄托遥深，触绪增悲，随境抒怀，笔法最高，亦最不易学。

（4）正言若反，欲愁不愁，忙里调情，似怨非怨者，如李清照之《满庭芳》下阕：

> 从来，知韵胜，难禁雨藉，不耐风揉。更谁家横笛，吹动浓愁？莫恨香消玉减，须信道迹扫情留。难言处：良宵淡月，疏影尚风流。

用"从来""莫恨""须信道"等字眼，一若满怀愁怨，雾散烟消者然，实则强自解脱，何曾解脱？看插入"更谁家"一笔与"难言处"一结，情意跃现。则不言愁怨者，正愁怨之极，所谓"愁多翻自笑耳"，非真"澹乎其若忘"也。以实笔表虚情，自得深婉不迫之趣。

（5）意有所属，语不专注，借人映己，运实于虚者，如苏轼《江城子》：

> 门外行人，立马看弓弯。

不说自己钟情，而说行人痴望。如辛弃疾《念奴娇·书东流村壁》：

> 楼空人去，旧游飞燕能说。

不云重来有人琴之感，而云"旧游飞燕能说"。又：

> 闻道绮陌东头，行人曾见，帘底纤纤月。

不谓前事涌现眼前，而谓"行人曾见"。如姜夔《扬州慢》过片：

> 杜郎俊赏，算而今重到须惊。纵豆蔻词工，青楼梦好，难赋深情。

不写自己不堪回首之情，而以杜司勋事作替。凡此，皆实情虚写，不粘不脱，可药呆诠之弊。大抵前前后后多用实笔者，最当运用此种笔法，使境界较为宏阔，局势较为顿宕。

（6）意直语曲，无露不缩，逆写倒装，弥见笔力者，如张先《醉垂鞭》：

> 昨日乱山昏，来时衣上云。

言昨日来时衣上云，直使乱山皆昏也。周济评以"横绝"，实则倘用直说，则用夸饰格之修辞而已，不觉其"横"也，"横"在用笔之倒装。又如王安国《清平乐》：

> 满地残红宫绵污，昨夜南园风雨。

言昨夜南园风雨后，残红满地如宫锦之污矣。直说则平凡之描绘景物而已，一用倒装笔调，则觉深透浓至，精力弥满。谭献评云："'满地'两句倒装见笔力。"殊有见地，因意境平凡，修辞平凡，欲使之较为生动、有神采，则唯有在用笔求之也。

此外，如用复笔之重峦叠嶂，不厌其多；用挺笔之奇峰突起，不觉其断；用钝笔之不嫌其滞；用折笔之不见其弱；用荡漾之笔而转觉其沉至——凡此之类，皆于此道曾三折肱者，取古人名作，一一体会，妙处自见，不能遍举。

# 第六章　论寄托

## 一

　　自常州诸词老论词专重意格，畅言比兴，力崇词体，上媲风骚，以深美闳约为主，以醇厚沉着为归，阐发"意内言外"之旨。（见张惠言《词选·叙》及金应珪《词选·后序》）于是，"寄托"之说，霞蔚云蒸，倚声之士，咸极重视。其评论古人之词也，虽一草一木之微，亦莫不求其有无寄托与其寄托之所在；其自为词也，虽身世家国之感，悲愤激烈之怀，亦类思隐约其辞，假诸美人、香草、贞虫、巧鸟等物类以出之；大有非寄托不足以言词之概。谭复堂（献）曰：

　　　　作者之用心未必然，而读者之用心何必不然。（《复堂词录叙》）
此读词必须具寄托之眼光，即或失之穿凿亦所不恤之说也。周止庵（济）曰：

　　　　词非寄托不入。（《宋四家词选·序论》）
此为词必须运用寄托手段，无寄托不足以言词之说也。周氏又云：

　　　　初学词求有寄托，有寄托则表里相宣，斐然成章；既成格调，求无寄托，无寄托则指事类情，仁者见仁，智者见智。（《介存斋论词杂著》）
其以寄托为词学之命脉，学词之枢机，立论尤为剀切。近人吴瞿安（梅）谓："唯有寄托，则辞无泛设，而作者之意，自见诸言外，朝市身世之荣枯，且于是乎觇之焉。"（《词学通论》）殆即"表里相宣，斐然成章"之意。抑周氏所谓"无寄托"，非不必寄托也，寄托而出之以浑融，使读者不能斤斤于迹象以求其真谛，若可见若不可见，若可知若不可知，往复玩索而不容自已也。曰"仁者见仁，智者见智"，则其意有所属可知。曰"求无寄托"，则其有意为无寄托，使有寄托者貌若无寄托可知。故又称：

　　　　词中求词，不如词外求词。
　　夫读词者必当于"词外求词"，则其寓有寄托于无寄托中之意，不几昭然若揭耶？刘融斋（熙载）曰：

> 词以不犯本位为高。东坡《满庭芳》"老去君恩未报，空回首弹铗悲歌"。语诚慷慨，然不若《水调歌头》"我欲乘风归去，又恐琼楼玉宇，高处不胜寒"。尤觉空灵蕴藉。（《词概》）

陈亦峰（廷焯）曰：

> 黍离麦秀之悲，暗说则深，明说则浅。曾纯甫词如："雕阑玉砌，空余三十六离宫。"又云："繁华一瞬，不堪思忆。"又云："重台歌舞无消息，金樽玉管空陈迹。"词极感慨，但说得太显，终病浅薄。（《白雨斋词话》）

"以不犯本位为高"，"说得太显，终病浅薄"是皆主寄托须出之以浑融者。至若沈约斋（祥龙）谓：

> 词贵意藏于内，而迷离其言以出之，令读者郁伊怆怏，于言外有所感触。（《论词随笔》）

则直为周氏"求无寄托"说下精切之注脚矣。故周氏所谓"无寄托"乃真有所寄托也。

寄托者何？况夔笙（周颐）于其《词学讲义》曾做如下之解释：

> 词、《说文》："意内而言外也。"意内者何？言中有寄托也。所贵乎寄托者，触发于弗克自己，流露于不自知，吾为是词而所寄托者出焉，非因寄托而为是词也。有意为寄托，若为吾词增重，则是鹜乎其外，近于门面语矣。

周氏主"非寄托不入"，而况氏主"非因寄托而为是词"；周氏主"求有寄托"，"求无寄托"，而况氏不主"有意为是寄托"。立论一似相反。然细推况氏意，殆恶夫"鹜乎其外，近于门面语"者而为是言耳，殆欲使人不为刻露之寄托耳。世固有貌为寄托而中无所有之词，未有真诚有所寄托而绝不用意者。（情感流露于不自知者有矣；意有所属，而谓不自知，其谁信者？）且况氏此说，殆专就周氏"求无寄托"之说发挥，虽不言有意为无寄托，而主寄托之必须力求浑融，与周氏初无二致也。吴瞿安曰："所谓寄托者，盖借物言志，以抒其忠爱绸缪之旨，三百篇之比兴，《离骚》之香草美人，皆此意也。"（《词学通论》）此又专就寄托之本义言，与周、况之就作法言略异。顾寄托之旨，盖不外是。夫必"借物言志"，则其所言者虽不必专务拗晦，使人日叩玄亭以问奇字，然其不敢明言之隐衷可知也。故工于寄托者，其为词也，乃多惝恍迷离，不落言诠，令读者骤遇之，仿佛在耳目之前，深味之，乃觉有悠远之义，不易知其情之所由生与其意之所专指。所谓"脉络井井，而卒焉不得其端倪"（冯梦华论《梦窗词》用笔语），不唯用笔有然，深于寄托之词，大都如是也。

二

寄托之深、浅、广、狭，固随其人之性分与身世为转移，而寄托之显晦，则实左右于其时代环境。大抵感触所及，可以明言者，固不必务为玄远之辞以寄托也。故唐、五代词，虽镂玉雕琼，裁花剪叶，绮绣纷披，令人目眩，而不必有深大之寄托。（有寄托者，极为少数，殆成例外。）以其时少忌讳，则滞著所郁，情意所蓄，不妨明白宣泄发抒也。北宋真、仁以降，外患浸亟，党派渐兴，虽汴都繁丽，不断歌声，而不得明言中又不能已于言者，亦所在多有。于是辞在此而意在彼之词，乃班秩以出。及至南宋，则国势陵夷，金元继迫，忧时之士，悲愤交集，随时随地，不遑宁处。而时主昏庸，权奸当道，每一命笔，动遭大僇，逐客放臣，项背相望。虽欲不掩抑其辞，不可得矣。故词至南宋，最多寄托，寄托亦最深婉。朱锡鬯（彝尊）谓：

> 词至南宋始极其工，宋季而始极其变。（《词综·发凡》）

其所以力求工或变者，固不仅辞章技术之关系，盖寄托所在，不得不求工或变也。唯极其工，极其变，其寄托乃不伤崭露，不易指陈。周止庵谓：

> 北宋词多就景叙情，故珠圆玉润，四照玲珑；至稼轩、白石一变而为即事做景，使深者反浅，曲者反直。（《介存斋论词杂著》）

"就景叙情"，则寄托所在，自然流露，至易按索，至"即事做景"，则明欲说是事，而不敢明说是事，寓诸景物之中，使读者不易知其寄意为何，此中固有难言之痛也；虽貌若"浅""直"，彼其初固先欲泯灭寄托之痕迹，而设诸不相关系之辞以为生发矣。是其浅者，有意使之浅，直者，有意使之直，殆有甚深甚曲之真意蕴其中，不当徒视其形式而浅直之也。吴瞿安谓"意之曲者，词贵直"（《词学通论》），庶几近之。刘融斋《词概》称：

> 北宋词用密亦疏，用隐亦亮，用沉亦快，用细亦阔，用精亦浑。
> 南宋只是掉转过来。

盖亦与寄托有关。就南宋之社会环境言，倘师北宋之疏、快、阔、亮，则难以寄托，即寄托亦难深远，其"掉转过来"固大有意在，非偶然也。

若即此而强为轩轾，虑非刘氏之本意。盖刘氏固非不尊寄托者，其言曰：

> 词之妙莫妙于以不言言之。非不言也，寄言也，如寄深于浅，寄厚于轻，寄劲于婉，寄直于曲，寄实于虚，寄正于余皆是。（《艺概·词概》）

殆以寄托为词最妙之一境矣。又曰：

> 词莫要于有关系。张元幹（仲宗）因胡邦衡谪新州作《贺新郎》送之，坐是除名，然身虽黜，而义不可没也；张孝祥（安国）于建康留守席上，赋《六州歌头》，致感重臣罢席：然则词之兴、观、群、怨，岂下于诗哉！（同上）

"兴、观、群、怨"之义，不有寄托，曷由彰哉？谭复堂谓"《乐经》亡而六艺不完，……生今日而求乐之似，不得不有取于词"；又谓"言思拟议之穷，而喜怒哀乐之相发，向之未有得于诗者，今遂有得于词"（见《复堂词录叙》）。其尊崇词体，抑且在诗之上，则寄托之效也。盖"人心不能无所感，有感不能无所寄托，寄托不厚，感人不深（陈亦峰《白雨斋词话·自序》）。寓感、感人，咸唯寄托是赖。然则南宋人词之多所寄托者，正其忧生念乱之感甚深，有不容自己者在，其社会环境，盖实迫之使然矣。孟子谓"诵其诗，读其书，不知其人可乎？是以论其世也"。余谓读词亦应作如是观。陈亦峰论碧山词，谓"读碧山词者，不得不兼时势言之"。余谓岂独读碧山词为然，读一切词，均不可忽略其有无寄托，即亦不可忽略其时势也。不知其人之所处，则不明其寄意之所在，不知其寄意之所在，则不能下确切之品评，"物色牝牡骊黄外"，吾未见其有当也。故读词须先抉别其有无寄托，欲知其有无寄托，则须具知人论世之明。

三

有寄托之词，大抵体属比兴，而矢口直陈不与者，既无所用其假借，其盘郁于中者，举宣泄乎外，一望了然，固不关乎寄托也。（此就命意言；若用笔之横放杰出者，不尽无寄托也。）即以一人之词为例，如岳鹏举（飞）之《满江红》：

> 怒发冲冠，凭栏处、潇潇雨歇。抬望眼，仰天长啸，壮怀激烈。三十功名尘与土，八千里路云和月。莫等闲、白了少年头，空悲切。
>
> 靖康耻，犹未雪；臣子恨，何时灭？驾长车踏破、贺兰山缺。壮志饥餐胡虏肉，笑谈渴饮匈奴血。待从头、收拾旧山河，朝天阙。

悲愤之怀，壮烈之志，和盘托出，绝无隐蓄，此不关乎寄托也。至其《小重山》词：

> 昨夜寒蛩不住鸣，惊回千里梦，已三更。起来独自绕阶行，人悄悄，帘外月胧明。　　白首为功名。旧山松竹老，阻归程。欲将心事付瑶琴，知音少，弦断有谁听？

则真有寄托之作也。故国怕回首，而托诸惊梦；所愿不得偿，而托诸空阶明月。咎忠贞不见谅于当轴，致坐失机宜，而托诸瑶琴独奏，赏音无人，盖托体比兴也。陈藏一（郁）《话腴》谓："'欲将心事付瑶琴，知音少，弦断有谁听？'盖指和议之非。"斯言得之。故求寄托于词中者，当在此而不在彼。盖词之为体，不同诗文，篇幅有限，最长亦不过200余字，不容尽情直泻，故贵含蓄婉约。（从另一方面言，即沉郁顿挫也。）含蓄婉约，则可广事包罗。虽措辞无多，可令人寻绎其无穷之意味。又同一含蓄婉约之文字，就本事抒写者，辞止而事尽，只能使人感其所感，不能使人感其所不感，其意味又不若出之以比兴之体之深远。（如上举岳鹏举《满江红》词一阕，非不慷慨激昂，可歌可泣，顾其耐人寻味之程度，殊不若其《小重山》也，故从词之本身论，则以《小重山》为高格。）比兴之体，固异说纷纭，甚难究诘，而寄托所在，则可断言。近人黄季刚（侃）《文心雕龙·札记·比兴》云：

> 原夫兴之为用，触物以起情，节取以托意。故有物同而感异者，亦有事异而情同者，循省六诗，可榷举也。夫《柏舟》命篇，邶、鄘两见，然邶诗以喻仁人之不用，鄘诗以譬女子之有常。《杕杜》之目，风雅兼存，而《小雅》以譬得时，《鄘风》以哀孤立，此物同而感异也。九罭鳟鲂，鸿飞遵渚，二事绝殊，而皆以喻文公之失所。群羊坟首，三星在罶，两言不类，而皆以伤周道之陵夷。此事异而情同也。

此虽释"兴"，义实蒙"比"，盖兴中不妨有比，观其屡用"喻""譬"可知。词人比兴，联类无穷，含义愈广，愈耐玩索；印象既深，力量斯大，凡百艺文，莫能外是，非独倚声一道也。蒋纯甫（敦复）谓：

> 词原于诗，即小小咏物，亦贵得风人比兴之旨。（《芬陀利室词话》）

刘融斋亦称：

> 词深于兴，则觉事异而情同，语浅而情深。（《词概》）

纯甫言其然，融斋则进言其所以然。唯"情同"，斯能感人；唯"情深"，斯能入人心坎，而使之哀乐无端，末由自主。历代词人之善于素描者，殆莫逾于李后主，然其入宋以后感慨苍凉之作，类以比兴之体抒写（此亦与时代环境有关），而其最足名世者，亦为入宋以后之作，则其故从可知矣。

历览词籍，比兴而兼赋体者最多，纯用比兴者次之。诚以景物与情事互用者，触景生情，随情写意，易著笔，且易工也。纯用比兴者，未落笔之先，已觉选材为难；已落笔之后，又须铢两悉称，太显，或失之浅，太隐，或失之晦，太务高远，又或失之狂怪，殊未易为力也。又，比兴途径，亦各不同。或取资闺帏之内，羁旅之中，柔情绮思，忆别伤离，而身世家国之怀寓焉（如韦端己《菩萨蛮》之类）。或取资于自然风景，无知物类，听睹所及，曲写毫芥，而身世家国之怀亦寓焉（如姜尧章《暗香》《疏影》之类）。寓诸闺帏羁旅中者，欲人即小以见大也；寓诸风景物类中者，欲人触类以引申也。然即人事以论时事，易"犯本位"；若假物类以喻时事，则非精心抉剔，不易认识，且亦可以强辨（如前黄季刚氏所引之例）。故时忌愈多者，咏物之什乃愈出。北宋有寄托之词，多属抒写私情，南宋有寄托之词，多属描摹物类，非无故也。所谓"词至北宋而始大，至南宋而遂深"，即此一端，略可考见。至托兴吊古，则本已无关时事，途径自无歧异。

陈亦峰氏之解沉郁也，谓："意在笔先，神余言外，写怨夫思妇之怀，寓孽子孤臣之感，凡交情之冷淡，身世之飘零，皆可于一草一木发之；而发之又必若隐若现，欲露不露，反复缠绵，终不许一语道破，匪独体格之高，亦见性情之厚"（《白雨斋词话》）。余意此语正可移用于词之比兴。"意在笔先，神余言外"，此正比兴之所长，为谈寄托者所当知者也。真有寄托之词，大都"意在笔先"（即上文所称有意为之）；而必欲使之貌似无寄托者，以其"神余言外"也。宋词寄托之深厚，始无过于碧山咏物诸作（宋遗民如王炎午、汪水云、梁隆吉诸人之作，辞非不美，终觉露骨，即玉田之超卓，其寄托亦逊碧山之醇厚。），试细味之，何等刻意经营？盖其"求无寄托"，已臻浑融之境，经意如不经意耳。（周止庵谓中仙"着力不多"，殆专就其成章以后言。）夫必经意为寄托之辞，而后词境拓而词体尊。倘必待其自然触发，则比兴之义微矣，虽穷极工巧，亦终于雕虫小技而已。

## 四

能于寄托中以求真情意，则词可当史读。何则？作者之性情、品格、学问、身世以及其时之社会情况，有非他种史料所得明言者，反可于词中得之也。周止庵《介存斋论词杂著》有云：

> 感慨所寄，不过盛衰：或绸缪未雨，或太息厝薪，或己溺己饥，或独清独醒，随其人之性情、学问、境地，莫不有由衷之言，见事多，识理透，可为后人论世之资。诗有史，词亦有史，庶乎自树一帜矣。

居今日而尚论古人，以量言，词自非诗比；以质言，则词洵不次于诗也。叶水心（适）谓：

> 亮（陈亮）每一词成，辄自叹曰："生平经济之怀，略已陈矣。"予所谓微言，多此类也。

则于词可见经济之怀也；黄师宪（公度）《知稼翁集》跋云：

> 公登第后，为赵忠简所器，而秦桧颇衔之。及召赴行在，虽知非当路意，而迫于君命，故作《青玉案》词，有云："欲倩归鸿分付与；鸿飞不住。倚栏无语，独立长天暮！"盖去就早定矣。（师宪子沃跋）

则于词可明去就之志也；他若陆友仁《研北杂志》载：

> 叔原（晏几道）监颍昌府许田镇；手写自作长短句上府帅韩持国。持国报书："得新词盈卷，盖才有余而德不足者，愿有余之才，补不足之德，不胜门下老吏之望云。"……大帅之严，犹尽门生忠于郎君之意，在叔原为甚豪，在韩公为甚德也。

是又即其词以判其人之才德矣。刘融斋曰：

> 桓大司马之声雌，以故不如刘越石。岂唯声有雌雄哉？意趣气味皆有之。品词者辨此，亦可因词以得其人矣。（《词概》）

夫以声音之末，犹可因以知其人，专凭意趣气味，尚得确切之认识。果能精抉其寄托之所在，则虽巧佞之徒，亦无能潜遁于其间矣。盖我国士夫，素以词为末技小道，其或情意不能自遏，不敢宣诸诗文，每于词中发泄之。此种不容不言而又不容明言之情意，最为真实，其人之真性情、真品格，胥可于是观之焉。故如范仲淹、韩琦、司马光、欧阳修诸名公，其德业事功彪炳百世者，可于其他文字考见之；至其私情私行之表露，则莫著于其所作词。如范之《御街行》，韩之《点绛唇》，皆"极有情致"（《词品》）；六一之"婉丽"，"无愧唐人《花间集》"（罗大经及尤侗评语）；温公之"风味极不浅"（赵德麟语，《阳春白雪》引作"雅亦风情不薄"）；具见其风流旖旎之情怀。用知"簸钱""宝髻"之辨，真乃无谓，儿女私情，圣哲固所不免也。"不以一眚掩大德"，况并非"一眚"，而诸公之真情性，反可借见一二乎？又若康伯可（与之）初上中兴十策，而晚厕缪相十客之列，前后异守，反复无常；所作词亦侧艳娇媚，羌无气骨。李童山（调元）《雨村词话》：

> 词至南宋而极，然词人之无行，亦至南宋而极。而南宋人之无行，至康与之尤极。与之有声乐府，受知秦桧，桧生日，献《喜迁莺》词，中有"总道是文章孔孟，勋庸周吕"，显为媚灶，不顾非笑，可谓丧心病狂。

詹天游游宴狎邪，国破家亡，一不撄心，其所为词，亦"绝无黍离之感，桑梓之悲"（杨慎《词品》评语）。《乐府纪闻》：

> 故宋都尉杨震招詹天游宴，出诸姬侑觞。天游属意名粉儿者，口占《浣溪沙》"不曾真个也消魂"。杨遂赠之，曰："请天游真个消魂也。"时传天游以艳词得名，所游俱狭邪一径。有送童瓮天《齐天乐》一阕，正伯颜下江南之日，兵后归杭，全无黍离之感。元时士习，一至于此！（"元时士习"《词苑》引作"宋季士习"，杨慎《词品》"詹天游"条亦云："宋末之习，上下如此，其亡不亦宜乎！"）

周止庵谓："梅溪好用偷字，品格便不高。"（《宋四家词选》序论）刘融斋谓"周旨荡而史意贪"，虽若"足以解颐"（王国维《人间词话》评周刘论词语），究非无根之谈。至若柳永、王沂孙辈之无它文可传者，其全人格均寄托于词，足补史氏之阙，尤不待言。

更有借词以托讽谏之意者，此殆本诸主文谲谏，言者无罪，闻者足戒之旨。罗大经《鹤林玉露》云：

> 南唐张泌、潘佑、徐铉、汤悦，俱有才名。后主于宫中作红罗亭，四面栽红梅，欲以艳曲记之，佑应令云："楼上春寒山四面，桃李不须夸烂漫，已失了东风一半。"时已失淮南，故佑以词谏云。按江邻几《杂志》作韩熙载和词云云，时已割淮南与周矣。杨升庵《词品》云："盖讽其地渐侵削也，可谓得讽谕之旨。沈约斋《论词随笔》引此于"一半"下云：盖谓外多敌国，地日侵削也。后主为之罢宴。词能如此，何减乐章？

佑词虽不全，深得比兴之义，讽谕之旨，即此已可概见。夫以后主之风情逸荡者，殆不适以正言规谏（《南唐书》载佑屡上谏章，均不见用，后主纳小周后时，大宴群臣，韩熙载以下皆为诗以讽，后主亦不之谴而已，不果纳也。是则以诗文谏者，固不一而足。），故投其所好，而借桃李东风以见意，蕴藉亦复剀切，吾知后主读此，必如冷水浇背，陡然一惊也。王铚《默记》谓"李主既入宋，徐铉往见，后主默不言，忽长吁曰：'当时悔杀了潘佑、李平！'"则后主岂真能无动于衷，卒至亡国者，咎不在不知，知而不能毅然改行，势已无可如何也。此等规谏之词，义正通于诗骚，亦史氏所取资也。

## 五

论词之不能蔑视寄托，斯固然矣，然一意以寄托说词，而不考明本事，则易失穿凿附会。如温飞卿（庭筠）儇薄无行，不修边幅，其所为词，当无感念身世，怆怀家国之可言，而张皋文评其《菩萨蛮》词谓："此感士不遇也，篇法仿佛《长门赋》，……照花四句，《离骚》初服之意"，又谓"青琐、金堂、故国、吴宫，略露寓意"（《词选》）。似此解词，未免忽略其为人，而太事索隐。《栩庄漫记》谓其"以说经家法探解温词，实则论人论世，全不相符"，殆非过言。飞卿即因失意而为是词，其寄托亦不若是其深远，反不如汤若士（显祖）"芙蓉浴碧，杨柳挹青，意中之意，言外之言，无不巧隽入妙"（《花间集评》）之评，更为确切也。王静安（国维）《人间词话》谓：

> 固哉皋文之为词也！飞卿《菩萨蛮》、永叔《蝶恋花》、子瞻《卜算子》，皆兴到之作，有何命意？皆被皋文深文罗织。

对专以寄托论词者痛下针砭，则恶其穿凿附会，反失其实也。（王氏论隔、不隔，似亦为主寄托者发。）皋文论词，诚不无矫枉过正之弊；顾谓其论飞卿词过事深求则可，并永叔《蝶恋花》、子瞻《卜算子》亦谓"有何命意"，则尚未为公允，殆又失之貌取也。永叔《蝶恋花》"庭院深深"之指宫廷，"雨横风狂"之指群小，"泪眼问花"两句之自嗟谠言不用，奸说竞进，寓意盖甚明显，讵得谓为偶然！至子瞻《卜算子》之或为王氏女子作（见吴曾《能改斋漫录》，王楙《野客丛书》），或为温都监女作（见《古今词话》引龙辅《女红余志》，《野客丛书》引王说说），或取兴鸟择木之意（见陈鹄《耆旧续闻》），或系咏雁而别有寄托（《古今词话》按：《草堂诗余》《花草粹编》均作咏孤雁），或纯为刺时之作（赵万里辑鲷阳居士《复雅歌词》，注见《类编草堂诗余》引，亦见《梅墩词话》引），虽难确断其寄托之所在，然有所寓意，则旧说具在，不容抹杀也。故欲免浅薄或失真之病，盖有待于本事之考明。（考明本事即知人论世所有事也。）苟本事未谙，而妄加指引，则诚不若付诸阙如，以俟仁智之自见。

考明本事，莫正确于作词者之自序或自注。如东坡、白石之多作小序，以明作词之动机或故实；陈敬叟（以庄）之《水龙吟》自注"记钱塘之恨"，使人知其为谢太后随房北去作，斯固然矣。次则笺注尚焉。笺注之作，以时代最先者最足征信。宋人注词，如曹鸿注《叶石林词》，曹杓注《清真词》，惜均不传，即傅干（一作洪）注坡词，亦仅存残帙（龙榆生《东坡乐府笺》均经收入），则又不得不更求其次。杨湜《古今词话》（赵辑六十七则）、鲖阳居士《复雅歌词》（赵辑十则）、杨绘《时贤本事曲子集》（赵辑本事九则），以及黄昇《绝妙词选》、周密《绝妙好词》所附引语，皆所谓"硕果仅存"者；他如王灼《碧鸡漫志》、吴曾《能改斋漫录》、胡仔《苕溪渔隐丛话》、周密《浩然斋雅谈》、赵德麟《侯鲭录》、王明清《挥麈余话》、释惠洪《冷斋夜话》等宋人笔记，亦多可取资。总之，考究愈详，则词之本意弥彰。时至今日，词家考证之学，殆成专门之业，不但附庸蔚为大国而已，其亦主寄托、尊词体之常州诸词老所不及料者欤！

常州词老专尚寄托，而高谈北宋。浙水词人，不言寄托，而侈论南宋，均使人不能无所致疑于其间。夫以寄托论词，北宋固不若南宋之富且深也，常州诸老岂不喻此，而存一代不如一代之见？（周氏《词选》标举四家，虽若未祖北宋，然其视北宋词高于南宋，则言论所及，不容掩饰。刘子庚《词史》亦谓"有清二百六十八年，浙派主南宋，常州派主北宋"。）而卒至衡词主旨，与选词标准不甚相入者，则其只主寄托而忽略词家考证之业，有以致之也。夫不使人从考明本事中以求寄托，则望文生义，模糊影响之谈，将见层出不穷。穿凿附会，又奚足怪！是亦贤者千虑之一失，而为谈寄托者所当知者也。倘谓凡词必有寄托，除寄托不足以论词。一隅之见，迂腐之谈，尤不待辩。略举数例，以实吾说，以殿吾篇。

> 峭碧参差十二峰，冷烟寒树重重。瑶姬宫殿是仙踪，金炉珠帐，香霭昼偏浓。　　一自楚王惊梦断，人间无路相逢。至今云雨带愁容，月斜江上，征棹动晨钟。（牛希济《临江仙》）

此词纯是比兴，寄亡国之感也。仇山村评"芊绵温丽极矣，自有凭吊凄怆之意，得咏史体裁"。斯语得之。蒋一葵《尧山堂外纪》载："同光三年，唐命蜀旧臣赋蜀亡诗，牛希济一律末云：'古往今来亦如此，几曾欢笑几潸然。'唐主曰：'希济不忘忠孝也。'赐缎百，词亦富赡。"可以互证。词其作于入唐后乎？

> 二社良辰，千家庭院，翩翩又睹双飞燕。凤凰巢稳许为邻，潇湘烟暝来何晚。　　乱入红楼，低飞绿岸，画梁轻拂歌尘转。为谁归去为谁来？主人恩重珠帘卷。（陈尧佐《踏莎行》）

释文莹《湘山野录》："皇佑中，吕申公致仕，仁宗询卿退何人可代？申公遂引文惠，仁宗深然之，遂大拜。后文惠极怀荐引之德，因撰燕词云云。携觞相馆，使人歌之。申公笑曰：'自恨卷帘人已老。'文惠应声曰：'莫愁调鼎事无功。'二人相许，何等蕴藉。"朱翌《猗觉寮杂记》："张曲江为李林甫所忌，甚危，作归燕诗赠之云：'无心与物竞，鹰隼莫相猜。'林甫意稍释。陈文惠用吕申公荐入相，文惠作新燕词歌以侑酒云：'为谁归去为谁来，主人恩重珠帘卷。'燕子一也，或以解怨，或以感恩。"按：此以燕子自比，以凤凰、主人比申公，纯用"显比法"以寓感恩意。（黎锦熙《比兴篇》："显比法者，物非同类，事不相蒙；唯德与情，有酷似者，以此况彼，挈以比辞，两端俱明，故谓'显比'。"）

> 脸霞红印枕，睡觉来、冠儿还是不整。屏间麝煤冷；但眉峰压翠，泪球弹粉。堂深昼永，燕交飞、风帘露井。恨无人说与相思，近日带围宽尽！　　重省、残灯朱幌，淡月纱窗，那时风景。阳台路迥，云雨梦，便无准。待归来先指花梢教看，欲把心期细问。问："因循过了青春，怎生意稳？"（陆淞《瑞鹤仙》）

张叔夏评此词并稼轩《祝英台近》云："皆景中带情，而存骚雅。故其燕酣之乐，别离之愁，回文题叶之思，岘首西州之泪，一寓于词。若能屏去浮艳，乐而不淫，是亦汉魏乐府遗意。"（《词源·赋情》）董子远云："刺时之言。"叔夏之评，侧重情感；子远之评，专言意义；其为有寄托之词则一。余意陆氏为放翁雁行，生当南渡之初，颇闻汴京之盛，必有寓感于其间。儿女私情，特借以表出耳。（张叔夏词多寄托，而《词源》不著寄托之条，殆亦讳莫如深者。）观其开首即用"还是"，便有执迷不悟，江河日下之慨；"屏间"三句，愁恨重重也；"堂深昼永"，宫殿之冷落也；"恨无人"两句，惜无贤佐也；"重省"三句，忆前日之繁华也；"阳台"三句，叹有志未逮也；"待归来"以下，反复叮咛，其指陈时事，尤为缠绵蕴藉：凡此皆寄托甚深，不应徒作艳词观，殆周止庵所谓"即事做景"

者。陈鹄《耆旧续闻》称为盼盼作，亦借为发端耳，当非本意，不足深信。王壬秋（闿运）谓"小说造为咏歌姬睡起之词，不顾文理，本事之附会，大要如此"，洵非过论。[宋人笔记小说，亦有不大可信者。如东坡《卜算子》，据黄鲁直之评，张文潜之诗，显系在黄州作；而《女红余志》等（见前）谓作于惠州，并言与温氏女关系；又如稼轩《祝英台近》托兴深远，张皋文、谭复堂、黄蓼园均经评论，张端义《贵耳集》附会吕正己女事。若此之类，皆不足信。本事亦有捏造者，要当以正史为主，杂说为辅，此层不可不知。]

　　一襟余恨宫魂断，午午翠阴庭树。乍咽凉柯，还移暗叶，重把离愁深诉。西窗过雨，怪瑶佩流空，玉筝调柱。镜暗妆残，为谁娇鬓尚如许？　铜仙铅泪似洗，叹移盘去远，难贮零露。病翼惊秋，枯形阅世，消得斜阳几度！余音更苦。甚独抱清商，顿成凄楚？谩想薰风，柳丝千万缕。（王沂孙《齐天乐·咏蝉》第二首）

张皋文云："此伤君臣晏安，不思国耻，天下将亡也。"（《词选》）周止庵云："此家国之感。"（《词辨》）端木子畴（埰）云："详味词意，殆亦黍离之感耶？宫魂字点出命意；乍咽、还移，慨播迁也；西窗三句，伤敌骑暂退燕安如故；镜暗二句，残破满眼，而修养饰貌，侧媚依然，衰世臣主，全无心肝，千古一辙也；铜仙三句，宗器重宝均被迁夺，泽不下究也；病翼二句，更是痛哭流涕，大声疾呼，言海岛栖流，断不能久也；余音三句，遗臣孤愤，哀怨难论也；谩想二句，责诸臣到此尚安危利灾，视若全盛也。"（王幼遐四印斋《花外集跋》引）张、周言其略，而端木辨其详，均不失本词寄托之旨。盖碧山词"品最高，味最厚"（陈亦峰语），"餍心切理，言近指远"（周止庵语），"其咏物诸篇，并有君国之忧"（张皋文语），如《天香》咏龙涎香，《庆清朝慢》咏榴花，《水龙吟》咏海棠、咏白莲、咏落叶，《齐天乐·蝉》咏蝉，《一萼红》咏红梅，《花犯》咏苔梅，《扫花游》赋秋声、赋绿阴，《眉妩》赋新月等，情缘物起，哀感无穷，皆应有所寄托。虽其事迹颇难考见，读者不可不作如是观也。

# 第七章　论修辞

## 一、引言

我国文学，无论其为文言或语体，对于修辞，均须讲求，方法甚多，形式不一，欲细为研究，使成体系，加以说明，殊非易事。至于词之修辞，尤称微妙难识，繁复难理。推原其故，盖有数端。一者，填词须依调谱，调谱所限，难免雕琢，雕琢既多，势难保持自然，不得不生奇变；二者，词之句调，长短错出，原以协乐为主，有时竟至凑韵凑字（如欧阳修《临江仙》"雨声滴碎荷声"之押韵"声"字即是凑韵；如柳永《早梅芳》之"归来吾乡我里"，史浩《千秋岁》之"吾乡我里，偕老真无比"，既曰"吾乡"，复云"我里"，即是凑字），一旦付之雪儿，又常肖其口吻，如是则运用修辞之方，自难一遵常轨；三者，词主侧艳，则情重缠绵，意在美妙，则辞多夸饰，缠绵不至于流荡忘返，夸饰不至于全离本真，其关键皆恃乎修辞技巧之运用；四者，称物指事，类迩义远，既尚隐微，自多回曲，隐微回曲，在作者固具有深意，在读者当别有会心，作者之表出与读者之探求，均唯修辞是赖；五者，当情有难已之时，放言未必见许，或急不暇择之际，正语翻如梦呓，于是乍吞乍吐，胡帝胡天，本自不索解人，岂易一一理解？此等修辞，尤为特异——有此五因，故词之修辞现象最为繁杂，而其修辞技巧之运用亦万有不齐。兹篇所述，略具椎轮而已，事属草创，未敢遽云完备也。

## 二、词之修辞与作风

作风不同，修辞斯异，盖作风就整体言，修辞就个体言。作风就已成之形式言，修辞就运用之技巧言，二者固有密切之关系也。作风变，其修辞技巧之运用必随之而变；作风不变，则虽其词之内容屡变，其修辞技巧之运用自若也。例如李煜之词，自其内容观之，盖经三变矣。始而愉快，继而忧郁，终乃悲苦，一随其身世之环境为转移。然其有感即发，遇事直书，"乱头粗服"之作风——即其修辞技巧之运用，则未始或异。故修辞与作风，犹影之随形，响之应声，何种作风，则用何种之辞、字，殆必趋于一律。

词之作风可分成若干派，其修辞亦然，括而为言，可分四派。

（一）拙质

拙质一派，最尚白描，甚少粉饰，抒情适如其情，叙事适如其事。其修辞之目的，在明白，在逼真，即偶用想象，略施衬副，亦必深入浅出，绝不费解。此其长处在切挚动人，而其短处在浅陋凡近。偏重内容美，忽略形式美，非有真情实感者不易下笔，故特重体会与经验，唯善体会、多经验者，斯能恰到好处，专恃工力者最多只能讲求形式上之自然，内容苟不深美，虽形式自然，难免浅陋凡近也。故在修辞技巧言，拙质为最初步，而以修辞效用言，则拙质为最成功，盖唯拙质之语调，入人最易而感人最深也。大抵一种文体产生之初期，拙质之作品最多，以其偏重内容美而忽略形式美也。然当一种文体既已发展成熟时，亦有专事讲求拙质者，则以一方既厌雕缋满眼之修辞美，一方又深知入人最易、感人最深之拙质美之有广溥之效用也。王鹏运曰："宋人拙处不可及，国初诸老拙处亦不可及。"（见《蕙风词话》）最近词家每标"重""拙""大"为作词之极诣，彭孙遹谓"词以自然为宗，但自然不从追琢中来，便率易无味"（《金粟词话》），则皆词学发达后之词家专意讲求拙质美、自然美之明征也。夫如是，则拙质为修辞之最初步者反成修辞之最高点矣。故初期之拙质为自然之拙质，其美在内容；后期之拙质为由"追琢中来"之自然拙质，其着力在修辞，但不至于"率易无味"，则犹兼重内容耳。故拙质一派，似若与修辞无关，而言修辞者仍不能不讲求拙质。拙质之词，唐人最多，《云谣集》与《尊前集》所收唐人词大都属于拙质一派，五代北宋人词亦屡见不鲜，南宋以下词，间有一、二而已。然以拙质名家者，则自古及今，未之或觏，故有拙质之篇章，无拙质之专集，即如知讲求拙质、讲求自然之王鹏运、彭孙遹辈，试读王之《半塘定藁》与彭之《延露词》，亦不尽拙质，不尽自然也。兹举唐宋人词各一首，以见一斑：

### 凤归云

〔唐〕无名氏

怨绿窗独坐，修得为君书。征衣裁缝了，远寄边虞（隅）。想得为君贪苦战，不惮崎岖。中朝沙碛里，只凭三尺，勇战奸愚。　　岂知红脸，泪滴如珠？枉把金钗卜，卦卦皆虚。魂梦天涯无暂歇，枕上长嘘。待卿回，故日容颜憔悴，彼此何如！

### 斗百花

〔宋〕柳永

满搦宫腰纤细，年纪方当笄岁，刚被风流沾惹，与合垂杨双髻。初学严妆，如描似削身材，怯雨羞云情意，举措多娇媚！　　争奈心性，未会先怜佳婿，长是夜深，不肯便入鸳被。与解罗裳，盈盈背立银缸，却道你但先睡。

抒情叙事，明白晓畅，绝无雕饰，而自具真美。北宋以前词，有当时极负盛名，传唱几遍，今日读之，觉平平无奇者，一方固由声乐谐叶之美，吾人已无由窥见；一方则在于不加敷抹，容易使人感受也。此皆属于拙质一派之词，又非专讲修辞者所能为役。故挽近词人，虽极意讲求"重""拙""大"，"重""大"诚可学而能，至拙质一层，欲复北宋以前之旧观，则终不可得也。

### （二）雅丽

雅丽一派，最重辞藻，于修辞技巧，极为讲究。镂金错彩，骇绿纷红，设色选声，铢两悉称，使人目眩，使人意荡。方之诗文，颇近齐梁，以视拙质，霄壤判矣。其上焉者，先具美质，复施严妆，临镜笑春，当垆卖艳，盛丽妖冶，兼而有之，所谓"游金、张之堂，揽嫱、施之袂"者也。其修辞之目的在求雅丽，多形状之辞，兼比兴之义，细意琢磨，不惮涂抹，欲以人力，巧夺天工，故有实质平庸，一经润色，顿足移魂荡魄者。以修辞效用言，或仅限于文人学士之欣赏；而以修辞技巧言，则无式不备，无美不收。此在一种文学演进之过程观之，唯发展至最灿烂之时期能臻此境，过此非晦昧则变质矣。词自《花间集》作者，历北宋晏氏父子、欧阳修、张先、柳永、贺铸、秦观、周邦彦，以至南宋之姜夔、史达祖、王沂孙等，莫不以雅丽为归，推为词之正统派焉。举例如次：

### 菩萨蛮

〔唐〕温庭筠

宝函钿雀金鸂鶒，沉香阁上吴山碧。杨柳又如丝，驿桥春雨时。画楼音信断，芳草江南岸。鸾镜与花枝，此情谁得知！

## 木兰花

〔宋〕晏几道

秋千院落重帘幕，彩笔闲来题绣户。墙头丹杏雨余花，门外绿杨风后絮。　朝云信断知何处？应作襄王春梦去。紫骝认得旧游踪，嘶过画桥东畔路。

## 大酺

〔宋〕周邦彦

对宿烟收，春禽静，飞雨时鸣高屋。墙头青玉旆，洗铅霜都尽，嫩梢相触。润逼琴丝，寒侵枕障，虫网吹黏帘竹。邮亭无人处，听檐声不断，困眠初熟。奈愁极频惊，梦轻难记，自怜幽独！　行人归意速，最先念、流潦妨车毂。怎奈向、兰成憔悴，卫玠清羸，等闲时、易伤心目！未怪平阳客，双泪落、笛中哀曲。况萧索、青芜国。红糁铺地，门外荆桃如菽，夜游共谁秉烛？

## 翠楼吟

〔宋〕姜夔

月冷龙沙，尘清虎落，今年汉酺初赐。新翻胡部曲，听毡幕元戎歌吹。层楼高峙，看槛曲萦红，檐牙飞翠。人姝丽，粉香吹下，夜寒风细。　此地宜有词仙，拥素云黄鹤，与君游戏。玉梯凝望久，叹芳草萋萋千里！天涯情味，仗酒祓清愁，花消英气。西山外，晚来还卷，一帘秋霁。

## 绮罗香

〔宋〕史达祖

做冷欺花，将烟困柳，千里偷催春暮。尽日冥迷，愁里欲飞还住。惊粉重、蝶宿西园，喜泥润、燕归南浦。最妨他、佳约风流，钿车不到杜陵路。　沉沉江上望极，还被春潮晚急，难寻官渡。隐约遥峰，和泪谢娘眉妩。临断岸、新绿生时，是落红、带愁流处。记当日、门掩梨花，翦灯深夜语。

诸制皆精巧工丽，字字几经锤炼而后出，骤览之不易得解，细加咀嚼，情味乃觉无穷，非深于此道者不易为亦不易辨，斯真修辞之上驷也。为此等词者，色、味、声、情种种，无一可以忽略，大抵色须鲜妍明艳，味须隽永浓至，声须响亮谐协，情须委婉深曲，诸美毕具，而后能使实质平庸者成为美妙，实质美妙者弥增其动人之力量。故有一词之成，"过旬涂稿乃定"（姜夔《庆宫春》序中语），十词之成，"阅数月而后定"（周密《木兰花慢》序中语）者，其经营之苦，可想而知。唯其成词之不易，故研治词之修辞者，对此尤宜兢兢也。

### （三）疏快

疏快一派，最重流利跳荡，往来飘忽，不易纳以常轨，既殊拙质，亦异雅丽。大抵主拙质、主雅丽者之修辞多冲澹、委婉、幽静与细腻，而主疏快者之修辞则多超逸、呼应、翻腾与阔大，二者作风截然不同，前者以柔厚密丽为美，后者则以雄健顿宕为美。疏快派视雅丽为后起，而其流亦甚长，宋自苏轼以降，若晁补之、朱敦儒、辛弃疾、陆游、刘克庄、刘过、刘辰翁以及金之蔡松年、吴彦高、元好问等均为此派之卓卓者，推其为此之意，殆亦久厌绮罗香泽，故而别张一军也。此派词之长处，在摒去堆砌、敷抹与晦昧之弊而有独往独来之概，无事不可入词，无意不可入词，不尽以词为言情之作，使词界大加开拓，词体得与诗、文同尊，分道扬镳，不复受人鄙夷而目为小道。其短处即在取材太易，俯拾即是，时时陷于浅率，抑或失之粗犷。其选字贵大而圆，工巧非所尚也；其遣辞造句贵显豁而生动，凝练非所尚也。天风海涛之声，固不伦于银箫玉笛，与庙堂之钟磬，亦各殊其音响焉。例如：

#### 水调歌头

〔宋〕苏轼

明月几时有？把酒问青天。不知天上宫阙，今夕是何年。我欲乘风归去，又恐琼楼玉宇，高处不胜寒。起舞弄清影，何似在人间？

转朱阁，低绮户，照无眠。不应有恨，何事长向别时圆？人有悲欢离合，月有阴晴圆缺，此事古难全。但愿人长久，千里共婵娟！

#### 耍龙谣

〔宋〕朱敦儒

肩拍洪崖，手携子晋，梦里暂辞尘宇。高步层霄，俯人间如许。算蜗战、多少功名？问蚁聚、几回今古？度银潢、展尽参旗，桂花澹月飞去。　　天风紧，玉楼斜，舞万女霓袖，光摇金缕。明廷宴阕，倚青冥回顾。过瑶池、重借双成，就楚岫、更邀巫女。转云车、指点虚无，引蓬莱路。

## 念奴娇

〔宋〕辛弃疾

　　我来吊古，上危楼、赢得闲愁千斛。虎踞龙蟠何处是？只有兴亡满目。柳外斜阳，水边归鸟，陇上吹乔木。片帆西去，一声谁喷霜竹？　　却忆安石风流，东山岁晚，泪落哀筝曲。儿辈功名都付与，长日唯消棋局。宝镜难寻，碧云将暮。谁劝杯中绿？江头风怒，朝来波浪翻屋。

## 大江东去

〔金〕蔡松年

　　倦游老眼，放闲身管领黄华三日。客子秋高茅舍外，满眼秋岚欲滴，泽国清霜，澄江爽气，染出千林赤。感时怀古，酒前一笑都释。　　千古栗里高情，雄豪割据，戏马空陈迹！醉里谁能知许事，俯仰人间今昔。三弄胡床，九层飞观，唤取穿云笛。凉蟾有意，为人点破空碧。

## 临江仙

〔金〕元好问

　　邂逅一尊文字饮，春风为洗愁颜。花枝入鬓笑诗班。登临千古意，天淡夕阳闲！　　南去北来行老矣，人生茅屋三间。何人得似谢东山？紫箫明月底，高竹倚风鬈。

或气象雄阔，笔力健举，或意态萧闲，风神潇宕，无一靡弱句，无一尖纤字，不尚彩色而自能动人。律以常例，文字素朴者宜说明、记叙，采藻富丽者宜抒情、述感，文字素朴而欲其动人情感乃至使人惊心动魄，则于修辞技巧之运用必有异乎常轨者，即多用易引人刺激之字眼，多用特为灵活之句法，化平庸为生新，驱质实使超脱。疏快派之修辞，殆皆类此。

### （四）险涩

险涩以修辞言，非别体僻调之谓。险易见巧，涩易得重，故欲辞巧而句重者，每尚险涩。一种文体，于既已发展后而逐渐凝固时，大都有此斗险逞涩之习。以词之历程观之，则此派之产生，一方由过事雅丽而陷入锤凿，一方则以厌恶疏快而专事琢雕，时期实在上列数派之后。北宋词家，如张先之奇矫，贺铸之幽索，周邦彦之老辣，手法不同，而修辞均主雅丽，尚未至于险涩也。李清照有"险韵慆烹"之语，然观其所自作，亦不与险涩派类。至南宋吴文英出，始以险涩为主，用字唯求新僻，造句力避圆熟，一意既立，层折必多，一笔之用，顺逆必判，显豁之作，十无一二，点滴不苟，穷极修辞，较雅丽派，尤为特甚。合者亦可以人巧夺天工，使人神观飞越；其下者，则至于蒙头盖面，堆垛晦昧，真意难明，劳而无功，欲益反损焉。自吴文英以下，若杨缵，若周密，若陈允平，均此派之翘楚也。常州词派乃至近百十年来专学梦窗者，为数甚多，每悬"涩"字为作词之无上法门。承学之士，雕肝镂肾，一字之改，或十数次，一词之成，动辄经月，用心愈苦，则于修辞之道，致力愈深，修辞技巧，至此乃奇变异常，不可方物。平心而论，险涩非词之病，险涩而至汩没真意，乃真大病耳。此则不善运用修辞技巧者之过，于修辞之真价，固无或少减也。险则易怫常情，涩则易伤气格，险而能安，涩而能达，固词坛之佳制，抑非寝馈功深者莫能为也。例如：

### 澡兰香

〔宋〕吴文英

盘丝系腕，巧篆垂簪，玉隐绀纱睡觉。银瓶露井，彩箑云窗，往事少年依约。为当时、曾写榴裙，伤心红绡褪萼。黍梦光阴，渐老汀洲烟箬。　　莫唱江南古调，怨抑难招，楚江沉魄。薰风燕乳，暗雨槐黄，午镜澡兰帘幕。念秦楼、也拟人归，应翦菖蒲自酌。但怅望、一缕新蟾，随人天角！

### 曲游春

〔宋〕周密

禁苑东风外，扬暖丝晴絮，春思如织。燕约莺期，恼芳情偏在，翠深红隙。漠漠香尘隔，沸十里、乱丝丛笛。看画船、尽入西泠，闲却半湖春色。　　柳陌，新烟凝碧，映帘底宫眉，堤上游勒。轻暝笼寒，怕梨云梦冷，杏香愁幂。歌管酬寒食，奈蝶怨、良宵岑寂！正满湖碎月摇花，怎生去得！

### 绛都春

〔宋〕陈允平

秋千倦倚，正海棠半坼，不耐春寒。瘢雨弄晴，飞梭庭院绣帘闲。梅妆欲试芳情懒，翠颦愁入眉弯。雾蝉香冷，霞绡泪揾，恨裹湘兰。　　悄悄池台步晚，任红薰杏靥，碧沁苔痕。燕子未来，东风无语又黄昏。琴心不度春云远，断肠难托啼鹃。夜深犹倚，垂杨二十四栏。

设色选声，凿险锤幽，迥不犹人，匠心独运，虽由雅丽派出，而雕炼过之，此三首者，尤其情辞并茂者耳。张玉田媲之为"七宝楼台，炫人耳目"，实为确论。顾谓其"拆碎下来，不成片段"，则似不尽然。主险涩者之用字，诚不免于尖纤，然而不至于薄弱小巧者，则其造句运笔能涩之效也。盖字句涩则求重易，意笔涩则求厚易，尖纤而济之以重厚，故不流于薄弱或小巧，此则在修辞上盖煞费经营，非可一蹴而几矣。

上列四派，自其产生之时期言，拙质最先，次为雅丽，次为疏快，最后乃为险涩，过此以往，虽有特著之作家，举莫能外此范围也。疏快薄采藻略近拙质，而视拙质为奔放；险涩重采藻略近雅丽，而视雅丽为斫削，至于修辞技巧之运用，各有其独到之处，未易强为轩轾也。

### 三、词之修辞与方言名物

欧美各国文字纯属标音，故语言与文字恒趋一致；我国文字大都表意，故语言与文字每相悬绝。以相悬绝故，于精研文学者，或可不顾其文字与语言如何殊异，而抗心往昔，一味高古，甚至赏音极罕而亦有悠然自得之趣。既成惯习，欲求其文字接近语言，反无能为役焉。斯则欧美各国以文字不切合方言为难能，而我国反以文字切合方言为难能矣。然我国之文学作品因欲摹状口吻或适切身份而故使文字切合方言名物者亦往往有之，是则欧美各国以文字不切合方言为造作，而我国反以文字切合方言为造作矣。其在于词，运用方言名物者尤屡见不鲜，盖为修辞之效用计，不得不尔。余尝深求其故，觉可明言者约有数端：其一，词本由诗演进而成，唐人唱诗，类有泛声，就泛声添实字，斯成长短句之词，既属表声，则不得不阑入方言；其二，词之初起，多为胡儿里巷之曲或直接受其影响，胡儿里巷之曲，自不能摒绝方言名物，专事典丽雅正；其三，词之制作恒随歌儿倡女之口调以配合文字，欲使之毕肖口调，势须涉及方言；其四，词为协乐之文字，初意固在悦耳，欲求悦耳，必当存真，有非沿用方言名物不可者；其五，词流行广泛之后，道士僧流或用以作宣传之具，目的既在宣传，则随缘说法，自以运用方言名物为宜；其六，文人戏谑、调情之作，为博得较为浓厚之情趣，时亦涉及方言名物——因此种种，于是词中之修辞，对方言名物乃不能忽视矣。大抵方言名物运用之多少，随所

施之人物为转移，故无专用方言名物之作家，唯主拙质或疏快者不以方言
名物入词为嫌，较喜用之而已。然如张先、柳永、黄庭坚、秦观之流，固
非以拙质或疏快见长者，其集中亦往往有夹用方言名物之作，偶然兴到，
信笔所之，又不能以派别拘耳。兹于宋金人词中，略举实例如下：

（一）方言

1．一字

睑　张先《踏莎行》："密意欲传，娇羞未敢，斜偎象板还偷睑。"

瞰　欧阳修《渔家傲》："今朝陡觉凋零瞰。"陈克《鹧鸪天》："瞰
来打鼓侬吹笛，催送儿郎踏浪花。"辛弃疾《清平乐》："梅花可瞰摧残。"
万俟咏《武陵春》："可瞰是不宜春。"

夯　黄庭坚《忆帝京》："那人知后，怕夯你来僝僽。"

嗾　黄庭坚《少年心》："便与拆破，待来时鬲上与厮嗾则个。温存
着，且教推磨。"

斗　秦观《满园花》："待收了孛罗，罢了从来斗。"

嗏　辛弃疾《南乡子》："不问因由便去嗏。"

哪　辛弃疾《南乡子》："系上裙腰稳也哪。"又《江神子》："良自
苦，为官哪。"又《鹧鸪天》："些底事，误人哪。"

咱　辛弃疾《眼儿媚》："莫因别个，忘了人咱。"

个　苏轼《蝶恋花》："病绪厌厌，浑似年时个。"

恁　柳永《昼夜乐》："早知恁地难凭，悔不当初留住。"姜夔《月下
笛》："自恁虚度。"王观《木兰花令》："因甚眉头长恁皱。"

啰　黄庭坚《鼓笛令》："更有些儿得处啰。"

厮　曹组《脱银袍》："更上弄交番厮替。"又《忆瑶姬》："恁时节
若要眼儿厮觑，除非会圣。"又《红窗迥》："一日厮赶上，五六十里。"

赚　沈会宗《柳摇金》："被东风赚开一半。"

须　吴文英《三姝媚》："春梦人间须断，但怪得当年，梦缘能短。"

能　例见上。

2．二字

轻撅　蒋捷《秋夜雨》："漫细把寒花轻撅。"尹焕《霓裳中序第
一》："人何在？忆渠痴小，点点爱轻撅。"

呷丁　杨炎正《桃源忆故人》："謰膜呷丁些来酒。"

捆就　黄庭坚《归田乐》："是人惊怪，冤我忒捆就。"秦观《满园花》："我当初不合苦捆就。"杨端臣《渔家傲》："好教受，看谁似我能捆就。王观《木兰花令》："东君有意偏捆就。"

哝嗽　柳永《传花枝》："解刷扮，能哝嗽，表里都峭。"

火色　辛弃疾《好事近》："觑着这般火色，告妈妈将息。"

谩谑　张先《生查子》："近日见人来，却恁相谩谑。"

巴巴　辛弃疾《南乡子》："病得那人妆晃子，巴巴，系上裙腰稳也哪。"

晃子　例见上。

孛堆　毛滂《浣溪沙》："瑶瓮孛堆春这里，锦屏屈曲梦谁边？"

眊眛　苏轼《浣溪沙》："迁客不应常眊眛。"

可瞭　例见上页一字栏"瞭"字条。

推磨　例见上页一字栏"嗷"字条。

抛弹　柳永《鹤冲天》："何况经岁月，相抛弹。"

恶峭　朱敦儒《减字木兰花》："恶峭惺惺，不肯随人独自行。"

抽头　曹勋《诉衷情》："得抽头处好抽头，等待几时休！"

能亨　徐似道《一剪梅》："他年青史总无名，我也能亨，你也能亨。"

则个　柳永《鹤冲天》："好天好景，未省展眉则个。"王观《庆清朝慢》："晴则个，阴则箇，饾饤得天气，有许多般。"无名氏《谒金门》："休只坐，也去看花则个。"

怕里　周密《一枝春》："还怕里、帘外笼莺，笑人醉语。"又《露华》："怕里早莺啼醒。"马庄父《月华清》："怕里。又悲来老却，兰台公子。"

匹似　苏轼《减字木兰花》："一语相开，匹似当初本不来。"

巴得　陈著《卜算子》："望得眼儿穿，巴得心头热。"

虫儿　黄庭坚《步蟾宫》："虫儿真个忒灵利，恼乱得道人眼起。"

腠膜　杨炎正《柳梢青》："捧杯更着腠膜喝。"又《桃源忆故人》："腠膜呷丁些来酒。"

屎磨　黄庭坚《鼓笛令》："其道他家有婆婆，与一口管教屎磨。"

忔戏　赵长卿《探春令》："幡儿胜儿都姑媂，戴得更忔戏。"

端叠　王诜《黄莺儿》："愁未见，苦思量，待见重端叠。"

端的　沈唐《念奴娇》："厚约深盟，除非重见，见了方端的。"刘弇《宝鼎现》："想当时折赠，端的凭谁付与。"

厮勾　赵令畤《清平乐》："天色清明厮勾。"

驰逗　曹组《脱银袍》："告官里，驰逗高阳饿鬼。"

解火　赵可席"屋上戏书"（调名原缺）："三场捱了两场过，只有这番解火。"按：张继先《更漏子》："是和非，双打过，免共相磨生火。"则此云"解火"，正与"生火"相反，不相摩擦也。又《更漏子》："诵真经，期万过，未减无明心火。"义亦可参。

划地　辛弃疾《念奴娇》："划地东风欺客梦，一枕云屏寒怯。"又《贺新郎》："转越江划地迷归路。"王庭珪《虞美人》："花衢柳陌年时静，划地今年盛。"

### 3. 三字

借人么　张先《踏莎行》："轻轻试问借人么，佯佯不觑云鬟点。"

撞腮春　张先《浣溪沙》："多情应得撞腮春。"

罗皂丑　秦观《满园花》："近日来，非常罗皂丑。"

怎奈向　周邦彦《大酺》："怎奈向兰成憔悴，卫玠清羸，等闲时易伤心目。"又《拜星月》："怎奈向一缕相思，隔溪山不断！"

这些个　朱敦儒《鼓笛令》："残梦不须深念，这些个光阴煞短。"

憨抹挞　僧惠洪《渔家傲》："炙背横眠真快活，憨抹挞，从教院主无须发。"

闵子里　赵长卿《簇水》："闵子里施纤手。"

官塻懒　辛弃疾《玉楼春》："心如溪上钓矶闲，身似道旁官塻懒。"注曰："谚云：'馋如鹞子，懒如塻子。'"

### 4. 四字

打笃磨槎　曹组《脱银袍》："打笃磨槎来根底。"

三平二满　辛弃疾《鹧鸪天》："百年雨打风吹却，万事三平二满休。"

抵孔火坑　长筌子《神仙会》："不肯回头，抵孔火坑贪恋。"

罗噔哩噔　长筌子《绛都春》："罗噔哩噔，莺歌舌诞，恣情吟和。"

### 5. 五字

猫儿拽不出　长筌子《杨柳枝》："恋火猫儿拽不出，忒痴顽！"

**6. 六字**

谢三娘全不识　吕圣求《河传》："常把那目字横书，谢三娘全不识。"按："谢三娘不识四字罪字头"，宋谚也。见况周颐《玉梅词话》。

**7. 七字**

六只骰儿六点儿　苏轼《减字木兰花》："要赌休痴，六只骰儿六点儿。"

**（二）名物**

登钩　张先《西江月》："小打登钩怕重，尽缠绣带由长。"

威音　长筌子《青玉案》："威音那畔，几人曾到，别有逍遥处。"

火院　长筌子《一枝春》："昼夜火院煎苦，沉埋花酒丛中，孽重终难改。"又《解愁》："火院忧他妻共子，更不念、自身憔悴。"

心风　朱敦儒《西江月》："穷后常如囚系，老来半似心风。"

孟婆　宋徽宗《月上海棠》："孟婆，且与我做些方便。"蒋捷《解佩令》："春雨如丝，绣出花枝红袅，怎禁他、孟婆合皂。"

尖泥　陈克《鹧鸪天》："倾两耳，斗双螺，家家春酒泻尖泥。"

教池　陈克《鹧鸪天》："侬今已是沧浪客，莫向尊前唱教池。"按《教池回》系调名，史浩《鄮峰真隐词》有《教池回》调咏竞渡。

李罗　秦观《满园花》："待收了李罗，罢了从来斗。"

玉东西　周紫芝《南柯子》："殷勤犹劝玉东西，不道使君肠断已多时。"

脱空经　蜀妓《鹊桥仙》："多应念得脱空经，是那个先生教底？"

络丝娘　苏轼《浣溪沙》："隔篱娇语络丝娘。"

海里猴儿　苏轼《减字木兰花》："今来十四，海里猴儿奴子是。"

海底猴儿　石孝友《亭前柳》："识尽千千并万万，那得恁海底猴儿。"

诸所引之方言，有可以下确解者，如"恁"之为"如此"，"厮"之为"相"，"划地"之为"忽然"是；有可以仿佛其义解者，如"能亨"之犹"宁馨"（义犹这个、这样），"怕里"之犹"恐怕"是；有至今犹有沿用者，如"火色""晃子""三平二满""猫儿拽不出"等是；自余则有并其意之谁属亦不能揣摩得之者。至于名物，则尤为难知。唯当时词之用方言名物，虽大家亦不以为嫌，则必有非典雅之字眼所得替代者，非专意为此使异地异时之人难解之辞也。以余所考，用方言名物者，以赠送或纪实之作为多。盖赠妾妓歌女情妇或寓规劝世人之作，自不必讲求典雅；即纪民情风俗之篇什，亦贵能表现出其特殊之风味。次则平昔狎习之人，亦不妨运用方言名物以取笑乐。其因口调音乐等关系而运用方言者，则虽典雅之作仍可夹入，如赵长卿《摊破丑奴儿》之用"也罗"，纯属衬声，无伤其词之雅丽也。

### 四、词之修辞与诗歌

词之兴起，在诗歌之后，其修辞受诗歌之影响特多，如《胡渭州》《小秦王》《三台》《阳关》《雨霖铃》《竹枝》《杨枝》之类，以形式言，皆绝句诗耳。故初期词调与诗歌相去不远，唐人集中，诗词每有不加分辨者。盖使词之体式为三五七言之长短句，则诗固亦不无此制也。迨词体既已确立，乃与诗分道扬镳，由令词而引、近，而慢词，而序子，逐步推演，去诗日远，顾其修辞，则仍不离乎诗。不唯不离乎诗，能融化诗人句法，且为词中高手焉。周邦彦，世所谓"词圣"也，词之有邦彦，益犹诗之有杜甫。然观刘潜夫之评曰"美成颇偷古句"，陈质斋之评曰"美成词多用唐人诗檃栝入律，混然天成"，张叔夏之评曰"美成词浑厚和雅，善于融化诗句"，沈伯时之评曰"作词当以清真为主，盖清真最为知音，无一点市井气，下字运意，皆有法度，往往自唐宋诸贤诗句中来"，是则邦彦之所以为"圣"，其修辞之善于运用诗句，亦其一端也。故黄庭坚之序《小山词》，亦称其能"寓以诗人句法，清壮顿挫，能动摇人心"。历览词籍，其修辞诗歌化者不胜枚举。其兼擅诗词者，固时时猎取诗语以入词，即无诗可传之词家如柳永、刘一止、王之道、朱翌、曹勋、张抡、高观国、卢祖皋、张镃、吴文英等，其运用诗语以入词处，亦屡见不鲜。何则？盖声律文字，诗简单而词复杂，学词者每先学诗，所学在是，则所用每不离乎是，一也；彩藻之数，唯诗最富，学词者于词外自不得不取资于诗，二也；"诗以道性情"，本质与词合，诗心与词心殆可融成一片，学词者自不能歧视诗而舍诗不读，三也。于是古人教人以学词之方，每由诗入。

张炎曰：

> 句法中有字面，盖词中一个生硬字用不得，须是深加锻炼，字字敲打得响，歌诵妥溜，方为本色语。如贺方回、吴梦窗皆善于炼字，

字面多于温庭筠、李长吉诗中来。（《词源》下）

沈义父曰：

> 要求字面，当看温飞卿、李长吉、李商隐及唐人诸家诗句中字面好而不俗者，采摘用之。（《乐府指迷》）

杨慎曰：

> 填词虽于文为末，而非自《选诗》、乐府来，亦不能入妙。（《词品》卷一）

王士禛曰：

> 词中佳语。多从诗出。如顾太尉"蝉吟人静，斜日傍小窗明"，毛司徒"夕阳低映小窗明"，皆本黄奴"夕阳如有意，偏傍小窗明"。若苏东坡之"与客携壶上翠微"，贺东山之"秋尽江南草未凋"（《太平时》），皆文人偶然游戏，非向《樊川集》中做贼。（《花草蒙拾》）

贺裳曰：

> 词家多翻诗意入词，虽名流不免。（《皱水轩词筌》）

刘体仁曰：

> 词有与古诗同义者，"潇潇雨歇"，《易水》之歌也；"同是天涯"，麦薪之诗也；"又是羊车过也"，团扇之辞也；"夜夜岳阳楼中"，"日出当心"之志也；"已失了春风一半"，鲍居之讽也；"琼楼玉宇"，《天问》之遗也。（《七颂堂词绎》）

田同之曰：

> 词与诗体格不同，其为抒写性情，标举景物，一也。（《西圃词话》）

凡此皆以诗词有相通之义，词不能不受诗之影响，故学词不能不兼事诗也。词之受诗影响，略为归纳，可得六事。

## （一）全用前人诗句者

篇中沿袭前人诗句在两句以上者，如秦观《临江仙》：

> 千里潇湘接蓝浦，兰桡昔日曾经。月高风定露华清，微波澄不动，冷浸一天星。　　独倚危樯情悄悄，遥闻妃瑟泠泠。新声含尽古今情。曲终人不见，江上数峰青。

末两句连用钱起诗句。又如辛弃疾《水调歌头》：

> 我亦卜居者，岁晚望三闾。昂昂千里，泛泛不作水中凫。好在书

携一束，莫问家徒四壁，往日置锥无。借车载家具，家具少于车。

舞乌有，歌亡是，饮子虚，二三子者爱我，此外故人疏。幽事欲论谁共？白鸥飞来似可，忽去复何如！众鸟欣有托，吾亦爱吾庐。

前结两句用孟郊诗句，后结两句用陶渊明诗句。如滕宗谅《临江仙》：

湖水连天天连水，秋来分外澄清。君山自是小蓬瀛。气蒸云梦泽，波撼岳阳城。　　帝子有灵能鼓瑟，凄然依旧伤情！微闻兰芷动芳馨。曲终人不见，江上数峰青。

前结两句用孟浩然诗句，后结两句用钱起诗句。又如宋祁《鹧鸪天》：

画毂雕鞍狭路逢，一声肠断绣帘中！身无彩凤双飞翼，心有灵犀一点通。　　金作屋，玉为笼，车如流水马如龙。刘郎已恨蓬山远，更隔蓬山一万重。

前结两句，后结两句，均用李商隐诗句。又如贺铸《晚云高》（即《太平时》）：

秋尽江南草未凋，晚云高。青山隐隐水迢迢，接亭皋。　　二十四桥明月夜，弭兰桡。玉人何处教吹箫？可怜宵！

篇中除三字句外，竟纯由杜牧一首绝句演成，沿袭而至于全篇录出，殆无以复加矣！

此外，用诗中零句入词者，尤指不胜屈，略举例证如后：

梨花一枝春带雨。（柳永《倾杯》）

曲终人不见。（柳永《河传》）

江上数峰青。（贺铸《满庭芳》）

天若有情天亦老。（欧阳修《减字木兰花》）

尽是刘郎去后栽。（苏轼《南乡子》）

莫待无花空折枝。（黄庭坚《南乡子》、欧阳修《减字木兰花》）

且看欲尽花经眼。（黄庭坚《鹧鸪天》）

十年一觉扬州梦。（黄庭坚《鹧鸪天》，又贺铸《忍泪吟》，即《丑奴儿》。）

车如鸡栖马如狗。（贺铸《行路难》）

亭皋木叶下。（张耒《风流子》）

飞入寻常百姓家。（贺铸《第一花》，即《鹧鸪天》。）

芭蕉不展丁香结。（贺铸《石州慢》）

曾向瑶台月下逢。（毛滂《浣溪沙》）

落花时节又逢君。（辛弃疾《上西平》）

思君不见令人老。（辛弃疾《水龙吟》）

不尽长江滚滚流。（辛弃疾《南乡子》）

永夜角声悲自语。（汪元量《望江南》）

安得并州快剪刀。（汪元量《卜算子》）

满城风雨近重阳。（姚述尧《朝中措》）

花气浑如百和香。（赵彦端《菩萨蛮》《画堂春》）

天际识归舟。（秦观《望海潮》）

相看如梦寐。（黄庭坚《谒金门》，又毛滂《临江仙》。）

几夜水明楼。（王以宁《水调歌头》）

云卧衣裳冷。（卢祖皋《卜算子》）

留得一钱看。（辛弃疾《临江仙》）

山水有清音。（辛弃疾《水调歌头》）

鸟度屏风里。（周邦彦《蓦山溪》，用李白诗句。）

对酒当歌。（柳永《蝶恋花》，用曹操《短歌行》句。）

好是渔人披得一蓑归去，江上晚来堪画。（柳永《望远行》。按："江上晚来堪画处，渔人披得一蓑归"为郑谷诗。）

## （二）将前人诗句减字者

取古人诗句减去一字二字乃至三字，一望而知为沿袭诗句者，例如黄庭坚《西江月》：

断送一生唯有，破除万事无过。

两句均用韩愈诗句而各减去"酒"字。柳永《醉蓬莱》：

渐亭皋木下，陇首云飞。

用柳恽"亭皋木叶下，陇首秋云飞"诗句，而上句减"叶"字，下句减"秋"字。又如辛弃疾《贺新郎》：

高阁临江渚。

将王勃诗"滕王高阁临江渚"句减去"滕王"两字。辛弃疾《感皇恩》：

七十古来稀。

将杜甫诗"人生七十古来稀"句减去"人生"两字。苏轼《十拍子》：

狂夫老更狂。

将杜甫诗"自笑狂夫老更狂"句减去"自笑"两字。又如刘一止《踏莎行》：

> 二水中分，三山半落。

用李白诗"三山半落青天外，二水中分白鹭洲"两句各减去三字。辛弃疾《沁园春》：

> 岂有文章，漫劳车马。

用杜甫诗"岂有文章惊海内，漫劳车马驻江干"两句各减去三字。辛弃疾《念奴娇》：

> 疏影横斜，暗香浮动。

用林逋诗"疏影横斜水清浅，暗香浮动月黄昏"两句各减去三字。

### （三）将前人诗句增字者

取古人诗句增一二字乃至三四字，一望而知为沿袭诗句者，如毛滂《玉楼春》：

> 只有青青河畔草。

将古诗"青青河畔草"句增两字。又如周邦彦《渔家傲》：

> 帘前重露成涓滴。

取杜诗增"帘前"两字。又周邦彦《西平乐》：

> 身与塘蒲共晚。

取李贺诗"身与塘蒲晚"句增一"共"字。辛弃疾《满江红》：

> 笑江州司马太多情，青衫湿。

将白居易诗"江州司马青衫湿"句增四字。

### （四）将前人诗句增减字者

如苏轼《江城子》：

> 欲待曲终寻问取，人不见，数峰青。

又刘一止《鹊桥仙》：

> 春风真个，取将花去，酬我清阴满院。

用王安石诗"春风取花去，酬我以清阴"，增"真个""将"三字，减"以"字。

### （五）将前人诗句易字者

取古人诗句更易一字即作词句者，此例以周邦彦为最多，如《瑞龙吟》：

　　　　　　事与孤鸿去。

取杜牧诗"事逐孤鸿去"易一字；《少年游》：

　　　　　　春色在桃枝。

取林逋诗"春色在桃蹊"易一字；《渔家傲》：

　　　　　　黄鹂久住如相识。

取戎昱诗"黄莺久住如相识"易一字。又如姜夔《淡黄柳》：

　　　　　　怕梨花落尽成秋色。

取李贺诗"梨花落尽成秋苑"易一字。

### （六）全首融化诗句者

　　单句融化诗句者，以周邦彦为最多，他家所作，亦举不胜举。至全首均融化诗句者，颇为罕觏。兹举吴彦高之《人月圆》为例：

　　　　南朝千古伤心事，犹唱《后庭花》！旧时王、谢，堂前燕子，飞向谁家？　　怃然一梦，仙肌胜雪，宫髻堆鸦。江州司马，青衫泪湿，同是天涯！

元好问谓"彦高北迁后，为故宫人赋此。时宇文叔通亦赋《念奴娇》，先成，而颇近鄙俚，及见彦高此作，茫然自失！是后有求作乐府者，叔通即批云：'吴郎近以乐府名天下，可往求之。'"观此，则通首融化诗句而成者，不唯无沿袭之嫌，且受人激赏，获享盛名，则无怪乎词句之多出于诗矣。

### （七）檃栝诗语成词者

　　此类与上融化诗语成词者微有不同，融化诗语成词者，其所取之诗语不限于某篇，此则有指定之篇章为蓝本，即由所指定之篇章檃栝而成者。如苏轼《水调歌头》：

　　　　昵昵儿女语，灯火夜微明。恩怨尔汝来去，弹指泪和声。忽变轩昂勇士，一鼓阗然作气，千里不留行。回首暮云远，飞絮搅青冥。

　　　　众禽里，真彩凤，独不鸣。跻攀寸步千险，一落百寻轻。烦子指间风雨，置我肠中冰炭，起坐不能平。推手从归去，无泪与君倾。

檃栝韩愈《听颖师弹琴》诗；辛弃疾《声声慢》：

　　　　停云霭霭，八表同昏，尽日时雨蒙蒙。搔首良朋，门前平陆成

江。春醪湛湛独抚，限弥襟、闲饮东窗。空延伫，恨舟车南北，欲往
何从！　　叹息东园佳树，列初荣枝叶，再竞春风。日月于征，安得
促席从容？翩翩何处飞鸟，息庭树、好语和同。当年事，问几人、亲
友似翁？

檃栝陶渊明《停云》诗。米友仁《阳春词》有《诉衷情》题为"渊明
诗"，又有《念奴娇》题为"裁成渊明《归去来辞》"，皆标明所檃栝者。

此外，有将前人诗句两句中一句抄袭，一句略改句法者，如洪适
《蝶恋花》：

　　　漠漠水田飞白鹭，夏木阴阴，巧啭黄鹂语。

将王维诗"漠漠水田飞白鹭，阴阴夏木啭黄鹂"两句袭用，特下句格于
调谱，句法略变而已。

观上数事，词受诗歌影响之大从可知矣。至五七言之词句似诗句者尤
多，大约所谓诗人之词，其遣词造句，受诗之影响特深，即余所谓雅丽派
者也；次则疏快派之词家，以不重雕饰辞语，往往即以熟习之诗语为词
语；他若拙质派之不厌鄙俗，险涩派之唯求刻深，其受诗之影响较微，甚
且以词语类诗语悬为禁诫焉。

## 五、词之修辞与散文

自小令扩为慢词，内容逐渐宽展，取材亦逐渐广泛，前之取资于诗歌
者，至是乃采及精美之文句；自议论之词兴，取材乃日益复杂，经史诸子
以至佛典、小说，亦在所猎取之列矣。词而至于可以议论出之，乃不得视
为小道，而足与诗、文并驾矣。顾词体之尊，亦即词体之坏。何则？曩之
仅取资于诗歌者，纯乎为抒情之什，摛辞必择其美，感人唯求其深。逮乎
取材已杂，则劝说、训示等意义非纯文学作品所宜有者，亦无所不具，辞
既不必精美，侈陈义理类乎歌诀语录者亦往往有之，谓非词体之坏而何！
故取资于诗歌者，词之正也；取资于经、史、诸子及其他杂书者，词之变
也。由未成熟而渐臻成熟，既已成熟则渐形变质，一切文体，咸遵斯轨，
非特词体为然。推其所以不得不变之故，有数端焉。一则以抒情之什，至
北宋柳永、秦观等出，已难以复加，杰出之士如东坡、山谷等乃不得不别
开生面而渐趋理趣，理趣则非诗歌所得范围矣；一则以词至北宋，专家辈
出，已不以词为小道，欲求其道之益尊，自不得囿于美人、芳草、风、
花、雪、月而专为抒情之什；一则以唐、五代、北宋初期之词，大都专以

应付歌者，元祐以降，士大夫往往以词为往还酬酢之具，其意义实较应歌者为广，既不必其可歌而适切歌者之口调，则亦普通表情达意之诗歌类耳，经、史、诸子、佛典、小说何施而不可。职是之故，乃有散文化之词别张一军以与诗歌化者抗。苏轼、朱敦儒、辛弃疾、刘过、刘克庄、刘辰翁等其尤著者也。至僧道者流如张伯端、夏元鼎、长筌子等之所作，尤富劝惩之意味，有类散体之文告然。其他作家，兴之所到，偶用文语者亦所在多有。兹就辛弃疾词中择其用经语，用子语，用史语，用文语，句调酷类散文。通首集经句，通首集子句，通首酷类散文及以诗一章与散文一章揉合成词者，各举例证，以见一斑：

（一）用经语

　　今我来思，杨柳依依。（《一剪梅》）

　　谁适为容。（《醉翁操》）

　　行藏用含，人不堪忧；一瓢自乐，贤哉回也。（《水龙吟》）

　　谁识稼轩心事，似风乎、舞雩之下？（《水龙吟》）

　　门外沧浪水，可以濯吾缨。（《水调歌头》）

　　搔首踟蹰，爱而不见。（《沁园春》）

　　看江头、有女如云。（《新荷叶》）

　　忧心悄悄。（《踏莎行》）

　　周情孔思。（《贺新郎》）

　　已而已而。（《婆罗门引》）

（二）用子语

　　有客问洪河，百川灌雨，泾流不辨涯涘，于是焉河伯欣然喜，以天下之美尽在己。（《哨遍》）

　　不龟手药。（《醉翁操》）

（三）用史语

　　生子当如孙仲谋。（《南乡子》）

　　人生行乐耳，身后虚名，何似生前一杯酒？（《洞仙歌》）

　　一斗一石皆醉。（《水调歌头》）

　　桃李无言，下自成蹊。（《一剪梅》）

定是留中了。(《菩萨蛮》)

而今老矣。(《行香子》)

叹人生不如意事，十常八九。(《贺新郎》)

须富贵何时。(《临江仙》)

## （四）用文语

一觞一咏。(《满庭芳》，又《水龙吟》)

恩不甚兮轻绝。(《喜迁莺》)

富贵非吾愿，皇皇乎欲何之？(《哨遍》)

明日落花寒食，得且住，为佳耳。(《霜天晓角》)

余既滋兰九畹，又树蕙之百亩。(《水调歌头》)

似兰亭列叙时人，后之览者，又将有感斯文。(《新荷叶》)

入宫见妒。(《满庭芳》)

## （五）散文体之句调

用之可以尊中国。(《满江红》)

更十岁太公方出将，又十岁武公方入相。(《最高楼》)

古来贤者，进亦乐，退亦乐。(《兰陵王》)

我觉其间，雄深雅健，如对文章太史公。(《沁园春》)

江左沉酣求名者，岂识浊醪妙理？(《贺新郎》)

不恨古人吾不见，恨古人不见吾狂耳。(《贺新郎》)

凡我同盟鸥鹭，今日既盟之后，来往莫相猜。(《水调歌头》)

## （六）全首用经句

进退存亡，行藏用舍，小人请学樊须稼。衡门之下可栖迟，日之夕矣牛羊下。　去卫灵公，遭桓司马，东西南北之人也。长沮桀溺耦而耕，丘何为是栖栖者！(《踏莎行》)

## （七）全首用子句

一以我为牛，一以我为马。人与之名受不辞，善学庄周者。江海任虚舟，风雨从飘瓦。醉者乘车坠不伤，全得于天也。(《卜算子》)

### （八）全首散文体

池上主人，人适忘鱼，鱼适还忘水。洋洋乎、翠藻青萍里。想鱼兮、无便于此。尝试思：庄周正谈两事——一明豕虱一羊蚁。说蚁慕于膻，于蚁弃知；又说于羊弃意。甚虱焚于豕独忘之，却骤说于鱼为得计！千古遗文，我不知言，以我非子。　嘻！子固非鱼，鱼之为计子焉知？河水深且广，风涛万顷堪依。有网罟如云，鹈鹕成阵，过而留泣计应非。其外海茫茫，下有龙伯，饥时一啖千里；更任公五十犗为饵，使海上人人厌腥味。似鲲鹏、变化能几。东游入海此计，直以命为嬉。古来谬算狂图五鼎，烹死指为平地。嗟鱼欲事远游时，请三思、而行可矣！（《哨遍》）

### （九）以诗一章、散文一段糅合成词

昔时曾有佳人，翩然绝世而独立，未论一顾倾城，再顾又倾人国。宁不知其倾城倾国，佳人难再得。看行云行雨，朝朝暮暮，阳台下、襄王侧。　堂上更阑烛灭，记主人、留髡送客。合尊促坐，罗襦襟解，微闻芗泽。当此之时，止乎礼义，不淫其色。但嗳其泣矣，嗳其泣矣，又何嗟及！（《水龙吟》，稼轩自序："爱李延年歌，淳于髡语，合为词，庶几《高唐》《神女》《洛神赋》之意云。"）

总上观之，稼轩用辞之根源，显有轨迹可循。大约用经则取《诗经》最多，次为《论语》；用子则以《庄子》为最多，间用《老子》《列子》语意；用史则以"四史"为主，间或采及《晋书》；用文则多出《楚辞》、陶集、《兰亭序》及其他晋人小品。《诗》《骚》取其缠绵，《庄》《列》取其清旷超妙，"四史"及晋文取其雅秀隽逸。书诰典礼诘屈繁重之辞固所不取，六朝骈体浮艳侧媚之文亦在摒弃之列。是知以散文语入词者，其修辞虽若不拘，而亦非漫无准则也。

### 六、词之修辞诸现象

词之修辞现象，甚为繁复，兹归纳为四部门：一曰配置辞位：二曰表现声态，三曰增扩意境，四曰变化本质，而于每一部门中分若干式，各举例证，是以说明。虽未足以包举词中所有的修辞现象，庶几略有友纪，可得窥见其大凡焉。

（一）配置辞位

兹所谓"辞"，盖兼指字与句而言。片辞只字，不经累积，难生情味，尽人皆知。然有累积成为句调之后，而仍不生情味者，则配置不得其宜也。故辞位之配置，为言修辞学者所必当讲求。辞位之配置每易与采藻之猎取混，实则二者根本不同。辞位配置之功效，在其配置之有法，或重叠，或牵连，或回环，或照应，能使阅者在单简之辞句中得有繁复之情味；若作者本已有许多不同之字、辞、句供其驱使，则其动人之力量应归功于采藻之猎取。猎取采藻属于材料之掇拾，配置辞位属于方法之运用，显然有不同之点，未可混而为一也。配置辞位之最见功效且最易为力者为重叠式，而最难为力且最为巧妙者为回文式，他若蝉联、回环、排比等式均系乎辞位之配置。兹分述于后。

**1. 重叠式**

重叠式有叠字、叠辞、叠句三种。三种中，叠字最多，叠辞次之，叠句最少。有属于修辞技巧之运用，亦有为调谱所限不得不重叠者。其限于调谱者与修辞无关，不加引例，只于每类之后略为说明。所举之例亦均为备格而已，不求详尽也。

（1）叠字。

名词叠用例：

离聚此生缘，无计问天天。（张先《梦仙乡》）

惜春春寂寞，寻花花冷落。（刘圻父《霜天晓角》）

心心口口长恨昨，分飞容易当时错。（晏几道《醉落魄》）

有个人人，飞燕精神。（柳永《浪淘沙令》）

每遇著、饮席歌筵，人人尽道，可惜许老了。（柳永《传花枝》）

按：此"人人"是多数人，与上引用在动词后之"人人"指单人者有别。

动词叠用例：

恨恨君何太极，记得娇娆无力，独坐思量愁似织，断肠烟水隔。（魏承班《谒金门》）

双成伴侣，去去不知何处，有佳期！（尹鹗《女冠子》）

寻寻觅觅。（李清照《声声慢》）

奈君王眷眷，苍生恋恋，哪肯放、钱塘渡。（陈著《水龙吟》）

行行又历孤村，楚天阔、望中未晓。（柳永《轮台子》）

副词叠用例：

翠娥执手送临歧，轧轧开朱户。（柳永《采莲令》）

谁在秋千，笑里轻轻语？（李冠《蝶恋花》）

语低低、笑咭咭。（秦观《品令》）

心下始觉宁宁。（沈会宗《汉宫春》）

鸾镜佳人，得得浓妆样样新。（贺铸《减字木兰花》）

形容词叠用例：

庭院深深深几许？（冯延巳《蝶恋花》）

惜弯弯浅黛长长眼。（张先《卜算子慢》）

柳影深深细路，花梢小小层楼。（晏几道《清平乐》）

西楼酒面垂垂雪，南苑春衫细细风。（晏几道《鹧鸪天》）

柳外重重叠叠山，遮不断、愁来路。（徐俯《卜算子》）

感叹词叠用例：

休休休便休，美底教他且。（张先《生查子》）

休休！这回去也，千万遍阳关，也则难留。（李清照《凤凰台上忆吹箫》）

行乐，燕雏莺友，浪语狂歌，休休莫莫！（仲并《瑞鹤仙》）

偷闲好，便明朝有约，莫莫休休。（刘辰翁《沁园春》）

遇酒且呵呵！人生能几何？（韦庄《菩萨蛮》）

按："呵呵"是笑声，通常亦归入感叹词类。叠字之用，如《字字双》《钗头凤》之类，为调谱所限者，兹不举出。

（2）叠辞。

两字辞叠用例：

旧游旧游今在否？花外楼，柳下舟，梦也梦也梦不到，寒水空流。（蒋捷《梅花引》）

三字辞叠用例：

美人兮美人兮未知何处？（史达祖《惜黄花》）

按：叠辞之用，多缘调谱，如《调笑》《如梦令》《转应曲》等之叠用两字辞《忆秦娥》《潇湘神》等之叠用三字辞是。此等叠辞，均关乐律，与修辞技巧无涉，故不引以为例。

又有两字倒叠例："醉醒醒醉，凭君会取皆滋味。"（见黄庭坚《醉落

魄》序引《醉醒醒醉曲》）

（3）叠句。

句意上下相绾合者，例如：

　　陌上莺啼、蝶舞，柳花飞。柳花飞，愿得郎心，忆家还早归。
（牛峤《感恩多》）

按：此"柳花飞"，原亦一辞组而已，以其必当断句，且自成句，故虽三字叠用，仍归叠句之列。又，上"柳花飞"与上"莺啼、蝶舞"并列，而下"柳花飞"则承上文而来，虽单举"柳花"，实为"莺""蝶""柳"三物之节缩句将以引入下意也，两叠句中，一意属上，一意属下，故名为"上下相绾合者"。

句意加重者，例如：

　　莫风流，莫风流！风流后、有闲愁。（张先《庆佳节》）

　　烟迷露麦荒池柳，洗雨烘晴，洗雨烘晴，一样春风几样青。

　　提壶脱袴催归去，万恨千情，万恨千情，各自无聊各自鸣。（辛弃疾
《丑奴儿》）

按：上两例中之叠句均属句意加重者。其不同于表现声态者，则因仅为叠用，于语气上绝无作意变化，仍不过辞位之配置，表示其意义之郑重而已。此等用法大都含有感叹类中之叮咛、惊异、赞美或决绝之成分，即此两例可见。又遇叠句处，虽亦与调谱有关，如《感恩多》《丑奴儿》《一剪梅》等调每每有用叠句者；然不用叠句者尤多，则仍非为调谱所限，而关乎修辞技巧之运用也。至若《法驾导引》（刘辰翁所作，起云"棠阴日，棠阴日"，过片云"和气满，和气满"，凡十首均如此用法。）前后阕起叠三字句，《东坡引》（赵长卿所作，前结"恼人频嚼蕊，恼人频嚼蕊"，后结"光阴如捻指，光阴如捻指"。）之前后阕均必叠用五字句，《摊破丑奴儿》（赵长卿所作，前段结句与后段结句均用"也罗，真个是可怜香"。）之前段结句与后段结句必叠用，纯因调谱制定如此，原与修辞无关，自不能相提并论。又贺铸《琴调相思引》："终日怀归翻送客，春风祖席南城陌，便莫惜离觞频卷白。动管色，催行色，动管色，催行色。　　何处投鞍风雨夕？临水驿，空山驿，临水驿，空山驿。纵明月相思千里隔，梦咫尺，勤书尺，梦咫尺，勤书尺。"上阕两句双叠，下阕四句双叠，另首亦同此格，当是谱调所定也。

此外，有句意重叠而句法略有出入者，亦附列于此。如柴望《阳关

三叠》：

奈此去君出阳关，纵有明月，无酒酌故人！奈此去君出阳关，明朝无故人！

### 2. 蝉联式

上下前后，互相牵连，句似重出，意若层深，略同重叠式而较多变化，名之曰"蝉联式"。蝉联式用法亦各不同，细为分析，有以句首语辞相绾合者，谓之"并头蝉联式"；有以下句句首与上句句尾相绾合者，谓之"接顶蝉联式"，有以下句句腰与上句句首或以下句句首与上句句腰相绾合者，谓之"串腰蝉联式"；有于各句句尾辞语相复叠者，谓之"叠尾蝉联式"；更有忽分忽合，体式无常，而其分合之迹仍系乎辞语之复出者，谓之"离合蝉联式"。

（1）并头格。

举例如下：

少年听雨歌楼上，红烛昏罗帐；壮年听雨客舟中，江阔云低断雁叫西风！（蒋捷《虞美人》）

一爵喉初润，两爵面微酡，三爵腾腾耳热，四爵眼模糊，五爵氤氲浃背，六爵淋漓泼袖，七爵笑胡卢。醉倒便酣卧，红袖不须扶。（王初桐《水调歌头》）

按：上列两例，均以句首相绾合，而叠用在第二字。亦有叠用第一字者，例如：

无穷官柳，无情画舸，无根行客。（晁补之《忆少年》）

见汝焚香，见汝损眉青。见汝小鬟扶起，独自拜双星。（吴兰修《喝火令》）

（2）接顶格。

举例如下：

山行日日妨风雨，风雨晴时君不去。（辛弃疾《玉楼春》）

酒行如过雨，雨尽风吹去，吹去复盈杯，一春能几回？（赵彦端《菩萨蛮》）

坞里溪桥桥里树，树梢屋角溪隅。溪回桥转忽模糊。云多山见少，花满路疑无。（孙振豪《临江仙》）

按：第一例虽蝉联而义有正反，近于开阖式；后两例虽蝉联而辞多缭绕，近于回环式。

（3）串腰格。

举例如下：

> 西风只道悲秋瘦，却是西风未得知。（刘仲尹《鹧鸪天》）
>
> 花径里一番风雨，一番狼藉。（辛弃疾《满江红》）

按：前一例是以下句句腰与上句句首相绾合；后一例以上句句腰与下句句首相绾合。至如晏几道《蝶恋花》："罗带同心闲结遍，带易成双，人恨成双晚。"则以上句句尾与下句句腰相绾合，另成一格。

（4）叠尾格。

举例如下：

> 春晴也好，春阴也好，着些儿春雨更好。（蒋捷《解佩令》）
>
> 花无人戴，酒无人劝，醉也无人管。（黄公绍《青玉案》。整理者按：此词《阳春白雪》卷五列为无名氏作。）
>
> 宜禾黍，秋成处处宜禾黍。（贺铸《渔家傲》）

按：第一、三例句末字叠，固属叠尾；第二例句末以上两字均叠，亦可归入叠尾之列，犹并头之第一、二例均叠句首第二字仍归之于并头也。

（5）离合格。

先分后合例：

> 云髻坠，凤钗垂，髻坠钗垂无力、枕函欹。（韦庄《思帝乡》）
>
> 水是眼波横，山是眉峰聚。若问行人去哪边？眉眼盈盈处。（苏轼《卜算子》）
>
> 见也如何暮？别也如何遽？别也应难见也难，后会难凭据。
>
> 去也如何去？住也如何住？住也应难去也难，此际难分付！（石孝友《卜算子》）
>
> 未解画船留待月，缓歌金缕细留云，将云带月入东门。（毛滂《浣溪沙》）
>
> 欲行且起行，欲坐重来坐；坐坐行行有倦时，更枕闲书卧。（辛弃疾《卜算子》）

先合后分例：

> 再拜陈三愿：一愿郎君千岁；二愿妾身常健；三愿如同梁上燕，岁岁长相见。（冯延巳《长命女》）
>
> 风雨替花愁，风雨罢，花也应休。劝君莫惜花前醉，今年花谢，明年花谢，白了人头。（赵秉文《青杏儿》）

　　　凭画阑、那更春好（花好）酒好人好。春好尚恐阑珊，花好又怕，飘零难保。直饶酒好（如）渑，未抵意中人好。（程垓《四代好》）

　　按：离合式之修辞，不论其为先分后合或先合后分，当其分时，义各独立；而均为类似之事状，故当其合后，可以融成一片。即有看似相反之事状如"去"与"住"、"行"与"坐"之属，其表出时亦必不以相反之笔调写之，故仍不碍其为各义独立之蝉联式，而不与回环式混。

### 3. 回环式

　　辞有重叠，义相蝉联，而正喻互陈，宾主相宣，往复缭绕者，名曰"回环式"。回环式因辞义运用之不同，又可分为"交错""顺序""反复"三种。

　　（1）交错格。

　　举例如下：

　　　年年游子惜余春，春归不解招游子。（贺铸《踏莎行》）

　　　欲上高楼本避愁，愁还随我上高楼。（辛弃疾《鹧鸪天》）

　　　算春长不老，人愁春老，愁只是、人间有。（晁补之《水龙吟》）

　　　都道无人愁似我；今夜雪，有梅花，似我愁。（蒋捷《梅花引》）

　　按：各句复叠处，既非重叠式之叠句，亦为蝉联式各例中所无。即如第一例之复叠辞，似蝉联式中之接顶格（上句句尾"春"字与下句句首叠），又似蝉联式中之串腰格（上句句腰"游子"与下句句尾叠），交错回互，不得不为别立一式，以免蒙混。

　　（2）顺序格。

　　举例如下：

　　　相逢欲话相思苦，浅情肯信相思否？还恐漫相思，浅情人不知！（晏几道《菩萨蛮》）

　　　花非花，雾非雾。夜半来，天明去。来如春梦不多时，去似朝云无觅处。（白居易《花非花》）

　　　因甚不归来？甚归来不早？（张炎《珍珠令》）

　　按：第一例中之"相思""浅情"虽回环叠用，而句意逐层开展，逐层深切，次序甚正，与交错格不同。后两例句意亦按顺序开展，逐层加深。

　　（3）反复格。

　　举例如下：

笑客处如归，归处如客。（柴望《齐天乐》）

江梅也似山人，山人到老梅亲。（赵彦端《清平乐》）

归休去，去归休！（辛弃疾《鹧鸪天》）

按：此三例句法有类回文，而实非回文；有类交错，而实非交错，顺逆恰合，反复言之而已，仍当属诸回环式也。

### 4．排比式

句法重叠，排偶用之，而字面不尽同者，谓之"排比式"。排比式复有数种不同写法，其各句中性质相类者，谓之"相因排比"；各句中义不相蒙者，谓之"相对排比"；各句中意义恰恰相反者，谓之"相反排比"。

（1）相因格。

举例如下：

溪痕浅，云痕冻，月痕淡，粉痕微。（高观国《金人捧露盘》）

据我看来何所似？一似韩家五鬼，又一似杨家风子。（蒋捷《贺新郎》）

空弹粉泪，难托清尘。但楼前望，心中想，梦中寻。（朱敦儒《行香子》）

按：第一例中之"浅""冻""淡""微"均属幽静之情调、阴暗之色彩；第二例中之"韩家五鬼""杨家风子"均属荡检逾闲、不遵常轨而乱作妄为之人物，物类虽殊，性质正复相似；第三例中之"望""想""寻"同为表达相思之苦，而且逐层加深。

（2）相对格。

举例如下：

著一阵、霎时间底雪；更一个、缺些儿底月。（辛弃疾《最高楼》）

银字笙调，心字香烧。（蒋捷《行香子》）

梦湘云，吟湘月，吊湘灵。（高观国《金人捧露盘》）

香心静，波心冷，琴心怨，客心惊。（同上）

按：四例中所写事物虽可串合，而义各独立，不相依倚，故谓之"相对格"。此外，有"自对格"，如苏轼《谒金门》之"一片懒心双懒脚"，《天仙子》之"千回来绕百回看"，陈与义《菩萨蛮》之"宜风宜月还宜雨"。又有"相对复自对格"，如苏轼《浣溪沙》之"香在衣裳妆在臂，水连芳草月连云"，曹勋《选冠子》之"红叶黄花，水光山色，常爱晓云晴霁"。

（3）相反格。

举例如下：

> 一霎儿晴，一霎儿雨，正是催花时候。（易彦祥《喜迁莺》）
>
> 欲住也，留无计；欲去也，来无计。（程垓《酷相思》）

按：两例中之"晴"与"雨"为相反之天气，"住"与"去"为相反之事状，故以之归入"相反格"。

### 5. 回文式

辞位之配置，以回文式最为奇巧。除通体回文者，须另出一首始见回文外，其他各回文体，每首中字均复出或仅少数字不复出，故每首中用字仅及半数或略溢出半数而已，则为此体者，不唯组纴特工而已，用字之简省，亦为他体所无也。回文式可分为"逐句回文""分段回文""通体回文"三种。

（1）逐句回文。

举例如下：

> 落花闲院春衫薄，薄衫春院闲花落。迟日恨依依，依依恨日迟。
> 梦回莺舌弄，弄舌莺回梦。邮便问人羞，羞人问便邮。（苏轼《菩萨蛮》）
>
> 白头人笑花间客，客间花笑人头白。年去似流川，川流似去年。
> 老羞何事好？好事何羞老？红袖舞香风，风香舞袖红。（张安国《菩萨蛮》）

按：此体双句均倒叠单句，一字不易，故虽八句，实则四句之辞字而已。必也每两句中之单双句句法字数全同者，始得恰合回文。苟每两句中之单双句句法字数参差不同者，则倒叠只能限于双句之句法，单句字数溢出双句者，无法全叠。如下例：

> 皇州新景媚晴春，春晴媚景新。万家明月醉风清，清风醉月明。
> 人游乐，乐游人，游人乐太平。御楼神圣喜都民，民都喜圣神。
>
> （梅窗《阮郎归》。按：据周泳先考定，梅窗即黄应辰。）

除过片三句外，顺句均视倒叠句溢两字，故不能尽叠。

（2）分段回文。

举例如下：

> 过雨轻风弄柳，湖东映日春烟。晴芜平水远连天，隐隐飞翻舞
> 燕。　　燕舞翻飞隐隐，天连远水平芜。晴烟春日映东湖，柳弄风轻

雨过。（苏轼《西江月》，一作《梅窗词》。）

　　细细风清撼竹，迟迟日暖开花。香帏深卧醉人家，媚语娇声娅姹。　　姹娅声娇语媚，家人醉卧深帏。香花开暖日迟迟，竹撼清风细细。（黄庭坚《西江月》）

按：此均以后段倒叠前段者，因两段之句法不同，有在上段为句中之字在下段为句尾。

（3）通体回文。

举例如下：

　　倾城一笑得人留，舞罢娇娥敛黛愁。明月宝鬏金络臂，翠琼花珥碧搔头。　　晴云片雪腰肢袅，晚吹微波眼色秋。清露亭皋芳草绿，轻绡软挂玉帘钩。（郭世模《瑞鹧鸪》）

按：此则通首可以倒叠，倒叠后可重出一首，原文并不复出也。试为倒叠之，成下词：

　　钩帘玉挂软绡轻，绿草芳皋亭露清。秋色眼波微吹晚，袅支腰雪片云晴。　　头搔碧珥花琼翠，臂络金鬏宝月明。愁黛敛娥娇罢舞，留人得笑一城倾。

张德瀛《词征》卷一谓毛大可《浣溪沙》以下一首回前，未详所本，实则宋人已有此体，特其另出之一首不重录耳。

## （二）表现声态

表现声态者以表现声势状态为主。表现声势与表现状态又各有所偏重。表现声势重在声气之感应，处处若有对方之人或人格化之物接受其意旨与言论，而其语调即为对方之人或人格化之物而发；表现状态重在事状之描写，处处体察对象之真实而使之再现于眼前。此种修辞技巧之运用，既非仅凭辞位之配置，亦非凭其意想而谋境界之开扩，又与变化本质者不同。以语气之转变、事象之显晦为其运用之目标。呆滞者灵活之，平浅者深曲之，晦昧者豁露之，或从虚处生根，或从实处着力，随所运用，不脱本体。关于表现声势者，有"呼应式""敲问式""告语式""开阖式"等；关于表现情态者，有"白描式""婉曲式"等。

### 1. 呼应式

将明本意，先设疑难，语既灵活，义更警醒。此种写法，必有虚宕，必有断案，虚宕为"呼"，断案即"应"。呼应之中，其事象纯一者，谓之"纯一呼应"；其有所呼与所应之事象义虽相通，实非一物者，谓之"对比呼应"。更有所呼与所应之事象全不相涉者，谓之"离立呼应"。

（1）纯一呼应。

举例如下：

> 为君持酒劝斜阳，且向花间留晚照。（宋祁《玉楼春》）
>
> 持酒劝云云且住，凭君碍断春归路。（秦观《蝶恋花》）
>
> 道是花来春未，道是雪来香异。竹外一枝斜，野人家。（郑域《昭君怨》）
>
> 谁道闲情抛掷久？每到春来，惆怅还依旧。（冯延巳《蝶恋花》）
>
> 莫道狂夫不解狂，狂夫老更狂。（苏轼《十拍子》）
>
> 莫恨梦难成，梦无凭。（王山樵《昭君怨》）
>
> 是他春带愁来，春归何处？却不解带将愁去。（辛弃疾《祝英台近》）
>
> 何处合成愁？离人心上秋。（吴文英《唐多令》）
>
> 一夜梦魂何处？那回杨叶楼中。（晏几道《清平乐》）
>
> 断魂何处？梅花岸曲，小小红楼。（严仁《诉衷情》）
>
> 莫将清泪湿花枝，恐花也、如人瘦。（周邦彦《一落索》）
>
> 试问泪弹多少？湿遍楼前草。（朱敦儒《桃源忆故人》）
>
> 莫道不消魂，帘卷西风，人比黄花瘦。（李清照《醉花阴》）
>
> 山色谁题？楼前有雁斜书。（吴文英《高阳台》）

按：前三例虽不设问，而一因一果，呼应分明。第四例至第八例呼应事象之纯一，绝无疑问。第九例以下，所应者似出于所呼者之外，实则用意仍是纯一，呼为提出，应为具体之答案而已，并未于所呼之外，别有因果类似之事象以相比勘也，故仍归在纯一呼应例中。

（2）对比呼应。

举例如下：

> 何事狂夫音信断？不如梁燕犹归。（顾夐《临江仙》）
>
> 谁道人生难再少？君看流水尚能西。（苏轼《浣溪沙》）
>
> 谁道绸缪两意坚？水萍风絮不相缘。（杜安世《渔家傲》）

按：三例中所呼者为人事，而所应者为物类，取物类以比较人事，或语意相反，如第一例、第三例；或语意相连，如第二例，其为两相比较择一也。

（3）离立呼应。

举例如下：

> 莫更登楼，坐想行思已是愁。（张先《偷声木兰花》）

> 墙头唤酒，谁问讯、城南诗客？岑寂，高树晚蝉，说西风消息。

（姜夔《惜红衣》）

此项例较前举诸例更为复杂，如第一例出意为登楼，而申说为坐想行思，情味虽可通，而前后事状各自离立；第二例其所问者为"谁问讯城南诗客"，而答案除"岑寂"外，更出"高树晚蝉，说西风消息"，则情味虽可融通，而两事各自离立，既殊纯一，亦异对比，故而别辟一项。

**2. 敲问式**

不下断语，仅作疑问，而答案如何，使人于问题中自行探索者，谓之"敲问式"。敲问式中又可分为四项：其有不及对方，仅为自问，或虽书明所问之人，而仍属自问者，谓之"自问格"；其有对方，虽不指出而其问题分明为对方而发，或对方已经明显指出者，谓之"对问格"；其有事象难知，或事象先见，而并非人事，故作探诘者，谓之"推问格"；其有发问者与被问者之主名，均明白指出，而均属假设者，谓之"设问格"。

（1）自问格。

举例如下：

> 来时醉倒旗亭下，知是阿谁扶上马？（晏几道《玉楼春》）

> 想东园桃李自春，小唇秀靥今在否？（周邦彦《锁窗寒》）

> 坐中应有赏音人，试问回肠曾断未？（晏几道《玉楼春》）

> 泪眼倚楼频独语："双燕来时，陌上相逢否？"（欧阳修《蝶恋花》）

按：第一例所指之人不道破；第二例所指之人已明白说出；第三例则被问之人亦指出，一若非自问然，实则被问之人即发问者之化身，仍属自问也；第四例更取双燕以关合其所指之人，意境较宽，亦属自问。四例均自问，而语意之运用微有不同。

（2）对问格。

举例如下：

> 独掩画屏愁不语，斜欹瑶枕鬓鬟偏。此时心在阿谁边？（欧阳炯《浣溪沙》）

> 兰麝细香闻喘息，绮罗纤缕见肌肤。此时还恨薄情无。（欧阳炯《浣溪沙》）

问甚时同赋，三十六陂秋色？（姜夔《惜红衣》）

问诗仙，缘底事，愧幽州？知音定在何许？此语为谁留？（元好问《水调歌头》）

按：前三例虽不标明被问之人，而被问者为谁显而易见，断与自问不同。第四例则已明白指出被问者。

（3）推问格。

举例如下：

为问行云，谁伴朝朝？（贺铸《摊破木兰花》）

落叶西风，吹老几番尘世？（张东泽《疏帘淡月》）

玉宸春深，金瓯望重，何人暗草黄麻？（刘一止《望海潮》）

问谁将千斛，霏瑛落屑，吹上花枝？（仲并《八声甘州》）

春去尚来否？（刘辰翁《兰陵王》）

甚独抱清高，顿成凄楚？（王沂孙《齐天乐》）

天上飞鸟，问谁遣东生西没？（元好问《满江红》）

按：诸例中，有不必问者，亦有无可问者，而均以推勘之语意出之，而欲探求其原因。此种辞例，用者极多，意味极为深长。

（4）设问格。

举例如下：

白鸥问我泊孤舟，是身留，是心留？心若留时，何事锁眉头？（蒋捷《梅花引》）

双燕归来问我："怎生不上帘钩？"（万俟咏《木兰花慢》）

见梅惊笑，问经年何处，收香藏白？似语如愁，却问我："何苦红尘久客？"（朱敦儒《念奴娇》）

按：第一例以"白鸥"为发问者；第二例以"燕"为发问者，而均以"我"为被问者；第三例则以"梅"和"我"互问，实则白鸥、燕和梅何曾能发问，我又何曾被问，均属假设而已。

**3. 告语式**

以自己之感触或意愿，用告语之语气表达者，谓之"告语式"。告语之中，可分为"祈求""开说""虚告""实陈"等格。

（1）祈求格。

举例如下：

若到江南赶上春，千万和春住！（苏轼《卜算子》。按：一作王观词。）

> 莫把幺弦拨，怨极弦能说。（张先《千秋岁》）

（2）开说格。

举例如下：

> 春不负人人自负，君看流觞，只恁良宵度。厌浥小桃如泣诉，东风莫漫飘红雨。（王之道《蝶恋花》）

> 莫将愁绪比飞花，花有数，愁无数。（朱敦儒《一落索》）

（3）虚告格。

举例如下：

> 天若有情容我诉，"春来底事多阴雨"？（王之道《蝶恋花》）

> 移床就、碧梧翠竹，寄语倩、姮娥伴宿。（朱敦儒《杏花天》）

（4）实陈格。

举例如下：

> 蒙蒙雨，黄鹂飞上，数声宜听。（曹勋《月上海棠慢》）

> 须记岁月堪惊，最难管、苍华满镜生！（曹勋《四槛花》）

### 4．开阖式

情意直说，恐伤平浅或质实，故将声势变化使较曲折灵活者，谓之"开阖式"。正副虚实，往复高下，相提并列。或先正后副，或先副后正，或前虚后实，或前实后虚，或如往而复，乍高乍下，而其故作开阖之声势则一也。开阖式中，又可分为三项：一正一副，上下相成者，谓之"正副相足格"；一虚一实，前后并提者，谓之"虚实并提格"；往复高下，乍推乍就者，谓之"往复高下格"；不说本意，故作开阖之势者，谓之"含蓄不露格"。

（1）正副相足格。

举例如下：

> 年来自笑，无情何事、犹有多情遗思？（叶梦得《永遇乐》，一作苏轼词，误。）

> 不怕逢花瘦，只愁怕、老来风味。（程垓《水龙吟》）

> 不是怨极愁浓，只愁重见了相思难说。（程垓《念奴娇》）

> 不是不相逢，泪空滴、年年别袖。（仲并《蓦山溪》）

> 不贪歌钿枕，偏爱倚花枝。（史浩《临江仙》）

> 清谈到底成何事，回首新亭、风景今如此。（汪元量《莺啼序》）

以上诸例，副意在上，正意在下者。

> 且尽樽前今日意，休记绿窗眉妩。(李南金《贺新郎》)
>
> 也拟临朱户，叹因郎憔悴，羞见郎招。(周邦彦《忆旧游》)
>
> 绿酒多斟，白须休觑，飞丹约定烟霞侣。与君先占赤城春，回桡早趁桃源路。(朱敦儒《踏莎行》)

以上三例，正意在上，副意在下者。

（2）虚实并提格。

举例如下：

> 人间自是有情痴，此恨不关风与月。(欧阳修《木兰花》)
>
> 随分村歌社舞，何须问武宿文星。(王以宁《满庭芳》)
>
> 纵得相逢留不住，何况相逢无处。(晏几道《清平乐》)

（3）往复高下格。

举例如下：

> 去路香尘莫扫，扫即郎去归迟。(韦庄《清平乐》)
>
> 未碍飞绵，一高千丈，风力微时稳下来。(冯取洽《沁园春》)

（4）含蓄不露格。

举例如下：

> 新来瘦，非关病酒，不是悲秋。(李清照《凤凰台上忆吹箫》)
>
> 不知为甚，落花时节，都是颦眉。(尹焕《眼儿媚》)

### 5. 白描式

不用替代，绝无缘饰，坦直说出者，谓之"白描式"。白描亦殊不易，在未着笔之先，须体察深透，下笔又贵拙重，贵精到。倘专用力于字面词句之修炼，或仅着意在粗枝大叶之事状而作平浅之叙述，则失白描之真义矣。盖白描之足以动人，不仅在事态之逼真，尤重在情味之活现。虽含蕴无穷之情味，亦当使人一目了然而作深长之吟赏，绝对不必分其心力于字义或辞组之探讨，此其在修辞技巧上之运用所以异于其他种种格式也。白描式又可分为"直述事状""表现情态""摹象口吻"几种不同写法。

（1）直述事状。

举例如下：

> 换我心为你心，始知相忆深。(顾夐《诉衷情》)
>
> 相见争如不见？有情还似无情。(司马光《西江月》)
>
> 闻人话着仙卿字，瞋情恨意还须喜。何况草长时，酒前频见伊。

（张先《菩萨蛮》）

平生自负，风流才调。口儿里、道知张陈赵。唱新词，改难令，总知颠倒。解刷扮，能咹嗽，表里都峭。每遇著、饮席歌筵，人人尽道：可惜许老了！ 阎罗大伯曾教来，道人生、但不须烦恼。遇良辰，当美景，追欢买笑。剩活取百十年，只恁厮好。若限满、鬼使来追，待倩个、掩通著到。（柳永《传花枝》）

（2）表现情态。

举例如下：

将见客时微掩黛，得人怜处且生疏。（孙光宪《浣溪沙》）

忍泪佯低面，含羞半敛眉。（韦庄《女冠子》）

帘外辘轳声，敛眉含笑惊！（牛峤《菩萨蛮》）

佯不觑人空婉约，笑和娇语太猖狂。忍教牵恨暗形相！（毛熙震《浣溪沙》）

金约腕，玉搔头，尽教人看却佯羞。（无名氏《鹧鸪天》）

鬓子偎人娇不整，眼儿失睡微重。（秦观《临江仙》）

欲舞还羞，美盼娇回碧水秋。（王之道《减字木兰花》）

欲语含羞，敛容微笑，心事如何说？（张纲《念奴娇》）

（3）摹象口吻。

举例如下：

好是问他：“来得么？”和笑道：“莫多情！”（张泌《江城子》）

黛眉长，檀口小，耳畔向人轻道：“柳阴曲，是儿家，门前红杏花。”（张先《更漏子》）

与解罗裳，盈盈背立银釭，却道：“你但先睡。”（柳永《斗百花》）

爱道：“画眉深浅入时无？”（欧阳修《南歌子》）

笑问：“鸳鸯两字怎生书？”（同上）

### 6. 婉曲式

此式与上白描式恰相反。凡可直说之意而不直说，而必委婉曲折以赴之，使阅者一望而知其意之所在，此其一；亦有因直说妨浅率，曲说妨烦琐，乃隐约其词者，此其二；更有不关用意之婉曲，而故意在所要说之左右前后加以描摹渲染，使本意更增动人之力量者，此其三。总之，不直说本意而又不掩饰本意，婉曲以出之者，均谓之“婉曲式”。依上列三种特征，可得三种不同之修辞方式，即“反说”“借说”与“繁说”。

（1）反说。

举例如下：

> 休相问！怕相问！相问还添恨！（毛文锡《醉花间·休相问》）
>
> 深相忆！莫相忆！相忆情难极！（毛文锡《醉花间·深相忆》）
>
> 休苦意，说相思，少情人不知。（张先《更漏子》）
>
> 不是不相逢，泪空滴年年别袖。（仲并《蓦山溪》）

按：前两例明谓应相问、相忆，而故以相反之语辞出之，其意犹易见。若第三例，实说"少情人不知"，则恐人知其多情之意见于言外，辞弥淡而情弥苦矣；第四例不说离别，而说"不是不相逢"，则再别之情更难堪。

（2）借说。

举例如下：

> 枕障熏炉隔绣帏，二年终日两相思。杏花明月始应知。（张泌《浣溪沙》）
>
> 惆怅玉笼鹦鹉，单栖无伴侣。（韦庄《归国谣》）
>
> 情脉脉，意忡忡，碧云归去认无踪。只应曾向前生里，爱把鸳鸯两处笼。（柳永《鹧鸪天》。按：调名原作《瑞鹧鸪》，误。）
>
> 别后几番明月，素娥应是消魂。（晏几道《清平乐》）

按：第一例之"杏花明月"、第二例之"玉笼鹦鹉"、第三例之"只应"两句、第四例之"素娥"句均是"借说"。分明谓"心事两人知"，而假之当时两人欢共时之"杏花明月"；分明自言独居之苦，而假之"鹦鹉单栖"；分明是恨此生之分离，而假之前生两处笼鸳鸯；分明是人消魂，而假之"素娥"，用意婉曲而不烦言，阅者自知其情意之所属，是修辞甚高境界。（此与譬况不同，直说而出之以假饰而已，玩"始应知""惆怅""只应""爱把"和"应是"等动字可喻。）

（3）繁说。

举例如下：

> 朱唇未动，先觉口脂香。（韦庄《江城子》）
>
> 何事春工用意，绣画出、万红千翠？（柳永《剔银灯》）
>
> 欲说又休，虑乖芳信；未歌先咽，愁近清觞。（周邦彦《风流子》）
>
> 送了栖鸦复暮钟，阑干生影曲屏东，卧看孤鹤驾天风。（陈与义《浣溪沙》）

按：第一例只写"口脂香"，第二例只写"万红千翠"，第三例只写寂无声响，其余文字均是繁辞，故作意态也。至第四例言日暮月上而已，而侈说许多物类以表出之，亦繁说也。

### （三）增扩意境

增扩意境者，不以直接坦率之意境为限，诸凡与所欲表现之意境有关者尽量运用，使欲表现之意境增加强度之力量以深入感受者之心坎者也。重在意象之开展，而亦不废辞藻之涂饰。唯不关乎辞位之配置与语气之转变，则与上列之表现声态及配置辞位者截然不同。上列两种修辞方法均在同一之意境及辞料中讨消息，此则力谋意境与辞料之增扩特未至于变化本质耳。此在修辞上所占之成分最多，其效用亦最易见。因意境本义，统指内在之意想与外表之境界而言，即兼包内容与形式。意境之增扩，无异整个命意与修辞之增扩，自非局部点滴讲求者所可比拟。不过所欲论列者只限修辞之有关增扩意境部分，并非全部讨论命意与修辞而已。关于意境之增扩部分，其修辞方式约有"拈连式""映衬式""譬喻式""铺张式""袭用式""双关式"等。

#### 1. 拈连式

事象易见，德难知，两类并举，即以易见喻难知；人具灵觉，物多昒昧，两类并举，即以灵觉明昒昧。若斯之伦，咸属"拈连"。又中情所往，有感斯应，无间时空，纷至沓来，前后左右，联类附从，不离其宗，亦拈连也。此式仍可分为七项：由物象关联到情事者，谓之"内拈格"；以情事附着于物象者，谓之"外拈格"；同类物象情事互相牵合者，谓之"类拈格"；因眼前之物象情事而追及已往者，谓之"前拈格"；因眼前之物象情事而顾及方来者，谓之"后拈格"；因此方之物象情事而推及彼方者，谓之"对拈格"；因此方之物象情事而产生想望者，谓之"预拈格"。

（1）内拈格。

举例如下：

> 玉容光照菱花影，沉沉脸上秋波冷。（魏承班《菩萨蛮》）
> 帘外五更风，吹梦无踪。（欧阳修《浪淘沙》，一作无名氏词。）
> 重门不锁相思梦，随意绕天涯。（赵令畤《锦堂春》）
> 敲碎离愁，纱窗外、风摇翠竹。（辛弃疾《满江红》）

（2）外拈格。

举例如下：

> 归云一去无踪迹，何处是前期。（柳永《少年游》）
>
> 待繁红乱处，留云借月，也须拚醉。（程垓《水龙吟》）

按：上列两格，均情事与物象融合抒写，欲辨别内拈或外拈，则当以句意所属为准。

内拈格中之第一例以光影而拈在"脸上"，第二例以风吹而拈在"梦"中，第三例以锁门之锁而用在"相思梦"，第四例以摇竹之风而敲碎"离愁"，均以用在事象者拈连情意，是由外而内也。

外拈格中之第一例对"归云"而言"踪迹"，第二例对"云""月"而言"留""借"，均以用在人事情意者拈连物象，是由内而外也。由外而内者为"内拈"，由内而外者为"外拈"，虽情意事象融成一片，仍可细加辨别。

（3）类拈格。

举例如下：

> 映月论心处，偎花见面时。（孙光宪《南歌子》）
>
> 已拆秋千不奈闲，却随蝴蝶到花间。（晏几道《浣溪沙》）
>
> 信人间、自古销魂处，指红尘北道，碧波南浦，黄叶西风。（贺铸《好女儿》）
>
> 屡逢迎，几许缠绵意，记秋千架底，樗蒲局上，袯襫池边。（贺铸《好女儿》）
>
> 认情通、色受缠绵处，似灵犀一点，吴蚕入茧，汉柳三眠。（贺铸《好女儿》）
>
> 览胜情无奈，恨难招、越人同载。会凭紫燕西飞，更约黄鹂相待。（贺铸《菱花怨》）
>
> 看取镊残双鬓，不随芳草重生。（贺铸《清平乐》）
>
> 须知此去应难遇，直待醉方休。如今眼底，明朝心上，后日眉头。（张孝祥《眼儿媚》）
>
> 憔悴鬓点吴霜，念想梦魂飞乱。（周邦彦《玲珑四犯》）
>
> 少年怀古有新诗，清愁不是伤春作。（刘一止《踏莎行》）

（4）前拈格。

举例如下：

> 故国烟深，想溪树何处？（刘一止《雪月交光》）
>
> 想君思我锦衾寒。（韦庄《浣溪沙》）

（5）后拈格。

举例如下：

> 明月明年，此身此夜，知与谁同惜。（刘一止《念奴娇》）
>
> 自从今日转船头，他时扶杖叟，独立向沧洲。（刘一止《临江仙》）

（6）对拈格。

举例如下：

> 遥想易水燕山，有人方醉赏，六花如席。（王周士《念奴娇》）
>
> 遥知新妆了，开朱户，应自待月西厢。（周邦彦《风流子》）

（7）预拈格。

举例如下：

> 小徘徊，莫停杯，来岁花时，相望两悠哉！（刘一止《江城子》）
>
> 天便教人，霎时厮见何妨？（周邦彦《风流子》）
>
> 待归来，先指花梢教看，却把心期细问，问："因循、过了青春，怎生意稳？"（陆淞《瑞鹤仙》）

**2. 映衬式**

人事、景物，虽不同科，果能细为寻绎，时有类似之点，即寻常听睹之间，可以互相生发者，亦复为数不少。故善于修辞者，每每刺取景物，配合人事，或移将人事，融入景物，使意境益加繁复，作用能起变化。此类作法，在修辞学上，名曰"映衬式"。映衬式因运用之方式不一，又可分为六种不同之写法，即"借物起人""移物作人""以人拟物""托情于物""人物交映""即物即人"。

（1）借物起人格。

先言物类，转入人事，物理人情，密合无间者属此格。例：

> 无赖是黄鹂，唤起空愁绝。（无名氏《生查子》）
>
> 萧萧江上获花秋，做弄许多愁。（无名氏《眼儿媚》）
>
> 晓日窥轩双燕语，似与佳人，共惜春将暮。（秦观《蝶恋花》）
>
> 月明门外子规啼，唤得人愁，争似唤人归？（程垓《虞美人》）
>
> 骄马向风嘶，道归犹未归。（赵文鼎《菩萨蛮》）

还怕粉云天冻起，悠悠，化作相思一片愁！（韩文璞《南乡子》）

按：上例虽人物并列，然专看写物时，并无人在，物与人初无关系，必用串合字，如"唤起""做弄""共惜""唤""道""化作"之类，而后始由物及人，故曰"借物起人"。

（2）移物作人格。

以物性作人性，所叙述者物，而表现情态时则人也。此则将物类人格化，躯体物而精神则人。要在活字使用得宜，著一、二字而精神全变矣。顾犹不同替代式与化成式者，则以人之精神附丽于物，物之本质仍不变耳。例：

零落花无语。（魏承班《生查子》）

一江春浪醉醒中。（无名氏《浪淘沙》）

野棠梨雨泪阑干。（晏几道《鹧鸪天》）

乱红飘砌，滴尽胭脂泪。（韩琦《点绛唇》）

长条故惹行客，似牵衣待话，别情无极。（周邦彦《六丑》）

山中花笑秦皇拙。（洪适《番禺调笑·蒲涧》）

藻荇萦回，似留恋，鸳飞鸥浴。（高观国《解连环》）

碧云犹作山头恨，一片西飞一片东。（刘仲尹《鹧鸪天》）

杨花点点是春心，替风前、万花吹泪。（张炎《西子妆慢》）

今夜西窗雨，断肠能赋江南句。（汪元量《惜分飞》）

按：上例中，如第五例、第七例均有"似"字，似与譬喻式混，实则譬喻式之正、喻各居对立地位，此则主、从分明，以情意所感受者移附物态而已，二者仍微有别。又如第四例、第八例、第十例，似与拈连式之外拈格混，实则亦不尽同。外拈格虽以用在情意者拈连物象，而动作仍属于人；此则虽以人之情意表现物态，其动作则归诸物也。

（3）以人拟物格。

情事属人，动作亦属人，而取象于物，以物态象征情事也。此与前格恰相反，前格句意属物，而此格句意属人。例：

楼上醉和春色寝。（欧阳炯《玉楼春》）

入鬓秋波常似笑。（欧阳澈《玉楼春》）

欲见回肠，断尽金炉小篆香。（秦观《减字木兰花》）

按：上第一例之"春色"、第二例之"秋波"、第三例之"小篆香"皆是物象而用作人事，以人观物象，而复以物象表人事，故曰"以人拟物"。

（4）托情于物格。

此格与前格颇似，其所不同者，是前格利用物象象征情事，此格则假借物象发抒怀感；前格人在物中，此格则人自人、物自物，不相融合也。例：

> 秦筝算有心情在，试写离声入旧弦。（晏几道《鹧鸪天》）
>
> 且将此恨，分付庭前柳。（李之仪《谢池春》）
>
> 凭断云留取，西楼残月。（周邦彦《浪淘沙慢》）
>
> 一襟幽事，砌蛩能说。（周密《玉京秋》）

上诸例中，第一例借物抒情，第二例将情付物，第三例凭物留情，均极明显。唯第四例无寄托字样，实则唯砌虫能说出一襟幽事，则亦以幽事托诸砌虫也。

（5）人物交映格。

或先物后人，或先人后物，或人物互错，句有轻重而语相映带者，均属此格。例：

> 泪珠若得似珍珠，拈不散，知何限，串向红丝应百万。（无名氏《天仙子》）
>
> 照花前后镜，花面交相映。（温庭筠《菩萨蛮》）
>
> 更被银台红蜡烛，学妾泪珠相续。（无名氏《清平乐》，《尊前集》作李白词，疑误。）
>
> 照影摘花花似面，芳心只共丝争乱。（欧阳修《蝶恋花》）

上列诸例，写人写物，位置虽不一致，然当写人时有物在，写物时有人在，情事与物象交映，故与"借物起人格"及"以人拟物格"虽有类似之点而仍不尽同。

（6）即物即人格。

人物交融，不着异相，描写最浑成，体察最精细，必情事与物象纤悉靡间者始得用此种写法。例：

> 交枝红杏笼烟泣。（牛峤《菩萨蛮》）
>
> 梅酸心未老，藕断丝犹嫩。（《千秋岁》。旧题欧阳修作，唐圭璋《全宋词》作明杨基词。）
>
> 红解笑，绿能颦，千般恼乱春。（晏几道《更漏子》）
>
> 薄情风絮难拘束，飞过东墙不肯归。（李元膺《鹧鸪天》）

牡丹花重翠云偏。（陈克《浣溪沙》）

断雨残云无意绪。（毛滂《惜分飞》）

上例颇似"人物交映格"，而其所以不同者，则前者人事、物象并写；此则只写物象，而人之情意即寓其中。又颇与"化成式"相似，其所以不同者，虽以人之情态写物之情态，而不必以物化人，终竟为物之情态也。

**3. 譬喻式**

意难直陈，情有隐曲，则辞取比况，其由来尚矣。"金锡以喻明德，珪璋以譬秀民；螟蛉以类教诲，蜩螗以写号呼；浣衣以拟心忧，席卷以方志固。"（《文心雕龙·比兴》）《诗》《骚》以来，不废斯义，故词人摛辞，实多寄托。顾兹所论列者，又不尽符前说。或明或隐，必露正意；间或借用，亦殊象征。（论修辞者，或以象征为借喻，余实不敢苟同。象征应归寄托，且其义殊广，可别成部门，非譬喻式所得范围也。）略为区分，可得三格："正喻并列""正喻互较""正喻融合"是也。

（1）正喻并列格。

正意喻意，同时并列，不分轻重者属之。例：

暗想玉容何所似？一枝春雪冻梅花。（韦庄《浣溪沙》）

问君还有几多愁？恰似一江春水向东流。（李煜《虞美人》）

离恨恰如春草，更行更远还生。（李煜《清平乐》）

长于春梦几多时，散似秋云无觅处。（晏殊《木兰花》）

尽教春思乱如云，莫管世情轻似絮。（晏几道《玉楼春》）

个人轻似低飞燕，春来绮陌时相见。（晏几道《菩萨蛮》）

约略整环钗影动，迟回顾步佩声微。宛是春风胡蝶舞，带香归。（贺铸《摊破浣溪沙》）

江上澄波似练，沙际行人如蚁。（赵彦端《喜迁莺》，一作瞿佑词。）

功名相避，去如飞鸟。（辛弃疾《水龙吟》）

身如西瀼渡头云，愁抵瞿塘关上草。（陆游《木兰花》）

上例均以景物比喻人事者。亦有以人事比喻景物者，如下列三例：

自在飞花轻似梦，无边丝雨细如愁。（秦观《浣溪沙》）

烟雨偏宜晴更好，约略西施未嫁。（辛弃疾《贺新郎》）

秋宵秋月，一朵荷花初发，照前池，捣曳熏香夜，婵娟对镜时。蕊中千点泪，心里万条丝，恰似轻盈女，好风姿。（欧阳炯《女冠

子》）

正意为景物，而人事反作喻意矣。

上列诸例中，均有譬况之语辞绾合，如"恰似""宛是""似""如""抵"之类。亦有省去譬况绾合辞者，如下例：

> 倚筝飞雁辞行。（晏几道《风入松》）
>
> 英英妙舞腰肢软，章台柳，昭阳燕。（柳永《柳腰轻》）
>
> 柔情一点蔷薇血。（刘天迪《蝶恋花》）

第一例言倚筝如飞雁之辞行，第二例言妙舞腰肢软，如章台之柳，如昭阳飞燕也。均省"如"字。第三例言柔情恰似蔷薇血也，省"恰似"二字。

上诸例均正意在前，喻意在后。又如：

> 丁香露泣残枝，算未比、愁肠寸结。（蔡伸《柳梢青》，一误作贺铸词。）
>
> 见了千花万柳，比并不如伊。（柳永《玉蝴蝶》）
>
> 明月明月明月，争奈乍圆还缺？恰如年少洞房人，暂欢会、依前离别。（柳永《望汉月》）
>
> 镜样清流环样绕，笑赐湖、一曲夸唐敕。（冯取洽《贺新郎》）

上列诸例，均有譬况语辞以相绾合，如"未比""比并""恰如""样"。亦有省去譬况绾合辞者，如：

> 远山眉黛长，细柳腰肢裹。（晏几道《生查子》）
>
> 雁齿桥红，裙腰草绿。（张先《破阵乐》）

第一例言眉黛长如远山、腰肢弱如细柳也，两"如"字省。第二例言桥红如雁齿、草绿似裙腰也，省"如"字、"似"字。此以裙腰比草绿。亦有以芳草比裙腰者，如贺铸《摊破木兰花》："芳草裙腰一尺围。"诸如此类，省去譬况语词，已成形容词化，而与形容词无异矣。

上例喻意在前，正意在后。

大抵正喻并列格，正意在前，喻意在后者，多用譬况绾合辞；喻意在前，正意在后者，多省去譬况绾合辞。斯其大较也。

（2）正喻互较格。

正喻意并提，而质或量互有轻重者属之。例：

> 芳醪何似此情浓？（贺铸《浣溪沙》）
>
> 行云犹解傍山飞，郎行去不归。（欧阳修《阮郎归》）

秋月春花，输与寻常姊妹家。（辛弃疾《减字木兰花》）

餐荐夕英，杯迎朝露，世味何如此味哉！（冯取洽《沁园春》）

上例喻意在前，正意在后。

愁绪多于花絮乱，柔肠过似丁香结。（程垓《满江红》）

柳溪人影乱于云。（毛滂《浣溪沙》。旧作陆游词，误。）

歌舞斗轻盈，不许杨花上锦茵。（朱敦儒《南乡子》）

上例正意在前，喻意在后。

凡互较时，多用比较级之缩合字，如"犹解""输与""何如""多于""过似""乱于"之类。然亦有用另种口气表现者，如第三例之"不许"，言杨花之轻盈比之犹有逊色，故不许其来此混充也。唯类此种写法极少耳。此类互较写法，或以显浅比较艰深，或以具体比较抽象，而其于正意之外，再取喻意以相形容，则仍是正喻并用者，特两意略分轻重而已。

（3）正喻融合格。

正意喻意，一并提出，而交错混合，羌无畛域，不易划分者属之。例：

满身香雾簇朝霞。（韦庄《浣溪沙》）

骨香腰细见沉檀。（韩偓《浣溪沙》）

脸边霞散酒初醒，眉上月残人欲去。（晏几道《木兰花》）

来时红日弄窗纱，春红入睡霞。（晏几道《阮郎归》）

愁鬓香云坠，娇眸冰玉裁。（秦观《南歌子》）

挥玉箸，洒真珠，梨花春雨余。（秦观《阮郎归》）

衣上雨，眉间月，滴不尽，颦空切。（程垓《满江红》）

淡淡青山两点春，娇羞一点口儿樱。一梭儿玉一纹云。（詹玉《浣溪沙》）

上例正意喻意，并不分写，而显有分别，极耐玩索。此种写法，视前数格，更为精妙，顾有须加细辨者。如第一例似"以人拟物格"，而着重比况，似"替代式"而不易主名。如第五例似省去缩合字之"正喻并列格"，而添一动字（着"坠""裁"之动字，为前"正喻并列格"所无。前者若"飞雁辞行"之类，均作名词字组用也），便意在融合。

譬喻式大略如上所述。此外，有不用缩合字而两句对立，至难辨别其是否为譬喻式者，如温庭筠《菩萨蛮》：

绣衫遮笑靥，烟草黏飞蝶。

普通均作一句写人事，一句写景物解。余意下句之景物即上句之比喻。"烟草"比"绣衫"，"飞蝶"比"笑靥"，"绣衫"之遮"笑靥"，正如"烟草"之黏"飞蝶"，特省去譬喻式之绾合字而已，与正意在前、喻意在后之"正喻并列格"殆无二致。因对此两句说解不一。不列正格，附录于此，以质解人。

### 4. 铺张式

感人力量，寓于刺激；刺激愈强，感人愈深。故辞意铺张，历古不废。"是以言峻，则嵩高极天；论狭，则河不容舠；说多，则子孙千亿；称少，则民靡孑遗；襄陵举滔天之目，倒戈立漂杵之论。"（《文心雕龙·夸饰》）所谓"深者入黄泉，高者出苍天，大者含元气，纤者入无间"（扬雄《解嘲》），盖皆铺张之辞也。凡事所必无，理所可有者，辞人属笔，每每如此，是为"铺张"。仲任之著《艺增》，彦和之述《夸饰》，称名不同，其义一也。诗文不免，唯词亦然。括而为言，有"推扩""类比""凑拍"三种写法。即主题放大言之者为"推扩"，意最显豁；取与主题相类似之事物以相比附而放大言之者为"类比"，意较深广；不明示主题，尽取他种事物以相影射且放大言之者为"凑拍"，意最刻炼。兹分述于下：

（1）推扩格。

就主题极量夸张，或及物或不及物，性质并不变易者，属此一格。例：

天涯地角有穷时，只有相思无尽处。（晏殊《玉楼春》）

哀筝一弄湘江曲，声声写尽湘波绿。（晏几道《菩萨蛮》，一作张先或陈师道词，均误。）

渐写到别来，此情深处，红笺为无色。（晏几道《思远人》）

算应负你，枕前珠泪，万点千行。（苏轼《雨中花慢》）

白首送春拚一醉，东风吹破千行泪。（苏轼《蝶恋花》）

无情汴水自东流，只载一船离恨、向西州。（苏轼《虞美人》）

明朝酒醒大江流，满载一船离恨、向衡州。（陈与义《虞美人》）

慢垂霞袖，急趋莲步，进退奇容千变。算何止、倾国倾城，暂回眸、万人肠断。（柳永《柳腰轻》）

按：上例虽将主题之力量尽量铺张，而其结果限于力量之所到，本质依然，不加比附，间或将抽象之主题具体表现而已（如"一船离恨"之属）。

（2）类比格。

就主题之力量加以比附，以增益其力量之动人者，属于此格。例：

> 人生无物比多情，江水不深山不重。（张先《木兰花》）
>
> 千里恩深云海浅，民爱比、春流不断。（张先《离亭宴》）
>
> 泪眼送君倾似雨。（辛弃疾《蝶恋花》）
>
> 旧恨春江流未尽，新恨云山千叠。（辛弃疾《念奴娇》）
>
> 纵使登高宁忍看，昏复旦，心肠似铁还须断。（洪皓《渔家傲》）
>
> 多情多病，万斛闲愁量有剩。（贺铸《减字木兰花》）

上例有近似譬喻式者，唯譬喻式只取妙肖，不重夸饰，此则比附中必寓夸饰，斯其异也。

（3）凑拍格。

主题与取作形容之事物相去甚远，或竟不出主题，唯作抽象之抒写，有似凑拍者，属于此格。例：

> 尽吸西江，细斟北斗，万象为宾客。（张孝祥《念奴娇》）
>
> 寒玉嘶风，香云卷雪，一串骊珠引。（滕宾《百字令》）
>
> 雪因舞态羞频下，云为歌声不忍行。（无名氏《鹧鸪天》）
>
> 当年酒狂自负，谓东君以春相付。（贺铸《天香》）
>
> 昨日乱山昏，来时衣上云。（张先《醉垂鞭》）
>
> 诗涛入笔悬河倒，万里云天为君扫。（王之道《青玉案》）

上例所形容者均属想象之辞，有提明主题者，如第四例。有在主题中即羼入想象者，如第五例之"衣上云"，第六例之"诗涛"。至若第一例之专凭意象，第二例之专取神态，其用法虽不同，其为铺张则一也。

### 5. 袭用式

人之情意，本有同然，其在事物，抑或巧合，欲出心裁，既损精而劳神；袭用陈言，得事半而功倍。是以凡有古人所言，先获我心者，不妨猎取，加以熔铸，使情理密合，事物融通，如天衣之无缝，亦技之至神者也。其用古人句意法度者，更仆难终，不加论列。兹所欲言者，约有二种，即"集句"与"改窜"是也。

（1）集句。

集句词，全篇不改易或添减一字者，唯集诗句为可能，他皆不可能也。故于上"词之修辞与散文"章中所举集经、子、文句者亦有之，然以谱调关系，总不能一无出入。兹所举例，专取其全无出入者，故唯限于集诗句之作。此例，在宋词中，以余所见，以荆公之作为最先。王荆公《菩萨蛮》集句云：

> 海棠乱发皆临水，君知此处花何似？凉月白纷纷，香风隔岸闻。
> 啭枝黄鸟近，隔岸声相应。随意坐莓苔，飘零酒一杯。

此荆公自标题集句词也。又《菩萨蛮》云：

> 数家茅屋闲临水，单衫短帽垂杨里。今日是何朝，看予度石桥。
> 梢梢新月偃，午醉醒来晚。何物最关情，黄鹂三两声。

此虽不自标"集句"，而亦集句词也。（吴曾《能改斋漫录》卷十七云："王荆公筑草堂于半山，引入功德水，作小港。其上叠石作桥，为集句填《菩萨蛮》云。"可当此词之小序。）荆公诗集句者多而且妙，偶然兴到，亦以此法为词耳。自后为集句词者，多于每句之下，自注出处，如苏东坡《南乡子》集句云：

> 何处倚阑干（杜牧）？弦管高楼月正圆（杜牧）。蝴蝶梦中家万里（崔涂）。依然。老去愁来强自宽（杜甫）。　明镜借红颜（李商隐）。
> 须著人间比梦间（韩愈）。蜡烛半笼金翡翠（李商隐），更阑。绣被焚香独自眠（许浑）。

篇中除两字句外，均用唐人诗句，用句时并不改易一字也。东坡《南乡子》集句凡三首，均注明出处，此其一例。此外，如赵彦端等亦有集句词，大都用《菩萨蛮》调者最多，以均属五、七字句，易于凑合也。汪元量有《忆王孙》九首，题为"集句数首，甚婉娩，情至可观"。至清朱彝尊更有集句之词集矣。彝尊《蕃锦集》全是集句词，于词集中虽别开生面，以非偶尔涉笔，专意为此，便有不甚自然者，亦有未免割裂者。兹录其最自然美妙者《菩萨蛮》一首为例：

> 遥看一处攒云树（王维），秋花锦石谁能数（杜甫）。犬吠水声中（李白），回流映似空（卢照邻）。　绿阴生昼静（韦应物），乱竹开三径（王勃）。未惜马蹄遥（杜甫），看予渡石桥（宋之问）。

（2）改窜。

改窜已成之作，似非袭用。实则先有成作为蓝本，虽更易辞语，或别出新意，仍不免其为袭用也。此类作法亦有两种：有略改辞语而意境与原作微异者；有别出新意而套用成作略加变换者。如琴操之《满庭芳》：

> 山抹微云，天连衰草，画角声断斜阳。暂停征辔，聊共饮离觞。
> 多少蓬莱旧侣，频回首、烟霭茫茫。孤村里、寒鸦万点，流水绕红

墙。　魂伤！当此际、轻分罗带，暗解香囊。谩赢得、青楼薄幸名狂。此去何时见也？襟袖上、空有余香。伤心处，高城望断，灯火已昏黄！

袭用秦观词，略改几字并另协他韵而已。《能改斋漫录》称："杭之两湖，有一倅闲唱少游《满庭芳》，偶然误举一韵云：'画角声断斜阳。'妓琴操在侧云：'画角声断谯门，非斜阳也。'倅因戏之曰：'尔可改韵否？'琴即改作'阳'字韵云……东坡闻而称赏之。"观此则袭用之迹愈显。（秦词甚著，不引出。）又如无名子之《行香子》：

清要无因，举选艰辛，系书钱、须要十分。浮名浮利，虚苦劳神。叹旅中愁，心中闷，部中身！　虽抱文章，苦苦推寻。更休说、谁假谁真？不如归去，作个齐民。免一回来，一回讨，一回论。

此则语调虽袭用苏作，而意味不同也。洪迈《容斋四笔》卷十五云："东坡公《行香子》小词云：'清夜无尘，月色如银，酒斟时、须满十分。浮名浮利，虚苦劳神。叹隙中驹，石中火，梦中身！　虽抱文章，开口谁亲？且陶陶、乐尽天真。几时归去，作个闲人，对一张琴，一壶酒，一溪云。'绍兴初，范觉民为相，以自崇宁以来，创立法度，例有泛赏，……遂为画一规式，有至夺十五官者，虽公论当然，而失职者胥动造谤，浮议蜂起，无名子因改坡语。"则此词意境虽不如东坡之超脱浑洒，其袭用坡词以成词，固无可疑也。

袭用式与引用古人成语者微有不同。引用属局部，袭用属整体；引用则于本意之外加引古人成句以为材料之增饰而已，袭用则驱使古句以发抒我之情意，故属意境之增扩。袭用式在意境之增扩而不属于材料之附加，故虽集句，而不隶于辞位之配置，盖除所集之古句外，别无辞句供其配置，虽巧于配置者亦无能为役也。

### 6. 双关式

辞语不殊。而情事双关，指物亦用寓意者。此在歌谣小曲中最多，词却甚少。盖文人命笔，或以影射，或用寄托，类皆出之以整篇，不斤斤于零星字眼也。然在小词中亦时或见有用此作法者，例如：

作客在江西，富贵此间稀。终日红楼上，频频舞着棋。满满满酌醉如泥，轻轻更换金卮。尽日贪欢逐乐，此是富不归。

（《长相思》，敦煌发见之唐词，依唐圭璋校定。唯"舞"字唐校疑"爱"字之误，因作"爱"字，则似不若仍旧也。）

此词中之"频频舞着棋",即双关用法。一方言着棋之事;一方复谐音,言"频频慕着渠"也。"舞""慕"轻重唇不同而已,实同音,"棋"即"渠"也。又如张先《系裙腰》:

> 东池始有荷新绿,尚小如钱。问何日藕,几时莲?

"藕""莲"谐"偶""怜",语意双关,故沈际飞评曰:"末句即诗之杂体,如双声、叠韵、离合、回文及五色、四时、药名、县名之类,一时活计也。在诗可憎,词原有可取。"又如:

> 日出西山雨,无晴又有晴。乱山深处过清明,不见彩绳花板、细腰轻。(苏轼《南歌子》)

开首两句双关,"晴"字一方言事物,一方即"情"之谐音。此是从《竹枝词》中"东边日出西边雨,道是无晴还有晴"得来。

又有隐字格者,于句意中隐含某字,义亦双关,特双关可摘字指出,此则在整句或句与句组合后乃见所隐之字耳。沈雄云:

> 秦少游《水龙吟》"小楼莲苑横空"隐"娄东玉"字,《南柯子》"一钩斜月挂三星"隐"陶心儿"字,何文缜《虞美人》"分香帕子柔蓝腻,欲去殷勤惠"隐"惠柔"字。兴会所至,自不能已,大雅之作,政不必然。若黄山谷《两同心》云"你共人女边着子,争知我门里担心",隐"好闷"两字。总因"黄绢幼妇,外孙齑臼"八字作俑,而下流于"秋在人心上,心在门儿里",使开俚浅蹊径。(《古今词话》卷上)

此与东坡櫽栝退之诗,山谷櫽栝永叔文,稼轩櫽栝渊明诗同以櫽栝之手法出之,而此则双关仍属意境问题耳。

### (四)变化本质

变化本质者,不唯颠倒其位,高下其声,或增扩其意,如上所论各种修辞方式而已,在所欲表现之事物之本质亦加以变化之谓。故以修辞之效用言,一与他种修辞法相若。但以修辞之力量言,则此为最高度之运用手腕。盖修辞而至于主题事物等实体现象亦出之以变化,则其力量无以复加矣。变化本质之修辞法约可分为两类,即"替代式"与"化成式"。以程度论,替代较化成浅,而其为变化本质则一也。兹分述于下:

#### 1. 替代式

以他种之物类或人事而替代此种物类或人事者,谓之"替代式",此

与移物作人者微有不同。移物作人者，物类人格化；此则以甲代乙或以丙
代丁，本质变换后仍存相等之本质，无所用其"化"物为人，必加揣摩
而后知也。又与以人拟物者不同。以人拟物者，人事以物类作象征；此则
明是实指语句，主名变换而已，无所用其象征也。替代式复有三种写法，
即"以物代人""以古人代今人""以特名代通名"。

（1）以物代人。

以可以拟人之物替代人，而其动作亦是人之动作者属之。例：

> 远山低尽不成歌。（晏几道《浣溪沙》）

> 遥想酒醒来，无奈玉销花瘦。（秦观《如梦令》）

> 簟纹如水浸芙蓉，起来娇眼永惺忪。（周邦彦《浣溪沙》）

第一例以"远山"代"眉"，第二例以"玉"与"花"代"人"，因
第例一之"不成歌"与第二例之"销""瘦"均是人事，故知上文之物
即以代人也。第三例以"芙蓉"代"美人"，"簟纹如水"者，言簟之凉
耳，苏轼诗"簟纹如水帐如烟"，辛弃疾词"纱厨如雾，簟纹如水，别有
生凉处"（《御街行》），用法均同，由"凉"义而涉想及"水"，更由
"水"而涉想及"浸"，于是"凉簟卧美人"，乃成"簟纹如水浸芙蓉"
矣。主名仍属替代美人之"芙蓉"，故下即紧接人事"起来娇眼未惺忪"，
其写法与前两例正同也。凡用替代辞者，替代之主名如不揭出，语意便不
可通。既揭主名而出之以替代，故非"譬喻"，亦殊"映衬"。试以"芙
蓉"句与黄庭坚《采桑子》之"雨打芙蓉泪不干"句一加较观，便可了
然。黄句之"芙蓉"固可作"美人"解，然上文用"雨打"，即直接与
"芙蓉"发生关系，不能以他辞替代矣。假如解作"雨打美人泪不干"，
更复成何语意？然周邦彦此句则适与相反，假如"芙蓉"不解作"美
人"，则与"簟纹"不能直接发生关系，"簟纹浸芙蓉"又成不可通。
"簟纹凉卧美人"耳，几见"簟纹"能"浸芙蓉"耶？一用作替代不可
通，一必须用作替代始可通，故前者属"映衬"，而后者属"替代"。他
如晏几道《清平乐》：

> 莺来燕去，宋玉墙东路。

以"莺""燕"代所见之人，以"宋玉墙东路"代所见之地。李清照
《点绛唇》：

> 露浓花瘦，薄汗轻衣透。

以"露"代汗，以"花"代人，均此类也。

（2）以古人代今人。

只求情事相类，即以替代，不受时间限制，亦不问其他联系事状者。属此一类。例：

> 欢笑地，转头都做江淹恨。（《千秋岁》，明杨基词，见《眉庵集》卷十二。《草堂诗余续集》卷下作欧阳修词，误。）
>
> 前度刘郎重到，访邻寻里，同时歌舞，唯有旧家秋娘，声价如故。（周邦彦《瑞龙吟》）
>
> 消瘦休文，顿觉春衫褪。（赵元镇《点绛唇》）
>
> 杜郎俊赏，算而今重到须惊。（姜夔《扬州慢》）

第一例以"江淹恨"代"自己之恨"，第二例以"刘郎"自代，第三例以"消瘦休文"代"自己消瘦"，第四例以"杜郎"自代，此皆以古人替代今人也。类此之例甚多，如张纲《绿头鸭》之"奈潘鬓霜蓬渐满，况沈腰革带频宽"等，不能遍举。大抵以情事相类，即以替代，使人可由所替代之人联想出许多情事，于修辞上实以简驭繁之法，非有意用"古典"也。

（3）以特名代通名。

此类之特名亦是在某种情事之下最特著之名字始用以替代，与上举以古代今者略同，而微有分别者，则以古代今者，多用自代，而此类则用以泛指而已。例：

> 可羡邻姬十五，金钗早嫁王昌。（晏几道《河满子》）
>
> 白藕香中见西子，玉梅花下遇昭君，不曾真个也销魂！（詹玉《浣溪沙》）

第一例之"王昌"是替代一切白面郎，第二例之"西子""昭君"是替代绝代佳人（虽指粉儿，仍可作如是观），其替代之范围，实视仅用古人自代者为广。

**2. 化成式**

化成式者，化虚为实，或化实为虚，化物作人，或化人为物，辞语本质有所化而后成焉者也。虚者实之，则辞较明确；实者虚之，则义不专指；化物作人，则物类能感；化人为物，则连类无穷，斯皆运思之首选，修辞之上驷也。兹分"化虚为实""化实为虚""化物作人""化人为物"四类依次述之。

（1）化虚为实格。

此格复可分为二项：

A. 以可听睹之事物表不可闻见之情思，化抽象为具体者。例：

> 剪不断，理还乱，是离愁。（李煜《相见欢》）
>
> 夜来绮席亲曾见，撮得精神滴滴娇。（苏轼《鹧鸪天》）

第一例之"离愁"、第二例之"精神"，均为不可听睹者，而一则用"剪"，用"理"，一则用"撮得"，用"滴滴"，则虚者皆实矣。

B. 对意想之境界，出之以写实之笔调，一若确有其事者。例：

> 如今直上银河去，同到牵牛织女家。（刘禹锡《浪淘沙》）
>
> 貌掩巫山色，才过濯锦波。阿谁提笔上银河，月里写嫦娥？（毛文锡《巫山一段云》）
>
> 青山欲共高人语，联翩万马来无数。烟雨却低回，望来终不来。（辛弃疾《菩萨蛮》）

上三例均为意想中所有而事实所不有者，一经以写实之笔出之，则情事跃然纸上，虚处皆实矣。

（2）化实为虚格。

此格复可分三项：

A. 眼前事物，专以故事比拟者。例如：

> 何当夜召入连昌，飞上九天歌一曲。（柳永《木兰花》）

实则言何时得为君王一奏歌曲耳。而以连昌宫为假借，则不胶着矣。

B. 自抒怀感，而虚托外物者。例如：

> 蝴蝶梦中千种恨，杜鹃声里三更月。最无情、鸿雁自南飞，音书缺！（汪元量《满江红》）

实则自言怨恨与盼不到北方消息耳，而假蝶梦、鹃声、雁讯言之，则实处皆虚矣。

C. 现实事物，而若即若离，不落呆相者。例如：

> 燕子楼空，佳人何在？空锁楼中燕。（苏轼《永遇乐》）

实则用张建封燕子楼事，而反复虚宕，则连类无穷矣。又如：

> 恨芳菲世界，游人未赏，都付与、莺和燕。（陈亮《水龙吟》）

实则言繁华衰歇，无复当年盛况耳，一经虚写，则感怆无限矣。

（3）化物作人格。

凡抒写物类而具人之意识、官能者，均属此格。例：

> 冷艳幽香奇绝，粉金裁雪。无端又欲恨春风，恨不解、千年结。

（韦骧《洛阳春》）

月桥花院，琐窗朱户，只有春知处。（贺铸《青玉案》）

更蜂腰簇翠，燕股横金，勾引东风，也知芳思难禁。（韩缪《高阳台》）

上例略同"移物作人格"，所不同者，表现情态时，与人事全同，而其所意识者亦是人事也。如第一例所"恨"者为"不解千年结"，第二例所知者为"月桥花院，琐窗朱户"，第三例所"知"者为"芳思难禁"，均人事也。

（4）化人为物格。

凡抒写人事而以物类表出者属此一格。例：

藕花相向野塘中，暗伤亡国，清露泣香红。（鹿虔扆《临江仙》）

桐树花深孤凤怨，渐遏遥天，不放行云散。（柳永《凤栖梧》）

上例略同"以人拟物格"，所不同者，抒写物类时，虽贯以人之情意，而不露以人观物之痕迹，只觉与物俱化。如第一例伤恸者为"藕花"，第二例兴怨者为"孤凤"，不见人在，而处处却有人在也。

词之修辞现象，其为普通修辞学所得理解者，大约如上所述。至夫特为奇异之句调，在普通修辞学上无类可归者，当别著于篇，非兹文所及论列矣。

宋词研究

下编

# 绪　　论

　　词是在怎样的社会条件下出现的？商业经济的繁荣，市民阶层的扩大，这是产生词的主要原因，一般都是这样的看法。

　　为什么在这样的社会基础上就会产生词这一种新的文学体制呢？这首先当然是因为当时的社会有这种需要，正如现在进入社会主义社会里需要社会主义现实主义文学一样。不过，由于社会的性质根本不同，我们现在需要的是完全起积极作用、教育和鼓舞全体人民为建设社会主义社会以至向共产主义社会迈步前进的文学；而在当时阶级社会里，新兴的市民阶层所需要的文学虽有其积极的一面，但还有其落后的一面，是不能跟今天的文学等量齐观的。一种新的文学式样的产生总是为了可以更适切地或者更自由地表现人们的思想感情以及反映当时的生活实际，同时，新的文学式样更容易感染人们而博得人们的喜欢。在这样总的情况之下，往往由于各阶级各阶层人们的需要不同而有各种各样的文学形式同时出现。如唐宋时代的古文、变文、传奇小说、话本、大曲、鼓子词、诸宫调等，都是为了适应人们的需求而产生的，词只是其中的一种。如果认为在这个社会基础上只能产生词，或者认为词是适应这个社会基础的唯一的文学形式，那是错误的。可是，有一种总的精神可以指出，那就是与前一阶段的文学相比，新的文学式样有了一种新的创造或者新的解放。

　　由于商人的生活流动性很大，而资金又大量集中于城市，于是城市中娱乐的式样就增多了起来；又由于封建社会的商人和地主是联结在一起的，农村中的农民除了受地主的残酷剥削之外，还要遭受商人的盘剥，导致生活十分痛苦，大量农民进入城市从事手工业或被雇佣以谋生，妇女们为了配合城市中商人们娱乐的需要，走进歌楼舞馆当娼妓舞女、过着非人生活的不计其数。这样，一种可以配合音乐的新兴文学体制的创造力必然会得到高度的发挥以迎合人们的需要，使人们得到更多的艺术享受。新起的词之所以得到不断发展，从应歌这方面来看是完全可以理解的。这是主要的一面。可是，词的作用除了在城市应歌反映城市生活之外，更重要而且更可贵的还有反映民间现实的一面。这就和其他的民间文学如汉乐府、南北朝民歌一样，是人民大众更自由地表达自己的思想感情的载体，同时词又更易为人们所喜爱，是可以博得人们的同情的一种具有较新颖词形式和更具有音乐美感的新歌辞。这种创作并不是为了城市商人的娱乐，它的内容也没有反映城市生活，因而也就不能直接简单地把它的产生归因于城市经济的繁荣。我们看新近发现的敦煌曲子词，其中有表现征夫思妇厌战思想的，有歌颂民族英雄的，有反映民族矛盾的，更有描写农民大众的穷苦生活的，这里面就交织着当时统治阶级对外扩张造成的民族矛盾和对内加强压迫剥削造成的阶级矛盾。当然，归根到底还是商业经济的发达，扩大了经营地盘，打开国际贸易的局面，因而引起民族的战争。（唐初对西方交通，主要是由陆路，尤其高昌至龟兹绾毂丝路，是经济大动脉所在，不能不出全力以维持。《新唐书》卷二二一下称："太宗谓安国使曰：'西突厥已降，商旅可行矣。'诸胡大悦。"其重要可想见。所以唐代向西北、西方用兵，主要是和商业经济有关的。）

商业经济的繁荣、市民阶层的扩大是产生词的主要原因。词产生于隋唐之际而极盛于两宋，这是客观事实。王灼的《碧鸡漫志》说："盖隋以来，今之所谓曲子者渐兴，至唐稍盛，今则繁声淫奏，殆不可数。古歌变为古乐府，古乐府变为今曲子，其本一也。"朱彝尊《群雅集序》（见《曝书亭集》卷四十）："用长短句制乐府歌辞，由汉迄南北朝皆然，唐初以诗被乐。填词入调，则自开元、天宝始。逮五代十国，作者渐多，……终宋之世，乐章大备。"时间虽略有出入，但基本看法是正确的。我们把词的具体内容和当时的历史事实联系来看，大约是这样的：

第一，反映城市的生活面貌是词的主要内容之一，尤其是在宋词里，这类的描写很多。这正是当时的一种社会现实。城市繁荣是商业经济发展的表征。隋统一了南北，经过不长时间的和平休养，南北各地生产发展，不仅国内商品经济盛行，对外贸易也大为发展，北方则与西域诸国贸易，南方则和南洋各岛互相交通。隋炀帝开运河，沟通南北交通，国内的大工商城市尤多。由于隋炀帝穷奢极欲，劳民伤财，又施行暴政，肆意杀戮，激起农民大起义，虽就结果而言，农民的胜利果实为贵族官僚所攫取，但却摧毁了隋炀帝的残暴统治，推动了社会向前发展，迫使唐朝的统治者不得不对农民做一些让步，如宽简赋役、减轻刑律等。在旧有的基础上，经过广大人民的辛勤劳动，生产得到进一步的发展，农业、手工业、商品货币关系乃至商品流通都出现许多新气象；同时，在商业经济普遍发展的条件下，新兴的商人抬头，扩大了市民阶层的力量。他们一方面反对封建贵族地主，与贵族地主有矛盾；另一方面也投资土地，成为新兴的一般性地主，与农民又有矛盾。同时，他们以工商业主的身份出现，与被剥削劳动力的工匠、雇工等生产工人也有矛盾。就在这样种种矛盾的情况下，他们拥有财富，可以在城市中广设享乐的场所，过着腐朽享乐的生活，而迫使被剥削的城市的乃至农村的贫苦人民流向城市，成为乐工、歌伎、舞女等，过上非人的生活。作为一种新兴的文学体制的词，是为迎合新兴阶层的人们对美的享受的需要而产生、发展的，这些新的环境、新的题材、新的意识要求有新的文学艺术的创造，于是，那些进入城市谋生的贫苦人民就不能不发挥其高度的智慧，在可能的条件下创造出主要是配合当时龟兹新流入的燕乐的一种新的诗歌体制——词。它在旧的文人诗歌和民间小调的基础上配合新的音乐，既新鲜悦耳，又不必创作长篇巨制，可以当筵应歌，这在乐工、歌伎们的应用方面是最为普遍适合的一种新形式。它和须经过组织、篇幅较长的传奇、话本、大曲、诸宫调等虽同为适应市民的需要，但应用的场合和对象微有不同。到了五代，商业经济尤其活跃，商人走上政治舞台的不少，如马殷的楚国，"富商大贾，常在列位"；北汉用善商利的刘继颙执政；朱温以富商李让（改名朱友让）为子，并选富家子弟置于帐下；而五代最开明的君主周世宗（柴荣）则是出身于商贩。这都是很明显的事实。而当时城市经济和商业最繁荣的是西蜀和南唐，词的发展也正是以西蜀和南唐为中心，这也是一个证明。

北宋统一后，在五代十国的基础上，不断施行一些改良政策，恢复和发展农业生产。太祖赵匡胤首先给大量士兵以田地和房屋，并实行"均田法"，号召人民"垦开荒田……止输旧租"。太宗又颁布"垦田即为永业，官不取其租"的办法，复令"州县旷土，许民请佃为永业"。自太祖到仁宗，又不断提倡种植桑枣，把课农及人口复员成绩作为官吏考勤的标准，因此大大提高了农业生产力。随着农业生产的发展，商业、手工业也空前发展起来。东京（开封）、成都、兴元（南郑）、杭州、明州（鄞县）、广州都成了全国大市场，二等以下的市场遍布全国。尤其是开封，成了全国的经济中心。当初宋太祖曾考虑建都洛阳或长安，节度使李怀忠谏曰："东京有汴渠之漕，坐致江淮之粟四五千万，以赡百万之军。"（见司马光《涑水纪闻》一）结果宋太祖选择了开封，它的经济条件实起了决定性的作用。我们只看孟元老《东京梦华录》记载的东京繁华情况就令人咋舌。固然这是统治阶级腐烂生活的表现，但就一般的民情风俗看，也可以看出当时生活水平的高涨。其中单提到妓馆、妓女的就有十多处，如"朱雀门外街巷"条："出朱雀门东壁，亦人家。东去大街、麦秸巷、状元楼，余皆妓馆，至保康门街。其御街东朱雀门外，西通新门瓦子以南杀猪巷，亦妓馆。""潘楼东街巷"条："出旧曹门，朱家桥瓦子。下桥，南斜街、北斜街，内有泰山庙，两街有妓馆。……以东牛行街、下马刘家药铺、看牛楼酒店，亦有妓馆，一直抵新城。""酒楼"条："凡京师酒店，门首皆缚彩楼欢门，唯任店入其门，一直主廊约百余步，南北天井，两廊皆小阁子。向晚灯烛荧煌，上下相照。浓妆妓女数百，聚于主廊檐面上，以待酒客呼唤，望之宛若神仙。"妓女都是当时的下层妇女，是必须肄习歌舞以应客的，所歌的都是当时新起的词（和唐时有的歌绝诗不同)，因而不能不在这方面力求创新，或者将从民间带来的加以变动，或者由民间艺人、乐工或文人创造出来，而在具体内容方面当然也不能不适切现实的需要，反映城市生活、市民意识或抒写个人不幸的遭遇和愿望。北宋词的内容之所以多属这一类并不是偶然的。在这些内容中间应该有区别地看，出自文人之手的作品大部分是反映城市享乐生活，小部分是表现市民意识和描写下层妇女的不幸遭遇和愿望；出自乐工或民间艺人之手的作品则绝大部分是描写自己的思想感情和生活面貌。这是由于阶级立场不同，即在同一的社会中，也有互相不同的对待态度，这是应该明确指出的。就今天所看到的宋词而言，大都是出自文人之手，乐工或民间艺人的作品是很难看到了，因而表现在作品里的具体内容绝大部分属于前者而不是后者，这也是应该明白的。

南宋的商业经济重心转移到临安（杭州)，因原先已有的生产发展和自然的条件较好，人口南移，增长的速度很快，生产力增强而范围又缩小了，所以偏安一隅的南宋城市经济也很发达，园亭台榭、歌楼舞馆到处都是。我们只看《咸淳临安志》《武林旧事》《南宋古迹考》等书的记载，仅杭州一带就极其繁华，使人目不暇接，成为统治阶级过着荒淫生活的"乐园"。这就成为一般士大夫写词的直接对象。此外，当时商业经济繁荣的迹象主要表现在都市的发展。就临安而论，据载，高宗时有二十万户，比北宋末年的首都开封仅少六万户，到度宗时已增至三十九万户，超过了北宋的开封。其中，除住宅外，有大米铺（每日交易数千石)、百多家大金银钞引交易铺、若干家珠宝铺（交易常以万贯计）、若干家绸缎布帛铺、餐馆、酒店、茶庄、瓷庄以及歌楼、酒馆、茶坊、妓寮等。还有夜市和早市，夜市很多，竞卖奇巧器皿百物，和日市一样；早市从五更开始，买卖珠宝、山珍海味及花果等。各种手工业作坊也都分业聚成街坊。另外有十余处大质库（大当铺）及邸肆等，都是“豪宗巨室”的买卖，各种大手工业局、坊、场等主要是官营的。临安以外的大都市还有苏州、成都、明州（宁波）、广州、建康（南京）、真州、江陵（湖北）、汉阳军（汉阳）、无为军（皖无为）、蕲口（蕲春）、潭州（长沙）等。其他较小的市镇到处皆是，如建康府即有十四镇二十余市。税务机关设立很多，商税一般是百分之二三。对外贸易方面，陆地上设有榷场，各通商口岸设有“提举市舶司”。

　　由于商人从经商中赢利，而统治阶级又从商税中抽剥，因而城市在生产的同时也成为大量消费的场所。而生产者和消费者并不是同一类型的人，生产者是劳动人民，消费者是剥削阶级（工商业主对于生产工人来说也是剥削者）。词一般来说是为消费者服务的，因而除了个别受当时被压迫者的环境所影响，表现出一些人道主义精神外，绝大部分是没有人民性的。

　　第二，反映热爱国家民族的思想意识。这也是词的主要内容之一，尤其是宋词，在这方面占有最重要的地位。宋太祖赵匡胤建立宋朝后，实行中央集权制，鉴于唐以来“节镇太重，君弱臣强”，以“多积金银，厚自娱乐”诱使当时的名将功臣释兵权[1]，又以文臣代知州，欲以巩固宋朝的统治权，以致无力对抗外来部族的侵凌。太祖初期，虽也知重视国防，对边臣特别优待，“管榷之利，悉以与之，其贸易则免其征税，故边臣皆富于财，以养死士，以募谍者，敌人情状，山川道路，罔不备见而周知之，故十余年无西北之忧”[2]。但问题在于只知防御，没有收复旧土的意图，像石敬瑭割让给契丹的十六州，除周世宗收复三州外，就置其他十三州于不理，连对小小的西夏也采取防守的政策，这样就使终宋之世不断地受外来部族的侵犯。起初受辽、夏的侵袭，因敌人的力量不大，宋室内部还可以保持比较安定的局面。到了金兵南犯，徽、钦北狩，宋室南迁，金兵继续进逼，直至蒙古灭金，继而灭宋，无日不处在外来部族压迫之中。这是广大人民和一些爱国志士以及一些有正义感的人士所不能容忍的。把这类

---

① 参见司马光《涑水纪闻》卷一。
② 范镇：《东斋记事》卷一。

思想意识用词这一形式表现出来的虽不及诗文之多，但披沙淘金，往往见宝，两宋词中仍有不少这类作品，其中杰出的英雄人物和爱国志士如岳飞、张孝祥、陆游、辛弃疾、陈经国、刘克庄等表现得尤为突出；太学生陈东和无名氏的作品诉责权奸，尤尽其喜怒笑骂之能事；至若在南宋末期和亡国以后的悲怆情调和哀痛之音如黄公绍的《青玉案》，刘辰翁的《兰陵王·丙子送春》之类，也一样是关心家国的心情的表现。应该说，这是宋词中最值得重视的部分。

第三，反映统治阶级内部的矛盾。这具体表现在统治阶级内部的党派的斗争。统治集团内部永远是存在着矛盾斗争的，而这种斗争往往随着国内外情势的不同而有各种不同的表现。在北宋徽、钦以前，民族矛盾尚未十分尖锐化时，统治集团内部的矛盾主要表现在比较进步的代表中小地主阶级的政党（新党）和顽固落后的代表大地主集团的政党（旧党）的斗争，这种斗争的思想在词里也不时透露出来，但表现手法不是明朗的，托物寄兴，指桑骂槐，或者从个人私情中寄寓自己的所爱与所憎。徽、钦以后，民族矛盾异常深刻，或战或和，关系到国家的兴衰存亡，这时统治集团内部的矛盾主要表现在热爱国家的主战派和出卖国家的主和派。词里表现这类思想感情的也不少，常常以讽刺的口吻出之，攻击的虽是个人，而矛头实是指向那一派系的人物。

第四，反映阶级矛盾。封建社会的主要矛盾是地主和农民的矛盾，反映这种矛盾的作品在民间创作中应该是大量产生的，遗憾的是传下来的宋词中属于民间创作的很少，个别表现被遗弃的民间妇女的创作，阶级斗争的意识也非常薄弱。而极少数描写农村生活的作品因为出自文人之手，所写的也只是表面现象，最多也不过体现出同情农民的生活的心迹，仍未能表现出农民生活的本质及其坚强斗争的意志。因此，表现最主要的阶级矛盾恰恰是文人词在各种表现中最薄弱的一环。这是生活实践所决定的，宋代的词人大多流连于城市或徜徉于湖山的胜境，像陶渊明那样比较长期接触农村生活的人都没有看到，更不消说建立农民的思想感情了。虽然有的词也反映了为当时封建统治阶级所不容许的东西以及当时被压迫的下层人物对封建的阶级限制与不平等的反对，但是，从阶级观点看，宋词具有积极意义的仅止于此。代表农民说话、表现农民的痛苦心情乃至与统治阶级做斗争的情形只能在当时其他的文体如话本小说中去寻找，文人词根本没有这样的作品。

　　以上所述只是一个粗略的轮廓，如反映当时的风俗习惯以及生活琐节等就不再细说。然即从这些大处的反映情况看来，它的价值也可以约略知道。大概思想性较强而具有斗争意义的，首先是在民族斗争联系到统治集团的内部斗争中具有国家民族的思想意识和正义感的作品，其次是反映城市生活中对下层妇女的同情的作品。此外，大都是为了个人的得失利害而对某些事物深致不满，这是封建士大夫作品的糟粕，是应该批判的。

# 第一章　宋词产生的社会基础

## 第一节　宋朝的统一与中央集权

黄巢起义彻底粉碎了李唐的统治以后，相继出现了五代十国的分崩离析的局面。五代十国的统治者基本上都是军阀，人民大众的生活极为痛苦，渴望着有一个统一的局面出现。

宋太祖赵匡胤是一个大军阀，他一方面利用人民大众渴望统一的心理，在周世宗柴荣的强大的基础上完成了统一事业；另一方面又鉴于军阀割据不利于巩固统治权，采取了中央集权的政策。首先是用各种办法集中兵权：第一种是将文臣补藩镇缺，"以文臣代知州"，而将各州的强兵都升为"禁兵"，禁兵就是皇帝的卫兵①；第二种是罢功臣宿将的兵权，听信赵普玩弄的权术，以"杯酒释兵权"，巧妙地解除了名将石守信、王审琦等的兵权②；第三种是更戍，为了维持统治和防御边境，各地和边城是不能无兵驻守的，然而，如果这些兵受了训练变得强大起来，有可能威胁朝廷的统治，于是宋太祖就想出更戍的办法，使"兵无常帅，帅无常师，内外相维，上下相制，等级相轧"③。其次是集中财权。唐朝时，地方财政有留州、送使（节度使）、上供（输中央）之别。藩镇割据，常专有财赋，使中央大权旁落。宋代除诸州度支经费外，概归中央，特设转运使管理各路财赋，把财政权集中起来。再次是集中政权。实行封建专制政体，政权本来是集中在最高统治者手里的，但北宋王朝对政治制度有所改革，地方长官除用文臣外，多由中央官吏兼摄，由中央控制，同时建立起监督制度，在中央设立御史台，执行"纠察官邪，肃正纪纲"的任务，把监

---

① 《宋史·兵志一》："禁兵者，天子之卫兵也。"禁兵由哪种人掌握？司马光《涑水记闻》卷一在记石守信等以散官就第后接着说："与结婚姻，更度易制，使主亲军。"《邵氏闻见前录》卷一记载略同，而"更度"两句作"于是更置易制者使主亲军"，意义完全相反。

② 参见司马光《涑水记闻》卷一及《宋史·石守信传》。

③ 《文献通考·兵考四》。

察权提到很高的地位，最后的裁决归之于皇帝。诸州又设立通判，地方官吏行事须通判连署，通判可以随时把地方官吏的好坏报告给中央；而地方官不能辟署官吏，做官必须经过科举，把选拔官吏的大权都集中在中央，这样就把一切政权都集中到中央了。

宋朝的中央集权措施改变了中唐以后藩镇割据、分崩离析的局面，使人民生活比较安定，在北宋初期有一定的好处。但军权集中带来了军力的削弱，政权集中带来了官僚机构的庞大与瘫痪，财权集中带来了统治阶级的腐化，加速了北宋阶级矛盾的尖锐化，加深了国防的危机。

由于宋朝最高统治者把精神都集中在对内压迫和统制，因而造成统治阶级和被统治阶级的矛盾的尖锐和统治阶级内部矛盾的复杂；对外来部族则一味委曲求全，屈辱讲和，以致整个宋朝都受外来部族的侵凌卒至于覆灭。

## 第二节　阶级矛盾的尖锐和外来部族的侵略

由于宋朝的统一天下是在中唐以来藩镇割据和五代十国分崩离析的局面之后，因而宋太祖赵匡胤给宋朝规定的国策就是以全力防止统治阶级内部的分裂以便镇压人民的反抗；对外政策则完全采取守势，因而在宋朝统治的 320 年中，除北宋初期略为安定以外，始终贯穿着统治阶级与被统治阶级的矛盾、统治阶级的内部矛盾，且不断受到外来部族的侵略。

### 一、阶级矛盾

封建制度发展到宋朝的专制主义中央集权制度，阶级矛盾已更加复杂和扩大了。宋朝虽也像汉、唐一样采取了一些改良步骤，企图缓和这种矛盾，但由于剥削的加重①，赋税力役全部加在农民、小手工业者和自由商人的身上（小地主负担的也设法转嫁于农民），使农民无以为生，不断隐匿户口，逃避赋役，或去农为兵，或流入城市，甚至卖妻鬻子，弃家逃亡，这情况自宋太宗赵光义时就开始表现出来。四川王小波、李顺的相继起义就是明显的事实。其后真宗时四川以兵士赵延顺和下级军官王均为首的兵

---

① 宋朝定正税为五类，包括"官田、民田、城郭、丁口、杂变"；又有所谓"力役"和"折变"等，极尽剥削、敲榨的能事。

变，宜州下级官员陈进和人民一起推判官卢成均为首的起义，仁宗时沂州士兵和人民以王伦为首的暴动，北宋末期有名的方腊起义、宋江起义都有力地说明了当时阶级矛盾的尖锐。到了南宋，地盘更小，外患更加紧迫，而统治集团仍然过着荒淫腐化的生活，军事、纳贡和一切开支比北宋更为浩繁，因而更加残酷地剥削人民，人民反抗统治阶级的表现也更加剧烈和深化。单就宋刘时举的《续宋编年资治通鉴》所记载的高、孝、光、宁四朝的人民反抗统治阶级的行动，如杨么、钟相、桑仲、戚方、李敦仁、张琪、邵青、邓庆、曹成、崔进、刘忠、谢达、綦母谨、张福、莫简等人的反抗统治阶级的行动，至少 30 余起，其中如高宗时"沅州徭人犯边"，孝宗时"黎州五部蛮犯边"，宁宗时"大奚作乱""龙州蕃部寇边""雅州蛮寇边""叙州蛮寇边""虚恨蛮寇中镇寨"，等等，许多少数民族不得不起来反抗，而且反抗的情况越到后期就越多起来。这就充分证明了当时统治阶级残酷剥削压迫人民（包括少数民族的人民）的手段和人民对当时统治阶级的愤怒仇恨的程度，从而看出当时阶级矛盾尖锐的情况。

## 二、统治阶级内部的矛盾

在阶级社会里，任何朝代的统治阶级内部都是存在着矛盾的，而他们之间的矛盾也往往和国内的其他矛盾以及对待外来部族侵略的态度有关。就宋朝论，北宋的统治阶级内部的矛盾主要和国内的其他矛盾有关，南宋的统治阶级内部矛盾主要和对待外来部族侵略有关。当然，这是主要的。北宋后期对待外来部族的侵略和南宋内部的其他矛盾也在统治阶级内部矛盾之间起着相应的作用。

北宋太宗时，统治阶级内部就发生"党争"。太宗以弟继兄的帝位，这里面已经结了一班护位的死党和太祖的直系对立。真宗、仁宗时，党争已经明朗化，王钦若、丁谓、钱惟演等和李迪、寇准、王曾等的互相倾轧，吕夷简、夏竦、文彦博、贾昌朝等和韩琦、范仲淹、富弼、欧阳修等的互相倾轧，几乎贯串着这一时期的统治集团的一切措施。表现在文章上的，如欧阳修的《朋党论》、蔡襄的《四贤一不肖诗》，就是站在同一个方向攻击对方的。甚至当时的最高统治者也明白这种党争的情况，如仁宗初立时，太后恨李迪，听了丁谓的话，就以"朋党"的名义贬斥他，连坐的人很多。① 又如仁宗庆历四年（1044 年）十一月"诏戒朋党相讦，及戒按察恣为苛刻、文人肆言行怪者"②，是其明证。这类党争就本质来看，都是站在大地主的立场上说话的。不过李、寇和韩、范一派曾有改革政治的意图，因遭受到大官僚地主的反对而没有实行，又有的当时略有军功，有的喜欢吸引后进的文士，在当时算是略为开明的，但他们的阶级立场还是一致的。到神宗时，王安石变法，和维护大地主利益的以文彦博、司马光为首的旧党做斗争，而欧阳修一派的文士如蔡襄、苏轼等站在旧党的立场上来反对新党，这就可见他们落后的本质了。王安石变法以后，直至北宋末期，新旧党之争中，双方旗帜鲜明。王安石新政的基本精神是从中小地主利益出发的一种改良主义，他企图缓和国内阶级矛盾，整理财政以提高生产，刷新军备以培养国力，进而对抗外来部族的侵略，在当时是一种具有进步意义的措施，是应该肯定的。可是在推行新政的过程中，因为损害到大地主的利益，受到旧党的激烈反对；神宗死后，高太后起用旧党，把这些措施全部推翻；到哲宗亲政，起用章惇、吕惠卿等一班大地主化的新党分子来推行新政，新法已被歪曲；到徽宗以后，新派蔡京执政，新法就完全变质了，已成为统治阶级加强掠夺人民的工具。至此，统治阶级内部所谓"新党"已占绝对优胜的地位，旧党不能抬头，而最严重的是统治阶级和被统治阶级的斗争和因种族矛盾所引起的主和派和主战派的斗争。

徽、钦北狩，高宗南渡，南宋的统治阶级之间的斗争就集中在对外问题上，主和或主战的争论一直贯串着整个南宋。该时期统治阶级内部矛盾的性质更加复杂了，跟阶级矛盾和种族矛盾紧密交织着。

主战、主和两派最剧烈的斗争发生在宋高宗时，当时以李纲、宗泽、张浚为首的主战派得到人民的拥护，人民义军祝靖、薛广、党忠、阎瑾、王存等均愿归其节制，又"丁进有众数十万，愿守京城；李成愿扈从还阙，即渡河剿敌；没角牛杨进等众百万，亦愿渡河"③。此外，还有许多名将如韩世忠、岳飞等，不断建立军功，收复失地。主战派是大有可为的，无奈高宗在为了保持自己的帝位不得不抗金的同时，怕钦宗回来和他

---

① 参见陈邦瞻《宋史纪事本末》"丁谓之奸"。
② 《宋史》卷十一"仁宗"三。
③ 《续宋编年资治通鉴》卷一。

争夺帝位，又不愿抗金获得彻底胜利，因而基本上只求苟且偷安，保全帝位，而与主和派合作。初时听信主和派汪伯彦、黄潜善而敷衍李纲、宗泽，阻碍其收复失地；后来竟重用主和派秦桧而排斥所有的主战派如赵鼎、胡铨之属，甚至冤杀岳飞以卖好于金。当时一些具有正义感的太学生如陈东、欧阳澈（一说是进士）等疏论汪伯彦、黄潜善的罪状，也一律弃市（后来太学生魏祐还上书论伯彦、潜善误国十罪，可见这些太学生是有正义感的）。宋高宗以卖国投降、屈辱求和的极端无耻的外交政策来维持个人的宝座，这就使南宋王朝步步走入绝望的境地，为以后几代的继承人树立了内政外交的丑恶的榜样，扼杀了广大人民和一些爱国志士恢复失地的雄图远略，以后几代执掌政权的人如史浩、汤思退、史弥远、贾似道等，基本上都是卖国求荣的人。孝宗隆兴元年（1163年），虽然也由张浚率兵北伐，但稍有挫折，即议论纷纭，"洪迈、金安节、唐文若、周必大共为一议，张震自为一议，张阐自为一议，陈良翰自为一议，言和者多，言不可和者少……唯张震、张阐之说近正"①。而史浩巧为备守之说，实则是极力主和。至于宁宗开禧二年（1206年）韩侂胄的北伐，一方面是迫于形势，各地的义民蜂起，阶级矛盾极为尖锐；另一方面是为了私人利益，意图"立盖世功名以自固"。他出兵后节节败退，又生出议和的念头，因为金欲追究首谋，韩侂胄无法脱身才不得已想再打，这实质上是自私自利的表现，和以前一些有爱国思想的主战派根本不同，因而对于他所排斥的赵汝愚、彭龟年、叶适、朱熹等一些具有正义感的人和与他互相勾搭的如苏师旦、陈自强、蔡琏、赵师睪等一些奸邪之辈（具有高度爱国主义精神的辛弃疾基于爱国热情附韩侂胄北伐，而终不见大用也可以证明这一点），应该分别对待。这班主战的人已经根本变了质，正像北宋的所谓"新派"的蔡京一样，不能以原有派系的性质加以评价了。理宗以后，贾似道当权，卖国媚敌，虚报邀功，丑态百出，"在朝之士，忤意者辄斥去"②，投降派竟占压倒一切的优势，导致元兵迫进时，出现满朝文武相率逃跑的画面③。后来贾似道固然罪有应得，死于漳州木棉庵，但是宋王朝已完全崩溃了。

总之，北宋和南宋的统治阶级内部的矛盾是尖锐的，其中具有进步性

① 刘时举：《续宋编年资治通鉴》。
② 《宋季三朝政要》卷四。
③ 《宋季三朝政要》卷五。

和积极意义的只有北宋中期王安石的变法和南宋初期李纲、宗泽、张浚等的抗击外敌运动。此外都是为落后的、反动的大地主服务的政党，并且这些腐朽势力占绝对的优势，完全违背了农民乃至中小地主的利益，致使宋王朝归于灭亡。当然，其中也有着复杂的因素，如北宋初期为大地主服务的政党中也有较为开明的一面。而王安石的新法后来竟变了质，李纲与张浚有矛盾，张浚、韩世忠与岳飞又有矛盾①，是不能简单视之的。

### 三、外来部族的侵略

在统治的 320 年中，宋朝始终受着外来部族的侵略。最初是契丹（辽）和西夏，接着是女真（金），最后为蒙古（元）所灭。

当外来部族侵略很厉害的时候，阶级矛盾就处于次要地位，人民和有血气、有正义感的人士就会把斗争的矛头转向抵抗外来部族的侵略，而统治阶级内部的斗争也往往通过对外的态度表现出来。这具有一种客观规律性。北宋初期，虽然当权派都是为官僚大地主服务的，但当辽兵大举内侵时，主张抗敌和忠勇抗敌的就是人民、爱国将士和比较开明的统治集团。为人民所爱戴的杨业和主张皇帝亲征的寇准就属于这类人物。哲宗以后，金兵南侵，而大统治集团所谓"六贼"之流只知尽量剥削吮吸人民的脂膏；梁师成负责的河防全线溃败；童贯一味虚报军情；白时中、李邦彦等包围钦宗，主张逃跑求和。而北方人民却纷纷起来反抗，阻遏了金兵的前进；太学生陈东与汴京（开封）军民数万人到宫门外示威请愿，要求坚决抗敌，并请杀"蔡京、童贯、王黼、梁师成、李彦、朱勔等六贼以谢天下"；李纲、种师道、宗泽等朝臣也一力主张抗敌，金兵包围汴京，李纲亲自督战，守城军民奋勇击敌，金兵终不能得逞；西路方面，太原数十万军民在宋将王禀的领导下，英勇顽强地对抗金兵的围困，坚持了 250 余日，死伤者十之八九，仍誓死不屈，城陷，还相持巷战，直至全城壮烈牺牲，写下了抗拒外来部族侵略的历史上可歌可泣的一页。当时抗击外敌的人民队伍在河东方面有红巾军，在太行山方面有八字军，都给予南犯的金兵以沉重的打击，这都鲜明地标志着中华民族的优秀传统。

尽管人民和一些正直的人士具有高度的抗击外敌情绪，继承了中华民族的优秀传统；可是，腐朽的统治集团为了保持自己的特殊利益，总是采

---

① 《续宋编年资治通鉴》卷四。

取委曲求全的政策，一方面向金兵屈膝投降，偷安苟活，另一方面对人民加强剥削搜括，纵情淫乐，置国家、人民利益于不顾，到黄潜善、汪伯彦、秦桧等奸党相继执政后，不仅派了反动的军队扼杀义军，甚至对一些抗金有功的将领也加以罢黜贬斥以至妄加屠戮①，把他们当成敌人加以镇压②，这就使南宋的外患日益加深。后来虽有不少的抗敌志士组织义军，如大名的王友直、济南的耿京、太行的陈俊，对金兵进行打击，也有个别名将在个别的战役中取得胜利，但仍无法挽回局势。到了蒙古部族南侵，就如摧枯拉朽，宋朝根本就失却抵抗的力量了。值得一提的是南宋末年在士大夫中产生了不少具有爱国思想和民族气节的杰出人物，张世杰、陆秀夫和文天祥热情激涌、慷慨壮烈地为朝廷而牺牲自己的生命固不必说，就如谢翱、唐珏、林景曦等爱憎分明的孤忠也继承了我国民族气节，具有一定程度的激励和教育人民的意义。

阶级矛盾、统治阶级内部矛盾和外来部族的侵略，前二者是阶级社会任何时期都存在的；而后者的现象在历史上虽常常产生，却不一定每个时期都存在，即使存在着也不是经常尖锐化的，即使尖锐化了，除个别时期如东晋、南朝外，也是汉族的力量占优势。就宋朝说，每个时期都承受着外来部族侵略，而且除了北宋中期以前外来部族力量较为薄弱外，北宋后期直至南宋灭亡，一贯是外来部族力量很强大，民族危机摆在首要的地位，因而在考察当时的社会现实生活以及反映社会现实生活的东西，除北宋中期以前外，都应该以是否有利于国家民族为前提条件。文学作品是否具有进步思想和积极意义当然也不能离开这前提条件来做出评价。我们看北宋后期以后的词作，有不少是关心国家的，即使他们迫于当时的形势以较为隐蔽的手法表现出来。但更多的词作是脱离现实、只写个人腐朽生活的唯美主义的作品，不但对国家民族的危机无动于衷，不能有所反映，而且对人民大众的痛苦生活也无关心或同情的表现。然而，这些作品在艺术形式上绝大多数和北宋中期以前的作品是有承传关系的。而历来的封建士大夫从他们自己的阶级地位出发用纯艺术的观点去看两宋的词作，于是就给予那些完全脱离现实的、落后的作家和作品很高的评价。这是错误的，

---

① 如高宗建炎三年（1129年）大赦，黄潜善欲罪李纲以买好金朝，唯李纲不赦。绍兴十一年（1141年），秦桧冤杀岳飞。

② 如绍兴二年（1132年），韩世忠击刘忠；绍兴五年（1135年），岳飞剿杨么之类。

这种传统观念应该打破。不打破这种传统观念，给一些脱离现实的作家和作品一个很高的地位，就势必离开政治性而单从艺术性方面来加以分析和肯定。这样以主观唯心主义的观点和方法来处理宋词，就不能不违背"政治标准第一"的原则，而把艺术标准放在第一位。这错误是非常严重的。其实，这是没有具体分析过当时的社会矛盾的真实情况而受了传统观念的束缚的结果。

# 第二章　宋词的来源

## 第一节　词的起源

人民生活是文学创作的源泉，创作是反映和表现生活的东西，因而创作的体制大都是来自民间。

民间创作新的文学体制并不是偶然的，一定是因为旧的文学体制已经不适合或不完全适合于表现新生活的需要，同时又受到某些新东西的刺激或启发，觉得非有一种新味道不足以满足新要求，于是才在旧基础上注入某些新东西再创造出一种足以表现新生活的新体制。由于这种新体制的产生是一种"推陈出新"的过程，有旧的因素，又有新的成分，所以在文学历史上，一种新体制的出现往往是其体不纯、成因复杂的。说某一文体是某人所创造，用某人的某一篇章来证明，必然忽视了文体的产生和人民生活的关系；说某种文体只是某种文体的演变，也未免单从形式的表象和文学的内部发展看问题。

新的文学体制的产生是这样的，词也不能例外。

《旧唐书·音乐志》："自周隋以来，管弦杂曲将数百曲，多用西凉乐。鼓舞曲多用龟兹乐，其曲度皆时俗所知也。"（《唐会要》卷三十三"清乐"中也有同样的说法。）这说明周隋以来，西域音乐传入后，有许多新曲产生，而这些曲度为时俗所掌握，普遍流行于民间。西凉乐和龟兹乐都非中国固有的音乐。沈括《梦溪笔谈》五："自唐天宝十三载（754年），始诏法曲与胡部合奏，自此乐奏全失古法。以先王之乐为'雅乐'，前世新声为'清乐'，合胡部者为'宴乐'。""宴乐"即"燕乐"。"燕乐"为词所配合的音乐。张炎《词源》上："十二律吕各有五音，演而为宫为调，律吕之名，总八十四，分月律而属之。今雅俗只行七宫十二调，而角不预焉。"这说的是"词源"，而其实由燕乐四均二十八调来。凌廷堪《燕乐考原》一："燕乐四均共二十八调，宋仁宗《乐髓新经》增入徵均，并二变为七均，又每均增入中管调，共八十四调。"源变的迹象可见。这种乐因为和"雅乐""清乐"不同，又叫"俗乐"，远在隋文帝时就和"雅乐"区分了。《新唐书·礼乐志十二》："自周陈以上，雅俗涌杂而无别，隋文帝始分雅、俗二部，至唐更曰部当。凡所谓俗乐者二十有八调。"叫"燕乐"也好，叫"俗乐"也好，总是周隋以来西域输进的一种新东西，一旦为时俗所纳（《通典》说的虽然是指"清乐"，但外来的新东西，在"俗乐"里为"时俗所知"的可能性更大），就必然会起"推陈出新"的作用。这是形成词的一个重要的因素，是应该首先指出的。

由于这种新鲜的音乐为时俗所好，人民为了满足生活的需要，乃在旧歌辞的基础上创制新鲜活泼的新歌辞来配合这种新音乐。最明显的例子就是唐代民间的许多俚曲小调，如《杨柳枝》《纥那曲》《山鹧鸪》《竹枝》之类。这些曲调的兴起都和新音乐有一定的关系。刘禹锡《竹枝序》云："四方之歌，异音而同乐。岁正月，余来建平，里中儿联歌《竹枝》，吹短笛，击鼓以赴节，歌者扬袂睢舞，以曲多为贤。聆其音，中黄钟之羽，其卒章激讦如吴声。"这里的"异音而同乐"说明了音乐的决定性作用，歌唱的声音尽管可以各有不同，配合的音乐总应是新鲜悦耳的。"吹短笛，击鼓以赴节"，这是歌《竹枝》时用的"俗乐"的乐器。《新唐书·礼乐志十二》在"俗乐"中说："丝有琵琶、五弦、箜篌、筝，竹有觱篥、箫、箫、笛，匏有笙，革有杖鼓、第二鼓、第三鼓、腰鼓、大鼓，土则附革而为鞚，木有拍板、方响，以体金应石，而备八音。"所谓"中黄钟之羽"，更指出符合"俗乐"的音调。同上书"俗乐二十八调"的"七羽"中就有"黄钟羽"这一调。至于"以曲多为贤"的说法，尤其可以使人看出配合新乐创造新曲的情况，既然是曲越多越受到人家的赞赏，那么，具有无穷智慧和善于接受优秀传统与吸取新东西的人民的歌辞自然可以不断地创制出来了。刘禹锡的《杨柳枝》说："请君莫奏前朝曲，听取新翻《杨柳枝》。"白居易的《杨柳枝》说："《六么》《水调》家家唱，《白雪》《梅花》处处吹。古歌旧曲君休听，听取新翻《杨柳枝》。"司空图的《杨柳枝》说："乐府翻来占太平，风光无处不含情。千门万户喧歌吹，富贵人间只此声。"可见普遍传唱此曲的情况。配合新乐创制新曲的吃香，这也是一种有力的明证。这虽然是时代稍后些，但这种民间竞唱新声的情况却是促进词的成长发展的一个重要的因素。在词的形成过程中，我们从《敦煌曲》与崔令钦《教坊记》里看到许多为后来所沿用的词调，其中必有不少是人民在和上述的同样的情况之下创制出来的。人民在词的形成过程中所起的作用，我们必须予以充分的估计。

《敦煌曲》500 余首中（据任二北所搜辑的），宣扬佛教的占大半，当时的佛教深入民间，如佛曲中的《十二时》《五更转》等，虽然和宋元的讲唱文学结不解缘，但对词的形成也会有影响。

受了新的外来音乐的刺激，人们在传统的乐府民歌的基础上创造了较为新颖自由的、较多变化的体制来适应当时的生活需要，更吸取了一些流行于民间的新东西，使它更带普遍性，这就形成了当时的一种新体诗——词。专从音乐上的输入或者形式上的演变来说明词的起源，都是不够全面的；认为它和讲唱文学的来源是两个系统，绝无关系，也似不很恰当。至于乐工、歌伎们的变换旧调、创制新腔、灌注民间俚歌小曲等，在词的发展过程中当然起了相当大的作用，但这不是关系起源的问题，这里暂不谈它。

历来对词的起源的看法大约不出三种：第一，以为出于古乐府，甚至以为出自《诗经》。如王应麟说："古乐府者，诗之旁行也；词曲者，古乐府之末造也。"（《困学记闻》）如成肇麐说："十五国风息而乐府兴，乐府微而歌词作。"（《七家词选序》）从理论原则上看问题，王灼的"古歌变为古乐府，古乐府变为今曲子，其本一也"（《碧鸡漫志》）的说法已开其端。第二，以为源于六朝诗。如朱弁《曲洧旧闻》说："词起于唐人，而六代已滥觞矣。梁武帝有《江南弄》，陈后主有《玉树后庭花》，隋炀帝有《夜饮朝眠曲》。"（《历代诗余》引《曲洧旧闻》。今本《曲洧旧闻》无此文。杨慎《词品》有类似的说法。）第三，以为词由诗变，始于中唐。沈括《梦溪笔谈》、朱熹《朱子语类》以虚声实字来说明；胡仔《苕溪渔隐丛话》三十九说得更具体："唐初歌辞多是五言诗或七言诗，初无长短句，自中叶以后至五代渐变成长短句，及本朝则尽为此体。今所存止《瑞鹧鸪》《小秦王》二阕，是七言八句诗并七言绝句诗而已。《瑞鹧鸪》犹依字易歌，若《小秦王》必杂以虚声乃可歌耳。"既说明中唐以前无长短句，又于整齐式中分不必虚声和需要虚声两种情况。以上三种说法中，第一种很抽象，不能给人以任何较清楚的认识；第二、三种看法指出时代并从歌唱看问题，比第一种看法更踏实些，但仍没有接触到词在体制上和音乐上的特质。

几十年来，"敦煌曲"的发现对词的起源研究发生了很大的影响，研究这一问题的人对前三种说法的不妥都有所认识，但仍未有一致的结论。

任二北的《敦煌曲录》和《敦煌曲初探》二书对敦煌曲做了比较全面的整理和探讨，在词学上的贡献颇大。但他在研究词的起源时，不但不根据敦煌曲的材料，连民间为了生活的需要而创作新体制这一前提条件都没有接触到，而斤斤于枝枝节节的问题的考索，如对郭茂倩《乐府诗集》中的《清商曲辞》的争辩，"齐言""杂言"的辨析，"歌诗"一辞的解释，等等（均见《敦煌曲初探》第五章），而其结论，则词的起源，可考见的是隋仁寿元年（601 年）牛弘等所制的《上寿歌辞》和隋炀帝与王胄所作的《纪辽东》，并说《纪辽东》的"分片、立格、叶韵、平仄，无一非后来长短句词之体，已确切无可否认"。又说："隋代既有如此之《纪辽东》于前，故唐初即有长孙无忌之《新曲》、王勃之《杂曲》、阎朝隐之《采莲女》种种杂言于后，一一皆作长短句词之体，确切无可否认，亦诚何足异！"这可算是最后而且是最具体的说法。任氏对许多人如俞平伯、唐圭璋、詹锳、萧涤非等人的文章涉及这一问题的都加以指摘、否定，而以自己这种看法是"确切无可否认"的。

是不是任氏这种看法是"确切无可否认"的呢？我认为还值得认真考虑。

第一，把一种文体的产生归结为一个帝王或一个臣子的创制，又没有探索在什么样的基础上、在什么样的条件下来创制这种文体，如屈原之写《九歌》《离骚》一样，这首先就是无根之木、无源之水，忽略社会生活和人民大众在创制文体上所起的作用；第二，仅因某些作品的形式上和"后来长短句词之体"偶合，即认为其是词的起源，这仍是形式主义的看法，跟溯源六朝乃至《诗经》的论调实际是一样的；第三，所举的例子《上寿歌辞》和《纪辽东》是否协乐？究竟和何种音乐配合？如非燕乐，跟乐府诗有何区别等，并无明确的解说；第四，即使《上寿歌辞》和《纪辽东》是协乐的而且是协燕乐的，又怎么能离开一切形成它们的因素而突然由一个帝王或臣子首创出来？他也没有说明自己这一论点的依据。现在，我们且先看看《纪辽东》二首：

> 辽东海北翦长鲸，风云万里清。方当销锋散马牛，旋师宴镐京。
> 前歌后舞振军威，饮至解戎衣。判不徒行万里去，空道五原归。（杨广《纪辽东》其一）

> 秉旄仗节定辽东，俘馘变夷风。清歌凯捷九都水，归宴洛阳宫。
> 策功行赏不淹留，全军藉智谋。讵似南宫复道上，先封雍齿侯？（杨

广《纪辽东》其二)

两首句法均是"七五，七五，七五，七五"，就形式看很像词，但只是四句一转韵，这在诗中很多，不能断定就是如词之分上、下片。就平仄言，不但前首的二、四、六、八句与后首的二、四、六、八句不同，即两首第三句的脚字"牛"与"水"也一平一仄。如果把王胄二首和这两首比勘一下，平仄的出入更多，所谓"立格"者，只是句法和协韵相同而已。句法和协韵有一定规格的，则乐府古诗中有的是，如沈约的《六忆诗》、萧衍（梁武帝）的《江南弄》都是实例，而且更富有后来的词的情味。因此，单从这方面看是不能说明问题的。那么就要再从音乐方面来加以考察了。词之所以能独立成为一种体制，不仅表现在它的句调上，也表现在它所配合的音乐上。词是为了配合燕乐而创制这一点已是众所周知、毫无疑义的了。《纪辽东》是不是属于燕乐这一类的作品，据史籍记载，还看不出这一点。即就任氏所考的而论，他认为"实际为唐燕乐曲子辞中长短句之前身"的"如《长乐佳》《懊侬歌》《华山畿》《读曲歌》《白石郎》《繁霜》《姑恩曲》《神女歌》《乌夜啼》等，皆长短句，隋唐无名氏之作居多，并非齐梁旧篇"。对于这些作品，郭茂倩《乐府诗集》分明把它们和《江南弄》一样看待，归入《清商曲辞》，在没有证实它们如何转变为和燕乐配合之前，即指斥"后人概以齐梁乐府体之长短句目之"，也不能使人信服。《纪辽东》在《乐府诗集》中是归入"近代曲辞"的，任氏已说明它和《上寿歌辞》等都"属于国人自有的清乐范围"。任氏曾指出"清乐以外，皆胡乐之世界。胡乐之盛，自南北朝以迄唐，代益有加，至玄宗时而造极，达于饱和。当时之曲，兼有纯清乐者、纯胡乐者，及清胡杂糅、中外调和者之三类"。词既是配合燕乐的一种体制，那么它的来源纵然不属"纯胡乐者"，也当属于"清胡杂糅"之一种，而不该属于"纯清乐者"。又，近代发现的敦煌曲的调名大部分见于崔令钦的《教坊记》，可考见的唐宋人词调名也多在《教坊记》中可以找到，可见《教坊记》作者所搜辑的范围相当宽广，至少对当时流行的曲调名是兼收并蓄的。可是遍查其中的曲调名，却没有《纪辽东》。这说明《纪辽东》这个调子在当时没有给人以新鲜的印象，当时的人不认它是一种创新的东西而加以推崇。把这种调子作为词的起源，我想是不会符合事实的。（《上寿歌辞》不为人民所喜，更不消说。）把过去文人的某一首作品作为某种文学体制的起源已经很不可靠了，何况以一个帝王或臣子的作品——《纪辽东》和

《上寿歌辞》为词的起源？

因此，我认为要探索词的起源，应该从两方面看。从音乐方面看，词是燕乐，起于周隋之际，即《隋书·音乐志》所载周武帝时龟兹人苏祇婆从突厥皇后入国时所奏的。《隋书·音乐志》中：

> 先是，周武帝时有龟兹人曰苏祇婆，从突厥皇后入国，善胡琵琶。听其所奏，一均之中，间有七声。

这种音乐，起先流入北方的后魏。《旧唐书·音乐志二》：

> 后魏有曹婆罗门受龟兹琵琶于商人，世传其业，至孙妙达，尤为北齐高洋所重，常自击胡鼓以和之。

到周武帝聘突厥女做皇后，才盛行于长安。同上书载：

> 周武帝聘虏女为后，西域诸国来媵。于是龟兹、疏勒、安国、康国之乐大聚长安。胡儿令羯人白智通教习，颇杂以新声。

后来隋文帝把它和雅部区分开来，叫"俗部"（引文见上）。凌廷堪《燕乐考原》一引此文注云："雅部乃郑译所附会者；俗部即苏祇婆琵琶也。"可以想见，这种音乐在声调上有一段期间并不是很单纯的，所谓"颇杂以新声"，所谓"合胡部者为燕乐"（均见上引），所谓"周齐旧乐，多涉胡戎之伎"（《唐会要·雅乐》上），其中的"杂""合""涉"等说法都是声调不单纯，在一种原有的基础上渗进了另一种东西的标志。"合胡部为燕乐"是唐天宝十三载（754 年）的事，说明这并不是一个短期的过程。但要探索它的起源，就不能不追溯到周隋以至于后魏。

从文辞方面看，把新发现的敦煌曲和崔令钦《教坊记》、南卓《羯鼓录》核对起来，除一些"联章"和"大曲"外，确实可作为独立的词看待的可能出现在初唐、盛唐。龙榆生的《词体之演进》、任二北的《敦煌曲初探·时代》均假定《云谣集》产生在盛唐；唐圭璋的《云谣集校释》则云："隋已有词之创作。"《云谣集曲子》中如《凤归云》《洞仙歌》《破阵子》等调，都有部分描述了人们从事战争的情况，表现人们反战的情绪，这是无可否认的事实，作品产生于战争频繁的时代是可以肯定的。问题是那是在什么时候的战争。就诸词的内容看，有"终朝沙碛里"（《凤归云》第二首）、"愿四塞来朝明帝，令戍客休施流浪"（《洞仙歌》第二首）、"携剑弯弓沙碛边"（《破阵子》第四首）的句子，说明这是对外来部族的战争，而且战场在边远沙碛地带，很可能是反映唐朝与西域的战争。可是，从太宗贞观至玄宗天宝年间，其间 120 多年，唐和西突厥、吐蕃、大食、吐谷浑等国时时以兵戈相见，究竟这些词是反映哪一次的战争情况呢？如果把一次历时最久、战斗最烈的双方斗争作为反映的客观现实，则是高宗永徽二年（651 年）到显庆二年（657 年）的那一次，前后 6 年多，经过许多次激烈战斗，最后在唐名将苏定方、萧嗣业指挥之下，才把西突厥的贺鲁擒获，奠定了唐在西域的领导权。如果把带有侵略战争的性质，得不到人民的支持，结果大败输亏的战役作为反映的客观现实，那是玄宗天宝十年（751 年）的怛逻斯战争，高仙芝内部叛变，与大食夹攻唐军，仙芝大败，士兵死亡将尽，仅余数千人逃回安西。所以词中所反映的史实是初唐还是盛唐，实不易加以确断。但就《教坊记》的曲调名细加考察，其中直接反映战争或间接抒写因战争所遭受的乱离痛苦的，据任二北在《敦煌曲初探·时代》中的统计，共有 36 个调名，约相当于《教坊记》全部调名的 1/10（《教坊记》共列曲调 324 个），则这些作品的来源不一定是开元、天宝时的创作，属于隋末唐初的创作，也是完全可能的。因崔氏所录的是教坊里的曲调。教坊里的曲调一部分是教坊自制的，一部分是民间流行的，这情况一般都如此。崔氏所录的既然大约 1/10 的反映面和民间创作有共通之点，可见其中有部分是来自民间的；即使是教坊中人所自制，也应该有民间的东西做蓝本，因为教坊中人有不少是从民间来或者和民间有一定的联系的。有这样的生活实践，才能产生这样的东西。而民间的东西流入教坊，一般来说，还需要经过一段时间。段安节《乐府杂录》"杨柳枝"条载："白傅居洛邑时作（按：《太平御览》作"白傅典杭州时所撰"），后入教坊。"名流作品尚须过些时候才流入教坊，民间创作更不消说。《教坊记》作于肃宗宝应元年（762 年，据任二北假定），那么，把这些作品看成反映初唐的战乱的社会现实，也不会脱离实际情况。如果联系燕乐的输入和人民的首创性来看，把词的起源时间定在初唐更恰当些。

总之，词是隋、唐以来的一种新的文学体制，但也不是偶然产生的，在音乐上、文辞上都有一个创造的过程：音乐主要是燕乐，在初期也杂有清乐部分；文辞上主要是长短句，在初期也有一些是整齐式的。

## 第二节 敦煌曲

### 一

"敦煌曲"是50年来在敦煌发现的一些杂曲、大曲、佛曲的总称，经任二北整理出来的有545首。任氏把它分成三类：普通杂曲、定格联章和大曲。其中普通杂曲48调，205首，连失调名的22首，共227首；定格联章4调，17套，286首，连失调名1套12首，共298首；大曲5调、5套，20首。三类中都有部分具有佛曲的性质，特别是定格联章一类，几乎全是宗教的作品。普通杂曲的句格体制都是宋词的前身；定格联章在宋词中虽较少见，但如欧阳修的《采桑子》《渔家傲》，赵令畤的《商调蝶恋花》之类也是这种写法；大曲也和宋词有密切的联系，因为词调中有不少是从大曲摘取出来的，如晏几道的《泛清波摘遍》、姜夔的《霓裳中序第一》之类。

《敦煌曲》共69调，有45调见于崔令钦的《教坊记》。《教坊记》是唐代乐曲调名最丰富的著录，标出曲调名278个，大曲名46个，共324调（其中也有同名的，如曲调名、大曲名中都有《同心结》）。它记录的对象虽是教坊，但接触面很广。因为教坊里的歌伎、乐工们多出自民间或都市中的下层贫苦人家，他们会把各地的曲调歌声带进教坊里，因而"民间里巷之声，边鄙新异之调"，都为录出。作者虽然是唐玄宗开元年间的著作佐郎（或作"著作郎"，书中的署衔），又做过左金吾仓曹，肃宗时迁仓部郎中，曾和教坊中人来往，但录出的仅凭后来的追忆。《教坊记·序》云：

> 开元中，余为左金吾，仓曹武官十二三是坊中人。每请禄俸，每加访问，尽为予说之。今中原有事。漂寓江表，追思旧游，不可复得；粗有所识，即复疏之，作《教坊记》。（《全唐文》三九六）

那还不是详尽无遗的。不过，有一点可以肯定地指出：《敦煌曲》的调名见于《教坊记》的都是唐玄宗时期或者玄宗以前的产物。

当然，我们不能仅凭调名的来源就判定作品的产生时代，创调年代和作词年代是有区别的，它们可能同时产生，也可能先有调然后才依声填词。要说明《敦煌曲》的产生年代，主要还是要依据曲辞所反映的具体实际情况来加以判定。不过，仅就这类调名来说，也可以解决词学上的许多疑难问题，如过去的人认为词起于中唐的说法，唐人无《双调望江南》的说法（黄昇说），《菩萨蛮》起自唐宣宗时的说法（苏鹗《杜阳杂编》说），慢词创自北宋柳永的说法（吴曾《能改斋漫录》），等等，《敦煌曲》都给予反驳。这在词学发展史上的贡献是巨大的。另外，《敦煌曲》里有许多无名氏的作品，甚至有些还可以看出是民间歌手的创作，这在说明一种新兴文体的首创者总是人民，在民间流行后才逐渐转到文人之手这一点上也提供了有用的资料。宋代是词最流行的时代，人民的创作应该是不少的，然而现在流传下来的即使是无名氏的作品，能够体现出人民大众的思想感情的也如凤毛麟角，而在《敦煌曲》里可以使人看到远在盛唐以前的民间词作，这就使《敦煌曲》的发现在词学发展史上放一异彩，成为一种非常珍贵的文学遗产。

由于唐宋两代的文人诗词很盛行，数量又很多，因而我们要说明古典诗词的优秀传统，不能不到一些杰出的作家的作品中去寻找，民间的诗词创作几乎空白。赖有《敦煌曲子词》的出现，使人从其中一部分民间创作中看出：自《国风》《汉乐府》、南北朝民歌到唐代的民间歌曲，贯串着一条真正反映社会现实的民间歌辞的线索，它们与《雅》《颂》、"汉赋"、梁陈"宫体诗"和唐宋两代一部分脱离现实、腐朽庸滥的文人诗词相对立，从这种对立中明显地体现出它们具有各自不同的阶级观点和服务对象。

《敦煌曲》中，除一些标明为李杰、温庭筠、欧阳炯和定惠、法照等人所作的作品之外，都没有作者的主名，可能有部分是出自当时的伶人、乐工、歌伎之手；一些富有宗教迷信色彩的还可能是佛徒之作。当然，不署名的文人的作品相当多，命意措辞和民间作品有很大的差别；个别作品如《倾杯乐》《内家娇》更有可能是出自贵族女子之手，因为当时贵族女子擅辞翰的为数不少。500 多首《敦煌曲》中，有集名的只有《云谣集杂曲子》，录 33 首。这 33 首可以看成曾经过编选的手续，此外则均是抄手抄录自己所看到或所熟悉的作品（当然也有可能是受人指定的）。抄手不止一人，抄录不在一时，抄录的对象也相当广泛，以其同出于敦煌石室中，所以被编辑在一起。就文辞上看，不可理解的句调也不少，错别字也多，可见有些抄手是没有较高的文化修养的。正因为如此，它和经过文人编选或者加工过的东西不同，它更能够保存作品的本来面目，具有很真实的内容和极淳朴的语言。

## 二

作品的具体内容，大约有下列几个方面：

（1）表示奋勇杀敌，效忠君国，具有爱国主义精神的。如《望远行》：

> 年少将军佐圣朝，为国扫荡狂妖。弯弓如月射双雕。马蹄到处阵云消。　　休寰海，罢枪刀，银鸾驾□上连宵。行人南北尽歌谣：莫把尧舜比今朝。

这词明显地反映出战争频繁、国家多事的社会现实，深刻地描绘了一个少年将军志意昂扬、为国效忠的英雄气概，并且充分表现了所向无敌、必然胜利的乐观精神，体现出广大人民渴望太平盛世的普遍心理，是一首思想感情相当健康的作品。任二北把它和《茶怨春》以及失调名的《良人去》《十四十五上战场》三首认为同是唐玄宗开元、天宝时代的作品。（见《敦煌曲初探·时代》）就作品的具体内容看，那三首都兼写离情，而且有攀附功名的迹象（如《茶怨春》的"待成功日，麟阁上，画图形"），有感伤怨愤的情调（如《良人去》的"万家砧杵捣衣声，坐寒更，添玉泪，懒频听"，《十四十五上战场》的"低头泪落悔吃粮，步步近刀枪。昨夜马惊辔断，惆怅无人遮拦"），远比不上这一首的意气风发，精力弥满。又如《生查子》：

> 三尺龙泉剑，匣里无人见。一张落雁弓，百只金花箭。　　为国竭忠贞，苦处曾征战。先望立功勋，后见君王面。

上阕虽然只写利剑和弓箭，实是充满了杀敌致果的信心的表现，为下阕"为国竭忠贞"提供先决条件，提出有力的保证（即"工欲善其事，必先利其器"之意），因此，才有可能先立功后见君王，把立功摆在第一位，丝毫不存侥幸的心理。其实，这种人物"待成功日，麟阁上，画图形"（《茶怨春》）的思想还是可以看出的，由于在作品里全不流露出来，只写到"见君王"为止，好像君王怎样对待他都置之度外，并不斤斤于名位，说不定还可以功成引退，这就更加完美地刻画出这个人物的英雄性格，而使人感到这是一位非常杰出的爱国英雄。它虽没有像前引那首一样描绘出"马蹄到处阵云消"这么英勇的神态，也没有写出"扫荡狂妖"后的庆祝升平的理想，然而呈现在人们面前的同样是一位意气风发、精力弥满的英雄人物。作者对祖国的看法虽然和君王连成一气，爱国和忠君往往分不开，自己的英勇表现也往往脱不了立功思想，但和一些仅仅为了君王个人或者只由个人名位出发的也自有别。在保卫祖国的前提下不惜冒犯艰险、牺牲自己的精神就足够说明这一点。像这类的作品出现在 1200 年前，应该说是难能可贵的。

（2）既愤恨外来部族的侵犯边境，又憎恨战争造成生离死别的苦难的。《敦煌曲》里关于这类的作品相当多，如《破阵子》二首：

> 风送征轩迢递，参差千里余。目断妆楼相忆否？鱼雁山川鳞迹疏。和愁封去书。　　春色可堪孤枕，心焦梦断更初。早晚三边无事了，香被重眠比目鱼，双眉应自舒。

> 年少征夫军帖，书名年复年。为觅封侯酬壮志，携剑弯弓沙碛边，抛人如断弦。　　迢递可知闺阁，吞声忍泪孤眠。春去春来庭树老，早晚王师扫（从唐校，任校作"归"）却还，免教心怨天。

前首写送别之后，日日盼望，音信杳然，春色撩人，孤枕难堪，只希望"三边"无事，才得享夫妇之乐。后首写年年军帖上都有少年夫婿的名字，"为觅封侯酬壮志"，不得不忍心舍下夫妻的朝夕相处，参加边远的战争。而春去春来，年复一年，不得团聚。唯一的希望就是王师还归，勿复征战。两首都很明显地反映了长年参加边远的战争的现实，表达出自己望断征夫的痛苦的心情。一方面，怨恨长年征战，致使夫妻离散；另一方面，又痛愤"三边"多事，盼望王师凯旋。舍不得夫妻分离，又忘不了国家急难，这种心情是相当复杂、非常痛苦的。这两首以外，如《凤归云》的"征夫数载"首、"绿窗独坐"首和《洞仙歌》的"悲雁随阳"首都在不同程度上表露出这样的心情。这正是李白的"何日平胡虏，良人罢远征"的诗意。这种思想感情和当时广大人民的思想感情应该是一致的。这些作品所反映的历史事实，龙榆生和任二北都认为是在唐玄宗开元、天宝年间。其实，就这些词的具体内容加以考察，也可以把作词的年代推前一些。683 年，唐高宗死在洛阳以后，陈子昂在《谏灵驾入京书》（《陈伯玉文集》卷九）中曾说：

> 今则不然，燕代迫匈奴之侵，巴陇婴吐蕃之患，西蜀疲老，千里运粮；北国丁男，十五乘塞；岁月奔命，其弊不堪。秦之首尾，今不完矣。即所余者，独三辅之间耳。（《新唐书·陈子昂传》载此文略有出入。）

他在《上西蕃边州安危事》中对"碛北诸姓"情况有更多叙述。又据史籍所载，突厥、吐谷浑、吐蕃等外来部族，自隋末至唐，时而侵扰，时而归顺，反复无常，不断用兵，这都可能是这些作品中所反映的历史事实。所谓"燕代""巴陇""碛北"等地点和词中的"早晚三边无事了""携剑弯弓沙碛边"也颇吻合，正不必拘定在开元、天宝年间。即就词中指出的年代看，"书名年复年"，"春去春来庭树老"，也说明这战争是长期性的，实际年代大有伸缩的余地。

（3）抒写男女的坚贞爱情。描绘男女恋爱的情态与表现爱情的神圣不可侵犯，这是民间诗歌的特色，自《诗经》的《国风》以至南北朝的民歌，一脉相承，连绵不断。《敦煌曲》里这类作品也不少。如《菩萨蛮》：

> 枕前发尽千般愿，要休且待青山烂。水面秤锤（锤）浮，直待黄河彻底枯。　　白日参辰现，北斗回南面。休即未能休，且待三更见日头。

运用许多必不可能出现的事象来说明她和她的爱人的牢固坚贞、矢死不渝的爱情。这种只刺取日常生活所接触到的事象，大胆率真、毫无掩饰而又鲜明活泼的描写正是民间妇女纯洁无瑕的善良品质的表现，封建士大夫是不会这样写的。我们读了这首词，很自然地就会联想到汉乐府中的《上邪》。《上邪》开口就叫喊，情绪非常激切，而这首从回忆两人的盟誓出发，比较委婉曲折，但就它们的取材和所表现的主题看，却是完全一样的。它们都达到了艺术上很高的成就，都是民间文学的瑰宝。从这里，我们可以看出它们之间的传承关系，也可以看出民间歌辞的优秀传统。这词中有用方音协韵的，如"浮"字。有用俗语的，如"秤锤"。其中的"休""且待"都不避一再复用。这是地道的民间创作的标志。任二北对"秤锤"（原作"秤锤"）二字加以考证，谓"锤"即"堆"字，引杜甫《沙苑行》的"累累锤阜藏奔突"、岑参《登北庭北楼》的"但见白龙锤"作证，说虽可以成立，但不能说明这词里的"锤"字。说明这词里的"锤"字的引据，只有寒山诗"秤锤落东海"句最为恰当。因为一字数义数通的例子正多，不恰当的例子多举只有治丝益棼，是不能说明问题的。从寒山诗句看，可见"锤"和"锤"是同一个字，也不必怀疑后来传抄者所改。寒山有较高的文化修养，他当然会把较僻俗的字改成较通行的字。既然说"似初唐时，'锤'或'锤'字尚未通行"，为什么又怀疑通行的字为传抄的人所更改呢？寒山诗有许多用口语的地方，他是一个和尚，比较接近民间，是会吸取民间文学的养料来丰富自己的写作的。（任说见《敦煌曲初探》）除这首《菩萨蛮》以外，如《山花子》"去年春日常相对"首、《望江南》"天上月"首、《雀踏枝》二首、《送征衣》"今世共作如鱼水"首、《南歌子》"争不教人忆"首等，都运用纯朴的语言表达真挚的爱情，都可以确定是民间的优秀的创作。

（4）《敦煌曲》里也有不少表达市民阶层的爱情观点和恋爱情状的。这类的作品色情的意味较浓，甚至会陷于猥亵的描写，是应该批判的。但从其坦白体贴和防微杜渐的心愿的表露中也体现出夫妇的爱。如《渔歌子》：

> 洞房深，空悄悄，虚把身心生寂寞。待来时，须祈祷，休恋狂花年少。　　淡匀妆。周旋妙，只为五陵正渺渺。胸上雪，从君咬，恐犯千金买笑。

这类词描写的对象可以肯定是城市中的中下层人物。篇中特别警惕少年丈夫醉生梦死于花街柳巷中，而情愿以"胸上雪，从君咬"来打动他、挽住他，来抵挡他的"千金买笑"，可以看出他们的生活环境是繁荣的城市而不是乡村。从这里，我们可以看到城市妇女和乡村妇女对爱情的看法和对待爱情的态度有很大的差别：乡村妇女的性格是善良质朴的，她并不以色笑讨好爱人，也不会以"恋狂花年少""犯千金买笑"这类的放荡行为来看待爱人；而市民阶层的爱情观点一般总不免和色笑享乐纠缠在一起。

由于唐代是市民阶层逐渐成长壮大的时期，因而在《敦煌曲》中像上面所举的《渔歌子》这类的作品相当多，如《渔歌子》中的"睹颜多"首、"绣帘前"首、"春雨微"首，《南歌子》的"悔嫁风流婿"首，大都是通过离怀别感来表达对丈夫的爱念，虽然具体情况不同，经济地位也有所区别，但都可以看成市民阶层表现爱情的作品。

（5）描绘下层妇女的痛苦心情和一般商人的生活面貌的。在商业经济比较繁荣的时期，为了适应飘徙无定的商人的需要和解决自己的生活问题，下层妇女往往被迫沦为歌伎，在城市中过着非人的极端痛苦的生活。这在《敦煌曲》中也有所反映。如《望江南》：

> 莫攀我，攀我太心偏。我是曲江临池柳，者人折了那人攀，恩爱一时间。

把柳条任人攀折来比喻自己任人蹂躏的悲惨命运，这是多么形象、多么动人的描写！这应该是一般歌伎们的生活的写照，唱出了她们普遍潜存着的心声，是有典型意义的。可是，那些唯利是视的商人们也不是都能够一帆风顺的，他们有时蹂躏那可怜的弱小者，有时也会流离失所，遭受同样悲惨的命运。这在作品中也有很真实的刻画。如《长相思》三首：

　　　　作客在江西，富贵世间稀。终日红楼上，□□舞著词。　　　频频
满酌醉如泥，轻轻更换金卮。尽日贪欢乐，此是富不归。

　　　　作客在江西，寂寞自家知。尘土满面上，终日被人欺。　　　朝朝
立在市门西，风吹泪点双垂。遥望家乡长短，此是贫不归。

　　　　作客在江西，得病卧毫厘。还往观消息，看看似别离。　　　村人
曳在道傍西，耶娘父母不知。身上缀牌书字，此是死不归。

任二北谓"'作客'史实，应就唐代商业经济情形迹之"，可信。这"作客"的都该指经商的人们。三首中都以"不归"为商人的结局，这在"魂归故土，示不忘本"的家乡观念很深的封建社会人士看来，这结局是悲惨的。把这种情况和上面写歌伎被蹂躏的情况合看起来，很清楚地展示出当时商业城市中的一些阴暗面。

　　以上所述是《敦煌曲》中具有人民性和社会性的作品，也就是具有现实主义精神的作品，这是我国文学历史上一份十分珍贵的遗产。由于它被埋没了1000多年才被发现，这就更值得珍视了。但是，尽管如此，我们如果不加区别地认为《敦煌曲》中所有的作品都是民间文学的优秀传统，都是足供我们借鉴的精华所在，那也是不妥当的。即就具有现实主义精神的一部分作品来说，除少数反映民族矛盾的作品具有积极意义之外，能深刻地反映现实生活中的主要矛盾——地主阶级和农民阶级的矛盾的作品就很难看到。（只剩下失调名的《十四十五从军征》那半首是写统治阶级驱迫人民当兵带给人民痛苦的情状）抒写爱情生活的作品也只有极少数可以判定出自民间，和《诗经·国风》《汉乐府》比较起来就不免减色。因此，从全局来看，我们也不能对《敦煌曲》做过高的估价。

　　《敦煌曲》的思想内容有很大的局限性，消极落后的作品不少，具体表现在下列几个方面：

　　第一，歌功颂德，粉饰太平。如《感皇恩》四首、《拜新月》的"国泰时清宴"首、《菩萨蛮》的"再安社稷垂衣理"首、《献忠心·御制曲子》二首，冠冕堂皇，句句都是对封建统治和封建帝王的祝颂，比"三颂"、《秦刻石》和部分阿谀逢迎的"汉赋"有过之无不及。这有部分可能有其一定程度的社会基础，出现于各种矛盾斗争相对缓和的贞观、开元年间（据任二北考《感皇恩》四首和《拜新月》"国泰时清宴"首可能出于玄宗朝，

见《敦煌曲初探·论时代》），但即使在那所谓"太平盛世"的年代，稍为注意国计民生的人士也不会完全看不到已经存在着的阶级矛盾和民族矛盾的客观现实。像这样一味歌唱升平的东西应该是出于"文学侍从之臣"或通词翰的贵族妇女之手，完全是"宫廷文学"。

第二，为了功名利禄而表露出感伤情绪以至消极颓丧的。这类作品在封建士大夫中普遍存在着，攀龙附凤、叹老嗟卑的个人得失的观感在旧诗词中到处可以看到。《敦煌曲》中反映这情况的相当多，如《菩萨蛮》二首：

> 自从涉远为游客，乡关迢递千山隔。求宦一无成，操劳不暂停。
> 路逢寒食节，处处樱花发。携酒步金堤，望乡关双泪垂！
> 数年学剑攻书苦，也曾凿壁偷光露，堑雪聚飞萤，多年事不成。
> 每恨无谋识，路远关山隔。权隐在江河，龙门终一过。

说明了他漂泊异地，是因为"求宦一无成"；他埋头伏案，为的是"龙门终一过"，作者的人生观是丝毫没有掩饰的。从另一方面看，也反映了知识分子遭受压迫的情况。又如《浣溪沙》：

> 卷却诗书上钓船，身披蓑笠执鱼竿，棹向碧波深处去，几重滩。
> 不是从前为钓者，盖缘时世掩良贤。所以将身岩薮下，不朝天。

这不是很明显地说破了自己的心事吗？"所以将身岩薮下"，"盖缘时世掩良贤"，并不是忘怀个人的得失，而是沽名钓誉，待时而动。表现消极归隐正是为了等待机会，争取功名利禄。这类的做法在唐代大不乏人。《新唐书·卢藏用传》："司马承祯尝召至阙下，将还山。藏用指终南山曰：'此中大有嘉处。'承祯徐曰：'以仆视之，仕宦之捷径耳。'"这就是所谓"终南捷径"。归隐是做官的更直捷的途径，当时卢藏用做左拾遗，郑普思做秘书监，叶静做国子祭酒，都曾经走这条路。走通之后，他们的卑鄙无耻的原形就显露出来了。《旧唐书·卢藏用传》："初隐居之时，有贞俭之操（《新唐书》本传作'有意当世'，更明确），往来于少室、终南二山，时人称为'随驾隐士'。及登朝，趑趄诡佞，专事权贵，奢靡淫纵，以此获讥于世。"（《新唐书》略同）可见这类貌为清高的隐士隐藏着多么丑恶的灵魂！《谒金门》的"云水客"首就活绘出这类人的可耻的意图：

> 云水客，书卷十年功积。聚尽萤光凿尽壁，不逢青眼识。　　终
> 日尘驱役饮食，□□泪珠常滴。欲上龙门希借力，莫教重点额。

"欲上龙门希借力，莫教重点额"，这就是一般所谓"云水客"的思想本

质。不但隐士如此，即使是出家的道士，也不能跨过名利这一关。另一首
《谒金门》：

> 长伏气，住在蓬莱山里。绿竹桃花碧溪水，洞中常晚起。　　　闻
> 道君王诏旨，服里琴书欢喜。得谒金门朝帝陛，不辞千万里。

因为听到封建帝王的垂青而满怀喜悦，千里奔趋的情态可掬。此外，如
《定风波》二首的儒士问答，《谒金门》"仙境美"首的"天宫游戏"，或
者热衷功名，或者脱离现实，表现不同，思想实质是一样的。

第三，醉心豪华生活，尽态极妍，充满色情的描写的。如《内家
娇》：

> 丝碧罗冠，搔头坠髻，宝妆玉凤金蝉。轻轻敷粉，深深长画眉
> 绿，雪散胸前。嫩脸红唇，眼如刀割，口似朱丹。浑身挂异种罗裳，
> 更熏龙脑香烟。　　　屧子齿高，慵移步两足恐行难。天然有□□灵
> 性，不婷凡间。招事无不会，解烹水银，炼玉烧金，别尽歌篇。除非
> 却应奉君王，时人未可趋颜。

这一首和另一首（"两眼如刀"），无论从思想感情看，从具体形象看，贵族
女人的气氛都十分浓厚，供帝王色情享乐、博君王喜爱的心愿也很明显地
表露出来，任二北《敦煌校录》谓"二词可能皆为杨太真事而作，且即
在杨为女道士后，将册为贵妃前"，说似可信。又如《倾杯乐》二首，娇
贵的程度虽不及《内家娇》，可是，"闲凭着绣床，时拈金针，拟貌舞凤
飞鸾，对妆台重整娇姿面"，"浑身挂绮罗装束，未省从天得知。……裙
上石榴，血染罗衫子。……玉钗坠素绾乌云髻。年二八久锁香闺，爱引狷
儿鹦鹉戏"，也反映出贵族女子的生活面貌，不是一般的市民生活所可比
拟的。

除上述三种类型的作品之外，还有劝学，劝孝，宣传道教、佛教、医
理等极为迂腐和具有浓厚的宗教迷信色彩的作品，这些都是《敦煌曲》
中的糟粕。值得注意的是，宣扬佛教的作品最多，并且多数是联章的形
式，和当时流行于民间的变文中部分宣扬佛教的作品的具体内容和适应场
合虽然有所不同，但其作用应该是一致的。这说明了当时的佛教徒在中国
已深入到民间，一方面对广大群众散播了许多思想毒素，另一方面也带来
了不少的新文体、新曲调，给予民间文学一定程度的影响。

《敦煌曲》中特别值得提出的是一些表明外来部族归附汉族的心愿和
一些歌颂边将的功勋的作品。这些都是特定的历史条件下的产物。前者在

宋代根本没有产生过，后者在宋代虽有类似的历史事实，但却很难看到类似的词作。（只有邵缉的《满庭芳》、刘过和李沈的《六州歌头》是歌颂民族英雄岳飞的。）如《赞普子》：

> 本是蕃家将，年年在草头。夏日披毡帐，冬日挂皮裘。　语即令人难会，朝朝牧马在荒丘。若不为抛沙塞，无因拜玉楼。

把自己处在西北游牧地带的生活面貌、语言习惯以及情愿离开"沙塞"而归附唐朝的心事和盘托出，这虽是从统治者个人的生活情况和思想愿望出发，当然也含有攀附大国的因素，但这种做法从整个社会发展的历史看，实有或多或少的推进作用，也是符合人民大众的要求的。《献忠心》"臣远涉山水"首、"蓦却多少云水"首也是外来部族附唐之作，但阿谀语多，比不上这首。又如《望江南》：

> 曹公德，为国托西关。六戎尽来作百姓，压坛河陇定羌浑，雄名远近闻。　尽忠孝，向主立殊勋；靖难论兵扶社稷，恒将筹略定妖氛。愿万载作人君。

王重民《敦煌曲子词集·叙录》："此为述归义军曹氏功德，不似在曹元忠以后，疑当在曹议金时代。'向主'指唐室，'作人君'则敦煌百姓戴议金为王，仍师金山天子故事也。"任二北《敦煌曲初探·时代》："查五代史：后唐庄宗（李存勖）曾加议金以河西、陇右、伊西庭、楼兰、金满等州节度使，检校太尉，兼中书令，托西大王。而敦煌佛窟内供养像身题名两处，亦证明议金之官职如此，与辞内'托西''河陇'等均合。兹假定其作辞时代为公元九二二（按：应作九二三），即庄宗同光元年（923年）。"那么，这词写作年代的问题可以说是已经解决了。词里充满了边地人民对曹议金的爱戴，并很具体指出他"扶社稷""定妖氛"等值得爱戴的事实，毫无疑义，这是表现人民大众的真情实感的创作，是人民大众赞颂边地英雄的歌声，是极其可贵的。他如《菩萨蛮》的"敦煌古往出神将"首，虽有以蕃附唐的歌颂，但从辞意看，应是当时边将的心理表现。据任二北《敦煌曲初探·时代》的考证，可能是唐代宗（李豫）、德宗（李适）年间凉州失陷后至沙州失陷前的作品，他假定作于德宗建中元年（780年）。指定年期虽难确信，但当时凉州、甘州、肃州、瓜州、沙州的失陷是由东及西的，这词有"只恨陷蕃部"句，是凉州陷后的甘州、肃州、瓜州、沙州等地的守将，特别是后二州的守将想恢复失地、效忠唐室的心理表现，那是信而有征的。这种心理表现和当时沦陷区的人民的愿望应该是一致的。这类词从以蕃附唐看，似上举《赞普子》，而作者是"唐家将"而不是"蕃家将"；从赞颂"敦煌自古出神将"看，似上举《望江南》，而赞颂者本身是边将而不是边地人民，其价值当不及上举两首，但具有爱国主义精神是可以肯定的。

《敦煌曲》的具体内容大约如上所述。其中有部分具有值得批判地吸收的精华，也有不少是应该剔除的糟粕。它的最突出之点而为其他流传下来的词集里不易见到的，是对一些效忠祖国的英勇战将的描写、对边地人民歌颂杀敌立功的英雄人物的表现，特别是对一些番将的生活面貌及其归附汉族的思想感情的反映。这使人清楚地看到，词这种文学体制自它产生的初期，反映面就相当广阔，并不像封建文人所理解的那么庸俗和狭窄；北宋末期以后的许多爱国词篇和不少爱国词人虽未必直接继承这种传统，但这种传统却早已存在于词的领域里。这就为词的历史定下了一项优秀的传统，打破了历代封建文人以词为小道的错误的传统看法。

### 三

《敦煌曲》的艺术特色，除一般在唐五代文人词中所惯见者外，值得提出的有下列几点：

首先是善于铺叙，即事言情。从叙述某些事状中来表达自己的思想感情的艺术手法，在《敦煌曲》中明显可以看到。如《凤归云》：

> 儿家本是、累代簪缨。父兄皆是、佐国良臣。幼年生于闺阁，洞房深。训习礼仪足，三从四德，针指分明。　　娉得良人，为国愿长征。争名定难，未有归程。徒劳公子肝肠断，谩生心。妾身如松柏，守志强过，曾女坚贞。

把自己的出身、家世、家庭教育、配偶选择、丈夫出征、离别难堪和守志不移都原原本本地叙述出来，而体贴对方、表明自己的心愿仍然表现得十分真切。要表现的主题虽然是后面的思想感情，但运用的艺术手法却是事状的铺叙。我们知道，叙事诗是民间文学的一种特色，我国文学史上最杰出的叙事诗《孔雀东南飞》《木兰辞》都出自民间。这词虽不能看成民间作品，但这种叙事手法的运用很可能从民间词中得到启示，和当时搬演故事的佛曲、变文也可能有些联系。《敦煌曲》中还存有民间词《捣练子》四首，可以看出这种艺术手法的一斑：

> 孟姜女，杞梁妻，一去燕山更不归。造得寒衣无人送，不免自家

送征衣。

长城路，实难行，乳酪山下雪纷纷。吃酒只为隔饭病，愿身强健早还归。

堂前立，拜辞娘，不觉眼中泪千行。劝你耶娘少怅望，为吃他官家重衣粮。

辞父娘了，入妻房："莫将生分向耶娘。""君去前程但努力，不敢放慢向公婆。"

通过故事的唱叹来表现生活的困迫和劳役的惨痛，这当然是劳动人民或者民间艺人的创作，不会是出自封建文人之手的。这种以事件为题材、就事言情的写法和上举《凤归云》的写作方法是同一个类型的，是《敦煌曲》一种最显著的艺术特征。

其次，同样用铺排的手法，而着重在人物的形容体态、心理活动的描绘。这在《敦煌曲》里相当多，也是它的一种艺术特点。如《内家娇》：

两眼如刀，浑身似玉，风流第一佳人。及时衣着，梳头京样，素质艳丽青春。善别宫商，能丝调竹（疑当作"能调丝竹"，和上句对称成文），歌令尖新。任从说洛浦阳台，谩将比并无因。　　半含娇态，逶迤缓步出闺门。搔头重慵惚不插，□□□□。只把同心，千遍捻弄，来往中庭。应是降王母仙宫，凡间略现容真。

这完全是运用"赋"法写词，集中刻画人物形象、才能、意态和心情，在艺术技巧上比前一种已进了一步，写得自然流转，没有什么故意造作的迹象，虽不是出自民间，仍具有民间文学的通俗性。后来柳永继承了这种艺术手法，遂能流行于民间，得到广大人民的爱赏（"有井水饮处，皆能歌柳词"）。可见这种表现手法和民间文学没有多大的距离，在当时的民间，有没有像乐府诗中的《妇病行》《孤儿行》一类的深细刻画在慢词中表现出来，因文献不足，我们已无从考见；但人民创作的慢词明白晓畅、通俗易懂，总不会像后来封建士大夫的慢词故意作"顿""折""顺""逆""留""纵"等那样专从形式上来讲笔法，使人不易理解。柳永写这类慢词在赢得人民爱好的同时也受到封建士大夫的尘俗的讥议，就是一个有力的证明。所以《敦煌词》的这一种表现手法作为它的一种艺术特点也值得提一提。

第三，用方言，协方音。由于《敦煌曲》中的错别字很多，如以"起"作"岂"（见《浣溪沙》"云掩茅亭书满床"首），以"六寻"作"绿沉"（见《定风波》"攻书学剑能几何"首）之类。因而虽经多人的整理，仍有不少不易读懂的字句，这对判断是否是方言、方音是一重障碍。不过，尽管如此，《敦煌曲》的用方言、协方音还是一望而知、无可否认的。如《洞仙歌》"把人尤泥"的"尤泥"，《柳青娘》"叵耐不知何处去"的"叵耐"，《抛球乐》"莫把真心过与他"、《渔歌子》"莫阻两情从过与"的"过与"，《菩萨蛮》"到头归不归"的"到头"、"且待三更见日头"的"日头"，《南歌子》"夜头各自眠"的"夜头"，《谒金门》"服里琴书欢喜"的"服里"等，按照一般的义训解释不通而又不能校出其中有脱误的，都可能是方言的运用。任二北《敦煌曲初探·修辞》举出俗语、方言105条，其中，"相料"即"相撩"的误写，"往还"即"亲友"的代用，"丘山"喻恩义重，"红楼"指富贵家，以及"三更见日""辜天负地"等，都看成俗语、方言固然还成问题，其数量之多也概可想见。协方音的作品不多，例如《苏莫遮》：

> 聪明儿，禀天性，莫把潘安，才貌相比并。弓马学来阵上骋，似虎入丘山，勇猛应难比。    善能歌，打难令，正是聪明，处处皆通闲。久后策官应决定：马上盘枪，辅佐当今帝。

任二北依罗常培《唐五代西北方音》以"清"注"齐"的类例，说明"比"与"并"、"帝"与"定"均可互注，这首词是方音协韵中最健全的例子，不可多得。此外，如《谒金门》"长伏气"首的"得谒金门朝帝庭（任校改'陛'），不辞千万里"，把"庭"与"里"协，《生查子》"一树涧生松"首的"郁郁覆云霞，直拥高峰顶（任校改'际'）。金殿选忠良，合赴君王意"，把"顶"与"意"协之类，都是运用方音协韵的。用方言、协方音一般是民间文学的一种艺术特点，《敦煌曲》中有这种用法的作品不少，一方面可以说明它里面有许多是民间文学或者具有民间文学的特色的作品，另一方面也表明这种用法是它的艺术特点之一。

第四，运用衬字和衬句。衬字、衬句和添声、减字不同。添声、减字是谱调关系，既成谱调，不能出入（如《摊破浣溪沙》《减字木兰花》之类）；衬字、衬句是修辞关系，谱调所无，临时增加，增加之后，并非另成一种谱调给人遵循，填词的人仍然要按照原谱。因此，要辨认什么是衬字、衬句，总不能离开原谱调的定格去检查。例如《临江仙》：

> 岸阔临江底见沙，东风吹柳向西斜，春光催绽后园花。莺啼燕语撩乱，争忍不思家！    每恨经年离别苦，等闲抛弃生涯。如今时世

已参差。不如归去，归去也，沉醉卧烟霞。

按：《临江仙》，《词律》列体十二，《词谱》列体十一，并无六十四字
体。《词谱》谓"以前后段起句、结句辨体"，一般来说，前后段起句、
结句是相同的。《词谱》所列只冯延巳作后段两句比前段少一字。这词前
后段两起句、两结句不同，玩其语调，当属上下阕都是"七、六、七、
四、五"这一格（虽有"六、六、七、五、五"体，不是这词所依从的），那么，
这词里前阕的"向"和"撩乱"是衬字；后阕的"归去也"是衬句。又
如《浣溪沙》"结草城楼"首的末句加四字；《杨柳枝》"春去春来春复
春"首的第二句多一字，第四句多两字，第六句多一字，第八句多两字，
增字的部位虽很匀称，因添声以后的《杨柳枝》第二、四、六、八句均
三字，而这首作四、五、四、五字，并无别首可以考见，仍当属于衬字。
这种衬字、衬句的运用也是《敦煌曲》的一种艺术特点。

第五，联章问答。问答体在《诗经》和汉乐府诗中都可以看到，《诗
经》中的《女曰鸡鸣》和《鸡鸣》都全篇问答，《女曰鸡鸣》中的第二
章、第三章更是一章问、一章答。但这种写法在历来的词集、词选中都没
有见过。词有联章演述故事的，也有一首之内用问答口吻的，把一章作为
提问，一章作为答复，两章一问一答，自成一组的首先出现在《敦煌曲》
中。如《南歌子》二首：

> 斜倚朱帘立，情事共谁亲？分明面上指痕新。罗带同心谁绾？甚
> 人踏破裙？　　蝉鬓因何乱？金钗为甚分？红妆垂泪忆何君？分明殿
> 前实说，莫沉吟。

> 自从君去后，无心恋别人。梦中面上指痕新。罗带同心自绾，被
> 狲儿踏破裙！　　蝉鬓朱帘乱，金钗旧股分。红妆垂泪哭郎君。信是
> 南山松柏，无心恋别人。

第一首问，第二首答，针锋相对，一目了然。又如《定风波》二首，第
一首是对儒士发问，第二首是儒士答辞，一问一答也很明显。联章本是一
种体制，但联章而以问答的口吻表现出来则仍是写作手法的问题，因而不
能不算是《敦煌曲》的一种艺术特点。

从文学发展的历史来看，《敦煌曲》在承传关系上是占有相当重要的
位置的。它继承了《诗经》、汉乐府、南北朝民歌的传统，又为宋词开其
先河，有部分写作手法还给元曲以一定的启示作用。至于"定格联章"
中的《五更转》《十二时》《百岁篇》之类，虽和明清小曲有简朴和疏快

的区别，在体制上的一脉相承也是显而易见的。因此，研究宋词、元曲以至明清小曲的人都不能不重视《敦煌曲》。

## 第三节　唐五代文人词

词起源于民间歌曲。文人词没有标出作者姓名的，在《敦煌曲》里已不少，这在上面已经约略谈过了。这里要谈的是有标出姓名的唐五代文人词。

近人林大椿曾汇集唐五代的文人词成《唐五代词》一书，作者81人，词1148首，虽然还不能说就全无遗漏，但截至今日，这还是一部比较完整的辑录唐五代文人词作的词书。现在就以这部书为底本，参照其他的专集、选集，对唐五代的文人词加以考察和说明。

封建文人尽管从民间曲辞中学到了新的文学体制，如《内家娇》之类，还可能出自贵族文人之手，产生在唐玄宗年代，其中描写贵妇人的容华装束，尽态极妍，已达到相当纯熟的境地，似不是一种体制的开始时期所能做到的。可是，就有标名的作品看，完全不是这回事。像李景伯、沈佺期等的《回波乐》、张说的《舞马词》只是六言四句，崔液的《踏歌词》只是五言六句，杨贵妃的《阿那曲》只是七言四句；即如唐玄宗的《好时光》，也还是一首五言律诗的增字变体。窦弘馀的《广谪仙怨》序中说唐玄宗赐贵妃自尽后，次骆谷，吹长笛，有司录成谱，至成都，名《谪仙怨》，其音怨切，诸曲莫比。大历中，江南人盛为此曲。但我们看到的刘长卿的《谪仙怨》和窦弘馀、康骈的《广谪仙怨》仍然是六言八句的整齐体。可见当时的文人即使会写出像《内家娇》这类的作品并且有《御制林钟商内家娇》出现，还是不愿意公开向民间学习新鲜活泼的东西，而在一些公开场合中总是摆出正统大方的架子，在整齐的接近诗体的形式上兜圈子。在一种新文体产生的初期，拥有书本知识的特权的封建文人总是采取顽固保守的态度，这是完全可以理解的。

可是，形势迫人，到了盛唐以后，阶级斗争日趋尖锐，地主兼营商的更多，商业经济进一步发展，都市逐渐繁荣，农村经济受到打击，不少劳动人民流入城市，形成所谓市民阶层。其中有剥削者和被剥削者：剥削者需要享乐，相应产生了许多歌楼、酒馆；而被剥削者迫于生计，不得不沦为乐工、歌伎。他们都需要新鲜活泼的歌曲来配合新兴的燕乐。在这样的迫切需要之下，那早在民间流行的词体才由乐工、歌伎们带进城市里，而一些也许早已学会写词而秘不示人的封建文人也不能不受到影响，也胆敢公开地写些新词来适应新环境。不然的话，有不少词调已见《教坊记》，而唐玄宗又是搞惯这一套的人，他的《好时光》竟像添些泛声作实字的五言律诗，那就成为不可理解的大谜语了。（吴梅《词学通论》谓《好时光》是伪作）因此，不能把文人公开写词和词的起源混为一谈，文人词的出现是词在民间和教坊盛行之后。当然，这只就我们今天所能见到的文人词说，除《尊前集》《花间集》以外，如《家宴》《遏云》《聚兰》《兰畹》等选集都已失传了，内容不可知，它们选有盛唐文人所写的像《内家娇》一类的词篇也未可料。

唐五代文人词，除前举的几首外，首先可以见到的是贺知章的《柳枝》。《柳枝》全是七绝体，即使可歌，也还是唐人歌七绝之类，不称其为词，因而后人一般都从李白数起。李白的词，林大椿《唐五代词》录15首，其中《桂殿秋》2首出《词综》，《清平调》3首、《菩萨蛮》3首、《清平乐》5首、《连理枝》1首（《全唐诗》作2首）都出自《尊前集》，《忆秦娥》1首出自《唐宋诸贤绝妙词选》，把传下来的选集中有标明李白作的，不管真伪，都为录出，比《尊前集》《全唐诗》更完备。可是，除《清平调》3首外，在李白集中都看不到。其中如《菩萨蛮》"游人尽道江南好"首是凑集韦庄的词句成篇，尤一眼可以看穿。此外，如《清平乐》《桂殿秋》《连理枝》等，也有人怀疑不是李白的作品，而争论最多的是下面这一首《菩萨蛮》：

　　　　平林漠漠烟如织，寒山一带伤心碧！暝色入高楼，有人楼上愁。
　　　　玉梯空伫立，宿鸟归飞急。何处是归程？长亭连短亭！（据《花庵词选》）

释文莹《湘山野录》录此词云："此词不知何人写在鼎州沧水驿楼，复不知何人所撰，魏道辅泰见而爱之。后至长沙，得《古风集》于曾子宣内翰家，乃知李白所撰。"这是说这词是李白作的最明确的证据。（《尊前集》有人说是宋初人辑，有人说是明人辑，当然不可为据。）但有许多人怀疑不是李白的作品。怀疑的人大约有两种看法：一种是认为《菩萨蛮》的调名是唐宣宗（李忱）大中年间才有的，根据是苏鹗的《杜阳杂编》；一种是认为这首词文辞虽然工丽，而气象衰飒，没有李白的超妙之致，应是晚唐温庭筠等所作。明胡应麟的《少室山房笔丛》、清李良年的《词家辨证》都是这种看法，后来附从的不少。关于调名方面，见《敦煌曲》，又见《教坊记》，在李白时已经有，是不成问题的。刘大杰《中国文学发展史》信《杜阳杂编》的说法，谓李白不能作《菩萨蛮》，竟至怀疑《教坊记》有此曲名可能是后人所增加，那么，《敦煌曲》里的《菩萨蛮》都是大中以后的作品了。据任二北考证，《敦煌曲》中《菩萨蛮》"枕前发尽千般愿"首是唐玄宗天宝以前的作品。据杨宪益考证，《菩萨蛮》是《骠苴蛮》或《符诏蛮》之异译，其曲调乃古缅甸乐，开元天宝间流入中国。李白原为氐人，少时于此曲调，大概已习；方 24 岁（开元十三年，725 年）左右，曾徘徊襄汉间，可能于湖南鼎州沧水驿楼题此曲辞。北宋初年，文莹《湘山野录》谓见《古风集》内，此词属于李白，事有可能，并非荒诞。（见《敦煌曲初探·时代》引《零墨新笺》）所以李白能写《菩萨蛮》这问题仍然可以肯定。关于文辞方面，说它"气象衰飒"（李良年语）也难成立。这首词境界开拓，情味深长，语工笔健，自是词中高格，不能因其没有"超然之致"（李良年语），就说它"气象衰飒"。词和诗的表现手法是有所区别的；写离人愁思，也不能以"超然之致"来衡量它。至于不见于李白集这一点，也和题壁不署名一样，是不在公开场合宣露出来的一种表征，但在专载古风的《古风集》里是可以收进去的，而《古风集》是久已失传了，我们更无从对证。因此，这首词是否李白作，我们仍当抱存疑的态度，不能一口咬定这是温庭筠之流的伪作。正因为如此，我们严格地说，能够独立成为一种词体的文人词的流布在盛唐以后是有事实根据的。

和这首《菩萨蛮》一样被黄昇称为"百代词曲之祖"的还有李白的《忆秦娥》：

> 箫声咽，秦娥梦断秦楼月。秦楼月，年年柳色，霸陵伤别。

乐游原上清秋节，咸阳古道音尘绝。音尘绝，西风残照，汉家陵阙！该词声情激越，气格高昂，吊古伤今，充满了故宫禾黍之感。这词的艺术成就，历来人们都给以很高的评价，但是否李白所作则仍有争论。有人认为"此词实冠古今，决非后人可以伪托"（吴梅《词学通论》）。有人把它和《菩萨蛮》同样看待，认为"决非产生于填词的初期，决非产生于温庭筠以前"（刘大杰《中国文学发展史》）。彼此都没有什么证据，仍应在存疑之列。

在上举李白的一些词篇以后，文人词流传下来的有韦应物的《三台》

《调笑》，刘长卿的《谪仙怨》，窦弘余、康骈的《广谪仙怨》，顾况的《竹枝》，张松龄、张志和兄弟的《渔父》，元结的《欸乃曲》，王建的《宫中三台》《江南三台》《宫中调笑》，韩翃的《章台柳》，柳氏的《杨柳枝》，戴叔伦的《转应曲》等（均依《唐五代词》编次），或是六言体（如《三台》《谪仙怨》《广谪仙怨》），或是七言体（如《竹枝》《欸乃曲》），或是六言破体（如《调笑》《宫中调笑》《转应曲》），或是七言破体（如《渔父》《章台柳》《杨柳枝》），当时歌唱配乐的情况已不易知，就形式看，作为一种独立的词体，还远不如李白《菩萨蛮》等的成熟，仿佛文人词的发展在李白以后中断了一个时期的样子，这就使人不能不产生怀疑。李白词之所以引起人的怀疑甚至加以否定，这应该是一个重要的因素，因为从文学发展的历史看，这种现象是很难理解的。在这里，我认为有一个问题是值得研究的，即李白的这类词和韦、刘等人的作品是否属于同一体系的问题。李白的《菩萨蛮》是不是古缅甸乐尚待证实，是外来的谱调这点是无可怀疑的。而《谪仙怨》则是唐玄宗自创的谱调，在窦弘余《广谪仙怨》的序中已有说明。《欸乃曲》是给舟子歌唱的，元结已明白指出；《竹枝》为"里中儿"所歌，刘禹锡《竹枝》序中也提到。《渔父》为渔人们流行的歌辞，在作品的本身就表现得很明白，后来这种题目的作品都是写这类的生活面貌。那么，这是在旧有的民歌基础上创造出来的。谱调的外来、自创或在旧基础上加以创新都可能对文辞有影响，不能简单地看成直线的同一体系的东西。如果从艺术技巧上看，那些著名诗人的作品尽管形式上是整齐的或比较整齐的，写作手法都是高明的。如刘长卿的《谪仙怨》：

晴川落日初低，惆怅孤舟解携。鸟向平芜远近，人随流水东西。
白云千里万里，明月前溪后溪。独恨长沙谪去，江潭春草萋萋！

无论从描写山水景物看，还是从抒发思想感情看，都达到了明朗生动、精炼自然的高境。这就说明了他们在词的成就上不及李白《菩萨蛮》这么成熟，根本走的不是同一条路子，受到其他方面的制约，而不是历史时代的先后的关系；前者主要是从曲子词来，后者主要是从传统的律、绝诗来，因而前者根本是一种新形式，而后者还是一种旧形式的初步解放。至于像韦应物的《调笑》、王建的《宫中调笑》和戴叔伦的《转应曲》之类，在当时虽然也是一种新鲜的体制，但入宋以后，略加变更，就成为大曲歌舞方面的曲调了。这也说明它们发展的路线和《菩萨蛮》有一定程度的区别。

文人词到刘禹锡和白居易才真正写出较多的为后人所沿用的优美的词篇，不但没有引起人们的怀疑，而且彼唱此和成为一种风气，在文人词的发展上提高了一步。刘禹锡有《纥那曲》2首、《潇湘神》2首、《忆江南》2首、《抛球乐》2首、《杨柳枝》13首、《竹枝》11首、《浪淘沙》9首，白居易有《花非花》1首、《忆江南》3首、《竹枝》4首、《杨柳枝》10首、《浪淘沙》6首、《宴桃源》3首、《长相思》2首。其中虽然大部分还是五七言诗的句格，但并不是所有都是这样的，如两人唱和的《忆江南》：

> 江南好，风景旧曾谙；日出江花红胜火，春来江水绿如蓝。能不忆江南！（白居易《忆江南》）

> 春去也，多谢洛阳人。弱柳从风疑举袂，丛兰裛露似沾巾；独坐也含颦。（刘禹锡：和乐天春词，依《忆江南》曲拍为句）

如白居易的《长相思》：

> 汴水流，泗水流，流到瓜洲古渡头。吴山点点愁！　　思悠悠，恨悠悠，恨到归时方始休。月明人倚楼。

三、五、七言句间杂互用，已完全是一种崭新的形式，是一种词的体制。在艺术风格上，也很明显可以看出和律、绝诗有所不同。当然，他们还是保持诗人的身份的，所写的也还是短调，五七言体居多，对当时已经在民间流行的较为长篇的曲调还没有吸取过来，只是吸取一些民歌的成分。本来，他们是比较能够看到民间疾苦并且同情民间疾苦的人，对当时已经流行的民间曲辞很可能是有所接触的。他们没有更多地吸取民间曲辞，怕还是阶级意识的关系。在民间曲辞还没有在上层社会普遍流行的时候，他们是不会公然采取民间创制的新形式作为主要的表现形式的，因而虽然采取了一些崭新的形式，但还局限于短调，比起五七言体来，新形式占较小的比重。一直到了晚唐，文人填词的风气才兴盛起来。

晚唐的文人词虽然还是多用《杨柳枝》《竹枝》这一类的调子，但如皇甫松的《摘得新》《梦江南》《天仙子》，司空图的《酒泉子》之类，风格、情味都是全新的，已经可以和律绝诗分庭抗礼。

> 摘得新，枝枝叶叶春。管弦兼美酒，最关人。平生都得几十度，展香茵。（《摘得新》）

> 兰烬落，屏上暗红蕉。闲梦江南梅熟日，夜船吹笛雨萧萧。人语

驿边桥。(《梦江南》)

晴野鹭鸶飞一只，水荭花发秋江碧。刘郎此日别天仙，登绮席。泪珠滴，十二晚峰高历历。(《天仙子》)

买得杏花，十载归来方始坼。假山西畔药阑东，满枝红。　　旋开旋落旋成空。白发多情人便惜，黄昏把酒祝东风，且从容。(《酒泉子》)

《摘得新》调名始见。《梦江南》即《望江南》，也即刘、白的《忆江南》，《敦煌曲》有。《天仙子》在《敦煌曲》中作双叠，有人认为"应作单片之二首"(《敦煌曲校录》)，那就和这词的调子全合。《酒泉子》在《敦煌曲》中也有，但前后片结都作五字句(《敦煌曲》这调的第二首过片不同，系有衬字，非另成一体)。从这里可以看出当时的文人词的花样已渐多，而且不为律绝诗的句调所限制了。此外，如韩偓的《生查子》和《浣溪沙》：

侍女动妆奁，故故惊人睡。那知本未眠，背面偷垂泪！　　懒卸凤凰钗，羞入鸳鸯被。时复见残灯，和烟坠金穗。(《生查子》)

拢鬓新收玉步摇，背灯初解绣裙腰，枕寒衾冷异香焦。　　深院下关春寂寂，落花和雨夜迢迢。恨情残醉却无聊。(《浣溪沙》)

刻画女人的形容、体态、心理活动和周围的气氛，细腻浓至，已经把艳体诗的内容用词的形式表达出来了；这两个调子又都见于《敦煌曲》(《浣溪沙》的前后结虽比《敦煌曲》的少3字，可能别有所本)，这一方面可见当时的文人已有以词代诗的趋向，另一方面也说明了当时有些词调已得到普遍的运用。

这一时期也出现了一些文人所写的慢词：《尊前集》有杜牧的《八六子》，尹鹗的《金浮图》《秋夜月》，李珣的《中兴乐》；《全唐诗》有钟辐的《卜算子慢》。由于杜牧集中没有《八六子》，《花间集》选录尹鹗、李珣的作品也没有这些慢词，而钟辐的《卜算子慢》又不见录入其他的选本；并且《敦煌曲》和《教坊记》都没有这些调名，同时的文人也不见继作：这就使人不能不怀疑这些慢词都是赝品。特别是一些主张慢词由北宋开始的人，更加坚决地否定这些慢词。实际上，自发现《敦煌曲》后，这些慢词出现于晚唐五代是完全可能的。作者是否是这些人当然有待于进一步的研究。

这一时期，值得特别提出的是对后来影响很大的《花间集》词人和南唐词人。《花间集》词人的代表是温庭筠、韦庄、孙光宪等，南唐词人的代表是冯延巳和李煜。

温庭筠，本名岐，一名庭云，字飞卿，太原人。他"少敏悟，工为辞章，与李商隐皆有名，号温李"（《新唐书》九十一《温大雅传》）。"能逐弦吹之音，为侧艳之词。"（《旧唐书》一九○下《温庭筠传》）因为生活放荡，出入歌楼妓馆中，又赋性倨傲，得罪权贵，因而在政治上受到种种挫折；受挫折后行为越发不检，更无法上进，只做过巡官、方城尉、隋县尉等小官，最后做国子助教（"助教"见赵崇祚《花间集》和辛文房《唐才子传》，不见新旧唐书本传。）著有《汉南真稿》十卷、《握兰集》三卷、《金荃集》十卷、诗集五卷、《学海》三十卷、《采茶录》一卷、《乾巽子》一卷。（见《唐才子传》。"诗集"以上《新唐书·艺文志》同。）

温庭筠既工辞章，善音乐，又经常和歌伎们混在一起，当时的歌伎们在尊前酒边嘌唱的资料已由诗而转向词，这就使他成为一个十分出色的词人。以前的诗人偶然写上词，词的分量总是不多，作者的词名总是比不上他的诗名的。到了他才真正专力写词，词有了专集，而且词的成就在诗的成就之上。所以论文人词的专家应该从温庭筠数起。

温词有《握兰集》和《金荃集》二集，早已失传。流传下来的只有《花间集》里的66首。陆游在《徐大用乐府序》中提到"温飞卿作《南乡》九阕，高胜不减梦得《竹枝》，迄今无深赏音者。"（《渭南文集》卷十四）又在《跋金荃集》中说："飞卿《南乡子》八阕，语意工妙，殆可追配刘梦得《竹枝》，信一时杰作也。"（《渭南文集》卷二十七）现在已看不到。明吴讷所编《四朝名贤词》有《金荃集》一卷，计词147阕，内温庭筠词62首，也没有《南乡子》，且所录不出《花间集》以外，可见传本《金荃集》和陆游所见的不同，已非原本。现在要研究温词，《花间集》已算是最完备的资料了。

温词的内容和艺术的表现决定于他的生活实践和创作才能。他一生大部分时间沉迷在歌楼、舞馆中，熟悉歌伎们的生活和心境，因而他的词的内容主要是描写他所熟悉的东西。他是一辈子都沉沦下僚的人，有可能接近民众，虽然由于他的阶级意识和生活作风的局限，看不到劳动人民的疾苦，但是他还是相当了解民间的风俗习惯的，因而他的词也有一部分描写这类的情况。他的文和诗都以工丽著称，当时他的文章和李商隐、段成式的齐名，号"三十六体"。（见《旧唐书·李商隐传》）尤工小赋和小诗。（见

《全唐诗话》《雪浪斋日记》) 他把写诗文的手法运用在特别讲究声律的小词上，因而使他的词呈现出精工清丽的艺术特征。他的《菩萨蛮》14 首（原20首）最有名，例如：

> 小山重叠金明灭，鬓云欲度香腮雪。懒起画蛾眉，弄妆梳洗迟。
> 照花前后镜，花面交相映。新帖绣罗襦，双双金鹧鸪。
> 水精帘里玻璃枕，暖香惹梦鸳鸯锦。江上柳如烟，雁飞残月天。
> 藕丝秋色浅，人胜参差剪。双鬓隔香红，玉钗头上风。

前首写的是一个女人思念爱人不得时困倦不堪、顾影自怜的生活情态，后首写的是和一个女人幽会、作别的生活情态。他是怎样进行描写的呢？前一首从女人清早在床上说起，说她的宿妆已残，鬓发松散，懒得打扮；打扮时照照镜子，看看新装。后一首，也从女人的床上写起，写她的枕头、写她的绣被，自晚上睡觉写到早晨的景物，又写那女人的服饰和形状。自始至终都是人物形象和客观景物的描绘，不做情意的抒发，特别是后一首，写东写西，很难看出其中贯串的线索。因此，有人认为"飞卿之词，每截取可以调和的诸印象而杂置一处，听其自然融合"（见俞平伯《读词偶得》，华连圃《花间集注》曾引用它，刘大杰《中国文学发展史》也有同样的说法）。其实，这种看法是不对的，如果可以这样，那作家的写作手法就非常神秘、不可理解的了。温庭筠喜欢运用色彩浓艳的字眼来创造艺术语言，有些作品骤然看来只是一些人物形象和自然风景的罗列，这是事实，但他总是经过艺术构思、剪裁手法把自己所采取的材料组成一个他认为很完美的整体的。作品完成之后，明朗或晦涩，易懂或难懂，这是另一个问题，但断然不是一种非常神秘、不可理解的怪物。这只有资本主义国家里所谓"现代派""未来派"的作品才产生这样的怪现象，我们祖国的文学遗产里是找不到的。所以说温庭筠的《菩萨蛮》中某几首比较难理解是可以的，说杂置可以调和的东西听其自然融合，仿佛没有结构，这是对温庭筠的极大的诬蔑。照我看，温庭筠词最讲求结构，既严密又多变化，没有一首是杂乱拼凑的。一般说来，他塑造人物形象，描写自然风景，也没有模糊晦暗的毛病。只是他运用华贵香艳的东西真是太多了，画罗、绣衣、玉钗、金缕、翡翠、鸳鸯、香烛、红泪等，五光十色，炫人眼目，使人厌腻。这是他的审美观点的一种标志，也是当时城市丰盛的物质生活的一种反映，是他追慕荣华富贵的阶级意识和他同一些公子哥儿老是在城市里鬼混的生活实际在文艺上的一种突出的表现。这种独特的艺术风格表现在他的诗文上，也表现在他的词上。

　　然而温庭筠毕竟是在追求仕进的径途上受了不少的挫折而不得不屈居下僚的人，他多少还有一点倔强的性格，在他的思想感情中是戳下了不少的伤痕的。因此，他的词尽管是堆金积玉，雕缋满眼，多少还有一些愁苦哀怨的情味，反映出在阶级社会里被压抑损害者的心境，和那些雍容华贵、掩盖了一切矛盾冲突的"台阁体"的"痴肥"的作风不同。这应该是他能够取得封建文人的赞美和学习的一种重要原因。就以比较难于理解的《菩萨蛮》来说，如"懒起画蛾眉，弄妆梳洗迟""心事竟谁知？月明花满枝""花落子规啼，绿窗残梦迷""鸾镜与花枝，此情谁得知""当年还自惜，往事那堪忆"这类的句调，都蕴藏着悲苦的情味，做无可奈何的申诉是能打动封建时代的失意文人的心坎的。不过，它吸引人的地方也仅仅到此为止，不能给以过高的评价。如果把这些词抬高到和《离骚》比并（张惠言《词选》、陈廷焯《白雨斋词话》等），说温庭筠"前生合是楚灵均"（周之琦《论词绝句》），那就比拟不伦，陷于荒谬了。

　　温词一般以浓艳精密（工丽）著称，人们学习它，也着重在这方面；实则温词也有比较清新流转的，如《更漏子》：

　　　　玉炉香，红蜡泪，偏照画堂秋思。眉翠薄，鬓云残，夜长衾枕寒。　　梧桐树，三更雨，不道离情正苦。一叶叶，一声声，空阶滴到明。

无论写情事，写人物，或正说，或衬说，都明朗生动，流转自如，和前举《菩萨蛮》的风格显有差别。又如《梦江南》二首：

　　　　千万恨，恨极在天涯。山月不知心里事，水风空落眼前花。摇曳碧云斜。

　　　　梳洗罢，独倚望江楼。过尽千帆皆不是，斜晖脉脉水悠悠。肠断白蘋洲。

使月色、花容、帆影、日光都为抒情服务，而以"不知""空落""不是"等作为情景交融的线索，同时还很明确地点明"千万恨""肠断"，这样的写作手法和《菩萨蛮》有很大的距离！

　　温词在反映民间风俗习惯这方面是相当逼真的。他写这类词，词的内容和调的名称一般互相吻合，如《河渎神》《女冠子》《河传》《蕃女怨》《荷叶杯》都有具体的客观情事的描绘，和一般抒发男女关系的思想感情的不同。例如《河渎神》：

> 铜鼓赛神来，满庭幡盖徘徊。水村江浦过风雷，楚山如画烟开。
> 离别橹声空萧索。玉容惆怅汝薄。青麦燕飞落落，卷帘愁对
> 珠阁。

写赛神的热闹场面和离人在这时的内心活动。《女冠子》：

> 含娇含笑，宿翠残红窈窕。鬓如蝉，寒玉簪秋水，轻纱卷碧烟。
> 雪胸鸾镜里，琪树凤楼前。寄语青娥伴，早求仙。

写女冠的形貌和心愿。《河传》：

> 江畔，相唤，晓妆妍，仙景个女采莲。请君莫向那岸边，少年，
> 好花新满船。　　红袖摇曳逐风暖，垂玉腕，肠向柳丝断。浦南归，
> 浦北归，莫知，晚来人已稀。

写河边青年男女的动态和心情。《蕃女怨》：

> 碛南沙上惊雁起，飞雪千里。玉连环，金镞箭，年年征战。画楼
> 离恨锦屏空，杏花红。

写边地的荒寒景象、连年战争和思妇的怨别。《荷叶杯》：

> 镜水夜来秋月，如雪，采莲时。小娘红粉对寒浪，惆怅，正
> 相思。

写"小娘"采莲时的景物和怀思。这类的作品都清新朴素，生动活泼，反映了部分的客观现实，有民间歌辞的风味。

一个作家的艺术风格的形成并不是很简单的、一成不变的，他有总的倾向，也有其复杂的因素。大约一个艺术成就较高的作家随着题材、主题的不同，就会写出与之相适应的艺术表现，多种多样，争妍竞秀，温庭筠正是这样的一个作家。所以，因他的《菩萨蛮》词（据《乐府纪闻》说是令狐绹叫他代撰给唐宣宗李忱唱的）比较难懂，就把他所有的词篇都归在隐晦难懂之列，那是不够全面的看法，是不符合实际情况的。可是，后来学习温词的都着眼于《菩萨蛮》这类的作品，而又不甚了了，只事涂饰，引起不良的效果，却是无可讳言的事实。

韦庄，字端己，陕西杜陵人。孤贫力学，才敏过人，能诗，以艳语见长。唐昭宗（李晔）乾宁元年（894 年）进士，授校书郎，官至左补阙，曾奏请追赠不及第人士李贺、皇甫松、李群玉、陆龟蒙、赵光远、温庭筠等进士及第（见《唐摭言》卷十、《容斋三笔》卷七）。他居长安时，值黄巢起义，避地洛阳，作的《秦妇吟》（据陈寅恪《读秦妇吟》）很有名。曾游江南，客婺州。登第后又至郿州、华州。昭宗天复元年（901 年）为西蜀掌

书记，此后终身仕蜀，官至吏部侍郎平章事。有《浣花集》《又玄集》等。（《蜀梼杌》载有《浣花集》二十卷。《补五代史艺文志》载有《韦庄笺表》一卷、《谏草》二卷、《蜀程史》一卷、《峡程记》一卷、《韦庄集》二十卷、《浣花集》五卷、《又玄集》五卷。《十国春秋》所载略同，仅无《谏草》二卷。其中《浣花集》卷数各书互有出入。《文献通考》二四三"《浣花集》五卷"引晁公武说："伪史称庄有集二十卷，今止存此。"《宋史·艺文志》：《浣花集》十卷。韦蔼《浣花集》序略称："蔼因录兄稿，或默诵者，次为十卷，目之曰《浣花集》。"《唐才子传》："弟蔼撰庄诗为《浣花集》六卷。"或五卷，或六卷，或十卷。今传明朱承爵刻本、毛晋刻本、清席鉴刻本、胡介祉刻本均作十卷。）

韦词向无专集。《全唐诗》从《花间集》录48首，《尊前集》录5首，《草堂诗余》录1首，共54首，今人向迪琮又从《历代诗余》录入1首，为55首。

韦庄的一生经历是相当复杂矛盾的。他少年孤贫，老年做到宰相。经常在离乱中飘零，长安、下邽、洛阳、江南、四川到处有他的足迹。他生在杜陵，而死在成都。他是一个"词人才子"（他奏请追赠李贺等进士及第文说"词人才子，时有遗贤"，他自己当然也是这样的人物），而遭际坎坷，直至59岁才考中进士，做校书郎。他做过唐朝的官，又劝西蜀王建称帝，做了他的宰相。他初及第时，爱人就死了。由于他处在这样的历史时代，有这样的生活实践，使他的作品无论是感时伤事，还是写景抒情，都具有相当充实的思想内容、相当动人的真情实感。杨湜《古今词话》载："韦庄以才名寓蜀，王建割据，遂羁留之。庄有宠人，资质艳丽，兼善词翰。建闻之，托以教内人为词，强庄夺去。庄追念悒怏，作《小重山》及'空相忆'（即下引《谒金门》起句）云……情意凄怨，人相传播，盛行于时。姬后传闻之，遂不食而卒。"这话未必可靠。韦庄事王建，在66岁以后，似不应还有这么热烈的爱情。他这类词可能是入蜀以前作，但必指实它和《悼亡姬》诗是同一的对象（夏承焘说，见《韦端己年谱》）也难置信。《悼亡姬》三诗中并没有提到他的亡姬有"书迹"值得怀念，和这词的"不忍把伊书迹"显然不符。如果他的亡姬也会词翰的话，我看写上三首的悼亡诗是不会忘记这在封建社会的女人中不易得的很突出的一点的。杨湜的说法尽管未必可靠，也不会空穴来风。韦庄的情词中不少为追念所欢之作，很可能有得而复失的姬人或所恋的人为他人所占有，不过这类情事很难深考罢了。

韦庄幼时曾侨居下邽县（见《太平广记》一七六"幼敏类"）。下邽是白居易的故乡，居易此时还健在（据夏承焘《韦端己年谱》），他后来学白居易诗，可能在这时已播下种子。后人评他的诗"体近雅正，惜出之太易，义乏闳深"（见《唐音癸签》卷八）。正因为它近于"雅正"，所以比较真实，不涉浮滥之辞；正因为它主张平易，不求"闳深"，所以比较浅显，无艰涩隐晦之病。他把这种作风带到词里来，加上当时为适合词的需要的美学上的因素，就形成了他的词清俊的艺术风格。在表现技巧上，他较少用秾丽的修饰词，较多用灵活的联系字，有时竟运用明白如话的语言，使读者容易接受，不难理解，玩索既久，真味愈出，自然受到深深的感染。这是他写词的一个成功之处，不管读者对他的词做何评价，他总算是把自己要表达出来的东西展示在读者的眼前了。这样的写法和温词就有很大的区别。过去的人评价温、韦词，总是认为温浓而韦淡，就是单把他们的写作手法或艺术形式做比较的。如果结合他们作品的具体内容看，那就完全不是这回事，应该说，韦词的思想感情比温词更加缠绵婉转，真挚浓厚。

韦词中给人印象最深而为其他"花间词人"所没有的是《女冠子》二首：

四月十七，正是去年今日，别君时，忍泪佯低面，含羞半敛眉。不知魂已断，空有梦相随。除却天边月，没人知。

昨夜夜半，枕上分明梦见：语多时，依旧桃花面，频低柳叶眉。半羞还半喜，欲去又依依。觉来知是梦，不胜悲！

妙语生成，丝毫不见雕琢的痕迹，而款款深情自然流露出来，谁也可以看出其中蕴藏着多么真挚的爱。像这样的小词，简直和《敦煌曲》中的民间小词一样，不仅为"花间词人"所没有，在其他文人词中也很难找到。这两首应该是同时写的，前首由作别时的情态写到别后的难堪，"空有梦相随"；后首紧接着由"梦相随"的情态写到梦觉后的难堪，"不胜悲"。线索分明，结构严谨。前首的"忍泪"两句和后首的"半羞"两句，从形象的精细刻画中来展现出无比深切的爱情，尤其具有十分动人的感染力。韦庄是一个封建文人，又做过大官，我们当然不能希望他具有和劳动人民一样的坚贞专一的爱情，也不能把他的爱情和一些具有叛逆性格的违反礼教的梁山伯、祝英台或者张珙、崔莺莺这类人物的爱情等量齐观。他所爱的对象可能这时是一个，过了些时又是一个，也可能同时不止一个。这样的爱情根本就要打引号，是我们所极力反对的，是完全要不得的。可是，尽管如此，当他在某种特定的期间集中注意到某一个人时，也可能表露出对某个人的真正的爱情，即使这种爱情不久就消失了，凭他的高明的艺术手腕，也可能表现得非常深刻和真挚。韦庄的许多情词，我们都可以从这样的角度去理解它们。他在写作情词这方面实在是具有高度的艺术水平的，如《浣溪沙》：

夜夜相思更漏残，伤心明月凭栏杆。想君思我锦衾寒。　　　咫尺画堂深似海，忆来惟把旧书看。几时携手入长安？

前阕写相思，后阕写造成相思的具体情况和殷切的希望。写相思仍分几层写：第一句通写相思，是常情；第二句特写对月凭栏而感到伤心，比前更进一步。第三句本来是要写因离别而被冷衾寒、通宵不寐的难堪情状的，却透过一层不从自己说而代对方设想，就越发体贴周到、亲切有味了。这其实就是顾敻的"怨孤衾。换我心为你心，始知相忆深"（《诉衷情》）的意思，但他却压缩在一个句子里，逐步深入，仿佛顺手带出，既含蓄，又浑融，这种艺术手法是很高的。后阕第一句写客观环境，即"门外天涯"意，正唯其距离很近而无缘聚首，越发感到难受。第二句有三种含义：一种是心情难过时看看对方的书信，便觉"慰情聊胜无"，这是最普通的做法；但也可能有另一种意义，那就是感到信里所表达的深情热爱都无法实现，产生了像牛峤所说的"莫信彩笺书里，赚人肠断字"（《应天长》）的妒意；还可能有这样的意义：信里所说的反正是无法实现的了，越看越难受，留它何益，不如索性毁掉更干净，好像后来周邦彦在《解连环》里所说的"漫记得当日音书，把闲语闲言，待总烧却"一样。这种种意想都可能从看"旧书"里产生出来，而他这里又很顺当而自然地概括在一个句子里，"忆来惟把旧书看"，完全不透露出看了旧时的书信之后心情上的变化，让读者自己去体会，这又是他很高明地运用浑融含蓄的艺术手法的一种见证。结尾一句，把同对方共到帝都享受富贵荣华的快乐生活的意愿和盘托出了，但在表明这种意愿时，仍然避免一些庸俗的写法，用"携手入长安"来切定两人的情爱，使人看到的是一对情人双双携手入长安的影子。从对这首词的简单分析中，我们可以认识到，韦词的情意的浓厚是在温词之上的，说它"淡"，只是作者的一种艺术风格的表现。

韦庄另一首很有名的情词是《谒金门》：

空相忆，无计得传消息。天上嫦娥人不识，寄书何处觅？　　　新睡觉来无力，不忍把君书迹。满院落花春寂寂，断肠芳草碧！

这词杨湜附会为追念被王建夺去的宠姬，夏承焘认为和《悼亡姬》诗中所指的同属一人，上面已引述过，并提出我不同的看法。我们把这首词和前首《浣溪沙》对照一下，很可能是韦庄对同一个女人的不同时期的怀念，是他在所爱恋的人给一个强有力的人占有后所发出的声音，这个人是所谓"兼善词翰"的，所以他念念不忘她的"旧书""寄书""书迹"。因为他怀念的时期并不相同，前首还有"几时携手入长安"的愿望，这首已经是抒发毫无办法（"无计"）、不堪回首（"不忍"）的天上人间的哀愁了。

韦庄的《荷叶杯》《小重山》词，也有人认为是为被王建夺去的宠姬而作（蒋一葵《尧山堂外纪》和沈雄《古今词话》）。我们先看《荷叶杯》二首：

> 记得那年花下，深夜，初识谢娘时。水堂西面画帘垂，携手暗相期。　　惆怅晓莺残月，相别。从此隔音尘，如今俱是异乡人，相见更无因！

> 绝代佳人难得，倾国，花下见无期。一双愁黛远山眉，不忍更思惟。　　闲掩翠屏金凤，残梦。罗幕画堂空，碧天无路信难通，惆怅旧房栊！

这两首词，《花间集》和以后的选本都把前后的次序倒转过来，就比较难以看出它们有所联系的迹象，照我们这样的排列，韦庄在这词里所怀念的是一个什么样的女人以及前后不同的情况就明显得多了。韦庄这词所指的是一个什么样的人呢？是一个深夜在花下"携手暗相期"的女人，不用说，这是一种幽会的场合，并不是自己的"宠姬"，到了天色微明一别之后，就"俱是异乡人"了。把这个女人看成韦庄的"宠姬"，这首先就是错误的。由于"花下见无期"，就越觉得那人容华绝代、倾城倾国，就越感到那人临别时的眷恋深情（"一双愁黛远山眉"）和别后彼此难通消息的惆怅不堪、魂销肠断，这和"悼念亡姬"（直至现人夏承焘、华连圃、李冰若还是这样说）又有什么必然的联系？因此，说《荷叶杯》是韦庄为被王建夺去的宠姬而作或者是悼念亡姬之作，都是不能成立的。我们再看《小重山》：

> 一闭昭阳春又春，夜寒宫漏永，梦君恩。卧思陈事暗销魂！罗衣湿，红袂有啼痕。　　歌吹隔重阍。绕庭芳草绿，倚长门。万般惆怅向谁论？凝情立，宫殿欲黄昏！

这词是写宫人不得承君恩的哀怨情思，从吸取题材到具体表现都明显可以看出和宠姬被夺或悼念亡姬毫无共通之点。"闭昭阳""倚长门"和"梦君恩"都是指宫人的情事，不可能宫殿属王建，而梦的对象却是韦庄，支离破碎地来加以曲解。韦庄写这词有没有寄托很难说，即使有，也只有从怀才不遇方面去理解，是不能附会到他和姬人的关系那方面去的。

《菩萨蛮》五首情思婉曲，风神俊逸，把它们和温庭筠同调的作品相对比，最能看出他们不同的艺术风格。王国维《人间词话》说："'弦上黄莺语'，端己语也，其词品似之。"真道出韦庄词的艺术特征。"弦上黄莺语"就是他《菩萨蛮》中的句子。

孙光宪，字孟文，自号葆光子，陵州贵平（今四川仁寿县东北）人。家世业农，唯光宪读书好学。他在唐时曾为陵州刺史（一说是"判官"）。后唐明宗（李嗣源）天成初避地江陵，由梁震荐举，在割据荆南的高季兴幕下掌书记，多所擘画。季兴死后，子从诲嗣立，适梁震退休，就把政事委托给光宪。他历事从诲、保融、继冲三世，累官荆南节度副使、朝议郎检校秘书少监兼御史大夫（一作"中丞"）。后劝高继冲归宋，宋太祖授以黄州刺史，乾德六年（968 年）有荐光宪为学士的，未及召见，他已经死了。

光宪博物稽古，好藏书，或自抄写，孜孜校雠，老而不辍。尝慕史氏之作，常常和知友说："宁知获麟之笔，反为倚马之用。"著述很多，有《荆合集》《橘斋集》《笔佣集》《巩湖集》《北梦琐言》《蚕书》《续通历》等。（据《宋史》四百八十三《世家六·荆南高氏》和吴任臣《十国春秋》）

孙光宪是一个著名的词人，他虽没有词的专集，但流传下来的作品比温、韦还多，《花间集》和《尊前集》录他的词共 84 首。

历来论《花间集》都以温、韦两派来概括，认为走密丽一路的属温，走清疏一路的属韦，就它对后来的影响说，也是这样的，"不归杨则归墨"，并没有第三种艺术风格存在。我认为，这看法是不够全面的。如果就思想内容说，《花间集》绝大多数写男女关系，少数写风物习俗，这两类作品，温、韦都有；个别作品是写亡国哀思，这种作品，温、韦都没有。那还有什么区别呢？不但温、韦没有区别，就是《花间集》作者 18人都有其一致性，可不必强分流派。把温、韦看成两派当然是就艺术风格说的。而就艺术风格说，照我看，孙光宪应另成一派。温的长处在体格，密丽工整；韦的长处在风韵，清疏秀逸；孙的长处在气骨，矫健爽朗；各有面目，不能相掩。如果可以用诗来比的话，仿佛晋宋时期的陶渊明、谢灵运、鲍照三家，韦近陶，温近谢，孙近鲍。不过，陶、谢、鲍的诗各有其不同的思想内容，并且他们的思想内容又能和艺术表现相适应，和温、韦、孙的词的思想实质是"一丘之貉"，不能等量齐观罢了。温、韦开密丽、清疏两派，对宋词的影响显而易见，但受孙光宪影响的也大有人在：如张先、贺铸的小词，其警健处往往从孙词出；即使号称继承温词的周邦彦也有神似孙词的作品，如"水面清圆，一一风荷举"（《苏幕遮》），"台上披衿，快风一瞬收残雨"（《点绛唇》），"唤起两眸清炯炯，泪花落枕红棉冷"（《蝶恋花》）之类。所以不把孙词看成一个流派，降低它在词学发展史上的地位，那是不大平允的。

孙光宪是一个农家子，做官后，尝劝高季兴与民休息，善邻保境，尝戒高存诲不要羡慕豪奢侈靡，取快一时，尝教高继冲撤兵封库，投降宋室，是一个十足的政治投机者，毫无气节可言。可是，就人民的眼中看来，像这样的封建官僚还不是很坏的。减少统治集团的内部冲突、劝阻君主的豪侈生活多少还会减轻人民在经济上和战争上的痛苦。他个人的私生活，史传上没有什么记载，但从他的小词看，好狎邪游和爱慕女人是可以肯定的，但总不至于像温庭筠这么"污行闻于京师"（《旧唐书·温庭筠传》），也可能没有像韦庄这么多姬人。

他和温、韦一样，写离情别绪的词篇特别多，如《谒金门》：

> 留不得！留得也应无益。白纻春衫如雪色，扬州初去日。　　轻别离，甘抛掷，江上满帆风疾。却羡鸳鸯三十六，孤鸾还一只！

开首就断言"留不得"了，接下去的理应是说在"留不得"的情势之下的难割难舍，可是，他却偏偏反过来说，"留得也应无益"。两句说了两层意思，话说得直截了当，不留余地，里面却包蕴着许多没有说出的情事，任人玩索。突起，急转，既草率，又含蓄，这样的写法是孙词矫健爽朗的一种特色，在温、韦词中是很难找到的。下面正写别离的人物形象，人物、地点、时间包括在短短的十二个字里面，使人想见"骑马倚斜桥，满楼红袖招"的那个"年少春衫薄"（韦庄《菩萨蛮》）的人的风流潇洒、飘然远去的神态和风度，简劲中具神采，也是《花间集》中不可多得的句调。过片紧承上面写别离情景，用"轻"字，用"甘"字，已经使人徒唤奈何了，更接上"江上满帆风疾"，又怎不使人黯然魂销，柔肠寸断！一再吟味，觉周邦彦"愁一箭风快，半篙波暖，回头迢递便数驿，望人在天北"（《兰陵王》）的写法费了偌大气力，也不过尔尔。到这时，才把主人公的现况和心愿和盘托出，却原来是饱经离别之苦的"孤鸾"！这么一来，上面所说的都是生活实践的写照、真情实感的宣泄，不同泛泛之谈了。这词有没有寄托，不易推测。吴梅说"即如此词，已足见其不事侧媚，甘处穷寂矣"（《词学通论》），似和孙光宪的生平事迹不相符合。就词论词，陈廷焯说"孙孟文词，气骨甚遒，措辞亦多警炼"（《白雨斋词话》），却非过誉，这首词是一个明证。

从描写景物中来抒发感情，孙光宪也有自己的特色。例如《浣溪沙》：

> 蓼岸风多橘柚香。江边一望楚天长。片帆烟际闪孤光。　　目送征鸿飞杳杳，思随流水去茫茫。兰红波碧忆潇湘。

起句和结句的景物描写看似一般，由于中间情景的配合，便成为潇湘特有的东西，显出多姿多彩。第二句写"望"，一眼望去，感到非常空阔；第三句进一步写"望"，仔细望去，视线集中，便见布帆一片在烟雾迷茫中闪动着一小点的光，正因为是孤光，才认出是片帆，正因为在烟际，才见到它闪耀，所表现的物事越微细，所集中的眼力越突出，所伸展的境界越广阔，所引逗的情思越深长。是凝望，是痴望，是怅望，种种神态都从这里面透露出来。所谓"绝唱"，所谓"七字压遍古今词人"（《花间集评注》引《白雨斋词话》），应该这样来体会。过片"目送"句从第二句"天长"来，鸿是向天空飞的；"思随"句从第三句"片帆"来，水是向江中流的，用"目送""思随"，既使上面两句写景中具有抒情的因素更加醒朗，也使上面两句的抒情内容更具体、充实，可谓情景交融，相得益彰。这样紧密联系打成一片的艺术构思和写作手法是他取得"气骨甚遒"的评价的重要原因。益以他的奇警精炼的词句，如这词中的"片帆烟际闪孤光"，以及其他的许多好句如"一庭花雨湿春愁"（《浣溪沙》）、"花冠闲上午墙啼"（《浣溪沙》）、"寒影坠高檐，钩垂一面帘"（《菩萨蛮》）、"晚窗斜界残晖"（《清平乐》）、"满庭喷玉蟾"（《更漏子》）之类，都在平凡事物中给人以一种特别新鲜的感觉，遂形成他的独特的艺术风格。

最后，值得提出的是孙光宪的《风流子》：

> 茅舍槿篱溪曲，鸡犬自南自北。菰叶长，水葓开，门外春波涨渌。听织，声促，轧轧鸣梭穿屋。

写田家风物，朴素自然，生动真切，这应该和作者的家庭出身有一定的关系，在《花间集》中放一异彩，是其他作家所没有的。至于他刻画女子的形容体态、心理活动的深入细致、真切动人，那是花间词人共有的本领，如和凝、薛昭蕴、牛峤、毛文锡、顾夐、欧阳炯等都有这类的词篇，在这里不再论述了。

《花间集》在温、韦、孙三种流派之外，值得提出的是李珣。

李珣字德润，先世波斯人。蜀秀才。其妹舜弦事蜀主王衍为昭仪。李珣著有《琼瑶集》《海药本草》等。他传下来的词见《花间集》的 37 首，见《尊前集》的 18 首，内《西溪子》"金缕翠钿浮动"首，两集俱见，实共 54 首。宋人《茅亭客话》称他"所吟诗，往往动人。国亡不仕，词多感慨之音"。诗未见，词风格清新，《南乡子》写南州景物风尚尤美妙动人：

> 兰棹举，水纹开。竞携藤笼采莲来。回塘深处遥相见，邀同宴，绿酒一卮红上面。

> 归路近，扣舷歌，采真珠处水风多。曲岸小桥山月过，烟深锁，豆蔻花垂千万朵。

> 乘彩舫，过莲塘，棹歌惊起睡鸳鸯。游女带香偎伴笑，争窈窕，竞折团荷遮晚照。

> 倾绿蚁，泛红螺，闲邀女伴簇笙歌。避暑信船轻浪里，闲游戏，夹岸荔枝红蘸水。

> 相见处，晚晴天，刺桐花下越台前。暗里回眸深属意，遗双翠，骑象背人先过水。

这是现存李珣《南乡子》17 首中的 5 首。在这些词中，生动活泼地描绘出广南独有的画面，充满了生活的气息和民歌的情调，读起来，较之刘禹锡的巴渝《竹枝》别有一种风味，在《花间集》里是很难得的。欧阳炯有《南乡子》8 首，也写广南风物，风格与李词相近，这与生活实践和题材选取有关，不能仅仅看成写作手法的问题。陆游提到温庭筠《南乡子》8 阕时（引文见前，温作已失传），说它"语意工妙，殆可追配刘梦得《竹枝》"，也是一个旁证。

此外《花间集》中值得特别提出的是鹿虔扆的《临江仙》：

> 金锁重门荒苑静，绮窗愁对秋空。翠华一去寂无踪！玉楼歌吹，声断已随风。　　烟月不知人事改，夜阑还照深宫。藕花相向野塘中，暗伤亡国，清露泣香红！

抒写亡国哀思，苍凉沉痛，十分动人。这是富有爱国思想的词篇，在

《花间集》中是一颗特别可贵的珍珠，再没有第二篇作品可以和它比并。我们当然不能把它看成一种花间的流派，可是，也不能不知道，在荆棘丛中还开着这么一朵摧残不了的名花。

冯延巳，一名延嗣，字正中，广陵人。仕南唐，官至同平章事。有辞学，多伎艺，善辩说，尤喜为乐府词，有《阳春录》（今传本名《阳春集》）。

把男女情爱作为抒写的主要对象，写离别，写怀念，这是冯延巳和花间词人共通之点。可是，冯词较少女人的容貌体态的刻画，较多身世的惆怅感慨的抒发，取材较丰富，境界较宽阔，表现手法也较多变化，开阖动荡，笔端灵活，说这说那，思深力锐，层折很多，似比兴，似寄托，不少含蕴，耐人玩索，这一切都是他独具的艺术风格。如《鹊踏枝》：

> 秋入蛮蕉风半裂，狼藉池塘，雨打疏荷折。绕砌蛩声芳草歇，愁肠学尽丁香结。　　回首西南看晚月，孤雁来时，塞管声呜咽。历历前欢无处说，关山何日休离别！

"蛮蕉""疏荷""芳草""丁香"一齐涌现眼前；忽"风"，忽"雨"，忽"晚月"；乍见"狼藉池塘"，已听"绕砌蛩声"，遥望"孤雁"南来，重闻"塞管""呜咽"；从外到内，从内到外，又"西南"，又"塞北"。看！这天地多么广阔，这场景多么热闹！其实也只是为了抒发欢期不再、离别难堪的心情而已。"前欢"上面冠以"历历"，"离别"上面提出"关山"，便突破了时间、空间的限制。像这样的艺术构思，真可以说是"精骛八极，心游万仞"了。由于作者把许多景物情事压缩在几个句子里，命意运笔都不断脱换变化，因而能达到沉郁顿挫的境地。也由于作者把许多景物情事压缩在几个句子里，接触面广阔复杂而又多所含蕴，因而会使读者感到，也许是作者真正存在着若干未易明言的比兴或寄托。所谓"极沉郁之致，穷顿挫之妙"（陈廷焯评语），所谓"堂庑特大"（王国维评语），从这些地方看是可以理解的。这是冯词不同于"花间"词的一种特异之点。

这是就冯词的取材、构思和写作技巧方面来说明他不同于"花间"词人的一种艺术风格。即使从这些方面和花间词人没有什么区别的词篇来看，有一部分在思想感情的抒发上也和花间词人不同。如《采桑子》：

> 花前失却游春侣，独自寻芳。满目悲凉，纵有笙歌亦断肠！
> 林间戏蝶帘间燕，各自双双。忍更思量！绿树青苔半夕阳。

上片写因花前寻芳无侣而感到悲凉，即使笙歌满前也肠断，这种情况已难堪极了。过片写看到双双的林间蝶和帘间燕，不但不能引起"游春"的愿望，反而越发衬出孤栖之苦，不敢动游春之念，徒增后时之感，已是"绿树青苔半夕阳"了，还有什么值得留恋呢？简直到了无可挽回的地步！这么一来，通篇前前后后就只有写沉痛悲凉的心境了。值得沉痛悲凉的东西一点也没有透露出来。像这样的写法，在《花间集》里是很少见到的。这类词，我个人的看法，很可能是托意某一时期党争的失败，并非真正写男女关系。假如真正写男女关系，总得有或多或少具体情状的描述。我们略翻一翻唐、五代文人词就可以证明这一点。所以，我认为冯延巳词中有的表面看来是写男女关系的，仍然和"花间"词人的写作有所区别。我们固然不能把冯词看得太深，抬得太高，像冯煦在《阳春集序》中所说的一样："翁俯仰身世，所怀万端，缪悠其辞，若显若晦，揆之六义，比兴为多，若《三台令》《归国谣》《蝶恋花》诸作，其旨隐，其词微，类劳人思妇羁臣屏子郁伊怆恍之所为。翁何致而然耶？周师南侵，国势岌岌，中主既昧本图，汶暗不自强，强邻又鹰瞵而鹗睨之……"但有部分词有所寄托，却是可以肯定的，我们应该联系他的生活实践看。

冯延巳和"花间"词人一样有极其浓艳细腻之作，但用笔的曲折深婉、情致的缠绵悱恻却非一般的"花间"词人所可及。如《南乡子》：

细雨湿流光。芳草年年与恨长。烟锁凤楼无限事，茫茫，鸾镜鸳衾两断肠！　魂梦任悠扬。（一本"任"字空格）睡起杨花满绣床。薄幸不来门半掩，斜阳，负你残春泪几行？

一般写细雨是和阴暗宁静的景色相配合的，而这词却把细雨和光配合，并且是流转的光，就这样一个互相矛盾、极不调和的境界，便摄住了本来应该愉快却陷入愁苦的人生的全神。"细雨"通常是连绵不断的，和"不终日"的"暴雨"不同，这在实际情况上和春雨恰好相称，在象征意义上和"无边丝雨细如愁"的愁绪也恰好相称。"流光"是暖和而展延的光，和强烈炙人的阳光不同，这与明媚的春光和"婉如清扬"的人物也密合无间。用"湿"字把"细雨"和"流光"粘连起来，更是不重不轻，恰如其分。总合起来看，这是一种不幸境遇的象征，而细加分析，又不同于"雹碎春红，霜凋夏绿"的惨痛情景，只能是一股纤微的凄清况味，撩拨着无比温馨的心境的体现。这情景是花间词人惯于抒写的，因而有人误用这句子来评价《花间集》（周文璞谓《花间集》只得"丝雨湿流光"五字微妙。见《词苑丛谈》卷三）。"芳草"是最能触动离恨的东西，所以特别提出来代表"残春"的景物，说明看到残春景物年复一年，自己的离愁别恨也年复一年，与之俱增，这里，既补足上句，使意义更加显豁和完满，提出"恨"字，又便于引出下面的人事。"烟锁"至"断肠"，正写孤栖独处的难堪，用"无限事，茫茫"，包蕴的情味较深广，虽实写，仍浑含。下片越写越具体，也越深刻。"魂梦"两句紧承"鸳衾"来而加以扩展，欢快情事已不可得，那么，只有让魂梦去实现了。着一"任"字，一方面有"梦随风万里，寻郎去处"（苏轼《水龙吟》）的意图，另一方面也表示期待相逢梦中的殷切。然而梦总会醒，梦醒时映入眼帘的却是那象征薄幸的杨花堆满了绣床。"梦魂惯得无拘管，又逐杨花过谢桥。"（晏几道《鹧鸪天》）杨花最能逗引薄幸，那"薄幸不来"更是注定的了，还有什么希望呢？为什么还把门儿半开"半掩"？这种不必要的动作是用情最刻挚而至于痴呆的表现。"尽日感事伤怀，愁眉似锁难开。夜夜长留半被，待君魂梦归来。"（相传为李白《清平乐》句）管他来不来，总得给他一个可来的机缘，是安慰自己也是体贴对方，这种情意的抒发比前面更深透也更缠绵。结尾对斜阳，语残春，已经把无可奈何的心境道破了，仍用"负你"的语意来表明有还不尽的泪债，年年当残春对斜阳必流泪！这么一来，不仅回应了篇首，使结构缜密完整，而且颇具弦外之音，耐人玩索。总之，延巳此词是匠心独运之作，无论艺术构思、形象刻画、情意抒发都达到高度的成就。王国维只称赞"细雨"句，谓"能摄春草之魂"（《人间词话》卷上）是主观片面的看法，不足为据。

浓艳中含凄郁，细腻中见厚重，是冯词高度艺术成就的又一种标志。

冯词也有运用朴素的语言接近民间词的，如《长命女》：

　　春日宴，绿酒一杯歌一遍。再拜陈三愿：一愿郎君千岁；二愿妾身常健；三愿如同梁上燕，岁岁长相见。

这是整部《阳春集》中很个别的例子，当然不能看成冯词中的一种风格。

冯词在当时享有盛誉，对北宋初期也有较大的影响。冯煦在《唐五代词选叙》中说："吾家正中翁鼓吹南唐，上翼二主，下启欧晏，实正变之枢纽，短长之流别。"是颇符合实际情况的。

李煜初名从嘉，字重光，号钟隐、莲峰居士等，李璟第六子。他好读书，有艺术天才和修养，诗、书、画和音乐无不通晓，特别是词。他25岁（961年）继承父业，做南唐国主，那时南唐已奉宋正朔称臣，实际上已处在一个属国的地位了。他在位15年就亡国，做了宋的俘虏，在汴京过了两年多的俘虏生活。当他 42 岁生日的时候，宋太宗赵光义就叫弟弟赵廷美赐牵机药毒死他，时宋太平兴国三年（978 年）。他著有文集 30 卷、杂说百篇，大部分已散失了。他的作品中流行最广远的是词，现存有他和他父亲李璟的词合编的《南唐二主词》。

李煜少年时期，完全过着小王子的豪奢生活，可以不必过问国家大事。即位以后，家愁国难日渐深重，对他有莫大的威胁，直至做了一个亡国的俘虏。他晚年俘虏生活的难堪就更不用说了。由于他的生活实践很明显地可以划分为三个时期，他的词篇也很明显地有三种不同的表现：一种是写豪华生活和艳情生活的；一种是写离愁别恨充满着伤感情调的；一种是写囚徒生活和哀痛心情的。现在各举例说明如下：

（1）写豪华生活和艳情生活的，如《浣溪沙》：

> 红日已高三丈透，金炉次第添香兽，红锦地衣随步皱。　　佳人舞点金钗溜，酒恶时拈花蕊嗅。别殿遥闻箫鼓奏。

这是李煜过着腐朽生活的一纸供词。他对舞厅里的金炉、地毡等豪华的布置，舞女紧凑活跃的步伐和婉转翻腾的姿态，以及舞后欢饮、饮醉撒娇的情况，都细致生动地描绘出来。其中如"金炉"在"次第添香兽"中，"红锦地衣"在"随步皱"中，把静止的东西紧密地和人物动作结合起来，丝毫不见铺陈堆砌的痕迹，这样的表现手法较之"花间"词人那种"镂玉雕琼"的作风就高明得多了。至于开首从"红日已高三丈透"说起，说明这是通宵达旦的情况，结尾以"别殿遥闻箫鼓奏"收束，说明这是帝王家里的普遍的生活方式，使人从中可以联想到其他许多类似的生活现象，尤其是高度的精炼概括的写法，是很难得的。此外，如《菩萨蛮》"花明月暗笼轻雾"首之写爱恋，《喜迁莺》"晓月堕"首之写怀思，都标志着作者高度的艺术成就。

（2）写离愁别恨充满着伤感情调的，如《捣练子》：

> 深院静，小庭空，断续寒砧断续风。无奈夜长人不寐，数声和月到帘栊！

这词总共只有 27 个字，把许多足以引动离怀别感的情景——院静、庭空，寒风阵阵，砧声断续，月照帘栊，都集中一起，向那夜长不寐的人侵袭，使这不寐人的离怀别感的深度和强度都突现在读者的眼前。篇幅虽很简短，意境却相当复杂。像这样运用深刻而概括的艺术手法，应该说是李煜在小词上异常杰出的成就，较之前期的作品是跨进了一步的。

李煜这一时期的词篇，为后人传诵的还有《清平乐》：

别来春半，触目柔肠断。砌下落梅如雪乱，拂了一身还满。

雁来音信无凭；路遥归梦难成。离恨恰如春草，更行更远还生。

这首每一个意境都联系到人物的具体活动和感受，和前首展示出许多景象而仅仅一句接触到人物本身有所不同，这是很容易看出的。这首的结构也比前首复杂得多。前首意境虽复杂，但一气呵成，层递而下，没有什么起落。这首第一、二句统提，第三、四句单承，第五、六句分说，第七、八句总收，多起落也多变化。前片4句由一般到特殊是比较普通的写法。值得提出的是过片两句和结尾两句。"雁来"句是说只有雁来而没有信来，略同温庭筠的"音讯不归来，社前双燕回"（《菩萨蛮》），得不到消息而见到双燕，越发触动离情的意思。再明确地说，即"举头忽见衡阳雁，千声万字情何恨！叵耐薄情夫，一行书也无"（《菩萨蛮》，《尊前集》作李白词，《花草粹编》《草堂诗余续集》作陈达叟词，《历代诗余》《闽词钞》又作陈以庄词）的缩写。这当然是从怀念远人这方面说的。"路遥"句却是远人的情况，是替远人设想的。一联中从两方面分写离恨，这写法是比较少的，正和他父亲《浣溪沙》"细雨梦回鸡塞远，小楼吹彻玉笙寒"的写法一样。这么一来，下面结出离恨的力量就很充沛了。"离恨"两句以春草来比喻离恨，不但说出了很多离恨，并且能够说出旋生旋灭、排除不了的意味，是千锤百炼出来的句子，特别是用了两个"更"字和一个"还"字，是值得我们仔细体会的。

（3）写囚徒生活和哀痛心情的，如《虞美人》：

春花秋月何时了？往事知多少。小楼昨夜又东风，故国不堪回首月明中！　雕栏玉砌依然在，只是朱颜改。问君能有几多愁？恰似一江春水向东流。

这是李煜入宋做俘虏后第二年（977年）正月写的。李煜在976年正月到汴京受降，距写这词的时间恰恰1年。"春花秋月"是代表1年，"何时了"是说何时才到了尽头，表现很难挨过的情况。"往事"指1年前受降的事件。下面接着说当时的具体情状。下片"雕栏"句承"故国"说，概括回想到的一切美丽繁华的东西，"只是"句概括一切过往的情事。结尾两句总收，用"一江春水向东流"的具体形象来说明愁怀的深长，和前首是一样的写法，而这两句的感染力比前首更为强烈。原因是这里表现出来的意境更大，感慨更深，而语调更为自然，使读者不假思索，就会感到作者愁恨的深长和宽广。又如《浪淘沙令》：

> 帘外雨潺潺，春意阑珊，罗衾不耐五更寒。梦里不知身是客，一晌贪欢。　　独自莫凭栏！无限江山，别时容易见时难。流水落花春去也，天上人间！

这词是李煜被俘后感到十分哀痛时写出来的。上片实写当时的生活感受：听雨声，伤春意，感寒重，都是很不好过的；可是，梦中竟不知自己已经是一个囚徒，一时间还贪恋着小皇帝的欢乐生活。在这样现实与梦境截然不同的生活对比之下，就越发感到往事不堪回首了，因而过片就警醒自己说："独自莫凭栏！"然后说明凭栏眺望，只有加深悲痛的情况。由当前难堪的感受到怪责梦里的贪欢，到害怕接触旧日的江山，层层深入，直到天上人间成永诀，真悲痛极了！后来赵佶（宋徽宗）被俘作《宴山亭》下片云："凭寄离恨重重，这双燕何曾会人言语。天遥地远，万水千山，知他故宫何处？怎不思量？除梦里有时曾去。无据，和梦也新来不做。"和这词悲痛的情调很相似，因而前人都把它们相提并论。实则，赵词明透，李词精约，艺术风格是有所不同的。当然，令词和慢词的写作手法也有关系。

李煜词的艺术特征有下列几点：第一是自然真率，少用比兴；第二是多写人物动态，不事堆砌排比；第三是善于塑造具体的形象来表达抽象的情思；第四是艺术概括力强；第五是运用语言单纯朴素，精炼准确。这一切，对后来的词家都有相当大的影响，在词的发展上起了一定的推进作用。

在这里，附带介绍一下历来传诵的李璟的《浣溪沙》（二首之一）：

> 菡萏香销翠叶残，西风愁起绿波间，还与韶光共憔悴，不堪看！
> 细雨梦回鸡塞远；小楼吹彻玉笙寒。多少泪珠无限恨！倚栏杆。

这是李璟抒写满怀愁恨的小词，上片就景物写，下片就人事写。开首先写残荷，更从西风愁起，韶光憔悴来衬说，使那"不堪看"的景象更加鲜明突出。然后转从人事来说明。先说征夫难堪的情况，再说思妇难堪的情况，才归结到无穷怨恨无穷泪，那就完全是合情合理的了。这和李煜《清平乐》的下片是一样的写法，在当时的令词中是不多见的，可能给李煜以一点启示。李璟的词篇传下来的虽然只有4首，但他的《浣溪沙》已明显地标志着他自己特有的艺术风格：第一，词句间很少修饰；第二，比较生动活泼；第三，意境比较阔大；第四，感慨比较深沉。这一切都和"花间"词人有区别，对李煜有或多或少的影响。

# 第三章　宋词的作家作品

## 第一节　专集

唐圭璋《全宋词缘起》谓"所辑词人已逾千家，篇章已逾两万"。但流传下来和经后人辑录起来的宋词集子，实不满三百家。现在把有词的专集或辑录本的作家和集名录在下面，略按时代的先后编排。

潘　阆：《逍遥词》。

张伯端：《紫阳真人词》。

柳　永：《乐章集》。

范仲淹：《范文正公诗余》（附范纯人《忠宣公诗余》）。

张　先：《张子野词》（《安陆词》）。

晏　殊：《珠玉词》。

宋　祁：《宋景文公长短句》。

欧阳修：《六一词》（《欧阳文忠公近体乐府》）。

韩　维：《南阳词》。

王　琪：《谪仙长短句》。

王安石：《临川先生歌曲》。

晏几道：《小山词》。

韦　骧：《韦先生词》。

魏夫人：《鲁国夫人词》。

苏　轼：《东坡乐府》（《东坡词》）。

张舜民：《画墁词》。

王　观：《冠柳集》。

僧　挥：《宝月集》。

王　诜：《王晋卿词》。

舒　亶：《信道词》。

黄　裳：《演山词》。

黄庭坚：《山谷琴趣外编》（《山谷词》）。

刘　弇：《龙云先生乐府》。

秦　观：《淮海居士长短句》（《淮海词》）。

米　芾：《宝晋长短句》。

赵令畤：《聊复集》。

张　耒：《柯山诗余》。

贺　铸：《东山寓声乐府》（《东山词》）。

陈师道：《后山长短句》。

毛　滂：《东堂词》。

晁元礼：《闲适集》（《闲斋琴趣外编》）。

僧惠洪：《石门长短句》。

晁补之：《琴趣外编》。

晁冲之：《晁叔用词》。

李之仪：《姑溪词》。

周邦彦：《清真集》（《片玉词》《清真诗余》）。

方千里：《和清真词》。

陈　瓘：《了斋词》。

阮　阅：《阮户部词》。

张元幹：《芦川词》。

李　新：《跨鳌词》。

廖　刚：《高峰词曲》。

葛胜仲：《丹阳集》。

李元膺：《李元膺词》。

叶梦得：《石林词》。

苏　庠：《后湖词》。

谢　逸：《溪堂词》。

刘一止：《苕溪乐章》。

王庭珪：《庐溪词》。

朱敦儒：《樵歌》。

汪　藻：《浮溪词》。

陈　克：《赤城词》。

周紫芝：《竹坡词》。

赵　佶（宋徽宗）:《宋徽宗词》。

李　光:《李庄简词》。

吴则礼:《北湖诗余》。

万俟咏:《大声集》。

田　为:《芊呕集》。

张继先:《虚靖真君词》。

谢　薖:《竹友词》。

李清照:《漱玉词》。

张　纲:《华阳长短句》。

李　纲:《梁溪词》。

李　邴:《云龛草堂词》。

赵　鼎:《得全居士词》。

左　誉:《筠翁长短句》。

沈与求:《龟溪长短句》。

向子諲:《酒边词》。

米友仁:《阳春集》。

徐　伸:《青山乐府》。

陈　东:《少阳词》。

洪　皓:《鄱阳词》。

向　滈:《乐斋词》。

王安中:《初寮词》。

蔡　伸:《友古词》。

曹　组:《箕颍集》。

吕渭老:《圣求词》。

赵师侠:《坦庵长短句》。

赵长卿:《惜香乐府》。

李弥逊:《筠溪集》。

陈与义:《无住词》。

邓　肃:《栟榈词》。

王之道:《相山居士词》。

曹　勋:《松隐乐府》。

蔡　楠:《浩歌集》。

孙道绚：《冲虚词》。

欧阳澈：《飘然先生词》。

朱　松：《韦斋词》。

朱　翌：《潜山诗余》。

刘子翚：《屏山词》。

胡　铨：《澹庵长短句》。

史　浩：《鄮峰真隐大曲》（《鄮峰真隐词曲》）。

黄公度：《知稼翁词》（附黄童词）。

康与之：《顺庵乐府》。

杨无咎：《逃禅词》。

仲　并：《浮山诗余》。

高　登：《东溪词》。

李流谦：《淡斋词》。

吕本中：《紫微词》。

倪　偁：《绮川词》。

王之望：《汉滨诗余》。

赵彦端：《介庵词》（《介庵琴趣外篇》）。

侯　寘：《孏窟词》。

袁去华：《宣卿词》。

王十朋：《梅溪诗余》。

洪　适：《盘洲乐章》。

韩元吉：《南涧诗余》（《焦尾集词》）。

王千秋：《审斋词》。

李　吕：《澹轩诗余》。

程大昌：《文简公词》。

杨万里：《诚斋乐府》。

吴　儆：《竹洲词》。

陆　游：《放翁词》（《渭南词》）。

葛　郯：《信斋词》。

姚述尧：《萧台公余词》。

曹　冠：《燕喜词》。

沈　瀛：《竹斋词》。

王　质：《雪山词》（《雪山诗余》）。

王　灼：《颐堂词》。

曾　惇：《曾使君新词》。

李　石：《方舟词》。

范成大：《石湖词》。

陈三聘：《和石湖词》。

赵磻老：《拙庵词》。

周必大：《平园近体乐府》。

朱　熹：《晦庵词》。

张孝祥：《于湖词》（《紫微词》）。

陈　造：《江湖长翁词》。

马子严：《古洲词》。

京　镗：《松坡居士乐府》（《松坡词》）。

杨冠卿：《客亭乐府》。

楼　钥：《攻媿集》。

刘学箕：《方是闲居士词》。

朱　雍：《梅词》。

毛　开：《樵隐词》（《樵隐乐府》）。

冯时行：《缙云乐府》。

王　炎：《双溪诗余》。

辛弃疾：《稼轩词》（《稼轩长短句》）。

刘光祖：《鹤林词》。

李　洪：《李氏花萼集》（与弟漳、泳、涂、浙合编）。

丘　崈：《丘文定公词》。

黄人杰：《可轩诗余》（《可轩曲林》）。

石孝友：《金谷遗音》。

林　淳：《定斋诗余》。

管　鉴：《养拙堂词》。

曾　觌：《海野词》。

张　抡：《莲社词》。

周端臣：《葵窗词》。

陈　亮：《龙川词》。

杨炎正：《西樵语业》。

廖行之：《省斋诗余》。

赵崇嶓：《白云稿》。

张　镃：《南湖诗余》（《玉照堂词》，附张枢词）。

刘　过：《龙洲词》。

李处全：《晦庵词》。

姜特立：《梅山词》。

吴　琚：《云壑集》。

韩　淲：《涧泉诗余》。

汪　晫：《康范诗余》。

程　泌：《洺水词》。

姜　夔：《白石词》（《白石道人歌曲》）。

张　辑：《东泽绮语债》。

程　垓：《书舟词》。

张孝忠：《野逸堂长短句》。

卢祖皋：《蒲江词》。

刘　镇：《随如百咏》。

林正大：《风雅遗音》。

张　侃：《拙轩词》。

吕胜巳：《渭川词》。

李廷忠：《桔山乐府》。

魏了翁：《鹤山长短句》。

孙惟信：《花翁词》。

王　迈：《臞轩诗余》。

陈耆卿：《筼窗词》。

岳　珂：《玉楮词》。

刘克庄：《后村长短句》（《后村别调》）。

夏元鼎：《蓬莱鼓吹》。

史达祖：《梅溪词》。

高观国：《竹屋痴语》。

葛长庚：《玉蟾先生诗余》。

汪　莘：《方壶诗余》。

吴　泳：《鹤林词》。

洪咨夔：《平斋词》。

吴　渊：《退庵词》。

吴　潜：《履斋先生诗余》。

赵以夫：《虚斋乐府》。

刘子寰：《篁嵊词》。

郭应祥：《笑笑词》。

徐经孙：《矩山词》。

陈　著：《本堂词》。

方　岳：《秋崖词》。

赵孟坚：《彝斋诗余》。

李昂英：《文溪词》。

万俟绍之：《郢庄词》。

戴复古：《石屏词》。

潘　牥：《紫岩词》。

游九言：《默斋词》。

许　棐：《梅屋诗余》。

姚　宽：《西溪乐府》。

利　登：《碧涧词》。

赵闻礼：《钓月词》。

严　仁：《清江欸乃词》（《欸乃集》）。

冯取洽：《双溪词》。

吴文英：《梦窗词》（《梦窗甲乙丙丁稿》）。

翁元龙：《处静词》。

翁孟寅：《五峰词》。

曹　邍：《松山词》。

黄　机：《竹斋诗余》。

李曾伯：《可斋诗余》。

黄　昇：《散花庵词》。

洪　璞：《空同词》。

马庄父：《古洲词》。

蔡　戡：《完斋诗余》。

柴　望：《秋堂词》（《秋堂诗余》）。

谢　懋：《静寄居士乐章》。

吴礼之：《顺受老人词》。

郑　域：《松窗词》。

宋自逊：《渔樵笛谱》。

韩　疁：《萧闲词》。

柴元彪：《袜线词》。

马廷鸾：《碧梧玩芳诗余》。

赵汝晃：《退斋词》。

李肩吾：《蠙洲词》。

谭宣子：《在庵词》。

奚　冽：《秋崖词》。

张　矩：《梅渊词》。

李彭老：《筼房词》。

李莱老：《秋崖词》（彭老、莱老合刊为《龟溪二隐词》）。

谢枋得：《叠山词》。

卫宗武：《秋声诗余》。

牟　巘：《陵阳词》。

周　密：《草窗词》（《萍洲渔笛谱》）。

刘辰翁：《须溪词》。

陈经国：《龟峰词》。

文天祥：《文山乐府》。

陈允平：《日湖渔唱》《西麓继周集》。

王沂孙：《花外集》（《碧山乐府》）。

张　炎：《山中白云词》。

汪梦斗：《北游词》。

黄公绍：《在轩词》。

何梦桂：《潜斋词》。

邓　剡：《中斋词》。

袁　易：《静春词》。

陈德武：《白雪遗音》。

蒋　捷：《竹山词》。

陈　深：《宁极斋乐府》。

蒲寿宬：《心泉诗余》。

熊　禾：《勿轩长短句》。

家铉翁：《则堂诗余》。

卢　炳：《哄堂词》。

汪元量：《水云词》。

王易简：《可竹词》。

张玉娘：《兰雪词》。

王　采：《王侍郎词》。

崔敦礼：《宫教乐章》。

刘　翰：《小山词》。

孙居敬：《畸庵词》。

刘　因：《静修乐府》。

沈　唐：《沈公述词》。

李　甲：《李景元词》。

李　廌：《济南词》。

沈会宗：《沈文伯词》。

李好古：《碎锦词》。

李淑真：《断肠词》。

吴淑姬：《阳春白雪》。

赵君举：《赵子发词》。

刘仙伦：《招山乐章》。

赵必豫：《覆瓿词》。

韩　玉：《东浦词》。

王以宁：《王周士词》。

葛立方：《归愚词》。

杜安世：《寿域词》。

王千秋：《审斋词》。

李芸子：《芸庵诗余》。

徐鹿卿：《徐清正公词》。

沈端节：《克斋词》。

张　榘：《芸窗词》。

杨泽民：《续和清真词》。

曾 协：《云庄词》。

无名氏：《章华词》。

以上共 280 目，其中有附录一人词或几人合集的（如《范文正公诗余》附录范纯仁词，李洪兄弟五人词合成《李氏花萼集》），截至今日，两宋词人的集子可见者大略如此。这只是就两宋词人的集子流传下来，或者经过后人汇辑成集的来看，如果通观全宋词，就不止此数了。有不少附见诗文集中或散见各选本中尚未经汇辑成集的词篇，还是值得汇辑成集的。比如，汪梦斗流传下来的词只有 6 首，张侃、陈东、吴淑姬流传下来的词只有 4 首，都有人汇辑成集（汪的《北游词》，见《彊村丛书》，张的《拙轩词》，见《校辑宋金元人词》，吴的《阳春白雪》，见《唐宋金元词钩沉》），可是，现在还可看到的，像卓田、黄廷琦等都有 6 首，胡浩然、杨恢等都有 7 首，却没有被汇辑成专集，标出名目；其他 10 首以上的如李刘（11 首）、莫将（12 首）、胡翼龙（13 首）、李祁（14 首）以至萧廷之（24 首）、柳棨（37 首），都没有被人作为词的专集看待。甚至如刘几，在当时是有自度曲的词家，《石林燕语》记他有"自度曲《戴花正音集》行世"，流传下来的仅有 5 首词；如张枢，是著名的词人兼词学理论家张炎的父亲，张炎在《词源》里已经述及"先人晓畅音律，有《寄闲集》，旁缀音谱，刊行于世"，他仅有 9 首词流传下来，都不被人重视，把他们仅存的词篇汇成专集来引起人们的注意。这说明从词人的专集来看宋词，还是有不少遗漏的。至于像吴芾这类的词人，虽然写了三卷长短句（见周必大《湖山集》序），但却没有片辞只字流传下来，这在未曾发现资料以前，只有听其埋没，人们是无能为力的了。

宋代的专业词人的词集，始自柳永的《乐章集》。在他之前的潘阆的《逍遥词》，词作数量很少，也非专业词人的写作；和他同时的张先、晏殊、欧阳修等虽有词集流传，大都附在诗文集后面，或者为后人所辑录，作者的身份也不像柳永一样是"奉旨填词"的专业词人。

"大晟乐府"的建立是在宋徽宗崇宁四年（1105 年）九月，从它作为统治者帝王娱乐的机构看，和汉武帝的设立"乐府"没有多大的区别。可是，他们具体的措施却各自不同："汉乐府"虽也有由文人制定的乐章和谱调，但它大量采集民间的歌谣，因而在搜集和保存民间歌谣方面，在中国文学史上有着很大的贡献。"大晟乐府"的最大的结集《乐府混成集》已经失传，其中有没有民间词，我们还不易判定，但据有关"大晟乐府"的材料看，似乎主要的是文人制定乐章和谱调。王灼《碧鸡漫志》说：

> 崇宁间，建"大晟乐府"，周美成作提举官，而制撰官又有七。万俟雅言，元祐诗赋科老手也。政和初召试补官，置"大晟乐府"制撰之职，新广八十四调。患谱弗传，雅言请以盛德大业及祥瑞事迹，制词实谱。有旨："依月用律，月进一曲。"自此新谱稍传。时田为不伐亦供职大乐，众谓乐府得人云。

张炎《词源》下说：

> 迄于崇宁，立"大晟府"，命周美成诸人讨论古音，审定古调，沦落之后，少得存者。由此八十四调之声稍传。而美成诸人，又复增演慢曲引近，为三犯四犯之曲，按月律为之，其曲遂繁。

周密《齐东野语》十说：

> 《混成集》，修内司所刊本，巨帙百余，古今歌词之谱，靡不备具。只大曲一类，凡数百解，他可知矣。然有谱无词者居半。

王、张二人都强调周邦彦等制词定谱，并没有接触到采集民间歌词的情况。周密所看到的《乐府混成集》也是"古今歌词之谱"的总汇，并指出其中"有谱无词者居半"。可见讲求音律，制词定谱，成为服务"大晟府"的人员的主要工作。当时的召试录取人才也是以能否胜任这种工作为标准。就今日可考见的一些"提举官""撰制官""协律郎"等，如周邦彦、万俟咏、田为、徐伸、江汉、晁冲之、晁端礼等，都是具有制词定谱的本领的。在这以前，能创调填词并且音律精妙的以柳永最为杰出，因而这些人都是学习过柳永词、受过柳词的影响的。《碧鸡漫志》有一段记载：

> 沈公述、李景元、孔方平、处度叔侄，晁次膺、万俟雅言，皆有佳句，就中雅言尤绝出。然六人者源流从柳氏来。……田不伐才思与雅言抗行，不闻有侧艳；田中行极能写人意中事，杂以鄙俚，曲尽要妙，当在万俟雅言之右。

其中不少是服务"大晟府"的人员，都和柳词有关，可见大晟词人的总倾向。王氏虽没有指出周邦彦词受柳词的影响，可是，周词受柳词的影响而加以新变是不难看出的。陈锐《襄碧斋词话》说得好：

> 屯田词，在院本中如《琵琶记》；清真词如《会真记》。

又说：

> 屯田词，在小说中如《金瓶梅》；清真词如《红楼梦》。

又说：

> 盖能见耆卿之骨，始可道清真之神。

把柳词和周词之间有关联又有区别的精神面貌都具体指出来。柳永在北宋是一个最杰出的专业词人，影响本来是很大的；加以"二百年来以乐府独步，贵人学士、市侩妓女皆知美成词为可爱"（陈郁）的周邦彦做"大晟乐府"的提举官，那就不仅想厕身"大晟府"的人有必要走柳、周这条路子，就是想以词成名的人也不能不沿这条路向走，这在词的发展史上是具有一定的推动作用的。不过，也必须指出，这作用只在使词的园地更加丰茂，词的作家更加繁多，词和音乐配合得更加紧密，词的写作技巧更加精妙多变；但是词的抒写范围却因此受到更大的局限，显得更为狭窄了，词的内容更为贫乏而空虚了，其导致一些词人走上专门讲求声律美、形式美的道路，具体内容和社会现实越离越远，使词的发展陷于凝固僵化的境地。这也是可以理解的，因为"大晟乐府"根本就是为帝王服务的一个机构。

## 第二节　总集

据赵万里《校辑宋金元人词序》，宋刻词的总集，现在可考见的有三个地方：一是长沙坊刻词，自《南二主词》至郭应祥《笑笑词》凡百家；一是《典雅词》，可能为陈氏书棚所刻；一是闽中书肆所刻的《琴趣外编》。则宋人汇刻宋人的词集，实自长沙百家词始。考周密《浩然斋雅谈》十记载：修内司刊《大晟乐府混成集》，巨帙百余，其数量之繁富，视前三刻有过之无不及，虽体制不同，也应看成宋代刊行词曲的巨著。这部书现虽失传，但据明孙能传、张萱等的《内阁藏书目录》云："内有腔板谱，分五音十二律，类次之。原一百二十七册，今阙二十二册。"可见流传到明代万历年间还存 105 册。又张炎《词源》下云：

> 旧有刊本 60 家词，可歌可诵者指不多屈。中间如秦少游、高竹屋、姜白石、史邦卿、吴梦窗，此数家格调不侔，句法挺异，俱能特立清新之意，删削靡曼之词，自成一家，各名于世。

明确指出在《梦窗词》出现以前或同时曾有汇刻 60 家词。可惜这书早已失传了，何人所辑，何地所刊，均不可考。

明人编辑包括宋人词集的有吴讷的《唐宋名贤百家词》（《千顷堂书目》作《四朝名贤词》），自《花间集》起，至《笑笑词》终，凡 100 种，中缺10 家，实得 90 种。有《宋元名家词》，自《东坡词》起，至《花间集》终。明人辑刻宋人词集的有毛晋的《宋六十名家词》，自《珠玉词》起，至《哄堂词》终，实得 61 家。毛晋的《词苑英华》，内只《少游诗余》是宋人专集，其余是选本和图谱，还附明张綖的词集《南湖诗余》，这是一种丛刊体，因为都在词的领域内的，故一并提出。

清人所刻包括宋人词集的有侯文灿的《十名家词集》，内宋集 5 种：张先《子野集》、贺铸《东山词》、葛剡《信斋词》、吴儆《竹洲词》和赵以夫《虚斋乐府》。秦恩复《词学丛书》，内只陈允平《日湖渔唱》是宋词专集，也是丛刊体。清中叶以后，刻词之风大盛，比以前所刻也更加精审，如王鹏运的《四印斋所刻词》《宋元三十一家词》，江标的《宋元名家词》，吴昌绶的《双照楼景刊宋元本词》，陶湘的《续刊景宋金元明本词》，朱祖谋的《彊村丛书》，或搜罗宏富，或版本精善，都非以前的刻本所可及，其中《彊村丛书》所校刻的宋词别集 120 家，尤有功于词学。刘毓盘的《唐五代宋辽金元名家词集》，排印本，最后出，但不精。

现人做辑逸工作的有赵万里的《校辑宋金元人词》，内有宋词别集 56家；周泳先的《唐宋金元词钩沉》，内宋词别集 27 家；采撷之勤，抉择之精，突过前人，有功后学。唐圭璋编辑的《全宋宋词》综合以前所有的刻本以及散见各书的宋人的词篇和断句，所辑词人逾千家，篇章逾两万，是一部最大的宋词结集，几乎可以媲美《全唐诗》。遗憾的是，校勘不精，鲁鱼亥豕，触目皆是。听说唐氏已另行校对，有所增汰，在体制方面也有所改动，并加标点，利便初学，将由中华书局重印。此书一出，我们研究宋词就有比较完备的资料了。

# 第三节 选本及注本

## 一、选本

黄昇在其所选的《中兴以来绝妙词选》的序中说："宋词多见于曾端伯所编，而《复雅》一集，又兼采唐宋，迄于宣和之季，凡 4300 余首，呼亦备矣!"《复雅》选录唐宋词竟达 4300 余首,在宋人选词中实推巨著。惜书已失传,出自何人之手,已无从考见。选录时代当在宣和或稍后,仍然是北宋末期的本子。现在还可看到的宋人选录宋词(有的包括唐五代词)的本子有下列几种:

(1)曾慥《乐府雅词》。慥是南宋初人,序作于绍兴丙寅(高宗绍兴十六年,即 1146 年),是流传下来的宋人选宋词中最早并且很高品质的本子。曾慥在《乐府雅词引》中说:"余所藏名公长短句,裒合成篇,或后或先,非有诠次,多是一家,难分优劣,涉谐谑则去之,名曰《乐府雅词》。"可以看出他选录的宗旨。书分上、中、下三卷,选录 34 家的词篇,有"转踏""大曲""雅词"三类,"雅词"始于欧阳修,终于李易安。"转踏"里面录了无名氏的《九张机》,这是别的书籍见不到的;即使是郑仅的作品,也赖此以传。还有"拾遗"两卷,据曾氏在"引"中说:"此外又有百余阕,平日脍炙人口,咸不知姓名,则类于卷末,以俟询访,标目'拾遗'云。"从流传下来的本子看,不少词篇有标明作者名字,和编选者的说明不相符合,可能是后人所加。值得注意的是,无论"正篇"或"拾遗",都没有选录苏轼的词篇。(走东坡一路的陈去非的词则 18 首全部录出)这一方面固然是编选者的主观有所局限,也反映出当时一般人士对"雅词"的看法。而"平日脍炙人口"的词篇里也没有苏氏的作品,尤其可以看出苏氏的截断众流、别开生面的词篇,在当时还不为一般人所喜爱。这么看来,以苏词为"别调"之说,就不是毫无根据的了。

(2)黄昇《花庵唐宋诸贤绝妙词选》《中兴以来绝妙词选》。胡德方序前选和黄昇自序后选均作于淳祐己酉(理宗淳祐九年,即 1249 年),可见二书是同年刊出。每个词人下面略作介绍,虽简单,有的词人的仕履却赖之以传,体例显然比《乐府雅词》更进一步。有一部分词还缀有评语,也为以前的选本所无,这一方面可以看出词在当时虽然还是"钜公胜士"的"娱戏文章"(胡德方序前选),地位已经抬高到和其他文体一样,值得操选政的人加以评价,以诏后学;另一方面,有些评语也委实得到后人的重视,如以李白的《菩萨蛮》《忆秦娥》"二词为百代词曲之祖",评温庭筠"词极流丽,宜为《花间集》之冠"之类,开选词加评语的一种风气,对后人评价前人的词篇也有不少的启发作用。

前选凡 10 卷,1 卷是宋以前词,9 卷是宋词。录宋词中已有"苏子瞻三十一首",并且即次于欧阳永叔之下(第二名),数量在全选中居第一位，这也许是出于选者的私嗜，但总可以看出苏词在当时的地位已和曾慥选《乐府雅词》时截然不同。后选全是南北宋之交和南宋词人的作品（康与之、陈与义、叶梦得，实北宋人，归入此选，不知何故？），也 10 卷，末附黄昇自己的作品 38 首。所录词，辛幼安和刘潜夫均 42 首，数量均居第一位，更可以看出选者的祈向所在和当时普遍的看法。

（3）周密《绝妙好词》。选录南宋初张孝祥至宋亡仇远凡 132 家词（包括周密自己的作品，摆在王沂孙、赵与仁、仇远之前，不作为附录看待，显然是自居一个家数），分 7 卷，凡 385 首，以精美为主。有许多不见史传的词人赖以传世。历来认为这是宋人选宋词中最好的本子，如果仅就艺术技巧看，也可以这样说。但周密选词的偏向（片面性）也是可以很明显地看出来的，如选辛弃疾词仅 3 首，选刘克庄词仅 4 首，而选姜夔词竟达 13 首，选吴文英词竟达 16 首，这种注重音律形式美而忽略思想内容的观点，实为"正宗别调说"张目。就这点说，它反不及《花庵词选》选得更合理、更全面。由于周密这种选录的观点更符合历来封建士大夫的看法，因而清代的查为仁、厉鹗都为《绝妙好词》作笺，查为仁的"笺"先成，厉鹗看到后，即把自己未曾脱稿的"笺"交给他，合成《绝妙好词笺》。这书刊行后，周密这个选本的影响更大了。

（4）赵闻礼《阳春白雪》。这个选本较晚出，前人较少提到。就选本的具体内容看，既非按词人的时代先后选录，也非按照时序编次，又不是根据内容的性质或篇章的长短排列，很难看出编选的体例，系统性不强。选录方向，似以精美为主，但又不如周选之明朗。他选录自己的词 6 首在卷五中，和黄、周选本不同。这不能说是一种好选本，所以在当时及后代都不能发生多大的影响。不过，也有一些具有参考价值的内容，除保存不少词人的作品之外，如在韩南涧（元吉）的《永遇乐》题下注"为张安国赋，《焦尾集》不载"；在刘吉甫（颉）的《满庭芳》题下注"此词宛有淮海风味，惜不名世"。这对辑录逸词有作用，对评价词篇也有作用，都是值得肯定的。

此书 8 卷，624 首，又《外集》1 卷，45 首，共 669 首。

（5）何士信《增修笺注妙选草堂诗余》。前后二集，各分上、下卷，辑录唐、五代十国和宋的词，而以宋词为主。王楙《野客丛书》已引《草堂诗余》张仲宗《满江红》词。陈振孙《直斋书录解题》云："《草堂诗余》二卷，书坊编集者。"《野客丛书》作于宋宁宗庆元年间，可见这书在庆元以前已经流传。据赵万里《校辑宋金元人词》的"引用书目"中引用此书元刻元印本，卷首有"建安古梅何士信君实编选"字样，为各本所无，又和陈振孙所说的不同。是否即王、陈所见的《草堂诗余》仍难确断，暂列编选者名字，以待考索。这书是按照一般类书的体例分类的，首总目，分春景、夏景、秋景、冬景、节序、天文、地理、人物、人事、饮馔器用、花禽十一类。编选宗旨，不易明确指出，但是当时流行之作则可断言，当时是曾经以"草堂"与"花间"并称的。

（6）武陵逸史《类编草堂诗余》。此书相传也是南宋人所编，题"武陵逸史编次，开云山农校正"。卷首有嘉靖庚戌（明世宗嘉靖二十九年，即1550年）何良俊序，序中称：顾子汝（从敬），上海名家，家富诗书，这是他的家藏宋刻本，比较世上通行本多70余调。看来这书还是从上面的《增修笺注》本来的。赵万里列举三个证据证明这书是从《增修笺注》本出，其一是这书每词必有一题，如春景、夏景、秋景、冬景、春恨、春闺、立春、元宵之属，皆分类本（即《增修笺注》本）六大目之子目；其二是这书对分类本缺名的，都把前阕所记的名字填进去，凭空添出若干赝作；其三是分类本以时令、天文、地理、人物等类标目，与周邦彦《片玉词》、赵长卿《惜香乐府》略同，而这书以小令、中调、长调编列，于他书无征（见《校辑宋金元人词·引目》）。赵氏这种看法是可信的。这书附词话，引及《花庵词选》和《绝妙好词》，也不可能是宋宁宗庆元以前的产物。至于以"小令""中调""长调"为编列的标准，虽然以前没有什么根据，也不能看成定式，但这种分法对后来选词者的影响很大，甚至成为一种相当普遍的术语，仍然是值得我们注意的。

宋人选宋词的本子现在还流传下来的略如上述。此外如黄大舆的《梅苑》、陈景沂的《全芳备祖》，取材只限于咏物之作，《乐府补题》取材局限于一时社集之作；《抚掌词》是欧良一人之作还是选本，尚成问题，这里就不一一列举了。

二、注本

词在初期多为娱宾遣兴之作，或者抒写个人的私生活，认为不足以登大雅之堂的东西，作者不期人知，很少标题，因而即有寄托之作，读者也不易指出作者的命意所在。要为词篇作笺注是十分困难的。因此，北宋初期词，并没有注本出现。直至苏轼把词抬高到和诗同等地位并且标出题目以后，才有词的注本出现。所以词的注本的出现和词的发展过程是有关系的。不过，尽管词的地位提高了，毕竟还是小道，不能和诗并驾齐驱，同时，在表达情意上，也比诗更为隐曲委婉，因而为词作注的人较之为诗作注的人少得多。现在就宋人注宋词尚存的和已佚的两方面分别介绍于下。

（一）尚存的

（1）傅干《注坡词》。此书据《直斋书录解题》凡 2 卷，现存传钞本有 12 卷，已非陈氏所见的本子。龙沐勋《东坡乐府笺》曾采用这种注本。

（2）胡稚笺注《无住词》。胡稚既笺注《简斋诗集》，因并为《无住词》18 首作笺注。调名注在题目下面，有的注文标明见某卷某诗注，如《虞美人·邢子友会上》"不受人间暑"句注："'不受暑'见九卷《和天宁老诗》"之类。《诗集》卷首有楼钥叙，是绍熙壬子（光宗绍熙三年，即1192 年）作。胡稚自叙署"绍熙改元腊月上浣"。

（3）陈元龙注《片玉集》。这书卷首有刘肃序，作于宋宁宗嘉定辛未（嘉定四年，即 1211 年）。序里说："章江陈少章，家世以学问文章为庐陵望族，涵泳经籍之暇，阅其（指周邦彦）词，病旧注之简略，遂详而疏之。俾歌之者，究其事，达其辞，则美成之美益彰，犹获昆山之片珍，琢其质而彰其文，岂不快夫人之心目也！因命之曰《片玉集》云。"从这段文字里，可以看出两个问题：第一，周邦彦词叫《片玉集》，是从这个本子开始的；第二，周词已有旧注，陈元龙是在旧注的基础上加以补充的。考《清真集》强焕序说："余欲广邑人爱之之意，故裒公之词（指周邦彦词），旁搜远绍，仅得百八十有二章，厘为上、下卷。"强编《清真集》上、下两卷，与陈注《片玉集》10 卷，卷数不同，而篇目悉符。（《四印斋所刻词》本）强序作于孝宗淳熙庚子（淳熙七年，即 1180 年），距刘序已经 31 年，所谓"旧注"就是在强编后，陈注前 31 年间产生的。旧注已不可见，陈注这个本子比傅注苏词、胡注陈词详细些，但也仅注出处，无甚解说。

（二）已佚的

（1）顾景藩《注东坡长短句》，见《耆旧续闻》。

（2）孙镇《注东坡乐府》，见《千顷堂书目》。镇是否宋人待考。

（3）胡公武《注淮海词》，见杨万里《胡英彦墓志铭》（《诚斋集》卷一二八）。

（4）曹杓《清真词注》2卷，见《直斋书录解题》，可能即刘肃在《片玉集》序中所提到的"旧注"本。

（5）《周词集解》，见《乐府指迷》，不知集解者的名字。

宋人注宋词，流传下来的和尚可考见的略如上述。至于魏道明的注蔡松年《明秀集》，颇为详尽，现尚流传；孙安常的《注东坡词》，见元好问《东坡乐府集选引》（《遗山先生文集》卷三六），已经遗佚，以其属于金人，在这里不再列入。

# 第四章　宋词的基本内容

## 第一节　发展概况

我们在第一章里说过，宋朝的政治是比以前各个封建朝代更为彻底的中央集权制；宋朝的商业经济比以前更繁荣，市民阶层比以前更扩大；宋朝的阶级矛盾和统治阶级内部的矛盾都随着各个时期不断深化和恶化，特别是民族矛盾更居于首要的地位，在宋朝统治的320年中，始终受着外来部族的侵略：初时是契丹（辽）和党项（西夏），接着是女真（金），最后是蒙古（元）。在这样的社会情况之下，我们要怎样理解词这一种在当时最为盛行的文体基本上是和它相适应的呢？

这问题是较为复杂、较难处理的。然而文学毕竟是现实社会在人们头脑中反映的产物，总不可能和现实社会绝缘。我们如果切定当时的社会现实的复杂性来探索词的具体内容的复杂性，那还可以找出一些线索来。照我初步的看法，现存的宋词尽管有两万多首，总的表现不外乎几个方面：①都市繁荣面貌（包括市民意识）和个人享乐生活；②异族侵凌的痛苦和杀敌救国的志愿；③对腐朽集团的愤恨和对苦难人民的同情；④身世乱离的感伤和家国沦亡的怆恻。而这几方面的表现都和当时的历史事实分不开。

北宋自960年赵匡胤称帝起至1127年赵佶（徽宗）、赵桓（钦宗）被金人俘虏，经过167年。开国之初，北边虽有辽患，但只限于今河北和山西北部一带，而且高梁河（今河北宛平）和陈家谷（今山西朔县）两次战役均由宋（太宗）主动，结果虽然挫败，尚不至影响内地的生产和生活，宋王朝保持开国以来的繁荣景象有44年之久，加以宋王朝实行了"恩逮于百官者唯恐其不足，财取于万民者不留其有余"（赵翼《廿二史札记·宋制禄之厚》）的政策，这就为宋初的词人写承平享乐的词章提供了有利的条件。1004年，辽兵南侵，深入到开封以北不远的澶州（今河南濮阳），宰相寇准坚决主张真宗（赵恒）亲征，辽兵后退，结果虽然与辽订立了一个屈辱的和约（宋每年送辽绢二十万匹、银十万两①），中原却仍然保持了安定的局面。此后两次与辽交涉：一次是 1042 年（仁宗赵祯庆历二年），增银、绢各十万两（匹）（富弼主持）；一次是 1075 年（神宗赵顼熙宁八年），割河东七百里地（今山西北境及迤东一带，王安石主持）；和约是耻辱的，但统治集团以及一般士大夫的实际生活却丝毫不受影响。与此同时，西夏入侵西北的边境（在今陕西及宁夏、甘肃一带），自仁宗景祐元年（1034 年）到庆历四年（1044 年），连年战争，仍以"赐"银七万二千两、绢十五万三千匹、茶三万斤②讲和，直至哲宗（赵煦）元符二年（1099 年）订立最后一次和约，岁"赐"如旧。西北生产受到严重破坏，内地的人力、物力也有巨大的损失。但在统治集团及士大夫方面受其影响的，也还局限在边将身上，如范仲淹、韩琦之流，居于内地，对这种民族战争还是漠不关心的。直至 1125 年（宋徽宗宣和七年）金人灭辽移兵南侵以后，宋的统治集团以及一般士大夫才惊慌失措，感到外来部族侵略的严重性。然而再过两年，徽、钦被掳，北宋王朝已经覆灭了。

因此，北宋的词人一般来说，在政治上并不关心对外战争，实际上，外来部族侵略对他们的生活也没有直接的威胁。除了少数有远见、有正义感的词人之外，一般还过着旖旎风流、金迷纸醉的生活。对他们有直接威胁、关系到他们个人的利害得失的是延续不断、此兴彼伏的新旧党政之争。

北宋朋党之议始自宋仁宗景祐三年（1036 年），范仲淹而遭以为吕夷简执政，多任用私人，进"百官图"，又议论时弊，矛头直指夷简。夷简诉仲淹越职言事（时仲淹为礼部员外郎天章阁待制判国子监），离间君臣。仲淹奏对益切，因而被免职，出知饶州。当时集贤校理余靖、馆阁校勘尹洙都因同情仲淹而遭贬谪；馆阁校勘欧阳修责司谏高若讷不能谏，若讷上其书，也被贬谪夷陵。仁宗宝元元年（1038 年）诏戒百官朋党。可见当时已有党政之争。不过，这时还没有两党对立的形式，吕虽不满范，后来退老居郑州时，范将经略西北，去见他，他还劝范"若欲经制西事，莫如在朝廷为便"，对他说真心话。等到吕夷简再入相，仁宗叫仲淹释前嫌，仲淹奏对"于夷简无憾"。所以仁宗时的党政之争还没有形成对立的形式。

---

① 1 两为 50 克。

② 1 斤为 500 克。

有些前期是革新派而后期成为旧党的人物，从这里也可以看出一些线索，仅仅说成为了大地主阶级的利益还是比较简单的看法。到了宋神宗熙宁二年（1069 年）王安石执政厉行新法以后，新、旧两党的旗帜就很鲜明了。从这时起，一直到北宋灭亡，将近 60 年的期间，都是新、旧两党反复互争政权。其间的情况约略是这样的：神宗熙宁、元丰间是新党执政，首领是王安石、吕惠卿、章惇和蔡确，共 16 年；哲宗时，高太后临朝，即元祐年间，是旧党执政，首领是司马光、范纯仁、吕大防，共 9 年；哲宗亲政，即绍圣年间，是新党执政，首领是章惇、曾布、蔡卞，共 6 年；徽宗时，向太后临朝，即建中靖国年间，旧党执政，首领是韩忠彦，共 2 年；徽宗亲政后，即崇宁以后，是新党执政，首领是曾布、蔡京，共 20 年。姑无论新、旧两党的得失利弊怎样，一般士大夫阶层的词人不能不卷入这党争的漩涡里或者为这种浪潮所波及是可以断言的。因此，造成北宋词人不安定的生活的原因在较长的期间内不是民族的矛盾，而是阶级内部的矛盾，不是对外战争，而是内部的党政之争。

由于农业生产力的提高，商业、手工业也空前发展起来，当时国内几个大城市——东京（开封）、成都、兴元（南郑）、杭州、明州（鄞县）、广州都非常繁荣，特别是东京，成了全国经济的中心。据司马光《涑水纪闻·卷一》的记载："太祖幸西京，将徙都，群臣不欲留。时节度使李怀忠乘间谏曰：'东京有汴渠之漕，坐致江淮之粟四五千万，以赡百万之军。陛下居此，将安取之？'"可见当时定都开封，它的经济条件实起了决定性作用。我们只看孟元老的《东京梦华录》，其中记载东京繁华的情况，真令人咋舌！这固然主要是统治阶级腐烂生活的表现，但就一般的民情风俗看，也可以看出当时生活水平的高涨。别的不说，其中单提到妓馆、妓女的就有 10 多处，如"朱雀门外街巷"条："出朱雀门东壁，亦人家。东去大街麦秸巷、状元楼，余皆妓馆，至保康门街。其御街东朱雀门外，西通新门瓦子以南杀猪巷，亦妓馆。""潘楼东街巷"条："出旧曹门，朱家桥瓦子。下桥，南斜街、北斜街，内有泰山庙，两街有妓馆。……看牛楼酒店，亦有妓馆。""酒楼"条："凡京师酒店，门首皆缚采楼欢门，唯任店入其门，一直主廊，约百余步，南北天井，两廊皆小阁子，向晚灯烛荧煌，上下相照，浓妆妓女数百，聚于主廊檐面上，以待酒客呼唤，望之宛若神仙。""饮食果子"条："又有向前换汤斟酒歌唱，或献果子香药之类，客散得钱，谓之'厮波'。又有下等妓女，不呼自来，筵前歌唱，临时以些小钱物赠之而去，谓之'劐客'，亦谓之'打酒坐'。"
"寺东门街巷"条："寺东门大街，皆是幞头、腰带、书籍、冠朵、铺席、
丁家素分茶。寺南即录事巷妓馆。绣巷皆师姑绣作居住。北即小甜水巷，
巷内南食店甚盛，妓馆亦多。""上清宫"条："景德寺在上清宫背，寺前
有桃花洞，皆妓馆。"妓女都是当时的下层妇女，是必须肄习歌舞以应顾
客的，所歌唱的当然是当时新兴的词曲，这是适应当时市民阶层的需要，
也是适应一般士大夫的需要的。

　　从以上所述的极其简单的北宋的社会情势看，北宋在金兵南犯以前的
词人所表现的具体内容，绝大多数是描绘都市繁荣的面貌、个人的艳冶生
活和离情别绪，有寄托的也不出彼此政治主张的不同，包蕴着自己的忧郁
的怀感；涉及边事的也只局限在西北一隅。这是和他们所接触到的社会现
实（当然只是一种表象）以及他们自己的生活实践相符合的。因此，就是在
当时曾参加过民族斗争的将领如范仲淹、韩琦等的词篇，特别是范仲淹的
《渔家傲》，在"燕然未勒归无计"的情况之下，也不能不发出"将军白
发征夫泪"的感喟，并没有表现出杀敌致果的乐观主义的精神。就是具
有经纬国家的大本领的新党首领王安石的词篇，除了登临吊古（《桂枝
香》）和赞叹古人（《浪淘沙令》"伊吕两衰翁"首）之外，也只有个人的潇洒
生活的抒写。此外，一般的词人不能写出反映社会重大问题的词篇，那就
更不消说了。

　　这情况到了金灭辽后移兵南侵时才发生根本的变化。

　　1125 年冬，金分兵两路南侵，西路由粘罕（宗翰）率领，从云中（大
同）攻太原；东路由斡离不（宗望）率领，从平州（卢龙）攻燕京。1126
年，东路金兵直逼北宋首都开封。这时北宋统治者分为"战守"与"降
走"两派。宋徽宗已于 1125 年年底传位给他的儿子赵桓（钦宗）了，看
这风势不对，就带领蔡京、童贯、朱勔等逃往江苏镇江。在朝的大官僚地
主宰相白时中、张邦昌等包围钦宗，主张弃城逃跑求和；少数爱国将领李
纲等则主张依靠士兵和人民守城抗敌。在士兵和人民的爱国热情支持下，
"战守"派暂时掌握了兵权，李纲亲自督战，军民奋勇击敌，金兵终不得
逞。当时西路金兵由于太原军民的坚守和很多地方人民的抵抗，到达开封
的只号称六万，而北宋各路勤王兵陆续到达的已经 20 余万了，特别是种
师道率领的陕西军，予金人以很大的威胁。本来宋室是大有可为的。无如
赵桓和一些"降走"派一味害怕金人，起初不顾李纲等人的反对，继而

索性罢免了李纲和种师道以讨好金人，向金人求和。开封的军民对李纲、种师道的被罢免和"降走"派的辱国求和非常愤慨，1126 年 2 月 28 日，太学生陈东等与军民在皇宫门外示威请愿，又值金兵攻城，赵桓才被迫恢复了李纲、种师道的职位，金兵遂被击退。金兵北退后，"降走"派又得势，李纲被贬离开封，种师道被解除实际兵权，到 1127 年，开封就沦陷了。钦宗、徽宗先后被俘，北宋就灭亡了。

在这种民族斗争异常激烈的时期，出现了不少具有爱国思想的词人，李纲本人就写了不少热爱祖国的词篇。一些具有爱国思想的词人如赵鼎、叶梦得、康与之、张元幹、胡世将、陈东等都对当时的现实有所反映。即使是以浓丽精艳见长的词家如贺铸等，在这样的情势之下，其词风也显有转变，写出一些慷慨悲愤的作品。不过，在这种时代的浪潮汹涌冲击之下，也最容易显现出封建士大夫的软弱性，一些经不起风浪的怯儒的词人就不敢面对现实，逃向舞文弄墨、征歌结社的小天地里，专门追求形式美和音律美了。普列哈诺夫曾说过："艺术家及对艺术的创造具有直接兴趣的人们的为艺术而艺术的倾向，是在他们和围绕他们的社会、环境之间的那种绝望的不调和的地盘之上发生的。"[1] 这说明这些追求形式美、音律美的词人也还是一定社会的产物。正因为他们不敢面对当时非常险恶的现实社会，才不得不逃向自我陶醉的小天地里，专在艺术技巧上求得精神上的安慰；也正因为他们没有社会斗争的生活内容来充实自己的写作，才使作品的内容贫乏空虚，只能以精巧美妙的形式和音律来争取部分读者的爱赏。以周邦彦为代表的曾服务"大晟乐府"的以及受他们影响的如晁元礼、曹组、万俟咏、田为、徐伸等都属这一类的词人。

由于北宋社会的历程是复杂多变的，反映在词篇里也成为复杂多变的现象。但有一种现象则是普遍存在的，那就是反礼教、反理学的思想观念。礼教支配了千余年，而理学在宋代是占着支配地位的。这两者交互为用，而总是以虚伪的面孔出现，反对个人的私生活特别是情爱和性欲生活的暴露。而词人写词恰恰是以他们所反对的为主要对象。即使那些以卫道自任的平常喜欢板起虚伪面孔的人物，北宋如司马光、欧阳修，南宋如朱熹、魏了翁之流，写起词来，也不能不撕破遮羞的幌子，写其认为不可告人的私生活。就这一点说，词在解放思想方面还是有其一定的积极作

---

① 　普列哈诺夫：《艺术与社会生活》，雪峰译，生活书店 1926 年版，第 26 页。

用的。

宋王朝自赵佶、赵桓（徽宗、钦宗）在 1127 年被金人俘去以后，藏匿在河北、号称兵马大元帅的康王赵构（赵佶的儿子）跑回南京（河南商丘）即位，是为南宋高宗。当时人民的抗金力量是雄厚的，赵构就是依靠这种力量得登宝座的。可是，因为怕赵桓回来和他争夺帝位，所以不愿抗金取得彻底胜利。因此，当时虽然有一些英雄人物如李纲、宗泽、岳飞等坚决主张抗敌，并且取得了辉煌的胜利，而赵构只有在不抗敌则南宋王朝就要被消灭的危急关头才任用他们，且总是在一个短暂时间内，此外就是信任投降派黄潜善、汪伯彦和秦桧等的屈辱投降的卖国主张，贬斥以至杀戮一些英勇将领和其他主张抗敌的人士，因为投降派的主张和赵构个人的利益基本上是一致的。在这种屈辱投降的政策指导下，宋王朝的领土当然是越来越小，最后不能不退到浙江临安来组织他的小朝廷。而赵构这种做法是根本违反了当时的广大民众和爱国人士的愿望的，他们面临这样的危机四伏的大时代，是不能坐视不救的。于是，对外和异族战，对内和权奸战，战争既用刀枪剑戟，也用翰墨辞章，各自发挥自己所能发挥的力量。在这样的情势之下，时代所要求于词人的和词人自己所要发泄的真情实感都不可能再是"偎红倚翠""浅斟低唱"了，和时代的脉搏一起跳动的杀敌救国、锄奸邪、伸正义的思想感情奔赴词人的笔底，使枯萎不振的词的园地开放出璀璨夺目的奇花，成为词学发展史上的一个顶峰。宋代杰出的爱国词家和一些具有浓厚的爱国思想的词人如岳飞、李光、陆游、辛弃疾、张孝祥、陈亮、刘过、向子諲等都在这个时期出现，这和时代的关系是非常密切的。尽管词人表现的手法有所不同，总可以在不同程度上看出当时的时代面貌和他们当时的思想观感。

1141 年，在赵构和秦桧的主持下，接受金的败将兀术等的密示，逮捕民族英雄岳飞及其子岳云、部将张宪等入狱（翌年一月被杀害），与敌人达成了宋金和议。自此以后，宋、金双方统治者都日益腐朽堕落，国力都渐趋削弱，虽然还进行过三次战争：1161 年，金完颜亮南侵；1163—1164 年，宋张浚北伐；1206—1208 年，宋韩侂胄北伐，但都没有引起双方形势的严重变化。可以说，自 1141 年宋金议和至 1234 年（宋理宗赵煦端平元年）金亡，蒙古军背盟约，决黄河，水淹宋军（宋助蒙古军合围蔡州灭金，依约进复三京——东京开封、西京济阳、南京商丘），这 93 年的时间里，宋都保持了偏安的局面，在得天独厚的江南地区的生产继续发展和统治阶级加强剥削人民的情况之下，南宋统治阶级的穷奢极欲的程度以及临安的表面繁荣的现象，较孟元老《东京梦华录》所记述的北宋汴京的现象殆尤过之。统治阶级把临安当成荒淫堕落的"乐园"，仅花园就有40余所，酒楼、妓院更不计其数。大官僚如韩侂胄，名士如张镃的园亭池阁的繁复，声妓服玩的妍丽，都足以骇人听闻。（张镃有《玉照堂梅品》，见《齐东野语》卷十五，又《齐东野语》卷二十"张功甫豪侈"条云："张约斋能诗，一时名士大夫莫不交游，其园池声妓服玩之丽甲天下。"）至于后来像贾似道那种把整个湖山和数不清的女人都霸占着以供个人的享乐，那就更是丑名远播的了。（《齐东野语》卷十九"贾氏园池"条）当时有人怀着悲愤的心情，在杭州酒楼上题了这样一首诗："山外青山楼外楼，西湖歌舞几时休？暖风吹得游人醉，直把杭州作汴州！"确是当时醉生梦死的统治阶级腐朽生活的概括。这还不只是蒙古军还未入侵那段所谓"太平"时期的情况，直至临安沦陷以前也还存在着这种情况。这就为南宋那些专门讲求形式美、音律美的词人提供了物质生活的条件，也说明了在民族斗争异常尖锐的南宋这样的国度里出现不少舞文弄墨的词人的根本原因。到了1284年蒙古入侵以后，特别是1267年（宋度宗咸淳三年）以后，蒙古军节节进迫，直至1276年（恭帝德祐二年）临安失陷，眼看大势已去，身家财产以至生命都岌岌难保，这时有些爱国士大夫虽然想要挽回祖国的悲剧命运，也已有心无力，像幺弦独张，不成宏亮，只能激切；继此以往，除民族英雄文天祥外，则唯有亡国的哀怆和一些悲观消极的微吟了。

总之，两宋词的基本内容、表现手法和吸取题材和两宋社会发展的实际情况大致还是互相适应的。

（1）从思想内容看。北宋徽、钦以前，词人所写的主要是个人的离情别绪、羁旅行役，其次是山川景物，有寄托的也都是因为彼此主张不同或遭遇不同，表现自己的观点和心情。晏殊、柳永、范仲淹、欧阳修、张先、秦观等人的词一般都是这样的。范、欧、张、秦还有些私人应酬之作。到苏轼才把词的领域扩大了，日常生活接触到的都可以用词这一形式来抒写。范仲淹、苏轼的词还有涉及边事的，但表现得不强烈。北宋末期（徽、钦时期）出现了两种不同的倾向：一种是面对现实、关心祖国安危和人民生活的，如叶梦得、张元幹等人的词篇，即使是描写景物、往还酬应之作，也往往寄寓着国家民族的大问题，这是北宋词中最优秀的作品；一种是意图逃避现实而自我陶醉或者只为宫廷服务的，如周邦彦、晁元礼等人的词篇，他们虽然有时也流露出"兔葵燕麦，向斜阳欲与人齐"（周邦彦《夜飞鹊》）的今昔盛衰之感，但一般只以艺术技巧见长，内容是贫乏空虚的。这时期的词人也有倾向性介乎二者之间的，那是贺铸和李清照。贺铸和李清照都很讲求艺术技巧，他们的词也绝大部分局限在表现个人的狭窄的小天地里，但贺词已有部分体现出对祖国危亡的悲愤的情调，李词也透露出今昔盛衰之感并对祖国寄予热烈的愿望。这当然和两人的生活实践有关：贺是卫州人，曾带过兵，亲身经历过许多现实的情况，李作为一个贵族妇女而遭受颠沛流离，这种生活实践使他们不能不面对现实。时代的剧变对他们词的内容的转变实起着巨大的作用。南宋词的内容比北宋词更加复杂。由于民族斗争的尖锐，初期的词家主要是对内不满朝政、对外主张抗敌，在词里充满了这样的思想感情，表达着他们的爱国热忱，那是很自然的。与此同时，也有部分的词人沉迷于征歌选舞而只讲求艺术技巧，这和北宋末期的现象也没有多大的区别。问题在于整个南宋 152 年中，在对外问题上都是主和与主战两派的斗争，而主和派总是处在当权的地位，对主战派施加压力，贬斥、逮捕甚至杀戮。处在这种情势之下，就使许多词人不得不用假借、象征的手法，隐轸回曲地表达自己对时政的思想观点和自己的生活遭遇。这情况显然和北宋有所不同。又，南宋时期，蒙古族入侵中原，其势汹汹，突过金兵，忧国之士早已看到宋室的危机，而权奸当道，朝政日非，越发使他们感到国亡无日；及至临安沦陷，胡骑纵横，涂炭生灵，波及枯骨，那就越发感到呼天无门，哀恸欲绝了！这种残酷的局面实旷古所未有，因而这时有不少词篇刻志着极其深沉的亡国的哀思，使人不忍卒读。自刘克庄、刘辰翁、汪元量以至王沂孙、张炎，表现的手法虽各不同，而都有这类的作品，这也是北宋词坛所不可能出现的。

（2）从表现手法看。北宋初期的词人，多即景抒情，意不必深曲，辞不必隐晦，即使有寄托，也无顾忌，周济所谓"情景但取当前，无穷高极深之趣"（《宋四家词选·目录序论》）颇符合实际情况。我们研究晏、欧词，都有这种感觉。张先、柳永词虽铺叙较多，内容较富，但情事仍较单纯，气局浑成，不难索解。苏轼以旷代高才写小词，内容丰富极了，情事也较复杂，看来也还是意到笔随，和他写诗的手法无多大区别。这类词人的表现手法可以说是"不隔"（王国维《人间词话》）了。中期以后，已渐露雕琢痕迹，《碧鸡漫志》载陈师道《浣溪沙》，因为有"晚窗谁念一愁新"句，遂把"安排云雨要清新"句改为"新清"；贺铸《石州慢》

"风色收寒，云影弄晴"句改作"薄雨收寒，斜照弄晴"等，虽前者改坏，后者改好的具体情况不同，但已可见当时词人刻意为词的风气。到了末期，有两种明显不同的写法：一种是走清超豪迈一路，矫首高歌，时见奇情逸致，也或悲壮激昂，颇能反映当时的现实和表达个人的观感。当然，这是出于一些敢于面对现实的词人之手的，叶梦得、陈与义、张元幹等都有不少这类的写法；一种是走典雅工丽一路的，雕章饰句，音律谐协，曲折顿挫，细针密线，适合当时"大晟乐府"的需要，也为秦楼楚馆所欢迎，但和当时民族斗争的社会现实则相去日远。陈郁《话腴》所称"二百年来以乐府独步"的周邦彦是走这条路成就最高的作家，万俟咏、晁元礼、鲁逸仲（孔夷）等都是这一路的作家。南宋以降，这两条路子有发展，也有新变：前者由清超豪迈转到悲愤激昂，更后变为沉郁哀怆；后者由典雅工丽转到骚雅精妙，更后变为险丽生涩。前者有朱希真、陆游、辛弃疾、陈亮、张孝祥、刘过、刘克庄、刘辰翁、汪元量、文天祥等作家；后者有范成大、张镃、姜夔、史达祖、严仁、吴文英、张辑、周密、王沂孙、张炎等作家。一般来说，前者的发展是健康的、向上的，更符合表现时代的精神，能够反映当时的社会现实；但也有流弊，往往油腔滑调，搭空架子，没有什么真实的内容。后者由于时代的激荡，已不可能完全与现实绝缘，在这一点上，比较周邦彦、万俟咏等人的作品已有所不同，表现手法也有新变，如姜夔的一部分作品还受到辛词的影响，清刚疏宕，已不是周词所能范围。不过，走这一路的词人绝大部分是专在文字技巧上用功夫，把词篇作为社交应酬的工具而没有其他的含义。这里面只有极少数的作者在不多的篇章中运用这一路的手法，披着辞藻的外衣寄寓他们对现实的观感和爱国的深心，如周密、王沂孙、王易简、张炎等，值得我们的重视。

（3）从运用题材看。就作品的形象性说，词是最具体、最鲜明的一种文学体制，宋人喜欢以议论入诗，然而写起词来，即使走苏、辛这一路的人，着议论也还是个别的现象。可以说，词人所要表达的情意都要通过形象这一关。这并不是说，其他的文学体制就可以不通过形象来表达情意，只是写词的人特别强调形象性罢了。上章已经提到，温庭筠的词有一部分就是专摆形象、不露作意的。其实不仅小令如此，慢词也有，被张炎评为"七宝楼台，拆碎下来不成片段"的吴文英就有一部分词是这样的。单摆形象就可以表达情意，因此，词人在运用题材方面很讲究，一些即景即事的写作还可以就自然景物或具体情事加以剪裁；如果寄寓自己的深心或有关政治意义的写作，则必须谨慎抉择，甚至由自己塑造。所谓"写境"和"造境"是客观的事实，但应该从这个角度看才符合实际、更有意义。如晏殊的《踏莎行》：

> 小径红稀，芳郊绿遍，高台树色阴阴见。春风不解禁杨花，蒙蒙乱扑行人面。　　翠叶藏莺，朱帘隔燕，炉香静逐游丝转。一场愁梦酒醒时，斜阳却照深深院！

黄蓼园解释这词的意义说："首三句言花稀叶盛，喻君子少，小人多也。高台指帝阁。东（春）风二句，言小人如杨花轻薄，易动摇君心也。翠叶二句喻事多阻隔；炉香句喻己心之郁纡也。斜阳却照深深院，言不明之日，难照此渊衷也。"说法虽未必完全恰当，但这词托意党争，不是一般的描写景物的词，似乎可以肯定。又如苏轼的《卜算子》：

> 缺月挂疏桐，漏断人初静。时见幽人独往来，缥缈孤鸿影。
> 惊起却回头，有恨无人省。拣尽寒枝不肯栖，寂寞沙洲冷。

鲖阳居士解释这词的意义说："缺月，刺明微也。漏断，暗时也。幽人，不得志也。独往来，无助也。惊鸿，贤人不安也。回头，爱君不忘也。无人省，君不察也。拣尽寒枝不肯栖，不偷安于高位也。寂寞吴江冷，非所安也。此词与《考槃》诗极相似。"这种说法，王士禛讥以"村夫子强作解事"（《花草蒙拾》），点滴比附，也实在是迂腐固执，但也不能因此就说苏轼这词只写景，全无寄托。苏轼用孤鸿来暗喻自己的身世，那是可以肯定的。至于苏轼《水调歌头》"我欲乘风归去，又恐琼楼玉宇，高处不胜寒。起舞弄清影，何似在人间"的写法，已得到宋神宗（赵顼）的"终是爱君"的评奖，并且得到实惠"量移汝州"（见《岁时广记》引鲖阳居士《复雅歌词》，又见《坡仙集外纪》），其中有所寄托，更不用说。柳永的《醉蓬莱》用了"此际宸游，凤辇何处"及"太液波翻"等句，得罪宋仁宗（赵祯），"及御注差注至耆卿，抹其名曰'此人不可仕宦，尽从他花下浅斟低唱'，由是沦落贫困。"（杨湜《古今词话》）这因词中运用材料不够慎重而遭遣，更是明显的事实。由于有这种情况发生，就使词人在选择和运用题材方面不得不认真考虑，特别是有关重大问题的材料，更要用得铢两悉称，累黍不差。到了南宋，因词获罪的事件更突出了，如胡铨因词中有"欲驾巾车归去，有豺狼当辙"的句子，获罪秦桧，贬至"南海编管，流落几二十年"（见《历代诗余》卷——七《词话》引《宋名臣言行录》）。张元幹因送胡铨及李纲词被除名（见同上书引《百琲明珠》），这在封建士大夫中是轰动一时的。《知稼翁集跋》说："黄公度以第一人登第，为赵忠简所器，而秦桧颇衔之。及召赴行在，知非当路意，而迫于君命，故作《青玉案》词，有云'欲情归鸿分付与，鸿飞不住。倚栏无语，独立长天暮'。盖去就早定矣。"（冯金伯《词苑萃编》卷十三引）《鹤林玉露》载："辛稼轩《摸鱼儿·春晚》词云……其词可谓怨之至矣。闻寿王见此词，颇不悦，然终不加罪。若遇汉唐，宁不贾种豆种桃之祸哉！"前者以词表示自己的忧谗畏讥，后者以词寄寓自己的无穷哀怨，而均得幸免于祸。这都说明了词和个人的政治遭遇已联系得越来越紧密，同时也越发引起当局的注视，稍一不慎，就可能发生意外。这么一来，一些关心时政得失和国家命运的人要用词来寄托自己的心情，就不能不采取既能表达心情又不招来祸害的审慎的态度了。这当然是有关表现手法的问题，而更主要的是吸取题材的问题。南宋后期，出现了不少表面是咏物而实际是影射国家大事的词篇，那是完全可以理解的。所谓"词至南宋而深"，这是事实。"深"在什么地方呢？我看，最使人感到难解的就是以无知的物类来抒发对国家重大问题的观感，也就是那些写景、咏物而具有深意的词篇。对景物出神，把物类人格化，那是在词篇中经常看到的，苏轼的《水龙吟·次韵章质夫杨花词》就是最著名的咏物词，上举晏殊《踏莎行》也是对景出神、有所寄托的名作，并不是南宋后期所独有的。可是，北宋这一类的词寄意所在，很易领会，如晏词的前后结寄寓党争，苏词的"也无人惜从教坠"和"细看来不是杨花，点点是离人泪"的感叹自己的不幸遭遇，不必经过怎样的思索就看得出，这就不能说是"深"。南宋后期的写景咏物的词篇就不同了，如王沂孙的《天香·龙涎香》《眉妩·新月》《齐天乐·蝉》，刘辰翁的《兰陵王·丙子送春》《宝鼎现》，张炎的《疏影·咏荷叶》以及《乐府补题》中部分咏物词都是有国家的重大问题寄托在里面的，然而总是写得隐轸回曲，若即若离。表面看来，好似只是描绘客观的景物，不易看出它里面有什么重大的意义，必须联系当时的实际情况，深入观察体会，才能够摸出它的托意所在；即使摸出之后，也还是可以从另一个角度来理解的。像这样的词，真可以当得一个"深"字。这样的深是作者有意识地搞出来的，是有不得已的苦衷的，不能看成偶然现象，或者说他的表现能力差。他一方面可以寄寓自己对一些国家重大问题的观感，另一方面又可以避免一些不测的祸害。作者并不希望读者一目了然，正所谓见仁见智，让读者自己去体会。作者为什么要这样做？很明显，这和当时权奸当国、文网严密有密切的关系，最后决定他这样做的依然是当时的社会现实。当然，也有不少玩物丧志、以文字为游戏之作，这是应该批判的。

## 第二节　有哪些值得重视的

毛泽东同志在《在延安文艺座谈会上的讲话》中指出："无产阶级对于过去时代的文学艺术作品，也必首先检查它们对待人民的态度如何，在历史上有无进步意义，而分别采取不同态度。"我们现在就照这个标准来检查宋代的词篇，看看其中有哪些是对国家人民有利的，是符合历史时代的要求、具有进步意义的。我们在前面说过，宋词的思想内容在整个中国文学的发展过程中是最薄弱的一环，它不但比不上前面的唐诗和后面的元曲，就是和同时代的诗、文比起来，在反映现实的深度和广度上都有逊色。可是，作为一种新兴的而且最为盛行、最为人民所喜爱的文体，宋词也有它的一种共通的特色，而这种特色应该说是具有一定的战斗意义，而为人民大众所同意的就是在它对待一千多年来的礼教和威力显赫的道学的态度上。它蔑视封建礼教和撕破伪道学的面孔的坚定性和彻底性是同时代任何文体都比不上的。我们知道，人民大众对封建礼教是痛恨的，对当时占统治思想地位的伪道学也是反对的。维护统治阶级利益的封建士大夫，除个别能够突破自己所属的阶级利益的以外，一般是和人民大众处于对立的地位的，因而在他们认为正统、大雅的诗、文里，总是板着自己堂哉皇哉的脸孔来进行写作。只有在他们认为"不足登大雅之堂"的，写作出来也无伤大雅的小词里，才敢于把一些不可公开告人的情事赤裸裸地描绘出来。如"视地而后敢行，顿足而后敢立"（《训俭示康》）、"高才全德，大得中外之望"（《渑水燕谈》）的宰相司马光在他的《西江月》里，就这样写着：

> 宝髻匆匆挽就，铅华淡淡妆成。青烟紫雾罩轻盈，飞絮游丝无定。　　相见争如不见，有情还似无情。笙歌散后酒微醒，深院月明人静。

这是他的一种不敢告人的真实生活的写照，这种生活是腐朽的，也是"非礼"的，然而把这种腐朽的"非礼"的生活坦率地描绘出来，多少就有蔑视或逾越礼教的意味，是像他这样的"正人君子"的诗文集里所寻找不到的。在《古今词话》里有一段记载：

> 谢希孟，陆象山门人也。少豪俊，与伎陆氏狎。象山屡责之。希孟但敬谢而已。他日，复为伎造鸳鸯楼。象山又以为言。希孟谢曰："非特建楼，且为作记。"象山喜其文，不觉曰："楼记云何？"即占首句云："自逊、抗、机、云之死，而天地英灵之气，不钟于男子，而钟于妇人。"象山默然，知其侮己也。一日，在伎所，恍然有悟，不告而行。伎追送江浒，悲恋涕泣。希孟不顾，取领巾书一词与之，云："双桨浪花平，夹岸青山锁。你自归家我自归，说着如何过！
>
> 我断不思量，你莫思量我。将你从前与我心，付与他人可。"其词勇决，真象山门下之利根也。

谢希孟这种做法是应该批判的，但他代表了一大部分才子词人的生活作风。他在蔑视封建礼教、抗拒理学权威上是勇敢的。他后来不能不屈服于理学权威之下，这当然是由于他自己想攀附权威、追求名位，做个正人君子，可逐步高升。但他和陆九渊斗争的一段故事却可以说明作为一个才子词人和礼教、理学互相对立、不可调协的情况。这里面是存在着个性解放的因素的，这种思想的来源当然不能从封建士大夫的本身去找，也不是魏晋时期的清虚放诞的思想作风的继承，照我看，这可能是民间词和市民意识的力量在封建士大夫中起了作用的一种标志。民间词描写爱情的大胆坦率，是封建礼教所禁锢不住的，市民意识和维护道统的伪理学尤其格格不入。当这些东西在社会上成为风尚之后，封建士大夫就会受其影响而从自己的生活方式中表现出来。封建士大夫这种生活方式当然应该批判，但从它同劳动人民和市民阶层有共通之点这方面看，它的毒害性就远比不上封建礼教和伪道学，我们总不能说这种表现也是维护统治阶级的利益，为统治阶级服务。这是普遍的现象，我们在这里先交代一下。

宋朝自北宋末期见逼于金，到南宋为蒙古族所覆灭，国家在外来部族凌迫中，虽然各种矛盾同时存在着，而民族矛盾始终占着主要的地位。民族灾难越来越深重，阶级矛盾和统治阶级内部矛盾越来越尖锐，具有爱国心和正义感的人士面对这样惊心动魄的现实，是不能熟视无睹、安于缄默的。因此，终宋之世出现了不少的爱国词人和爱国词篇。

宋朝的民族矛盾虽然占重要的地位，而各种矛盾却是互相联系、互为因果的。由于投降派在对外问题上屈辱求和，支出浩大，既引起主战派的不满，与之做斗争，还加重人民的负担，激起人民的义愤，不断发生抗敌、锄奸、自救的运动。我们如果略为留心观察宋代的社会，就可以看到它充满了各种矛盾的情况，而这种情况的产生都直接或间接和当时投降派的对外问题有关。即如投降派的腐化享乐、醉生梦死的生活方式，看似完全属于内部的问题，而其实，他们的对外屈辱求和也正是为了要保持一个小"乐园"。至于为了过着这样的生活而瞒报军情，以败退为胜利和对外问题有关，更是非常显著的事实。而这一切都和国家人民的命运有关，凡是具有爱国心和正义感的人士都不能泰然置之。

所以，我们对宋代的爱国词人和爱国词篇的理解不能采取过于狭窄的态度。由于各个时期和各个地域的具体情况不同，作者个人所处的地位和环境有异，他们在词篇中所表现的思想感情也就必然有所区别。如爱国词人张元幹在"寄李伯纪丞相"和"送胡邦衡待制"的《贺新郎》中，固然充满了热爱祖国、愤恨权奸的思想情绪，但如他"送友人还富沙"的《菩萨蛮》：

> 山城何岁无风雨，楼台底事随波去？归棹望谯门，沙痕炯断云。
> 诗成空吊古，想像经行处。陵谷有余悲，举觞浇别离！

我们不能说他没有寄寓着热爱祖国和愤恨权奸的思想情绪。又如民族英雄李纲的"晋师胜淝水"的《喜迁莺》和"光武战昆阳"的《水龙吟》，固然寄托着他坚决收复失地的壮志，但如他"九日与诸季登高"的《江城子》：

> 客中重九共登高，逼烟霄，见秋毫，云涌群山，山外海翻涛。回首中原何处是？天似幕，碧周遭。　　茱萸蕊绽菊方苞，左倾醪，右持螯。莫把闲愁，空使寸心劳。会取八荒皆我室，随节物，且游遨。

一样含蕴着他坚决收复失地的深心。又如爱国词人陈亮的"送章德茂大卿使虏"的《水调歌头》是爱国热忱表现得非常明显的。但他的"谢永嘉诸友相饯"的《南乡子》：

> 人物满东瓯，别我江心识俊游。北尽平芜南似画，中流，谁系龙骧万斛舟？　　去去几时休！犹是潮来更上头。醉墨淋漓人感旧，离愁，一夜西风似夏否？

和"春恨"的《水龙吟》：

> 闹花深处层楼，画帘半卷东风软。春归翠陌，平莎茸嫩，垂柳金浅。迟日催花，淡云阁雨，轻寒轻暖。恨芳菲世界，游人未赏，都付与，莺和燕。　　寂寞凭高念远，向南楼、一声归雁。金钗斗草，青

丝勒马，风流云散。罗绶分香，翠绡封泪，几多幽怨？正销魂又是，
疏烟淡月，子规声断！

曲折委婉地表达出他对祖国河山的爱恋。宋词中具有这类思想内容的作品是不少的。因此，宋词中表现作者爱祖国、爱人民的心情是多式多样的，我们要理解它，也应该从各个方面看，只要作者是从国家、人民的思想观点出发，不一定要涉及国家、人民遭侵略迫害的具体事实，凡是为了巩固国家政权而对一些专权误国者的抨击，如杨金判的《一剪梅》：

襄樊四载弄干戈。不见渔歌，不见樵歌。试问如今事若何？金也
消磨，谷也消磨。　　柘枝不用舞婆娑，丑也能多，恶也能多。朱门
日日买朱娥，军事如何！民事如何！

为了爱护祖国的河山而对辱国失地者的悲愤，如陈亮的《念奴娇·登多景楼》：

危楼还望，叹此意今古几人曾会？鬼设神施，浑认作天限南疆北
界。一水横陈，连岗三面，做出争雄势。六朝何事，只成门户私计！
　　因笑王谢诸人，登高怀远，也学英雄涕！凭却江山，管不到河洛
腥膻无际！正好长驱，不须反顾，寻取中流誓。小儿破贼，势成宁问
强对！

为了渴望收复失地而歌颂抗敌有功的民族英雄，如邵缉的《满庭芳·赠岳鹏举》：

落日旌旗，清霜剑戟，塞角声唤严更。论兵慷慨，齿颊带风生。
坐拥貔貅十万，衔枚勇、云檥交横。笑谈顷，匈奴授首，千里静欃
枪。　　荆襄人接堵，提壶劝酒，布谷催耕。□芝夫莞子，歌舞威
名。好是轻裘缓带，驱营阵、绝漠横行。功谁纪？风神宛转，麟阁画
丹青。

其至身经丧乱之余而依恋旧京的昌盛，如阎苍舒的《水龙吟》：

少年闻说京华：上元景色烘晴昼，朱轮画毂，雕鞍玉勒。九衢争
骤；春满鳌山，夜沉陆海，一天星斗；正红球过了，鸣鞘声断，回鸾
驭，钧天奏。　　谁料此生亲到，十五年都城如旧？而今但有，伤心
烟雾，萦愁杨柳。宝篆宫前，绛霄楼下，不堪回首！愿皇图早复，端
门灯火，照人还有。

已值亡国之后而寄寓覆灭的哀痛，如杨本然的《浣溪沙》：

残照西风一片愁，疏杨画出六桥秋。游人不上十三楼。　　有泪

金仙还泣汉，无心玉马已朝周。平湖寂寂水空流。

这一切都是或深或浅的爱国思想感情的流露，都是值得我们重视的。现在略为分别介绍如下：

（1）杀敌救国的呼声。如张元幹的《石州慢·己酉秋吴兴舟中》：

> 雨急云飞，瞥然惊散，暮天凉月。谁家疏柳低迷，几点流萤明灭？夜帆风驶，满湖烟水苍茫，菰蒲零乱秋声咽。梦断酒醒时，倚危樯清绝。　　心折，长庚光怒，群盗纵横，逆胡猖獗。欲挽天河，一洗中原膏血！两宫何处？塞垣只隔长江，唾壶空击悲歌缺。万里想龙沙，泣孤臣吴越！

己酉是宋高宗建炎三年（1129年），时金兵南犯，势极凶猛，正月，陷徐州、泗州，复陷扬州。高宗自建炎元年（1127年）十月居扬州，至此凡16个月。闻敌至，仓皇出走，回望扬州城，烟焰涨天，帑藏尽被焚掠。吕颐浩、张浚追高宗至瓜州镇，得小舟渡江，至镇江，留刘光世扼守江陵。再经平江，至吴江。二月至杭州，以州治为行宫。金兵接着又陷泰州、高邮军和沧州。三月，苗傅、刘正彦叛变（后为张世忠所平）。四月，再至建康。五月，以张浚为川陕等路宣抚处置使，有人建议高宗至武昌，不果。以洪皓使金，愿去尊号，用正朔，比于藩臣。七月，复以杜时亮使金，乞哀求怜，无所不至。六月，金人又陷磁州、单州等。闰八月，议驻跸地，决意定居东南。再自建康至杭州，升杭州为临安府。九月，胡寅上疏，请绝罢和议，刻意讲武。这时已传金兵将由海道以窥江浙，满城风雨，人心惶惶。元干这词可能作于此时。词一开首就写一阵惊风急雨初过的景象，"满湖烟水苍茫，菰蒲零乱秋声咽"，虽写景物，实和当时兵荒马乱，人们无所适从、怨声载道的时局相适应，写景物同时也象征时事。"梦断"两句入人事，结上开下。在写作手法上，结上用逆挽，开下用顺出。"清绝"是"中边俱彻"的意思，正唯其"清绝"，故看到的和想到的都格外鲜明而突出。过片的"心折"承"清绝"来而一直灌注到篇末，是江淹《别赋》"使人意夺神骇，心折骨惊"中"心折"的沿用，和通常用作心服解的不同。长庚是太白星，传说太白星"未当出而出，未当入而入，天下起兵，有至破国"（《汉书·天文志》），所以引用它来显示出兵戈满地、国事艰危的征兆。下面才实说"群盗纵横，逆胡猖獗"。"群盗"应指当时叛变的苗傅、刘正彦，包括焚真州的张遇，犯寿春的丁进以及乘时起义的李成、李彦仙、杨进等。当时宗泽所招抚的人民起义军，旧史都因他们不是朝廷编制的部队而叫作"盗"，这是历史的局限性，张元幹这种说法是毫不足怪的。"逆胡"当然指金兵。正说当时社会现实只此两句，已概括了当时内外矛盾斗争的实际情况。以下均是抒发自己的心愿："欲挽"两句，用杜甫《洗兵马》"安得猛士挽天河，净洗甲兵长不用"句意，是说要挽天河的水来洗净那被金兵侵占屠戮的中原一带的脂膏和血腥，即收复中原失地意。"两宫"指宋徽宗和钦宗，当时已被金人掳去。这当然也是他所关怀的，如果能恢复失地，"两宫"也就可以放还了，所以在关心中原人民的膏血之后一并提出。"塞垣"两句表达非常愤慨的心情，塞内塞外的疆界一般是应在边关的，如班超在西域上书说"愿生入玉门关"，李白《关山月》"长风几万里，吹度玉门关"之类。可是，这时的疆界却"只隔长江"，这是多么令人心痛而愤恨的事！这就真要使人慷慨悲歌、击缺唾壶了。"唾壶"句用王敦故事，《世说新语·豪爽》："王处仲（敦）每酒后，辄咏'老骥伏枥，志在千里；烈士暮年，壮心不已'，以铁如意打唾壶，壶口尽缺。"这两句紧承中原失地来，说明失地的辽阔。结尾"万里"两句紧承"两宫"说，徽、钦已被囚禁在荒远的地方，故借用"龙沙"（在西域白龙堆沙漠），并不是真在"龙沙"。对徽、钦言，故自称"孤臣"。想到二帝遭难在荒远的地方，局蹐在吴越的孤臣就哭泣起来。写关心中原人民，关心国境迫蹙，关心徽、钦存亡，都是极其强烈的爱国心情的表现，深刻地标志着作者杀敌救国的宏愿。张元幹虽然没有带兵抗敌的情事，但稍后些时（这年的十一月），他的舅舅向子谭做湖南的帅臣，曾遣兵抵御进犯的金兵，金人围攻潭州 8 日，城破，又曾率众死战，夺门以出，移驻湘西；他的舅舅向子忞（子谭弟）曾守真州，抵不住金兵，弃城保沙上。（均见熊克《中兴小纪》卷七）想来，元干对敌方和当时御敌的情势应该相当熟悉。所以在篇中具有充沛的精力和深厚的感情，和一般偶然涉及时事的写作截然不同。

宋词中具有这样的思想内容的还是不少的。如李纲的《苏武令》"塞上风高"首，胡铨的《转调定风波》，胡世将的《酹江月》，刘褒的《六州歌头》，陆游的《夜游宫》，辛弃疾的《破阵子》"醉里挑灯看剑"首、"掷地刘郎玉斗"首，《鹧鸪天》"壮岁旌旗拥万夫"首，张孝祥的《木兰花慢》"拥貔貅万里"首，《浣溪沙》"只倚精忠不要兵"首，程泌的《水调歌头》"天地本无际"首，陈亮的《水调歌头》"不见南师久"首，《三部乐》"小屈穹庐"首，刘过的《沁园春》"玉带猩袍"首、"万马不嘶"首，刘克庄的《贺新郎》"北望神州路"首，王淮的《满江红》"踏遍江南"首以及王野的《六州歌头》，李曾伯的《水调歌头》等，或从游览中发抒自己的怀抱（如张元幹、程泌、王野），或从梦想中寄托自己的意图（如陆游、胡铨），或从酬赠中表示自己的期望（如辛弃疾、陈亮、刘过、刘克庄），总是志气昂扬、感情深挚、极其充沛地表达出自己热爱祖国的精神，是可以警顽起懦、激励人心的，这类作品在宋词中应该给予最高的评价。

（2）抗战胜利的凯歌。如张孝祥《水调歌头·凯歌奉寄湖南安抚舍人刘公》：

> 猩鬼啸篁竹，玉帐夜分弓。少年荆楚剑客，突骑锦襜红。千里风飞雷厉，四校星流彗扫，萧斧挫春葱。谈笑青油幕，日奏捷书同。
>
> 诗书帅，黄阁老，黑头公。家传鸿宝秘略，小试不言功。闻道玺书频下，看即沙堤归去，帷幄且从容。君王自神武，一举朔庭空。

由敌寇侵犯说起，"猩鬼啸篁竹"即"小丑跳梁"意。敌寇既然来犯，就不能不出兵歼灭他。次写部队精壮的形象，选用的是两湖善战的少年，穿着"锦襜"的骑士，"锦襜"是套在衣裳上遮蔽前部的，"锦襜"是骑士作战时的一种服装，这阵容是够威风的。次写战争的情况，"风飞雷厉""星流彗扫"都是形容扫荡敌寇的神速，"四校"似指校尉，东汉以屯骑、越骑、步兵、长水、射声为"五校"，皆掌宿卫兵，这里可能借用他。因上面所叙的穿锦襜的士兵，如以"锦衣"为例，也是贵族所穿的，正可以互相配合。反正是赞美之辞，是不妨夸大一些的。不过，不用"五校"而用"四校"，仍须进一步研究。"萧斧"，《文选》左思《魏都赋》中，李周翰注"萧斧，越斧也"，但也有认为萧和肃同音通用（段玉裁《说文解字注》），这里应作利斧解。以利斧切嫩葱，用鲜明的形象来说明破敌的毫不费力，则上面的"风飞雷厉""星流彗扫"的形容，下面的谈笑自若、"日奏捷书"的叙说，都有了更大的说服力、更强的感染性。"青油幕"是行军时临时用青油布搭成的帐幕。"谈笑"两句，前者表示若无其事，突破了这次战争的严肃性；后者表示连续胜利，突破了这次战争的时间性，都是加倍渲染的写法。因为从正面写这次战役的胜利情况，上面几句已写得淋漓尽致、无以复加了，这里就不能不从其他方面来加以渲染。以上是具体描绘这次战争胜利的情况。过阕转入对主帅的歌颂。"诗书帅"三句均指主帅，但并没有重复。"诗书"句写家世。"黄阁"句写地位，汉丞相厅事门涂黄叫"黄阁"，唐门下省也叫"黄阁"，主帅是湖南安抚舍人，封疆大吏，故称之为"黄阁老"。"黑头"句写年齿。虽只极简单地写主帅的家世、地位和年齿，已寓赞美意。"家传"两句正面赞美他的战略，"小试"句有夸奖意，同时也有鼓励意，既结上，又开下，所谓"扫处即生""顿然后提"，在写作手法上是很成功的。"闻道"句另提，是宕开。"玺书"是有皇帝印信的书件，即诏书。听说皇帝屡次颁下诏书，和上面的"小试不言功"，虽是另一回事，而更有功业可以建树，和那次功绩还不算，串联起来，意味却是一贯的。"看即"句是急转。"沙堤"出自唐故事：宰相初拜，京兆使人载沙填路，自私第至于城东街，叫"沙堤"。这句意是看来快要回朝拜相了。"帷幄"句是拍合。"帷幄"是军帐，句意是暂且在帷帐之中从容筹划，等待上述的时机，又归到现状来了。三句中，一开一转一合，既精炼，也跌宕，极见功力。结两句推进一层说，从大处着墨，境界更宽阔，意味更深远，情绪更饱满，洋溢着乐观主义的精神，这才真正符合"凯歌"的意义。总之，上阕主要是写战役，下阕主要是写主帅，而全篇都充满着作者赞美歌颂的心情，赞美歌颂的虽然是这一战役的战士和主帅，实际上也是作者痛恨敌人、热爱祖国的思想感情的表现。作者尚有同调的"雪洗虏尘静"首，是"闻采石战胜"作，也深刻地体现出作者奋发有为、誓扫敌寇的爱国心愿。

此外，如张镃《江城子》"春风旗鼓石头城"首之写"凯旋"，《水调歌头》"忠肝贯日月"首之写"武昌凯歌"，刘克庄《贺新郎》"尽说番和汉"之写"杜子昕凯歌"，李曾伯《满江红》"千古襄阳"首之写"得襄阳捷"，方岳《喜迁莺》"淮山秋晓"首之写"行边闻捷"等，都在听到战争胜利消息中倾吐出十分喜悦的心情，洋溢着愉快乐观的精神，深刻地体现出平日憎恨敌人，爱护祖国的潜在的意识。这类作品的思想感情都是非常健康的。灭敌人的威风，长自己的志气，在对敌斗争中，是能增强读者杀敌效果的信心的，当然要给予较高的评价。

（3）对英雄人物的赞颂。如刘过《六州歌头·吊武穆鄂王忠烈庙》：

中兴诸将，谁是万人英？身草莽，人虽死，气填膺，尚如生。年少起河朔，剑三尺，弓两石，定襄汉，开虢洛，洗洞庭。北望帝京，狡兔依然在，良犬先烹。过旧时营垒，荆鄂有遗民，忆故将军，泪如倾！　说当年事，知恨苦，不奉诏，伪耶真？臣有罪，陛下圣，可鉴临，一片心。万古分茅土，终不到，旧奸臣。人世夜，白日照，忽开明。袞佩冕圭百拜，九原下，荣感君思。看年年二月，满地野花春，卤簿迎神。

前阕写岳飞英勇杀敌的丰功伟绩以及人民对他的爱戴思慕，后阕写岳飞当时被害的冤枉以及死后庙祀的光荣。而前后阕都对当时的权奸加以应有的斥责。前阕说他们杀害忠良，误国殃民；后阕说他们妄想分茅践土，结果什么也没有，只有为人民所唾弃，作者的爱憎是很分明的。

开头从"中兴诸将"引入，气象发皇；提到岳飞，凛凛有生气。已摄住了一篇的全神，和歌颂英雄人物的主题恰相配称。"年少"至"洞庭"，具体写岳飞的英勇和战功。"剑三尺"是剑的形状，语出《汉书·高帝纪》"吾以布衣提三尺取天下"。"弓两石①"是说能挽两石重的弓。古以120斤为1石，《尚书·五子之歌》疏："三十斤为钧，四钧为石。"俗也有以100斤为1石的。"虢"，应指东虢，周武王弟虢叔的封地。平定襄汉，开拓虢洛，是指曾被金人占据的地方说。洗清洞庭，应指平杨么事。刘时举《续编年资治通鉴》卷四绍兴五年（1135年）六月，"湖寇杨么据洞庭，遂为剧寇。官军陆袭之则入湖，水攻之则登岸，曰：'有能害我，除是飞来。'浚渭上流不先去么，为腹心害，将无以立国。请自行。浚至湖南，会岳飞兵至。贼将杨钦以三千人降。飞乘胜急攻其水寨，么穷蹙赴水死，遂平。"岳飞平杨么，我们今天看来是不对的，但在当时封建士大夫的眼中还是岳飞的一种功绩。只20个字，把岳飞的起家、本领和对外对内的战绩都集中概括出来，既精简，又明朗，这是很难得的。"北望"三句，表示对岳飞的惋惜，对当时盘踞在那一带的坏人（狡兔）的愤恨，同时也给当年的投降派以无情的鞭挞。"过旧时营垒"四句，极写人民大众对岳飞的感念，真切深挚，是上段的思想感情的深化和伸展。上段言"帝京"，已带过"虢洛"，故这里只提"荆鄂"。实则沦陷区的人民，同样是"忆故将军，泪如倾"的。感念越深切，就越显出岳飞战功的辉煌、冤死的可惜。这是篇中最深刻的写法、最动人的所在。这么一来，岳飞的庙祀就成为广大人民一致的要求，不是出自帝王的恩典了；然而作者下面提出的却分明是出自帝王的恩典。从这里，可以说明这么一点道理：只要作者真正忠于反映现实，深刻地描写现实，客观的效果是可以超过作者的主观意图的。下阕是依据人民对岳飞的看法进一步就当日的事实做忠

---

① 石为计量单位，1石的重量在不同时代有所不同。

奸的辨别。就"当年事"看，奉诏与不奉诏之间是煞费苦心的。"将在外，君命有所不受"，岳飞本来是可以不奉诏的。可是，一向精忠报国的岳飞总以为可以得到"陛下圣"的鉴察，于是乃不避罪责，奉诏班师。不料"一片心"竟得不到"陛下圣"的"鉴临"而受奸臣的构陷！作者在这里的写法是十分困难的，既不敢犯上，对宋高宗表露出任何不满的心情，又不能冒天下之大不韪，埋没岳飞的一片报国的赤忱，那只有以十分拙重的笔墨来描绘岳飞的愚忠，使读者清楚看出岳飞忠于高宗却被高宗枉杀，从而更痛恨高宗的昏庸与惋惜岳飞的不幸。在题材处理上，我认为这是作者最具深心的所在，是不能忽略过去的。"万古分茅土"三句，写奸臣的下场，用"万古"，用"旧"，也应具有深意，给"新"奸臣做永远的龟鉴。"人世夜"至"君恩"，写岳飞后来得到庙祀的情况。用"人世夜"，那上面的"陛下圣"的"圣"字其实是不圣的，就昭然若揭了。这种互见的笔法也是经过深思熟虑的。"看年年"以下写岳庙受到热烈瞻拜祭祀的真实情况。"卤簿"，据蔡邕《独断》："天子出，车驾次第，谓之卤簿。"实则自汉以后，王公大臣出行都可用"卤簿"，这是形容一时的盛典，配上"满地野花香"的绚烂景物，形成一个极其动人的场面，会使人感到具有"流芳百世"的深长意义。作为歌颂英雄人物的词篇，这样的结法不仅回应篇首的虽死如生，也具有鼓舞教育的作用。

淮西帅李忱的和作，中间"公指汴京，威已振河洛，不顾身烹。失一时机会，嗟左衽吾民！痛岳家军，孰扶倾"一段，反映了当时的真实情况，思想感情也相当健康。只是作者在篇中极强调统治帝王的作用，把广大人民要求庙祀岳飞的心愿抹杀，完全归因于帝王的恩典，有意劝人走为封建帝王服务的愚忠的路子，这就远远不及刘过的原作了。

邵缉赠岳飞的《满庭芳》词（见前引），有"更论兵慷慨，齿颊带风生"和"好是轻裘缓带，驱营阵、绝漠横行"的写法，把岳飞写得尤其生动、精确。

真正歌颂英雄人物的词篇，据我现在所见到的就只有上列几首，因为在南宋的对外战争中，真正能建立殊勋、值得歌颂的实在太少了。一些为达官贵人祝寿之作，虽也对那达官贵人做尽情的歌颂，但被歌颂的人未必是真正的英雄人物，因而作者的歌颂也就成为寻常阿谀之词，不值得提出。此外，值得提出的就只有歌颂古代英雄人物的作品了。如苏轼《念奴娇》"大江东去"首，歌颂周瑜赤壁破曹之功；文天祥《沁园春》"为子死孝"首，歌颂张巡的死守睢阳，从歌颂古代的英雄人物中来抒写自己的人生观感，也在不同程度上体现出作者对祖国河山的爱护和依恋。这类的作品也是值得肯定的。

（4）抒发国难日深的悲愤心情。如陆游《诉衷情》：

> 当年万里觅封侯，匹马戍梁州。关河梦断何处？尘暗旧貂裘。
>
> 胡未灭，鬓先秋，泪空流！此生谁料，心在天山，身老沧洲！

这是陆游爱国词篇之一，极其深刻地抒发自己早年有志恢复中原而到老仍未能实现的悲愤心情。上阕从当年为国建功立业的雄心写起。"梁州"是古九州之一，在今四川省及陕西省西南部。"戍"是守边。"匹马戍梁州"，应指他早年入蜀从军事。陆游是曾经向当时的四川宣抚使王炎建议过"经略中原必自长安始，取长安必自陇右始"的，这实际就是当时以张浚为首的主战派的共同主张。陆游是想在"梁州"一带建功立业来逐步收复河北失地的。可是，当时正是主和派当权，主和派无意抗敌，大好河山终沦敌手。于今关河何处？连梦也见不到（被隔断）了。旧日的貂裘自南来后也用不着，堆满灰尘了。虽然只平平叙说，却含蕴着无限的悲愤。下阕写敌寇未灭，年华已老，空存报国的深心。"鬓先秋"是说两边的鬓发先白了。陆游诗有"慷慨心犹壮，蹉跎鬓已秋""塞上长城空自许，镜中衰鬓已先斑"的句子，和这两句的用意正同。可见敌寇未平而年华已老，是他生平最感到难堪的情状，这又怎不使他滴下伤心之泪？因而就不免要"泪空流"了。这流泪并不是个人颓废消极的表现，而是为了"头颅如许，报国无路"；所以下面紧接着说"心在天山，身老沧洲"。"天山"即祁连山，在新疆，这里比喻边疆。"沧洲"指临水的地方，通常指投闲置散的人住的地方，不名一地。自己收复失地的雄心是时刻存在的，但却被置在闲散之地，消磨岁月，无缘报国，这又有谁料想得到呢？这里面除包含着无穷悲愤的心情之外，也寄寓对当时统治者的不满和讥讽之意。

自北宋末期至南宋亡国，这类词是很多的，就其表现得比较明朗的词篇来举例子，就有贺铸的《六州歌头》"少年侠气"首，张元幹的《贺新郎》"梦绕神州路"首、"曳杖危楼去"首，张孝祥的《六州歌头》"长淮望断"首，朱敦儒的《水龙吟》"放船千里凌波去"首，陆游的《桃源忆故人》"中原当日三川震"首、《双头莲》"华发星星"首，辛弃疾的《摸鱼儿》"更能消几番风雨"首、"望飞来半空鸥鹭"首、《一枝花》

"千丈擎天手"首、《鹧鸪天》"壮岁旌旗拥万夫"首、《水龙吟》"举头西北浮云"首，王质的《万年欢》，陈亮的《贺新郎》"老去凭谁说"首、《满江红》"曾洗乾坤"首，韩元吉的《霜天晓角》"倚天绝壁"首，吴潜的《水调歌头》"每怀天下士"首，刘克庄的《满江红》"金甲雕戈"首、《贺新郎》"国脉微如缕"首，刘仙伦的《念奴娇》"吴山青处"首，刘学箕的《贺新郎》"往事何堪说"首，戴复古的《贺新郎》"忆把金罍酒"首、《大江西上曲》，等等。这类词所表现的心情是矛盾的、悲愤的，自己有救国的志向，或者渴望民族英雄的出现，然而权奸当道，国难日深，报国无门，回天乏力，这就不能不产生矛盾的心情，感到异常悲愤。这种悲愤是由作者内心深处冲激出来的，是作者爱国思想的一种表现，因而也富有感染的力量。

（5）托物寄意，借古喻今，从爱国心愿出发。如苏轼《江城子·密州出猎》：

　　　老夫聊发少年狂，左牵黄，右擎苍。锦帽貂裘，千骑卷平冈。为报倾城随太守，亲射虎，看孙郎。　　酒酣胸胆尚开张，鬓微霜，又何妨？持节云中，何日遣冯唐？会挽雕弓如满月，西北望，射天狼。

这是苏轼38岁时（神宗熙宁八年，1075年）在密州作。那年，王安石再执政，割河东700里①地予辽，订和约。这事件可能对他有刺激，所以这词的结尾有"西北望，射天狼"的想法，是在苏词中爱国思想比较强烈的作品。上阕写出猎的情况；下阕借射猎寄寓射杀敌寇的心愿。"牵黄""擎苍"，"黄"指黄犬，"苍"指苍鹰。出猎时是带犬和鹰的。《梁书·张克传》："克少时不持操行，好逸游，出猎，左手臂鹰，右手牵狗。"词就从兴致勃勃地出去打猎写起。"锦帽"句写出猎时浩浩荡荡的阵容。傅藻《东坡纪年录》："冬祭常山回，与同官习射放鹰。"傅干注："古者诸侯千乘，今太守，古诸侯也，故出拥千骑。"因为是冬天太守和同官一起出猎，所以穿戴"锦帽貂裘"，出动了千骑，席卷（铺满）了平岗。句法既极精炼，形象也鲜明生动。"倾城"是倾尽全城的人，即空城。"为报"，报道、却说意。"为报"三句是说全城的人都跟随太守去，要看看太守射猎的本领。"亲射虎，看孙郎"，《三国志·吴志·孙权传》："（建安）二十三年十月，权将如吴，亲乘马射虎于庱亭，马为虎所伤，权投以

---

①　1里为500米。

双戟，虎却废。常从张世击以戈，获之。"这里是借用这种故事。过阕三句是说虽然鬓发微白了，酒酣时豪气尚存，是可以有为的，引逗出下面的句意。"持节云中"句，《汉书·冯唐传》："唐事文帝。帝曰：'公何以言吾不能用颇牧也？'唐对曰：'……今臣窃闻魏尚为云中守，军市租尽以给士卒，出私养钱，五日一杀牛，以飨宾客军吏舍人，是以匈奴远避，不近云中之塞。虏尝一人，尚帅车骑击之，所杀甚众。夫士卒尽家人子，起田中从军，安知尺籍伍符？终日力战，斩首捕虏，上功莫府，一言不相应，文吏以法绳之，其赏不行。吏奉法必用。愚以为陛下法太明，赏太轻，罚太重。且云中守尚坐上功首虏差六级，陛下下之吏，削其爵，罚作之。由此言之，陛下虽得李牧，不能用也。臣诚愚，触忌讳，死罪。'文帝悦，是日令唐持节赦魏尚，复以为云中守，而拜唐为车骑都尉。"这句的意思是不知什么时候朝廷会叫冯唐持节到云中去，显然是以魏尚自比。结尾三句承"持节"说，假如遣冯唐去的话，还是能够把雕弓拉开到像满月一样，朝着西北，射杀天狼的。《楚辞·九歌·东君》"举长矢兮射天狼。"王逸注："天狼，星名，以喻贪残。"这是这句词的出典，这里指的是敌人——辽（西夏）。到这里，为国杀敌的愿望已全盘托出了。这结语和辛弃疾《永遇乐》"千古江山"首的结语"凭谁问，廉颇老矣，尚能饭否"的用意很相似，都有热诚为国出力而不见用于时，不得施展夙抱的深心寄托在里面。不过，辛弃疾是真英雄，而苏轼是名士，未必真能杀敌罢了。朱熹曾评苏轼攻击新政，但如果令苏轼执政，援引一班文人如黄庭坚、秦观之流，可能一塌糊涂（见《朱子语录》）。话虽过分些，也未必全无所见。我们动辄以苏、辛并提，从真正救国杀敌方面看问题，是不能不加以区别对待的。这是外话，就词论词，苏轼这词具有爱国思想，是应该肯定的。

此外，如周邦彦的《西河》和《浪淘沙慢》"万叶战秋声"首，朱敦儒的《卜算子》"旅雁向南飞"首，康与之的《诉衷情令》"阿房废址汉荒丘"首，叶梦得的《八声甘州》"故都迷岸草"首，李纲的《水龙吟》《念奴娇》《喜迁莺》，赵鼎的《鹧鸪天》，岳飞的《小重山》，胡铨的《醉落魄》"千岩竞秀"首，张孝祥的《满江红》"千古凄凉"首，陆游的《秋波媚》"秋到边城角声哀"首，韩元吉的《水调歌头》"明月照多景"首，陈亮的《念奴娇》"危楼还望"首，辛弃疾的《念奴娇》"我来吊古"首，程公许的《沁园春》，陈德武的《水龙吟》，刘克庄的《沁园春》"一卷阴符"首，陈经国的《沁园春》"谁使神州"首，徐孟寅的《摸鱼儿》"卷西风方肥塞草"首，等等，都是这一类的词篇。宋词中属于这类的相当多，取材也较广，其间虽也不免涉及个人的得失利害，但在不同程度上都涉及国家时事，则仍然具有一些爱国思想的因素，思想感情还是比较健康的。至于南宋末期的一些咏物词，因为主题思想较为隐晦，暂不归入这类来加以评价。

（6）对腐朽的统治集团的抨击与讽刺。如梁栋《念奴娇·春梦》：

> 一场春梦，待从头说与，傍人听着。罨画溪山红锦幛，舞燕歌莺台阁。碧海倾春，黄金买夜，犹道看承薄。雕香剪玉，今生今世盟约。　　须信欢乐过情，闲嗔冷妒，一阵东风恶。韵白娇红消瘦尽，江北江南零落。骨朽心存，恩深缘浅，忍把罗衣着。蓬莱何处？云涛天际冥漠。

这词是梁栋晚年的作品。栋字隆吉，宋度宗咸淳四年（1268 年）进士，曾做过宝应簿、钱唐、仁和尉等小官，那已是临安快要沦陷的时候了。后来归隐于茅山。词中绝大部分是写腐朽的统治集团的生活面貌，具体生动，淋漓尽致，并且予以无情的嘲讽，也流露出自己的愤慨，具有深刻的社会意义，也反映了当时的真实情况。

词题标明"春梦"，即从春梦领起。把一切生活享受看成春梦，已经含有鄙薄不屑之意，也为结尾归隐蓬莱的心愿打下思想基础。"罨画溪山红锦幛"至"今生今世盟约"，尽量描绘征歌选舞、沉迷酒色的荒淫生活。"罨画"，多样色彩的画叫"罨画"，这里是形容溪山的美丽。"幛"，屏幛。"春"字应活看，春情、春心、春事等具有淫荡意味的都包括在里面。"碧海倾春"是说倾了像碧海这么多的酒来纵情淫荡。"看承"即看待意。"犹道看承薄"，承上开下，是加深一层的写法。像上面那么挥霍生活，接受者还认为看待太薄，那就不能不"雕香剪玉"，誓海盟山，把所有的生命力都沉迷下去了。像这样的写法，真可以说是尽情揭露，笔酣墨饱。过阕语似惋惜，其实是冷嘲热讽。"须信"至"东风恶"是纵乐中彼此矛盾的过程，是波澜。"韵白"两句是纵乐后的下场，是结局。"骨朽心存"三句必有所指，可能是指贾似道的姜张淑芳。《西湖志》引《宋元遗事》载，贾似道姜张淑芳知似道必败，"营别业以遁迹焉。木棉庵之役，自度为尼，鲜有知者"。寻绎词中所描绘的具体情状，和当时权相贾似道的荒淫生活正相符合，则这里所谓"骨朽心存，恩深缘浅，忍把罗衣着"的恰好是似道失败后自度为尼的张淑芳。结尾两句承"忍把罗衣着"来，有远离尘俗意，指淑芳也以自寓。不管指淑芳也好，自寓也好，这种逃避现实斗争的消极思想是应该批判的。可是，对腐朽集团的丑恶嘴脸进行揭露并加以嘲讽，则真正表达了当时广大人民的思想感情，还是十分可贵的。

揭露统治集团祸国殃民的滔天罪行最深刻又最明朗的是杨金判的《一剪梅》（原文见前），不仅概括地指斥权相贾似道的消磨金和谷、贻误军事和民事，还明确指出"樊襄四载弄干戈"这种关系宋王朝存亡的特大事件，这就较胡铨的"有豺狼当辙"更为露骨，贾似道罪不容诛的事实无所逃于天地之间了。词中并无涉及木棉庵罪有应得的痛快心情，可见还是贾似道未失败时写的。这种大胆揭露的精神是极端愤怒同时也极其勇敢的表现，在权奸当道、文网严密的钳制下的南宋词人的作品中是很难找到的。可以断言，像这样的坚强斗争到了你死我活的程度的词篇如果被揭露的对象觉察到，是必然招致杀身之祸的。所以作者没有暴露自己的真名字，而传者也只知道他是属于某种身份的人物。不但杨金判的《一剪梅》是如此，其他如写《南乡子》讥诮洪迈的太学生，写《祝英台近》和《百字令》讥诮朝政和贾似道的德祐太学生，写《一剪梅》讥诮贾似道和刘良贵的醴陵士人（见《花草粹编》，《江湖纪闻》载此词无作者名氏），都是这种情况。至于《古杭杂记》所载《沁园春》词，在指斥贾似道侵夺民田、"日警狼烟"的罪行之后，直截了当地说"宰相弄权，奸人罔上，谁念干戈未息肩？掌大地，何须经理，万取千焉！"抨击当时整个统治集团，认为还不如无政府好。这真像火山爆发般的烈焰，要把所有的坏人都烧掉。当然，这也是无名氏之作。

南宋王朝自秦桧以后，历经汤思退、史浩、史弥远、韩侂胄、贾似道执政，除韩侂胄曾北伐失败以外，其他人都是投降派。所有投降派都是只顾目前的享乐、看不到远景的，或者看到了远景也不愿让战争来影响目前的享乐，因而敲剥人民的脂膏来过其"碧海倾春，黄金买夜"的生活。这使主战派和广大人民非常愤恨，必然要和投降派做斗争，这情况也必然会在当时最流行的词篇中反映出来，尽管反映的程度有所不同。可是，我们现在可以看到的真正敢于揭露腐朽的统治集团的无耻生活并加以讥讽抨击的却不多。就上面所举的看，作者大都隐藏了自己的姓名，有的还可能是出自当时的民间艺人之手（如《古杭杂记》所载的《沁园春》）。这一方面说明了封建文人的软弱性，另一方面也说明了当时文网的严密。当然，在封建文人中愤恨腐朽集团而作词来寄寓自己的不平并指斥当权派胡作非为的还是不少的，但大都是用比兴的手法表现出来，不够明朗，也不够强烈，我们把它们归入别种类型来说明，和这里所举的还不能等量齐观。

（7）时代面貌的反映。一切文学作品都是时代的产物，都或多或少或直接或间接地打上时代的烙印。词当然也不能例外。这里提出的是，不以个别人物、事件为抒写对象，而是以特定的时间、地点的一般情景为抒写的对象，从而反映出时代面貌的作品。这类的作品很多，现在再分三点来叙述：

A. 写繁华都市和形胜风物的。例如柳永《望海潮》：

> 东南形胜，三吴都会，钱塘自古繁华。烟柳画桥，风帘翠幕，参差十万人家。云树绕堤沙。怒涛卷霜雪，天堑无涯。市列珠玑，户盈罗绮，竞豪奢。　重湖叠巘清嘉，有三秋桂子，十里荷花。羌管弄晴，菱歌泛夜，嬉嬉钓叟莲娃。千骑拥高牙，乘醉听箫鼓，吟赏烟霞。异日图将好景，归去凤池夸。

杨湜《古今词话》说："柳耆卿与孙相何为布衣交。孙知杭州，门禁甚严。耆卿欲见之不得，作《望海潮》词往谒名妓楚楚曰：'欲见孙相，恨无门路，若因府会，愿借朱唇歌于孙相公之前。若问谁为此词，但说柳七。'中秋府会，楚楚宛转歌之。孙即日迎耆卿预坐。"（据赵万里《校辑宋金元人词》本）这话如果可信，那么柳永写这词的动机是可鄙的。我们就这词的具体内容看，对钱塘的伟观、西湖的美景和杭州的繁华都做了生动的描绘，是相当动人的，所以有金主完颜亮听唱这词的"三秋桂子，十里荷花"句就动了侵吞南宋之心的传说。淳熙（南宋孝宗年号）间，谢驿（处厚）有诗说："谁把杭州曲子讴？荷花十里桂三秋。那知草木无情物，牵动长江万里愁！"（见罗大经《鹤林玉露》）谢驿也认为这词牵动到国家大局。这种说法当然不可靠。还是另一种记载说金主暗中使人图绘临安形胜作为攻打临安的依据的说法更接近事实。（刘时举《续宋编年资治通鉴》卷六：绍兴廿九年，金主亮"又隐画工于节使中，密写临安之湖山城郭以归。既则为屏，而图己之像策马于吴山绝顶，后题以诗，有'立马吴山第一峰'之句，闻者痛愤之。"）也有人认为金主亮是读柳词之后再隐画工密绘临安之胜的。总之，这词的吸引力相当大是毫无疑问的。

这词从大处落墨，先统写形势、地区的重要性和人烟的稠密。"三吴"一作"江吴"。杭州在钱塘江北岸，旧属吴国，故称"江吴"。"三吴"，吴兴郡、吴郡和会稽郡，叫"三吴"。"烟柳"两句渲染万家的景物，即掩映万家的较具体的写法，并不是写景物，主要是写人家。以下分写："云树"三句写钱塘江的壮阔；"卷霜雪"形容白浪汹涌；"天堑"，堑是坑，天然的深坑，意即不能渡过的天然险阻。这是"长江天堑"的借用。《南史·孔范传》："范奏曰：'长江天堑，古来限隔，虏军岂能飞渡？'""市列"三句写杭州的"市"的繁盛。用"列""盈""竞"等具有动态的字眼，便不觉堆砌。"重湖"六句写西湖一带的美丽景色和在西湖中的人物活动，是篇中的重点描绘，因为杭州最迷人的地点是西湖。西湖有外湖和里湖，故称"重湖"。西湖有南高峰、北高峰等岗峦起伏的山峰，故称"叠巘"。"羌管"即羌笛，笛自西北传入，故沿用"羌笛"名称。"弄晴"是说在晴天吹弄。"菱歌泛夜"是说在夜间传来采菱人的歌声。钓鱼的老人和采莲的少女都在尽情欢乐，故说"嬉嬉钓叟莲娃"。对杭州的正面描述有统写，有分写，有一般写，有重点写，到这里已经构成一幅完整的画面了。下面便是对当时驻节杭州的长官（孙何）的话。这首词既然要写给长官（孙何）看，所以免不了要从长官（孙何）的身上找话说。如果就一般的写作情况说，这里是应该说到自己的观感的。"高牙"是军前的大旗，这里借指高级官吏（孙何），用"千骑拥"形容他随从众多的威势。"乘醉"两句，说他的游乐情况。"异日"两句，说他将来可以把这所有的景物描绘起来，带回朝廷去夸耀。在写作上是篇中的总结束，在用意上是讨好那长官。"凤池"即凤凰池，是中书省所在地。说"归去"，是因为封疆大吏虽是朝廷派出的，但毕竟是外放，不如在朝廷任职的幸运，所以把他到中央说成"归去"，好像在朝廷任职才是他的分内事一样，这里当然含有阿谀的意味。

这词的艺术成就相当高。在107字中，把杭州内内外外的极其动人的山水风景和人物情俗都概括而又具体生动地反映出来，还说到贵人的吟赏和将来的作用（这作用到南宋竟实现了）；句句实写而不觉铺排堆砌，面面俱到而没有转换迹象，千门万户，五光十色，笔直写下，自成波澜。这真达到了所谓"高浑"之境，假如没有相当深入的生活体验和十分熟练的写作技巧，是不易获得这样的成就的。这是写繁华都市和形胜风物的典型的例子。又如潘阆的《忆余杭》十首中的第一首：

长忆钱塘，不是人寰是天上。万家掩映翠微间，处处水潺潺。

异花四季当窗放，出入分明在屏障。别来隋柳几经秋？何日得重游？

和第十首：

长忆观潮，满郭人争江上望。来疑沧海尽成空，万面鼓声中。

弄潮儿向涛头立，手把红旗旗不湿。别来几向梦中看，梦觉尚心寒。

据释文莹《湘山野录》，这是潘阆自度曲，因忆西湖诸胜，故名《忆余杭》。前首统写余杭的形胜风物：随山见烟户，到处闻水声，奇花怒开，景光入画，真足赏心悦目，令人神往。后首特写观潮的动人画面：江潮来时，倾城出望，势压海涛，声喧万鼓；弄潮儿随波出没，腾身百变，手执红旗，略无濡湿，也足震魂荡魄，惹起梦游。词的篇幅虽小，却具有相当大的吸引力。

此外，如柳永的《破阵乐》"露花倒影"首、《抛球乐》"晓来天气"首，张先的《破阵乐》"四门互映"首，秦观的《望海潮》"梅英疏淡"首，李邴的《女冠子》"帝城三五"首，向子䛊的《满庭芳》"月窟蟠根"首等，写作的对象和重点虽各有不同，都是以慢词的形式叙写繁华景象和情事，和上举《望海潮》是一致的。如韩琦、王安中的《安阳好》，欧阳修的《采桑子》，王琪的《望江南》，洪适的《生查子·盘洲曲》等，都是以小令联章的形式写地方的景物形胜以至土风习俗，和上举《忆余杭》是一致的。只有宋祁的《木兰花》（一作《玉楼春》）写个人的生活享受多于客观的景物和情事，因它是繁华都市的产物而又不涉豪奢荒淫的具体描述，故入这一类。

B. 写乱离情状和今昔对照的。例如朱敦儒《朝中措》：

登临何处自销忧？直北看扬州。朱雀桥边晚市，石头城下新秋。

昔人何在？悲凉故国，寂寞潮头。个是一场春梦，长江不住东流！

朱敦儒（希真）生于北宋神宗元丰年间，卒于南宋孝宗淳熙二年（1175年），享年90多岁。他是洛阳人，北宋末年大乱，他南下，经江西流落到岭南，晚年又卜居嘉禾（今浙江嘉兴县治）。可以说，在两宋词人中是年寿很长、经验很丰富的一位。他活着的时期正是宋王朝最大变动的时期，他对今昔盛衰的情况应该是感受非常真切的。这首词是他在江南居住一个时期后回想南渡初期的情景。南渡初期，高宗曾由扬州移居建康，后迁至临安。词中前阕所写正是从建康望扬州的情事。"朱雀桥"是建康正南朱雀门外的大桥。"石头城"是今日的南京，即当时的建康。在当时，建康还是登临销忧之地。"新秋"是畅好的天气。"晚市"是热闹的场景。下阕表现经乱后的情思。江山犹是，人物全非，"故国"空余悲凉情景，再没有人在桥边玩赏了，热闹的地方已成寂寞，只有潮水依然无恙。回首前尘影事，真如一场春梦，所以说"个是一场春梦"。"个"是指前阕所写的情事；前事一去不复返，好像做了一场美好的梦不能再续一般。"春"是统指美好的情事，不专指春天。如果指春天，那就和上阕的"新秋"不一致了。结句是江河日下意，象征国家的情势越来越恶劣，不断走下坡路，寄寓作者关心祖国的思想感情。

朱敦儒另有一首《风流子》：

> 吴越东风起，江南路，芳草绿争春。倚危楼纵目，绣帘初卷，扇边寒减，竹外花明。看西湖、画船轻泛水，茵幄稳临津。嬉游伴侣，两两携手，醉回别浦，歌遏行云。　　有客愁如海，江山异，举目暗觉伤神！空想故园池阁，卷地烟尘。但且恁、痛饮狂歌，欲把恨怀开解，转更销魂。只是皱眉，弹指冷过黄昏。

这也是他在江南居住后回想前事感到非常难堪的表现，但回想的对象却和前一首不同，前一首是南渡初期，而这一首是北宋沦陷。由于南渡初期只是播迁，而北宋王朝已经覆灭，建康是他后来客居之地，而洛阳是他生身父母之乡，客观现实和主观因素都有所不同，因而这词所抒发的感情比前词更加饱满和深厚。前阕写江南秀丽的春色，特别是人们在西湖游乐的情状：芳草、高楼、绣帘、花竹、画船、茵幄，应有尽有，已足眩目动心；看游伴，闻酒气，听歌声，更使人神魂骀荡，留着永难磨灭的印象。由远而近，由风景到人物，越看越清切，越写越明朗，组成了一个极其繁复而又鲜明的画面。这画面越发动人，所引起的反感就越发强烈。这阕刻意写风景人物，正为下阕的抒发思想感情做好前提条件。下阕写怀感。"有客"句用特重的笔墨写，"愁如海"是上阕反迫出来的。"江山异，举目暗觉伤神"是"愁如海"的关键所在。"空想"两句是"愁如海"的具体说明，用"故园池阁，卷地烟尘"8个字来概括已经沦陷的情况，和上阕做对照。因这阕的重点是抒发情怀，和上阕重点描绘风景人物不同，客观现象只能用概括式的粗线条的笔墨写，是不能占过多的篇幅的。可是，又不能因为篇幅少就削弱了所要表现的具体内容，这就较之上阕可以多方刻画的更不易写得好。作者在这方面是要匠心独运的。用"卷地烟尘"来说明故园遭受的浩劫，真是既有鲜明的形象，又有深广的含义，有足够的力量和上阕做对照。不然的话，上阕写得这么美妙动人，而下阕的愁恨伤神就成为无病呻吟了。"但且恁"三句，承上深一层写，"痛饮狂歌"本来是可以消愁解恨的，现在这样做不仅不能消愁解恨，反而使心情更加难过，则沉浸在深长愁恨中的无可奈何的情况可以想见。这么一来，结果就只有皱了眉头，暂时很凄冷地挨过黄昏了。用"皱眉"，用"弹指"，充分显示出无可奈何的神态。

北宋末期到南宋中叶以前，时代的变动太剧烈了，有许许多多的人都是经受过转徙流离之苦的。不但是身历其境的词人不能不把自己的遭遇有意或无意地在词篇中流露出来，就是听到父兄亲朋的讲述或者看到人们的不幸遭遇，也会把所闻所见的现象写进自己的词里。因此，这类词在宋词中也有不少的数量。就比较突出的来看，除上举朱敦儒的两首作品外，如阎苍舒的《水龙吟》"少年闻说京华"首（见前引），向子諲的《水龙吟》"华灯明月光中"首，蔡伸的《水调歌头》"亭皋木叶下"首、《蓦山溪》"孤城暮角"首、《菩萨蛮》"水光山影浮空碧"首，陈济翁的《蓦山溪》"去年今日"首，张元幹的《水调歌头》"戎虏乱中夏"首，李清照的《永遇乐》"落日熔金"首，辛弃疾的《菩萨蛮》"郁孤台下清江水"首，王以宁的《水调歌头》"大别我知友"首，袁去华的《水调歌头》"雄跨洞庭野"首，陈克的《临江仙》"四海十年兵不解"首，以及徐君宝妻的《满庭芳》等，都深刻地表露出作者悯乱伤离、感今怀旧的心情。

C. 写山河破碎和亡国哀思的。如刘辰翁的《兰陵王·丙子送春》：

　　送春去，春去人间无路。秋千外、芳草连天，谁遣风沙暗南浦？依依甚意绪？漫忆海门飞絮。乱鸦过、斗转城荒，不见来时试灯处。

　　春去，最谁苦！但箭雁沉边，梁燕无主，杜鹃声里长门暮。想玉树凋土，泪盘如露。咸阳送客屡回顾，斜日未能度。　　春去，尚来否？正江令恨别，庾信愁赋。苏堤尽日风和雨。叹神游故国，花记前度。人生流落，顾孺子，共夜语。

这词标题是《丙子送春》，实际上是亡国的哀辞。"丙子"是宋恭帝（赵㬎）德祐二年（1176年），正是元伯颜入临安，俘恭帝，谢、全两后，宗室，官吏及抢掠各种图籍、器物等北去的时候。"春"象征宋，"送春"是和宋作别。

词一开首就写了一个悲惨的场面。"春去",宋是亡了,这次亡国是再也没有什么路子可走了,象征"宋亡",也象征送亡的人。这是多么悲惨的情事!"秋千"至"南浦",是沉痛之极时对误国权奸的指斥。分明是"芳草连天"的美景良辰,是谁招致"风沙"来掩蔽这"南浦"呢?"风沙"比喻敌人。"南浦"比喻宋室。"依依"至"试灯处"是说现在一切都完了,依恋也没有什么意思了。想念那海上逃亡的人——"海门飞絮"也只是空想。自从乱鸦般的元军过后,北斗星已换了位置,京城已成了荒圩,往时张灯结彩的繁华景象已看不到了!以上总写亡国的悲惨荒凉的情状。过阕更具体描述亡国时各个方面的可哀的情状。"春去,最谁苦"是另提,用"最"字来联系上阕并引入下文。"箭雁沉边"指像中箭被捕的雁一般被俘虏的南宋君臣沉没在北边。"梁燕无主"指像无主的燕子般流离失所的南宋士大夫。"杜鹃声里长门暮"指像打入长门里一般的只听"不如归去"的鹃声而又无可告诉的宫人。"想玉树"两句指苑囿宝器被元兵蹂躏劫掠。"咸阳"两句指离开故国的人既十分依恋,也非常难堪,语意已转入后阕"江令""庚信"事。上面两阕把当时的客观现实从统说到细说,从概括到具体,都描述了。这一阕就写自己在这样的环境中所持有的态度和观感。仍用"春去"提起,接着是一种绝望中的痴想,是该有的一种温厚的写法。"正江令"三句是说平昔交游知名能文之士都离开故国了,只剩下整天在风雨飘摇中的苏堤还在西湖(杭州、故国)里。在这样的环境中,故国的繁华就只有在魂梦中可以碰到,往常看花的韵事也只有留在记忆里了。这是多么难堪的情怀!故用"叹"。"神游故国"紧承"江令"两句说,"花记前度"紧承"苏堤"句说。家国身世之感,到这里已尽情发泄了。下面就以目前的境况作结。"人生流落"三句语极含蓄,包蕴着无穷的哀怨。失却祖国,无可依靠,看来悲剧的命运是注定的了,故用"流落"两字来概括。已经成为亡国的流民,尽管有满腔哀怨,又有谁堪告语?相依为命的也只有家人而已,故用"顾孺子,共夜语"来结束这亡国的哀辞。

刘辰翁是生于 1232 年、卒于 1297 年的人,临安沦陷是 1276 年,那时他已经是 45 岁了,对宋末的腐朽政治是看得清清楚楚的,同时也是极端痛恨的。宋亡后,他还活了 20 年左右,虽然隐居守志,痛定思痛,对祖国人民的残酷的遭遇是时刻不忘的。他往往把平生郁积着的悲痛的情怀用词这一形式发泄出来,又往往用时令、节候作为抒写的题材。如《西江月·新秋写兴》中的"梦从海底跨枯桑，阅尽银河风浪"，《柳梢青·春感》中的"想故国，高台月明。辇下风光，山中岁月，海上心情"，《宝鼎现·丁酉元夕》中的"父老犹记宣和事，抱铜仙、清泪如水"和"又说向、灯前拥髻，暗滴鲛珠坠。便当日、亲见《霓裳》，天上人间梦里"等，都明显可以看出是亡国哀思之作，不过是这首《兰陵王·丙子送春》体现出他的深厚的爱国主义精神而已。

宋末的词人写这类的词篇的为数不少。除上举刘辰翁外，如汪元量的《洞仙歌》《莺啼序》《六州歌头》《金人捧露盘》，文及翁的《贺新郎》，陈以庄的《水龙吟》，陈参政的《木兰花慢》，王清惠的《满江红》和刘氏的《沁园春》等，都蕴蓄着无比的悲愤和哀愁，具有相当的感染力。

两宋的时代面貌，自极盛以至亡国，大致上有上述三种不同的情况。这三种情况在词篇中都有所反映。反映这三种不同的情况，虽有阶段性的区别，但也不能绝对化，每个阶段都有对立的两面。处在极盛时期，也会有忧谗畏讥的作品；在乱离情况中，也会有纵情逸乐的表现；当国破家亡之际，也会有恬不知耻、旖旎风流的写作。这些都是不能同等看待的。不过，作者在各种情况的反映中很自然地渗透着各种不同的思想感情：在第一种情况中，多少带有个人享乐甚至色情的表现；在第二种情况中，多少带有个人牢骚的发泄甚至逃避现实的意图；在第三种情况中，多少带有感伤的情调甚至悲观消极的想法。上面举出的作品，从总的方面看，还是比较能够反映时代面貌，同时又是较少不良因素的。

（8）对农村生活的素描与关切。如辛弃疾《鹧鸪天·代人赋》：

> 陌上柔桑破嫩芽，东邻蚕种已生些。平冈细草鸣黄犊，斜日寒林点暮鸦。　　山远近，路横斜，青旗沽酒有人家。城中桃李愁风雨，春在溪头荠菜花。

词中具体刻画柔桑、蚕种、黄犊等这类农村里经常看到或生活上所必需的事物，真实地体现出作者对农村生活的关切。在描绘日照、丛林、乌鸦和路旁青旗、卖酒人家这些很有吸引力的景象之后，更把溪头盛开的菜花和城里的惨绿愁红的桃李相对照，尤其看出作者对农村生活的向往。在艺术风格上也清新朴素，毫无封建文人雕镂涂饰的习气。此外，如同调的"着意寻春懒便回"首、"鸡鸭成群晚未收"首、"春日平原荠菜花"首、《清平乐》的"茅檐低小"首、"柳边飞鞚"首，都对农村风物做真切生动的描写，刻志着作者关心农民生活的思想感情。

宋词中接触到农村生活或对农村生活有一定的关怀的，除上举辛氏的词篇之外，尚有张昇的《离亭燕》、苏轼的《浣溪沙》"徐门石潭道上作"、张孝祥的《二郎神》"坐中客"首、蔡伸的《长相思》"村姑儿"首、刘克庄的《贺新郎》"草草池亭宴"首等。

这类词在封建文人的词篇中占很少的比重，大都是偶然涉足农村，观赏风景，探听习俗，以士大夫的观点描写农村的景物风尚，当成养静赋闲的胜地，是看不到农民痛苦生活的本质，也体会不出他们对地主阶级的敌对情绪的。有些关心农民生活的词篇，那又是从国计民生出发，考虑到"民为邦本，本固邦宁"这种意义，不得不顾念到农民的生活，和具体描写农村生活实际的情况并没有必然的联系，如上举张孝祥、刘克庄的作品就是明显的例子。因它们多少还体现出一点人道主义的精神，所以一并提出来。真正在农村参加或多或少的劳动后，深刻领会到农村劳动人民的善良品质和艰苦生活的词篇在全宋词中还找不到。如汪晫的《沁园春》，劝农的情意看来也很恳切，但因标题是《次韵李明府劝农》，是从一种任务观点出发的，很难说是作者的真实情感的表现，所以不把它归入这一类。

## 第三节　应该扬弃的糟粕

无可讳言，有一部分宋词是糟粕，是可以扬弃的，当然不值得重视。当时一些著名的词家如北宋的晏殊、欧阳修、柳永、秦观、周邦彦，南宋的李清照、姜夔、史达祖、吴文英、周密、张炎等的作品中，有一部分不值得重视，固不消说；即使是我们今天认为杰出的词家如苏轼、陆游甚至最伟大的词家辛弃疾，在他们的词集中，也有一部分作品不值得重视。原因很复杂，照我初步的理解，主要是因为：

（1）词是和音乐密切结合的一种文体，一般说来，封建文人词是应乐工、歌伎们的需要作为遣兴娱宾之用而作的（这在上面已经提到），目的在吻合歌喉，娱心悦耳，根本就没有讲求思想内容。因此，有的内容以至词句都很恶劣，如蜀主王衍的《醉妆词》："者边走，那边走，只是寻花柳。　那边走，者边走，莫厌金杯酒。"却可以传唱一时，保存至今。况周颐谓"北宋人手高眼低，其自为词，诚复乎不可及，其于他人词，凡所盛称，率非其至者"（《蕙风词话》卷一）。实则，关键在音律而不在内容辞句，我们今天所能看到的只是内容辞句，当然不了解它所以被人盛称的原因。况氏没有举出实例，不知他所指的是何人何篇。就一个专门的文人说，"手高眼低"是不可能有的事情（民间文学才可能有），只有从内容辞句以外的乐工、歌伎们的技巧唱工上去理解才说得通。

（2）词在封建文人中普遍流行以后，应用的范围渐广，词人结社的风气渐开，有所谓"应社之作"，以文会友，此唱彼和，虽然有时也选取一些社会上的重大问题作为抒写的对象（如《乐府补题》中的部分作品），但一般还离不掉"遣兴娱宾"的性质，即兴应景，玩弄文字技巧，是不重视思想内容的。

（3）文学体制越繁，分工越细，各有职能，渐成规律。曹丕《典论·论文》说："盖奏议宜雅，书论宜理，铭诔尚实，诗赋欲丽。"陆机《文赋》说："诗缘情而绮靡，赋体物而浏亮，碑披文以相质，诔缠绵而凄怆，铭博约而温润，箴顿挫而清壮，颂优游以彬蔚，论精微而朗畅，奏平彻以闲雅，说炜晔而谲诳。"此后如挚虞的《文章流别论》、刘勰的《文心雕龙》等，对各种文体的写作方法及其作用有更为详细的论述。就初期的文人词（不包括民间词）看，抒写的对象和范围不但没有散文那么宽广，也较诗为狭窄，凡诗、文所经常抒写的对象，人们都运用诗、文的形式来抒写。可以说，这是诗、文所占有的领域，一般是没有词的位置的。词后起，要找立足点，就不能不在诗、文领域外的隙地或边沿去开辟。这么一来，地盘就自然缩小得多了，可抒写的对象也就很有限了。诗、文所不屑或不便抒写的，或者写入诗、文却给人家看不起、认为不够大方的如私人生活、男女关系之类，词就正好从这方面来发挥它的职能。写风花雪月，写儿女私情，写生活细节，写点滴感触，这些在诗、文中被认为不足登大雅之堂的，词人却专在这里施展才能，别开生面，使那些词人"虽高谈大雅，而亦觉其不可废"（陈大樽语）。陆游谓"诗至晚唐五季，气格卑陋，千家一律，而长短句独精巧高丽，后世莫及，此事之不可晓者"（《花间集跋》）。其实，如果从这个角度来看，是完全可以理解的。有些作者把有关国计民生的问题以及其他社会上的较大问题都利用诗、文的形式写（如柳永的《鬻海歌》，秦观的策、论中的《国论》《治势》《朋党》，李清照的《上枢密韩公工部尚书胡公》《浯溪中兴颂诗和张文潜》等），而在词里所写的却跳不出那狭窄的圈子，应该说，跟各种体制的分工不无关系。过去的人把词看成"小道"，当然不够全面，也存在着卑视词曲的心理（如《四库全书总目》在"词曲类"中就说："词曲二体，在文章技艺之间，厥品颇卑，作者弗贵。")。可是，如果从词和诗、文的对比中看问题，也不能说这种看法毫无根据。把词提高到同诗、文并列的地位，这是变化发展以后的事情（"变化"不等于"变体"）。一种事物在发展过程中是不能无变化的，有变化就一定有新的因素，这新因素和旧东西是有矛盾的，这矛盾是促进发展的动力。北宋的苏轼和南宋的辛弃疾在这方面都起了主要的作用。这完全是文人词的现象，和柳永一路的变化发展又有所不同。柳永词一方面为市民阶层所接受，向市民文学方面发展（如民间歌曲、小调等）；另一方面却繁荣了文人词的园地，为守旧派的文人所继承，死抱着和诗、文分家的观点，认为能够和诗、文分庭抗礼而又不越出自己固守的领域的才是"正宗"，否则就是"别调"。持有这种"正宗"观点的词人在两宋是很多的，李清照的"词论"是一套相当完整的理论，是有一定的代表性的。专走这一条向诗、文让路的非常偏隘的仄径的词人所写出来的词篇当然不能具有丰富的内容，不能反映社会上的重大问题；即使有所反映，也是很微弱的、隐晦曲折的、不能产生较大的感染力的。

以上是造成词的思想内容比较薄弱的三种基本原因。自然，思想内容薄弱的词并不等于应该扬弃的词，更不能简单地把这类词都看成糟粕。如果这类词的艺术形式和艺术技巧还有可取的地方，仍然是我们批判地吸收的对象。我们认为应该扬弃的糟粕是指在思想上有毒素或者毫无意义而在艺术表现上又一无可取的词篇，这是词中最下乘的恶札，是完全要不得的。因此，有一些词，尽管有其思想内容，也应在扬弃之列，即扬弃宣传宗教迷信和封建伦理之作。上面说过，词的来源就和佛曲有一定的关系，当词成为一个时代最流行的文学体制之后，有些僧徒、道人更利用它作为宣传宗教迷信的工具。至于一些迂腐的儒士利用文学来宣传封建伦理，那是在封建社会中任何时期都会产生的现象，毫不足怪。

由于有许多词人不重视词的思想内容，而重视思想内容的又利用它宣传落后思想，这就使在宋代最发达的一种文体——词，其思想性也比不上当时的诗、文，成为中国文学发展史上思想性最为薄弱的一环。假如我们同意词应该"上不类诗，下不类曲"的说法，承认词的狭义的定义，把词和诗、曲区别开来的话，在词的领域中，就找不出一位像诗中的杜甫和曲中的关汉卿这么伟大的作家来。即在词中有杰出成就的作家如陆游、辛弃疾等，其表现在词里的有利于国家民族的思想也不像他们在诗、文中所表现的来得明确而强烈。

像下列这类的词篇，我认为是可以扬弃的：

A. 色情粗鄙的描写。如柳永的《小镇西》：

> 意中有个人，芳颜二八，天然俏，自来奸黠。最奇艳，是笑时、媚靥深深，百态千娇，再三偎着，再三香滑。　　久离缺。夜来魂梦里，尤花殢雪。分明似、旧家时节。正欢悦，被邻鸡唤起，一场寂寥，无眠向晓，空有半窗残月。

纯用素描的手法，这在民间文学中时常碰到，应该是柳永学习民间文学的一种表征。可是，民间文学中这类的写作是不会以玩弄的态度来对待一个女人的。相反，为了追求恋爱的自由，女人调侃男子的倒时常看到，远自《诗经》以至近代的民间小调（如《阳春白雪》之类）都有这类的作品，是有其一定的社会意义的。像这词上阕的描写，完全是表现作者对"个人"的轻蔑的侮弄，充满了色情的意味，这是封建文人腐烂生活的一个供状，是一种粗鄙庸俗的恶札，是一无可取的。此外，如黄庭坚的《少年心》《归田乐》"对景还销瘦"首，晁元礼的《殢人娇》《滴滴金》《洞仙歌》"眼来眼去"首，《清平乐》"娇羞未惯"首，周邦彦的《青玉案》"良夜灯光簇如豆"首等，都属于色情粗鄙之作，除其中一些方言词汇具有资料性的价值以外，是没有什么值得肯定的。

B. 毫无意义的"应歌"和祝寿之作。例如张先《雨中花令·赠胡楚草》：

> 近鬓彩钿云雁细（大云雁·小云雁），好客艳、花枝争媚（花枝十二），学双燕、同栖还并翅（双燕子）。我合着、你难分离（合著）。
>
> 这佛面、前生应布施（金浮图），你更看、蛾眉下秋水（眉十）。似赛九底、见他三五二（胡草），正闷里、也须欢喜（闷子）。

只是一时对歌儿调遣之作，没有什么意义。又如张辑《东风第一枝·代寿李夫人》：

> 雨蕊方桃，晴梢渐杏，东风娇语弦管。爱香帘约余寒，唤舞袖翻嫩暖。红颜清健，旧墨竹扶疏手段。且碧窗写就黄庭，画楫海山开卷。　　春自好、得花不淡，花又好，得春不浅，晓萦瑶佩秋生，月蘸翠尊波满。长逢花处，笑西母、霜娥偷换。要日边、争看貂蝉，彩侍更迎宣劝。

除敷抹一些辞藻之外，什么意义也没有。因为是寿词，又是代寿，所寿的对象又是一个夫人，像这样的题材，根本就是应该否定的。

C. 宗教迷信、封建伦理的宣传。如张继先的《沁园春》：

> 急急修行，细算人生，能有几时。任万般千种风流好，奈一朝身死，不免抛离。蓦地思量，死生事大，使我心如刀剑挥。难留住，那金乌箭疾，玉兔梭飞。　　早觉悟，莫教迟！我清净、谁能婚少妻！便假饶月里，姮娥见在。从他越国，有貌西施。此个风流，更无心恋，且放宽怀免是非。蓬莱路，仗三千行满，独跨鸾归。

全是劝人修行入道的口吻，仿佛道士的歌诀，徒具词的形式，没有词的情味，是应该扬弃的。又如苏轼的《如梦令》二首：

> 水垢何曾相受，细看两俱无有。寄语揩背人，尽日劳君挥肘。轻手，轻手，居士本来无垢。

> 自净方能净彼，我自汗流呀气。寄语澡浴人，且共肉身游戏。但洗，但洗，俯为人间一切。

这是苏轼"元丰七年十二月十八日浴泗州雍熙塔下"的"戏作"（见词序）。煞像二支佛偈，丝毫也没有词的情味。作者虽然不是僧徒、道人，也不是迂腐的儒士，写这词的目的也并不是宣传宗教迷信，只是为了一时的遣兴，但无论从思想内容还是艺术表现看，都没有值得肯定的地方，显然，这是苏词中的糟粕，应在扬弃之列。此外，如张伯端的《紫阳真人词》、夏元鼎的《蓬莱鼓吹》以及上举的张继先的《虚靖真君词》，全部都灌注着宗教迷信的毒素，是要不得的。（葛长庚的《玉蟾先生诗余》有很多好词，不能因作者是道士而和上列各家同等看待。）沈瀛的《减字木兰花》中有许多迂腐说理之作，也应在摈弃之列，不足为训。

应该指出，如上文所述，对于思想内容，许多词人是不重视的，因而只从思想内容来评价那不重视思想内容的词人的作品，就脱离了所要评价的对象的实际。脱离实际的评价，犹如无的放矢，是不能切中要害、得出平允的结论的。这里所提出的可以扬弃的词篇，只就它们在思想上甚至在艺术上对我们没有什么借鉴作用说，并不是对这些词篇的本身抱完全否定的态度，我们如果把它们作为一种文学历史现象看，它们也给我们提供了一些认识的资料，是不能全部抹杀的。

## 第四节　糅杂着肯定和否定的因素的

从批判地继承文学遗产的原则来看问题，全部宋词都是糅杂着肯定和否定的因素的。历史时代的产物不可能完全适合于我们今天的需要，其间就有些必须加以批判或否定的因素；我们又不能离开历史主义的观点去评价历史时代的产物，我们更不能割断历史来看今天的文化事业，其间就有些值得继承和肯定的因素。我们对历史遗产的批判和继承是不能偏废的，我们的批判正是为了继承，我们批判地继承历史遗产正是为了丰富、提高今天的文化事业。这是原则性的问题。我们对待宋词当然也不能离开这个原则性。这里所以用"糅杂着肯定和否定的因素的"这样的标目另成一节提出来，还是和前两节比较上的说法，前两节中所列举的篇章值得肯定还是应该否定是较为明显的，至少可以这样说，大致上可以肯定或者大致上应该否定，虽然其中也有一些复杂的因素在可以肯定或者应该否定之间，然而总的倾向是容易指出的，人们总不能提出相反的论调，比如否定赞颂英雄人物的篇章而肯定宣传宗教迷信的恶札。在这一节里所列举的一些作品就不同了，在同一篇作品中，从这个角度看应该肯定，但从那个角度看却又可以否定，肯定或否定它都有相当的理由。就以抒写离愁别恨与个人幽怨的篇章来说，如果仅从作品所抒发的个人的思想感情和所描写的表面现象看，是没有什么值得肯定的，甚至还可以从它所起的教育作用方面来否定它。可是，如果从作者为什么要写这作品、读者通过这作品可以看到什么样的时代面貌和社会实质的角度看，那就有不少这类的作品是应该肯定的了。不过，愁恨和幽怨的抒发在当时和今天的看法毕竟是不同的，它所具有的社会意义也有很大的差别，因而即使肯定它，在指出作者的历史局限和阶级局限的同时，也不能不加以适当的批判。这只是一种例子，宋词中类似这种情况的篇章还是不少的，所以我们另分一节来介绍。

一般说来，宋词是存在着思想性和艺术性不平衡的现象的，思想性较差而艺术性较高，这种不平衡的现象就不能不加以区别对待。我们这一章所要介绍的是宋词的思想内容，现在就只从思想内容这方面来说。

宋词的思想内容也有其复杂性：有的作品，作者虽然没有正面反映现实，但经过个人幽怨或离愁别恨的抒发，却透露出当时的社会面貌；有的作品，作者的人生态度是倾向消极的，但往往写出他不得已的苦衷、对现实的不满或者对历史人物的向往；有的作品，作者是意图逃避现实的，但又表露出他对权奸当道、国难日深的痛愤心情；有的作品，作者分明是酷慕个人的自由生活，骨子里却隐藏着对国计民生的关怀；有的作品，作者是从追求个人享受出发的，但同时又对下层人物的苦难遭遇表示同情，甚至还会表现出他们的心情愿望；有的作品，写的是个人的生活遭遇，抒发自己的思想感情，但具有一定的代表性，甚至和人民大众的要求愿望有共通之点；有的作品，从表面看来是题咏物类或者模山范水，但其中却包蕴着作者对国家社会的一些重大问题的观感和深心。诸如此类，都应该深入分析，区别处理，不能简单地加以肯定或否定。现在分别举例说明如下：

（1）抒写离愁别恨与个人幽怨的。如范仲淹的《苏幕遮》：

> 碧云天，黄叶地，秋色连波，波上寒烟翠。山映斜阳天接水，芳草无情，更在斜阳外。　　黯乡魂，追旅思，夜夜除非，好梦留人睡。明月楼高休独倚，酒入愁肠，化作相思泪。

黄昇《花庵词选》把这词题作"别恨"，从词的具体内容看，这标题是对的。前阕主要是写景，写深秋的景：写天，写地，写江山，境界多么壮阔！有碧云，有黄叶，有秋色，有寒烟斜阳，色彩又多么鲜明！由近及远，层层推扩，而又浑然一气，刀挥不断，这种表现手法是很成功的。"芳草"句入情，仍由斜阳带出，便觉情景交融。深秋不可能有芳草（当然不是广东风物），这是象征，不是实指，所以有人认为是比喻小人（黄蓼园）。其实，这里是指行人，行人远离可爱的家乡、温暖的家庭，所以说"无情"。叹其无情，正是为后阕的相思之苦伏线，是不能把它看成比喻反面人物的。后阕写情，写离愁别恨。"黯乡魂"两句是总说，为思乡而黯然魂销，为羁旅而长萦愁抱，总的情况是如此，六个字就概括无遗，极见精炼。"夜夜"两句本来是该说辗转反侧、长夜不睡的，作者却翻过来说，"除非好梦留人睡"。在乡思销魂、羁愁萦抱的情势之下，能不能做好梦呢？日思夜想，好梦是可能做的；乱愁纷绪，好梦又是很难做的。这样写比"无奈夜长人不寐"的写法更加耐人寻味。"明月"句束上开下。韦庄的"伤心明月凭栏杆"（《浣溪沙》），李煜的"独自莫凭栏"（《浪淘沙》），晏殊的"独上高楼，望尽天涯路"（《蝶恋花》）都从某种情景中来抒发自己的感伤。这里把"明月""高楼""休独倚"压缩在一个句子里，境界更加显豁，意味也更加深厚。由于不敢在月明中、高楼上独自倚栏，不但增强了上面写思家乡、愁羁旅的难堪情怀的真实性，同时，也使上阕的深秋远望的景物也有所归宿，说明篇中的写景还是为抒情服务的，主要是写"别恨"。"酒入"两句，紧接上句来，总结出相思的愁苦。"酒"本来是浇愁之物，现在不但不能浇愁，入了愁肠，反而和酸泪混成一起，"化作相思泪"，增加了相思之苦。那么相思之苦就无法解除了。

这想法很奇特，但却入情入理，给人留下深刻的印象。

　　范仲淹这首词是在哪个时候、什么地方写的，都不可考。就词的内容来窥测，也不像他的《渔家傲》一样可以按图索骥，看来只是抒发一般的去国怀乡之感，说他里面有什么寄托是缺乏根据的。可是，一位"先天下之忧而忧，后天下之乐而乐"而又"胸中自有数万甲兵"的杰出人物竟发出这么深挚的去国怀乡的哀愁，一方面固然可以看出作者的鲜明的个性（即所谓"至情至性人"）；另一方面也可以看出在当时的不合理的社会，即使像这么杰出的人物也不可能过着理想的、美满的生活，也还有他一定程度的现实意义。范氏还有一首《御街行》，同样是抒写离愁别恨的名作。至于他的《渔家傲》，虽然也写离愁别恨，其中已明显接触到国家的重大问题，反映了当时的社会现实，更不消说。

　　这类词在宋词中占极大的比重，大约有两种情况：一种和上举一样，只写离愁别恨和个人幽怨，并不涉及社会现实，如柳永的《雨霖铃》《八声甘州》，秦观的《踏莎行》"雾失楼台"首，辛弃疾的《祝英台近》之类。一种虽然写离愁别恨和个人幽怨，但或多或少接触到当时的社会现实，如周邦彦的《夜飞鹊》中的"兔葵燕麦，向斜阳欲与人齐"，陈亮的《水龙吟》中的"恨芳菲世界，游人未赏，都付与、莺和燕"；程垓的《水龙吟》中的"如今但有，看花老眼，伤时清泪"之类。不管有无直接提到社会现状，写的却是个人的情思和感受，或独居的幽怨，或暌隔的苦衷，或对景伤怀，或感今追昔，都可能反映了某些社会现实，应该深入分析，仔细体会，不能仅作描摹自然风物，抒写离情别绪看。

　　（2）表现入世和出世、怨愤和超脱的矛盾心情的。如李光的《水调歌头》：

　　　　兵气暗吴楚，江汉久凄凉。当年俊杰安在？酌酒醉严光。南顾豺狼吞噬，北望中原板荡，矫首讯穹苍。归去谢宾友，客路饱风霜。

　　　　闭柴扉，窥千载，考三皇。兰亭胜处，依旧流水绕修篁。傍有湖光千顷，时泛扁舟一叶，啸傲水云乡。寄语骑鲸客，何事返南荒？

这词的小序说："过桐江，经严濑，慨然有感。予方力丐宫祠，有终焉之志，因和致道《水调歌头》，呈子我、行简。"就这个小序和词的具体内容看，毫无疑义，作者写这词的时候，已经作出世之想，要摆脱这充满矛盾斗争的现实，而超然物外，自适其适。这种思想是应该批判的。可是，作者曾做过谏官，做过吏部侍郎，做过参知政事，一向是奋发有为、刚正不阿的人，为什么要消极请退呢？原因是秦桧当权，他和秦桧的意见不合，斗争无效，无法施展自己精忠为国的主张，不得不消极请退。这里面是充塞着无限悲愤的，这在词的前阕中有明显的表现，值得肯定。

词一开首就概括了当时的时代面貌。"吴楚"指地域，"江汉"指河流，是一样的地带。由于金兵南犯，这一带都笼罩着战争的气氛，故说"兵气暗"，由于战争的频繁，人民都饱受战争的痛苦，故说"久凄凉"。在这种情势之下，是急需俊杰来赶走敌人、扫除战祸的，然而当时投降派当权，有名的战将都被压抑或杀害了。当年的名将怎么都看不见呢？这一提问是包蕴着无限悲愤的心情的。词是作者经过严陵濑的时候写的，就把这提问转到严光身上，"酌酒酹严光"。一方面已含有"有恨无人省"的苦衷，另一方面也说明这时候告退是出于万不得已，并非偷闲消极。严光一名遵，字子陵，少时和汉光武刘秀同学，后来刘秀做皇帝，他隐居富春山耕钓，后人把他钓鱼的地方叫"严陵濑"。浅水流沙石上叫"濑"。"酹"，以酒沃地祭神。"南顾"至"风霜"，进一步具体说明当时极其恶劣的社会现实和他饱经风雨、无能为力的情状，为后阕写告退生活做好铺垫。"南顾豺狼吞噬"的"豺狼"当指当权派，和胡铨"有豺狼当辙"的"豺狼"一样，"吞噬"是说任意杀戮和敲剥。这表示作者对权奸的愤恨。"北望中原板荡"，"板"与"荡"本来是《诗经·大雅》里的两篇诗名，都是描述周厉王时动乱的情况的，后来就合成一个词语作为乱世的代称。这是指北方沦陷区的情况，表示作者对北方沦陷区人民的关心，自然也包含收复失地的意愿。可是，有什么办法呢？只有抬起头来，怀着满腔激情，对着苍天，做无可奈何的呼吁而已。把不能解决的问题向天伸诉，自《诗经》的"悠悠苍天，曷其有所"（《唐风·鸨羽》）、"天实为之，谓之何哉"（《邶风·北门》）、"不吊昊天，乱靡有定"（《小雅·节南山》）等以后，几乎成为一种习用的传统。凡是一种激情达到了这样的程度，都是表示痛愤至极、不由自主的心理状态。跟着就可能产生两种不同的态度：一种是斗争到底，至死不渝；一种是避免斗争，高飞远扬。前者是积极的，值得称赞的；后者是消极的，应该批判的。作者是走后面这条路子，所以要"归去谢宾友"。因为在现实斗争中已经饱受了风霜之苦，"风霜"是象征现实的险恶。后阕紧承上阕的结尾描绘"归去"后的悠然自得的生活面貌。"闭柴扉"三句是说在室内读书和著述：浏览历代的载籍和研究历代的事迹，"千载"是很长的时间，"三皇"是最古老的人物，用来概括所浏览的和所研究的载籍和事迹。"兰亭"两句是写室外的景物。"兰亭"在浙江绍兴县西南，是晋永和（东晋穆帝司马聃年号）九年（353年）三月三日王羲之和朋友们雅集的地方。王羲之作《兰亭集序》说"此地有崇山峻岭，茂林修竹；又有清流激湍，映带左右"，那是一个风景秀美的地点，这里借用它，所以指出"依旧流水绕修篁"。"修篁"即修竹。"傍有"三句更把境界扩大了、生活美化了，有时在空阔无边的湖光荡漾中撑一只小艇，旁若无人地吟啸自得，除了水云相伴外，谁也不过问，这是多么畅快的生活！"啸傲"是吟啸倨傲、言动毫无拘束的神态。"水云乡"，水云聚集的地方，云是从水里看到的，水和云一起提，当然是很清澄的水，即那千顷的湖。结尾两句劝勉他人，也表示自己告退意志的坚定。"骑鲸客"指远离尘俗、遁迹沧海的人，从上面的"水云乡"再扩展说。唐李白曾自称"海上骑鲸客"。杜甫诗："若逢李白骑鲸鱼，道甫问讯今何如。""南荒"统指不堪驻足的地带。标题是"和致道《水调歌头》呈子我、行简"，这是劝勉之辞，和他们当时的处境必有关系。

宋词中表现这种矛盾心情的很多，如苏轼的《临江仙》"夜饮东坡醒复醉"首，叶梦得的《水调歌头》"今古几流转"首，赵鼎的《花心动》"江月初升"首，陆游的《沁园春》"孤鹤归飞"首、《鹧鸪天》"家住苍烟落照间"首、《乌夜啼》"世事从来惯见"首、《洞庭春色》"壮岁文章"首，辛弃疾的《贺新郎》"挂杖重来约"首、"甚矣吾衰矣"首、"鸟倦飞还矣"首、《丑奴儿》"少年不识愁滋味"首、《沁园春》"三径初成"首、《水调歌头》"长恨复长恨"首、《满庭芳》"西崦斜阳"首，李吕的《沁园春》"射虎南山"首，袁去华的《满江红》"社雨初晴"首，吴潜的《沁园春》"落雁横空"首，方岳的《贺新郎》"一笑君知否"首，刘克庄的《摸鱼儿》"怪新年倚栏看剑"首、《踏莎行》"日月跳丸"首之类都是。这类词在北宋多为统治阶级内部矛盾而发，北宋末至南宋末，除为统治阶级内部矛盾而发外，兼有民族矛盾的因素，因这时的民族矛盾和统治阶级内部矛盾是息息相关的，具体表现是民族矛盾，而探本溯源，就必然要联系到统治阶级的内部矛盾，主战派和投降派的斗争决定了民族斗争的动向。所以这类词的思想感情是比较复杂的。其中害怕现实或意图逃避现实的部分是应该批判的；但在向往历史上的英雄人物或指斥权奸、痛愤国难方面则具有爱国主义因素，值得肯定。

（3）爱好自由生活而不忘情国家大事的。如苏轼的《水调歌头·丙辰中秋，欢饮达旦，大醉，作此篇兼怀子由》：

> 明月几时有？把酒问青天。不知天上宫阙，今夕是何年。我欲乘风归去，又恐琼楼玉宇，高处不胜寒。起舞弄清影，何似在人间！
>
> 转朱阁，低绮户，照无眠。不应有恨，何事长向别时圆？人有悲欢离合，月有阴晴圆缺，此事古难全。但愿人长久，千里共婵娟。

这首词是苏轼在密州做官时写的。当时苏轼 39 岁（神宗熙宁九年，1076 年），正是生命力最旺盛的时候，而新党当权，远处密州，不得施展自己的才能，又不得和弟弟见面，心情本来是忧郁的。词题标明"欢饮达旦，大醉，作此篇兼怀子由"，已经透露出这种消息。词中一开首就对月问天，是苦闷之极、力求解脱的表现。语意是从李白的"青天有月来几时？我今停杯一问之"（《把酒问月》）来，而李白那首诗也是"唯愿当歌对酒时，月光长照金樽里"的超脱现实的思想观点的表现。按照中国的诗歌传统，凡是对天出神的，不论是"呼天抢地"的"呼天"，"庶女叫天"（《淮南子·览冥》："庶女叫天，雷电下击。"）的"叫天"，屈原《天问》的"问天"，具体情况和程度虽有不同，而不满现实、意图摆脱现实的思想感情是一致的，何况"满肚子不合时宜"的苏轼！他这种表现看来很奇特，实则和他当时的心境是完全符合的。"不知"两句是上句的申说（注脚），是问的内容。人间如此，天上怎样？是太平盛世，还是党同伐异的年代？"我欲"三句表现出出世、入世的矛盾的心境，实际上也是他对当时现实的思想观点的反映。他怕当时的朝廷受新党支配，不容许旧党插足，处于孤危的境地的整套想法在这里都若隐若现地流露出来。相传赵顼（神宗）读至"又恐琼楼玉宇，高处不胜寒"句说"苏轼终是爱君"，乃命量移汝州。（见赵万里辑鲷阳居土《复雅歌词》）这当然是附会，苏轼是年十二月移知徐州（据《纪年录》），后 3 年四月（42 岁）移知湖州，十二月谪黄州，再过 5 年（47 岁）正月始移汝州，相距已 8 年，但这种心情却是可以理解的。这种矛盾心情表现在词的艺术构思上，就是由天上到人间的过渡。苏轼毕竟是生命力很强、热爱生活的人，在出世和入世的心理较量后，还是后者战胜前者，因此说："起舞弄清影，何似在人间？"天上高寒，怎比得月下起舞、清影婆娑这么幸福的人间生活呢？过阕紧承上结描绘月照人间的情态。"转朱阁"三句正面刻画月在渐渐移动的形状：转过美丽的楼阁，低穿雕镂的窗户，照着那不能安眠的人。把遍照大地的月色专对应那朱阁绮户中的不眠人，写景色中含有情味，已灌注到下面的恨别。"不应"两句本来是应该承上写恨别的，已接触到他怀念他弟弟子由意，却翻过来说，用"不应"，用"何事"，便觉空灵驰荡，不落俗套。人自伤心月自圆，正是欧阳修所谓"人生自是有情痴，此恨不关风与月"意。上三句月照人，这两句人怪月。"人有"三句人月合写，把人生现象和自然现象等同起来，认为有无可避免的缺陷，一般说来，就必然是走上顺乎自然、乐天安命的消极的路子的。可是苏轼却不是这样的，尽管他有这样的看法，他最后还是"但愿人长久，千里共婵娟"。转消极为积极，化悲观为乐观，这又是苏轼具有充沛的生命力的表现。

前阕由出世转到入世，后阕由伤感转到乐观，既深刻又明朗地写出思想倾向与矛盾心情。在阶级社会里的知识分子是必然具有矛盾心情的，其中出世伤感的一面当然不足为训；而入世乐观的思想感情却十分可贵。苏轼一生虽然爱好自由生活，然而总想做出一番事业来，因而也就不会忘记国家的大事，这和一般追求功名利禄、过着腐烂生活的封建士大夫有所不同。他这种思想观点在他的诗、文里时时流露出来，在这首词里也可以看到。

朱敦儒的《水调歌头》"当年五陵下"首，吴潜的《水调歌头》"老圃无关锁"首，方岳的《贺新凉》"雁向愁边落"首，戴复古的《满庭芳》"赤壁矶头"首等都是这一类型的词。有不少自寿的词也表现了这样的思想观点。一般来说，国难愈深，民生愈苦，一些没有什么斗争性而又具有一定的物质条件的人就愈加爱慕自由生活。过分贪图个人的自由而忘却当前残酷的现实，这当然要加以批判。如果其中还流露出自己不得已的苦衷，而这种苦衷不是为了无法获得个人的名位（这是很多的），而是为了无力和权奸斗争来挽救垂危的家国，这还是从自己的爱国心情和正义感出发的，有值得肯定的地方。

（4）在个人享受的同时也反映出下层妇女的苦难遭遇和心情愿望的。如柳永的《定风波》：

> 自春来，惨绿愁红，芳心是事可可。日上花梢，莺穿柳带，犹压香衾卧。暖酥消，腻云亸，终日厌厌倦梳裹。无那！恨薄情一去，音书无个。　　早知怎么，悔当初、不把雕鞍锁。向鸡窗、只与蛮笺象管，拘束教吟课。镇相随，莫抛躲，针线闲拈伴伊坐，和我，免使年少光阴虚过。

这词描写的对象是否是歌伎还不易确断。但一般都认为把词提高到写夫妇情爱是始自苏轼，则柳永这词还是代表下层妇女——歌伎说话的，所以把它归入这类来说明。

这词刻画一个离开心爱的人的妇女的生活面貌和心理活动。一开首总写这个妇女的容貌和心情。用愁惨的红花绿叶来象征这女人的憔悴容貌，用芳心懒散无着（"是事可可"即事事都可以，满不在乎。）来说明这女人的苦闷心情，已经粗略地画出这女人的轮廓了。"日上"至"梳裹"六句具体刻画她的生活面貌：太阳已经上升到花梢，黄莺已经在乱穿柳条，时间不早了，她还抱着香衾在睡觉。等到起床后，酥滑的肌肤消损了，油腻的云鬓下垂了，整天里无精打采，像病了似的，总懒得装扮，活绘出一个从早上到晚上、从睡在床上到起床后都慵困不堪的女人形象。"无那"至"无个"，指出她这么困倦的原因，同时也引出她一系列的想法，是篇中最关键的所在。以上的形象刻画和下面的心理描写都是从这里产生出来的。"无那"，无可奈何。"薄情"指所爱的人。"无个"即无，"个"为助辞。这三句即"叵耐薄情夫，一行书也无"（《尊前集》载李白《菩萨蛮》词句）的意思。过阕"早知"两句紧承上结，直说出自己的后悔心情，后悔自己不把那薄情人留住。"恁么"即这样。"雕鞍锁"即留住爱人，不让他骑马远行。"向鸡窗"以下是设想留住爱人后的具体做法。在书房里只给他纸和笔，拘束着使他把吟咏作为日常的功课，整天在一起，不能离开。我做些针线伴他坐，只有跟我，才不把青春的时光虚度过去。"鸡窗"即书房。刘义庆《幽明录》载晋宋处宗置一长鸣鸡于书房的窗前，后鸡作人语，与处宗谈论"极有言智，终日不辍。处宗因此言巧大进"。"蛮笺象管"的原义是四川所产的彩色笺纸和象牙做的笔管，这里作一般纸笔用。

这是柳永描写爱情词中最突出的例子。前阕写离开爱人后的困倦不堪的形象，这在文人词中还可以看到。下阕刻画怎样固结爱情的想法，层层推勘，无微不至，这却是文人词中所不易看到的。全篇所要描述的情事，其实他在《集贤宾》里所说的"争似和鸣偕老，免教敛翠啼红"两句尽之。前阕是写"敛翠啼红"的形态，后阕是写"和鸣偕老"的心愿。而这种表现实是具有真正爱情的妇女所共有的。他就抓住这种共有的特点做精雕细刻的描绘，句句落实，笔笔中锋，不必着力渲染，自然真切动人。篇中只写"恨薄情一去"，到什么地方去？去是为了什么？这些并没有明白说出来，不像《塞孤》，分明指出"遥指白玉京，望断黄金阙，远道何时行彻"是为了功名利禄到帝都去。篇中只写"悔当初不把雕鞍锁"，没有说出为什么值得留住，也不像《昼夜乐》，说出那人"其奈风流端正外，更别有系人心处。一日不思量，也攒眉千度"，而只是主动地想方设法要把那人锁住。唯一的目的不过是"免使年少光阴虚度"，不要耽误可爱的青春，丝毫没有掺入功名利禄或淫心邪念。这么一来，就使人感到完全是描述青春期的真挚的爱情，没有其他的庸俗的杂念。这是这首词赢得人们喜爱的主要原因。

有人说这词中的表现"跟当时的热衷功名的思想是相反的。反对挣功名是跟柳永在政治上所受到的压抑有关"，"薄情人的去为了挣功名"，并引《画墁录》所载柳永求见晏殊反受奚落的一段故事来说明"封建统治阶级的人物对这样的思想是不赞成的"。"游宦成羁旅"（《安公子》），"走舟车向此，人人奔名竞利。念荡子终日驱驱，争觉乡关转迢递。……迄来诮尽，宦游滋味"（《定风波》）。柳永这类的描写不少，"薄情人的去为了挣功名"是很可能的。"浮名利，拟拚休！"（《如鱼水》），"忍把浮名，换了浅斟低唱"（《鹤冲天》），"干名利禄终无益"（《轮台子》）。柳永这类的说法也不少，在某种特定的情况下，也会产生"反对挣功名"的思想观点。可是，就这词的具体内容看，似乎还没有这些表现。至于张舜民《画墁录》所载，晏殊虽举柳永"彩线慵拈伴伊坐"的句子，那是因为柳永这种毫无掩饰的浅俗的写法，和晏殊所主张的含蓄高雅的写法，即传统的士大夫的写作风格有所不同，并不是为了这词所表现的思想。《诗人玉屑》卷二十一引范质《诗眼》说："晏叔原见蒲传正，言先公平日小词虽多，未尝作妇人语也。传正云'绿杨芳草长亭路，年少抛人容易去'，岂非妇人语乎？晏曰：公谓'年少'为何语？传正曰：岂不谓所欢乎？晏曰：因公之言，遂晓乐天诗两句云：'欲留所欢待富贵，富贵不来所欢去。'传正笑而悟。然如此语意自高雅耳。"可见晏殊的作风是讲求含蓄高雅的，即使和他同类型的人把他的底子翻出来，他的儿子还要替他辩护。而说真话的人也没有分辩，只能"笑而悟"。其实，就晏殊那首词的下阕联系来看，"无情不似多情苦，一寸还成千万缕。天涯地角有穷时，只有相思无尽处"，则这里的"年少"分明是指"所欢"，蒲传正的说法是不错的。所以明赵善政的《宾退录》引这段记载后说："余按全篇云云，盖真谓所欢者，与乐天'欲留年少待富贵，富贵不来年少去'之句不同，叔原之言失之。"

柳永这首词虽不能说有较高的思想性，但在内容上比较真实地表达了一般妇女的深挚的爱情，在形式上也很曲折细致、深入浅出，在当时是为人民特别是市民所喜爱的。就它的影响说，实在比像晏殊那类的讲究含蓄高雅的士大夫的作品更为深广。他这类词的描写对象一般是歌伎，适应的对象一般是市民，因而就不免会陷于猥亵和庸俗。猥亵和庸俗是要不得的，柳永这类词也确有不少的篇章存在着这样的因素，这是应该扬弃的。可是，更多的还是大胆真实的描写，因为不配称士大夫的身份而受到轻视，像这词里的"针线闲拈伴伊坐"（一作"绣线慵拈伴伊坐"）之类。士大夫们赞美"红袖添香夜读书""彩袖殷勤捧玉钟"的情景，为什么要诋毁"针线闲拈伴伊坐"呢？很明显，这里面隐藏着重男轻女的劣根。凡是由男子主动、为男人服务的都可传为美谈，只是不容许由女人主动。在描写方面，也只容许隐隐约约地写"未知心在阿谁边？满眼泪珠言不尽"（晏殊《玉楼春》），而不许大胆真率地写"恨薄情一去，音书无个"。"悔当初不把雕鞍锁……免使年少光阴虚过。"正因为柳永能同情女人的受屈辱和压迫，并能体会女人的心情，敢于替女人表达出她们的遭遇和愿望，其中有不少是对男人的指责和埋怨，才使那些贱视和侮辱女人的士大夫们不同意他这一类的作品而加以侮蔑攻击。这点也是应该指出的。

除柳永外，如晏几道的《菩萨蛮》"相逢欲话相思苦"首，秦观的《望海潮》"奴如飞絮"首，晁元礼的《江城子》"石榴双叶忆同寻"首，周邦彦的《归去难》《虞美人》"灯前欲去仍留恋"首，李之仪的《卜算子》"我住长江头"首之类，都或多或少表达出下层妇女的心情和愿望。这类词为描写和读者的对象的关系，往往会具有色情粗鄙的成分。所不同的是，这里所标举出来的都是以体现不幸妇女的生活面貌和心情愿望为主，并且还是用她们自己的口吻表达出来，这样比较能够反映出真实的情况。在许许多多的风流才子式的词人中是有个别词人在某种情况下会同情不幸妇女的遭遇的，如柳永是最为突出的一个。可是，如果从作者自己对她们的爱怜态度出发，往往是居高临下，摆出自己的架子，免不了夹杂着狎亵和玩弄，侮辱的成分大过同情的成分。并且如果由私人的占有欲出发，而不是从她们所谓"从良"的意愿出发，即使有了同情，也未必是她们所乐于接受的，也很难加以肯定。因此，处理这类词还是比较复杂细致的工作。

（5）主要表现个人而具有代表性乃至和人民大众有共通之点的。如蒋捷《虞美人》：

> 少年听雨歌楼上，红烛昏罗帐。壮年听雨客舟中，江阔云低，断雁叫西风。　而今听雨僧庐下，鬓已星星也。悲欢离合总无情，一任阶前点滴到天明。

把人生三个阶段——少年、壮年和晚年的生活情况，从听雨中串连起来又区别开来，每一阶段都选取一种最具有代表性的题材作为表现的对象，使少年的浪漫生活、壮年的漂泊生活和晚年的悲凉生活以鲜明的形象涌现在读者的眼前，在命意、遣词、布局各个方面都达到了高度的成就，应该说，这是一篇在艺术手法上既概括又精炼的典范之作。篇中所表现的虽然是作者个人一生的生活面貌，在当时来说，是具有典型意义的。

少年，风流跌宕；壮年，羁旅行役；晚年，感今怀旧。可以说，这是在阶级社会里的知识分子极其普遍的生活面貌。作者就抓住这些共同的特征，从自己的生活实践出发，选取了既能表达个性又具有典型意义的东西来加以抒写。可是，一个完整的艺术作品是要有一个完整的体系的，何况要把人生三个阶段的生活面貌压缩在一篇简短的令词里而不是联章分写？这里面主要的就是要选用那和感情最能互相触发的东西把三个阶段贯穿起来，听雨、闻歌、对月、观山之类都可以选用，问题在于作者有真正深刻的感受并且贯穿得恰好。作者就选用了"听雨"这一情事配合各种不同的环境来具体描绘：少年听雨是会更加纵情欢快的；壮年听雨是会引起离愁别绪的；晚年听雨是会感到身世悲凉的。"歌楼"本是纵情欢快的场所，红烛高烧，罗帐低垂，更着一"昏"字，那就像是"灭烛留髡"的当儿，醉生梦死的情味都表露出来了。壮年漂流四方，舟唇马背，长年仆仆，就听雨说，声声不离船篷外，当然以舟中最为清晰；加以江波苍茫，暮云低黯，秋老风高，孤雁哀鸣，那就越发使人感到岁暮天寒、离乡别井的难堪了。晚年，本应退老家园，儿孙绕膝，安享团聚之乐。遭世乱离，竟孑然一身，栖止僧庐，在僧庐中听雨，这情事的本身即寓深深的哀感，所以不必另创境界着力渲染，仅用"鬓已星星"来补充说明，已足耐人寻味。"星星"，形容白。谢灵运诗："戚戚感物叹，星星白发垂。"人生三阶段的情况已分别描述出来了，以下就来一个总结：人生的一切都是靠不住的，只是任雨声点滴，剩下凄凉的苦味而已。这是作者一生中最深的体会，这体会现在看来是悲观消极的，是应该批判的。可是，我们如果结合作者所处的时代和他一生的事迹看，则他这种对人生的看法是完全可以理解的。

蒋捷字胜欲，号竹山，今江苏宜兴人。生卒年虽难确考（有人定他生于 1235 年，卒于 1300 年），但他是宋恭帝德祐年间的进士。1276 年，元兵陷临安，恭帝已被俘，说明蒋氏登第时，眼看宋王朝就覆灭了，就年代推断，正是蒋氏"壮年听雨客舟中"的时候。一个新登第的抱着无穷希望的英俊之士恰恰碰上王朝覆灭，使自己陷于绝望之境，还要过着流离颠沛的生活（当时的知识分子一般都如此，蒋氏也在东南一带漂泊），这种悲痛难堪的心情概可想见。到了元朝统治之后，那就有两条路可走：要么守民族气节，隐居不仕；要么做新朝的官，屈节忘本。蒋氏选的是第一条路子，这就除过着孤僧的生活、看看自己的须鬓来了此残生以外，还有什么话说！难道不能"执干戈以卫社稷"的蒋氏在这时节还会有乐观积极的精神吗？他在元朝统治以后，能够不诱于势利，过其隐遁、恬淡的生活，已经是难能可贵的了，何况他还念念不忘故国（见《贺新郎·兵后寓吴》），表现出无比深长的亡国哀思！"听雨僧庐下"，看来好像是枯寂的心情，实际上，是沉痛之极、无泪可挥的表现，历来有不少亡国遗民，削发为僧的都是这一类的人物，和一些超然物外、沽名钓誉的隐士们是截然不同的。当然，当时也有起兵抗元、图谋复国的英雄豪杰之士，蒋氏不能参加杀敌救国的队伍，还有他的软弱的一面，这是无可讳言的。不过，蒋氏这首词中的表现却具有一定的代表性。又如李敦诗的《卜算子》：

> 南北利名人，常恨家居少。每到春时听子规，无不伤怀抱。
>
> 好去向长安，细与公卿道。待得功成名遂时，不如归来早。

李敦诗流传下来的词只此一首（见《乐府雅词拾遗》）。但却很真实地写出封建社会知识分子的生活面貌和心情愿望，应该说，也是具有一定的代表性的。

此外，如柳永的《鹤冲天》，周铢的《蓦山溪》，李纲的《念奴娇》"暮云四卷"首，赵鼎的《西江月》"世态浮云易变"首，王千秋的《临江仙》"柳巷莺啼春未晓"首之类，虽然主要是表达各人在一种特定条件下的思想情绪，或者是一般失意文人同具的心情，或者是人民大众共有的观感，还是有其现实意义的。

（6）咏物词或山水词而别有寄托的。如陆游的《卜算子·咏梅》：

> 驿外断桥边，寂寞开无主。已是黄昏独自愁，更著风和雨。
>
> 无意苦争春，一任群芳妒。零落成泥碾作尘，只有香如故。

冷艳幽香，孤芳自赏，雪月相伴，独耐春寒，写梅的人大都是抓住这些特征加以生发，把现存的一部分黄大舆的《梅苑》略加检阅，就可以看出这种情况。陆游是一个奋发有为、热爱祖国、至死不忘收复失地的人，为什么也采取这样的题材呢？这里面一定有原因。从词的具体内容看，他是以梅自比的，而且是失意时候的写作。前阕是写他所处的地位和当时的环境，后阕写自己的主张和性格。在驿亭外面和断桥的旁边的梅花尽管开着，但却是冷清清的，没有什么人去观赏，和园梅、盆梅等截然不同。这是比喻自己处在投闲置散的地位，在政治上已起不了什么作用了。一个奋发的人为国为民却一筹莫展，是不能不忧愁的，所以说"已是黄昏独自愁"。这还是已然的事情，而形势更是一天天恶劣下去，坏人还是一天天攻击他，这使本就忧愁的人越发难堪了，所以说"更著风和雨"。这是就当时自己的地位和形势来说的，现实的确如此，这是写实。以下才转到自己的主张和性格。自己主战，却并不是有意和他人争地位，只要能坚持自己的主张，那一班媚敌的"群芳"要妒忌也就由他们妒忌罢了，所以说"无意苦争春，一任群芳妒"。把自己比作梅而以群芳比喻妒忌他的投降派，则自己的傲骨凌霜和投降派的软媚无骨、苟合取安的情态很鲜明地显现出来，这是再恰当不过的比喻了。下面再将这种坚定的主张提高到性格上来说明，因为主张是可以随时转移的，性格是个人的品质所在，是没有办法改变的（以前的人有这种看法，所谓"移山不能改性"的"性"，"气之清浊有体"的"气"，就是这类东西），正像梅的花和香一样，花蕊是随时开落的，是有形象可见的，香气则耐人寻味，无形可见，不随花落而消失。即使梅花零落堕地成为泥土且被人践踏压碎化为尘埃，那梅花的香还是依然存在的。这当然是有点夸张的说法，但借来比喻自己虽主张失败，却不会同流合污的坚忍的性格还是十分恰当的。

　　陆游是一个杰出的爱国词人，却处处受人牵制，受到打击，他满腔悲愤都或显或隐地发泄在他的诗词里。"元知造物心肠别，老却英雄似等闲。"（《鹧鸪天》）尽管壮志不酬，退老闲居，他的勃郁不平的英雄气概是无时消释的。因此，他的咏物词，多寄寓身世家国之感。除上举《卜算子》外，如《月上海棠》，咏的虽是蜀王旧苑的梅，抒发的还是自己的家国兴亡之感。"行人别有凄凉意，折幽香、谁与寄千里！伫立江皋，杳难逢、陇头归骑。音尘远，楚天危楼独倚。"托意所在，不是很明显吗？《望梅》"寿非金石"首中的"纵自倚、英气凌云，奈回尽鹏程，铩残鸾翩。终日凭高，悄不见、江东消息"，写怀寄慨，尤其明朗。此外，如尤袤的《瑞鹧鸪》，张表臣的《蓦山溪》，辛弃疾的《贺新郎》"凤尾龙香拨"首，王沂孙的《天香》"孤峤浮烟"首，《齐天乐》"一衿余恨宫魂断"首，张炎的《解连环》"楚江空晚"首之类，都不同于描头画角、题红刻翠的咏物词，其中都可能有所寄托。这类词在南宋，特别是临近亡国以至亡国后的一个时期，出现最多，是宋词中最难索解、最多争论的。我们当然不能望文生义，误认为一些舞文弄墨的游戏之作也有若干深远的意义，但也不能胶柱鼓瑟，认为一些有深远意义之作必须字字句句都合乎当时的历史事实，把艺术真实和历史真实混同起来。处理这类词也是相当复杂的。

# 第五章　宋词的艺术形式

一切文学艺术都有自己的独特的艺术形式。有的只是大致如此，如散文、辞赋、小说；有的部分定型，部分不定型，如诗歌；有的全部定型，如词、曲。从有定型的艺术形式看，词的样式虽不如曲多，但不少曲调是从词调来的。（北曲三分之一源于古曲与宋词，南曲三分之一源于宋词。）

词的样式繁多的主要原因是，词是配合音乐的一种文体，为了配乐的需要，深通音律的人（不论是民间艺人、封建文士，还是其他王侯将相、僧道女流等）都可以自由创制调谱。而宋代的词人一般是通晓音律的。就以被人看成不懂词律、"曲子中缚不住"的苏轼而论，他还有《哨遍》《无愁可解》《皂罗特髻》等创调，其他更不用说。宋代的统治帝王一方面鼓励上层阶级过腐化生活，另一方面也鼓励他们作歌词，如仁宗赵祯因宋祁的《鹧鸪天》而送给他一个宫女（见《花庵词选》），神宗赵顼因韩缜的《凤箫吟》而叫步军司把他的家眷送赴西夏（见《石林诗话》），都是突出的事例。宋徽宗赵佶还确实是一位词家，更设立"大晟乐府"专召集一些词人从事创调制谱的工作。这样一来，就形成了层出不穷、数以千计的词的样式。

宋代词人能创制调谱的都通晓音律，这是肯定的。但通晓音律的词人却不一定创制调谱。他们如果没有必要，把原有的调谱填进新辞，就可以付诸歌唱、配合音乐了，因为所有的调谱都是从需要产生的，切合某种实用。不过，也有这种情况：创制调谱是没有必要的，可以选用某种调谱来填入新辞，如果这种调谱的音律或字句不完全切合新的要求，就把它加以改动。这一改动就写成另一种样式了，随着改动的程度的不同而有新调、新体出现。如贺铸改《忆秦娥》入声韵为平声韵，姜夔改《满江红》入声韵为平声韵，陈允平改《绛都春》上声韵为平声韵，改《三犯渡江云》平声韵为入声韵之类，是因音律关系而改动的。又如《临江仙》，如欧阳修词前、后阕的第一句7字，第四句4字；晏几道词前、后阕的第一句6字，第四句5字，均58字。字数相等而句法微异。陈与义词则前、后阕第一句 7 字，第四句 5 字，多出 1 字，成 59 字。这三种体格的作者都较多，很自然就各成一体（《词律》列 14 体，《词谱》列 11 体，那就更烦琐了）。这是因字句关系而改动的。诸如此类，调名虽没有新创，样式却增加了。这也是造成词的众多样式的一种原因。

样式多，当然给写词的人以许多方便，可以选择自己最喜欢同时又最适合表达某种思想感情的调子来进行写作。尽管每一个调不限于表达某种思想感情，如《满江红》调，可以表达慷慨激烈的怀抱如世传岳飞之作，也可以抒写绮艳香软的情思如周邦彦之作。不过，大致上各调适应的范围还是有区别的。敛抑幽咽的心情总不会用《沁园春》这类的调子来抒写，相反，爽朗畅快的衿怀也不会用《凄凉犯》这类的调子来表现。词人在这方面是有选择调子的自由的。不过，每一个调子都有一定的规格，这种规格也有一定的限制，不能任意增损，严格地说，还要遵守四声，这又会给写词的人带来了一定的束缚。当然，自从词乐失传以后，词的配乐作用根本消失了，我们可以更自由地利用词这种形式，假如我们用新音乐来配合它的话，可以更多地改动它的规格。但也必须注意到，一种规格的形成是有它的根据的，声字的抑扬高下、缓急疾徐都必经过创制者的悉心配置，然后能成为一种规格，我们既然是标揭出用某种词调来进行写作，也不能弄得面目全非，使人看了不像一首词。

艺术形式和内容是统一而又有区别的。内容决定形式，但形式也有相对的独立性，也能起作用于内容。一种艺术能够感动人，不但依靠它的内容，也依靠它的形式。优美的形式有利于内容的表现。内容好而形式不美，会削弱它的艺术效果；同样，内容差而形式很美，也会增强它的艺术效果。艺术形式的创新和多样，虽然不能说是造成艺术形式美的绝对条件，同一样式的作品（如五七言的格律诗，同一个牌子的词、曲），其美的程度也万有不齐，可是，形式的创新和多样能给人们以一种崭新的感觉，容易引起人们的注意，却是造成艺术形式美的一种有利的条件。历来卓著的作家和文艺理论批评家无不重视艺术形式的创造和艺术形式的多样化，是有其十分充足的理由的。

从艺术内容与形式的关系上来看宋词，可以说是一种畸形的现象。它具有多彩多姿、繁富灿烂的形式美，这是有目共见的；但它抒写的范围比较狭窄，表现的思想性比较薄弱，又是无可否认的事实。为什么会产生这样的现象呢？因为宋词的新形式的出现绝大多数是为了歌唱和配乐，不论是私人的制作如张先、柳永的新创令、慢词，或是官家的制作如周邦彦、万俟咏供职"大晟乐府"的创作，作用是一样的，总是适应遣兴娱宾、歌伎乐工工作的需要，并没有突破这些狭窄的内容。所谓"长短句宜歌不宜诵，非朱唇皓齿无以发其要妙之声"（王炎《双溪诗余自序》），一般情况是如此。与此相反，一些能够写出内容较丰富、思想性较强的作品的词家，却没有创制新调子来抒写，一般还是用普遍流行的调子，甚至如陈人杰这样全部的词作只用《沁园春》一个调子。由于宋词有这样的畸形现象，因而我们评价一个作家的艺术成就，也不能不分别对待，有些具有创调的才能而没有丰富内容的作家，如柳永、周邦彦、姜夔等，我们不能给予过高的评价；有些没有创调然而内容却比较丰富充实的，如苏轼、陈亮、刘克庄等，我们应该给予较高的评价。

这一章，我们要研究的是宋词的艺术形式，这和上章比较起来，当然是属于次要的。不过，如果从艺术形式美的角度来看，宋词是有相当高度的成就的，我们研究它，对我们的新诗歌的创作和新诗律的建成也会有所帮助。

## 第一节　声韵

### 一、声

#### （一）宋人声韵说及其影响

宋人谈声韵（不同乐律）最早的是李清照。（制词韵最早的是朱敦儒）李清照在评历来的词人时说：

> 盖诗文分平侧（仄），而歌词分五音，又分五声，又分六律，又分清浊轻重。且如近世所谓《声声慢》《雨中花》《喜迁莺》，既押平声韵，又押入声韵；《玉楼春》本押平声韵，又押上去声，又押入声；本押仄声韵，如押上声则协；如押入声，则不可歌矣。（《渔隐丛话后集》卷三十三、《诗人玉屑》卷二十一）

这是她主张词"别是一家"在音律上最具体的提法。"五音""五声""六律""清浊轻重"之说该是当时讲求格律的词人，特别是"大晟乐府"中的词人一致的观点，看她历诋各名家而不提周邦彦，再看她评价词人的标准，如否定"辞语尘下"（评柳永），主张高雅；否定"破碎"（评张先、宋祁等），主张浑成；不满"句读不葺之诗"（评晏殊、欧阳修、苏轼等），主张协乐；不满"无铺叙"，不满"少典重"，不满"专主情致而少故实"。如果用这些标准评价周邦彦的词，几乎无一不合（参见夏承焘《评李清照的〈词论〉》），这就可以透视出一点消息。在所举的实例中，如《声声慢》和《雨中花》（指慢词）用平声韵和入声韵，就现存的词作看，一般情况是这样的；《喜迁莺》押仄韵的如康与之的"秋寒初劲"首，赵长卿的"商飙轻透"首，姜夔的"玉珂朱组"首，吴文英的"凡尘流水"首，都不是用入声韵；又，《玉楼春》无用平声韵的例子，押平声韵，则成《瑞鹧鸪》；不符合实际情况（令词《喜迁莺》是转韵的体式，当然不是她所指出的），不知何故。从她在所举的《玉楼春》的说明中，我们可以看出本来该用仄声韵的，不可随便用入声韵，只可用上声韵，那就无异乎说用入声韵会变成平韵了，这里面不是映现出平、入可以相通的影子吗？而上声字的重要性也约略可以窥见。

此外，如较前的沈括《梦溪笔谈·乐律》、稍后的王灼《碧鸡漫志》以及后来的朱熹《论乐》，都对词的乐律有所论列，但不多谈声韵问题。注意声韵问题的，李清照以后，多见于创作中的小序或题注中，如姜夔的《湘月》序、《满江红》序，陈允平的《绛都春》题注、《永遇乐》题注、《三犯渡江云》题注之类。从论词中提出这个问题的，是宋末的张炎和沈义父。张炎的《词源》下曾这么说：

> 先人晓畅音律，有《寄闲集》，旁缀音谱，刊行于世。每作一词，必使歌者按之，稍有不协，随即改正。曾赋《瑞鹤仙》一词云："卷帘人睡起，放燕子归来，商量春事。芳菲又无几！减风光、都在卖花声里。吟边眼底，被嫩绿移红换紫。甚等闲、半委东风，半委小桥流水。　还是、苔痕湔雨，竹影留云，做晴犹未。繁华迤逦，西湖上、多少歌吹。粉蝶儿，扑定花心不去，闲了寻香两翅。那知人、一点新愁，寸心万里！"此词按之歌谱，声字皆协，唯"扑"字稍不协，遂改为"守"字乃协。始知雅词协音，虽一字亦不放过。信乎协音之不易也。又作《惜花春起早》云："琐窗深。""深"字不协，改为"幽"字，又不协，再改为"明"字，歌之始协。此三字皆平声，胡为如是？盖五音有唇、齿、喉、舌、鼻，所以有轻清重浊之分，故平声字可为上、入者此也。

"扑"字入声，"守"字上声，"扑"字不协而"守"字协，这说明应用上声字的不能用入声字代替。"深""幽"为阴平，清声字，"明"为阳平，浊声字；"深"为闭口音，"幽"为敛唇音，"明"为穿鼻音；"深""幽"不协而"明"协，这说明应用浊声字、阳声字的不能用清声字、阴声字替代，应用穿鼻音的不能用闭口音或敛唇音，清、浊、阴、阳和各种发音均须细加辨别。从这里更可以看出这样一条规律：平声字可为上、入，但上、入又不能互相代替。《词源》下附录《杨守斋（缵）作词五要》中的"第四要"说："第四要推律押韵（"推律"一作"随律"）。如《越调水龙吟》《商调二郎神》皆合用平、入声韵，古词俱押去声，所以转折怪异，成不祥之音。昧律者反称赏之，是真可解颐而启齿也！"这又说明了一个道理：平、入可以互用，但不能用去声代替。

沈义父在《乐府指迷》中有这么一段话：

> 腔律岂必人人皆能按箫填谱？但看句中用去声字最为紧要，然后更将古知音人曲一腔两三只参订，如都用去声，亦必用去声。其次如平声，却得用入声字替；上声字最不可用去声字替。不可以上、去、入尽道是侧（仄）声便用得，更须调停参订用之。

这里提出了去声的重要性，指出上、去不能互相代替。其中平、入可以互相代替的说法则和以前几种说法一样。

我们从上面李、张、杨、沈诸说可以归结出这样几条法则：第一，平、入可以通用；第二，平声可用上、入，但上、入不能互用；第三，去声很重要，去、上不能互用。这些说法对后人的影响很大。后来谈词的声律的都根据这类的说法提出各人的不同的见解，如万树说：

> 夫一调有一调之声响，若上、去互易，则调不振起，自成落腔。
> （《词律·发凡》）

又说：

> 名词转折跌宕处多用去声。何也？三声之中，上、入二者可以作平，去则独异。故余尝窃谓论声虽以一平对三仄，论歌则当以去对平、上、入也。当用去者，非去则激不起。（同上）

杜文澜说：

> 平、上、入三声间有可以互代，唯去声则独用。其声激厉劲远，转折跌宕，全系乎此，故领调亦必用之。（《憩园词话》）

近人吴梅更本此说而详加论述：

> 三仄之中，入可作平，上界平、仄之间，去则独异，且其声由低
> 而高，最宜缓唱。凡牌名中应用高音者，皆宜用此。如姜尧章《扬
> 州慢》"过春风十里""自胡马窥江去后""渐黄昏清角吹寒"，凡协
> 韵后转折处皆用去声。此皆最为明显。他如《长亭怨慢》"树若有情
> 时""望高城不见""第一是早早归来""算空有并刀"；《淡黄柳》
> 之"看尽鹅黄嫩绿""怕梨花落尽成秋色"，其领头处无不用去声者。
> 无他，以发调故也。(《词学通论》)

这是说明去声的重要性的。说明去声的重要性的较多，其说本于沈义父。
又如李渔说：

> 四声之内，平止得一，而仄居其三。人但知上、去、入三声皆严
> 乎仄，而不知上之为声，虽与去、入无异，而实可介乎平、仄之间，
> 以其另有一种声音，杂之去、入之中，大有泾渭，且若平声未远者。
> 古人造字审音，使居平、仄之介，明明是一过文，由平至仄，从此始
> 也。……词家当明是理。凡遇一句之中，当连用数仄者，须以上声字
> 间之，则似可以代平，拗而不觉其拗矣。若连用数平字，虽不可以之
> 代平，亦于此句仄声字内用一上声字间之，即与纯用去、入者有别，
> 亦似可以代平。(《窥词管见》)

这是说明上声字的重要性，也是从李、张等人的说法体会出来的。

至于入声字的用法，宋人也有不同的说法。据上举各说，入声字和平
声字可以互用，但郭沨却认为：

> 词中仄字上、去二声可用平声，唯入声不可用上三声，用之则不
> 协律。近体如《好事近》《醉落魄》，只许押入声韵。(张侃《拣词·词
> 话》引，见周泳先《唐宋金元词词钩沉》)

这种说法在宋人词论中实属仅见，我们即从上举《忆秦娥》《满江红》改
入声韵作平声韵看来，郭说已不可通。不过，郭氏特别提出入声字的重要
性，却值得注意。后来词论中有不少重视入声字的，如刘熙载说：

> 古人原词用入声韵，效其词者仍宜用入，余则否。至于句中用
> 入，解人审之。(《艺概·词曲概》)

陈锐说：

> 词调分上、去、入，用字则只知平仄，此大误也。一词中有少数
> 入声字，如《高阳台》《扫花游》之类；有多数入声字，如《秋思
> 耗》《浪淘沙慢》之类。又如《莺啼序》中有少数上声字，千万不可

通融者。今人不知上、去，况入声乎？（《蒌碧斋词话》）
况周颐说：

> 入声字于填词最为适用。付之歌喉，上、去不可通作，唯入声可
> 融入上、去声。凡句中去声字能遵用去声固佳，若误用上声，不如用
> 入声之为得也。上声字亦然。入声字用得好，尤觉峭劲娟隽。（《蕙风
> 词话》）

都说明不能忽视入声字，它在词中有相当重要的作用。

宋人为什么这样严辨声韵呢？主要是为了协律，为了歌唱，这从各家
的说法中可以明显看出来。四声、阴阳（清浊）的讲求是使作品协律的一
种途径，这是可以肯定的。可是，如果认为作品的协律仅仅在于四声、阴
阳（清浊）的讲求，那离好作品还有一定的距离，我们是不能简单地看这
个问题的。我们处在词乐久已失传的今天，所能讲求的只能限于声字上，
但宋人的讲求协律却还有其他的道理。

### （二）宋词协律不限于声字

姜夔《庆宫春》自序："盖过旬涂稿乃定。"周密《木兰花慢》自
序："冥搜六日而词成，成子（张龙荣）惊赏敏妙，许放出一头地。异日，
霞翁（杨缵）见之曰：'语丽矣，如律未协何？'遂相与订正，阅数月而后
定。是知词不难作而难于改，语不难工而难于协。"姜、周二人都是写词
的老手，选声用字应该是很熟练的，一则"过旬涂稿乃定"，一则"阅数
月而后定"，此中甘苦不尽关乎四声阴阳可见。杨缵的《作词五要》中的
"第三要"曾这么说：

> 第三要填词按谱。自古作词，能依句者已少，能依谱用字者百无
> 一二。词若歌韵不协，奚取焉？

"依句""依谱"是填词者起码的条件，为什么说"已少""百无一二"
呢？这里面的关键不尽关系四声阴阳，尤为明显。我们试把当时诸家同调
的词和一家中同调的词比对看看，如周邦彦的《渡江云》：

> 晴岚低楚甸，暖回雁翼，阵势起平沙。骤惊春在眼，借问何时，
> 委曲到山家？涂香晕色，盛粉饰、争作妍华。千万丝、陌头杨柳，渐
> 渐可藏鸦。　　堪嗟！清江东注，画舸西流，指长安日下！愁宴阑、
> 风翻旗尾，潮溅乌纱。今宵正对初弦月，傍水驿、深叙蒹葭。沉恨
> 处，时时自剔灯花。

方千里和作：

> 长亭今古道，水流暗响，渺渺杂风沙。倦游惊岁晚，自叹相思，万里梦还家。愁凝望结，但掩泪、慵整铅华。更漏长、酒醒人语，睥睨有啼鸦。　　伤嗟！回肠千缕，泪眼双垂，遏离情不下！还暗思、同翻香烬，深闭窗纱。依稀看遍江南画，记隐隐、烟霭蒹葭。空健羡，鸳鸯共宿丛花。

杨泽民和作：

> 渔乡回落照，晚风势急，鸂鶒集汀沙。解鞍将憩息，细径疏篱，竹隐两三家。山肴野蔌，竞素朴、都没浮华。回望时，绕村流水，万点舞寒鸦。　　休嗟，明年秋暮，一叶扁舟，望平川北下。应免劳、尘巾乌帽，宵炬红纱。青蓑短棹长江碧，弄几曲、羌管吹葭。人借问，鸣榔便入芦花。

方氏和作与周氏原作四声不同的凡 16 字（字下以黑点做标记），杨氏和作与周氏原作四声不同的凡 17 字。《四库全书总目提要》说："邦彦妙解声律，为词家之冠，所制诸调，不独音之平仄宜遵，即仄字中上、去、入三音亦不容相混，所谓'分刌节度，深契微芒'，故千里和词，字字奉为标准。"（《和清真词》条）又说："邦彦本通音律，下字用韵，皆有法度，故方千里和词，一一案谱填腔，不敢稍失尺寸。"（《片玉词》条）看来周、方二人是最讲求四声的了，可是一加比对，还是参差不少。周氏原作和方氏、杨氏的和作，当时曾有人把它们合刊成《三英集》，说明杨氏的和作也很讲求四声，而和作与原作参差的情况也和方氏与周氏的参差约略相等，此外就更不消说了。

四声阴阳说既然无定准，那么是不是因为"宫调"的关系呢？我们再看看同一调子又同一宫调的例子。我们即把深通音律、能自制谱的柳永的两首同属"中吕宫"的《昼夜乐》加以对比：

> 洞房记得初相遇，便只合长相聚。何期小会幽欢，变作离情别绪？况值阑珊春色暮，对满目乱花狂絮。直恐好风光，尽随伊归去。
> 一场寂寞凭谁诉？算前言、总轻负。早知恁地难拼，悔不当时留住。其奈风流端正外，更别有系人心处。一日不思量，也攒眉千度。

> 秀香家住桃花径，算神仙、才堪并。层波细剪明眸，腻玉圆搓素颈。爱把歌喉当筵逞，遏天边乱云愁凝。言语似娇莺，一声声堪听。
> 洞房饮散帘帏静，拥香衾、欢心称。金炉麝袅青烟，凤帐烛摇红

影。无限狂心乘酒兴，这欢娱、渐入嘉景。犹自怨邻鸡，道秋宵不永。

98 字中竟有 33 字的四声不合。柳永的制作都是付诸歌喉的，这两首词可以配乐歌唱，毫无疑义。配乐歌唱的同一词牌同一宫调的作品，前后首四声的差异竟达到这样的程度！虽然说，其中有些字可以用元曲"阳上作去"和"入派三声"的方法来加以解释，但同一宫调的作品也不斤斤于平仄四声的事实，仍然是无可否认的。宋人考论律法的专书首推张炎的《词源》，可是，我们把张炎自己的作品核对起来，也不完全能够按照四声、阴阳填写，同调的各词矛盾的地方不少。这就可见词的协律与否不完全关系语句上、字面上的四声阴阳了。沈括曾这样说过：

> 古之善歌者有语，谓当使"声中无字，字中有声"。凡曲止是一声清浊高下如萦缕耳，字则有喉、唇、齿、舌等音不同，当使字字举本皆轻圆，悉融入声中，转换处无磊魂（块），此谓"声中无字"，古人谓之"如贯珠"，今谓之"善过度"是也。如宫声字，而曲合用商声，则能转宫为商歌之，此"字中有声"也。善歌者谓之"内里声"。不善歌者，声无抑扬，谓之"念曲"；声无含蕴，谓之"叫曲"。（《梦溪笔谈》卷五）

很明显地说明善歌者操纵声字的情况。字字"悉融入声中"，"能转宫为商歌之"，这样，就可以不必斤斤于平仄四声了。杨慎说：

> 词人语意所到，间有参差，或两句作一句，或一句作两句，唯妙于歌者上下纵横取协。（见《词品》，俞少卿引郎瑛说略同，见《蓉塘词话》）

先著说：

> 宋词宫调失传，决非四声所可尽。（《词洁》）

毛奇龄说：

> 李于麟以填词法作乐府，谓乐府有声调，倘语句稍异，则于声调便不合尔。不知填词原有语句平仄正同，而声调反异者，如《玉楼春》与《木兰花》同，而以大石调歌之则为《木兰花》之类。然则声调何尝在语句耶？（《西河词话》）

刘体仁说：

> 古词佳处，全在声律见之。今止作文字观，正所谓"徐六担板"。（《七颂堂词绎》）

方成培说：

> 大抵宋词工者，唯取韵之抑扬高下与协律者押之，而不拘拘于四声。（《词麈》）

由此可见，语句上、字面上的四声、阴阳不能完全解决协律的问题，过去有不少人已经看到这一点了。其实，协律与否的关键是词乐与唱法。词乐和唱法在当时普遍流行的时候，一般词人都认为不成问题，都不把它们标注出来，只有个别自己创制的调子才加以标注，如姜夔的"自度曲"之类，而有标注谱字的《乐府混成集》，卷帙繁重，在当时可能不很普遍流传，到后来散失了又无从窥见，因此，在南宋末张炎的时候，已说"律吕之名，总八十四调，分月律而属之，今雅俗只行七宫十二调，而角不预焉"（《词源》卷上）。此后就更无从通晓了。在无从通晓的东西中要找出一些规律来，这就只有从宋人的作品的文字中摸索，而这种摸索根本是脱离词乐与唱法的实际的。这种摸索只能基于各人所看到的东西而定出规律，这样的规律是有其局限性的。就以最具代表性的"去上、上去不得互易"和"不得叠用同声字"这两种说法来加以考察，也难定为程式。例子不必远举，即从上举柳永两首《昼夜乐》比对一下：第一首"何期小会幽欢"的"小会"是上、去声，而第二首"层波细剪明眸"的"细剪"作去、上声；第一首"对满目乱花狂絮"的"对满目"是去、上、入声，而第二首"遇天边乱云愁凝"的"遇天边"作入、平、平声；这就说明了"去上、上去不得互易"说不足为凭。又如《昼夜乐》第一首"一日不思量"的"一日不"叠用三入声字；上举周邦彦《渡江云》"阵势起平沙"的"阵势"叠用两去声字，"骤惊春在眼"的"在眼"叠用两上声字，"渐渐可藏鸦"的"渐渐可"叠用三上声字，这又说明了"不得叠用同声字"说的不足为凭。总之，主张严守四声的人总可以举出许多例子来说明理由，反对严守四声的人也可以举出许多例子来加以反驳。但同样是脱离词乐与唱法的实际的扣盘扪烛之谈，因而同样没有十分充足的使人信服的理由。我们今天一切主张都应该从实际出发，一切理论都应该结合实践，这是原则性问题，我们当然不必固守脱离实际的成说，但我们也应该从艺术形式美的角度去看问题，不能连词调中起码应该注意的平仄声也不加注意，因为词自乐律失传后所具有的是它的艺术形式美，而这种艺术形式美是通过语句声字表现出来的。我们不能因噎废食，把孩子和脏水一起泼掉。

## 二、韵

### （一）韵书

词韵初无专书。唐、五代、北宋词，用韵很宽，时杂方音，取便歌唱，唯主谐协。到了东都朱敦儒作应制词韵 16 条，才标出"词韵"的名目。鄱阳张辑给它作《衍义》来解释它，冯取洽又为"缮录增补"（见陶宗仪《辍耕录·韵记》）。现存的"词韵"，以《菉斐轩词林要韵》（一作《韵释》）为最古（这部书标明"绍兴二年刊"，因而厉鹗有"欲呼南渡诸公起，韵本重雕菉斐轩"的句子，实则这书以入声分隶三声，似从《曲韵》出，有人说是明人陈铎所伪托），戈载的《词林正韵》为最精。此外如胡文焕的《会文堂词韵》，平、上、去三声用《曲韵》，入声用《诗韵》；沈谦的《词韵略》，以平、上、去三声统归一部，而入声部又两字连举（如"屋、沃韵""觉、药韵"之类），既嫌简略，又似《曲韵》；许昂霄的《词韵考略》，既以今韵分编，而入声又有"古通""古转""今通""今转""借协"，也把握不定，大类《诗韵》；吴烺、程名世合编的《学宋斋词韵》，字数太少，音切又无分合，两见之字，未能细辨。这一切，虽然各有自己的特点，毕竟不及戈载的《词林正韵》。戈书韵目本书前面已罗列。以《集韵》为主，而参以《广韵》，名称比较烦琐。把平、上、去三声分为 14 部，入声分为 5 部，凡 19 部。举凡入声字可以作平声读、上声读、去声读的，都编列于该部的后面，例如第 4 部平声"鱼""虞""模"的后面有"入声作平声"一类，录"斛""觳""槲""鹄"等字；上声"语""麌""姥"的后面有"入声作上声"一类，录"屋""剧""沃""鋈"等字；去声"御""遇""暮"的后面有"入声作去声"一类，录"木""沐""霂""粲"等字；有必要时，还加音切。所收入的共有 13014 字（据《词林正韵·发凡》），取材较广，态度也较认真严肃，在过去的《词韵》中，是一部比较完善的著作。

当然，像这样的一部著作，要求它的内容毫无缺点，那是很不易做到的。因此，尽管戈氏此书问世后，"近世词家皆奉为令典，信而不疑"（吴梅《词学通论》语），也出现了一些驳论，指出它某些部分的不当。有的说戈氏某些分部失之太严，如谢章铤说：

　　　　以宋词考之，宝士（戈载的表字）之说，亦不尽然。"寒""山"

一部，"覃""咸"一部。刘改之《唐多令》则"湾""帆""滩"
"间""衫""寒""安""南"同押，是"寒""山"可合"覃"
"咸"矣。然辛、刘固浙派之所鄙夷者，吾请征之周草窗。先与盐不
同部也，而《鹧鸪天》合之；"庚""青"与"侵"不同部也，而
《恋绣衾》合之；"庚""青"与"真""文"不同部也，而《梅花
引》《声声慢》《浣溪沙》合之；《江城子》且并合于"蒸"与
"侵"矣。至"莺"在庚韵，而吴梦窗《木兰花慢》押入"江"
"阳"矣；草窗《眼儿媚》《浣溪沙》则押入"真""文""侵"矣。
梦窗、草窗之词，宝士选入七家，即有误笔，断不至再至三。宝士自
谓遍考名家词，亦知其出入不一律否耶？（《赌棋山庄词话续编》卷五）
张德瀛说：

戈氏于入声韵编分五部，核诸唐、宋诸家词，独见精审。唯以第
六部之"真""谆"等韵、第十一部之"庚""耕"等韵、第十三部
之"侵"韵判而为三，与宋人意旨，多不相合。其辨《学宋斋词
韵》，谓所学皆宋人误处，而力诋其"真""谆""臻""文""欣"
"魂""痕""庚""耕""清""青""蒸""登""侵"十四部同用
之非。今考宋词用韵，如柳耆卿《少年游》以"颦""缨""真"
"云""人"通叶，周美成《柳梢青》以"人""盈""春""心"
"云""存"通叶，李秋崖《高阳台》以"尘""云""昏""凝"
"沈""琼""深""痕""情""阴"通叶，洪叔玙《浪淘沙》以
"冥""晴""春""人""斟""情""鸣""清"通叶，周公瑾《国
香慢》以"根""婷""春""凝""簪""兄""云""清"通叶，
奚秋崖《芳草》以"熏""醒""云""昏""凝""心""林""听"
"人"通叶，张叔夏《庆春宫》以"晴""人""饧""迎""筝"
"裙""云""情""泠"通叶，毛泽民《于飞乐》三阕，一以"林"
"阴""深""心""尊""清""春""人"通叶，一以"云""惊"
"瓶""心""亭""声""清""靥"通叶，一以"轻""云""匀"
"神""颦""魂""人""情"通叶。略举数家，可得概梗。至上、
去韵，如高竹屋、王碧山《齐天乐》，史邦卿《双双燕》亦然。此等
处宋人自有律度，辗转相通，强为迁就，固属不可，然概指为误，转
无以处宋人。吴氏所辑（按：指吴烺、程名世的《学宋斋词韵》），亦非无
所见也。（《词征》卷三）

两说均指出戈氏平声韵第 6、7、11、12、13 等部区分不妥，而前说更指出第 6 部可合第 14 部，后说则肯定入声韵的分部"独见精审"。有的说戈氏分部失之太宽。如吴梅说：

> "术""物"二韵，与"平""上""去"之"鱼""模""语""虞"相等，未便与"质""栉"等同列，"陌""麦"又隶属于"皆""来""没""曷""末"亦属于"歌""罗"，故"陌""麦"不能与"昔""栉"同叶，"没""曷""末"不能与"黠""屑"同叶。戈氏合之，未免太宽。（《词学通论》）

吴氏把"词韵"分成 22 部，其平、上、去凡 14 部全依戈书，而把戈书入声韵 5 部分成 8 部，认为戈书入声部还不够严谨。

就过去的"词韵"看，戈载的《词林正韵》比较完善，这是公认的。比较完善不等于没有缺点，所以上列对戈书所提出不同的意见也值得参考。过去的"词韵"是归纳唐、宋人的词作的一种著述，当然以唐、宋人词为准则。既然以唐、宋人词为准则，就应该和唐、宋人词不存在着矛盾的现象，才称得上真正完善的著述，而这样的"词韵"在历史上还没有出现过。因此，我们只能把比较完善的戈载的《词林正韵》提出来谈谈。至于我们今天所需要的"词韵"，那就不同了，我们是要从今天的实际应用出发的，虽然不能无所继承，可是更重要的是创新，我们在旧有的"词韵"的基础上，不是根据唐、宋词来比对韵部是否恰当，而是要经过实际的调查研究各地的音韵和音乐、唱腔等情况来制定新的韵书。所以，我们今天研究过去的"词韵"，只是使之发挥借鉴作用，而不是用为"填词科律"，这是应该附带指出的。

## （二）押韵

词要讲求押韵，上举宋人李清照、杨缵、张炎、沈义父等论词时都曾提到。其实，再加追溯，则唐段安节的《乐府杂录》已有商、角同用的说法。《乐府杂录》是以平声为羽，以上声为角，以去声为宫，以入声为商，以上平声为徵的（徐景安《乐书》以上平声为宫，下平声为商，上声为徵，去声为羽，入声为角，与段说不同），那么，段氏是主张上、入可以通押。由于词乐和唱法不完全关系四声的运用，各地对声字的读法又有所不同，并且有些词人还运用方音押韵，这就使探索词韵的人感到极端麻烦。有的人指斥宋人的押韵不对，如杜文澜说："宋词用韵有三病：一则通转太宽；

二则杂用方音；三则率意借协。故今之作词者，不可以宋词用韵为据。"（《蕙园词话》）有的人甚至根本取消词韵，如毛奇龄说："词本无韵，故宋人不制韵，任意取押，虽与诗韵不远，然要是无限度。"（《西河词话》）前说固然是作茧自缚，后说又不免因噎废食了。陈君美说："炼句不如炼韵。"（见沈际飞评《草堂诗余续集》引）吴子安说："作诗不妨叶险韵，然终非上乘，不为识者所尚。至于填词，尤贵平易，字面一乖，便非当行本色。且为韵甚宽，叶字复有定数，非如诗家滔滔百韵无所底止。"（《榕园词韵·凡例》，见谢章铤《赌棋山庄词话》卷六引）这类说法是比较恰当的。我们固然不必追求险韵，但也不能忽略"炼韵"的好处。

夏承焘先生的《词韵约例》，把唐宋词叶韵之例归结为 11 个项目：①一首一韵；②一首多韵；③以一韵为主，间叶他韵；④数部韵交叶；⑤叠韵；⑥句中韵；⑦同部平仄通叶；⑧四声通叶；⑨平仄韵互改；⑩平仄韵不得通融；⑪叶韵变例。最后"附述词叶方音"。论述唐宋词押韵的现象相当周密。当然，若加以吹求，也还有不无疏漏的地方，如"叠韵"中例，只有上下片两结句用同字叶的例子，起和结都用同字叶的例子就没有引到（如史浩的《浪淘沙令》，见下）。又在"平仄韵互改"中引李易安论词"近世所谓《声声慢》《雨中花》《喜迁莺》，既押平声韵，又押入声韵"一文，中间略去"《喜迁莺》"。胡仔《苕溪渔隐丛话后集》卷三十三和魏庆之《诗人玉屑》卷二十一载李氏此文均有《喜迁莺》一调，而此调的用韵在宋人词例中是和李氏所论不相符合的，夏先生可能有意略此不谈。尽管如此，夏先生这篇论词押韵的详尽还是前所未有的。

押韵之法原则上不外严叶和宽叶两类。大抵初期民间词押韵最宽，《敦煌曲》中随处可以看到不拘韵部的作品。在文人词中，唐、五代词人的叶韵很宽，北宋较严，南宋一些追求音律、形式美的作家最严。有些变体的押韵，如全首用同一个字叶（黄庭坚《瑞鹤仙》）或者隔一韵仍用同一个字叶（黄庭坚《阮郎归·效福唐独木桥体作茶词》），看似很宽，实则既已另成一体，也就显得拘束，所以很少这类的词。现在分严叶和宽叶两类来谈：

### 1. 严叶

主张严叶的，上举李清照、杨缵、郭沔已开其端，而考之实例，不尽符合。但历来的词论者却相当重视严协，最突出的是清代作《燕乐考原》的凌廷堪和作《词林正韵》的戈载。凌廷堪自谓用韵时，凡闭口者不敢阖入抵腭、鼻音；至于抵腭与鼻音亦然。（"侵""覃""盐""咸"诸韵为闭口音；"真""文""元""寒""删""先""仙"等韵为抵腭音；"东""冬""江""阳""庚""青""蒸"诸韵为鼻音。）戈载在《词林正韵·发凡》中有很具体的说法：

> 词之用韵，平仄两途，而有可以押平韵又可以押仄韵者，正自不少，其所谓仄，乃入声也。如越调又有《霜天晓角》《庆春宫》，商调又有《忆秦娥》，其余则双调之《庆佳节》，高平调之《江城子》，中吕宫之《柳梢青》，仙吕宫之《望梅花》《声声慢》，大石调之《看花回》《两同心》，小石调之《南歌子》，用仄韵者，皆宜入声。《满江红》有入南吕宫，有入仙吕宫，入南吕宫者，即白石所改平韵之体。而要其本用入声，故可改也。外此又有用仄韵而必须用入声者，则如越调之《丹凤吟》《大酺》、越调犯正宫之《兰陵王》，商调之《凤凰阁》《三部乐》《霓裳中序第一》《应天长慢》《西湖月》《解连环》，黄钟宫之《侍香金童》《曲江秋》，黄钟商之《琵琶仙》，双调之《雨霖铃》，仙吕宫之《好事近》《蕙兰芳引》《六么令》《暗香》《疏影》，仙吕犯商调之《凄凉犯》，正平调近之《淡黄柳》，无射宫之《惜红衣》，正宫中吕宫之《尾犯》，中吕商之《白苎》，夹钟羽之《玉京秋》，林钟商之《一寸金》，南吕商之《浪淘沙慢》，此皆宜用入声韵者，勿概之曰仄而用上去也。其用上去之调，自是通叶，而亦稍有差别。如黄钟商之《秋宵吟》，林钟商之《清商怨》，无射商之《鱼游春水》，宜单押上声。仙吕调之《玉楼春》，中吕调之《菊花新》，双调之《翠楼吟》，宜单押去声。复有一调中必须押上、必须押去之处，有起韵结韵宜皆押上、宜皆押去之处，不能一一胪列。

这是以四声宫调来严定用韵的规律的。戈氏这种说法都是比勘张先、柳永、周邦彦、姜夔、吴文英、周密、陈允平、王沂孙、张炎等人的词集，取其用韵彼此相符合的，即作为准则，是经过精细研究而确凿有据的。可是，如果用这种规律来衡量两宋词，就不免有疏漏之嫌，正如上文的论述声字一样，一个作家的作品就不是一成不变的，各家用韵更不能要求他们绝对不能出入。只有像姜夔的《秋宵吟》《翠楼吟》之类，在宋元人词中别无可比勘的，押韵的声字不能轻易改动的说法比较无懈可击。

### 2. 宽叶

宋词宽叶的式样很多，总括来说，有下列几种：

（1）同部平仄韵通叶有一定规格的。所谓同部平仄韵，如平声韵的"东"和上声韵的"董"、去声韵的"送"，平声韵的"支"和上声韵的"纸"、去声韵的"置"之类。这种通叶法有的是有规定的，如《西江月》：

> 三过平山堂下，半生弹指声中。十年不见老仙翁，壁上龙蛇飞动。　　欲吊文章太守，仍歌杨柳春风。休言万事转头空，未转头时皆梦。（苏轼）

其中上下片结句都换用同部的仄韵，是一定的规格。（·表示平韵，△表示仄韵）又如《渡江云》：

> 晴岚低楚甸，暖回雁翼，阵势起平沙。骤惊春在眼，借问何时，委曲到山家？涂香晕色，盛粉饰、争作妍华。千万丝、陌头杨柳，渐渐可藏鸦。　　堪嗟！清江东注，画舸西流，指长安日下！愁宴阑、风翻旗尾，潮溅乌纱。今宵正对初弦月，傍水驿、深舣蒹葭。沉恨处，时时自剔灯花。（周邦彦）

全首押平韵，只过片第三句"下"字转押同部的仄韵，这也是一定的规格。这类词从平仄韵通叶看是宽，从一定规格看也有相当的拘束。同部平仄韵通叶，在宋词中，一般是以平声韵与上、去声韵通叶，如黄庭坚《撼庭竹》以平、上、入通叶的是例外。至于全部用平、入韵互叶的，只有五代词人欧阳炯的《西江月》，宋词还未见其例。更有句句用韵而以平、上、去三声通叶的，如贺铸的《水调歌头》：

> 南国本潇洒，六代浸豪奢。台城游冶，襞笺能赋属宫娃。云观登临清夏，璧月留连长夜，吟醉送年华。回首飞鸳瓦，却美井中蛙。　　访乌衣，成白社，不容车。旧时王谢，堂前双燕过谁家？楼外河横斗挂，淮上潮平霜下，樯影落寒沙。商女篷窗蟀，犹唱后庭花。

全首只过片短句"衣"字不用韵，此外句句用韵，以第 10 部韵"麻""马""祃"三声通叶，寓谨严于宽放中，贺作《六州歌头》也近此，宋词中没有别的例子。

（2）仄声韵三声通叶的。这种以上、去、入三声通叶的仍有两种情况：一种是以入声字读作上、去因而和上、去声叶的，如晏几道的《梁州令》：

> 莫唱阳关曲，泪湿当年金缕。离歌自古最销魂，于今更有销魂
> 处。　　南朝杨柳多情绪，不系行人住。人情却似飞絮，悠扬更逐春
> 风去。

其中的"曲"字原是入声字，和"缕""处""绪""住""絮""去"叶韵，应读作上声。他如张炎《西子妆慢》的"遥岑寸碧"句，以"碧"字和"意""泪""气""此""闭""世""倚""醉""里"叶韵，"碧"字入声要读作上声。另一种是以上声字读入声而和入声韵叶的，如朱敦儒《柳梢青》：

> 红分翠别，宿酒半醒，征鞍将发。楼外残钟，帐前残烛，窗边残
> 月。　　想伊绣枕无眠，记行客如今去也。心下难弃，眼前难觅。口
> 头难说。

其中的"也"字原是上声字，和"别""发""月""说"叶韵，应读作入声。此外如无名氏的《点绛唇》，以"麝"字和"贴""彻""歇""舌""啮""劣"叶韵，"麝"字去声应读作入声。不过，这种例子非常少。

（3）方音叶的。

（4）短句韵、句中韵、换韵、重韵、起结同字协韵、全首同字协韵。

〔自本节"（3）方音叶的"至第六节以及第六章、第七章皆为"大纲"〕

## 第二节　音律

一、五音、七音和十二律

二、宫调和谱字

三、犯声过腔

四、宫调和声情的关系

## 第三节　调谱

一、调谱的来源和意义

二、调名探索

三、有关调谱的著作

## 第四节　语言

一、用字
二、造句
三、修辞

## 第五节　结构

一、篇章

（一）单篇

（1）令、引、近、慢、摘遍、序子。

（2）单调、双调（双叠）、三叠、四叠。

（3）不换头、换头、双拽头。

（二）联章

（1）一题联章。

（2）分题联章。

（3）按月联章。

（4）故事联章。

（5）转踏（传踏、缠达）。

（三）大曲

前人有称单篇为大曲的，如《辍耕录》以吴彦高《春草碧》、蔡伯坚《石州慢》为大曲，《词苑》以程钜夫《摸鱼儿》为大曲之类，这里指的是舞曲，如史浩《鄮峰真隐大曲》等。

二、立意

清新、高妙、幽远、沉挚、婉曲、含蓄等。

三、用笔

（一）全篇

提、顿、承、转、顺、逆、正、反等。

（二）起笔

单起、对起、写景、抒情、比兴、直说等。

（三）结笔

勒、放、动荡、含蓄等。

（四）过片

承上转下、另意另起等。

（五）其他

# 第六节　寄托

一、有寄托、无寄托的说法
二、寄托和时代环境的关系
三、寄托的本事
四、考明寄托和穿凿附会
五、其他

# 第六章  风格、流派及其承传关系

## 第一节  继往开来的一般情况

从《敦煌曲》来看初期出现的词篇，就具有多种多样的艺术风格。如《望远行》"年少将军佐圣朝"首的雄壮，《赞普子》"本是蕃家将"首的爽快，《菩萨蛮》"枕前发尽千般愿"首的激切，《雀踏枝》"叵耐灵鹊多漫语"首的泼辣，《破阵子》"风送征轩迢递"二首的婉曲，《渔歌子》"洞房深"首的真率，《望江南》"莫攀我"首的悲痛，《南歌子》"悔嫁风流婿"首的隽永，《渔歌子》"绣帘前"首的情趣，《西江月》"女伴同寻烟水"三首的清新，《送征衣》"今世共你如鱼水"首的质朴，《内家娇》"丝碧罗冠"二首的精艳，《倾杯乐》"忆昔笄年"二首的明丽，等等，都是很突出的例子。这些风格形成的情况是相当复杂的，有的来自边地或外来部族的将领（如《望远行》《赞普子》），有的来自民间词人（如《菩萨蛮》《雀踏枝》），有的来自城市中下层人物（如《破阵子》《渔歌子》《望江南》），有的来自宫廷妇女或贵族官僚（如《内家娇》《倾杯乐》《感皇恩》）。由于历史条件和阶级地位的关系，除前两种类型的具体内容在宋词中不易见到之外，后两种类型的具体内容在宋词中还或多或少可以见到。至于各种艺术风格的表现，则在宋词中都可以见到。

说宋词具有《敦煌曲》中所有的艺术风格，并不等于肯定宋词就是《敦煌曲》的直接继承者。流传下来的宋词一般都是文人的创作（个别民间词是例外），主要是继承唐五代文人词的传统的。

唐朝是诗的黄金时代，一般文人写词或是六言体（如《三台》《谪仙怨》之类），或是七言体（如《竹枝》《浪淘沙》之类），或是六言破体（如《调笑》《转应曲》之类），或是七言破体（如《渔父》《章台柳》之类），或是三、五、七言体（如《忆江南》《长相思》之类），还脱不掉诗的形式，也没有专力写词的作家，词是作为诗的附属品出现的，因而相传为李白作的《菩萨蛮》就有人怀疑不是盛唐时期所能出现的作品。如果单就文人词的传统看，是值得怀疑的。如果真出自李白之手，则是吸取民间词的传统，不属于文人词的传统。文人专力为词始自晚唐时期的温庭筠。自此以后，经过五代十国，文人词蓬勃兴盛起来，《花间集》所录的18家词和南唐的冯延巳、李璟、李煜词对宋代的文人词都有不同程度的影响。在"花间"词人和南唐词人中也呈现出各自不同的艺术风格。

《花间集》的艺术风格历来都以温庭筠、韦庄两派来概括：

　　　　词之难于令曲，如诗之难于绝句，不过十数句，一句一字闲不得，末句最当留意，有余不尽之意始佳。当以唐《花间集》中韦庄、温飞卿为则。(张炎《词源》下)

　　　　温、韦艳而促。(王世贞《词评》)

　　　　温、韦以流丽为宗，《花间》最为古艳。(李调元《雨村词话》)

　　　　词有高下之别。飞卿下语镇纸，端巳揭响入云，可谓极两者之能事。(周济《介存斋论词杂著》)

　　　　自温、韦以迄玉田，词之正也，亦词之古也。(陈廷焯《白雨斋词话》卷七)

诸如此类，不一而足。一般都认为温词丽密，开后来格律一派；韦词清淡，开后来疏俊一派。实则这是同中求异的说法，反过来，温词中如《更漏子》的"玉炉香"首，《酒泉子》的"楚女不归"首，《河传》的"江畔"首之类，也清淡似韦；韦词中如《清平乐》四首、《河传》三首之类，也丽密似温。从同样的角度来看一个作家的艺术风格，我认为孙光宪也可以另成一派。孙词有一种特色，飘忽奇警，矫健爽朗，是温、韦所不能范围的。如《谒金门》"留不得"首，突起，急转，直下，逆挽，话说得直截了当，不留余地，而又包蕴着许多没有说出的情事。这样的写法，在《花间集》真不易见到。其他特别警炼的句子如"片帆烟际闪孤光""寒影坠高檐，钩垂一面帘""满庭喷玉蟾""玉纤淡拂眉山小，镜中嗔共照"等，都能够在极其平常的事物中给人以一种特别新鲜的感觉。他在《风流子》中写田家风物，直写到"听织，声促，轧轧鸣梭穿屋"这种农妇的家庭生活，也是"花间"词人所没有的。这种艺术风格正可以和温、韦鼎足而三。

南唐词人的艺术风格和"花间"词人有同，也有不同。同的是，大家都处于文人词的系统，运用的都是短小的令词形式（《花间集》中薛昭蕴的《离别难》87字，是个别的现象）。不同的是，南唐词比《花间集》的语言少修饰，意境较为阔大，又有较深的感慨。在南唐词人中，冯延巳和李煜又有不同：李比冯更无修饰，更加宏放；而冯比李色泽浓、辞义深。

宋初词人写小词，一般说是接受"花间"词人和南唐词人的传统的。可是，也有不同程度的新变。当时有名的词家如晏殊、欧阳修虽写了不少词，但仍然不脱"花间"、南唐的习气。

> 晏元献尤喜冯延巳歌词，其所自作，亦不减延巳乐府。（刘攽《中山诗话》）

> 欧阳公虽游戏作小词，亦无愧唐人《花间集》。（罗大经《鹤林玉露》）

可见宋人称许晏、欧词，还是从他们可以媲美《花间》、南唐着眼的。说晏词"不减延巳乐府"，说欧词"无愧唐人《花间集》"，不过随举一端而言，晏、欧词的取径并不这么狭窄。晏词中如《渔家傲》"罨画溪边倚彩舫""脸傅朝霞衣剪翠""越女采莲江北岸"等首，虽不用《花间集》中的调子，学习"花间"的迹象却很明显。欧词《蝶恋花》数首和冯词很难区别，是欧作还是冯作，至今仍然不易判定。说明他们对"花间"、南唐词都有所继承。

尽管如此，晏、欧词也有自己的特色。晏词的艺术风格是清雅含蓄。如《木兰花》：

> 绿杨芳草长亭路，年少抛人容易去。楼头残梦五更钟，花底离愁三月雨。　　无情不似多情苦，一寸还成千万缕。天涯地角有穷时，只有相思无尽处。

既不露雕炼的痕迹，也不着浓艳的字眼，而情景逼真，含蓄无穷。又如《清平乐》：

> 金风细细，叶叶梧桐坠。绿酒初尝人易醉，一枕小窗浓睡。
> 紫薇朱槿花残，斜阳却照栏杆。双燕欲归时节，银屏昨夜微寒。

用精细的笔触，写淡淡的愁感，看来全不着力，而用"细细""叶叶""初""易""一""小""残""微"等形状字又极见用心。景象和心情融成一片，意境清新，耐人寻味。不论像前首的浑成也好，还是像这首的工细也好，清雅含蓄的风格却是一致的。说它清雅，因为它明朗而不暗晦，通俗而不庸俗；说它含蓄，因为它言浅而情深，韵短而味长。晏词的内容大都不出男欢女爱，离情别绪，没有什么可取的地方，其中还有不少祝寿之词，尤其令人烦厌。由于他著作宏富（《宋史·晏殊传》三百一十一载："文集二百四十卷，及删次梁陈以后名臣述作为集选一百卷。"《神道碑》《东都事略》同。《渔隐丛话前集》卷二十六引《宋景文笔记》："晏丞相末年诗，见编集者乃过万篇，唐人以来未有。"），写作技巧非常熟练，因而仍然有他独具的艺术风格，而这种艺术风格也是当时的封建士大夫所推许的。

欧词的艺术风格较为复杂多样，和晏殊有所不同。

欧阳修是当时文坛革新的领袖人物，文宗韩愈，诗受李白和韩愈的影响很深，打破了当时模仿晚唐雕饰浮艳的西昆体的沉闷局面，在诗、文的运动上都有杰出的贡献。词走的虽然还是"花间"、南唐一路，但已有气局较大、挥洒自如的作品，这就和他的诗文还有共通之点。由于词在当时还被目为"艳科"，不登大雅之堂，在文学领域中没有什么大作用，他没有立心去改革或发展它，他的大部分词作还是描写离愁别感和儿女私情的旧一套的题材，因而在当时有人说它似《花间集》，而后来又有人说他的词专学冯延巳（刘熙载《艺概·词曲概》说："冯延巳词，晏同叔得其俊，欧阳永叔得其深。"王国维《人间词话》上说："余谓冯正中《玉楼春》词：'芳菲次第长相续，自是情长无处足。尊前百计得春归，莫为伤春眉黛促。'永叔一生似专学此种。"）。其实，这只看到他继承文人词的一面，而没有看到他创作数量较少然而吸取民间词和具有创造性的一面。就流传下来的他的词集看，其中有两套《渔家傲》共 24 首，分咏 12 个月的节物风习；《采桑子》"轻舟短棹西湖好"以下 10 首，描绘游览西湖的景物情事，都是运用民间流行的"定格联章"（姑用任二北在《敦煌曲校录》中的名称）的形式，这都是《花间集》、南唐词所没有的。又，魏泰《东轩笔录》载："范希文守边日，作《渔家傲》乐歌数阕，皆以"塞下秋来"为首句，颇述边镇之劳苦，永叔尝呼为穷塞主之词。及王尚书素守平凉，永叔亦作《渔家傲》一词以送之，其断章曰：'战胜归来飞捷奏，倾贺酒，玉阶遥献南山寿。'顾谓王曰：'此真元帅之事也。'"（《苕溪渔隐丛话》前集卷二十九引）这说明他还不是把词的内容局限在写私生活，有时也可以把它赠送给负责国家大事的人物和表达自己爱国的心愿。这都是他有意或无意地把词的内容和形式逐步扩展的事实。尽管他没有提出革新词的主张，他的词里还明显地保存着传统的一套，可是，革新是他的词的新鲜血液，是他在词里具有新的思想观点的表现，是和他整个世界观和创作方法有联系的地方，是值得我们注意的。

欧词具有两种较为显著的艺术风格：一种是清深婉曲；一种是疏宕明

快。前者从唐、五代的文人词来而有其新变，旧的因素较多，和晏殊的创作较为接近，因而人们往往把晏、欧并称。后者取材较广，创造性较强，对词学的发展起了推动的作用。现在举些例子看看：

> 别后不知君远近，触目凄凉多少闷。渐行渐远渐无书，水阔鱼沉何处问？　夜深风竹敲秋韵，万叶千声皆是恨。故欹单枕梦中寻，梦又不成灯又烬。（《木兰花》）

> 候馆梅残，溪桥柳细，草薰风暖摇征辔。离愁渐远渐无穷，迢迢不断如春水。　寸寸柔肠，盈盈粉泪，楼高莫近危栏倚。平芜尽处是春山，行人更在春山外。（《踏莎行》）

第一首前阕写离别的情况，后阕写别后的愁恨。写离别用"渐行渐远渐无书"，一直达到"水阔鱼沉何处问"的境地。这种既婉曲又清深的写法不是很容易可以看出吗？写愁恨从夜深不寐到希望梦里相逢，到梦不成灯又烬，从外到内，从现实到幻想，复从幻想归现实，婉曲清深的思路也完全可以看出来。就完整的结构看，出发点应该在结尾两句，空床独宿，引动离愁，十分难过，因而感到所有的声响都是增加愁恨的东西，由此再追溯到产生愁恨的原因，是爱人远别，消息全无。作品就从远别写起，一路写到现状。从艺术构思说，是越想越远；从表现手法说，是越写越深。逆局顺写，在下笔之先是煞费经营的。第二首先由眼前景物引出行人，次说行人的离愁。写离愁用"渐远渐无穷"，已经是越来越深长了，更以迢迢不断的春水来比喻，那么，这离愁不但绵绵无尽期，而且无法排遣了，因为"抽刀断水水更流"，水是刀挥不断的。行人的离愁至此已再无申说的余地，转阕即从对方设想：柔肠寸断，粉泪盈腮，盼望也没有用处，再不要独倚高楼上的危栏了。语极婉曲而意味更加深厚，和范仲淹的"明月楼高休独倚"用意略同，警惕对方也警惕自己。结笔双方兼顾，写行人的踪迹，仍不离居人的望眼，言人在春山外，这时的情感已进一步到了沉郁苍凉的境地。

以上是欧词标志着清深婉曲的风格的例子。以下再举标志着欧词疏宕明快的风格的例子：

> 平山栏槛倚晴空，山色有无中。手种堂前杨柳，别来几度春风。　文章太守，挥毫万字，一饮千钟。行乐直须年少，尊前看取衰翁。（《朝中措·平山堂》）

> 正月斗杓初转势，金刀剪彩功夫异，称庆高堂欢幼稚。看柳意，

偏从东面春风至。　　十四新蟾圆尚未，楼前乍看红灯试。冰散绿池泉细细，鱼欲戏。园林已是花天气。(《渔家傲》)

先谈第一首。旧说，欧阳修守扬时建"平山堂"，后来刘原父（敞）守扬州，修作这首词送他。一本这词的标题作《送刘仲原甫出守维扬》[《苕溪渔隐丛话》后集卷二十三引严有翼《艺苑雌黄》作《送刘贡父（敞）守维扬》]。这是把词的作用和诗等同起来，可以赠送朋友了。以词互相投赠，以前也有，大都属于男女关系或者即席唱和，像李煜的《阮郎归》写给他弟弟，已经是绝无仅有的例子，至于做官赴任这么隆重的事情，也用小词来赠送，这首和上举《渔家傲》送王素守平凉，似乎是第一次破题。就全词看，没有接触到美人、芳草，没有关涉到儿女私情，没有运用比兴、象征一类的表现手法，写景色，写物象，写生活，写感想，坦率说出，毫无假借，直起直落，大开大合，尤其是这词的特色。这特色在艺术风格上属于疏宕一路。再谈第二首。这类词是成套的，有两套完整的，每套12首，按月令排列，自正月至农历十二月。这是"鼓子词"，是一种讲唱文学，流行在民间。显然，这种形式是从民间文学吸取来的。虽然反映的还是上层社会的生活面貌，但丝毫也嗅不到色情腐朽的味道，只是一种风俗习尚的描绘。由于它是从民间吸取来的，在艺术风格上也不免受到民间文学的影响。语言生动明朗，风调清新流畅，形成一种明快的风格。

欧词的清深婉曲和疏宕明快这两种风格都对北宋词坛有一定的影响。冯煦在《宋六十一家词选·例言》中说欧阳修"即以词言，亦疏隽开子瞻，深婉开少游"，这是符合实际情况的。

此外，欧阳修在描摹自然景物方面运用非常清丽的笔触，美妙动人，这也是欧词的一种风格特征。

和晏、欧同时，写词不多而具有独创精神、对宋词发展有一定影响的是范仲淹。

现存的范仲淹词虽只有5首（朱孝臧《彊村丛书》本《范文正公诗余》共6首，其中一首《忆王孙》，据唐圭璋考定是李重元词），但有其复杂的内容：有的写离情别恨；有的写壮怀伟抱；有的写人生观感。由于他所要抒发的思想感情有所不同，就形成了各种不同的艺术风格：一种是婉曲伟丽；一种是悲壮苍凉；一种是平淡自然。而这几种风格在当时来说，都自成一种面目，都对后来词人有启发作用。如上章所举的《苏幕遮》是抒写离情别恨的，但和"花间"、南唐词人的艺术手法有所不同，阔大的景象描写和深细的心理刻画紧密地结合在一起，婉转曲折又痛快淋漓，体现出伟丽而又婉曲的风格，使读者在感到缠绵悱恻的同时，觉得精光四射，不可逼视。应该说，这是以前所未有的。《御街行》也是和这首同样的内容、同样的风格。标志着悲壮苍凉的风格的是历来为人传诵的《渔家傲》：

> 塞下秋来风景异，衡阳雁去无留意。四面边声连角起。千嶂里，长烟落日孤城闭。　　浊酒一杯家万里，燕然未勒归无计。羌管悠悠霜满地，人不寐，将军白发征夫泪。

上阕写景象，下阕写怀感，结构和《苏幕遮》类似，而表现手法则有很大的区别。《苏幕遮》要表现深长的离愁别恨，不能不用连绵不断、委婉曲折的写法。这首要抒发苍凉悲壮的情怀，就得运用开合动荡、重大雄直的写法。题材的选用，如边声、角声、千嶂、长烟、孤城、羌管，都能够真实地反映边塞的景象。而浊酒以下的抒写也深刻地表现出效命祖国的边将和士兵的情怀。唐、五代文人词也有涉及边塞的，如温庭筠的《定西番》，孙光宪的《酒泉子》之类，但只是随调题咏，并未注入作者的思想感情。真正表现忠勇为国的思想感情的边塞词只有《敦煌曲》中的《生查子》和《望远行》等。范氏帅边时是否受到这类词的影响不可知，但在文人词中实是一种开创，它把词的境界扩大了，对后来宋词的发展起了一定程度的作用。范词还有写得很平淡自然的，如《剔银灯》：

> 昨夜因看蜀志，笑曹操孙权刘备，用尽机关，徒劳心力，只得三分天地。屈指细寻思，争如共、刘伶一醉。　　人世都无百岁，少痴騃，老成尫悴、只有中间些子少年，忍把浮名牵系。一品与千金，问白发如何回避？

明白如话，绝无修饰，用散文的句法入词，这在以前的文人词中也是见不到的。和他同时的欧阳修和稍后的王安石的个别词中有这种写作倾向，但没有写得这么平淡自然。他写这种词不能说有什么艺术价值，不过仍然是一种创格。这和上面悲壮苍凉的风格一样，给后来苏、辛一派词开其先河，值得我们在这里提出来。

继承"花间"、南唐的流风遗韵而能达到圆润凄婉的境地的是晏殊的儿子晏几道。晏几道的词比他父亲的词更凄婉，比欧阳修的词更圆润，有时还有拙重之致，在艺术技巧上有相当高的成就，只是没有什么开创性，仍然不能成为一种流派。如《阮郎归》：

> 旧香残粉似当初，人情恨不如。一春犹有数行书，秋来书更疏。

衾凤冷，枕鸳孤，愁肠待酒舒。梦魂纵有也成虚，那堪和梦无！写别后的恋情，只在前后阕起句提到粉残香旧，枕孤衾冷是具体的事物，此外都从自己的想念、愁思着笔。在"清虚以婉约"（《文赋》）的描述中寓凄婉浓至的情味，看似全不着力，而用意却非常沉挚。就以结韵"梦魂纵有也成虚，那堪和梦无"来说，和赵佶（宋徽宗）《宴山亭》的"怎不思量？除梦里有时曾去。无据，和梦也新来不做"的意境情味完全一样。可是，赵佶却用了极其沉挚的写法，因而赢得了"猿鸣三声，征马踟蹰，寒鸟不飞"（沈际飞评语）、"令人不忍多听"（见徐釚撰《词苑丛谈》）和"以血书"（王国维《人间词话》）的评语。晏氏在这里却以极其闲淡的笔墨出之，极炼如不炼，仿佛天生妙语，因而历来的词论家也就不大注意到。这一方面可以说明他写词的功力之深，另一方面也可以看出他的特有的艺术风格。

晏词也有写得拙重深刻的，如《思远人》：

红叶黄花秋意晚，千里念行客。飞云过尽，归鸿无信，何处寄书得？　　泪弹不尽临窗滴，就砚旋研墨。渐写到别来，此情深处，红笺为无色。

句句沉着，后阕写到以泪磨墨，红笺失色，真是入木三分，令人惊叹！表现这么深刻的恋情而用这么拙重的写法，以前还没有看到过。这和韦庄的"妾拟将身嫁与一生休。纵被无情弃，不能羞"（《思帝乡》）一样是力破余地、大笔淋漓的写法，不过韦庄为历来的词论家所称许，而晏作不为人注意到罢了。

晏词最为人称赞的是他一些逼近"花间"、南唐的作品，如《鹧鸪天》"彩袖殷勤捧玉钟"首，《临江仙》"梦后楼台高锁"首，《木兰花》"秋千院落重帘暮"首之类。这类词写来既婉丽，又含蓄，还有些愁怨的味儿，陈振孙在《直斋书录解题》中说："叔原在诸名胜集中，独追逼'花间'，高处或过之。"毛晋跋《小山词》把晏氏父子追配南唐李氏父子，都是从这类词中看到的。从继承"花间"、南唐的传统来说，晏几道实到了登峰造极的境地，这是历来所公认的。我上面只是就晏词的风格特征谈谈，因为那是他的词特有的面貌，是值得我们注意的。

## 第二节 真率（自然、森秀、高浑）

以柳永为代表。真率和直率不同。直率只是一种表现手法，更明确地说，只是一种写作态度，大胆直说，能言人所不敢言，毫无含蓄或隐蔽，内容是否真实，是否都是心里话，也许故作惊人之谈、夸大之说。真率就不但写作态度很坦白率直，绝无掩饰，还包括了它的真正的生活实践的内容，所说出来的都是自己的心里话，中边俱彻，表里如一。因此，真率可以包括直率，直率却不能包括真率。况周颐《蕙风词话》说："真字是词骨，情真、景真，所作必佳，且易脱稿。"又说："若错认真率为直率，则尤大不可耳。"说明真率和直率还是不能混为一谈的。

柳永和晏殊、欧阳修、范仲淹同时，比晏几道更早，然而能够摆脱唐、五代文人词的局限，继承民间词的传统而自成一种面目，在宋词的发展中起重要作用实始自柳永。晏、欧、范等虽然有各自不同的风格，二晏的题材较狭隘，欧、范较为开拓，二晏的表现手法较温婉，欧、范较有新变，但总的看来，他们运用的形式绝大部分是小令；他们作品的内容绝大部分是男欢女爱、离愁别恨，因而他们的艺术风格也不能不局限在"婉约""柔厚"这些方面，总不可能用展衍铺叙的手法较详尽坦率地抒写自己的真情实感或描绘客观的事物景象。形式、内容和艺术风格是有密切关系的。柳词在形式方面，大都是慢词；在内容方面，除男欢女爱、离愁别恨之外，还有羁旅穷愁、天涯漂泊之感，更反映了不少城市繁荣的面貌、失意文士的哀叹和下层妇女的痛苦生活；在表现手法上，他更多地运用传统上"直陈其事"的"赋"法和明白易懂的语言来倾吐自己的心情和观感，随物赋形，因宜适变。因此，柳词艺术风格的表现是比较复杂的：即事言情的较朴素，较接近民间词；融情入景的较清丽，较接近文人词；而自然流转，一气贯注，深入细致，具体明朗则为他的一切词所具有的特征。而这种特有的风格和晏、欧等人的词风是有明显的区别的，和"花间"、南唐的词风是有明显的区别的。我们把柳词的这种风格概括为"真率"。正因为这种真率的表现是他的生活实践和写作态度的具体表现，才形成了他这种特有的艺术风格。而他的生活实践和写作态度是晏、欧等所不能具有的，因而也决定了他这种艺术风格在晏、欧等人的词中不可能出现。

　　大家知道，晏殊早年显达，宋仁宗时，位至宰相。他是个大官僚地主，过着穷奢极欲的生活；欧阳修、范仲淹出身较贫困，做官后是改良派的人物，政治思想较开明，和晏殊不同，因而他们的词中也有所开创，可是他们毕竟做过高官，在社会上有较高的声望，从社会地位和阶级根源看，和晏殊没有根本的区别。柳永就和他们不同了。他虽然出身于小官僚地主的家庭，但他蹭蹬宦途，只做过下级小官吏，绝大部分时间是过着穷愁羁旅、失意无聊的生活，他属于封建地主阶级内部比较下层的人物，因此就不同于晏、欧等人。他曾见弃于宋仁宗（《艺苑雌黄》），又曾受晏殊当面奚落（《画墁录》），可见他的社会地位是低微的。因此，他对当时的社会现实积郁着许多悲愤和不满的情绪，反映了地主阶级内部的矛盾，代表封建社会中一般失意文士申诉不平之气。由于他潦倒一生，较多地接触到城市中的中下层人物，了解到一部分妓女的痛苦生活，有时还会对她们表示一定的同情。又由于他是一个追求功名富贵而失败的人，因而他对功名富贵的态度具有两面性：追求时就庸俗地对统治集团歌功颂德；失败时就尽情诅咒，甚至表现出冷淡和狂傲。这一切，除歌颂统治集团的功德在晏殊词中可以看到以外，都不是晏、欧等人所能接触到的生活实际，因而也不可能从他们的作品中反映出来。柳词之所以不同于晏、欧等人的词，社会地位和阶级根源实是决定性的因素。正因为他具有这种因素，就产生了和这种因素相适应的美学观点，使他敢于摒去一切的"客气"，详尽坦率地表现自己所要表现的东西，形成他的真率的艺术风格。当然，他这种风格的形成也有外因，他精音律，善创调，为适应歌伎、乐工们的需要，他的词风不能不逐渐除掉封建士大夫的矜持习气，力求接近真率。

　　从承传关系看，柳词是接受唐、五代民间词的传统的。宋太宗时，曾因旧曲造新声，曲名载在《宋史·乐志》的有 400 余调。李清照词评谓柳永"变旧声作新声"。对于宋初的旧曲即唐五代曲，柳永也必有所取资。（《教坊记》曲名见于宋人词集的有 114 调，见于太宗因旧曲造新声的有 75 调。）有些调子的名称，我们认为是柳永自创的。如《倾杯乐》《凤归云》之类，在《敦煌曲》中都可以看到。虽然字数和句法彼此不同，柳作很可能受《敦煌曲》的启示或者别有民间词作依据。（任二北谓柳永词调名和《敦煌曲》同的凡 16 调，全同的 3 调，部分同的 2 调。）柳词中很多即事言情的作品，都不事假借，极少粉饰，用明白如话的语言，写缠绵不尽的情意。如《迎春乐》：

> 近来憔悴人惊怪，为别后相思煞。我前生负你愁烦债，便苦恁难开解。　　良夜永、牵情无计奈，锦被里、余香犹在。怎得依前灯下，恣意怜娇态？

这样的写法是以前的文人词所没有的。我们再看《敦煌曲》中的《送征衣》：

> 今世共你如鱼水。是前世姻缘。两情准拟过千年。转转计较难，教汝独自孤眠。　　每见庭前双飞燕，他家好自然。梦魂往往到君边。心穿石也穿，愁甚不团圆。（任校本）

和柳词比较一下，不但语辞上的明朗朴素如出一辙，神态韵味也有吻合之处。又试看柳词中的《斗百花》：

> 满搦宫腰纤细，年纪方当笄岁。刚被风流沾惹，与合垂杨双髻。初学严妆，如描似削身材，怯雨羞云情意。举措多娇媚！　　争奈心性，未会先怜佳婿。长是夜深，不肯便入鸳被。与解罗裳，盈盈背立银釭，却道："你但先睡。"

《敦煌曲》中的《倾杯乐》：

> 忆昔笄年，未省离合，生长深闺院。闲凭着绣床，时拈金针，拟貌舞凤飞鸾。对妆台重整娇恣面。自身儿算料，岂教人见？又被良媒，苦出言词相诱炫。　　每道说水际鸳鸯，唯指梁间双燕。被父母将儿匹配，便认多生宿姻眷。一旦娉（聘）得狂夫，攻书业抛妾求名宦。纵然选得，一时朝要，荣华争稳便。（任校本）

比较一下，在语言运用上，在铺叙手法上，一脉相承的线索也明显可以看出来。这在与柳永并时和以前的文人词中也是找不到的。柳永吸取了民间词这类的手法，结合他自己较多的生活经历和较高的文学修养，使作品的内容更加丰富、辞藻更加繁缛，看来便有不少作品不是民间文学所有的面目。其实，寻根究底，他从民间文学学习得来的写作方法，一生是受用不尽的，并不限于像上面所举的一些人物情事的素描，应该说，在他全部词作中，运用"铺叙展衍"的写法的占很大的比重。例如他写恋情的名篇《定风波》"自春来惨绿愁红"首用的便是这种写法，即他写羁旅的名篇《夜半乐》"冻云黯淡天气"首，用的又何尝不是这种写法？李之仪说："耆卿词，铺叙展衍，备足无余。"项安世说："杜诗、柳词，皆无表德，只是实说。"周济说："柳词总以平叙见长，或发端，或结尾，或换头，以一二语勾勒提掇，有千钧之力。"刘熙载说："耆卿词，细密而妥溜，明白而家常，善于叙事，有过前人。"这类说法都是从柳词总的艺术风格看的，柳词确有这类的特色。而这类的特色是柳词的主要表现，是他学习民间词而加以变化发展的。

不过，柳永毕竟是一个"才子词人"，他应过科考，做过小官，住过帝都，走过不少通都大邑，也和少数的封建士大夫做过朋友，因而他也发挥了文人词的长处。如《双声子》：

> 晚天萧索，断蓬踪迹，乘兴兰棹东游。三吴风景，姑苏台榭，牢落暮霭初收。夫差旧国，香径没，徒有荒丘。繁华处，悄无睹，唯闻麋鹿呦呦。　　想当年，空运筹决战，图王取霸无休。江山如画，云涛烟浪，翻输范蠡扁舟。验前经旧史（一作"至"），嗟漫载、当日风流。斜阳暮草茫茫，尽成万古遗愁。

游览吊古，通体高雅，音节沉顿苍凉，遣词造句不涉巧丽，落落大方，和前面所举的风格截然不同。田同之把词区分为诗人之词、文人之词、词人之词和英雄之词四种，而认柳词是词人之词（《西圃词说》）。我想，像这么高雅的作品，正所谓"此语于诗句，不减唐人高处"（《侯鲭录》载东坡评柳词《八声甘州》语，《能改斋漫录》作晁无咎语，"此真唐人语，不减高处矣"。），是应该归入诗人之词或文人之词的。又如《满江红·桐川》：

> 暮雨初收，长江静、征帆夜落。临岛屿、蓼烟疏淡，苇风萧索。几许渔人飞（一作"横"）短艇，尽载（一作"将"）灯火归村落（一作"郭"）。遣行客、当（一作"到"）此念回程，伤漂泊。　　桐江好，烟漠漠，波似染，山如削。绕严陵滩畔，鹭飞鱼跃。游宦区区成底事，平生况有云（一作"林"）泉约。归去来，一曲仲宣吟（一作"楼"），从军乐。

描绘景物，抒发情思，用的都是诗人比较精健的句法，也是发挥了文人词的长处。这类词只是说明了柳词也有高雅的一面，也有像封建文人所艳称的"寓以诗人之句法"（黄庭坚《小山词序》）的一面，他的通俗是有意识为通俗的，并不是不能高雅，有力地反驳了说他"词语尘下"（李清照）、"多近俚俗"（黄昇）、"多杂以鄙语"（孙敦立）一类含有鄙视他的看法。究其实，这还不是他足以开派的在宋代文人词中发生巨大影响的所在，支撑他对宋代文人词产生影响而形成一种流派的是他把羁旅行役和离愁别恨紧密结合的作品。如为封建文人所盛称的《八声甘州》：

> 对潇潇暮雨洒江天，一番洗清秋。渐霜风凄紧，关河冷落，残照

当楼。是处红衰翠减，苒苒物华休。唯有长江水，无语东流！　　不忍登高临远，望故乡渺邈，归思难收。叹年来踪迹，何事苦淹留！想佳人、妆楼颙望，误几回、天际识归舟。争知我、倚栏杆处，正恁凝愁！

通篇写客中念远伤离的难堪情绪。前阕写眼前景物，仍分几层写：客中听雨，无人对话，已是凄冷情景了，着一"对"字，则不但给雨洒洗过的江天景色和清秋风物格外鲜明地映现在眼前，也引出下面许多境界的描绘。这就好像水到渠成，不假穿凿，又像登高一呼，众山皆应。这种起笔真可以当得"高浑"的评价。"渐霜风凄紧"三句，极写凄冷的境界，阵阵寒风在猛烈地吹，大地上呈现出一片冷落死寂的景象，只有快要下山的残阳凄照在孤危的楼上，气象雄阔，而情味苍凉，使人恍如置身边远荒凉之境。刘体仁《七颂堂词绎》谓："'关河冷落，残照当楼'，即《敕勒》之歌也。"《敕勒歌》的豪迈之气与俊伟之情和柳词实不相侔，倘从境界的苍茫阔大看，也不无类似之点。这种写法在柳词中很出色，是不可多得的。"是处"两句折入，指出衰减消逝的景物，引动今昔之感，离合之情。"唯有"两句景语实情语。"长江水"而用"无语东流"，则是人对无情东逝水无语凝思。为什么对水凝思呢？第一，用水比喻情思的深长；第二，因为水和送别迎归都有关系；第三，水一去不复回，也是好景不长、年华易逝的象征。所以古人往往对水抒情。这里的写法不仅是一般的情况，还和后阕的"天际识归舟""正恁凝愁"互相映照。后阕写别后情怀。"不忍"句承上开下，把前后阕精神连成一片。前阕的一切景象固然目不忍睹，后阕的所望、所叹、所想也是心情难堪、有所不忍的。"望故乡"至"苦淹留"都从自己正面写，描写远离故乡，紧萦归思，而多年转徙、不得还家的实际情况。"想佳人"至"识归舟"都从对面着想，"妆楼颙望"还是一般的写法；"误几回、天际识归舟"，那就非常深透地传达出对方的依恋之情了。正因为对方是这么依恋他，他的"归思难收"，他的嗟叹淹留异地，才越发是真情实感的表现。所谓"着一笔而全篇振起"的写法，从这里可见一斑。结语从对方写到自己，是双收，也回合前结。前阕开合动荡，气象雄阔；后阕婉曲深至，笔力精透，是柳词中精心结构之作。

柳词这一首和《雨霖铃》是他写文人词方面的代表作。可以说，北宋词人以慢词的样式抒写离情别绪的作品，具体内容虽各有不同，在艺术手法的运用上，或多或少都受到这类柳词的影响。周济的《宋四家词选》就曾经在柳词《雨霖铃》《卜算子慢》《安公子》的眉批中指出是清真词所自出。其实，周词的婉曲深至处明显是学柳词的，但一般造句遣词较着力，所谓"善融会诗句"，不及柳词的自然，用笔多刻意为顿折，也不像柳词之圆转流利。柳词中的文人词方面的写作仍然是自然流畅的，较接近民间词；周词中的文人词方面的写作就和民间词距离很远了。柳词中接近民间词和文人词的写作都有一气呵成的。如《定风波》下阕：

> 早知恁么，悔当初、不把雕鞍锁。向鸡窗、只与蛮笺象管，拘束教吟课。镇相随，莫抛躲，针线闲拈伴伊坐，和我，免使年少光阴虚过。

《卜算子》（一有"慢"字）下阕：

> 脉脉人千里，念两处风情，万重烟水。雨歇天高，望断翠峰十二。尽无言、谁会凭高意？纵写得离肠万种，奈归云谁寄？

这种一气转注、联翩而下的写法是从《敦煌曲》来的，在宋代文人词中是较少见的。个别作品如秦观的《八六子》后阕、贺铸的《天香》后阕，以及周邦彦的《满庭芳·夏日溧水无想山作》后阕，都可能是受到柳永这类词的启发。

由于柳词对宋代的文人词有不少开导启发的作用，因而历来的词论家也有从文人词的角度给他较高的评价的。清代的彭逊遹说："柳七亦自有唐人妙境。"（《金粟词话》）宋凤翔说："柳词曲折委婉，而中具有浑沦之气。虽多俚语，而高处足冠群流，倚声家当尸而祝之。"（《乐府余论》）周济说："耆卿为世訾謷久矣，然其铺叙委婉，言近意远，森秀幽淡之趣在骨。"（《介存斋论词杂著》）郑文焯说："屯田北宋名家，其高浑处不减清真，长调尤能以沉雄之魄，清劲之气，写奇丽之情，作挥绰之声。"（《大鹤山人手批》）冯煦说："耆卿词，曲处能直，密处能疏，奡处能平，状难状之景，达难达之情，而出之以自然，自是北宋高手。"（《宋六十一家词选·例言》）这些评论都是从柳词中比较清丽高雅的作品着眼的。他们既然称许柳永这方面的词，对另一方面比较浅俗接近民间词的写作，就必然加以讥议，因而他们在对柳词做出这种评价的同时，也表示对他的俚俗之作的不满。如周济就说过"耆卿乐府多，故恶滥可笑者多"（《宋六十一家词选·例言》）的话，冯煦也说过"然好为俳体，词多媟黩，有不仅如《提要》所称'以俗为病'者"（《宋六十一家词选·例言》）的话。其实，对柳词评价最高的是宋代的封建文人，有"《离骚》寂寞千年后，《戚氏》凄凉一曲终"（王灼《碧鸡漫志》引"前辈云"）的说法；对柳词诟骂最甚的是宋代文人王灼，他对此有"为此论者乃是遭柳永野狐涎之毒"的说法。因为柳词本身就有其复杂性，在封建文人看来，有所褒也有所贬，或者只褒其一面，或者只贬其一面，都是不足为怪的。

就现存的200多首柳词看，写风情旖旎而且写得很通俗的实占较大的比重，这一类词是一般人民所喜爱的，而柳永也因这类词而传名远近。严有翼的《艺苑雌黄》说："彼（指柳永）其所以传名者，直以言多近俗，俗子易悦故也。"陈师道《后山诗话》说："柳三变作新乐府，天下咏之。"叶梦得《避暑录话》说："柳耆卿为举子时，多游狭邪，善为歌辞，教坊乐工每得新腔，必求永为辞，始行于世，于是声传一时。余仕丹徒，尝见一西夏归朝官云'凡有井水饮处，即能歌柳词'，言其传之广也。"从这些宋人的记载中可以看出柳词的创作特征及其赢得人民喜爱的原因所在。人民所喜爱的东西，不为封建文人所喜爱，这是完全可以理解的。不过，我们看柳词的特征，仍当以其总的倾向符合于人民的观点的为主，封建文人所喜爱的应该放在次要的地位。同样，我们看柳派的词人也当以他们同于或接近于柳词的主要特征的作品为准。

王灼曾这么说过："沈公述（唐）、李景元（甲）、孔方平（夷）、处度叔侄、晁次膺（元礼）、万俟雅言（咏）皆有佳句，就中雅言尤绝出。然六人者源从柳氏来，病于无韵。"（《碧鸡漫志》卷二）又说："今少年妄谓东坡移诗律作长短句，十有八九不学柳耆卿，则学曹元宠（组），虽可笑，亦毋用笑也。"（《碧鸡漫志》卷二）又说："田中行极能写人意中事，杂以鄙俚，曲尽要妙，当在万俟雅言之右，然庄语辄不佳。"（《碧鸡漫志》卷二）从这里，可见学柳词和近柳词的是哪一些作家。据王灼看来，沈唐等六人是从柳氏出的，曹组是和柳永同类的词人，田中行的作风也是走柳永一路的，所以把他和万俟咏比较。但就这些人现存的词篇看来，大都写风情旖旎的内容，和柳词接近，而都不及柳词的通俗。现在各举一篇看看：

> 杏花过雨，渐残红零落，胭脂颜色。流水飘香人渐远，难托春心脉脉。恨别王孙，墙阴目断，手把青梅摘。金鞍何处？绿杨依旧南陌。　　消散云雨须史，多情因甚，有轻离轻拆？燕子千般，争解说些子，伊家消息。厚约深盟，除非重见，见了方端的。而今无奈，寸肠千恨堆积！（沈唐《念奴娇·春恨》）

　　绝羽沉鳞，埋花葬玉，杳杳悲前事。对一盏寒灯，数点流萤，悄悄画屏，巫山十二。舜脸星眸，蕙情兰性，一旦成流水。便纵有、甘泉妙手，洪都方士何济？　　香闺宝砌，临妆处、迤逦苔痕翠。更不忍看伊，绣残鸳侣，而今尚有，啼红粉渍（这三句，柳永词作"似恁偎香倚暖，抱着日高犹睡"两句）。好梦不来，断云飞去，黯黯情无际。谩饮尽香醪，奈向愁肠，消遣无计！（李甲《慢卷绸》）

　　风悲画角，听单于、三弄落谯门。投宿骎骎征骑，飞雪满孤村。酒市渐阑灯火，正敲窗，乱叶舞纷纷。送数声惊雁，乍离烟水，嘹唳度寒云。　　好在半胧淡月，到如今、无处不消魂。故国梅花归梦，愁损绿罗裙。为问暗香闲艳，也相思、万点付啼痕。算翠屏应是，两眉余恨倚黄昏。（孔夷《南浦》）

　　数枝凌雪乘冰，嫩英半吐琼酥点。南州故苑，何郎遗咏，风台月观。疏影横斜，暗香浮动，水寒云晚。笑浮花浪蕊，娇春万里，空零落，愁莺燕。　　游子寂寥暮景，向天边几回相见。玉人纤手，殷勤攀赠，欲行微盼。越使归来，汉宫妆罢，昭华流怨。念湘江梦杳，窗前疑是，此情何限。（孔处度《鼓笛慢》）

　　豆蔻梢头，鸳鸯帐里，扬州一梦初惊。忆当时相见，双眼偏明。南浦绿波，西城杨柳，痛悔多情。望征鞍不见，况是并州，自古高城？　　几多映月，凭肩私语，傍花和泪深盟。争信道、三年虚负，一事无成。瑶佩空传好好，秦筝闻说琼琼。此心在了，半边明镜，终遇今生。（晁元礼《雨中花》）

　　小潇湘。正天影倒碧，波面容光。水仙朝罢，间列绿盖红幢。风吹细雨，荡十顷、汜汜清香。人在水晶中央，霜绡雾縠，襟袂收凉。　　款放轻舟闹红里，有蜻蜓点水，交颈鸳鸯。翠阴密处，曾觅相并青房。晚霞散绮，泛远净、一叶鸣榔。拟去尽促雕觞。歌云未断，月上飞梁。（万俟咏《芰荷香》）

　　雨细云轻，花娇玉软，于中好个情性。争奈无缘相见，有分孤另。香笺细写频相问，我一句句儿都听。到如今、不得同欢，伏惟与他耐静。　　此事凭谁执证？有楼前明月，窗外花影。拚了一生烦恼，为伊成病。只恐（一作"愁"）更把风流逞。便因循、误人无定。恁时节、若要眼儿厮觑，除非会圣。（曹组《忆瑶姬》）

从这里，可以明显看出王灼所指出的六人都是学习柳词的，虽然各人由于题材的不同，或多写情事，或多写景象，从而色彩的浓淡也有所区别，其自然酣畅的程度还比不上柳词，但"展衍铺叙"的手法却是继承柳词的，而大胆真率的作风，持较柳词，也波澜莫二。曹组的作品是学柳词通俗的方面的，尤其可以一目了然（曹组也有学柳词繁缛方面的）。

此外，受柳词影响的北宋文人词，自张先、秦观、黄庭坚、杜安世以至贺铸、周邦彦都有部分的作品可以指出来。不过，他们都存在着较严重的封建士大夫习气，不及柳词那么真率自然罢了。苏轼是反对柳词、另树一派的人，但他也不能不承认柳词的影响之大。他在《与鲜于子骏书》中曾说："近颇作小词，虽无柳七郎风味，亦自成一家。"他是自觉不及柳永的。俞文豹的《吹剑录》曾有这一段记载：

> 东坡在玉堂日，有幕士善歌，因问："我词何如柳七?"对曰："柳郎中词，只合十七八女郎，执红牙板，歌'杨柳岸晓风残月'；学士词，须关西大汉，铜琵琶、铁绰板，唱'大江东去'。"东坡为之绝倒。

从这里面虽可看出东坡不满柳词，可是把柳词提出和自己的词媲美，说明他是深知人们喜爱柳词的。他对秦观说，想不到你近来也学柳词，也说明学柳词的人相当普遍。总之，柳词影响之大、流行之广，当时是无人可以比拟的。《四库提要》说："自晚唐五代以来，以清切婉丽为宗，至柳永而一变，如诗家之有白居易。"如果从思想内容看问题，这说法是错误的。可是，如果从艺术形式和影响之大、流行之广看问题，这说法还是符合实际情况的。

## 第三节　疏快（高旷、清雄、明丽）

以苏轼为代表。苏轼词和柳永词一样是宋词的开创者，一样给词学的发展开辟了宽广的道路。

苏轼是我国文学史上一位具有多方面才能的杰出的作家。他的散文、诗、词都有卓越的成就，都对后来有影响。可是，在当时来说，他的作品中起着巨大作用的还是他的词。文中的欧阳修，还为当时文士所宗仰；诗中的黄庭坚也欲和他分庭抗礼，在宋代的影响，还可以说比他更大。只有他的词，打破了"艳科"的传统观点，把向来被封建文人目为"小道"的词提高到和诗、文同等的地位，不仅用它来抒写男女间的悲欢离合的情事，举凡纪游、怀古、感旧、赠答、谈禅、说理，乃至概括旧文、代人赠别、笑谑、回文等诗文所能达到的境都能达到。这就大大地开拓了词的领域，丰富了词的内容，为词的健康发展开辟了一条康庄大道，在词学的发展史上写下了光辉的一页。

由于苏轼把词抬高到和诗、文同等的地位，因而他的政治倾向、人生态度以及思想观点等，凡可以在诗文中表现出来的，他也试图在词里表现出来，这就决定他的词和他的诗、文具有同等的艺术风格。苏轼的诗、文都是挥洒自如、才情奔放的。他自己曾说过："吾文如万斛泉源，不择地而出，在平地滔滔汩汩，虽一日千里无难。及其与山石曲折，随物赋形而不可知也。"（《文说》）王若虚《论诗诗》曾说苏轼诗："信手拈来世已惊，三江滚滚笔头倾。"这都是符合实际的。他把这种艺术风格带到词里来，就形成了它的"疏快"的风格。

疏宕而明快的风格，在《花间集》里，韦庄有这类作品，况周颐所谓"韦词运密入疏，寓浓于淡"（《蕙风词话》）也是这种风格。在南唐的词人中，李煜有这类作品，特别是李煜亡国前后的作品。情味虽然沉痛凄郁，而开合动荡、纵横挥洒的笔法实苏词的先驱。《东坡志林》记苏轼指责李煜《破阵子》词在失国时犹对宫娥听乐，说明他是注意过李煜词的。李词这种作风可能对他有启发作用。范仲淹、欧阳修是革新运动的倡导人物，又是苏轼亲炙到的前辈，他们的个别词中具有这类风格，如范仲淹的《渔家傲》、欧阳修的《朝中措》之类，更可能对他有直接的影响。这类的承传关系，我们在探讨苏词风格的形成时，也是不能不注意到的。

苏轼这种把词提高到和诗、文同等的地位，以他写诗、文的手法来写词，这是文人词高度解放的表现。这和柳永吸取民间词的手法，尽量把民间词的血液注入文人词并使之通俗化的做法，恰恰处于双峰对峙的地位。可是，这种以诗文入词、高度解放文人词的做法，在当时，即使与苏氏交游的后辈如陈师道对他也有微词，说："子瞻以诗为词，如教坊雷大使之舞，虽极天下之工，要非本色。"（《后山诗话》）"苏门四君子"中的秦观也不敢学它，反而受柳词的影响；黄庭坚有时学他的词，但仍不脱柳词的腔套；晁补之算是学苏词最成功的了，而说它"自是曲子中缚不住者"（《能改斋漫录》卷十六）。回护它正是指出它这方面的缺点，不可学。这说明，苏轼这种对词的大胆开创被认为是词的一种破体，所以即使他在文坛上有杰出的地位，仍不能有很大的号召力，直至北宋末期以后，它才得到人们的重视。就当时来说，一般的封建文人虽然口头上不满柳永词，尊重苏轼词，这是因为他的阶级地位的关系。实际上还是学柳词的多，学苏词的少。

苏词之所以在当时还不能盛行，除一般封建文人认为词是"艳科""小道"的传统观念一时还不能改变以外，当时社会的各种危机还未爆发，都市的表面繁荣和个人的享乐生活还没有要求他们利用词这一形式来反映各个方面的社会面貌也是一个重要的原因。任何一种文学流派的盛行都和时代的需要是互相适应的，都和某一类人的思想观点是互相适应的。词作为反映社会现实的形式而出现，这在《敦煌曲》的民间词中已可以看到；而就文人词说，苏轼对词的做法却不失为一个先知先觉者。

就苏词的接触面看，真达到和诗、文一样广阔的境地。如《沁园春》"孤馆灯青"首刻志着求取功名的心愿，《江城子》"老夫聊发少年狂"首展示出杀敌立功的雄图，《满庭芳》"归去来兮"首寄寓君恩未报的情怀，《水调歌头》"明月几时有"首抒写时代人生的观感等，把社会人生道路上的大问题都缩写在自己的小词里。他如《行香子》"一叶舟轻"首之写景，《江城子》"十年生死两茫茫"首之悼亡，《虞美人》"波声拍枕长淮晓"首之写离怀别感，《浣溪沙》"照日深红暖见鱼"首五首之写农村风物，乃至《水调歌头》"昵昵儿女语"首之刻画声音，《满庭芳》"蜗角虚名"首之侈谈哲理，《水龙吟》"似花还似非花"首之咏物，《更漏子》"水涵空"首之赠送，《减字木兰花》"唯熊佳梦"首之戏谑，等等，应有尽有，多姿多彩，使词这一内容贫弱的领域得到空前的丰盛，即使是当时最为流行的柳词，相形之下，也大为减色。柳词开创北宋词学兴盛的局面，主要是在创调多，使词的艺术形式空前繁荣起来，这一点是超过苏词的；在内容方面，则远不及苏词之丰富。正因为这种情况，在重视艺术形式而不容易改变思想观点的封建文人笔下，更多的还是对柳词的接受，而对苏词还怀着望洋兴叹的态度。

苏词的题材既然这么广泛，内容既然这么丰富，和这广泛的题材和丰富的内容互相适应的艺术风格也就不可能不复杂多变。我们说他的艺术风格是"疏快"，也就是疏宕明快，是就它和诗、文的一致性说的，更具体地说，可分为下列几种风格①：

---

① "几种风格"中，作者仅完成第一种风格，遂仅列"第一是高旷"这种风格。

第一是高旷。这在苏词中占相当大的比重。王灼说："东坡先生以文章余事作诗，溢而作词、曲，高处出神入天，平处尚临镜笑春，不顾侪辈。"（《碧鸡漫志》）又说："东坡先生非心醉于音律者，偶尔作歌，指出向上一路，新天下耳目，弄笔者始知自振。"（《碧鸡漫志》）胡仔说："子瞻佳词最多，其间杰出者，……皆绝去笔墨畦径间，直造古人不到处，真可使人一唱而三叹。"（《诗人玉屑》卷二十一引《渔隐丛话》）胡寅说："眉山苏氏，一洗绮罗香泽之态，摆脱绸缪宛转之度，使人登高望远，举首高歌，而逸怀浩气，超然乎尘埃之外。"（《酒边词序》）这一切都是针对他这种风格说的。这种风格表现得最突出的是历来广为传诵的《水调歌头·丙辰中秋欢饮达旦，大醉，作此篇，兼怀子由》：

> 明月几时有？把酒问青天。不知天上宫阙，今夕是何年？我欲乘风归去，唯（一作"又"）恐琼楼玉宇，高处不胜寒。起舞弄清影，何似在人间？　　转朱阁，低绮户，照无眠。不应有恨，何事长（一作"偏"）向别时圆？人有悲欢离合，月有阴晴圆缺，此事古难全。但愿人长久，千里共婵娟。

通篇正写月色本身的只有过阕三短句，此外都写作者对月兴怀，"精骛八极，心游万仞"，构思的天地非常广阔。上阕从人间到天上，复从天上返人间。"问天"当然是由感到现实社会的苦闷出发。可是想象的翅膀要飞到天上的宫阙去，又怕那天上太寒冷，不像人间温暖，则仍是热爱生活、不忘现实的表现。下阕从人有离合和月有圆缺的互相比较中来说明人生不可能十全十美的道理，来寄寓他自己的人生观点，最后提出一种最美好的愿望。其中充满了出世入世的矛盾心情的表现，而唯一企盼的还是"千里共婵娟"的美好生活。他认为人生不可能无缺陷，在封建文人看来，这是阶级社会的一种现实。他感到天上不如人间，希望共享美好生活，这种思想感情还是比较健康的。从表现手法看，上阕由"问"字起，以下用"不知""我欲""又恐""何似"，下阕用"不应""何事""但愿"等联系词来表达内心世界的曲折变化，跳脱灵活，圆转自然，也是作者疏宕明快的艺术风格的一种表征。

由于这词落想超妙，取境空阔，我们把它归入高旷一类。此外，如《卜算子》"缺月挂疏桐"首、《永遇乐》"明月如霜"首、《醉翁操》《水调歌头》"落日绣帘卷"首、《水龙吟》"似花还似非花"首之类，都是这种艺术风格的表现。这类词读起来总觉得兴象高超，生气远出，仿佛清夜闻钟，精神一爽；又像晚霞流空，观赏不尽；姿态横生，奇情四溢，真达到了词的领域中的最高境界！

......

（第六章从这里以下至第九节以及第七章《理论批评》皆为大纲，遗稿不全。）

这派词也有写得很豪放的，也有写得很妍丽的，但为数不多，不能用它们来代表这派词的独具的风格。

由于取材太易，出笔太快，这派词也不无庸滥浅率之作。

自苏轼以下，黄庭坚、晁补之、陈与义、朱敦儒、向子諲等词人，都是有意学苏的，可以归在这一派。当然，他们也还受到柳永的影响。即使是苏轼本身，早年也曾受过柳词的影响。王灼在《碧鸡漫志》中曾说过这段话："今少年妄谓东坡移诗律作长短句，十有八九，不学柳耆卿则学曹元宠，虽可笑，亦毋用笑也。"柳词曾风行一时，苏轼后起，知己知彼，先学他然后反对他，是毫不足怪的。张元幹、叶梦得、张孝祥等继承这一派而较为沉着悲壮，是由这一派过渡到豪放派的桥梁。

苏轼：《西江月》"三过平山堂下"首、《水龙吟》"似花还似非花"首、《念奴娇》"大江东去"首、《蝶恋花》"花退残红青杏小"首。

黄庭坚：《水调歌头》"瑶草一何碧"首。

晁补之：《忆少年》"无穷官柳"首。

叶梦得：《贺新郎》"霜降碧天静"首。

朱敦儒：《水调歌头》"当年五陵下"首。

陈与义：《临江仙》"忆昔午桥桥上饮"首。

向子諲：《西江月》"流水断桥衰草"首。

## 第四节　婉约（和婉、清丽、清新）

这一派以秦观、李清照为代表。

秦观，远师南唐，近承晏、欧而参以柳永，时有凄怨之音，似李煜中期之作，比晏、欧伸展，比柳永雅丽。不少工细精刻的描写，但一般不露着力痕迹，故看来仍极和雅、浑融而不陷于纤巧。表情重婉转含蓄，有铺排，但颇凝整。这和他的"女郎诗"是一致的，都标志着他个人的性格特征。这在当时柳、苏之外自成一种风格，而和柳较接近。蔡伯世说："子瞻辞胜乎情，耆卿情胜乎辞，辞情相称者唯少游一人而已。"这是说，秦词的情辞兼胜。《四库提要》："观诗格不入苏黄，而词则情韵兼胜，在苏黄之上。"这是说秦词的情韵兼胜。把秦词抬高到压倒柳、苏的地位，这固然是一种主观的看法，但也可见秦词是另一种面目，不能隶属于柳派或苏派。张炎说秦词"清丽中不断意脉，咀嚼无滓，久而知味"（《词源》），张綖说"少游词多婉约"（张刻《淮海集》），周济说"少游最和婉醇正"（《宋四家词选序论》），刘熙载说"少游词得'花间''尊前'遗韵，却能自出清新"（《艺概》），都能说出秦词的艺术风格。不过，秦词毕竟少独创性，他的词独具的面目还是从吸取和融化别人的词中来。这派词到了李清照，才真正到达了高峰。

李清照，她虽然说过这样的话："秦少游专主情致而少故实，譬如贫家美女，虽极妍丽丰逸，而终乏富贵态。"（《论词》）实则她的词风和秦词还是一脉相承的。她的词也没有什么"故实"，创作和理论并不一致。不过，由于她所处的时代和她自己的经历，使她的词的风格前后有所不同：前期较妍媚，后期较凄怨。可是，它的总倾向还是婉约。她的造句遣词不少新创；她的描写手法曲折深透，往往出奇制胜；即使是平易近人之作，也摒绝庸滥，独标清新。在婉约派中，李清照比起秦观，实已跨进了一大步，达到了最成熟的阶段。王士禛谓"婉约以易安为宗"（《花草蒙拾》）并非过誉。

这派词，除秦观、李清照外，赵令畤、谢逸、赵长卿、吕渭老等都在不同程度上朝着这方向走。

秦观：《踏莎行》"雾失楼台"首、《满庭芳》"晓色云开"首、《减字木兰花》"天涯旧恨"首、《八六子》。

李清照：《点绛唇》"蹴罢秋千"首、《一剪梅》"红藕香残玉簟秋"首、《凤凰台上忆吹箫》《声声慢》《渔家傲》。

赵令畤：《清平乐》"春风依旧"首、《蝶恋花》"卷絮风头寒欲尽"首。

谢逸：《燕归梁》"六曲阑干翠幕垂"首。

赵长卿：《念奴娇》"江城向晓"首。

吕渭老：《薄幸》"青楼春晚"首。

# 第五节　奇艳（冶艳、秾丽、奇丽）

这一派以张先、贺铸为代表。

张先和晏、欧、柳同时，但他的词的接触面比他们广，已经有了不少的词题，也有部分创调和慢词，可以看出他不是个墨守故常的作家，而是一个创作的高手。他抒写平凡的景物情事都富有韵味，晁补之说"子野韵高"（《复斋漫录》引）。这"韵高"确是张词的一种特征。他词中有不少奇横的意境，有不少精警的句调，这都是他匠心独运、卓尔不群的表现。

贺铸比张先稍后，他的词绝大部分是写骚情艳思的。他的词创新的意境和精美的语言层出不穷。他善于驱使古人的辞句，达到"推陈出新"的境地。一些平凡的事物，他也写得精力饱满，神采飞动，使人耳目一新。他词中有小部分雄奇俊伟之作，已经和张元幹、张孝祥等一样开了南宋豪放派的先路。

张先和贺铸的词风虽然各有所长，也各有所偏，而笔力精健，采藻艳逸则是他们的共通之点。比起柳永、苏轼、秦观来，用笔比较着力，色彩比较秾丽，因而他们别成一种风格。这种风格在不同时期中都起着推进词的发展的作用。由于他们的命笔遣词都较有迹象可寻，有人就轻视他们，说张先是"偏才"（《宋四家词选序论》），说贺铸是"拾人牙慧"（《词绎》），其实，这是不公允的。

属于这派的词人，张、贺以外，有王观、李之仪、周紫芝等。

张先：《醉垂鞭》"双蝶绣罗裙"首、《天仙子》"水调数声持酒听"首、《千秋岁》"数声啼鴂"首、《青门引》"乍暖还轻冷"首、《倾杯》"飞云过尽"首。

贺铸：《半死桐（鹧鸪天）》"重过阊门万事非"首、《横塘路（青玉案）》"凌波不过横塘路"首、《伴云来（天香）》"烟络横林"首、《薄幸》《六州歌头》。

王观：《卜算子》"水是眼波横"首、《庆清朝慢》"调雨为酥"首。

李之仪：《临江仙》"九十日春都过了"首、《谢池春》"残寒销尽"首。

周紫芝：《水龙吟》"楚山千叠浮空"首、《天仙子》"雪似杨花飞不定"首。

## 第六节　典丽（和雅、富艳、工巧、浑成）

这一派以周邦彦为代表，他继承柳永而着重其中文人词的因素，并吸取"花间"派以后所有非苏派的文人词的特色，使文人词与民间词合流。他虽然对民间词和文人词兼收并蓄，但文人词的因素已经掩盖了民间词的因素，所以和柳词不同。他是重视诗歌传统的，但他是"融化诗句"入词，而不是"以诗为词"，所以和苏词异趣。他自成一种风格。一般说来，遣词造句，用意命笔，都十分矜慎。辞语精炼，结构严密，思力深透，音律谐协，已达到了很高的艺术成就。陈振孙说他"长调尤善铺叙，富艳精工"（《直斋书录解题》），王国维说他"言情体物，穷极工巧"（《人间词话》），都是很恰当的。常州派词人把他抬到自有词人以来最高的地位，那就未免过分了。

由于周邦彦做过"大晟乐府"的提举官，他在艺术技巧上又达到了文人词中很高的境地，因而周词在当时就有不小的影响，如万俟咏、晁端礼、徐伸、田为等都可以说和周词是同一个派系的。李清照在《词论》中虽然没有提到周邦彦，但从她所指摘的各家的缺点来看她自己的主张，显然是重视高雅、协乐、浑成、典重、铺叙等，这都是周词所具有的。可见尽管她自己的实践和理论不一致，这理论还是周邦彦那一套，换言之，也就是"大晟乐府"那一套。南宋词人，除走苏、辛一路的以外，如姜夔、史达祖、王沂孙、周密、陈允平等，都在不同程度上受到周词的影响。

周邦彦：《花犯》"粉墙低"首、《浪淘沙慢》"昼阴重"首、《夜飞鹊》"河桥送人处"首、《还京乐》"禁烟近"首、《苏幕遮》"燎沉香"首、《少年游》"并刀如水"首。

万俟咏：《卓牌儿》。

晁端礼：《水龙吟》。

徐伸：《二郎神》。

田为：《江神子慢》。

# 第七节 豪 放

这一派以辛弃疾为代表。自苏轼来，经过张元幹、叶梦得等的悲壮激烈之作，特别是时代的剧变使这一派词走上雄奇跌宕、豪迈奔放的道路而另成一种豪放的风格。苏词虽然是"无意不可入，无事不可言"（刘熙载），但毕竟还是"以诗为词"（陈师道），是"衣冠伟人"（谭献）。到了辛弃疾，那就任意驱遣经、史、子、集，自然合度，是英雄豪杰，"弓刀游侠"（谭献），不得以诗人限制他了。这是辛词的特色，学辛词的人都学他这种特色。不过，辛弃疾是一位才大、学博、有丰富的阅历、有深厚的感情而又创造性极强的作家，他的词是具有各种各样的风格的，除最突出的豪放这一特点以外，婉约、精艳、典丽等面貌，在他的词集里都可以找到，这就不是学习他的人所能做到的。但也必须认识到，他并不是以这些来独开户牖和影响别人。刘克庄在《辛稼轩集序》里说："公所作，大声鞺鞳，小声铿鍧，横绝六合，扫空万古，自有苍生以来所无。其秾纤绵密者，亦不在小晏、秦郎之下。"这是符合实际情况的。

辛词有部分文字游戏之作，当然不值得重视。

辛派词人有陆游、陈亮、刘过、刘克庄等。陆游比辛稍前，刘克庄比辛稍后。陆词作风在苏、辛之间，以内容和辛接近，故不归苏派而归辛派。刘（克庄）词在陆、辛之间，"与放翁、稼轩，犹鼎三足"（冯煦《宋六十一家词选·例言》）。

辛弃疾：《摸鱼儿》"更能消几番风雨"首、《永遇乐》"如此江山"首、《破阵子》"醉里挑灯看剑"首、《沁园春》"杯汝前来"首、《祝英台近》"宝钗分"首、《鹧鸪天》"枕簟溪堂冷欲秋"首。

陆游：《沁园春》"孤鹤归飞"首、《诉衷情》"当年万里觅封侯"首。

陈亮：《水调歌头》"不见南师久"首、《贺新郎》"老去凭谁说"首。

刘过：《贺新郎》"弹铗西来路"首、《西江月》"堂上谋臣尊俎"首。

刘克庄：《沁园春》"一卷阴符"首、《满江红》"金甲凋戈"首。

## 第八节　骚雅（清空、精妙、清劲、清刚、疏宕）

　　这一派以姜夔为代表。自周邦彦来而有新变。间中也学东坡之高旷，而无其襟抱；也学稼轩之劲健，而无其魄力。极意清新，力扫浮滥，运质实于清空，以健笔写柔情，自成一种风格。精乐律，有 17 首自注工尺旁谱，为流传下来的宋词中所仅见，在音乐史上有重大贡献。宋人评他的词，或说"精妙"（黄昇），或说"清空""骚雅"（张炎），或说"高远"（陈郁），或说"清劲"（沈义父），各有所得，不能偏废，就中似"骚雅"含义更广，更切合实际。姜氏后期词也有部分受到辛词的影响。

　　姜词在当时以至后代都有较大的影响。朱彝尊谓"词莫善于姜夔，宗之者张辑、卢祖皋、史达祖、吴文英、蒋捷、王沂孙、张炎、周密、陈允平、张翥、杨基，皆具夔之一体"（《黑蝶斋诗余序》）。这虽是浙派词人有意抬高姜词的说法，但姜词的影响之大却是事实。大抵受姜词影响的，除唯一推重姜词的张炎外，都是原本周邦彦，因而也受到周词的影响。这类词人很多，周密《绝妙好词》就选录了不少，现在只能就主要的作家举些例子。和姜词较接近的是史达祖、高观国，稍后的有周密、王沂孙和张炎。

　　姜夔：《念奴娇》"闹红一舸"首、《永遇乐》《点绛唇》《扬州慢》《齐天乐》《翠楼吟》。

　　史达祖：《双双燕》《绮罗香》。

　　高观国：《齐天乐》《风入松》。

　　周密：《玉京秋》《曲游春》。

　　王沂孙：《齐天乐》"一衿余恨宫魂断"首、《天香》。

　　张炎：《高阳台》"接叶巢莺"首、《八声甘州》"记玉关踏雪事清游"首、《解连环》"楚江空晚"首。

## 第九节　密丽（险涩、破碎、隐丽、秾挚）

　　这一派以吴文英为代表。远祖温庭筠，近师周邦彦。讲究字面，烹炼句法，极意雕琢，工巧丽密，时时陷于险涩。面貌略近诗中的李贺和李商隐而更为隐晦。

吴词也有较为流丽的，但为数不多。

吴词在当时就有两种不同的评价：尹焕誉之可以媲美清真（周邦彦），冠绝两宋，"求词于吾宋者，前有清真，后有梦窗，此非焕之言，天下之公言也"（《绝妙好词笺》引）。张炎讥他"如七宝楼台，眩人眼目，拆碎下来，不成片段"（《词源》）。这些是偏见。

吴词最盛行的时期是在清中叶以后，常州派词人周济《宋四家词选》把他和辛弃疾、周邦彦、王沂孙标揭为四派的首领，以他们四人来领导两宋的词家，说他"奇思壮采，腾天潜渊，返南宋之清泚，为北宋之秾挚"。自后如陈廷焯、朱祖谋、况周颐、陈洵等都极力抬高吴词，把吴词作为学习的典范，直至今天还有不少写旧词的人受到他们的影响。甚至还有人故神其说，说"梦窗之词，与东坡、稼轩诸公，实殊流而同源"（《香海棠词话》），这是不正确的。

走吴词一路的，有尹焕、黄孝迈、楼采、李彭老等。

吴文英：《齐天乐》"烟波桃叶西陵路"首、《八声甘州》"渺空烟四远"首、《高阳台》"修竹凝妆"首、《风入松》"听风听雨过清明"首。

尹焕：《霓裳中序第一》。

黄孝迈：《湘春夜月》。

楼采：《玉漏迟》。

李彭老：《木兰花慢》。

# 第七章　理论批评

## 第一节　论词专著及专篇

专著：如张炎《词源》、沈义父《乐府指迷》之类。

专篇：如晁补之《评本朝乐章》、李清照《词论》之类。

## 第二节　词话

如杨绘《时贤本事曲子集》、杨湜《古今词话》、鲷阳居士《复雅歌词》、张侃《拣词词话》之类。

## 第三节　诗话、丛话中的词话

如王灼《碧鸡漫志》中的词话、吴曾《能改斋漫录》中的词话、胡仔《苕溪渔隐丛话》中的词话、魏庆之《诗人玉屑》中的词话、周密《浩然斋雅谈》中的词话之类。

## 第四节　诗、文、笔记小说中的词论和词评

如黄庭坚《小山词序》，张耒《东山乐府序》，刘克庄《辛稼轩集序》，魏了翁《跋张于湖念奴娇词真迹》，陆游《跋花间集》《跋金奁集》，以及赵令畤《侯鲭录》、蔡絛《铁围山丛谈》、罗大经《鹤林玉露》中有关词论、词评的文字。

# 附录  姜词集评

陈藏一曰："白石道人气貌若不胜衣，而笔力足以扛百斛之鼎；家无立锥，而一饭未尝无食客。图史翰墨之藏，汗牛充栋。襟期洒落，如晋宋间人。意到语工，不期于高远而自高远。"（《藏一话腴》）

柴望曰："词以隽永委婉为尚，组织涂泽次之，呼噪叫啸抑末也。唯白石词登高眺远，慨然感今悼往之趣，悠然托物寄兴之思，殆与古《西河》《桂枝香》同风致，视青楼歌、红窗曲万万矣。故余不敢望靖康家数，白石衣钵，或仿佛焉。"（《凉州鼓吹·自序》）

刘克庄曰："姜尧章有平声《满江红》，自叙云'旧旧词用仄韵，多不叶律，如末句"无心扑"，歌者将心字融入去声，方谐音律。余欲以平韵为之，久不能成。因泛巢湖祝曰："得一席风，当以平韵《满江红》为神姥寿。"言讫，风与帆俱驶，顷刻而成。末句云"闻佩环"，则协律矣'。其词云，……此阕佳甚，惜无能歌之者。"（《后村诗话续集》卷一）

叶正则曰："《记》：'王祭之，牛角茧栗。'《左氏外传》楚观射父曰：'郊禘不过茧栗。'《史》《汉》书志'天地牲角茧栗'，颜师古注：'牛角之形，或如茧，或如栗，言其小。'……高续古红药词云：'红翻茧栗梢头遍。'姜尧章芍药词亦云：'正茧栗梢头弄诗句。'取譬花之含蕊为工。"（《爱日斋丛钞》）

赵子固曰："白石词家之申韩也。"（《古今词话》）

黄昇曰："白石词极精妙，不减清真，其高处有美成所不能及。"（《中兴以来绝妙词选》）

周密曰："姜尧章《铙歌鼓吹曲》，乃步骤尹师鲁《皇雅》，《越九歌》乃规模鲜于子骏《九诵》，然言辞峻洁，意度高远，颇有超越骅骝之意。"（见陆友仁《砚北杂志》引）

张炎曰："旧有刊本六十家词，可歌可诵者，指不多屈，中间如秦少游、高竹屋、姜白石、史邦卿、吴梦窗，此数家，格调不俦，句法挺异，俱能特立清新之意，删削靡曼之词，自成一家，各名于世。"（《词源》）

又曰："词中句法，要平妥精粹。……姜白石《扬州慢》云：'二十四桥仍在，波心荡、冷月无声。'此皆平易中有句法。"（同上）

又曰："词以意趣为主，要不蹈袭前人语意。……姜白石《暗香》赋梅云：……《疏影》云……皆清空中有意趣，无笔力者未易到。"（同上）

又曰："词用事最难，要体认着题，融化不涩。如……白石《疏影》云：'犹记深宫旧事，那人正睡里飞近蛾绿。'用寿阳事。又云：'昭君不惯胡沙远，但暗忆江南江北。想佩环月下归来，化作此花幽独。'用少陵诗。此皆用事不为事所使。"（同上）

又曰："诗难于咏物，词为尤难。……白石《暗香》《疏影》咏梅云，……《齐天乐》赋促织云……此皆全章精粹，所咏了然在目，且不留滞于物。"（同上）

又曰："词之咏梅，唯姜白石《暗香》《疏影》二曲，前无古人，后无来者，自立新意，真为绝唱。太白云：'眼前有景道不得，崔颢题诗在上头。'诚哉是言也。"（同上）

又曰："姜白石词，如野云孤飞，去留无迹。……白石词如《疏影》《暗香》《扬州慢》《一萼红》《琵琶仙》《探春》《八归》《淡黄柳》等曲，不唯清空，且又骚雅，读之使人神观飞越。"（同上）

邓牧曰："美成、白石，逮今脍炙人口。知者谓丽莫若周，赋情或近俚；骚莫若姜，放意或近率。"（《伯牙琴》）

沈义父曰："姜白石清劲知音，亦未免有生硬处。"（《乐府指迷》）

陆友仁曰："近世以笔墨为事者，无如姜尧章、赵子固，二公人品高，故所录皆绝俗。往余见姜贯道画图，后有子固端平三年（1234年）监新城商税日叙姜尧章《庆春宫》词，爱其词翰丰茸，故备载之。"（《砚北杂志》）

陆行直（依陈去病考定陆辅之名行直）曰："周清真之典丽，姜白石之骚雅，史梅溪之句法，吴梦窗之字面，取四家之所长，去四家之所短，此翁（指张炎）之要诀。"（《词旨》）

又属对："姜白石《法曲献仙音·张彦功官舍》'虚阁笼云，小帘通月'；《一萼红·人日登定王台》'池面冰胶，墙腰雪老'；《惜红衣·吴兴荷花》'簟枕邀凉，琴书换日'；《念奴娇·吴兴荷花》'翠叶垂香，玉容消酒'（按："垂香"本集作"吹凉"，一作"招凉"）。"（同上）

又警句："白石《扬州慢》'波心荡，冷月无声'；《暗香》赋梅，

'千树压西湖寒碧'；《疏影》赋梅，'昭君不惯胡沙远，但暗忆江南江北'；《惜红衣·吴兴荷花》'墙头唤酒，谁问讯、城南诗客？岑寂，高树晚蝉，说西风消息'，又'问甚时同赋，三十六陂秋色'；《念奴娇·吴兴荷花》'冷香飞上诗句'；《法曲献仙音》'重见冷枫红舞'。"（同上）

杨慎曰："姜夔字尧章，号白石道人。南渡诗家名流，词极精妙，不减清真乐府，其间高处，有美成不能及者。善吹箫，自制曲，初则率意为长短句，然能协以音律云。其咏蟋蟀《齐天乐》一词最胜。其词云：……其过苕雪云'拂雪金鞭，欺寒茸帽，还记章台走马'；'雁碛沙平，渔汀人散，老去不堪游冶'。人日词云：'池面冰胶，墙头雪老（按："头"本集作"腰"），云意还又沉沉'；'朱户粘鸡，金盘簇燕，空叹时序侵寻'。《湘月》词云：'归禽时度，月上汀洲冷。中流容兴，画桡不点清镜。'从柳子厚'绿净不可唾'之语翻出。戏张平甫纳妾云：'别母情怀，随郎滋味，桃叶渡江时。'《翠楼吟》云：'槛曲萦红，檐牙飞翠'；'酒破清愁，花消英气'。（按："破"本集作"被"。）《法曲献仙音》云：'过秋风、未成归计。重见冷枫红舞。'《玲珑四犯》云：'轻盈换马，端正窥户。酒醒明月下，梦逐潮声去。'其腔皆自度者，传至今不得其调，难入管弦，只爱其句之奇丽耳。"（《词品》）

沈际飞曰："词大忌质实，白石道人《探春慢》《一萼红》《扬州慢》《暗香》《疏影》《淡黄柳》诸曲多清空骚雅，惜难备录。"（《草堂诗余续集》眉评《琵琶仙》）

又曰："'春草碧色，春水绿波，送君南浦，伤如之何。'四语约略此篇。"（同上）

毛晋曰："范石湖评姜尧章诗云：'有裁云缝月之妙手，敲金戛玉之奇声。'予于其词亦云。"（按：有"裁云"两语，是杨诚斋评尧章《除夜自石湖归苕溪十绝句》辞，非石湖语，毛误。见毛跋姜词）

刘体仁曰："词欲婉转而忌复。不独'不恨古人吾不见'，与'我见青山多妩媚'（按：此是辛弃疾《贺新郎》语），为岳亦斋所诮；即白石之工，如'露湿铜铺'与'候馆吟秋'（按：白石《齐天乐》咏蟋蟀句），总是一法。"（《七颂堂词绎》）

又曰："词亦有初盛中晚，不以代也。……至姜白石，史邦卿则如唐之中。"（同上）

又曰："咏物至词更难于诗，即'昭君不惯风沙远，但暗忆江南江

北'。(按："风"本集作"胡")亦费解。"(同上)

邹祗谟曰："至姜、史、高、吴，而融篇、炼句、琢字之法，无一不备。"(《远志斋词衷》)

又曰："咏物固不可不似，尤忌刻意太似。取形不如取神，用事不如用意。宋词至白石、梅溪，始得个中妙谛。"(同上)

王士禛曰："宋南渡后，梅溪、白石、竹屋、梦窗诸子，极妍尽态，反有秦、李未到者，虽神韵天然处或减，要自令人有观止之叹。正如唐绝句至晚唐刘宾客、杜京兆，妙处反进青莲、龙标一尘。"(《花草蒙拾》)

朱彝尊曰："词莫善于姜夔。宗之者张辑、卢祖皋、史达祖、吴文英、蒋捷、王沂孙、张炎、周密、陈允平、张翥、杨基，皆具夔之一体。基之后，得其门者寡矣。"(《词综序》)

又曰："词至南宋始极其工，至宋季始极其变，姜白石最为杰出。"(同上)

又曰："填词风雅，无过石帚一集，草堂之选，不登其只字，……选者于此，不幸极矣。"(同上)

贺裳曰："稗史称韩干画马，人入其斋，见干身作马形，凝思之极，理或然也。作诗文亦必如此始工。如史邦卿咏燕，几于形神具似矣。似则姜白石咏蟋蟀，'露湿铜铺，苔侵石井，都是曾听伊处。哀音似诉。正思妇无眠，起寻机杼'。又云：'西窗又吹暗雨，为谁频断续，相和砧杵。'数语刻画亦工。蟋蟀无可言，而言听蟋蟀者。正姚铉所谓'赋水不当仅言水，而言水之前后左右也。'"(《皱水轩词筌》)

又曰："尝观姜论史词，不称其'软语商量'，而赏其'柳昏花暝'，固知不免项羽学兵法之恨。"(同上)

又曰："《鹧鸪天》最多佳辞，《草堂》所载，无一善者。如……姜白石《元夕不出》：'芙蓉影暗三更后，卧听邻娃笑语归。'骎骎有诗人之致，选不之及，何也?"(同上)

陈子宏曰："近日词唯周美成、姜尧章，而以东坡为词诗，稼轩为词论。"(《古今词话》)

沈雄曰："按：换头(指《念奴娇》)亦有语意参差者。……姜白石云：'谁解唤起湘灵，烟鬟雾袖，理哀弦鸿阵。'此以五字句作空头句，亦一法也。"(《古今词话》)

宋翔凤曰："词家之有石帚，犹诗家之有杜少陵，继往开来，文中关键。其流落江湖，不忘君国，皆借托比兴于长短句寄之。如《齐天乐》伤二帝北狩也，《扬州慢》惜无意恢复也，《暗香》《疏影》恨偏安也。盖意愈切则词愈微，屈、宋之心，谁能见之，乃长短句中复有白石道人也。"（《乐府余论》）

孙麟趾曰："白石多清超之句，宜学之。"（《词迳》）

又曰："欲高淡，学太白、白石。"（同上）

又曰："路已尽而复开出之谓转，如'谁得似长亭树，树若有情时，不会得青青如此'。"（同上）

李调元曰："白石自制词，在南宋另为一派，盛行于时。学之而佳者有二人：王沂孙，字圣与，号中仙，有《碧山乐府》二卷，一名《花外集》，盖取比《花间集》而名也，其词以韵胜，《琐窗寒》起句云：'趁酒梨花，催诗柳絮，一窗春怨。'末句云：'夜月荼蘼院。'皆倩丽宜人。同时，张叔夏（炎），亦作《琐窗寒》词，自注云：'王碧山，其诗清峭，其词闲雅，有姜白石意趣，今绝响矣。余悼之。'句云：'自中仙去后，词笺赋笔，便无清致。'又'料应也、孤吟山鬼。那知人、弹折素琴，黄金铸出相思泪'。可想见平生服膺矣。'黄金'句无理而奇，最妙。炎自号乐笑翁，有《玉田词》三卷。郑思肖为作序，亦白石一派也。"（《雨村词话》）

又曰："姜白石（夔）《鹧鸪天》词三首，如'鸳鸯独宿何曾惯，化作西楼一缕云'，不但韵高，亦由笔妙，何必石湖所赞自制曲之敲金戛玉声、裁云缝月手也。"（同上）

田同之曰："诗词风气，正自相循。贞观、开元之诗尚淡远；大历、元和后，温、李、韦、杜渐入《香奁》，遂启词端。《金荃》《兰畹》之词，概崇芳艳；南宋、北宋后，辛、陆、姜、刘渐脱《香奁》，仍存诗意。"（《西圃词说》）

又曰："填词最雅，无过石帚，而《草堂诗余》不登其只字，可谓无目者也。"（同上，泰按：宋翔凤谓选《草堂诗余》者，与姜尧章同时，在梦窗之前，故姜、吴词均未及载。）

又曰："清真以短调行长调，滔滔莽莽，嫌其不能尽变；至姜、史、高、吴，而融篇、炼句，琢字之法，无一不备矣。"（同上）

又曰："姜夔尧章，崛起南宋，最为高洁。所谓'如野云孤飞，去留无迹'者。"（同上）

又曰:"白石而后,有史达祖、高观国羽翼之,张辑、吴文英师之于前,赵以夫、蒋捷、周密、陈允衡、王沂孙、张炎、张翥效之于后。譬之于乐,舞箾至于九变,而词之能事毕矣。"(同上)

又曰:"《乐府指迷》云:'词要清空,不要质实。'此八字是填词家金科玉律。清空则灵,质实则滞。玉田所以扬白石而抑梦窗也。"(同上)

宋征璧曰:"苟举当家之词,如柳屯田哀感顽艳而少寄托,周清真婉蜒流美而乏陡健,康伯可排叙整齐而乏深邃;其外则谢无逸之能写景,僧仲殊之能言情,程正伯之能壮采,张安国之能用意,万俟雅言之能协律,刘改之之能使气,曾纯甫之能书怀,吴梦窗之能叠字,姜白石之能琢句,蒋竹山之能作态,史邦卿之能刷色,黄花庵之能选格,亦其选也。"(见《西圃词说》引)

郭麟曰:"姜、张诸子,一洗华靡,独标清绮,如瘦石孤花,清笙幽磬,入其境者疑有仙灵,闻其声者人人自远。"(《灵芬馆词话》)

许昂霄评白石《点绛唇》"数峰清苦"二句曰:"遒紧。"评《暗香》《疏影》曰:"二词绛云在霄,舒卷自如;又如琪树玲珑,金芝布护。"评《疏影》又曰:"别有炉韝熔铸之妙,不仅以櫽栝旧人诗句为能。"又曰:"宋人咏梅,例以弄玉、太真为比,不若以明妃儗之,尤有情致也。"评《齐天乐》曰:"将蟋蟀与听蟋蟀者层层夹写,如环无端,真化工之笔也。"又"候馆吟秋"三句曰:"音响一何悲。"又"笑篱落"二句曰:"高绝。"评《琵琶仙》曰:"句句说景,句句说情,真能融情景于一家者也。曲折顿宕,又不待言。"评《翠楼吟》"月冷龙沙"五句曰:"题前一层,即为题后铺叙,手法最高。"又"玉梯凝望久"五句曰:"凄婉悲壮,何减王粲《登楼赋》。"评《解连环》"玉鞍重倚"三句曰:"冒起。""为大乔"以下曰:"以下倒叙。""柳怯云松"二句曰:"固知浓抹不如淡妆。""叹幽欢未足"二句曰:"与起处遥接,从合至离,他人必用铺叙,当看其省笔处。""问后约、空指蔷薇"三句曰:"深情无限,觉少游'此去何时见也',浅率寡味矣。"评《八归》曰:"历叙离别之情,而终以室家之乐,即《豳风·东山》诗意也。谁谓长短句不源于三百篇乎?""翠樽双饮"三句曰:"三句括尽康伯可《满庭芳》;翻用太白《玉阶怨》,妙。"(《词综偶评》)

又,评白石《暗香》曰:"词中之有白石,犹文中之有昌黎也。世固有以昌黎为穿凿生割者,则以白石为生硬也亦宜。"评《疏影》"但暗忆江南江北"三句曰"借用法","莫似春风"三句曰"翻案法"。作词之法，贵倒装，贵借用，贵翻案。读此二阕（按：连上《暗香》），秘钥已尽启矣。（同上）

又，评白石《长亭怨慢》"是处人家"四句曰："先言别时之景"；"阅人多矣"四句曰："借树以言别时之情，阅人既多，安得尚有情耶？一笑；'此'字借叶"；"日暮"三句曰："别后，何记室诗曰'日夕望高城，渺渺青云外'"；"韦郎去也"四句曰："望其早归，韦皋与玉箫别，留玉指环，约七年再会，以其地在江夏，故用之，后遂沿为通用语。"（同上）

张惠言曰："宋之词家，号为极盛，然张先、苏轼、秦观、周邦彦、辛弃疾、姜夔、王沂孙、张炎，渊渊乎文有其质焉。"（《词选·序》）

周济曰："近人颇知北宋之妙，然终不免有姜、张二字横亘胸中。岂知姜、张在南宋亦非巨擘乎！论词之人，叔夏晚出，既与碧山同时，又与梦窗别派，是以过尊白石，但主清空。后人不能细研词中曲折深浅之故，群聚而和之，并为一谈，亦固其所也。"（《介存斋论词杂著》）

又曰："北宋词多就景叙情，故珠圆玉润，四照玲珑。至稼轩、白石一变而为即事叙景，使深者反浅，曲者反直。吾十年来服膺白石，而以稼轩为外道，由今思之，可谓瞽人扪籥也。稼轩郁勃故情深，白石放旷故情浅；稼轩纵横故才大，白石局促故才小。唯《暗香》《疏影》二词，寄意题外，包蕴无穷，可与稼轩伯仲；余俱据事直书，不过手意近辣耳。"（同上）

又曰："白石词如明七子诗，看是高格响调，不耐人细思。"（同上）

又曰："白石以诗法入词，门径浅狭，如孙过庭书谱，但便后人模仿。"（同上）

又曰："白石好为小序，序即是词，词仍是序，反复再观，如同嚼蜡矣。词序序作词缘起，以此意词中未备也。今人论院本，尚知曲白相生，不许复沓，而独津津于白石词序，一何可笑！"（同上）

又曰："白石脱胎稼轩，变雄健为清刚，变驰骤为疏宕。盖二公皆极热中，故气味吻合。辛宽、姜窄，宽故容骖，窄故斗硬。"（《宋四家词选·目录序论》）

又曰："白石号为宗工，然亦有俗滥处（《扬州慢》："淮左名都，竹西佳处。"），寒酸处（《法曲献仙音》："象笔鸾笺，甚而今、不道秀句。"），补凑处

（《齐天乐》："邠诗漫与，笑篱落呼灯，世间儿女。"），敷衍处（《凄凉犯》"追念西湖上"半阕），支处（《湘月》："旧家乐事谁省"），复处（《一萼红》："翠藤共闲穿翠竹""记曾共西楼雅集"），不可不知。"（同上）

又曰："白石小序甚可观，苦与词复。若序其缘起，不犯词境，斯为两美已。"（同上）

又曰："碧山恬退是真；姜、张皆伪。"（同上）

又，"评白石《暗香》上阕曰'盛时如此，衰时如此'；下阕曰'想其盛时，想其衰时'。评《疏影》曰'此词以"相逢""化作""莫似"六字作骨。不能挽留，听其自为盛衰'。评《琵琶仙》过变四句曰'四句顺逆相足'。评《翠楼吟》过变曰'此地宜得人才，而人才不可得'。"（《宋四家词选》）

先著曰："美成《应天长慢》空淡深远，石帚专得此种笔意，遂于词家另开宗派，如'条风布暖'句，至石帚皆淘洗尽矣。然渊源相沿，是一祖一祢也。"（《词洁》）

又曰："意欲灵动，不欲晦涩；语欲隐秀，不欲纤佻；人工胜则天趣减。梅溪、梦窗自不能不让白石出一头地。"（同上）

又曰："张三影《醉落魄》词，有'生香真色人难学'之句。予谓'生香真色'四字，可以移评石帚之词。"（同上）

又曰："美成如杜、白石兼王、孟、韦、柳之长。"（同上）

邓廷桢曰："词家之有白石，犹书家之有逸少，诗家之有浣花，盖缘识趣既高，兴象自别。其时临安半壁，相率恬熙。白石来往江淮，缘情触绪，百端交集，托意哀丝，故舞席歌场，时有击碎唾壶之意。如《扬州慢》之'自胡马窥江去后，废池乔木，犹厌言兵。渐黄昏、清角吹寒，都在空城'；《齐天乐》之'候馆吟秋，离宫吊月，别有伤心无数。邠诗漫与，笑篱落呼灯，世间儿女'；《凄凉犯》之'马嘶渐远，人归甚处，戍楼吹角。情怀正恶，更衰草寒烟淡薄。似当时、将军部曲，迤逦度沙漠'；《惜红衣》之'维舟试望，故国渺天北'；则周京离黍之感也。《疏影》前阕之'昭君不惯胡沙远，但暗忆江南江北。想佩环月下归来，化作此花幽独'，后阕之'还教一片随波去，又却怨、玉龙哀曲'；《长亭怨慢》之'第一是早早归来，怕红萼无人为主'，乃为北庭后宫言之，则《卫风·燕燕》之旨也。读者以意逆志，是为得之。至其运笔之曲，如'阅人多矣，争（按：本集作"谁"）得似长亭树，树若有情时，不会得青青如此’。琢句之工，如‘天涯情味，仗酒祓清愁，花消英气’‘二十四桥仍在，波心荡冷月无声’，则如堂下斫轮，鼻端施垩。若夫新声自度，筝柱旋移，则如郢中之歌，引商刻羽，杂以流徵矣。以此辉映湖山，指拨坛坫，百家腾跃，尽入环中。评者称其有‘缝云裁月之奇，戛玉敲金之妙’，非过情也。”（《双砚斋词话》）

又曰：“白石硬语盘空，时露锋芒。”（同上）

包世臣曰：“若夫感人之速者莫如声，故词名倚声。声之得者又有三：曰清，曰脆，曰涩。不脆则声不成，脆矣而不清则腻，清矣而不涩则浮。屯田、梦窗，以不清伤气；淮海、玉田，以不涩伤格；清真、白石则能兼三矣。六家于言外之旨得矣，以云意内，唯白石、玉田耳。”（《月底修箫谱序》）

张鉴曰：“既而白石归吴，移情丝竹，经正者纬成，理足者词畅。清真滥觞于其前，梦窗推波于其后，学者宗尚，要非溢美。其后竹屋、玉田、梅溪、碧山之俦，递相祖习，转益多师，洗草堂之纤秾，演黄初之眇论，后有作者，可以止矣。”（诂经精舍《拟姜白石传》）

谢章铤曰：“白石、高、史，南宋之正宗也。”（《赌棋山庄词话》）

又曰：“词家讲琢句而不讲养气。气至南宋善矣：白石和永，稼轩豪雅。然稼轩易见，而白石难知。史之于姜，有其和而无其永；刘之于辛，有其豪而无其雅。至后来之不善学姜、辛者，非懈则粗。”（同上）

又曰：“白石道人为词中大宗，论定久矣。”（同上）

凌廷堪曰：“南渡为盛唐，白石如少陵，奄有诸家。”（张其锦述其师说）

又曰：“填词之道，须取法南宋。然其中有两派焉：一派为白石，以清空为主。高、史辅之。前则有梦窗、竹山、西麓、虚斋、蒲江，后则有玉田、圣与、公瑾、商隐诸人，扫除野狐，独标正谛，犹禅之南宗也。”（同上）

蒋敦复曰：“北宋人词，不甚咏物；南渡诸公有之，皆有寄托。白石、石湖咏梅，暗指南北议和事。”（《芬陀利室词话》）

刘熙载曰：“白石才子之词，稼轩豪杰之词。才子、豪杰，各从其类爱之，强论得失，皆偏辞也。”（《艺概》）

又曰：“姜白石词，幽韵冷香，令人挹之无尽。拟诸形容，在乐则琴，在花则梅也。”（同上）

又曰："词家称白石曰'白石老仙'。或问毕竟与何仙相似？曰'藐姑冰雪，盖为近之'。"（同上）

又曰："姜白石词用事入妙，其要诀所在，可与其诗说见之，曰'僻事实用，熟事虚用'；'学有余而约以用之，善用事者也'；'乍叙事而间以理言，得活法者也'。"（同上）

陈廷焯曰："姜尧章词，清虚骚雅，每于伊郁中饶蕴藉，清真之劲敌，南宋一大家也。梦窗、玉田诸人，未易接武。"（《白雨斋词话》）

又曰："南渡以后，国势日非，白石目击心伤，多于词中寄慨，不独《暗香》《疏影》二章，发二帝之幽愤，伤在位之无人也。特感慨全在虚处，无迹可寻，人自不察耳。……南宋词人，感时伤事，缠绵温厚者，无过碧山，次则白石。白石郁处不及碧山，而清虚过之。"（同上）

又曰："白石词以虚为体，而时有阴冷处，格调最高。沈伯时讥其生硬，不知白石者也；黄叔旸叹为美成所不及，亦漫为可否者也；唯赵子固云'白石词家之申韩也'，真刺骨语。"（同上）

又曰："美成、白石，各有至处，不必过为轩轾。顿挫之妙，理法之精，千古词宗，自属美成。而气体之超妙，则白石独有千古，美成亦不能至。"（同上）

又曰："美成词于浑灏流转中，下字用意，皆有法度。白石则如白云在空，随风变灭。所谓各有独至处。"（同上）

又曰："白石《扬州慢》云：'自胡马窥江去后，废池乔木，犹厌言兵。渐黄昏清角吹寒，都在空城。'数语写兵燹后情景逼真。'犹厌言兵'四字，包括无限伤乱语，他人累千百言，亦无此韵味。"（同上）

又曰："白石长调之妙，冠绝南宋，短章亦有不可及者。如《点绛唇·丁未过吴淞作》一阕，通首只写眼前景物，至结处云：'今何许？凭栏怀古，残柳参差舞。'感时伤事，只用'今何许'三字提唱，'凭栏怀古'以下，仅以'残柳'五字咏叹了之，无穷哀感，都在虚处，令读者吊古伤今，不能自止，洵推绝调。"（同上）

又曰："白石《齐天乐》一阕，全篇皆写怨情。独后半云：'笑篱落呼灯，世间儿女。'以无知儿女之乐，反衬出有心人之苦，最为入妙；用笔亦别有神味，难以言传。白石《湘月》云：'暗柳萧萧，飞星冉冉，夜久知秋冷。'写夜景高绝；点缀之工，意味之永，他手亦不能到。"（同上）

又曰："白石词，如'无奈苕溪月，又唤我扁舟东下'。又'冷香飞上诗句'。又'高柳垂阴，老鱼吹浪，留我花间住'等语，是开玉田一派，在白石集中，只算隽句，尚非夐高之境。白石《石湖仙》一阕，自是有感而作，词亦超妙入神，唯'玉友金蕉，玉人金缕'八字，鄙俚纤俗，与通篇不类，正如贤人高士中，着一伧父，愈觉俗不可耐。白石《翠楼吟》(武昌安远楼成)后半阕云：'此地宜有词仙，拥素云黄鹤，与君游戏。玉梯凝望久，叹芳草萋萋千里。天涯情味。仗酒祓清愁，花消英气。'一纵一操，笔如游龙，意味深厚，是白石最高之作。此词应有所刺，特不敢穿凿求之。"(同上)

又曰："南宋词人，自以白石、碧山为冠。"(同上)

又曰："南宋词家，白石、碧山，纯乎纯者也。梅溪、梦窗、玉田辈，大纯而小疵，能雅不能虚，能清不能厚也。"(同上)

又曰："词法之密，无过清真；词格之高，无过白石；词味之厚，无过碧山。词坛三绝也。"(同上)

又曰："白石词，雅矣，正矣，沉郁顿挫矣，然以碧山较之，白石犹有未能免俗处。"(同上)

又曰："熟读姜、张词，则格调自高。"(同上)

又曰："白石，仙品也；东坡，神品也，亦仙品也；梦窗，逸品也；玉田，隽品也；稼轩，豪品也：然皆不离于正，故与温、韦、周、秦、梅溪、碧山，同一大雅，而无傲而不理之诮。后人徒恃聪明，不穷正变，终非至诣。"(同上)

又曰："白石一家，如闲云野鹤，超然物外，未易学步。"(同上)

又曰："白石《长亭怨慢》云：'阅人多矣，谁得似、长亭树。树若有情时，不会得青青如此。'白石诸词，唯此数语，最沉痛迫烈。此外如'最可惜一片江山，总付与啼䳏'。又'文章信美知何用，漫赢得天涯羁旅'。皆无此沉至。"(同上)

又曰："'别母情怀，随郎滋味，桃叶渡江时。'白石《少年游·戏平甫》词也。'随郎滋味'四字，似不经心，而别有姿态，盖全以神味胜，不在字句之间寻痕迹也。"(同上)

又曰："白石、梅溪、碧山、玉田词，修饰皆工，而无损其真气。何也？列子云：'有色者，有色色者。'知此可以言词矣。"(同上)

谭献曰："白石、稼轩，同音笙磬，但清脆与镗鞳异响，此事自关性分。"(《复堂词话》)

又曰："石湖咏梅，是尧章独到处。"（同上）

冯煦曰："白石为南渡一人，千秋论定，无俟扬榷。《乐府指迷》独称其《暗香》《疏影》《扬州慢》《一萼红》《琵琶仙》《探春慢》《淡黄柳》等曲；《词品》则以咏蟋蟀《齐天乐》一阕为最胜。其实石帚所作，超脱蹊径，天籁人力，两臻绝顶，笔之所至，神韵俱到，非如乐笑、二窗辈可以奇对警句，相与标目；又何事于诸调中强分轩轾也？'野云孤飞，去留无迹'，彼读姜词者，必欲求下手处，则先自俗处能雅，滑处能涩始。"（《蒿庵论词》）

胡薇元曰："《白石道人歌曲》，姜夔尧章撰。词精深华妙，为诚斋所推，尤善自度腔，音节文采，冠绝一时，所谓'自制新腔韵最娇，小红低唱我吹箫'，风致可想。歌曲皆注律吕，自制曲词卷及三卷之《霓裳中序第一》，皆记拍于字旁。《四库提要》以纪文达之博，谓'似波似磔，宛转欹斜，如西域旁行（字者）'云云。薇元按：此宋人自记工、尺、四、合、上，非字也。仆曾于球玭山房殷谱师座上畅发之。又入《兰陵王》词中歌尺之工尺，今废，故无人言之耳。"（《岁寒居词话》）

沈祥龙曰："词之……流畅，宜学白石、玉田，然不可流于浅易。"（《论词随笔》）

张德瀛曰："太史公文疏荡有奇气，吴叔庠文清拔有古气，词家唯姜石帚、王圣与、张叔夏、周公瑾足以当之。数子者，感怀君国，所寄独深，非以曼辞丽藻倾炫心魂者比也。"（《词征》）

又曰："梅之以色胜者，有潭州红焉。……词则无逾姜白石《小重山》一阕。白石词仙，固当有此温伟之笔。"（同上）

陈锐曰："古人文字，难可吹求。尝谓杜诗'国初以来画马'句，何能着一'鞍'字？此等处绝不可通也。词句尤甚。姜尧章《齐天乐》咏蟋蟀，最为有名。然开口便说'庾郎愁赋'，捏造故典；'邠诗'四字，太觉呆诠。至铜铺、石井、候馆、离宫，亦嫌重复。其《扬州慢》'纵豆蔻词工'三句，语意亦不贯。"（《襄碧斋词话》）

又曰："白石拟稼轩之豪快，而结体于虚；梦窗变美成之面貌，而炼响于实；南渡以来，双峰并峙，如盛唐之有李杜矣。顾词人领袖，必不相轻，今《梦窗四稿》屡和石帚，而姜集中不及梦窗，疑不可考。至《草堂诗余》不选石帚一字，则又咄咄一怪事。"（同上）

又曰："姜白石《长亭怨慢》云'树若有情时，不会得青青如此'，

……似觉轻俏可喜，细读之毫无理由。所以词贵清空，尤贵质实。"（同上）

王国维曰："美成《青玉案》词，'叶上初阳乾宿雨，水面清圆，一一风荷举'。此真能得荷之神理者。觉白石《念奴娇》《惜红衣》二词，犹有隔雾看花之恨。"（《人间词话》）

又曰："咏物之词，自以东坡《水龙吟》为最工，邦卿《双双燕》次之。白石《暗香》《疏影》，格调虽高，无一语道着；视古人'江边一树垂垂发'等句何如耶？"（同上）

又曰："白石写景之作，如'二十四桥仍在，波心荡、冷月无声''数峰清苦，商略黄昏雨''高树晚蝉，说西风消息'，虽格韵高绝，然如雾里看花，终隔一层。梅溪、梦窗诸家，写景之病，皆在一'隔'字。北宋风流，渡江遂绝，抑真有运会存乎其间耶？"（同上）

又曰："南宋人词，白石有格而无情；剑南有气而乏韵；堪与北宋人颉颃者，唯一幼安耳。……学南宋者，不祖白石，则祖梦窗，以白石、梦窗可学，幼安不可学也。"（同上）

又曰："白石《翠楼吟》'此地宜有词仙，拥素云黄鹤，与君游戏，玉梯凝望久，叹芳草萋萋千里'，便是不隔；至'酒祓清愁，花消英气'，则隔矣。"（同上）

又曰："白石虽似蝉蜕尘埃，然不免局促辕下。"（同上）

又曰："苏、辛词中之狂，白石犹不失为狷；若梦窗、梅溪、玉田、草窗、中麓辈，面目不同，归于乡愿而已。"（同上）

又曰："白石之词，余最爱者，亦仅二语，曰：'淮南皓月冷千山，冥冥归去无人管。'"（同上）

又曰："东坡之旷在神，白石之旷在貌；白石如王衍，口不言阿堵物，而暗中为营三窟之计，此其所以可鄙也。"（同上）

王渔洋、朱竹垞、全榭山推白石诗为参活句有唐音。（榭山语见《鲒埼亭文集外编》卷二十六《春凫集序》）

# 出版后记

　　詹安泰先生是我国20世纪著名词学家,著述如林,名重一时。在执掌中山大学中文系教席30年间,先后著有《词学研究》《宋词研究》等稿,后经汤擎民先生整理成书,名为《詹安泰词学论稿》,由广东人民出版社1984年出版。汤先生早年就读于中山大学中文系,后亦在此间任教数载,与詹先生过从甚密。在初版后记中,他曾提到整理此稿的殷殷初心:"词学一道,我素乏研究。而于先生,情深师友,谊在乡里;《词学论稿》为先生治学心血结晶之一,整理刊行,为我国文学遗产增色,义不敢辞。"该书问世后,精思睿识,启惠学林,如雨若露。今将汤先生整理之稿重加整理出版,实有感于詹先生的学术历久弥新,尚冀取便于读者欤!

夏令伟

2018年9月30日